报读凌钢

凌源钢铁集团有限责任公司　编著

北　京
冶　金　工　业　出　版　社
2016

内容提要

这是一张报纸、一个工厂和一群人的故事。报纸的名字叫《凌钢报》，工厂的名字叫凌钢。她盛产钢铁，更盛产故事。她忠实地记录了30年来凌钢战舰的一往无前。

图书在版编目(CIP)数据

报读凌钢/凌源钢铁集团有限责任公司编著.—北京：冶金工业出版社，2016.7

ISBN 978-7-5024-7295-5

Ⅰ.①报… Ⅱ.①凌… Ⅲ.①评论员文章—作品集—中国—当代 ②通迅—作品集—中国—当代 Ⅳ.①I253

中国版本图书馆CIP数据核字(2016)第174167号

出版人　谭学余

地　　址　北京市东城区嵩祝院北巷39号　邮编　100009　电话　(010)64027926

网　　址　www.cnmip.com.cn　电子信箱　yjcbs@cnmip.com.cn

责任编辑　姜晓辉　唐晶晶　美术编辑　彭子赫　版式设计　彭子赫

责任校对　卿文春　责任印制　李玉山

ISBN 978-7-5024-7295-5

冶金工业出版社出版发行；各地新华书店经销；固安华明印业有限公司印刷

2016年7月第1版，2016年7月第1次印刷

169mm×239mm；24.75印张；480千字；383页

80.00元

冶金工业出版社　投稿电话　(010)64027932　投稿信箱　tougao@cnmip.com.cn

冶金工业出版社营销中心　电话　(010)64044283　传真　(010)64027893

冶金书店　地址　北京市东四西大街46号(100010)　电话　(010)65289081(兼传真)

冶金工业出版社天猫旗舰店　yjgycbs.tmall.com

目　录

❖讲话摘编❖

❖消息篇❖

◈通　讯　篇◈

评 论 篇

外 宣 篇

讲话摘编

中国冶金报
人民日报
海外
辽宁日报
朝阳日报
CHAOYANG RIBAO
中国移动网 到处'听''说'好
星期二
5
强化管理创新 挖潜技改配套
凌钢逆势而上实现历史性突破
年销售收入超百亿 钢产量超三百万吨
凌钢报
LING GANG BAO
社论
全国汽车专用冷轧板应用研讨会暨订货会在凌钢召开
国家统计局授予凌钢行业百强企业牌匾
公司经理宋士田获全国百强优秀经理殊荣

厂长宋士田同志在凌钢庆祝建厂20周年大会暨“七五”工程开工典礼上的讲话（摘要）

（1986年6月20日）

各位领导、来宾们、同志们：

今天，我们凌源钢铁厂全体职工和各位领导、各位来宾在此欢聚一堂，共庆凌钢建厂20周年和举行凌钢“七五”改扩建奠基仪式。请允许我代表凌源钢铁厂全体职工向不辞辛苦、于百忙之中莅临我厂参加庆祝活动和指导工作的各位领导、各位来宾表示热烈的欢迎和衷心的感谢！向为凌钢的生产和建设作出贡献的全体职工和家属、包括已经离退休的老干部、老工人、老知识分子和因工作需要调离我厂的同志们，表示亲切的慰问和崇高的敬意！向20年来在凌钢的建设和发展中，给予支持和帮助的科研、设计单位、施工建设单位、大专院校和兄弟单位表示衷心的感谢！

我们举行这次庆祝活动的根本目的，一是回顾我厂从小到大，艰苦创业，不断发展的历史，总结经验，以便指导今后的工作；一是举行“七五”改扩建工程奠基仪式，展望未来，开拓前进，争取为祖国的四化建设作出更大的贡献。

凌钢20年来建设情况的回顾

凌钢的前身是凌源新生钢铁厂。新生钢铁厂建于1958年。在三年经济调整时期（1961年）下马停产。1966年3月，辽宁省委决定建设凌钢。经过20年的改造和发展，现在凌钢占地面积152公顷，职工8000多人，形成了年产生铁14万吨、钢16万吨、钢材21万吨的综合生产能力，大大超过了原设计要求的（十、七、五）的生产水平。目前，我厂设有焦化、竖炉、炼铁、炼钢、一轧、二轧、三轧、热带8个主要生产车间，机修、铸造、制氧、白云石等7个辅助车间，汽车队、火车队、工程队、厂容队4个队，还有医院、电大、技校、子弟学校和一个服务公司。设有36个科处室，是一个地方骨干钢铁联合企业。

我厂的发展，大致经历了3个阶段。从1966年5月到1969年末，属于基本建设阶段。广大职工在极其困难的情况下，抵制“四人帮”的干扰和破坏，因陋就简，土法上马。当时运输条件相当差，仅有机动车两辆，其他就是两辆马车，两辆驴车，还有8匹马、7匹骡子、4头毛驴。工人们用三角架、倒链、撬棍进行设备吊运和安装，头顶蓝天，脚踏荒原。经过三年半的艰苦创业，铁、钢、钢材三大车间初具规模，建成投产。

1970～1978 年，是我厂在动乱中边生产边建设的阶段。1970 年 2 月，两座 $100m^3$ 高炉经过修复和改造后投产。1974 年 5 月 24 日 2 号电炉落成投产。1976 年 8 月 6 日，4t 氧气顶吹转炉开始了试生产。在此阶段，先后对焦炉、高炉和 $18m^2$ 烧结机进行了修复改造，并新建了竖炉、拔丝带钢、锻钢、铸造、$1500m^3$ 制氧机和铸铁机等工程项目。到 1978 年底，经过九年时间的边生产、边建设，一期工程基本全部建成投产。但由于“左”的路线的干扰，生产长期徘徊，产品产量迟迟达不到设计能力，连年严重亏损。

1979 年以后，在党的十一届三中全会路线指引下，我厂不断进行技术改造，生产迅速发展。我们针对设备陈旧不配套和工艺落后的状况，对主要生产工序进行了大规模的改造、更新和配套。1979 年和 1980 年，先后改造了竖炉，上了竖炉返矿再磨和除尘设备，生产球团矿结束了土烧结的历史；高炉采用喷吹煤粉和富氧鼓风，更新了 $200m^3$ 风机和铸铁机。在此期间先后实现技改项目共十项。从 1981 年开始，先后为 4 吨转炉配套新建了 160t 混铁炉，扩大两座电炉和一座转炉的炉容；ϕ500mm 轧机移地改造，由二架增为三架；新建热带连续轧机一套、ϕ76mm 高频焊管机两套、冷带轧机 14 套、煤粉机 3 台，加热炉由人工烧煤改为喷吹煤粉。经过这样的改造，企业在困难中绝路逢生，凌钢开始有了生机和活力。

1982 年，凌钢扭亏为盈，钢和钢材的产量开始超过了设计能力。1983 年，凌钢开始实现由单纯生产型向生产经营型的转变。坚持技术进步，管理水平明显改善。企业五项整顿验收合格。厂风厂纪、厂容厂貌和职工的精神面貌都有了很大的变化。1983 年铁、钢、钢材的产量全部超过了设计能力，利税总额完成 6549.4 万元，实现利润 722 万元。

1984 年，我们坚持改革，实行了厂长负责制，扩大车间主任自主权，实行经济承包责任制，落实知识分子政策，打破干部终身制，实行任期责任制，加强科学管理，大力推广投入产出法、价值工程、网络技术、ABC 管理法等现代化管理方法，坚持向技术进步要效益，使生产经营水平又有新的提高。1984 年，我们完成工业总产值 3125.7 万元，比 1983 年增长 24.1%，钢完成 124700t，比 1983 年增长 17.5%，生铁完成 120558t，比 1983 年增长 18.5%，钢材完成 114108t，比 1983 年增长 32.1%，实现利润 833 万元，比 1983 年增长 13.13%。

1985 年，我们坚持生产经营，改造、扩建和整党一起抓，不断开拓前进，在 1～4 月份一座高炉生产的情况下，全年生产铁 115259t，超国家计划的 15.26%，钢完成 142507t，提前 93 天完成国家指令性计划，创出历史最好水平。由于这一年的努力，使“六五”期间生铁的平均增长速度达到 5.03%，钢为 15.27%，钢材为 21.4%，工业总产值的平均增长速度为 15.97%，利税总额达到 42.1%。小型圆钢、电焊钢管和铸造生铁 3 个主要产品获省级优质产品称号。

1985年获得了国家计量局颁发的“计量工作二级合格单位证书”和国家经委颁发的“能源计量合格证”，经全面能量平衡测试，获省冶金厅和市计经委联合颁发的“一级企业证书”。

今年以来，我们在生产和基建任务十分繁重的情况下，坚持改革，大胆创新，大抓党风和厂风的根本好转，不断调整和完善经济承包责任制，加强企业基础工作的管理。全厂职工团结奋斗，克服重重困难，积极开展向建厂20周年和“七五”改扩建工程奠基仪式献礼活动，生产又创历史同期最好水平。

抓好当前生产和“七五”改扩建工作

同志们，在党的正确路线指引下，我们虽然取得了一些成绩，但和先进企业比，我们的贡献还不大，尽管坚持不断进行技术改造，但现在仍存在着主体设备不配套，设备陈旧，品种少，能源利用不合理等问题，单靠挖掘现有设备的生产潜力，还不能真正做到“办好凌钢，振兴朝阳”。朝阳地区以及辽西地区，需要钢铁工业的发展，以带动其他工业的发展。尤其朝阳地区地下矿产资源丰富，有铁、有煤，还有其他多种非金属原料矿，这些地下宝藏沉睡多年，亟待开发。凌钢要为朝阳地区的振兴作出贡献是义不容辞的。“七五”改扩建工程开工，翻开了凌钢发展史上崭新的一页。

要实现“七五”改扩建的目标，我们必须抓好当前的生产和“七五”改扩建工作。生产上要努力实现年初提出的生产经营目标。在新增生产能力没有实现之前，利用现有设备，取得好的经济效益，是我们顺利完成改扩建任务的保证。“七五”改扩建工程要做到集中力量，突出重点，建成一个，投产一个，见效一个，保证进度，保证质量。为此，要团结奋斗，坚持改革，坚持科学管理和技术进步两个轮子一起转，加强各项基础管理工作，不断提高规章制度的权威性，努力实现我们的产品创优升级规划，不但要增加省级和市级的优质产品，还要争创部优。安全生产要更上一层楼，同时要加强思想政治工作。努力搞好精神文明建设，加强智力投资，搞好人才开发，进一步办好集体福利事业，提高职工生活水平。“七五”工程关键是抓紧设计和设计审查的落实，努力完成1986年的进度计划。

要实现我厂的奋斗目标，困难是不少的。对此，我们要有清醒的认识。但我们相信，有上级的亲切关怀和正确指导，有兄弟单位的大力支持和无私援助，由全厂职工万众一心，努力奋斗，我们一定能够战胜困难，取得胜利，把凌钢建设成一个效益好、贡献大、环境美，充满生机与活力的现代化钢铁联合企业。这个目标我们一定能够实现。

为实现生产经营的根本好转而奋斗

——党委书记高益荣在公司中层干部会议上的讲话

（1996 年 3 月 26 日）

同志们：

今天公司召开全体中层干部会议，会议的主要内容是进一步贯彻公司二届五次职代会精神。分析前两个月生产经营形势和面临的困难，动员和组织全公司职工，特别是中层以上领导干部认清形势，统一思想，振奋精神，转变作风，按照二届五次职代会提出的要求，把模拟市场核算，实行成本否决的新机制迅速运行起来，加大降消耗、降费用、降成本的力度，尽快扭转生产经营的被动局面，实现扭亏为盈。下面我讲 4 个问题。

一、充分认识企业生产经营面临的形势，增强危机感和紧迫感

今年前两个月市场需求和钢材价格都处于低谷，上游产品涨价，使得几年来一直在困境中运行的钢铁企业生产经营更加艰难。从我们凌钢看，销售收入不如去年同期，春节前后一段时间，因限电使生产难以组织，加之公司二届五次职代会精神没有得到很好的贯彻使生产和效益出现了较大滑坡。

多数主要产品产量距年计划要求的指标差距较大，有些比去年同期有较大幅度下降。前两个月生铁完成 74493t，仅完成必保计划的 88%。从去年 10 月份以来，两座大高炉运行不顺，没有达到应该达到的水平，不仅产量很低，而且消耗成本明显增高，由于炼铁的生产水平低，特别是高炉炉况不顺，铁水制钢铁率低，也给转炉生产增加了难度，前两个月转炉钢完成 69065t，仅达到必保计划的 89.7%。连铸坯完成 51024t，是必保计划的 86.4%，转炉钢连铸比为 73.88%，比去年同期降低 8 个百分点，电炉钢由于限电等原因，产量完成 7150t。钢材产量比去年同期大幅度下降，累计完成，22270t，只相当于去年同期 66.3%；小型材前两个月仅完成 8700t，只相当去年同期的 1/3；焊管完成 9211t，只完成必保计划的 82.9%；热带完成 13726t，只完成必保计划的 73%。冷带完成 4105t，比去年同期增长 13.9%。由于小型材一火成材改造和热带大修后，产量没有达到应有的水平，使钢材库存低于正常水平，品种规格不全，影响了产品销售。

销售收入减少，出现了严重的亏损。前两个月累计实现销售收入 12647 万元，比去年同期下降 6.46%，钢材、钢坯销售总量比去年同期下降 4.3%，1 月份亏损 791 万元，2 月份亏损 734 万元，累计亏损 1525 万元，与上年同期 87 万

元利润相比，减少利润1612万元。

出现如此严重的亏损局面，有销售量下降销售价格下降的原因，最主要还是产品成本升高，费用增加。前两个月比按上年实际平均单位成本计算总成本升高1167万元，成本提高率11.67%，成本升高中上游产品涨价180万元，占成本升高总额的15.4%，比例并不大，绝大部分是由于消耗升高，费用增加，其中消耗升高，增加成本637万元，占成本升高的54.6%。

炼铁入炉焦比712千克，比去年上升37千克，成本升高150万元，转炉钢铁料消耗1120千克，比去年升高15千克，使成本升高110万元。综合成材率仅为85.9%，比去年下降3.7个百分点，使成本升高180万元，仅这三大主要消耗指标升高，就使总成本升高达440万元，占消耗使成本升高总额的70%。整个轧材系统各工序煤耗、电耗、辊耗都比去年升高。质量指标出现下滑，球团矿、烧结矿、转炉钢锭、连铸坯、开坯、小型材、焊管和钢材综合合格率却比去年有了不同程度地降低。电炉钢、热带、冷带合格率保持了去年水平或略有提高。

进入2月份以来，在贯彻二届五次职代会的推动下，情况有所好转，转炉钢铁消耗降到了1107千克，小型材定尺率达到94.26%，比去年提高9%，负差效应也有提高，但多数工序的指标都没有达到去年的水平，甚至还低于年初计划指标。

上述情况表明凌钢的生产经营形势非常严峻，已经到了危及企业生产和运行，威胁到一万多职工生存的地步。3月份还要出现新的亏损，上半年扭转亏损的难度很大，全体职工尤其是中层以上领导干部必须清醒地认识到这一点，增强危机感、紧迫感，采取坚决果断的措施，把公司二届五次职代会的部署落实到实处，迅速扭转生产经营的被动局面尽快实现扭亏为盈。

二、各级领导干部要振奋精神真抓实干切实承担起扭转亏损振兴企业的领导责任

前面已经分析了，造成亏损的原因虽然是多方面的，主要还是我们自己没干好。产量该上去的没上去，消耗大部分都升高。从公司来看虽然对推行模拟市场酝酿的比较早，但对他的复杂性估计不足，没有尽快形成一套符合凌钢实际的指标体系和操作办法，考核指标没上去，经济责任制没出台，使整个工作缺乏指导性和约束力。职代会后一些单位的工作有所起色，但也有一些单位的领导没有很好地把精力用在贯彻会议精神和落实今年的任务上，而是等待观望，工作拖沓，没有像二炼那样主动做好模拟市场的有关工作，缺乏主动精神，没有背水一战带领职工闯难关的精神头。现在一季度亏损有可能接近2000万元，背上了沉重的包袱，奖金也连续2个月没发，广大职工虽然没有什么大的怨言，但对凌钢亏损的局面非常焦虑。各级领导干部一定要深刻认识自己的使命和责任。尽管今年的

亏损额是凌钢有史以来最大的，比1980年调整时期和1990年治理整顿时还要多，但形势困难的程度还没有像1980年和1990年那样严重。我们企业的实力和战胜困难的内在潜力也是过去所无法相比的，当前关键是看各级领导能不能以对企业负责、对上万名职工命运负责的态度振奋精神、转变作风、真抓实干，让职工看到领导的决心，企业的希望。抓住市场已经开始启动的有利时机把生产水平搞上去，把成本消耗降下来。一季度把困损控制在2000万元以内，争取4月份当月持平，上半年扭亏为盈。

要迅速扭转亏损局面，最根本的要把广大职工的积极性、创造性挖掘出来。这就要求各级领导干部必须要讲政治，端正形象、转变作风做职工拥护信赖的带头人。领导干部形象不光是个人形象，而是关系到企业的凝聚力和干群关系。对这个问题，多年来我们一直是比较重视的，但近两年社会上的不良风气对干部队伍的影响越来越大，内部的监督机制也没有得到相应的强化，干部队伍在思想作风上存在着许多问题，使广大职工情绪上受到影响，心理上不平衡，影响了各项工作的落实。我们要战胜困难扭转当前的被动局面，首先要从领导做起，干部一身正气，群众才幸福，才肯跟你走，不然群众离心离德，你有再好的路子，再多的措施也没用。要求所有的领导干部在决定企业和职工命运的紧要关头，有高度的责任感和使命感，把精神振奋起来，把精力用在发动和组织职工扭亏增盈，搞好生产经营上，要靠领导的表率作用和强有力的工作，把职工团结凝聚起来，把方方面面的积极性调动起来，同时我们还要进一步加大对干部的监督考核和整顿力度，对那些自身形象不好以权谋私，群众影响极坏的干部要拿下来，违法违纪的，要坚决惩处，绝不能因对个别干部的迁就照顾，贻误工作，损害大局。下半年，结合对干部的民主评议，要对干部队伍进行一次全面考核，调整，使我们各级领导干部真正成为职工信赖，能带领群众冲锋陷阵的好带头人。

三、加强领导，狠抓落实，保证模拟市场的新机制尽快运行起来

推行邯钢“模拟市场核算，实行成本否决”制度，是对企业内部经营管理机制的重大改革，也是我们今年迎接市场挑战，战胜困难，实现生产经营根本好转的最主要措施。经过几个月的工作，现在方案已经出台，价格和考核指标，也已和各分厂见面，能否使这一改革尽快运行起来，及早发挥作用，关键在各级领导下一步工作。当前，各单位领导要把主要精力用在分解指标、落实责任、研究措施，发动群众，做好自己工作上，不要把精力和期望放在争取公司指标后退上。我们这次下去的指标，是广泛征求各单位、各部门意见，经过反复测算、调整后敲定的，这个总盘子不能再变了。今年，指望涨价增收的增产增效的可能都不大，而电、运和上游产品涨价，需消化的减利增支因素达8200万元，即使我们全部实现了这个方案中的指标，经测算实现利润仅有180万元，而前两月已经亏了1525万元，3月份预计还会亏一块。所以，现在本子上下去的指标，是最低的指标，实现这个指标仅能维持不亏，再退已经无路可走。要实现扭亏增盈，只保住现有指标不行，还需再提高一大截，这些指标大部分都略低于去年已经达到的指标，通过努力工作，再提高一块是完全可能的。因此，公司职代会提出的5000万利润目标决不能动摇。铁、钢、材三大生产系统，还要在本子上下去的目标利润之外，各自在为公司增加1000万利润，供应和机动要通过降低采购成本，销售要通过促销增效的价格调整，基建要通过实施建设项目，提前达产，各自为公司增利1000万，全公司“两费”再争取降下1500万，这既是今后的工作目标，也是经过工作可以挖掘出来的潜力，今年通过推行模拟市场新机制，经济责任制的一个重大政策调整，就是按14%的提取比例，设立了超计划利润奖。这个提奖的力度已大大超过了邯钢节约奖，也超过了以往我们任何一项奖励政策的提高幅度。只要你多创利润，超过计划部分不管数额多大，公司保证按规定提奖兑现，不怕拉开差距。实现5000万利润目标，不仅企业增收，职工也可得到比去年更多的实惠，这个政策对调动职工生产积极性，搞好生产经营会产生强大的推动作用，这也是做好今年工作的又一个有利条件。所以，各单位领导必须坚定信心，不要再指望指标倒退，也不要再在指标上讨价还价。因为，市场无情，不给我们留余地，我们也不容许你再讲价钱，只准干上去，不准完不成，这是不能含糊的，大家必须认识清楚。

要把模拟市场方案运行起来，还需要各单位做大量细致的工作。3月7日，考核指标和各生产厂厂长见面后，大家都动了脑筋，算了细账，但多数单位对困难和减利因素估计得充分，计算的也很细，都打足了气，但对有利条件，潜力和增利因素估计不足。所有单位对分析内部潜力都有深度不够的问题，还有仅仅是几个人坐下来算账，没有发动群众，集思广益的原因。下一步各单位要切实加强组织领导，按照公司给定的指标，抓好搞好测算和指标分解，直接落实到班组人头，确定好考核的办法和指标，一个环节一个环节地去寻找潜力，研究落实挖潜降成本措施，做好组织发动等各项准备工作，在4月份真正运行起来，为保证这项工作顺利发展，公司将在4月份组织专门队伍，按照方案中提出的6项标准，一家一家进行检查验收，凡是指标分解不细，责任落实不清，考核力度不够，群众发动不充分，达不到公司规定要求的，一律推倒重来，公司还将在适当时期召开模拟市场现场会，用搞得较好的典型经验推动这一工作开展，同时，要做好推行新机制的宣传教育工作，向职工讲清企业面临的形势和困难，讲清实行成本否决的意义目的，引导职工适应模拟市场的新形势，增强危机感和紧迫感，提高思想承受力，保证这项改革的顺利进行。

四、加大力度抓好职代会精神的贯彻落实，尽快实现生产经营的根本好转

现在，已到了3月下旬，由于前两个月生产欠账较大，成本上升较高，出现

了严重亏损，增大了今后的工作难度。扭转亏损，提高效益的根本出路，在于贯彻落实好公司二届五次职代会精神，使模拟市场的新机制尽快运行起来，促进生产水平的上升和成本费用的降低。

一是各生产环节要以适应市场，降低成本为前提，确保生产低耗、高产、顺行。铁系统两座大高炉，从去年 11 月，已连续 5 个月生产不顺，成为制约公司生产，影响效益的关键，现在以郝志强同志为首的铁系统攻关组已经成立并开展工作，他们提出的攻关思路措施和要求都是切合实际的，希望铁系统所有单位和人员要团结一致，服从大局，统一思想，统一步调，在攻关组领导下，齐心协力搞好攻关。当前，首要是抓好高炉入炉成分和解决好两大高炉炉况不顺的问题。供应处必须按照攻关组提出的配煤要求，保证每个煤种的质量和数量。焦比要吸取以往教训，搞好原料的确认、验收、存放、配比，努力提高焦炭强度。化验、质监要按铁攻关首次会议纪要要求，数据要做到及时、准确、可靠，真正能指导生产，使每道环节都能实现预先和过程控制。烧结厂要努力提高产量、质量，4 月份各项指标要达到去年最好水平，并组织好碱性球团矿的生产，为高炉顺行创造条件。炼铁厂要总结探索适应新炉衬的工艺条件和操作制度，进一步严格工艺纪律和工作纪律，对攻关组作出的决定必须执行，不准各行其是，顶着不办。落地的生铁要按照出口标准组织铸块，确保质量，并按炉号搞好存放。生铁合格率、制钢铁率、焦比、利用系数等主要指标，4 月份要达到去年最好水平，全年 52 万吨的目标要确保实现，使铁系统的综合效益有较大提高。

转炉还是要以提高连铸作业水平降耗增效。现在，高炉炉况已经开始好转，平均日产已达到1400t，转炉特别是连铸，要努力提高作业水平，最大限度地减少铁水落地，二炼要加大工作力度，加强生产组织，早日把前一段生产欠账弥补过来。从4 月份开始，方坯日产要保持在850t 以上，矩形坯经前一段试产已基本过关，要继续提高生产水平，连铸比不能低于90%，有关部门要保证连铸机等主要作业设备的备品、备件需要。一炼根据公司亏损产品不生产的原则，二季度要停产，要预先做好人员的思想稳定工作和护厂安排，还要认真研究降低成本、开发品种的路子措施，争取早日恢复生产。材系统前一段受改造、大修和限电影响，生产不正常，产量只是有去年同期的66%，各项质量消耗指标也都有较大幅度滑坡，已经严重影响了销售和效益。小型材一火成材经过这一段摸索，适应水平有一定的提高，要从提高公司整体效益的大局出发，进一步坚定吃 150 坯的信心，努力提高操作水平，千方百计把产量搞上去。4 月份后月产水平要超过 1. 1 万吨，全年产量要超过 12 万吨，争取 13 万吨。同时要努力降低电耗、辊耗，提高成材率发挥一火成材降成本的效益。热带一方面要克制服务品种规格变化频繁的困难，保证月产完成计划指标，还要积极为焊管负差创造条件，使负差量恢复到 50 千克水平，焊管要抓住当前的有利时机开足马力提高产量，迅速扭转成材率和定尺率下降的被动局面。4月份后各项指标要超过去年水平，冷带要进一步降低成本提高保有量的比例。各辅助单位要按照公司模拟市场方案下达的指标深入挖掘潜力，提高对生产的保障能力和服务水平，大力减少成本费用为公司扭亏增盈创造有利条件。

二是要加强两头工作，向市场要效益，扭转生产经营被动局面，实现扭亏增盈。不仅需要生产系统大幅度降低成本，更需要供销等部门努力工作向市场要效益，销售部门要抓住市场即将进入旺季的有利时机，加强市场调查和预测进一步开拓市场，争取用户，在保证贷款及时回收的前提下，千方百计促销，调整价格提高产销率，以增销售促增产，为公司提高效益提供更大的市场保证，力争实现全年11亿销售收入。供应设备材料等部门要把住进口关，在保证质量的前提下要通过努力降低采购成本为公司创造效益。从实际情况看，通过加强管理一年降下一两千万采购成本是完全可以实现的。要充分发挥机修、铸造能力，能自己加工的坚决不外委，有关部门也要对其加强这方面的考核，促使采购费用真正压下来，有关部门要面对当前建设资金不足的困难主动出击，组织力量通过各种渠道筹措资金，保证三个建设项目按期建成投产。

三是机关处室要适应模拟市场的新形势，进一步转变作风，改进工作充分发挥职场作用。公司推行模拟市场机制后机关处室的工作也必须同步跟上，各单位要根据改制后遇到的新情况、新问题研究制定适应这一变化的措施办法，改进自己的工作，在当前严重亏损的困难形势下更要振奋精神开动脑筋，不仅要拿出主管方面减亏增盈的办法，还要带头压缩费用节省开支。去年公司的期间费用已达到1.4亿元，今年前两个月由于期间费用上升，增加亏损367万元，占亏损额21%。今年我们要把期间费用压到1.2亿元以下，这是公司在模拟市场方案中提出的目标，也是扭亏增盈需要的一条重要措施。做好这项工作主要还靠处室为公司把关，希望各部门要继续保持发扬艰苦奋斗过紧日子的作风，采取坚决有力措施，尽快把费用降下来，为扭转公司经营不利局面做出应有的贡献。

同志们，当前我们面对近十余年来最为严重的亏损局面，能否战胜困难，渡过难关，实现生产经营的根本好转，关键在我们在座的各位领导。首先是我们公司领导和二百多名中层干部要有必胜的信心，只要我们集中精力、团结一致、排除干扰、真抓实干，认真推行模拟市场，成本否决新机制，就一定能战胜暂时的困难，实现职代会提出的各项奋斗目标。

做大做强凌钢　实现科学发展

——董事长、总经理张振勇在朝阳市凌钢三期技改工程竣工庆祝大会上的讲话

（2012 年 10 月 19 日）

尊敬的国强副省长

尊敬的各位领导、各位来宾，同志们：

在举国上下喜迎党的“十八大”即将胜利召开的重要时刻，今天，我们怀着无比激动的心情，在这里隆重集会，热烈庆祝凌钢三期技改工程提前胜利竣工投产。

凌钢三期技改工程，是我们认真贯彻落实科学发展观，为充分发挥凌钢自身品牌、市场和资源优势，打造精品棒线材基地做出的历史性抉择。三期技改工程的建成投产，是凌钢的一件大事、喜事、盛事，这是几代凌钢人做大做强企业的梦想与追求。

工程的提前竣工投产，是省市领导大力支持的结果。国强副省长一直关心凌钢发展，对三期技改从设计规划到产品结构亲自审定，并对工程启动下最后决心。省发改委、经信委、财政厅、国资委、国土厅、环保厅等部门也给予了我们极大的帮助。朝阳市委、市政府长期以来始终把凌钢的发展放在重要的战略位置，这次更是倾全市之力给予了支持。从工程决策开始，明玉市长在 21 个月里 15 次来凌钢，其中 11 次专题协调解决工程建设中的问题。凌源市委、市政府在工程征地、拆迁等工作中给予了我们宝贵的支持。凌源监狱管理分局等各友邻单位也为我们创造了许多方便条件。

可以说，没有各级党委、政府的鼎力支持和帮助，就不会有凌钢三期技改工程的提前竣工投产。在此，我代表凌钢集团公司党政班子和全体职工，向多年来给予我们悉心关怀和大力支持的省、市各级领导、相关部门及全市人民表示衷心的感谢！

回顾一年多来的建设历程，我们走过了一条极其艰难而又充满激情的道路。工程全面检验了凌钢领导集体的决策智慧和运筹能力，考验了广大职工的坚强执行力和伟大创造力。全公司上下大力发扬“自强、诚信、求实、创新”的凌钢精神，万众一心，顽强拼搏，克服了诸多难以想象的困难，将无数个不可能变成了现实，用自己的心血、智慧和汗水铸就了这一伟大的工程。整个工程，无不凝聚着凌钢人争气拼搏、奋发图强的坚定意志，无不闪耀着凌钢人做大做强企业理

想与信念的光辉!

这期改造无论是投资规模、新增产能，还是装备水平、施工难度等各方面，都是凌钢建厂46年来绝无仅有的，创造了凌钢发展史上的奇迹。

投资额度之大前所未有。此次改造是凌钢在2008年投资52.9亿元实施350万吨钢技改刚刚完成的情况下，征尘未洗，又投资75亿元进行的。两次改造投资总额近128亿元，是2008年改造前凌钢总资产的2倍。

新增产能之多前所未有。此次改造，凌钢年产钢能力新增250万吨，将达到600万吨钢规模，新增产品均为高附加值优特钢精品棒材，实现了历史性跨越。

装备水平之高前所未有。工程集中采用了大量国际、国内先进技术、工艺和设备，整体装备实现了设备大型化、操作自动化、管理信息化、运行节能化。

工程总量之大前所未有。共计征地2212亩，搬迁腾钢公司等10家单位，居民近3000户。内部搬迁了置场、库房、办公楼、宾馆，拆除了冷带厂、文化宫、体育场、游泳馆。动用土石方180多万立方米，制作安装钢结构17万吨，安装设备1.3万台（套），总装机容量25万千瓦。

施工条件之难前所未有。征地、搬迁工作错综复杂，工程项目多、战线长，管理难度大，超万人施工队伍，过千台套设备在不足50万平方米的狭窄区域内，立体交叉作业，施工组织难度空前。

建设工期之短前所未有。从拆到建仅用17个月就完成了全部改造，其中主体工程不到1年，转炉和大棒材轧线仅用11个月、小棒材轧线只有10个月，均创造了全国同类工程建设工期领先水平，打造了新的凌钢速度。

经营环境之严峻前所未有。凌钢三期技改工程是在国内经济增速下滑、钢铁全行业亏损的困难形势下，顶着自身连续8个月亏损的巨大压力进行的。

我们自始至终把这项工程作为凌钢的头等大事，放在了大于一切、高于一切、先于一切的地位来抓。全公司上下思想统一，信心坚定，不为任何风险所惧，不被任何干扰所惑，全力以赴搞改造，坚持发展不动摇。

利用一切能够利用的手段，多渠道开展资金筹措。抓住证监会仅3个月试点实施公司债“绿色通道”的绝佳机遇，成功发行公司债15亿元。利用凌钢信誉优势，与18家银行建立了战略合作关系，争取授信资金90亿元，争取设备厂家、施工单位垫付资金3.1亿元。

成立了7个项目部，项目经理全部由厂（部）长兼任，生产、技改“一肩挑”。各项目部按照“一保三限”原则，制定并有效实施了科学的工程管控体系。各参建单位克服场地狭小、交叉作业等重重困难，打破常规，协同作战，抢工期、保质量，保证了工程的快速、有序进行。

公司所有单位都是以加快做大做强凌钢为己任，树立全公司一盘棋思想，主动出击，工作到位，做到了生产经营、技术改造“两不误”，万众一心，众志成城，全力以赴保技改。包括我们的职工家属，克服了楼前施工、道路难行等诸多不便，也为工程做出了巨大的奉献与牺牲。各设计、设备供货、施工、监理等单位无私奉献，通力合作，多家企业文化在这里实现了完美融合，共同创造了一个又一个奇迹。

在此，我代表凌钢集团公司党政班子，谨向为凌钢三期技改工程作出了巨大贡献的全公司广大职工，向参与凌钢工程建设并付出巨大艰辛和努力的项目设计、设备供货、工程施工等单位的领导和全体参建人员，向支持和理解我们的所有职工家属，致以崇高的敬意和诚挚的感谢！

三期技改工程是凌钢发展史上一座具有十分重要意义的里程碑。通过改造，凌钢年产钢能力达到600万吨，营业收入将登上200亿元大台阶，真正成为了大型钢铁联合企业，对朝阳经济社会发展将会作出更大贡献；企业实现了从量到质的转变，成本、品牌、资源、节能减排等优势充分显现，市场竞争能力、创效能力和综合实力进一步增强；职工生产生活环境持续改善，收入不断提高，对企业的认同感和自豪感更加强烈，企业凝聚力进一步增强；培养锻炼的一大批技术和管理人才，成为了凌钢的宝贵财富；敢于胜利、善于胜利的技改精神进一步丰富了凌钢企业文化内涵，将激励广大职工在做大做强凌钢的伟大征程中勇往直前、无往不胜。

三期技改工程的建成投产，不仅为凌钢增强企业竞争力奠定了坚实的物质基础，也为我们应对当前困难的经济形势增添了强大的精神动力。下一步，我们要尽快掌握和应用新技术、新工艺和新装备，全力以赴抓好新项目达产达效工作，使其尽快成为凌钢新的效益增长点。要下大力开展技术研发和市场开发工作，充分发挥大装备优势，开发高附加值产品，努力打造名副其实的精品棒线材基地。同时，紧紧抓住当前市场好转的有利时机，继续深化对标挖潜、降本增效，全力以赴搞好生产经营，努力创造更好的经济效益。

各位领导、同志们，今天的凌钢，又站在了新的历史起点上。我们坚信，经过这期技改工程锻炼和洗礼的凌钢广大干部职工，将会更加意气风发，斗志昂扬，定会以最快的速度实现新项目达产达效，凌钢的明天一定会更加美好！

谢谢大家！

消 息 篇

CHAOYANG RIBAO
中国移动网 到处'听''说'好
强化管理创新 挖潜技改配套
凌钢逆势而上实现历史性突破
年销售收入超百亿 钢产量超三百万吨
LING GANG BAO

李长春省长来凌钢检查指导工作

本报讯 1986年6月27日下午，连绵细雨刚停。省长李长春同志在市长胡国庆等同志的陪同下，来到凌钢检查指导工作。厂党委书记崔洪林同志向省、市领导汇报了凌钢生产和“七五”改扩建工程进展情况，如实汇报了前进中出现的问题。李长春省长对凌钢改革中取得的成绩表示满意，对存在的问题提出了解决办法。然后，观看了凌钢发展情况的电视录像，视察了厂区生产和建设情况。

李长春要求，省有关部门要尽快召开专题会议，认真解决凌钢“七五”改扩建中存在的主要问题，凌钢也要进一步加强横向经济联系，在改革中继续开拓前进!

1986年7月5日

省委副书记孙奇来我厂检查工作

本报讯 1月13日，省委副书记孙奇在市、县有关领导的陪同下，来我厂检查指导工作。

上午10时，孙奇同志和市县有关领导观看了《崛起中的凌钢》电视片。

厂党委书记崔洪林，副厂长高益荣等党政领导向省市领导汇报了我厂生产经营和“七五”改扩建工作进展情况，孙奇同志听了汇报后，对凌钢取得的成绩给予了充分肯定，对凌钢的发展提出了殷切希望。

1987年1月21日

凌源钢铁公司成立大会隆重举行

本报讯 记者王承孝报道 1988年4月28日，凌钢步入了她历史上最值得纪念的一天。

当天，凌源钢铁公司成立大会在工人文化宫隆重召开，这个广大职工期盼已久的美好愿望此刻已经化为现实。无法遏制心头喜悦的钢城职工一大早就涌到会场，等待着这个历史性时刻的到来。

上午9时，省总工会，省冶金厅，朝阳市和其他市、县领导及来宾步入会场，大会在热烈昂扬的乐曲声中隆重开幕。

市冶金局朱局长代表朝阳市政府宣读凌源钢铁公司成立批文和宋士田经理的任职令。

宋经理就凌源钢铁公司成立的意义，筹建过程和经营方针目标等问题向大会做了报告，同时向公司筹建过程中给予大力支持和扶助的各级政府及有关部门领导表示谢意。报告后，他宣布了凌源钢铁公司新领导班子人员组阁，聘任名单。

朝阳市市长胡国庆在会上做了重要讲话。他对原凌源钢铁厂和保国铁矿工作给予很高的评价，勉励公司新班子和广大职工为加快钢铁工业发展步伐，振兴朝阳经济作出更大贡献。

省冶金厅王泽润厅长也在会上讲话，他从发展全省，特别是辽西钢铁工业，提高行业效益和社会效益，推动经济体制改革等方面阐述了公司成立的重大意义，并对公司今后的发展提出了指导性意见。

省总工会重工工会主席马贵春代表省工会，凌源县县长杨庆国代表市属各市，县政府和凌源县58万人民在会上致了贺词。他们热情洋溢的讲话在会场上激起一阵又一阵掌声。还有50多个单位代表到会祝贺，保国铁矿和朝阳焦化厂也派代表参加了会议。

10点30分，会议在雷鸣般的掌声中结束。

1988年5月7日

刘相荣市长一行专程视察二炼钢

刘市长在现场观看了20t转炉吹炼出钢后高兴地说，二炼投产不仅是凌钢的成绩，也是朝阳市人民的光荣

本报讯 10月29日，朝阳市人民政府刘相荣市长，肖洪昌副市长，周孝城秘书长和市冶金局朱贵春局长专程来凌钢视察第二炼钢厂，对我公司20t转炉出钢表示祝贺。

宋士田经理，于连德副经理向几位领导简要汇报了20t转炉、3200m^3制氧机建设、投产情况。下午1时，刘市长一行到现场参观，兴致勃勃地观看了20t转炉吹炼、出钢场面。几位领导对工程的技术装备和建设投产速度赞不绝口。

参观之后，刘相荣市长作了重要指示，他首先代表市委、市政府对20t转炉出钢，向凌钢全体职工表示祝贺和感谢。他说，20t转炉出钢，是凌钢在党的四中全会召开后的新形势下作出的新贡献。这不仅是凌钢本身的成绩，也是朝阳市人民的光荣。凌钢建设的每一个成就都激励、鼓舞了朝阳人民。刘市长还提出三点要求：一、希望凌钢认真总结经验，形成宝贵的精神财富。特别是要总结怎样立足自身力量，自力更生、艰苦奋斗，实现自我发展和技术进步的。二、要大力表彰在建设中作出突出贡献的人们，弘扬这种无私奉献的主人翁精神。20t转炉的投产，是物质，精神的双胜利，凌钢人的精神确实了不起，凌钢精神体现了中国工人阶级的精神风貌。有一支觉悟高、技术精的职工队伍，是企业最宝贵的财富。三、要边生产，边总结，边完善，边提高，尽快达产，一个新事物建成不易，巩固发展更难。要继续开拓前进，使第二炼钢厂成为辽西第一座现代化炼钢基地，成为辽宁省的红旗炼钢厂。还要特别注意安全生产。

肖洪昌副市长指出，凌钢20t转炉投产意义重大。搞社会主义，必须坚持发展全民所有制经济，发展大中型企业，必须发扬自力更生，艰苦奋斗的光荣传统。凌钢的转炉开工，情况复杂、技术要求高，没请外人，靠自己的力量顺利出钢，这是真正的自力更生精神，非常能教育人。

宋经理代表公司感谢市领导对凌钢工作的重视和关怀，表示决不辜负市领导对我们的殷切希望，继续发扬凌钢精神，以会战的方式拿下最后几个项目，夺取“七五”建设的最后胜利。

（何东生）

1989年11月4日

徐大铨副部长来凌钢检查指导工作

本报讯 *记者张勇报道* 冶金工业部副部长徐大铨对我公司“七五”改扩建进展很快和晋升国家二级企业的指标，管理水平过得硬，十分满意，说凌钢近两年进步不小，搞得不错。

10月10日下午3时40分，徐副部长和钢铁司司长张树麟，省冶金厅副厅长王忠敏，副市长李玉臻等领导再次来我公司检查指导工作。徐副部长一行是在朝阳市参加全国地方铁矿工作会议期间，专程赶到凌钢看连铸机和ϕ650机组的试生产情况，他们在经理宋士田的陪同下，首先来到第二炼钢厂。厂房内钢花飞溅。徐副部长兴致勃勃地登上平台，看到连铸机生产顺利，十分高兴，徐副部长问身边的丁礼常厂长，连铸的规格是多少？丁厂长回答，150×150，我们还准备上150×220这个规格。徐副部长连声说，很好，很好。你们建设得很快，上次我来时刚打桩。随后，他又来到转炉计算机室，看望了正在操作的工人，并询问各项指标和生产情况。随后，徐副部长又来到炼铁厂，登上300m^3高炉平台计算机室，察看了高炉生产，并详细询问了高炉的利用系数、焦比等情况。宋经理说，300m^3高炉投产是您剪的彩。目前高炉运行顺利，为解决焦炭灰分大的问题，投资200多万元上了焦炭筛分，灰分大大减少。徐副部长笑着说，高炉很有潜力，搞得不错。在650机组厂房里，王忠敏副厅长向徐副部长汇报说，凌钢干得不错，省委书记全树仁来凌钢时关心的650机组和连铸都已经生产了。我两个月没有来，又有变化。一炼的3号电炉也上来了。宋经理说，3号电炉是一个半月拿下来的，都是自己干的，年产钢12万吨。徐副部长连连点头说，凌钢这两年进步不小。

随后，徐副部长又参观了一炼钢3号电炉，3200m^3制氧机，钢管厂和冷带厂。当来到冷带厂时对魏文秀副厂长说，你们冷带过去是个宝贝，现在市场萧条了。魏副厂长说，我们上了十八辊机组，产品向薄、长方向发展。徐副部长又关切地问了市场有没有，公司领导回答以后，徐副部长说，凌钢这两年搞得不错，进步也不小，有点大钢厂的派头了！

下午5时50分，在招待所三楼小会议室，宋经理向部、省、市的领导详细汇报了凌钢十年来的发展和“七五”改扩建的进展情况，以及今年生产，基建和今后发展面临的主要问题。徐副部长在现场检查和听取汇报过程中，对凌钢今后的发展做了一些重要指示，同时，对朝阳市在“七五”期间给予凌钢的优惠政策，促其发展，表示赞赏和感谢。

1990年10月20日

岳岐峰来我公司检查指导工作

本报讯 记者王崇武报道 9月8日上午，省长岳岐峰在省、市有关领导陪同下，一行二十余人对我公司的炼铁、烧结、二炼、冷带进行了现场视察。

视察过程中，岳省长每到一处都与那里的岗位工人亲切地握手交谈；岳省长在听取宋经理对我公司的“七五”发展情况介绍后，对我公司的现场管理、重视教育以及“七五”成就和“八五”发展规划，帮扶一批乡镇企业的做法给予很高的评价，并就辽宁省地方钢铁企业如何发展提出了看法。岳省长认为，作为重工业基地的辽宁省来说，地方钢铁企业要想迅速搞上去，一是要转变企业经营机制，坚持走质量效益型道路；二是要扩大品种，搞好产品的深加工，做到低投入高产出。

1992年9月26日

省委书记全树仁来我公司考察

本报讯 见习记者李直报道 12月22日下午，辽宁省省委书记全树仁及陪同人员一行23人来我公司考察。

全树仁书记在公司领导的陪同下参观了二炼钢厂和中宽热带基础工程，并听取了公司经理宋士田的汇报。宋经理在汇报中对今年生产经营情况及明年的工作目标作了分析：今年工业总产值预计全年将达到45000万元，比去年增加9.76%。销售收入约7200万元，比去年增加41.41%，实现利税约1300万元，比去年增加96.52%。钢铁材大幅度增长，钢将达到38万吨，铁将达到34万吨，钢材将达到26.40万吨。今年炼钢系统主要是以连铸生产再上新台阶为中心，带动20t转炉达产。

“八五”计划则主要是围绕引进年产50万吨中宽热带轧机进行配套建设，达到年产60万吨钢、60万吨铁、65万吨钢材的生产规模。

全书记在听取汇报后，希望凌钢要抓住当前钢材市场的好机会，内部挖掘潜力，在品种和质量上下工夫，努力增强企业的实力。

下午5时，全树仁书记离开凌钢前往凌河汽车工业公司考察。

1993年1月1日

凌钢实现建厂以来历史性跨越

本报讯 记者杜强报道 在举国上下降重纪念毛泽东同志诞辰100周年之际，12月25日，我公司提前5天胜利完成50万吨钢大目标，实现了凌钢建厂以来最重大的一次历史性跨越。使凌钢在全省、全国钢铁企业中的地位有了跳跃性上升，钢产量继鞍钢、本钢之后排居全省第三位，在全国56家地方钢铁企业中也由原来的第23位上升到第17位，进入50万吨级钢铁企业的行列，预计今年在全国500家最大工业企业排序中，凌钢将由1992年的第230位升入150位左右，这是凌钢发展史上的重大事件，是凌钢15000名职工不断发扬“争气、拼搏、奉献”精神，在不增设备不增人的条件下，顽强拼搏，无私奉献，取得一年挖潜增钢12万吨的最辉煌篇章。

12月25日下午，公司和公司党委隆重召开“纪念毛泽东同志诞辰100周年暨庆祝凌钢实现50万吨钢大会。”工人文化宫内，气氛热烈，人们心中交织着奋斗成功的喜悦和对毛泽东同志的深切思念。各分厂用最能表达自己心声的语言写来了报捷书、贺联，纪念毛泽东的诗词等彩色条幅贴满会场两壁，令大会更增一种浓烈的氛围。二楼眺台悬挂着“面向市场，优化结构，转换机制，再上台阶”的条幅，向人们昭示着新的攀登即将开始。冶金工业部、省冶金厅、朝阳市委、市政府、市冶金局等上级部门都发来了贺电祝贺。原辽宁省冶金厅厅长、省人大财经委员会副主任王泽润也以个人名义发来了贺信。

省冶金厅副厅长付铁山，朝阳市常务副市长肖洪昌，朝阳市政府秘书长车传胤，凌源市市长雷达等省市领导及友邻单位，省市各级新闻单位的领导及记者到会祝贺。

大会在雄壮的《东方红》乐曲中正式拉开帷幕，公司党委副书记苑成德主持了大会，公司副经理高益荣宣读了贺电。会上，省冶金厅副厅长付铁山、朝阳市常务副市长肖洪昌、凌源市市长雷达在会上作了热情洋溢的讲话。

第二炼钢厂、第一炼钢厂、炼铁厂、保国铁矿、第一轧钢厂五个单位分别以优异的成绩向大会报捷。

公司经理兼党委书记宋士田在会上做了重要讲话。讲话缅怀毛泽东同志丰功伟绩，阐述了毛泽东同志的历史地位和毛泽东思想的指导作用，以及邓小平同志继承和发展毛泽东思想的历史功绩。号召职工用建设有中国特色社会主义理论指导各项工作，推动党员、干部和广大职工学习毛泽东思想和《邓小平文选》第三卷以及党的十四届三中全会精神，把毛泽东等老一辈无产阶级革命家开创的伟大事业推向前进。

宋经理在报告中，高屋建瓴地剖析了1993年凌钢登上大台阶的重大历史意义，全面准确地总结了一年的实践经验，并提出1994年凌钢工作指导思想是：以党的十四届三中全会通过的《决定》为指针，进一步深化改革，转换机制，适应市场经济的新发展；大力提高产品质量，降低消耗，再练内功，争取各项经济指标全面超过1993年；全力以赴抓好“八五”工程六大主体项目的收尾和投产、达产，确保早投产、早见效。生产经营方针是：面向市场、优化结构、转换机制、再上台阶。生产经营目标是：“052134”即工亡和重大设备事故为零，完成52万吨钢，13亿元销售收入，4亿元利税。同时要实现产值5.6亿元，产铁40万吨、产钢材35万吨，“八五”6个在建项目年底以前全部投产。

就做好明年的工作，宋经理指出，一要积极推进以深化和完善股份制为重点的企业内部改革，加快企业整体向股份制公司转化，争取在上半年使股份制真正运行起来；二要继续开展学安阳活动，巩固发展今年的大好形势，使生产经营继续保持一定的增长速度；三要继续苦练内功，努力提高质量，发展品种，降低消耗，增强市场的竞争能力；四要全力以赴抓好“八五”建设，确保在建项目按期建成投产；五要坚持贯彻“两手抓”的方针，为搞好明年生产经营创造有力的“软环境”，各项工作再上大台阶。

会后，公司工会组织的大型文艺演出又为这次活动添上了精彩的尾声。

1994年1月1日

凌源钢铁股份有限公司首届一次股东代表大会暨创立大会胜利召开

本报讯 记者王崇武报道 凌钢广大股东和职工盼望已久的凌源钢铁股份有限公司首届股东代表大会暨公司创立大会4月8日上午在我公司隆重举行。来自我公司各条战线的175名职工个人股东代表和5名社会法人股代表，以及凌钢公司的领导出席了首届股东大会。朝阳市体改委、冶金局、国有资产局等单位有关领导列席了大会。

会上，朝阳市体改委曹主任宣读了省体改委《关于同意凌钢（集团）股份有限公司变更名称及调整股本的通知》，朝阳市国有资产局季局长宣读了国有股股权设置的批复。凌源钢铁股份有限公司筹委会主任宋士田在会上向股东代表们汇报了凌源钢铁股份有限公司筹建工作报告。宋士田同志在报告中简要回顾了半年多来股份公司的筹组工作情况，详细阐明了实行“重组分立”的问题。他指出，“重组分立”就是学习马钢的模式，对企业从资产上重新组合，保留原来的凌源钢铁公司，把主体生产部门分离出来重新组建一个股份有限公司，各自有一定资产，承担一定的负债，享有一定的权益，分立就是凌源钢铁公司与凌钢股份有限公司分别设立，都是独立的法人，分别成为自主经营、自负盈亏、独立核算、依法纳税的经济实体。这是我们股份制调整的中心内容。重组主要是做了三次调整，首先以生产经营主体组建凌源钢铁股份有限公司。把具有社会服务职能的医院、学校、后勤、福利部门；具有面向社会对外经营能力的汽运公司、修建部、机械加工部门；具有独立经营能力而且远离公司本部的保国铁矿、朝阳焦化厂、还有“八五”在建项目予以分离，仍隶属于凌源钢铁公司，继续由凌源钢铁公司管理。

其次，两公司资产界定。以1993年12月31日为资产评估界定基准日。资产总额为156965万元，负债82818万元，权益74147万元。根据股份公司设立范围，共剥离出资产49472万元，负债41790万元。剥离后凌源钢铁公司资产总额为107493万元，债务41078万元，转给股份公司。权益66465万元，其中以国有股投入股份公司35700万元，股份公司有偿使用凌源钢铁公司资产30765万元。剥离的在建工程竣工投产后，转借给股份公司，扩大股时逐渐转入，增加国有股股本。

再次，调整股本总额和股本构成。原来总股本为10亿元，其中国有股6亿元，职工个人和社会法人股4亿元，现调整为股本总额4.2亿元，其中国有股

3.57 亿元，职工个人股和社会法人股 6300 万元。

宋士田同志强调指出，“重组分立”继续保持国有企业的性质和地位，享受国有企业应该得到的政策，发挥国有企业和股份制企业的双重优势；有利于搞活基层，更好地适应市场，加大转换经营机制的力度；有利于股票上市和与外商合资，有利于股份公司效益的提高，红利率只会高于原来招股说明书的预测水平，不会降低，无论是否进入股份公司，股权都是平等的，请各位股东放心。

凌源钢铁股份有限公司筹委会副主任张静作了关于凌源钢铁股份有限公司章程起草的说明；参加会议的股东代表审议并通过了凌源钢铁股份有限公司章程；朝阳市国有资产局领导宣布了关于委聘宋士田、吴志先为国有股股权代表、国有股权管理者的决定。会上，按照《公司法》、《股份有限公司规范意见》的要求和法定程序选举产生了首届公司董事会和监事会。董事会和监事会分别召开第一次会议，选举产生宋士田为董事长，高益荣、苑成德为副董事长。盖全臣为监事会主席。由董事长宋士田提名高益荣为凌钢股份有限公司总经理，由总经理高益荣提名苑成德、张学卿、丁礼常、吴志先为副总经理。

4 月 8 日上午 10 点，凌钢股份有限公司在工人文化宫召开了创立大会。

省人大常委、原省冶金厅厅长王泽润同朝阳市人大副主任吴德夫在振奋人心的乐曲声中为凌源钢铁股份有限公司揭牌，董事长宋士田在创立大会上讲话，原省冶金厅厅长王泽润，凌源市委书记陈国昌、朝阳市委副秘书长李国福到会祝贺并发表了热情洋溢的讲话。

1994 年 4 月 16 日

闻世震代省长、丛正龙副省长视察凌钢

本报讯 记者张勇报道 7月8日下午4时50分，一场绵绵细雨刚过，中共辽宁省委副书记、代省长闻世震、副省长丛正龙等省市领导来到凌钢现场办公。闻省长不顾长途奔波的疲劳，在朝阳市委书记鲍志强、市长刘相荣、公司领导宋士田、高益荣等同志的陪同下，立即前往“八五”建设工地、第二炼钢厂参观考察。闻省长等省市领导首先参观了新焦炉工程，当来到380m^3高炉施工现场，看到拔地而起的高炉非常兴奋，闻省长不停询问高炉达到什么规模、工程进展等情况，并连连向建设者们点头致意。闻省长十分关心凌钢的生产建设，早在1988年4月闻省长同冶金部副部长徐大铨专程来凌钢，为“七五”改扩建的龙头项目300m^3高炉投产剪彩。多年来对凌钢的发展寄予很高厚望，前不久，他又对凌钢的生产建设作了重要批示。

离开高炉工地，闻省长登上第二炼钢厂20t转炉主控室，详细了解转炉各项指标情况，闻省长问：“如果铁水供足，一台炉子一年能否搞到20万吨?”宋经理说：“现在转炉可以达到900千克铁水，就炼一炉钢。”闻省长听后高兴地笑了。在连铸机旁望着四流火红的连铸坯，他兴致勃勃地询问连铸比、工艺流程等情况，不停地点头赞许。随后，闻省长参观了中宽带和板坯连铸工程，对施工进展顺畅表示满意。

参观结束后，闻省长在公司宾馆三楼会议室召开了办公会议。省计委、经委、体改委及省冶金厅等有关部门领导和朝阳市委、市政府领导参加了会议。公司经理宋士田在会上汇报我公司“七五”改扩建成果，今年的生产经营情况和凌钢“八五”“九五”建设情况及发展规划。听取汇报后，副省长丛正龙首先讲了话，他说：“凌钢不管是‘八五’工程，还是生产建设在省内地方钢铁企业中是出类拔萃的企业，目前‘八五’工程应抓紧收尾。生产基建同时并举困难很大，任务比较繁重，希望积极组织搞好这段时间的工作。同时还要在企业管理上下功夫，进一步挖掘内部潜力，合理利用外资发展凌钢。”

闻省长对凌钢今后的发展作了三点指示，闻省长说，第一，应当抓住机遇，审时度势，加快发展。可以说这也是辽宁冶金工业的发展路子。凌钢这几年变化很大，改造是很快的，已经成为中型钢铁企业中名列前茅的企业，为辽宁争了光。凌钢广大职工艰苦创业，依靠自己的力量，走出一条地方钢铁工业发展的新路子。但是横向比，同全国其他省市相比，一个共性的问题是品种少、质量低、规模小、劳动效率低。目前，我国钢铁工业需求乃至“九五”发展，必须以优化品种结构为中心，开发一批填补国内空白的产品，这就给辽宁冶金工业提供了千载难逢的机遇。因此，要抓住机遇，快速发展，凌钢要通过“九五”再上一个新台阶。第二，关于凌钢的发展思路。凌钢“九五”要上新台阶，上台阶的标志不仅规模要达到100万吨，争当中钢企业排头兵，还要上品种、质量上水平、效益要上去。以市场为导向，以效益为中心，发挥凌钢铁矿资源的优势，加快技术改造，质量、品种省冶金厅要进行论证，调查好市场，开发填补国内空白产品。凌钢的发展我倾向长流程，不搞短流程。这样，发展乡村矿业，带动脱贫致富。第三，如何筹集建设资金。一是搞股份制，二是利用外资。我们在积极争取国家专项贷款的同时，大胆利用外资和吸收社会法人股，这是企业发展最现实的路子。凌钢要进一步解放思想，加快技术改造步伐，博采国内外先进技术，把企业生产建设扎扎实实搞上去。

1994年7月16日

热烈庆贺公司板坯连铸机投产

本报讯 *记者杨旭报道* 正值公司上下以高昂的斗志迎战市场经济严峻考验的时刻，凌钢“八五”又一项目——板坯连铸机于6月2日顺利竣工投产。6月4日我公司在板坯连铸机投产现场举行隆重的剪彩仪式。下午5点30分，国家冶金工业部部长刘淇、朝阳市政府刘相荣市长、公司经理宋士田三位领导轻启金剪，为凌钢板坯连铸的生产剪出了一个非常美好的开端。

在第二炼钢厂板坯连铸机投产剪彩现场,高音喇叭播放着激扬奋进的凯旋曲,锣鼓队擂击出铿锵雄壮的壮威声。公司党政工各有关单位的领导,还有英勇善战、不辱使命的二炼人共同庆贺凌钢“八五”改造继焦炉、高炉之后所获得的又一重大胜利。剪彩仪式场面博大,气势恢宏,情景感人,使所有置身其中的人都为之振奋。

在剪彩仪式上，公司经理宋士田发表重要讲话。他代表公司、公司党委向长期以来始终关心和支持凌钢发展，使凌钢“八五”改造得以顺利进行的冶金部、省冶金厅、朝阳市委、市政府等上级领导机关表示衷心感谢。向前来参加板坯连铸机剪彩的冶金部刘淇部长、单尚华司长、省冶金厅付铁山副厅长和朝阳市政府刘相荣市长、肖洪昌常务副市长等领导表示热烈欢迎。向板坯连铸机设计和制造单位马鞍山钢铁设计研究院和大连重型机器厂，特别是向承担这一工程建设安装任务的第二炼钢厂和基建指挥部的同志们表示热烈的祝贺。

凌钢板坯连铸机是凌钢有史以来由自己承担的最大建设项目，担负工程建设任务的第二炼钢厂以高度的主人翁责任感和强烈的争气精神，主动承担了这一工程，他们与设计、制造单位和基建部门密切配合，团结奋战，克服了资金、技术、人力等方面遇到的重重困难，依靠顽强的拼搏精神和严格的科学态度，精心组织和施工，净建设周期只用了5个半月时间，就高速优质地完成了这样一个技术含量大，要求精度高，而又从来没干过的大项目，使板坯连铸机建设达到了国内先进水平，取得了一次试产成功，连续拉出23炉合格板坯的出色成绩，再次谱写了一曲“争气、拼搏、奉献”凌钢精神的凯歌。

板坯连铸机的投产使凌钢转炉结束了模铸生产的历史，成为辽宁第一家实现全连铸的钢铁企业。宋经理在讲话中要求全公司广大职工，借板坯连铸投产的东风，进一步振奋精神，拼搏进取，为战胜暂时困难，实现企业生产经营根本好转作出新贡献。

1995年6月17日

袁木同志来凌钢视察

本报讯　7月28日时近中午，参加公司二次党代会的代表正在讨论凌钢“九五”宏伟规划之际，全国政协常委、原国务院政策研究室主任袁木莅临公司，进行搞好国有大中型企业的专题研究。袁老对凌钢十年的巨大变化表现出浓厚的兴趣，他在听取公司经理宋士田汇报时，不断地点头赞许，对产品质量、实现利润、技术指标等详细询问，尤其对今年的生产经营形势十分关心。

汇报结束后，袁木一行立即驱车赴厂内参观，他不顾旅途劳顿，先后到30孔焦炉、380m^3高炉、第二炼钢厂和中宽带施工工地，深入实地具体了解情况，并与职工亲切交谈，兴致颇高。

春泥护花、枝叶关情。结束参观后他召开座谈会，与大家共同分析企业改革的思路、对策和困难。他指出，国有企业必须搞活，凌钢就走了一条振兴之路，如果全国企业都像凌钢一样，那么我们国家就不得了。他还对市场经济和产权改革阐明自己的态度。他表示要把基层的呼声带给中央决策层。

7月29日下午，袁木与公司中层以上干部见面并发表讲话。他结合国外情况，谈了5个问题：经济建设；改革开放；搞好国有大中型企业；现代化与西化；反腐倡廉。他特别强调，国有企业摆脱困境的关键是转换经营机制，走向市场，且绝不能忽视工人阶级的主人翁地位。

1995年8月9日

省委书记顾金池来凌钢指导工作

本报讯 记者郑高晖报道 8月30日下午4时，中共辽宁省委书记顾金池，在朝阳市委书记鲍志强、市长刘相荣的陪同下来凌钢指导工作。

宋士田、高益荣等公司领导陪同顾书记一行参观了30孔焦炉、380m^3高炉、20t转炉、连铸、中宽热带工地和氧气厂。顾书记说：“我对凌钢的印象很好，这是一家成功的国有大中型企业。”

公司经理宋士田向顾书记介绍了近年来凌钢生产建设情况和今年前7个月的生产经营情况、“九五”期间发展的思路目标及开展工作的四点具体做法：一是比较早地进入市场，逐步增强了对市场经济适应能力；二是用好、用足省市政府给予的优惠政策，大力搞好技术改造；三是坚持不懈地抓管理，向管理要效益；四是抓干部的表率作用，不断提高职工队伍素质。

顾书记听完汇报后，高度评价凌钢的贡献。他指出，上述四条基本经验很精炼，也完全符合市场经济的要求，凌钢今后的打算提得很好，设想很好。省委刚开完党代会，我们企业下一步很重要的工作就是在产品发展上做文章，真正通过产品调整，增加竞争力，增加效益。

顾书记还对凌钢的工作提出殷切期望。一是希望凌钢在已经积累的经验基础上，认真学习江总书记关于搞活国有企业的讲话，用讲话精神对照自身实际指导工作，并更好地对原有的成果进行总结；二是希望凌钢按照闻世震省长的批示，进一步发扬企业精神，找准路子，下决心赶超全国一流水平，而且争取向世界先进水平靠拢，因为凌钢有这个条件；三是希望凌钢今年千方百计动员职工多给省市作贡献。

顾书记强调，当前企业工作有几点难点问题，凌钢要力求突破，一是产品结构调整和发展，特别是竞争力、质量、成本、品种这一关要求实创新；二是资金关，要盘活、要增加；三是保障体系的建设，凌钢在这方面要着手探索。

陪同省委书记顾金池来凌钢视察的还有省委副秘书长、政研室主任杨志新，朝阳市委副书记彭益民等。

1995年9月6日

宋士田经理光荣退休　高益荣经理受命接任

朝阳市委、市政府主要领导前来宣布任职决定
公司召开中层干部会议，宋士田、高益荣两位经理发表讲话

本报讯　*记者杨旭报道*　在凌钢30年的发展史上，1996年的4月6日是一个具有深远历史意义和重要现实意义的日子。因为在这一天，为凌钢呕心沥血作出重大贡献的宋士田经理光荣退休；在这一天，在组织考核和群众评议中众望所归的高益荣经理受命接任。

这一决定是朝阳市委、市政府主要领导4月6日在凌钢领导班子会议上宣布的。在该次会议上，朝阳市政府主持工作的常务副市长肖洪昌对宋士田同志二十余年，特别是担任凌钢主要领导以来的工作给予充分肯定和高度评价；对以高益荣同志为首的凌钢新领导班子充满了信心。对凌钢今后发展及今年工作提出了希望和要求。希望凌钢在以高益荣同志为首的新领导班子带领下进一步深化改革，加强管理，战胜困难，为朝阳经济发展再作新的贡献。

4月8日下午，公司召开中层干部会议，宋士田、高益荣两位经理发表讲话。

会议由公司党委副书记、副经理苑成德主持。他宣布了中共朝阳市委《关于高益荣同志任职的决定》和凌源钢铁股份有限公司董事会关于高益荣、吴志先分别担任董事长、副董事长的公告；公司党委组织部部长牛恪庄传达了肖洪昌副市长在凌钢主要领导人事变动会上的讲话精神。

宋士田经理说，我在凌钢工作29年，20多年来我与凌钢、我与大家风雨同舟、荣辱与共，建立了难以割舍的感情。可以说，我为凌钢发展竭尽了毕生的精力，在工作中也得到了大家很大的支持，使我们共同的事业获得了发展。事业是无止境的，但人的精力是有限的，按照自然规律我退休了。可我仍然会继续关心凌钢的发展进步，关心凌钢人的工作生活。这些年来，我总把凌钢的事业看成我自己的，损失了一草一木我都心疼。从细微处抓管理，这在外界那些大改革家看来，算不得什么，但我总也改变不了这种观念。而在做重大改革决策时，我一贯持严谨态度，主张看准了再行动。并且在每次改革中都注重内部管理，苦练内功，因为改革代替不了管理，这使得每次改革都没出现什么失误。历来我对干部要求都是很严的，要求干部起表率作用，批评起来也是严厉的。经过多年锻炼，凌钢整个干部队伍思想基础过得硬，顾大局，识大体，使公司能做到指哪打哪，我相信今后一定会做得更好，这是我放心的，我更相信大家今后在以高益荣为首

的新领导班子的带领下，会使凌钢获得更大发展。今年公司一季度亏损，由于运行了模拟市场机制，3 月份生产经营出现了好转，如果这样发展下去，4 月份可能不亏，到 7 月份可能扭亏，我相信通过积极努力，全年 5000 万利润目标一定能实现。

高益荣经理说，宋经理的讲话语重心长，感人肺腑。宋经理在凌钢工作 29 年，把毕生精力都献给了凌钢。对凌钢投入和奉献越多，感情也就越深越浓。今天请宋经理给大家讲讲，主要是讲感情、讲嘱托。我觉得朝阳市委对宋经理的评价是诚恳的、公正的。宋经理确实为凌钢的发展作出了卓越贡献，在凌钢从小到大，从不知名到知名的艰苦创业中，宋经理起了重大作用，我代表公司、公司党委和 16000 名职工向宋经理表示诚挚的感谢。同时，也向大家对我的信任表示衷心感谢。凌钢有好的干部队伍和好的职工队伍，既然我受命接过这副重担，我就要和大家一道尽心尽力把凌钢搞上去。我没有什么豪言壮语，我认为用实际行动把凌钢搞好才是对大家最好的回答。现在保持稳定是凌钢的大局所需，保持稳定一是指干部队伍的相对稳定，二是指政策制度的稳定。但也会根据模拟市场这种新机制的实际需要作适当调整。模拟市场工作是公司今年的主要工作。尽管现在运行的时间还不长，但这种机制的好处已经显示出来了。现在我对大家提出三点希望，一是各级干部要加强企业管理工作，严格执行各项规章制度；二是把模拟市场工作搞得更加深入；三是各级领导和广大职工各负其责，各尽其职，把生产经营尽快搞上去。

公司党委副书记、副经理苑成德在总结讲话中说，凌钢主要领导交接实现平稳过渡是凌钢政治生活中的一件大事、好事。过去，宋士田经理带领我们把凌钢由一个名不见经传的劳改企业，发展到今天在全国占据一定地位的大一型企业。今后我们要紧密团结在以高益荣经理为核心的领导集体周围，继往开来，锐意进取，使凌钢的千秋大业获得更大发展。

1996 年 4 月 17 日

深化改革　强化管理　认清形势　加快发展

全省现场经验交流会在我公司召开

本报讯　记者张凤阳报道　7月15日，全省形势任务教育暨深化企业改革强化管理现场经验交流会在我公司隆重召开。省委宣传部、省经贸委、省直10个行业厅局的领导及省重点规划60户大型企业集团公司的领导们参加了会议。

会议由省委宣传部常务副部长张立安主持。会议的主要内容是总结交流上半年全省开展形势任务教育、推动国有企业搞好资本运作，组建企业集团和强化管理的经验，进一步认清形势，解放思想，明确下半年工作思路，推动全省企业深化改革、强化管理取得实质性进展。

朝阳市主管工业的副市长杨久志在会上讲了话，他指出，这次会议在凌钢召开，对朝阳市的企业来说是一个很好的接受检查和学习的机会。朝阳市的企业状况是总量小、发展慢、水平低，但是几大支柱企业却经受住了激烈的市场考验。相信通过这次会议，必将会更加有力地推动朝阳市企业管理工作的发展。

到会的省经贸委主任王华彬在会上做了重要讲话，他说，根据省委、省政府的指示精神，我们这次会议采取参观、经验介绍相结合的形式召开，旨在进一步深化企业改革，强化管理，不断地提高开放水平。省里将继续推行“抓大放小”的方针，全力抓好“123”工程。即：到本世纪末抓10个年销售额达100亿的企业、20个年销售额超50亿的企业、30个年销售额突破20亿的企业，抓好这一工程，必将使全省的产业形象、经济实力、工业布局得到提高和加强。

在谈到今年全省的工业经济状况时，王华彬指出，上半年全省的工业经济继续保持稳步发展势头，全省工业总产值增长7.6%，销售产值提高8.6%，企业亏损面下降2.8%。下半年，在进一步学习江泽民讲话的基础上，结合辽宁的实际，深化改革、调整结构、抓住机遇、加快发展，实现辽宁经济再腾飞，把全省的企业发展推上一个新的台阶。

会上，公司经理高益荣详细介绍了凌钢学邯钢、抓管理的具体作法。本着“精神实质不走样、具体办法有创新”的精神，认真消化吸收邯钢经验的精髓，并大胆创新，使凌钢在激烈的市场竞争中始终保持平衡发展势头。这是凌钢抓好形势任务教育，促进观念转变的必然结果，并以此极大地促进了经营机制的转变和经济效益的提高。北票有矿务局的领导也认真地介绍了他们减人增效、开辟就业第二战场的工作经验，万人大下岗的平稳顺行，使得矿务局的生产经营情况有一定程度的好转。

会议历时半天，7 月 16 日将在辽河油田继续召开。

1997 年 7 月 23 日

闻世震等省市领导来我公司检查指导工作并为凌钢集团公司揭牌

本报讯 记者张凤阳报道 金菊绽放、钢城迎宾。9 月 3 日下午 3 时，辽宁省省委书记闻世震带领省经贸委等厅局领导在朝阳市委书记张传庆、代市长王大操的陪同下来凌钢检查指导工作。

闻世震书记一行在高益荣等公司领导陪同下，兴致勃勃地参观了第一焦化厂、炼铁厂、中宽热轧带钢厂。在炼铁厂，闻世震书记观看了 380m^3 高炉上料系统、计算机控制室。公司经理高益荣详细地汇报了 380m^3 高炉工段的模拟市场和高炉喷煤情况，闻世震书记对工段的指标分解情况很感兴趣，不断地询问。听完高益荣经理的汇报，闻世震书记对凌钢的学邯钢情况给予了高度的评价。他说，省里提出“远学邯钢、近学凌钢”是有充分根据的，成本否决只有真正地落实到工序上、管理上、人头上，才能带动基础管理的逐步加强，才能把经济效益搞上去。当听说凌钢刚刚投入生产的高炉喷煤系统，喷煤量就已接近国内最好水平时，闻世震书记非常满意。

15 时 30 分，闻书记一行来到中宽热轧带钢厂。高经理向闻世震书记详细介绍了钢坯倒运、加热、轧制、卷取的全过程，闻书记边听边细致地观看轧钢过程，并对产品的质量、销路、用途都进行了详细询问。

参观结束后，闻世震书记在高益荣经理的诚邀下，高兴地为“凌源钢铁集团有限责任公司”揭牌，在热烈的掌声中，闻书记挥毫题写下了“凌钢集团”几个大字。最后，闻世震书记与公司领导合影留念。

1998 年 9 月 9 日

凌源钢铁集团有限责任公司成立

本报讯 1998年9月3日，正在凌钢视察工作的省委书记闻世震和凌钢集团公司董事长兼总经理高益荣，为“凌源钢铁集团有限责任公司”揭牌，从而宣告了凌源钢铁集团有限责任公司从这天起正式运行，这标志着凌钢由工厂制向公司制转变的一个重要跨越，标志着凌钢以制度创新为主要内容的现代企业制度改革进入了一个新阶段。

转换国有企业经营机制，建立现代企业制度，是党的十四届三中全会作出的重要决策，是我国国有企业改革的方向。为了实行由工厂制向公司制的转变，公司成立了领导小组和专门机构，经过反复酝酿，学习外企经验，结合企业实际，在1997年上半年拿出了改制初步方案，这个方案经过省市有关部门和公司内部反复研讨，九易其稿，在1997年11月27日，通过了省级论证。1997年11月，省经贸委、朝阳市政府以朝政发［1997］88号文件批准了凌钢改制方案和同意设立凌源钢铁集团有限责任公司。1997年12月29日，省政府又以辽政［1997］233号文件，将凌源钢铁公司现有国有资产授权凌钢集团公司经营。之后，朝阳市人民政府按照公司法的要求，任命了凌钢集团公司的董事会，董事长、副董事长。这期间，按着方案的要求，改制的许多实质性工作，如剥离辅助、减人增效、兼并企业等都进入了实质性操作。

集团公司的建立并不是建立现代企业制度的结束，而是以改制创新为主要内容的企业改革向纵深发展。下一步，集团公司将按照改制方案的要求，进一步理顺企业的法人治理结构，要在改制、改组、技术改造、强化管理、分流分离、加强党的建设、加强民主管理等各个方面落实方案提出的各项任务，真正建立起产权清晰、权责明确、政企分开、管理科学的现代企业制度，使凌钢集团公司成为自主经营、自负盈亏、自我发展、自我约束的法人实体和市场竞争主体，确保国有资产保值增值。

1998年9月16日

朱总理视察辽宁

公司总经理高益荣向朱总理汇报工作

本报讯 11月25日，前来辽宁视察工作的朱镕基总理在大连棒锤岛召开国有企业座谈会，辽宁省委、省政府领导和省内25户国有大企业的厂长、经理参加了会议，我公司总经理高益荣也出席了座谈会，并向朱总理汇报了凌钢近两年来生产经营、改革发展情况。朱总理对我公司的工作给予充分肯定，对我们兼并和上市工作表示给予支持，并在座谈中多次表扬了我公司经理高益荣同志。

在座谈中，朱总理对如何搞好国有企业，实现三年脱困讲了重要意见，他说，搞好国有企业，还是要鼓励兼并，规范破产，下岗分流、减人增效、实施再就业工程，只要认真贯彻党中央国务院这一政策，国有企业就一定能搞好，我对此是充满信心的，对东北、对辽宁是有信心的。朱总理的重要讲话为辽宁国有企业实现三年改革、脱困目标指明了方向，坚定了信心。

1998年12月2日

"凌钢股份"在上海证券交易所隆重上市

本报讯 *记者刘中校报道* 2000年5月11日，凌源钢铁股份有限公司股票上市仪式在上海证券交易所隆重举行。

中国证监会沈阳证管办主任宿庸，省经贸委、省体改委、省国资局、省冶金行业办、朝阳市市长王大操、副市长陈晓琨等省市有关部门领导在股份公司领导高益荣、吴志先、张振勇、郭瑞芹以及南方证券公司总裁刘波等陪同下共同出席上市仪式。

股份公司董事长高益荣、南方证券公司总裁刘波、辽宁省副省长刘克田分别在上市仪式上致辞。

高益荣董事长在致辞中说，在这世纪之交、春意盎然、股市总体走强、钢材价格上扬、国家经济形势全面好转的情况下，凌钢股票得以上市，是国家、省、市各级领导及有关部门朋友关心、支持的结果。凌钢多年来保持效益稳定，并且相对提高，这为今后更好地适应市场，提高市场竞争力打下了良好的基础。几年来，凌钢通过制度创新、管理创新、技术创新使内部管理机制、产品工艺结构等更加适应市场。此外，上市公司的几大技改工程已提前启动，不久将真正发挥作用。相信通过我们的共同努力，“凌钢股份”一定会给广大投资者和各界朋友以真诚的回报。

辽宁省副省长发表了热情洋溢的讲话，对凌钢股份有限公司几年来的经营业绩给予了高度的评价，凌钢不仅是全省冶金行业学习的榜样，更是全省国有企业深化改革、强化管理的排头兵、旗帜。凌钢立足现实把企业基础工作构建得非常扎实，这是凌钢赖以发展、腾飞的基础。“凌钢股份”的成功上市，会使凌钢继续发挥优势，为这面全省国企改革、发展的旗帜插上腾飞的翅膀，在各种严峻考验之下，凌钢必将会进一步抓管理、转机制、求发展，以优良的经营业绩回报广大股民。

南方证券公司总裁刘波对“凌钢股份”的成功上市表示热烈的祝贺，对股票今后的走向寄予了殷切的期望。

凌钢股份有限公司董事长高益荣与上海证券交易所代表签订了上市协议书。9 时 30 分，股份公司董事长高益荣鸣锣开市。

当日，“凌钢股份”上市开盘价 8. 38 元，收盘价 8. 98 元，当日涨幅 60. 93%，成交量为 48387400 股。

2000 年 5 月 17 日

省委书记闻世震来凌钢检查指导工作

对凌钢“十五”发展提出殷切希望　常务副省长郭廷标　朝阳市委书记王大操等省市领导陪同参观考察

本报讯　*记者张凤阳　任毅报道*　2002 年 1 月 18 日，辽宁省委书记闻世震、常务副省长郭廷标带领省经贸委、省计委、劳动和社会保障厅、财政厅等有关部门的领导在朝阳市委书记王大操等市委、市政府领导陪同下来凌钢检查指导工作。

集团公司总经理高益荣向省市领导汇报了凌钢在新世纪之初按照省委、省政府提出的实现高起点开局、跨越式发展的要求，生产经营改革改造的具体情况。

辽宁省常务副省长郭廷标对凌钢的工作给予了高度评价，他指出，凌钢要应对当前国际、国内市场的挑战，要把困难估计得充分一些、通盘研究、制定好应对措施，确定“十五”发展战略，要调整好产品定位，用拥有竞争力的产品推动企业不断发展。

省委书记闻世震做重要讲话，他说，凌钢这几年通过实行三改一加强，不仅扩展了规模，调整了结构，而且内部改革力度大，管理也堪称国有企业楷模，总经理高益荣同志得到了朱镕基总理的赞誉。在去年严峻的形势下生产经营仍然保持了稳定增长，班子精神状态好、全公司人气旺，两个文明建设取得了丰硕成果，这证明“九五”以来的改造和三年改革脱困为凌钢奠定了基础，成绩实在来之不易。

谈到凌钢如何应对当前的严峻形势，闻世震书记指出，凌钢要认清当前严峻形势、战胜自我、闯过难关，从战略角度，一要在国内外大企业中的缝隙中扬长避短，发挥优势，确定好“十五”改造重点，搞好产品定位。二要解放思想，拓宽思路，用存量吸引增量，用市场机制配置资源，以调整为主线，在做强基础上做大，增强竞争力。三要深化改革，搞好体制转化，做好下岗职工出再就业中心，精减富余人员和真正把子公司推向市场等工作。

针对凌钢在今后发展过程中需要解决的问题，省委书记闻世震、常务副省长郭廷标都表示要给予明确的支持。

集团公司总经理高益荣对省市领导的关怀和鼓舞表示感谢，他说，凌钢一定要在省委、省政府的支持和关怀下，在省、市领导的指导下继续深化改革、强化管理，加快下岗职工出再就业中心步伐、进一步精减富余人员，以改革促发展，加大结构调整力度，通过提高技术管理创新水平，确保凌钢在“十五”期间有更大更快的发展。

1 月 19 日，省、市领导在集团公司领导班子陪同下深入到棒材厂、中宽带厂参观考察。

省、市领导的到来是对凌钢的关怀，充分体现了省、市领导对凌钢改革发展的关注，凌钢广大职工要通过各项工作的全面优化，使凌钢的生产经营改革改造有新的飞跃。

2002 年 1 月 23 日

凌钢钢产量突破130万吨

本报讯 记者张凤阳报道 2002年12月28日11时58分，在转炉炼钢厂传出喜讯，转炉钢产量实现了130万吨，这是转炉炼钢厂今年完成100万吨钢后跨上的一个新台阶，钢产量实现了历史性的新跨越。

2002年，转炉炼钢厂围绕公司“一二三”工作思路制定了“抓住一个重点、强化四项管理、降低三大成本”的工作思路，使各项工作稳定、有序地展开。抓住一个重点，即抓住转炉生产能力这个重点，搞好炉机匹配，实现生产快节奏。强化四项管理，即强化质量管理、设备管理、安全现场管理、模拟市场管理。降低三大成本，即降低钢铁料消耗、白灰消耗、备品备件消耗。针对这一思路，转炉炼钢厂通过不断提高管理水平，以强化转炉生产为中心，加强模拟市场核算、细化指标分解，加强设备管理，提高设备作业率，强化管理创新，技术创新，解放思想，转变观念，加强思想建设等工作，提前3天完成全年生产经营目标，实现了凌钢几代人的梦想。

转炉炼钢厂130万吨钢的完成意义重大，它对于凌钢在面对入世挑战的严峻形势下，使企业增强了竞争能力，对下一步凌钢的可持续发展起到了积极的推动作用。为凌钢“十五”目标的完成奠定了坚实的基础。同时也验证了只要全体职工共同努力，用我们的智慧和汗水，完全可以达到和超过国内同类型企业的先进水平，这一思想基础的建立必将会为凌钢以后的发展注入强劲的动力。

2003年1月1日

凌钢集团公司隆重召开实现 200万吨钢庆祝大会

本报讯 记者张凤阳报道 众志成城筑起火红丰碑，钢城含笑喜迎八方宾朋。2004年12月29日工人文化宫张灯结彩，一派喜庆气象，凌钢集团公司实现200万吨钢庆祝大会在这里隆重举行。

朝阳、凌源两级市、局领导，凌钢集团公司领导高益荣、苑成德、吴志先、张振勇、郝志强、王彦廷以及部分离退休老领导参加了大会。

庆祝大会由集团公司党委副书记、副总经理苑成德主持。大会在雄壮的国歌声中拉开帷幕。实现200万吨钢的主战场、转炉炼钢厂厂长闫清军代表全体职工向大会报捷，他说，转炉炼钢厂于2004年12月28日11时16分成功冶炼出今年第48995炉钢，累计产量突破200万吨，提前3天实现年产200万吨钢的生产目标。这是全公司上下贯彻“动态优化、协调发展、全面提升企业竞争力”的经营方针，同心同德、群策群力结出的丰硕成果。作为奋战在完成200万吨钢主战场上的炼钢人，我们众志成城，克难制胜，360多个日日夜夜我们用汗水浇灌了钢花飞溅，我们用心血凝就了心中梦想，终于将200万吨钢定格在2004年，我们感到无上的光荣和自豪。新的一年以高益荣为首的公司领导高瞻远瞩，用科学的发展观，确立了走品种，质量、效益之路，精细管理、打造精品，全面提升企业市场竞争力的战略部署，炼钢人将不负众望，必将以昂扬锐气、蓬勃朝气，迎接新挑战、再铸新辉煌！

会上集团公司董事长，总经理、党委书记高益荣讲话，他指出，凌钢实现200万吨钢，是广大职工共同的期盼和愿望，是几代凌钢人不懈的追求和夙愿，是凌钢可庆可贺、可歌可书的喜事、盛事，在凌钢发展史上竖立了一座历史性的丰碑，对企业当前和今后发展，对拉动和振兴地方经济都具有十分重大的战略意义。

在谈及实现200万吨钢的意义时，高益荣强调，实现200万吨钢表明凌钢已进入了发展的新时期，表明凌钢综合实力跃上了一个新台阶，为今后企业可持续发展提供了强有力的基础保证，使企业效益和社会效益同步增长，为拉动地方经济发展作出了新贡献，同时，实现200万吨钢是党的政策正确指引、各级党和政府关怀支持的结果。

总结回顾凌钢实现200万吨钢的历程时，高益荣说，凌钢实现200万吨钢走过了一条极其艰难又无比辉煌的道路，书写了一部艰苦卓绝而又充满激情的创业史，基本经验是：发展是主题，改革是动力，管理是基础，文化是保证，领导是关键，职工是根本。

谈及企业今后的发展，高益荣强调，成绩已经属于过去，我们的责任是创造更加美好的未来。凌钢虽然实现了200万吨钢，实现了历史性跨越，但我们必须清醒地认识到，企业的实力、规模、装备水平仍无法与国内外大钢铁企业相比，紧紧抓住当前振兴辽宁老工业基地的有利机遇，借助200万吨钢打下的坚实基础，继续贯彻科学发展观、坚持走科技含量高、经济效益好、资源消耗低、环境污染少的新型工业化道路。及时把发展的重点由产量规模转变到品种、质量、效益上来，尽快实现增长方式的转变，走出一条全面、协调、可持续发展的新路子。继续加强技术进步和技术改造、继续深化改革、强化管理，通过做强做精老系统和新建具有国际先进水平的H型钢生产线，尽快把凌钢打造成为具有400万吨钢规模，销售收入超过百亿元，主业突出，核心竞争力强的现代化钢铁企业。

会上，中共凌源市委、市政府和全市人民对凌钢顺利实现年产200万吨钢致贺词。

中共朝阳市委、朝阳市政府宣读关于对凌钢集团公司进行嘉奖的决定。

会上，中共朝阳市委书记做重要讲话，他说，凌钢实现200万吨钢，此时，是足以让凌钢人自豪、朝阳人骄傲的时刻；此事，是值得在凌钢发展史、朝阳经济史上大书特书的重要里程碑。在老工业基地振兴的开局之年即将结束的时候，凌钢以年产200万吨钢的优异成绩，为全市人民送上了一份丰厚的新年礼物。38年来，凌钢由最初设计年产7万吨的小钢厂，成为一个总资产贡献率、吨钢利税等表明企业盈利能力的指标列全国同行业前10名的知名上市企业，特别是“十五”的前四年内，取得了钢产量翻一番、销售收入增长近2倍的骄人业绩，主要得益于企业经营者远见卓识，把企业较早地引入了市场；得益于对先进管理理念和先进技术及产品质量的不懈追求；得益于全体凌钢人顽强拼搏、与时俱进的团队精神。凌钢由小到大、由弱变强的发展历史，是朝阳人自强不息向工业化迈进的光辉历程的缩影，为我们积累了经验。凌钢是一种精神，凌钢是一个奇迹，凌钢是一面旗帜，凌钢是朝阳经济的脊梁。

对于凌钢今后更大的发展，市委书记强调，在目前钢铁市场严峻激烈的竞争形势下，凌钢人要增强兵临城下的危机感和不进则退的紧迫感。一是要树立大目标。凌钢一定要紧紧抓住国家支持东北老工业基地改造和省加快冶金业发展的机遇，按照国际化、集约化、集团化的战略方向，力争用三年的时间，再造一个凌钢，实现400万吨的生产能力，把凌钢建设成具有国际竞争力的现代化企业。二是要坚持老区改造和新区建设两手抓，抓好老区动态优化、系统挖潜的同时，依托新项目实现凌钢产品结构和经济规模、竞争实力的跨越式发展。三是要在企业管理和发展战略上练好“高低杠”，在继续坚持低成本战略的同时，下大力气调整产品结构，加快技术改造和技术进步，实施精品战略，延长精深加工的链条，大幅度提高产品附加值，建设精品钢材生产基地。四是要进一步深化改革、扩大开放。要按照建立现代企业制度的方向，继续搞好规范的股份制改造，通过上市扩股、收购、吸引、内外资本参股等方式，加大国有股减持力度，加快投资主体多元化步伐。五是要不断加强企业文化建设，让市场经济观念深入到每一个员工心中，把每一个人的积极性和创造性都充分调动起来。

市委书记在讲话的最后指出，我们相信，在一个坚强的领导班子带领下，在一支优秀职工队伍的共同努力下，凌钢完全有能力赶超国内外先进水平，一定能够实现新的更大的发展，创造更加辉煌的明天。

庆祝大会结束后，与会领导与凌钢广大职工一起兴致勃勃地观看了主题为《火红的丰碑》的精彩文艺演出。

2004 年 12 月 29 日

辽宁省省委书记李克强到凌钢视察

本报讯　新年伊始，2006 年 1 月 5 日，辽宁省省委书记李克强在省委常委、秘书长曾维等省市领导陪同下到凌钢视察，了解凌钢生产经营情况，勉励凌钢在“十一五”规划开局之年，战胜市场经济的新挑战，获得更大的发展。

李克强等省市领导在集团公司董事长、总经理高益荣陪同下，参观了炼铁厂 2 号高炉工段、转炉炼钢厂、中宽带厂等单位，每到一处，李克强都详细地询问各种指标完成情况。在炼铁厂 2 号高炉工段，李克强获悉高炉利用系数已经进入全国同类型高炉先进行列，这里又是凌钢先进的管理方法——日清日结工作法的诞生地，他给予了高度的评价，要求炼铁厂不能满足现有的成绩，要再鼓干劲，再作新贡献。在转炉炼钢厂，得知 2006 年炼钢厂承担凌钢 5000 多万元的降成本任务，他指出，将市场的压力分解到企业各个生产工序间，这种方法很好，一定要贯彻落实好。在中宽带厂参观完生产线后，李克强说，这样一套老设备能干到现在的水平很不容易，在当前市场形势不好的情况下，更要强化内部管理，充分发扬凌钢市场经济靠自己的精神，在“十一五”开局之年打赢这场攻坚战。

省委书记李克强带领省市领导到凌钢视察，是对凌钢广大职工的巨大鼓舞和鞭策，我们一定要振奋精神，迎难而进，战胜市场新挑战，促进凌钢更大发展。

2006 年 1 月 11 日

高益荣光荣退休　张振勇受命接任

本报讯　首席记者孙晓东报道　2007年8月7日上午，朝阳市委、市政府在凌钢宾馆召开凌钢中层管理人员大会。宣布朝阳市委市政府关于凌钢集团有限责任公司主要领导的任免决定。

会议由副市长陈列主持。会上，市常委、组织部部长刘亮宣读了朝阳市市政府关于高益荣、张振勇同志职务任免的决定：高益荣同志不再担任中共凌源钢铁集团有限责任公司党委书记职务，不再担任凌源钢铁集团有限责任公司董事长职务。任命张振勇同志为中共凌源钢铁集团有限责任公司党委书记。朝阳市委、市政府提名张振勇同志为凌源钢铁集团有限责任公司董事长人选。

朝阳市市委书记首先对高益荣同志在凌钢多年来的工作给予了充分肯定，他说，高益荣同志是一个具有高度社会责任感的企业家。高益荣同志对凌钢充满感情，对事业充满激情，他不是朝阳人，但对朝阳的感情是很多朝阳人做不到的。他在凌钢工作了38年，把他最美好的青春年华和毕生精力都献给了朝阳工业经济的发展，他把凌钢看得比他的生命更重要。每次与高益荣同志谈到凌钢都能看到他激情四射。凌钢的每一点进步，都能让他高兴不已。激情是一种觉悟，是对责任的认知，是一种境界。高益荣同志具有挽企业大厦于将倾的魄力和胆识，接手之初，凌钢只有几十万吨钢，十多年来便发展到200多万吨钢，而且新区建设也已全面启动，他为凌钢所作的贡献，没有胆识、经验和能力是做不来的。十年间凌钢的利润增长了12倍，钢铁量增长了5倍，凌钢成为朝阳市第一家上市企业。他的功绩也为他赢得了许多荣誉：辽宁省优秀共产党员、特等劳动模范、全国劳动模范、五一劳动奖章、全国人大代表等，这些荣誉，高益荣同志当之无愧！

市委书记强调指出，凌钢发展的进程中，高益荣同志为企业文化建设作出了重大的贡献，这将是凌钢乃至朝阳企业文化建设的一笔宝贵财富，她在一定程度上比物质财富更重要，她将成为企业未来发展的坚实的底蕴。市委对凌钢领导班子的调整高度重视。高益荣同志很长时间以来就请求辞去凌钢所有职务，市委最终同意了高益荣同志的请求，原因有两个方面：一是高益荣同志在凌钢工作生活中画上了一个圆满的句号，在他的努力下，做大了老凌钢，也缔造了新凌钢，完成了凌钢未来发展的规划，高益荣同志的这个句号画得很圆。二是在他的带领下，凌钢新一任领导班子已经成熟起来，完全具备在凌钢发展的关键时期将凌钢做得更好的能力。为此，市委做出了这个决定。高益荣同志离开凌钢主要领导的岗位，市委、市政府将充分发挥他的作用，聘请他担任朝阳市高级经济顾问，为朝阳经济的发展在更大的范围内发挥作用。

在讲到新的领导班子时市委书记说，张振勇同志经历丰富，从技术员一直到今天的领导岗位，领导经验也很丰富，政治素质和业务素质都完全具备担当这样重要的领导职务的条件。凌钢就是一面旗帜，过去高益荣同志是旗手，今天，张振勇同志是旗手，希望张振勇同志要学习高益荣同志当好这个旗手，希望凌钢在发展上再建新的功勋，在创新上再求新的突破，在企业文化建设上再创新形象，班子和团队建设再上新台阶。以张振勇同志为班长的新的领导集体将是一个更加团结更加有战斗力的领导集体，希望你们始终把事业放在第一位，树立政治意识、大局意识、责任意识、忧患意识。要善于集中班子的智慧，充分发挥好集体的作用，班子其他成员也要积极支持好班长的工作。

在大会上，高益荣同志也发表了情深意切的讲话，他首先对朝阳市委、市政府对凌钢多年的关怀表示感谢，感谢组织对他多年的信任，感谢同志们对他工作上的支持。他说，尽管自己早就向市委、市政府提出辞去职务的要求，但当真的要离开凌钢、离开他所热爱并倾注了毕生心血的事业，离开多年来和他一起摸爬滚打的同志，心情仍然不能平静。他在凌钢工作了整整38年，经历了国企改革脱困、下岗分流再就业、股票上市、主辅分离、新区审批等一系列事关凌钢生存与发展的重大事件，这是一个异常艰难而回想起来又让人心潮澎湃的历程。在这一历程中，凌钢度过了挣扎着求生存的阶段，培养和锻炼了职工队伍，建立健全了管理机制，也形成了独具凌钢特色的企业文化，基本上已适应了改革与发展形势的需要，为建立和谐企业奠定了基础。

高益荣说，这次副省长刘国强来凌钢，确定了老区新的发展方向，这对于实现新、老区的合并，将老区做久、新区做强，意义重大。自己卸下了重任，但他将欣赏凌钢新一届领导班子的智慧，分享他们的成功。张振勇年轻成熟、为人正派，领导素质高、业务能力强，希望在以张振勇为领导班子的带领下，不断地改革创新，不断地提高集约、优化、协调、永续水平，把凌钢做大、做强、做精、做久，为朝阳地区经济的发展作出更大的贡献。

集团公司总经理、新任中共凌钢集团有限责任公司党委书记张振勇在会上发表讲话，他说，今天，朝阳市委来凌钢宣布集团公司党政主要领导任免的决定，体现了市委市政府对凌钢领导班子建设的重视和关怀，高益荣同志主持凌钢工作以来，企业正处在由计划经济向市场经济转变的关键时期，为企业的生存和发展承受了巨大的压力，经历了无数的艰辛，他为凌钢所作的贡献涵盖了凌钢物质文明与精神文明建设的方方面面。国企脱困、下岗再就业、股票上市、实现200万吨钢的历史性跨越、申请建设朝阳新区，每一件事都对凌钢的发展至关重要，其影响之大前所未有。在高益荣的带领下，凌钢培养出了先进的企业文化和管理理念，带出了一支作风顽强、敢打硬仗的干部队伍，在强手如林的钢铁行业中，凌钢成为颇有影响的企业，这一切离不开高益荣同志的运筹帷幄、呕心沥血。

张振勇同志说，凌钢正处在发展的关键阶段，老区生产经营、改革改造任务相当繁重，新区建设也面临着全面启动，在这种复杂的形势下担当重任，深感责任重大，压力极大。高益荣同志为凌钢未来的发展绘好了蓝图，这次省长来凌钢，对凌钢的发展做出了重要的指示，更加坚定了我们发展壮大凌钢的信心和决心。我们一定按照市委市政府的要求，充分发挥集体的智慧，将高益荣同志的好思想、好经验、好机制、好作风继承下来，发扬光大，为实现凌钢做大、做强、做久，作出新贡献。

会议在热烈的掌声中结束。

2007年8月22日

凌钢隆重召开350万吨钢技改工程竣工投产庆祝大会

本报讯 首席记者孙晓东报道　在举国上下辞旧迎新，纪念中国改革开放30周年的喜庆日子里，在十里钢城吐故纳新，欢庆350万吨钢技改工程瓜熟蒂落的浓烈氛围中，2008年12月23日上午，集团公司工人文化宫内花团锦簇、乐曲飞扬，台上台下座无虚席，凌钢人身着整齐的工装，个个容光焕发，人人神采飞扬。9时整，集团公司庆祝350万吨钢技改工程竣工投产大会在庄严雄壮的国歌声中胜利召开。

350万吨钢技改工程受到了省市各级领导的高度关注和支持，是凌钢广大职工与工程建设单位共同努力取得的丰硕成果。辽宁省副省长刘国强、省政府副秘书长上宫炜星，省经贸委主任张耀军，省发改委副主任胡建阳、朝阳市市委、市政府的领导，凌钢集团公司原董事长高益荣等兴高采烈地参加了庆祝大会。

大会由集团公司副总经理苑成德主持。集团公司副总经理卢亚东首先向与会的各级领导和凌钢职工介绍了350万吨钢技改工程的总体情况。

集团公司董事长、党委书记、总经理张振勇在大会上讲话，他首先代表凌钢党政领导和全体职工向前来参加庆祝大会的省市各级领导和各位来宾表示最热烈的欢迎，代表凌钢党政班子向奋战在公司技改和生产各个岗位上的广大职工表示最热烈的祝贺和最衷心的感谢，代表凌钢党政领导和全体职工向多年来给予凌钢关怀支持的刘国强副省长和省市各级领导、兄弟单位，全市人民表示衷心的感谢！

张振勇回顾总结了350万吨钢技改工程，他说，凌钢350万吨钢技改工程是在原有220万吨钢生产能力基础上的再扩建，整个工程从投资规模、装备水平到建设工期，都是凌钢建厂40年来无法比拟的。一年来，我们走过了一条极其艰难而又充满激情的道路。它是在非常困难的情况下，依靠自力更生、艰苦奋斗，自我积累、不懈努力实现的。凌钢350万吨钢技改工程有如下特点，一是按照科学发展观的要求，及时抓住机遇，科学果断决策，在新的起点上，推进凌钢又好又快的发展；二是把350万吨钢技改工程作为头等大事来抓，坚持精细管理，科学组织，这是工程如期建成投产的可靠保证；三是广大职工的忘我拼搏和无私奉献是350万吨钢技改工程如期建成投产的关键。

张振勇指出，350万吨钢技改工程建设的过程，既是凌钢职工战斗能力的大检阅，精神风貌的大展示，也是凌钢企业文化的一次大弘扬。实践再一次雄辩的证明，我们凌钢的职工队伍是一支特别能打硬仗、过得硬的队伍。通过这次大规模的技改工程，更加检验了我们的水平、开阔了我们的视野、增强了我们的能力、也锻炼了我们的队伍。这是我们凌钢迎接挑战，参与空前激烈的市场竞争的核心竞争力，是我们凌钢最宝贵的财富。

张振勇对技改工程投产后下一步的工作提出要求，要尽可能缩短新项目的“磨合期”，生产操作人员要尽快掌握新项目的操作技术。所有有新项目的单位，都要把达产达效作为第一位的任务，专人负责，切实抓好。无论遇到什么困难，都要勇于克服，不能讲任何客观。这是我们凌钢明年能否摆脱困境的希望所在。要切实抓好以降本增效为中心的各项管理工作。没有低成本就没有市场竞争力。企业实行降本增效，是落实科学发展观，建设节约型社会的一个重要组成部分，也是企业转变增长方式，实现资源有效利用，提高经济效益，促进可持续发展的迫切需要。要加强市场营销，大力开拓市场。面对当前低迷而又十分复杂的钢铁市场，我们要更加重视国内外市场的跟踪、分析、研究，到一线、走市场，更好地把握市场变化脉搏。无论是产品销售还是原燃材料采购，都要切实加强市场信息收集，密切关注市场的细微变化，增强把握市场的本领和应对市场的能力。要按照市场需求组织生产，强化质量管理，提高产品质量，开发新的品种，参与市场竞争。经过这一轮优胜劣汰的残酷竞争，我们一定要把凌钢做大、做强、做精。

最后张振勇董事长说，我们坚信，有党的改革开放一系列政策的指引，有省市委和政府的正确领导，只要我们广大职工万众一心、众志成城、解放思想、苦干实干，凌钢的明天一定会更加美好！

朝阳市市长张铁民代表朝阳市委、市政府在庆祝大会上发表讲话，他代表市委、市政府和全市人民，向凌钢350万吨钢技改工程全面竣工投产，表示热烈的祝贺！向远道而来的刘国强副省长及其他各位领导，表示诚挚的欢迎！向多年来凌钢对地方经济作出的巨大贡献，表示衷心的感谢！

张铁民市长在讲话中对凌钢350万吨钢技改工程竣工投产给予了高度评价，他说，在经历了短短14个月的鏖战，凌钢就胜利地完成了350万吨钢技改工程，凝聚着所有凌钢人的智慧和胆识，见证着新一代凌钢人勇于创新、勇于超越、不畏艰难、苦干实干的精神风貌，是凌钢发展史上的一曲凯歌、一座里程碑，它必将对壮大朝阳冶金业整体实力，提升工业整体发展水平，加快全省精品钢材基地建设步伐，产生重要而深远的影响。

省经贸委主任张耀军受刘国强副省长委托代表省政府在庆祝大会上讲话，他说，凌钢350万吨钢技改工程竣工投产，是凌钢发展史上具有里程碑意义的大事，也是朝阳市、辽宁省的大事喜事。在此，我代表辽宁省政府向凌钢及凌钢人表示热烈祝贺，向为该项工程付出艰辛和汗水的广大建设者、向设计、施工和设备制造单位表示崇高的敬意和衷心的感谢。张耀军主任说，凌钢350万吨钢技改工程是辽宁省“十一五”发展规划的重点项目，是凌钢全面贯彻和落实科学发展观、追求技术创新、优化产品结构、淘汰落后产能、推进节能减排、又好又快地促进企业可持续发展的重要举措。该工程的竣工投产，极大地优化了凌钢工艺流程、提高了凌钢的装备水平，它标志着凌钢的工艺装备水平已经迈入国内中宽带材和长材生产企业的先进行列。

朝阳市副市长陈列在庆祝大会上宣读了市委、市政府发来的贺电和嘉奖令。

省发改委工业处处长于飞、省经贸委冶金处处长郝庆顺、省环保局局长助理宫洪波、省环保局评估中心主任耿晓梅，朝阳市经委主任管绍华、市环保局局长王秀云、凌源市市长侯荣昌，参与350万吨钢工程建设的中冶东北建设有限公司、天津二十冶建设有限公司、河北安装工程公司、兴钢公司、钢达集团公司以及中冶京诚、中冶北方、山东冶金等设计单位的领导应邀参加了庆祝大会。参加庆祝大会的还有股份公司总经理郝志强、集团公司副总经理王彦廷、集团公司总会计师张玺才，鞍凌公司副总经理孙铁茂、段春萌。

大会在充满希望、充满激情的氛围中圆满结束。凌钢也将由此踏上发展壮大的新的里程。

2008年8月31日

陈政高省长视察凌钢

本报讯 *记者孙晓东报道* 2009年5月5日下午，辽宁省省长陈政高一行在朝阳市市长张铁民等领导陪同下，来凌钢视察。

陈政高省长等省市领导在集团公司领导张振勇、苑成德、郝志强、卢亚东、沈洵、杨宗成、股份公司副总经理闫清军的陪同下视察了炼钢120t转炉系统。

视察中，集团公司董事长、总经理张振勇向陈政高省长简要汇报了凌钢去年克服重重困难，用一年时间完成350万吨钢技改工程及120t转炉工艺装备水平情况，汇报了凌钢应对当前金融危机对标挖潜、降本增效的情况。

陈政高省长曾于11年前来凌钢视察，对此次不能看到凌钢全貌表示遗憾，他说，下次有机会一定再来凌钢。凌钢发生了很大的变化，让人欣慰。希望凌钢能够战胜当前困境，获得更好更快的发展，为地方经济振兴作出更大的贡献。

2009年5月13日

“菱圆”牌商标被认定为中国驰名商标

本报讯 通讯员李晓春 张伟平报道 根据中国商标网公布的消息，2012年4月27日，凌源钢铁股份有限公司“菱圆”牌商标被国家工商总局商标局认定为中国驰名商标。

驰名商标是指在中国为相关公众广为知晓并享有较高声誉的商标。驰名商标既具有与一般商标的区别作用，又有很强的竞争力，知名度高，影响范围广，已经被消费者、经营者所熟知和信赖，具有相关的商业价值。

“菱圆”牌商标注册于1992年5月10日，核定使用于公司生产的钢筋混凝土用钢筋。20余年来，“菱圆”牌系列产品经几代凌钢人的精心培育，已成为精度高、质量好、成本低，具有行业领先水平的优质产品。该系列产品销售市场覆盖国内20多个省区，广泛应用于青藏铁路、京沈高速、吉林油田、秦沈客运专线、长吉城际铁路工程、哈大客运专线、新建京沪高速铁路、京石客运专线等国家重点工程。先后被评定为“国家免检产品”、“辽宁名牌产品”；曾获行业协会等颁发的“工程建设推荐产品证书”、“用户满意服务证书”等。

按公司产品商标、品牌战略要求，由证券法律事务部牵头，计划管理部、供销公司、财务部、宣传部等多部门通力合作、扎实工作，“菱圆”牌商标于2011年12月28日被辽宁省工商行政管理局认定为辽宁省著名商标后，又经国家工商总局商标局认定为中国驰名商标。

“菱圆”牌商标被认定为中国驰名商标后，依法可受到扩大保护。不仅在注册范围内具有保护商标专用权，还会禁止他人在其他有一定关联性的领域擅自使用。同时保护力度及领域大大增加，如在非商标领域企业名称、互联网域名等仍可得到更多的保护，这就会更加突出该商标的显著性。

“菱圆”牌中国驰名商标的认定，为凌钢带来巨大的商业荣誉。“中国驰名商标”这一称号是中国商标领域的最高荣誉，是品牌知名度与美誉度的结合，它所带来的宣传效应远非一般的广告投入所能比拟，是最好的品牌宣传，有助于凌钢在激烈的市场竞争中立于不败之地。

2012年5月16日

朝阳市隆重召开凌钢三期技改工程竣工庆祝大会

本报讯 记者孙晓东报道 金秋十月、硕果飘香，三期技改，胜利收官。历时一年的艰苦鏖战，投资75亿元的凌钢三期技术改造工程主体工程已全部竣工投产，凌钢迈向600万吨钢产能的历史性跨越已经实现。2012年10月19日，满载收获的喜悦，带着深情的祝福，朝阳市凌钢三期技改工程竣工庆祝大会在凌钢会议中心隆重召开。辽宁省副省长刘国强，省政府副秘书长上官炜星，省经信委党组书记张耀军、朝阳市委、市政府等关心、关注凌钢三期技改的省市领导莅临凌钢，祝贺凌钢三期技改工程胜利竣工投产。

省经信委党组书记张耀军代表省政府在庆祝大会发表讲话。代表辽宁省人民政府向凌钢、向三期工程参战单位表示热烈的祝贺，向凌钢的全体干部、职工、科技人员，向离退休老领导、老同志，向所有为凌钢发展建设作出重大贡献的同志致以亲切的问候和衷心的感谢！

希望凌钢借新项目投产有利时机，使新产能尽快达产达效，最大可能的发挥新设备生产成本低，产品质量好的优势，尽快打入市场，为企业创造新的效益，为朝阳市、全省的工业经济企稳回升，最后感谢凌钢、感谢凌钢人，祝福凌钢、祝福凌钢人，祝凌钢企业再度辉煌，祝凌钢人生活幸福、美好。

朝阳市市长王明玉在庆祝大会上做了热情洋溢的讲话，他说，金秋十月硕果累累，美丽龙城喜事连连。在举国上下喜迎党的十八大即将胜利召开之际，今天我们在这里隆重举行朝阳市凌钢三期技改工程竣工庆祝大会，这是我市政治经济社会发展中的一件大事、喜事和盛事。凌钢三期技改工程的竣工投产，掀开了凌钢发展的崭新一页，朝阳工业发展也由此迈上了一个更高的发展台阶。下一步，希望凌钢上下以三期技改工程竣工投产为新起点，乘势而上，再接再厉，以更大的热情和更加高昂的斗志，做大做强凌钢，建设精品棒材生产基地；希望凌钢继续发扬凌钢精神，加强班子建设，加强队伍建设，全面提升企业发展水平，进一步提升企业竞争力，为早实现朝阳“弯道超越”和“全面崛起”目标作出新的更大贡献！

凌钢集团公司董事长、总经理张振勇向与会的省市领导介绍了凌钢三期技改工程波澜壮阔的艰辛历程。

张振勇指出，凌钢三期技改工程的提前竣工投产，是省市领导大力支持的结果。这期改造无论是投资规模、新增产能，还是装备水平、施工难度等各方面，都是凌钢建厂46年来绝无仅有的，创造了凌钢发展史上的奇迹。三期技改工程的建成投产，不仅为凌钢增强企业竞争力奠定了坚实的物质基础，也为应对当前困难的经济形势增添了强大的精神动力。下一步，凌钢要尽快掌握和应用新技术、新工艺和新装备，全力以赴抓好新项目达产达效工作，使其尽快成为凌钢新的效益增长点。要下大力开展技术研发和市场开发工作，充分发挥大装备优势，开发高附加值产品，努力打造名副其实的精品棒线材基地。同时，紧紧抓住当前市场好转的有利时机，继续深化对标挖潜、降本增效，全力以赴搞好生产经营，努力创造更好的经济效益。

辽宁省副省长刘国强、朝阳市市长王明玉、凌钢董事长、总经理张振勇来到台前，为凌钢三期技改工程胜利竣工投产剪彩。

庆祝大会由朝阳市副市长、凌钢三期技改工程领导小组副组长武永存主持。

辽宁省经信委、发改委、财政厅、国土资源厅、国资委、能源环保厅等省直部的领导，朝阳市委、市政府、人大、政协的领导及市直各部门、各市区的领导参加了庆祝大会。

2012年10月26日

凌钢召开优特钢生产动员大会

本报讯 记者孙晓东报道 2013年9月16日下午，凌钢召开优特钢生产动员大会，动员全公司广大干部职工，统一思想、坚定信心、快速行动起来，全面推进“普转特”工作，努力打造凌钢普特并重的钢铁主业。董事长、总经理张振勇在会上做动员讲话。

张振勇指出，实施“普转特”是适应我国钢铁企业发展的需要，也是调整自身结构、提升核心竞争力的需要，更是应对当前困难形势，实现扭亏为盈的需要。这项工作事关凌钢的生存与发展，迫在眉睫、刻不容缓，必须立即启动，快速推进。在决定生死的重要关头，杀出一条生路，早日使新区转型扭亏，成为凌钢真正的效益增长点。

张振勇在讲话中分析了凌钢优特钢开发的现状，明确了阶段性目标。在“普转特”上，我们做了大量的基础性工作，但对照特钢企业，仍存在着思想认识不到位，执行力不强，销售模式不适应，硬件设施不完善等诸多问题，同时我们也有着装备水平、技术和操作队伍以及“自强诚信、求实创新”企业精神为主导的先进企业文化和不服输、不退却、敢打硬仗的意志品质等优势和潜力。从今天开始，凌钢“普转特”工作正式启动，总体目标是：通过构建“产学研销用”一体化平台，全面提高自主研发能力，到2016年底，达到国内先进特钢企业水平，把凌钢打造成普特精品钢材基地。确定的优特钢开发总体定位是：用于机械、石油、矿山、铁路、汽车、船舶等行业的中高端用钢，并分阶段推进。

要实现凌钢“普转特”目标，张振勇要求一是要统一思想，提高认识，迅速行动，全力以赴。二是要外智引导，内生驱动，迅速行动，快速见效。三是要创新机制，加强管理与考核，全面提升执行力。四是转变观念，创新模式，努力扩大特钢产品的市场占有率。五是要系统联动、协调配合，为“普转特”提供坚强保证。

凌钢党委书记郝志强主持大会，并就如何落实好会议精神提出要求。凌钢副总经理闫清军就优特钢生产组织做出安排部署。技术中心常务副主任郭宝志、第二炼钢厂厂长韩永东、股份公司副总经理、第一轧钢厂厂长王运琪在大会上做表态发言。

2013年9月18日

凌钢召开深化集团化体制改革会议

本报讯 2014年6月11日，凌钢召开深化集团化体制改革会议，宣布《关于凌钢深化集团化体制改革的决定》、集团公司机构负责人的任命，集团公司董事长、总经理张振勇作重要讲话。这标志着凌钢的集团化体制改革已经进入了实质性阶段。

张振勇在讲话中指出，当前凌钢面临着巨大的市场竞争压力、生存发展压力和转型升级压力，困难、挑战和风险前所未有。这些问题，躲不开，绕不过，更拖不起。解决这些问题的根本途径就是改革，只有通过改革，才能解决企业快速发展中的各种矛盾与问题。摒弃的是弊端，激发的是活力，实现的是效益，推动的是发展。

张振勇强调，此次改革就是要按照“主动管理、合理授权、资源共享”原则，打造适应现代企业制度要求的集团架构，改善决策和执行机制，提高运行效率，实现企业战略控制协同化、资本价值最大化、经营活动最优化，激活人均效率、机构效率和存量资产效率，更好地发挥规模优势，充分利用国内、国际资源和市场，提升国际化竞争能力。

就如何推进此次深化集团化体制改革，张振勇要求，一是要进一步统一思想认识，积极支持改革。广大干部职工要充分认识到深化集团化体制改革对推进凌钢转型升级的重要意义；要充分认识到，此次改革，改的是弊端，激发的是活力，实现的是效益，推动的是发展，受益的是职工；要充分认识到，改革是时代潮流，这不是想不想、愿不愿的问题，而是时代发展的必然要求，是大势所趋，是形势所迫，为了实现凌钢做大做强的战略发展目标，必须坚持改革，深化改革，加快改革。全公司各单位及广大干部职工都要进一步解放思想，提高认识，拥护改革，支持改革，把思想和行动统一到集团公司深化集团化体制改革的重大决策部署上来，坚定不移地实现集团化体制改革目标。

二是要广泛宣传教育，营造改革氛围，凝聚改革共识。集团化体制改革，在一定意义上来说，是一次权力和利益的再调整，也会触及到一部分人的切身利益。各单位一定要认真做好职工群众的思想工作，加大宣传力度，认真解答职工群众对这次改革存在的种种疑惑，让每一位职工都要知晓明白，引导大家正确理解改革、支持改革、参与改革，正确处理个人利益与企业利益、局部利益与全局利益、当前利益与长远利益的关系，凝聚改革共识，凝聚凌钢正能量，为顺利推进改革创造宽松、和谐的工作环境。

三是要加强组织领导，抓好部署落实。各板块、各单位要按照集团公司的《决定》要求统一部署，以高度的责任感与改革创新的精神，将各项工作做深、做细、做实。集团公司新组建的各部门要结合实际，围绕职责，抓紧做好岗位设置、职责确定、人员配备及业务流程，就要迅速进入工作状态，尽快开展工作。各单位及相关人员要切实负起责任，不得出现任何各位或环节上的真空，一旦哪个岗位、哪个部门出现了问题，就追究哪个岗位、哪个部门的责任，确保做到深化改革不影响当前工作。

四是要正确处理好改革与各项工作的关系，做到“两不误”。要把集团化体制改革与企业生产经营及当前党的群众路线教育实践活动紧密结合起来，突出重点，协调推进，做到相互促进、相互提高。当前的钢铁市场形势极其严峻，凌钢要以这次改革为动力，继续深化降本增效，扎实推进“普转特”，5 月份已经遏制住了亏损，要保证 6 月份实现真正盈利，确保全年各项工作任务的全面完成。

会上，公司领导沈洵宣布《关于凌钢深化集团化体制改革的决定》，党委工作部部长侯柏英宣读集团公司机构负责人的任命。

会议由集团公司党委书记郝志强主持，就贯彻落实会议精神提出了三点要求，第一，要广泛宣传，组织职工认真学习领会会议精神，明确目标和任务，深刻认识和理解改革的重大意义，把干部职工的思想和行动统一到改革上来。第二，各级领导干部要适应新要求，快速进入状态，积极做改革的参与者、推动者。通过改革检验干部的素养，通过改革来考核评价干部。第三，要切实做到两促进、两不误。要一手抓改革，一手抓生产经营，用改革来推动生产经营不断发展，用生产经营成果来证明进行体制改革的正确。

2014 年 6 月 13 日

通讯篇

中国冶金报
人民日报
辽宁日报
朝阳日报
CHAOYANG RIBAO
中国移动网 到处'听''说'好
凌钢报
LING GANG BAO
强化管理创新 挖潜技改配套
凌钢逆势而上实现历史性突破
年销售收入超百亿 钢产量超三百万吨
国家统计局授予凌钢行业百强企业牌匾
公司经理宋士田获全国百强优秀经理殊荣

奋斗向上　发展凌钢　振兴朝阳

——黎明副部长视察凌钢侧记

程殿甲

10月2日下午，当人们举家团聚共庆佳节的时候，冶金工业部副部长黎明同志远路风尘到凌钢来指导工作。这个地处贫困山区的中型钢铁企业在全国同类企业中正在奋力拼搏。黎副部长说：“我是慕名而来，听说凌钢搞得不错，想来看看同志们。”

省冶金厅、朝阳市政府和市冶金局的领导同志也闻讯赶来，向冶金部领导对凌钢的关怀、支持表示感谢，同时也汇报工作，倾听钢铁业的老行家对发展凌钢、振兴朝阳的建设性意见。

3日上午，招待所会议室里，大家畅所欲言，既谈凌钢的成就，也谈存在的问题，还观看记录凌钢崛起与发展的电视录像。黎明同志对汇报的每个细节、录像的每个场面都很感兴趣。听完厂长宋士田同志的全面汇报后，又请大家详细汇报以下3个方面的问题：一是实行厂长负责制以后党、政、工三者关系如何处理好的；二是改革中如何落实经济责任制搞好按劳分配的；三是精神文明建设如何抓好的。党委书记崔洪林，副厂长张学卿、高益荣、于连德，以及工会、劳资处的同志分别做了补充汇报。市政府、市冶金局的领导同志还特别表达了朝阳市人民对发展凌钢、开发朝阳地区铁矿资源、脱贫致富的紧迫心情。汇报会变成调查研究的座谈会，充满欢快而热烈的气氛。

黎明同志是长期从事钢铁工业的老领导、老行家，既在大型钢铁企业鞍钢和攀钢工作过，又亲自领导了宝钢的现代化建设，还出国进行过考察，对当今的钢铁业见识广博、经验丰富，现任中央委员、冶金工业部副部长、部党组副书记，还兼任宝钢总厂厂长，今年已经58岁了。他不顾旅途劳累，用半天的时间，走访我厂各主要生产车间和一些辅助车间，仔细看生产报表，询问生产情况、管理经验，在家属区还走进小棚观察职工家的菜窖结构。大家对黎明同志谦虚谨慎、平易近人、体贴下情的好作风留下了深刻印象。

10月4日下午三点，黎明同志刚刚检查过群众开采的小铁矿之后，向厂中层以上干部做了重要讲话。

大家聚集在厂中心会议室里，十分渴望听到黎明同志对发展我国钢铁工业、特别是对发展凌钢、振兴朝阳的真知灼见。黎明同志结合自己在鞍钢、攀钢、宝钢工作的实际和出国考察的见闻，深刻而生动地描述了我国钢铁工业跃居世界第四位的发展历程，回答了我国钢铁工业发展中的几个认识问题，展望我国钢铁工业的广阔前景，从而引出对凌钢尽快发展的建设性意见。黎明同志的讲话使大家开阔了视野，鼓舞了斗志。当黎明副部长具体谈到对凌钢的印象和希望的时候，十分高兴地说："这次来凌钢使我感到，对地方中小钢铁企业应该用新的眼光看。凌钢通过一系列改革，发展很快。虽然地处困难地区，但这里的同志们有股奋斗向上的精神，各级干部团结协作，留下的能人不少，职工生活得到较好安排，精神文明建设搞得不错，厂区环境绿化、卫生都比较好，你们已经开创了一个新局面。希望你们凌钢有个更快地发展，把贫困的朝阳地区地下宝矿挖出来变成有用的钢材，为振兴朝阳、服务辽宁作出更大的贡献。"

在座的厂党政领导和中层干部听到黎明副部长和冶金部钢铁司刘总工程师的高度赞扬和殷切希望，听到朝阳市李副市长对凌钢当前要抓好增重增收，抓好"七五"工程建设，抓好"八五"规划可行性研究的三点要求，深受鼓舞和激励。大家更清楚地看到凌钢的差距，自己的重任，决心带领职工发扬奋斗向上精神，学习先进经验，坚持改革，坚持两个文明一起抓，在短期内争创中小企业第一流水平，以振兴朝阳、服务辽宁的实绩，向党的十三次代表大会献礼！

黎副部长在临行时又说："到明年你们 $300m^3$ 高炉投产时，我再来祝贺！"

1986 年 10 月 11 日

凌钢人的风采在这里展示

——记凌钢首届职工运动会

杜 强 杨柏彦

晴空万里，彩旗飘飘。1987 年 6 月 22 日 17 时 15 分，在庄严的气氛中，宋士田厂长宣布“凌源钢铁厂首届职工运动会现在闭幕”。至此，凌钢建厂以来，第一次全厂性的体育盛会——凌钢首届职工运动会，历时两天，圆满地落下了帷幕。

这次运动会，是在我厂建厂 21 周年之际在凌钢体育场举行的，是凌钢体育运动史上一次规模空前的盛会。6 月 21 日上午，体育场周围栅栏上，百面彩旗随风猎猎，主席台两侧粉墙上，写着蓝色大字：“发展体育运动，增强人民体质”。对面 60m 横幅上，“全厂职工要大力发扬艰苦奋斗的实干精神，改革开拓的创业精神，实事求是的科学精神，为实现我厂八七年生产和改扩建任务而努力奋斗！”的大字十分醒目。左侧，六幅巨大的宣传画引人驻步：“抓管理、上等级、攻五关、登三峰，实现保省争二”；“达到 11350，完成 16678，确保 87.10 双投产”，两条长幅在会场中心上空分悬在 12 只氢气球上，迎风飘扬。

7 时 45 分大会隆重开幕，厂党委书记崔洪林同志致开幕词，他说，“举行首届职工运动会，全面检阅凌钢职工的身体素质，展示凌钢职工团结奋进，振兴腾飞的精神风貌，必将有力地推动我厂群众性体育运动的深入开展，促进凌钢两个文明建设的进程。”我厂是省级群众体育工作先进单位，一些项目如足球、棋类、田径还多次在市里比赛中获得好名次，足球队被列入省甲级队行列。开幕词中说：“党的十一届三中全会以后，凌钢在整顿中发展，在改革中前进，生产和效益稳步提高，体育工作也随之提到了应有的地位上来”，“基本上做到了经常有活动，经常有比赛。体育运动有了广泛的基础”，而“体育运动的蓬勃发展，正是凌钢兴旺发达的一个标志。”

冶金工业部计划司、财务司、朝阳市政府、市政协、市总工会、市体委、市电视台、凌源县总工会、县体委等 16 个单位的领导和来宾 55 人光临运动会表示祝贺。朝阳市政府顾问、原朝阳专署副专员孙玉林代表市政府和来宾在开幕式上讲了话。

在党旗、厂旗、会徽、花篮、标语牌、花束队、花鼓队、乐队的前导下，在开幕、闭幕式上有 40 个方队装束整齐，迈着刚健的步伐，精神抖擞地通过主席台，这些队伍，百花吐艳，各呈殊姿，从装束到口号都充分地显示了本车间的特点和个性。

在两天的时间里，在宽阔的运动场上，两千多名运动员，参加了 22 个项目比赛。凌钢体育健儿经受了毅力的较量，智慧的洗礼，凌钢人的勇拼敢搏，顾大局讲精神的风采，得到了充分的展示。比赛中，观众席不时爆发出一阵阵激动的声浪，各项比赛都取得了丰硕的成果。

宋厂长在闭幕词中给这次大会以很高的评价："参加运动会的既有风华正茂的青年职工，又有年过半百的老同志，既有来自生产一线的工人，也有机关后勤的干部，男女老幼一齐参赛。所有参赛的运动员和观看比赛的职工家属，都有组织、守纪律、讲文明、懂礼貌，运动员赛出了水平，赛出了风格，展示了凌钢职工团结奋进、振兴腾飞的精神风貌，表现了高尚的体育道德。这是凌钢几年来精神文明建设结出的丰硕成果，也是凌钢兴旺发达的希望所在。"他希望通过这次体育盛会，广大职工将进一步振奋精神，为实现今年生产经营目标努力奋斗。

厂党委、行政、工会在会上做出初步决定：像这样的全厂性的运动会，今后将每两年举行一次。

1987 年 7 月 1 日

来自三个检修会战现场的报告

本报记者　张　勇　刘中校

同志，如果你来到炼铁、炼钢、制氧检修工地上，你一定会被那火热的施工场所吸引。这里的每个人都像一颗“核弹”，蕴藏着巨大的能量。

1 +1 >2

这次检修主要包括炼铁一号高炉、炼钢转炉、$1500m^3$制氧机。任务量大，技术、质量要求高，作为大修的组织单位机动处是怎样安排的呢？我们带着这个问题采访了会战副总指挥、机动处长聂思刚。他说：“这次大修项目都提前完成了，在全厂总调、安全处、供应处、保卫处及各单位的共同努力下，施工进度快、施工质量好，是前所未有的。这次抢修，我们为了打有准备仗，多次召开专业会，发动全处同志从备件组织到现场施工分兵把关。管理上，我们运用网络计划图，协调统筹几个项目施工的全过程。这次抢修各单位都有个共同的目标，就是抢时间、争速度，这里没有互相扯皮，只有协作；这里没有互相推诿，只有配合。”是的，这次会战协作之风到处可见。干部和工人、单位与单位密切配合，才取得这次抢修的胜利。配合出速度，配合提高了劳动生产率，配合的公式是：1 +1 >2。

两封加急电报

“炉内的火还没有熄灭，炉外的火正在升腾。”

7 月 23 日，炼铁 1 号高炉大修开始了，各路精英汇集 1 号高炉炉台上。他们来自一轧，二轧、三轧、竖炉、焦化、白云石、工程队、炼铁等单位的焊工、铆工、钳工、起重工……

任务：上料系统、煤气系统、炉体系统的大修。时间：三天。

火红的炉皮还没褪色，工人们在炼铁车间的统一指挥下，冒着炽热的炉火，顶着 35℃的气温冲上炉台，一块块破损的炉皮被割下，一张张铁板很快又补在炉体上。炉体的辐射温度高达 60℃多，两米远的汽水瓶都热得烫手。艰苦，他们不怕，高温，他们不退却，炉台上到处是忙碌的身影。炼铁车间主任于春恩、荀慧卿、李祖清已经几天没有回家了，饿了，在炉台上吃一口，困了，在办公室打个盹儿。

1 号高炉会战期间，干部和工人在小家和大局的天平上加重了大局的砝码。

工程队起重工吴建明，在高炉大修的第一天就接到家里打来的长途电话，母亲病危。因施工紧张，他没有走，接着又收到了两封加急电报。检修到了关键时刻，班里人手又不够，他狠了狠心一直坚持到完成任务。29日他赶到家，母亲已经安葬了，家里人埋怨，亲友们挑理。他失声痛哭，感到没有尽到一个做儿子的义务，但他却为高炉检修赢得了时间。

当第3个夕阳垂山，夜幕降临之时，检修后的第一炉铁水冲出铁口，溅着火花，映着红光，像一条火龙沿着出铁槽涌流。施工者的心醉了，幸福、骄傲、自豪一齐涌上心头。伴着铁流，一张张笑脸是红的，红得闪光……

五层交叉作业

七月的天气，骄阳似火。

24日炼钢转炉中修拉开了战幕。工程队在队长翟连富、副队长王振甫的带领下，拉来了190人的大队人马；炼钢车间在副主任丁礼常的指挥下，维修工段、设备组、技术组的所有同志都到了施工现场。厂房里焊机突突、焊花闪闪。像蒸笼一样厂房里粉尘弥漫，热浪灼人，这边工程队拆除旧设备，那边炼钢制作备件，上边五台天车不停地吊件，地面上电炉照常生产，中间炉台上的人们在检修着设备，这是一次主体交叉作业。炼钢车间为这次检修不出现任何事故，开展了安全“结对”活动，车间领导同各工段签订了安全合同书。安全员苑宝和、梁日清，每天跟班到现场，发现安全隐患，及时处理，在这次主体交叉作业中，没有发生任何工伤、设备事故。

为了这次抢修，车间从领导到工程技术人员，早就做了充分准备。设备组的张生、梁再植前一个月就画出了200多张图纸，加了25个班，按常规画200多张图需要三四个月。当时张生的胆囊炎犯了，却带病坚持在抢修第一线。设备段长王永存感冒发高烧，吃药顶着干；技术组刘贻仁原订28日回大连探亲，因施工任务急，放弃了探亲的机会；备件员高凤芹冒着35℃的高温，一趟趟用自行车把备件驮回来；天车段副段长王长清在天车上一干就是三四个小时，天车上温度高达42℃，过于劳累使他呕吐到天车上；机动处的刘玉贵右脚小拇指骨折，大夫开了休息假条，可他一天也没有离开岗位，体重由145斤掉到138斤。他们也是有血有肉之躯，难道他们就不知道苦，不懂得累吗？在采访时，我们一直寻觅着答案。他们也知道苦，也懂得累，但他们以苦为乐，以累为荣，不苦哪有甜，不累凌钢的效益从哪里来？在这场意志的考验中，他们战胜了一切困难，提前两天保质保量地完成了检修任务。

7月31日转炉又投入了生产，当天就产11炉钢。在庆祝检修胜利竣工的时刻，炼钢工人没有忘记机动处陈恩生及时送来备件，供应处董庆有组织送来了充足的材料；医院陈汉庭大夫经常深入现场为工人看病；大食堂的同志及时送来可口的饭菜。在施工最紧张、天气最炎热的时候与炼钢企业升级互保的厂工会全体同志，个人集资为他们买了750斤西瓜，送到炼钢车间。工人们说："只要领导心里想着我们，这西瓜不吃，心里也是甜的。"

"三保"和"三返"

在炼铁、炼钢检修的同时，7月23日，制氧车间1500m^{3}制氧机停止了转动，一场同先进技术的较量开始了。

制氧车间素有凌钢花园之称，平时，这里空气清新，工作环境舒适，随着检修的开始，这里沸腾了。

为了保证检修的顺利进行，车间领导挂帅，开展了"三保"劳动竞赛活动。即保质量、保工期、保安全。各路人马分兵把口，钳工班长巩礼负责膨胀机的检修，副班长张宏歧负责液压泵的检修，车间还组织了17人的零工队，哪里任务紧、哪里活最脏，他们就干到哪里。

在炎热的夏天，人们总愿找个凉爽地方，可在检修冷箱时，温度却在零下十几摄氏度，手脚冻得发麻，怎么办？他们用麻袋包上，当液氧管道温度回升时，这1m^{2}的工作面又闷热得使人发晕，真有从赤道到南极之感。在清洗喷淋冷却塔水垢时，4万多个鲍尔环都结满了水垢，把鲍尔环从冷却塔里一个个用手抠下来，再逐个清洗，有的同志手上磨出了血泡。402输装置的改造技术难度大，铜管道焊活要求质量很高，需要扛住30kg的压力。经过选拔，制氧车间刘学仁、机修车间杨甫负责这项工作，他们加班加点提前两天完成全部工作，经打压试验，合格率达百分之百。

往往在成功的最后时刻，还会出现难以预料的事情。安装完的空压机经试车，4个轴瓦中有一个温度偏离。机动处长聂思刚果断决定，在现场召开理论分析会，仅用了一个半小时，经过共同协商，决定返工。他们对轴瓦的推力面进行了处理，轴瓦的温度降下7~10℃，终于提前一天零8个小时完成了检修任务。在检修期间张副厂长昼夜在现场亲自指挥；聂处长两天两夜没有回家；卢继声的嘴上烧起了水泡……7月29日上午7点试车，7月31日上午10点正式送氧。

通过这次采访，我们感受到车间处室的干部、工人对凌钢的缕缕情丝。当高炉恢复原形，当转炉炼出第一炉钢，当氧气吹起沸腾的钢水时，建设者们得到的是欣慰、充实。是啊！正是这些不图名、不图利的凌钢人，用劳动的汗水谱写了一曲与时间赛跑的赞歌。

1987年8月21日

思想的苍鹰正在舒展翅膀

——我公司首次生产力标准理论研究会侧记

杜　强

7 月 25 日下午，我公司举行了首次“生产力标准理论研究会”。公司领导及各厂、处室主要领导参加了会议。

这次会议，对前一段我公司的生产力标准讨论情况进行了总结，并对讨论的继续深入进行了安排。会上 8 名同志就生产力标准问题发了言，他们的发言标志着生产力标准大讨论给我公司两个文明建设带来的新成果，标志着我公司思想解放的步子已经迈开。他们的发言，有理论、有实践、有分析，确实体现了一种思想解放的氛围。

第二次思想大解放

生产力标准的讨论是十年真理标准讨论的继续，是第二次思想大解放，这是一个划时代的理论，它的意义在于从思想上解决了社会主义初级阶段的最大的、最基本的实践是什么。

党校校长张胤在他的题为“生产力标准与解放思想”的发言中说：“这就是生产力，或者叫做生产力标准。”“生产力标准把实践标准具体化了，更明确了，更深化了。”“这个讨论是继续深入解放思想的前提”，而“解放思想就是以生产力标准来衡量的”。他在发言中还就解放思想要克服两种错误倾向：一是继续清除“两个凡是”的思想影响；二是要反对凡事从不是姓“社”就是姓“资”的抽象判断来剪裁和对待我们的改革进行了阐述。他说：“‘两个凡是’不一定就是对毛主席的话，毛主席批示过的，‘唯书’、‘唯上’也属于这一影响。”

这次会上，代表们的发言，都很“解放”，畅所欲言，这本身就是思想解放的表现。但还远远不够，我们还要继续解放思想。特别是领导干部的思想。

不轻信　不苟同　敢于反思

这次生产力标准理论研究会的发言中，有一个明显的特点，就是不轻信、不苟同、敢于反思，不再是过去的那种一个腔、一言堂、一面倒，而是脑袋真正长在自己的脖子上，不唯书、不唯上，不迷信权威，敢于思索，勇于争鸣。

焦化厂厂长王新龙的发言文章“用生产力标准认识政治体制改革——兼谈阅读《红旗》杂志第九期《厂长兼书记不利于党政分开》的反思”，用改革的实际成果，用自己的工作实践和生产力标准的理论反驳“厂长兼书记不利于党政分开”的观点，并分析和阐述了自己对“党政分开”含义的理解。文章论点鲜明，论据充分，逻辑严密。在谈到企业党组织的保证监督作用时说：“厂长兼书记的体制，保证作用具有天然性”“我们摸索出由全体党员对厂长进行监督的路子来，这比由党支部这级组织进行监督要全面细致得多，工人党员大部分是依据生产力标准看待问题的，这对发展生产大有好处”。

作为基层主要领导，能进行系统的理论学习和运用理论进行分析、指导实践，这是很值得提倡的，至少这是素质的一种体现。朴素的感性认识代替不了理性的思考。生产力标准理论的提出，就说明了这个问题。

在实践的土壤上看理论的种子

理论的目的在于指导实践，理论的正确与否，理论的种子，是否开花、发芽、结果，而对理论的探讨、学习、研究，如何应用于实践则直接关系到理论的成功与夭折，因此，这是一个长期的、艰巨的历程与任务。

会上，更多的发言者就这个问题，谈到了他们的见地，取得的成绩和探索的过程。纪委副书记高忠贵做了“以生产力为标准，做好纪检工作，为企业的改革和生产建设服务”的发言，冷轧厂厂长姜荣做了“坚持生产力标准，促进两个文明建设”的发言，白云石车间主任李士俊做了“应用‘生产力标准’指导劳动优化组合”的发言，第一轧钢厂厂长牛恪庄、房产福利党支部书记李长生也在会上发了言。这些发言紧密联系实际来谈生产力标准在两个文明建设中的应用，因而指导意义更强，对问题的症结抓得更准确，避免了理论归理论，实践归实践的两层皮。苑成德同志代表党委所做的总结中也谈到了这样一个问题。离开生产，离开管理（即离开实践，去空谈政治），什么用也没有。

也有困惑　这是好事

在会上，有的同志也提出了自己没有弄清，而理论上需要解决的问题，有困惑这是好事，不是坏事，只有深入的思考问题，才能有困惑，而困惑提出了问题，这是解决问题的先决条件。这就需要我们在改革中更积极大胆的探索，而不能徘徊不前，只有探索才能解开困惑的难题。同时也说明开展这场讨论的必要性和长期性。

这仅仅是开始

尽管我公司在生产力标准讨论问题上很敏感，抓得早、见效快，但公司党委认为“生产力标准讨论不能到此中止，我们还要继续抓”，“要把学习引向深入”，“要紧紧抓住十三大文件的理论核心，这个理论的核心就是生产力标准的问题”。

思想的苍鹰正在舒展翅膀，但天空绝不总是丽日彩云，注定要有几番风雨，几番搏击。风雨检验苍鹰的风骨，搏击显现苍鹰的本色。

1988 年 8 月 6 日

雄关漫道从头越

——公司1989年计划工作会议侧记

本报记者　王承孝

1989年1月18日、19日，公司首次计划工作会议正在招待所中心会议室紧张进行。

从200多会议参加者那神情凝重的脸上，你立即就能感到这是一次不同寻常的会议。是的，在凌钢生存发展再次面临威胁的时刻，这次会议担负着重新确定方针、调整部署的重大任务，对公司未来前途，14000名职工的命运将起到举足轻重的影响。

凌钢人要做困难面前的强者

1982年以来，凌钢的生产发展一年一个新台阶，职工生活福利也取得显著提高，凌钢人已习惯于在顺风顺水中行船。可近一年来，由于受国家经济大气候中不良因素影响，使已走上振兴发展之路的凌钢再度面临重大困难的严重威胁。会议所面对的是一串令人忧心的数字和情况。

1989年，公司原燃料涨价和其他减利因素将多达4300万元，而去年的利润总额仅为1800万元，这意味着已被我们甩掉多年的亏损帽子将有重新戴上的可能！

长期以来，一直影响困扰企业发展的能源和交通运输紧张问题今年更为加剧。上半年因电力不足，全公司将有两个选矿系统和3座电炉停运，轧材系统也只能停停打打，这将使相当数量的职工无工可上，导致他们收入锐减。

朝阳焦化厂因精煤涨价、紧缺已面临闷炉，公司内两座焦炉也有“断顿”危险。有些外部环境条件压力，不仅危及生产，而且已危及朝阳居民和凌钢职工的生活……

形势异常严峻，每个参加会议的人都感受到巨大的压力。他们清楚地看到，凌钢又一次面临着两种命运的抉择：或者被恶劣的外部条件困倒压垮，使数年来改革发展的成果付诸东流；或者迎接挑战，奋发进取，在困境中杀出一条生路。会议的参加者们（不，应当说是14000名凌钢人）毫不犹豫地选择了后者，他们用火一样炙热的语言表明了力挽狂澜于既倒的坚定信心和非凡勇气，决心让实践再次证明凌钢人在困难面前是强者。

非常之时要有非常之策

决心和勇气仅是战胜困难的前提条件，只有做到科学的决策，又辅之以一套切实管用的措施才具备战胜困难的根本保证。会议在认真分析面临形势的基础上，提出了深化企业内部改革的大胆构想和重要原则，这是会议为公司渡过难关做出的一项带根本性的决策，也是区别于一般计划会议的一个显著标志。

宋经理代表公司提出：今年要在全方位商品化经营中有重大推进，要建立起“公司整体调控、分厂独立经营、建立厂内市场、实行商品交换”的经营机制。为此，要在公司内建立物资、资金、劳动力3个市场；要变公司一级经营为公司、厂矿二级经营；要实行分灶吃饭，使工资真正与效益挂钩。

应该说，几年来我们在企业内部改革中已经迈出了较大步子，取得显著成效。但就企业经营机制总体来讲仍属于产品经济的旧格局。它在很大程度上仍阻碍着各种经济杠杆的调解作用，限制着生产力的发展。特别在当前能源、交通运输十分紧张的形势下，更无法使生产因素的潜能得到充分的发挥利用，为企业增生强有力的应急抗变能力。当此非常之时需举非常之策，只有尽快地建立起全方位的商品化经营机制，才能为公司摆脱困境找到根本出路。

参加会议的厂矿长们敏锐地意识到，从现在起，他们将要在商品经济的海洋里一试身手。唯其如此，才能在当前新的形势下把凌钢的事情办好。

“夺铁保钢”是防止“滑坡”的关键之仗

今年由于电力严重不足，生产不能满负荷进行，公司领导在会上提出，今年生产要以夺铁保钢为中心，全力以赴把铁搞到30万吨，把钢搞到18万吨（其中转炉钢14万吨）。只要达到这个指标，生产经营这盘棋就能全局走活，4300万元减利额就可消化大部，公司收益就不会出现大“滑坡”。所以，正如参加会议的一些领导所说，高炉和转炉是公司的“宝葫芦”和“摇钱树”，夺铁保钢是关系公司今年能否渡过难关的关键一仗。

为了护住“宝葫芦”，守好“摇钱树”，公司领导要求各单位、各部门要通力协作，为夺铁保钢创造良好的外部条件。供应处当场立下军令状，在当前市场物资紧缺、购料困难的条件下，千方百计保证原燃料的供应和质量。烧结厂则表示要在拿下46万吨球团矿的同时提高球团质量，保证高炉吃饱吃好。

担负夺铁保钢大战主攻任务的炼铁厂、一炼钢厂的领导更是不甘落后，表明了愿为公司“挑大梁”的决心和打算，也讲明了自己的困难和要求。公司领导当即拍板，对夺铁保钢中担有重任的单位给予优惠政策和全力支持。同时还决定在全公司选调精兵强将，组成夺铁、保钢两个攻关组，月底前就要赶赴现场办公。

向“3018”（今年铁、钢生产目标）奋勇进军的战斗号角已经在计划会议上吹响了！

要在强化管理挖潜增收上谱写新篇章

要真正消化掉各种减利因素，把公司的经济效益搞上去，夺铁保钢固然是关键之举，但强化管理、挖潜增收也是不容忽视的一环。围绕这个题目，各部门、各单位领导纷纷献计献策，就每个具体指标、每项具体措施进行了认真的估算和研究。

张总经济师为大家算了一笔账，只要在炼铁、炼钢内部生产环节上加强管理，把高炉的利用系数搞到2以上，把炼钢的日作业率提高到80%以上，就可以为公司争得上千万元的效益，而这两项指标只要经过认真努力工作是完全可以达到的。机动处周处长提出，只要把公司备品备件消耗水平降到部颁标准，把备品备件的储备资金降到更为合理的程度，充分发挥我们自己的机加工优势，提高备件自给率，开展对外承揽加工业务，三项加在一起，就能实现效益几百万元。“七五”工程指挥部也准备拿出部分工程项目发给公司内有承担能力的单位，增加公司的收入。据不完全统计，会上各单位共提出140余条挖潜增收的具体措施，增收总额3000多万元。

正如高副经理在会议总结时所说那样，凌钢虽然面临着巨大的困难，但经过几年的改革、发展已具备了承受风险的能力。只要强化管理，充分挖掘企业自身潜力，是完全可以战胜困难、渡过难关的。

为时两天的计划工作会议结束了。它既给每个参加者的心里添加了千斤重荷，又为他们燃旺了奋发进取之火。会议做出的决策、形成的氛围将会在凌钢万余职工中产生巨大的心理冲击和振荡，而它对凌钢前途命运产生的重大影响则要在更长一段时日之后才能充分显现出来。那时，它必将作为再次使凌钢化险为夷的重要会议载入凌钢史册。

1989年1月28日

璀璨钢花苦战来

——20t 转炉扫尾工程纪实

徐　杰

10 月 25 日，也许只有少数细心人才记得这天是志愿军在 1950 年渡江赴朝作战的纪念日。而 39 年后的这一天，却是每个凌钢人终生难忘的日子。年产 30 万吨钢的 20t 转炉就在这一天炼出了第一炉钢水。

夜幕刚刚降临，二炼钢厂房内已一片通明。此刻，人们的视线紧随着身着橘黄色标志服行车工的手势移动。当铸锭工人打开钢水包的滑动水口，钢水顺着锭盘涌向每一个钢锭模的时候，刹那间，32 个钢锭模像是 32 个喷花筒射出万朵钢花。那钢花，那样耀眼明亮，活泼、俏皮，令人心醉。直到锣鼓声、鞭炮声骤然响起，人们才如梦初醒，任喜悦的泪水流淌，忘却了所有能够表达激动心情的美好词汇，只是在心中一味地重复着："成功了，我们成功了！"

凌钢人啊，记住这一天吧，1989 年 10 月 25 日。

群雁高飞头雁领

1986 年 6 月 20 日，在凌钢东北部一块空旷的土地上，当省、市和凌钢的领导向奠基石添上第一锹土的时候，就埋下了一颗希望的种子。

如今，这颗种子结出了丰硕的果实，投资近一亿元，占地 4 万多平方米的第二炼钢厂就在这里诞生。经过三冶公司的三年奋战，主体设备基本安装就位。但是要按计划试车、投产，还有很大的难度。且不说炉体倾动部分、PC 自动上料、净化污水系统这些主要设备都没进行调试，仅零星的设备问题就有成百上千个。在某一个关键部位哪怕只缺一个小开关，也会直接影响着开炉炼钢。

"二炼今年难投产，砸锅就砸在水上。"有人私下言论。

"二炼 10 月出钢是不可能的，最快也得到年底。"有人暗中断言。

厂部会议室，烟雾弥漫。公司领导仔细研究现有的工作量，实事求是地推算工期。得出的结论是，眼下有两种选择：一是按部就班的等待三冶交工，明年春季投产；二是公司自己组织力量，突击扫尾，在 10 月份把工程拿下来。会议室里静极了，经理们反复权衡、仔细掂量。"怎么样，敢不敢下决心检验一下咱们的队伍？"经理宋士田打破了会议室的沉静："我看，我们必须主动出击，不下这个决心，今年就丢掉了 2 万吨钢，哪怕拿下二炼咱们都到医院住院去也得豁上了。”宋士田的话铮铮作响，落地有声。大家一致同意由凌钢自己承担二炼扫尾工程，确保20t转炉10月份出钢。

10月9日，公司领导在二炼食堂召开了各单位一把手参加的第二次紧急动员会。宋士田做了七分钟的战前动员，副经理于连德向13个单位下达了任务。

从这天起，公司3位经理一头扎进二炼现场。

一顶橘红色的安全帽，一套深蓝色的制服，厂房内到处留下了宋士田魁伟的身影。头两天，工人还询问：“老板今天来不来?”后来没人问了。因为每天都能看到他。这个在钢铁战线摔打了30多年的“老炼钢”雄心不减当年。但毕竟年龄不饶人，从0m地面到28.3m平台，上上下下一天讲不清多少次，到了晚上，腰腿发酸。

对20t转炉10月份投产，他信心十足。但他深知，必须把公司的决策化作每个职工发自内心的负责精神。7月份以来，无论大小会议他逢会便讲10月份必须出钢，强调每个干部必须主动出击、工作到位。他的言行很快地感染了大家。他的意图也为每一个会战者所心领神会。如今，这20t转炉工程像一块巨大的磁石吸引着他，搅得他吃不安、睡不宁，他总觉得，“人生能有几回搏”这话讲得太好了，他还要搏一次，还要为祖国的钢铁事业添上闪光的一笔。腰酸腿疼他不在乎，他关心的确是他的两个助手的身体。

午夜11点，在3号炉操作室，副经理于连德、李元刁都在不停地咳嗽，也许是劳累过度吧，于连德面色灰黄，嘴角上起了水泡，显得格外苍老。他一手端着半碗白开水，一手托着止痛片、甘草片和宋士田商量着砌炉的时间。宋士田发现于连德已经穿上了棉裤，脚上的皮鞋磨漏了；再看李元刁，可能是嫌皮鞋太沉，换上了年轻人爱穿的泡沫旅游鞋，坐在一块挠板上正不停地捶打着腰部。宋士田眼睛酸、心里疼，他知道，这两个人从会战以来不到半夜从未回过家，五十多岁了，硬是和年轻人聚在一起。宋士田吩咐：明天要让医院给现场工作人员送些好药，让福利处送白糖，保证糖茶水供应，给现场人员增加热量。

午夜12点，职工食堂把热腾腾的包子送到了3号炉值班室。工人们席地而坐，大口大口地吃着包子，一个小伙子说：“我吃了4个包子。”一句话勾起了宋士田思绪万千，是啊，这个时间，本来应该躺在热乎乎地被窝里进入梦乡了，这些人却天天在这阴冷的大厂房里干到半夜，多好的工人啊！他风趣地对一伙年轻人说：“干活多才能吃嘛，4个包子不算多，我年轻时能吃五六个。”一句话把大家逗笑了，一天的疲倦也全部忘光了。

10月24日，于连德、李元刁组织送氧前的管道检查验收。送氧工作关系重大，辽化、鞍钢都曾有过氧气管道爆炸的血的教训，于连德手执方案，条条细审，字字斟酌，他要把送氧方案考虑得万无一失。7 点，组织施工员沿氧气厂的二炼氧气管道逐段检查，凌晨 2 点 30 分，施工员和三冶的同志发现一个流量孔板出了问题，于连德立即派人去机修厂联系用磨床加工，流量孔板是个细活，至少需要两小时，于连德告诉大家抓紧时间回去睡一会儿，天亮了再接着干。3 点 30 分，于连德、李元习拖着疲惫的身体回家，说也怪，在二炼的大厂房里走多少路，上多少楼梯也没想到累，到了家门口双腿却像灌了铅，对着这五层楼犯难了。

于连德、李元习或许刚刚入睡，宋士田却躺在床上翻来覆去睡不着，脑子里不是氧气管道就是氧气球罐，他毅然起身下床，非要亲自到现场看着才放心。夜色沉沉，路上没有一个行人，好清静啊，这个时间是凌晨 4 点。

没有比钢铁人再朴实、再通情达理的了，看着经理们成宿半夜的操劳，谁心里没数？他们就是脱皮、掉肉心里也舒坦。不论多重的任务，只要经理一下令，工人们都说：“行，保证完成任务。”

魂系二炼　一切为了钢

第一炼钢厂承担的任务的确很棘手。氧枪，在冶炼过程中是非常关键的环节。工人们为了这支氧枪抢了三个昼夜。可谁知一经试运，发现枪头堵塞，“卸下来重新处理!”经理给一炼下了命令。厂长丁礼常理解经理焦灼的心情，不安上氧枪就不能砌炉，不砌炉就不能炼钢，这一点他比谁都清楚。可他的工人实在太苦了，钳工班、铆焊班全部集中在二炼，家里唱起了“空城计”，没办法，只好后半夜回一炼处理小转炉和电炉的设备问题。有的工人家住农村，骑自行车往返要 3 个多小时，3 个小时，少干多少活啊，他们舍不得把时间扔在路上，干脆就不回家了，在休息室随便找个地方倒头就睡。此时，新的任务对丁礼常来说似有千斤重，这个在困难面前从未说过孬话的身高一米八的硬汉子看着鼾声大作的人们，百感交集。动员？安慰？几次欲言又止。思忖再三，他一个个地叫醒他们，吐出了几句掏心窝的话：“经理把这么艰巨的任务交给了一炼，说明是对咱们的信任，我知道大家又困又乏，再坚持几天吧，等二炼出钢了，我保证让你们好好睡一觉。”世上有什么东西比理解更可贵呢？工人们像上足了弦的发条，劲头来了，二话不说，又奔向 6m 平台。

“喂，杨宝山，你查到哪儿了？请回答，请回答。”第一轧钢厂的副厂长曲江岱手握对讲机，用嘶哑的嗓音不停地呼唤着。严格地讲，二炼和一轧的汽化冷却不尽相同，接到任务后，他们先熟悉图纸，了解二炼汽化的原理、结构，又根据多年来的实践经验制定了完整的调试方案。从循环泵房到 28. 3m 平台，几个工人上上下下，忙的满头大汗。他们顺藤摸瓜，一个阀门一个阀门的检查，一个阀门一个阀门的试验，发现泄漏马上处理，然后再检查，打压、试验，那细心劲儿，好像姑娘绣花。

10月19日，他们又接到了在氧枪高压水泵上加过滤网的任务，经理要求连夜完成。当时，水池子里还有400mm深的水，等水抽干了再干时间来不及，工人们看出了厂长的心思，还等啥？一翻身跳进了水池。深秋的晚上寒气逼人，双腿站在水中，一直凉到脊梁骨。可这活儿有时还得蹲着干，裤子全湿了，工人们没有一个说熊话的，到凌晨3点，他们把过滤网装好了。事后，曲江岱半开玩笑地对经理说："昨晚又少看了一场球赛。"球迷厂长只有这一丝遗憾。

控制室里，第二炼钢厂的助理工程师李平泉正在进行着紧张的氧枪电气调试。从那略显苍白的脸色可以看出，他的病还没有痊愈。李平泉患的是胃幽门水肿，为了赶上二炼调试，他问医生采用哪种治疗方法能让他尽快上班，医生为他做了切除手术。胃切除三分之一，至少也得休养1个月，可15天之后，他就上班了，走起路来直打晃。母亲疼儿子，埋怨儿媳妇没管住，妻子心里委屈，怎么管呢？丈夫的脾气她最了解，不让他去，他能坐得住吗？

硅整流调试由设备厂家负责，李平泉他们在旁边看。厂家的工程师看凌钢这几个年轻人真有股钻劲，就放手让他们自己干了。李平泉和他电气组的伙伴们百倍珍惜这学习、实践的机会，他整天闷在控制室里一干就是到半夜。宋经理拍着他的肩膀表示赞许："好好干，干完了，掌握这套系统，你就有了本钱了。"手术后本来在饮食上应该格外注意，但这种时候就顾不得那么多了，冷一口，热一口，有时还饿上一两顿。这几个年轻人还真争气，外单位需要15天才能完成的氧枪调试，他们3天就调完了。李平泉还提出了在氧枪上增加快速提枪装置的改进意见，得到了设计院的赞同。他们说这个建议是避免重大事故的一项有效补救措施。记者去采访李平泉，他腼腆地说："有病不是什么光彩事，可千万别写我。"

人，是要有点精神，精神是通向胜利彼岸的航标灯。一向被凌钢人引为自豪的凌钢精神在二炼现场得到了升华，放出异彩。日日夜夜，他们魂系二炼，怀着一个共同的心愿：一切为了钢！

团结协作交响曲

如果说，二炼会战是一部雄浑、高亢的协作交响曲，那么，每一个为二炼工程承担任务的单位正是这交响曲中的一个乐章。

搞炼钢，外部条件纷繁复杂。风、水、电、氧气、氮气、煤气、蒸汽缺一不可。没有全厂一盘棋的全局观念，没有同心协力保二炼的协作精神，在一个月的时间里，要想炼出钢来无异于天方夜谭。

先说这风和水吧，动力厂9月25日接管了空压站、软化水站，循环泵房和工业水处理站。这4个项目当时没有一项具备投产条件。二炼主厂房里，凡是要试运转的设备不是用风就是用水，设计单位急得嗷嗷叫，怎么办？动力厂3个厂长心急如焚，他们一边撒下人马逐段查看管路，检查打压质量，处理遗留问题，一边把原来各泵站经验丰富的班段长抽调到新岗位，组织操作人员上岗，用最短的时间熟悉设备性能，掌握操作规程。

这4个工作点从平面图上看，是一个大三角形，全长大约500m，到这里安排任务，到那边检查进度，忙得不可开交，副厂长鞠东实在跑不起了，只好骑着自行车从二炼厂房里横穿。

工业水处理采用的回程式离子交换器在国内仅凌钢一家使用这种设备，动力厂从来没干过，设计院又不能及时提供技术参数。离出钢日期越来越近了，工业水是炼钢的血脉啊。鞠东急得说话都带着火药味，他和老厂长郑桂桥凭着多年经验亲自组织调试，一干就是半宿，硬是在开炉的前两天把工业水送进了二炼。

10月24日，3号炉操作室里，等待送氧的几名氧气厂工人坐在冰凉的水泥地上睡着了。时针指向凌晨3点，看来，天亮之前是送不上了。于连德对氧气厂副厂长李树奎说："让他们先回去吧，在水泥地上睡觉会生病的。"李树奎望着这几个把头压在膝盖上睡得正香的工人，心里涌起一股热浪，他已经记不清这些人到底有多少个夜晚没回家了。李树奎同于连德商量："送氧是最后一关了，无论如何不能在这个时候回家，我带他们回氧气厂值班室待命，接到通知马上过来。"

由氧气厂三位厂长亲自挂帅的送氧小组被人们称为"敢死队"。他们考虑二炼的操作工大部分是新工人，缺少实践经验，第一次操纵氧气阀门，万一临阵心慌的出点差错可不是闹着玩的，全公司14000名职工都在盼着出钢的这一天，而要想顺利出钢，先决条件就是必须一次通氧成功。在关键时刻，他们把风险留给自己，要亲自把压力为16kg的氧气一直送进氧枪。

25日上午10点30分，送氧开始。党支部书记李新生守在氧气厂的球罐区，厂长齐广瑞、副厂长李树奎分别在二炼的2号、3号操作室坐镇指挥，11名工人威风凛凛，每人守住一个阀门，球罐区和3号操作室每隔10min通一次电话。

多少天来，忙碌的人们总报怨时间不够用，可今天，这秒针怎么走得这么慢？性急的人恨不能把氧气压力表的指针立刻就拨向16kg。直到下午2点13分，李树奎操起电话筒对着他的大本营兴奋地喊了一声："通氧一次成功！"高度紧张的人们才松了一口气。

风、水、电、气全接通了，出钢已万事俱备，19台天车来往如梭，炉台上下弧光闪闪，炉前工们跃跃欲试，恨不得马上就开炉炼钢。下午 3 时，宋士田告诉秘书："通知各单位马上到 3 号炉操作室开会，今晚要炼出 3 炉钢。"当时针指向 7 点，璀璨的钢花终于喷溅而出。二炼会战，这是由经理宋士田指挥的一部雄壮、激越的交响乐。它团结协作、无私奉献的主旋律给人以巨大鼓舞，在经历三十余个日夜的激战后，凌钢人更深刻认识了自身的价值。

领略了事业成功喜悦的凌钢人啊，为今天的胜利干杯吧！为美好的明天奋斗吧！明天的路还很长、很长。

1989 年 11 月 11 日
第 141 期

爱的奉献

——公司职工捐资办学活动纪实

王承孝

"只要人人都献出一点爱，这世界就会变成美好的人间。"——题记

1990年7月，凌钢开展了一场声势浩大的捐资办学活动，它有如对凌钢人心灵的一次洗礼，使他们美好的内心世界得到充分的展示和升华。

在短短的数日之内，从公司领导到普通职工，从已近耄耋之年的离退休老同志到稚气未脱的小学生，汇成了一道波澜壮阔的捐资洪流。这些心赤血热的凌钢人，在去年已为企业集资200万元之后，这次又为办学助教捐款97万余元。这其中的每一分钱都凝结着他们对国家、对企业的一份深情，都浸透着对事业、对后代一份厚爱，可以说，它是凌钢人用爱与奉献铸起的一座丰碑。

一

凌钢是省冶金系统教育先进单位，可由于近两年中、小学入学人数剧增，已使原有的校舍无法容纳越来越多的学生，急需增建一所教学楼以解燃眉之急。

自去年末以来，由于受经济大气候影响，已使公司出现了多年未有的效益滑坡、经营亏损局面，资金紧缺已成为制约生产发展的主要因素。为了不给公司已在勉力支撑的财力再增新的负担，为了保证每个职工子女入学读书不受影响，公司领导决定利用今年调整工资的机会开展捐资办学活动，动员职工将这次新增工资补发额的一半拿出来作为支持公司办学的义务捐款，在此基础上还可自愿多捐。7月2日，这个提议在职代会团组长扩大会上获得一致通过。

为了搞好这次捐资办学活动，公司党委接连召开各种会议，进行广泛深入地思想发动，明确提出领导、党员、干部、教师、双职工"五带头"要求。

公司经理宋士田第一个报名捐资500元，表现了一个老共产党员建设凌钢、发展教育的一片赤诚。领导者的率先垂范就是无声的命令，全公司的党员、干部立即闻风而动。

组织部、宣传部、纪委、工会及政工群团部门的领导、干部第二天就在机关大楼前厅率先贴出了捐资红榜。他们不愧是战斗在企业思想政治战线上的优秀战士，比任何人都清楚榜样的力量和自己的责任。他们除了把补发工资全部做了捐献外，许多人又另添了数十元，使每个人的捐资数达到140余元，远远超出了公

司规定的义务捐资额，开始就把捐资活动推向了一个高起点。

其他处室和厂矿车间的领导、干部自然不甘落后，你追我赶地展开了捐资竞赛。燃气车间3位领导在义务捐资之外每人又捐300元，在他们的带动下，全车间干部人均捐资额达170元以上。

据统计，在这次捐资活动中，全公司232名领导干部，平均每人捐资189元，是职工人均捐资数的1.8倍。凌钢党委一贯倡导推行的“一级带着一级干，一级做给一级看，”领导干部要率先垂范，为人师表的优良风气在这里得到充分的体现。

共产党员们也在捐资中表现了出色的模范带头作用。

中心化检室共产党员刘宝忠听到捐资动员后，第一个报名捐出全部补发工资。要讲生活困难，在全室职工中老刘可以排上第一号，他能带头这样做，别人还能说什么呢？在他的带动下，不仅全室的党员，而且18名要求入党的积极分子都把补发工资做了100%的捐献。

钢管厂有9名家在农村的共产党员，领导考虑到他们实际困难，告诉他们少捐点，可他们却说：在企业遇到困难，需要我们做出奉献时，如果不能挺身而出，做好样子，还叫共产党员吗？硬是把全部补发工资都捐了出去。

公司1211名共产党员总计捐资16.5万元，人均136元，是职工平均数的1.3倍。这数字本身不就有力地昭示了凌钢共产党员的形象吗？

在人们对党内和干部队伍中腐败现象普遍感到担忧和不满的今天，凌钢共产党员、领导干部这种为人师表、带头奉献的优良思想作风不更使人感到分外钦敬、令人备受鼓舞吗！

二

党员、干部的率先垂范在全公司引起了热烈地反响，它有如导火索和催化剂，使广大职工心中蕴藏的精神能量如火山爆发般迸泄开来，一张张载满职工深情的捐资红榜争先恐后挂到机关大楼的前厅和走廊，十里钢城到处呈现出如火如荼的热烈捐资场面。

曾为凌钢发展腾飞作出突出贡献的老工人，不愧是企业的中坚和骨干，尽管他们都已步入上养老、下养小人生负载最沉重的时期，可为了企业发展，为了子女未来，他们甘愿做出最大的奉献！

冷带厂的十几位老工人把补发的一百余元全部捐出之后仍感心犹未尽，又一而再、再而三比赛般地追加自己的捐资数，使每个人捐款达到200元，以至厂领导不得不强行阻止这种“升级”。是他们的收入丰厚、生活优裕吗？不！今年由于冷带限产不仅奖金数量不多，有时连基本工资也不能拿全。可在国家企业需要他们做出奉献的时候，他们的顾虑是唯恐做出的奉献比别人少，因为那将使他们感到一种耻辱。

燃气车间老工人母善金，孩子老婆都在农村，全家老幼就靠他一人工资过日子。平时花几块钱都要掂量再三，可捐资办学他一点也不含糊，尽管前几天他已在农村家里向地方政府捐了一次办学款，可这次又一下拿出113元。

这就是凌钢老工人的情操与胸怀，长时期凌钢精神的陶冶熔炼，早已使他们和凌钢化为一个休戚与共的整体。“爱我凌钢，建我凌钢”已成为他们最重要的生活信念之一。爱，这种人类最高尚的情感，已在他们那里化为对国家、对企业的神圣责任！

如果说，广大职工捐资办学毕竟还有一份责任和义务，那么，工亡职工的家属、中小学的孩子们自觉加入捐资行列就更令人肃然起敬。看：工亡职工家属郭翠荣走来了。丈夫去世的不幸曾使她的心灵受到严重的打击，公司的百般照顾又使她倍觉党组织的温暖。当她听到捐资的消息后，立即主动捐出74元钱。她说：“这些年我和孩子生活全靠公司照顾，咱可不能剃头挑子一头热。如今公司办学有困难，我不能添斤，也要添两，说什么也要尽点力。”

从这个凌钢家属说出的朴实话语中，不也可以感受到凌钢人那种与企业同呼吸共命运的强烈主人翁意识吗？

中小学的学生们也走来了。这些稚气尚未脱尽、时常还在父母面前撒娇的孩子们，此刻也好像突然长大了，成熟了，也主动承担起一份与他们年龄还不相称的责任。有的把积攒在“扑满”里的钱取出来，有的把家中给他们买雪糕、零食的钱省下来，一分一分地积聚在一起，这些天真可爱的孩子也要为凌钢发展教育，尽一点绵薄之力。当他们那么庄重地将寄有自己一片爱心的700余元捐出的时候，人们不由得心头发热，眼睛发湿了……

在今天，随着商品经济浪潮的冲击，在社会许多人的心目中，金钱可以胜于一切，可在凌钢人的心目中，还有比金钱更贵重的东西，那就是对国家、对集体、对事业、对后代强烈的责任感和深厚的爱。

三

当初，公司领导并未料到，这场由他们发动而起的捐资热潮会成为一股阻止不住的热流。本来，为了保证职工生活不受影响，公司已对捐资的范围和数量做了严格要求，明确规定离退休老干部和今年未调工资的青年职工不在捐资之列，可当捐资活动展开之后就冲毁了他们原定的界限。

数十位离退休的老同志当他们从家属、子女那里听到了捐资办学的消息之后，立即找上门来，要求为发展教育尽一份老同志当尽之责，这些战争年代为革命出生入死，后来又为凌钢奠基发展立下汗马功劳的老同志，虽说国家给了他们一定的待遇，但他们或因连年就医，或因子女众多，许多人生活并不宽裕。在过去的岁月里，他们已经为国家和人民付出了所能付出的一切，今天怎么能再收他们的钱呢？党委特意派副书记苑成德去做免捐的劝说工作。

当这位年轻的党委副书记来到老同志中间，看到他们那一张张急切的面孔，听到他们那一句句激昂的请求时，他的心感到一阵激烈地震颤。此时此刻，此情此景，使他明白任何劝说都将无济于事，他唯一能做的一件事就是代表公司收下他们为发展凌钢教育事业献出的一片赤诚。结果，51 名离退休老干部一人不差全部做了捐献，平均每人捐资近百元。

一千余名未调工资的青年职工则紧随其后。这些 20 出头血气正热的年轻人，尽管他们还有欠生活的磨砺和政治上的成熟，但他们却和老同志一样有着强烈的责任感和荣誉感，在这场由凌钢人演奏的以爱的奉献为主旋律的雄壮交响乐中，他们怎能甘心听不到自己的声音！他们自发地喊出了“我们也是凌钢人，也要为捐资办学作贡献”呼声，将他们年轻的身影自觉地汇入浩浩荡荡的捐资洪流之中。

供应处女工刘凤云一家人都在凌钢工作，她的父母已先后捐资近 300 元，她本不在捐资的范围之内，可她觉得如果自己不能在捐资中做点什么，心里会留下永久的歉疚。于是，她把自己平时攒下的 110 元钱全部献了出来。

二炼钢青年技术员魏荣坤这次也在未调工资之列，他家中弟妹 4 人全在大学、中学读书，自己的一点工资既要维持生活，又要接济弟妹。尽管平时节衣缩食分文不敢乱花，还免不了捉襟见肘，窘相毕露，眼下又处了女朋友，还要筹办结婚，在别人眼里那些最能标明婚礼档次规格的“机”啊“腿”啊，时至今日还一无着落。这个平时在食堂里连个菜都舍不得加的小伙子，这次却一下捐出 100 元。他说：“我能从小学读到大学，离不开党的关怀和人民的抚育，为了让更多的人受到更好的教育，我们这些受过教育的人应当做出比别人更多的奉献！”

这就是凌钢的年轻人在金钱和道义之间做出的选择！

据教育处统计，在这次捐资中，我公司千余未调工资青年工人总计捐资两万余元，虽然人均数额只有几十元，但对他们的工资相比已是一个不小的比例。

在我们共和国经历了去年那场风波之后，不是有人曾失望地叹道：80 年代的青年是垮掉的一代吗，那么，当他看到年轻的凌钢人在这场捐资办学活动中所袒露的一切后，不觉得这种看法辱没了我们青年人吗！

在我们民族的历史上曾有过许多为发展教育做出无私奉献的贤人义士：

孔夫子为倡导推行“有教无类”的平等教育思想，为布衣百姓争得受教育的权力一生奔走呼号、鞠躬尽瘁。

身为一介匹夫的武训为创办义学、造福桑梓而甘愿卖身行乞，忍辱负重。

爱国华侨陈家庚为兴学助教慷慨捐施，不惜耗一生积蓄，罄万贯家资。

……

如果说，这些古圣先贤的高风亮节集中体现了对国家、对民族、对后人一种深沉博大的爱，可以说凌钢人继承并光大了这些美德。他们在 90 年代今天这场捐资办学活动中所显露的思想情怀，不仅是这些美德在新的历史条件下的升华和弘扬！而且更闪烁着时代精神、共产主义精神的光芒！

1990 年 9 月 1 日

争高质量 树高信誉

——公司出口连铸坯纪实

本报记者 李建军

清明已过，春雨绵绵，凌钢绽出了一片新绿。这绿，充满了生机，带来了希望。

3月21日，日本五金矿产公司的伊作新先生前来看样。

4月12日，中国台湾地区的台湾钧新股份有限公司、锐旺实业有限公司的蔡松廷总经理和王宪治董事长前来洽谈。

4月15日，中国香港特区的香港合升有限公司驻北京联络处主任张谦先生前来求购。

短短的时间里，吸引来了日商、台商、港商纷纷洽谈求购，原因是——

产品已瞄准国际市场

一个时期以来，凌钢受外界经济形势的制约，经济也很紧张，资金周转困难，内欠外欠资金数目惊人，作为主管产品外卖的销售处，光向外发货，库存量降下来了，回款却很不理想，人人的心里都挺不是滋味。他们深知缺乏流动资金给生产带来的困难。自己人不矮，货不孬，为什么偏偏和人家挤这“赊欠”的市场，于是他们开始瞄准了回钱快的国际市场。

几经周折，终于在3月19日打开了缺口，通过了凌钢产品出口的资格审查。销售处同辽宁省冶金进出口分公司签订了5000t连铸坯出口韩国的合同。合同规定：连铸坯经商检合格到达大连港，就汇货款。

4月5日，第一批1164t连铸坯从凌钢发出，148万元货款就汇到了凌钢，为缓解资金紧张的局面作出了贡献。当和销售处处长王全福谈起连铸坯出口时，他说：“我们这一步是被逼出来的。”产品出口，在凌钢已不是新鲜事，可是连铸坯出口是以前所没有过的，而且规模之大也是以往所不能比的，这无疑对凌钢是一个全面的严峻的考验。

当签订出口合同的消息传到凌钢，第二炼钢厂马上组织试生产，出口的手续刚刚办完，合同上要求的150mm×150mm×6m连铸坯已经投入了正式生产，销售围绕市场转，生产围绕销售干，紧密的产销配合检验了凌钢职工的素质。

产品出口不是件简单的事，企业规模、管理水平、技术装备、检测能力等，都要经过有关部门的审查，通过后才有此资格。凌钢连铸坯出口质量的检验是由锦州商检局承担的，这个商检局是代表国家的商品检验机构。

产品无论是出口还是内销，除适应市场需求外，实物质量尤为关键。凌钢产品的实物质量，在1990年全国地方冶金企业的用户评比中获得第一名，现在怎么样？连铸坯的出口就是一个挑战。

有人说：绿色是春雨带来的。连铸坯的出口就像一场带来绿色的春雨，滋润了销售难这块干渴的土地，也滋润了质量意识这块关系到企业存亡的领地。连铸坯出口是对凌钢职工——

质量意识的一次大检阅

3月27日，锦州商检局的检查员开始对连铸坯进行抽样检测，结果是：按照GB 700—79连铸坯生产标准，内在质量完全符合合同要求，可是，外观质量由于对GB 2011—83的标准，在理解上有出入，加上外观质量确实存在一定的问题，出现了一批不合乎要求的连铸坯。

计划发货的时间很紧，为了不使计划的车皮落空，销售处经多方联系，求得了沈阳铁路局的批准，破例把计划3月28日发出的20车，延期到了4月5日前，同时为保证公司的信誉，征得商检部门同意，对不合乎要求的连铸坯进行修磨。

3月28日，由19个单位组成的150人的修磨队伍，分4个作业点，开始了修磨会战，在修磨的过程中，销售处处长亲临现场指挥，调动两台吊车、20个人参加修磨，主动为各修磨点配备砂轮机、砂轮片和锯床，并且在库房极其紧张的情况下，为修磨提供场地，总调的3名调度长，分片守在现场指挥，燃气厂的3名主要领导轮流跟班，质检处处长带队，全部投入到连铸坯检验。工人们讲的是“出口”，想的是信誉，三班倒露天挑灯夜战，用铁铲去掉外面的氧化皮，再用砂轮磨掉钢坯上的气孔、凸包、划痕等。1t有余的大钢坯挪一挪都费挺大的劲，修磨要六面检查、六面修磨，干起来特别费力。

特别是4月末的两天，老天下起了多年未见的大雪，又冷又滑，更给修磨带来了困难。雪，毕竟是春雪，春雪的背后蕴藏着春绿。工人们一分钟也没停止修磨，没一人退却，没一人抱怨。总调度长丁永生在谈起当时的情景时说：凌钢的工人叫得齐打得硬，真是让人佩服！

当然修磨只是一种补救措施，其谓治表，只有把住生产环节，控制住质量才是根本。第二炼钢厂针对出现的毛病先后4次召开会议，专攻连铸坯的外观质量，通过多次会诊分析，找出了三流下辊的凹坑，杜绝了辊伤；查出了导板位置不合适，消灭了划痕；强化了捞渣的责任心，大大减少了夹渣；更换了绝热板，消灭了气孔；合理地控制了拉速和液面，杜绝了重接；自建加热室和烘烤器，有效地控制了气孔的生成……

一系列的改进收到了明显的成效，修磨量大幅度下降。4 月 16 日，检验站报告，其中一炉整炉钢坯没有一个进修磨点，全部合格。

绿色总是属于热爱春天、并为春天而奋力拼搏的人们。第二炼钢厂有过一连串光辉的足迹，1989 年 10 月 25 日，没请外来高人指导，20t 转炉炼出了第一炉钢；1990 年 8 月 25 日，20t 转炉日炼钢突千吨大关；1990 年 9 月 17 日，靠自己的能力，拉出了第一炉连铸坯，今天，他们又打了一个连铸坯外观质量纰漏的歼灭战，他们的“连铸精神”就是连续出击、攻无不克的“连打”精神。

第一批连铸坯已如期运抵大连港，第二批又通过了商检局的检测，近日即可装车。出口的产品生产出来了，出口的产品合格了，出口的产品真的出口了，它给凌钢带来了声誉，带来了生机，带来了葱绿，也带来了——

几点思索

高质量的产品要通过全员共同的努力来创造。

连铸坯的出口牵动着每位凌钢职工的心，生产上严细操作创高质量；检验上严格把关保高质量；修磨的人日夜奋战维护高质量。连铸坯的生产，凝聚着管理者和经营者的心血，凝聚着生产工人的汗水，也凝聚着后勤辅助人员周到服务，质检处处长高相国说：“连铸坯的出口，不仅是对凌钢群体质量意识的大检阅，也是对凌钢质量管理工作的一个有力的促进。”

高质量的产品是生产出来的，不是检验出来的。

产品质量的优劣在生产的过程中就已经形成，检验只能是对其判定曝光而已。检验以标准为尺度，而标准则是合格部分的最低水准。所以说对标准严格执行固然是对的，但更应该在规定的标准上有提高。连铸坯的外观质量，由开始的只是修磨，到整炉没有一个修磨点，正是提高的表现。二炼技术组组长刘广说：“尽管我们的成绩不小，但不是尽善尽美，我们仍有许多工作要做。”

高质量产品带来高效益。

产品的质量决定着企业的效益，这一点早已被人们所认识，在相同的产量和消耗下，质量与效益是成正比的，为了达到这一目的，就要严格要求生产，力求创出高质量。

我们现实中存在的一个问题：有些生产是把生产出来的产品，不是按规定的标准去判定合格与否，而是在不同的标准和不同的等级上找归宿，碰到哪一个就算哪一个，搞“对号入座”。其后果，虽然产品没白扔，可毕竟是没有达到计划要求，更不会创出预计的效益。

1991 年 5 月 4 日

市场在强者脚下拓宽

——公司销售处工作纪实

刘中校　李建军

商品流通这条奔腾不息的大河，伴随着市场的瞬息万变，时而枯竭、时而流淌、时而堵塞、时而奔腾。凌钢的产品就是在这改革的大潮中，撞击开物资流通体制的大门。

销售处的领导和职工们瞪大敏锐的眼睛，审视着物流世界，在这物流世界中，捕捉、探寻、开拓……

市场疲软　干劲不软

凌钢的产品在国内的物资市场上经受了严峻的考验。由于历史的原因，产品单一，规格太少，多年来影响了凌钢产品的销售，面对钢材市场疲软的形势，销售处制定了一整套细化管理办法。当记者采访王全福处长时，他说："我相信职工的觉悟，但我更相信制度。"

今年年初，销售处为更好地适应产品的销售，理顺深化内部管理机制，他们制定补充了各项制度。完善了《关于加强内部管理的暂行规定》《关于结算资金管理的若干规定》和《运输工作管理制度》等。细化了对合同员、运输员等主要岗位人员的考核。首先是从奖金上打破"大锅饭"，重点岗位重奖重罚。对责任心不强、马虎大意或玩忽职守给公司造成损失的，根据损失大小，给予扣发奖金、处内记过、调离原工作岗位等处分。

9 月份公司扣发销售处奖金 2083 元，每项落实到人头上，奖金不够的拿工资补。有的从工资拿出 60 多元补上罚款。通过一系列严格考核，销售处自己给自己加了压力，通过实践，这种压力变成了动力。到 9 月末库存钢材仅有 7624t，比 3 月份下降 3634t。销售处曾搞了一次出差统计，到 9 月末，出差最多的达 173 天。过去领导让出去，现在自己要出去。有的职工为了工作几次推迟婚期。运输科的黄伟，爱人生小孩都不能在身边照料。合同科科长周振宇，岳母病故，也不能回去料理。处长王全福讲，销售处像这样的事太多了。市场疲软，干劲不能软，销售处的每个同志在困难面前接受考验。

优势互补 联营联销

面对市场的变化，销售处的领导者们，再也不堪忍受那种旧的物资流通体制的辖制，开始把产品销售之树的根须，顽强地向更深更远的土层中伸展。

今年他们同黑龙江省金属材料公司、烟台市金属材料公司、潍坊经济协作公司和梅河口市金属材料公司建立了联销业务。他们本着互惠互利、优势互补、共同发展的原则进行了联销业务。几个月来共销售钢材3412t，货款按协议全部收回，这项业务的开展，拓宽了产品销售渠道。

他们还同凌源县钢管厂和辽中钢管厂建立了联营加工业务。用小型材从本钢换回卷板供给凌源县钢管厂加工直径80mm、100mm钢管，计划全年加工2750t，现已售出1700t。仅此一项获直接效益10多万元。与辽中镀锌钢管厂联营加工的镀锌管已售出3800t，获效益11多万元。通过联销拓宽了产品销路，为公司增加了经济效益。

产品打入国际市场

抓住有利时机，开拓国际市场，放开手脚奋力发展外向型经济是销售处多年的夙愿。

3月19日，销售处同辽宁省冶金进出口公司签订了1500t连铸坯出口合同。在全公司的支持下，特别是通过第二炼钢厂的辛勤努力，4月5日首批连铸坯装船运往韩国。到7月末已经出口连铸坯两万吨。

连铸坯出口不仅赢得了经济效益，也提高了凌钢的知名度。

连环清欠一举多得

三角债已成为困扰企业的一大难关。今年3月份外欠凌钢货款高达18476万元，直接影响着企业的发展。卖出的产品收不回货款，生产又欠外单位原料款，连环欠账使企业陷入困境。

销售处面对困境，不等不靠，主动出击。在全国范围内建立了55个清欠责任区。每个责任区由一名销售处的同志负责，带领财务处配备的清欠人员展开持久的清欠外加销售工作。几个月的实践收到明显的效果。

销售处合同科科长周振宇负责陕西、山西、内蒙古片。在连环清欠中作出了突出的贡献。

太钢线材厂欠凌钢货款413万元，数额太大，该厂无力偿还。周振宇经多方努力与对方协商，用该厂线材顶欠款。于是该厂付出2500t线材。用这批线材就近售给供应处欠山西焦炭货款的单位。就这样拖欠多年的413万元货款算清，又还上了供应处的欠款。当记者询问当时的情况时，周振宇却说："这不是我的功劳，吴志先总会计师、供应处高伟处长他们做了大量工作"。

周振宇在清欠中，一边清欠、一边宣传推销凌钢产品。半年来，借清欠货款的机会，销售产品1200t，收到了一举多得的效果。

一分辛苦　一分收获

10月23日，我们来到销售处办公室，处长王全福向我们介绍情况时，一串串数字输入记者的大脑中枢，迅速地换算，瞬间，神经终端变幻出产品、效益、汗水、收获。

截至9月末，钢材销售172115t，比去年同期净增24053t；自销钢材105168t，比去年同期增加27401t；销售收入35236万元；比去年增长11028万元；外欠货款逐月减少，已由今年4月份的18476万元，降到了现在的12332万元……

在商品竞争的大潮中，销售处的干部职工劈波斩浪，为公司的产品销售作出了贡献。

1991年11月2日

一炼的“四种精神”

中校　建军　关元　少华

路，就在脚下，但充满坎坷，也充满希望。今年，第一炼钢厂走了一条坎坷而又充满希望的道路。

厂长王志新满怀感慨地向记者说：“今年我们一炼钢算是尝尽了过紧日子的滋味，连续5个月限电，3台炉子趴窝两个，一台炉子也是停停打打，这是建厂以来从未有过的。”第一炼钢厂的干部职工是怎样度过这难熬的6个月呢？当一炼钢的领导们回顾这半年艰难历程时，他们自豪地向记者介绍了一炼钢职工长期培养锻炼形成的4种精神，他们就是依靠职工这4种精神走过了这段不平凡的路程。

爱厂如家的主人精神

一炼钢党总支副书记齐向东说：“我们不仅有一批能征善战的职工队伍，还有许多爱厂如家的好党员、好工人。”后勤工段段长白占元就是这群体中的一个。

后勤段是个专干杂活的段，清扫厂区卫生，冲洗浴池、厕所，为炉前送料，干燥室的看管维护等一些不整装的工作。白占元这位老党员，二十多年就是一直在这个段工作。厕所脏了他去冲刷，厂区卫生他每天清扫，送料车坏了他去修理，日复一日，年复一年，谁也说不清他到底干了多少活，补了多少条车带，修了多少台推车。一炼钢的职工都知道老白最会“过日子”。干燥室没安装暖气时烧的是大炕，为了节约燃料，他平时见到油毡纸、小木块随手拣起来留着用。修手推车需要零件，他除了自己制作，还到废钢堆里去找，不肯花钱去买。他这个人什么事都得亲自干，他家离工厂很远，经常半夜来查岗，看看炉前的料送够没有，别影响生产。谁也说不清这些年他到底奉献了多少工日。记者在采访时，有位工人说：“我们段长是个只顾别人不顾自己的人。”

白占元不会夸夸其谈，是一位默默地工作、不讲索取只讲奉献的老共产党员。一炼钢还有许多像白占元这样把工厂当做自己家的好职工。

真打实凿的实干精神

一炼钢人憨厚质朴，给人的印象只有一个字——“实”。

在电炉限电生产冷落了一段时间后，从7月份开始，在电力满足供应的情况下，全厂总动员，决心一搏。多炼钢、补欠产，从领导到工人把劲拧到了一起。厂长王志新、副厂长白占存和所有的段长、大班长，他们把全部身心扑在大干之中，没白天，没黑夜，没星期天，没节假日，厂子成了他们的家，在他们的带领下，钳工电工把值班岗位移到炉前，天车工守在天车上一干就是几个小时，保证随叫随到，送料的、供水的，所有后勤、辅助人员全部围着一线转。厂房内外到处是一片大干的热潮，从6月份起生产指标月月刷新，10月份创出月产6333t的最高纪录。

进入7月份，正是高温酷暑季节，为了进一步激发全体职工的干劲，7月16日厂里决定领导干部下一线和工人一起倒班。干部倒班既要协调指挥生产，还要和职工一样干，工人身上有多少汗，他们身上就有多少汗。7月23日夜班，由于废钢供应不及时，当班的党总支副书记齐向东带领刘玉祥、钟保卫、王俊廷和值班的两名电工、两名钳工，用推车子到一轧厂去推切头，当时正是大雨瓢泼，雨点落在几百度高温的钢坯切头上，吱吱作响。几个人满脸的汗水和雨水混在一起，浑身上下被浇个透，他们一气推了十三四车，保证了废钢供应。

一炼钢的领导讲，眼前一炼钢的设备条件和料场条件都不会有大的改善，要想创高产只有从人的干劲中挖潜力。值班主任林景富在7月份自己班产落后的时候，几次推辞疗养，拖着疼痛的病腿指挥生产，把嗓子都喊哑了。

说到实干，一炼钢还有一个很感人的故事。那是去年7月的一天，1号炉内废钢已熔化到末期，突然3号电极断了。只见班长韩德秋快步跑到炉后，摘下安全帽往身上浇水，把全身淋个透湿，然后迅速登上炉顶，炉顶热浪灼人，从电极口蹿上来的火苗迎面扑来，他全然不顾，奋力用钢丝绳套住断残的电极，指挥天车吊起，他的果断之举保住了这炉钢。

一炼钢人就是这样以“实”著称，闻名全公司。

严细求精的较真儿精神

面对陈旧的老设备，一炼钢人并没气馁，而是认准科技进步这条路，在技术改造上、应用新技术上、节约资金上较真劲。他们想方设法以最低的成本求最好的效益。

改用电炉水冷电缆。这是东北独此一家采用的新技术，可延长使用寿命，吨钢电耗可节约十几度，一年可节约资金6万多元。

现在正在改造制作水冷炉盖。可使炉盖由原来的使用寿命五六十次增加到二三百次。

热电偶测温。采用这项技术可准确掌握出钢温度，镇静时间，有效地杜绝了乱尺等质量事故。

……

这些技术改造、小改小革来自职工对新技术、新工艺的渴望。他们都在不同岗位上动脑筋想办法，提高钢产量和质量。庄守儒就是其中的一个。

庄守儒是2号电炉铸锭班班长，前些年每当他指挥工人爬上钢包测量时，看着工人探出大半身量钢水，心里甭提多难受。这样量钢水既危险又不准。有没有办法解决呢？这个仅有初中文化的庄守儒研究起20多年没人解决的难题。

经过半年多的苦心琢磨反复实验，终于成功了。现在测量钢水只要用一根废吹氧管插入钢包，根据溶化后所剩的铁管距钢包表面的长度，经过简单的计算，就可以比较准确的测出钢水质量及浇铸支数。除简单、实用，又保证了安全，工人们都佩服地喊他“庄工”。

迎难而上的争先精神

一炼钢人朴实、勤奋、吃苦、耐劳，他们不善夸夸其谈，更不善于自我表达。但他们绝不是生活中的弱者。他们有着炉火一般的热情，有着钢锭一样的性格，不管什么样的工作，他们都有一股迎难而上、自强不息、勇于争先的精神。

公司推行定量管理以来，他们针对自己厂房、设备陈旧的特点，把1991年列为全厂“现场管理突击年”。发动全厂职工开展义务劳动，1~9月，全厂组织义务劳动34次，参加劳动2440余人次，清理土石垃圾300多立方米，粉刷厂房$6430m^2$，制作各种标志牌、定量图43个，使厂区环境有了令人耳目一新的转变。两次被公司现场管理检查组评为良好单位。

一炼钢生产设备笨重，高温高压。一炼钢领导班子把安全摆到“天”的位置。党政工青配合抓安全，充分发挥三级安全网的作用。连续5年实现3个零。2号炉铸锭乙班是全公司唯一的冶金工业部安全标杆班组。

设备陈旧，工艺落后，能不能在降低电耗上做文章？几年来，一炼钢工程技术人员以一种锲而不舍、金石可镂的精神，致力于电炉的技术改造。电耗在全国地方钢铁企业同类电炉中名列前茅，两次在节能会议上介绍经验。

他们在思想政治工作、工会工作、管理工作、档案工作等方面，都在扎扎实实、一步一个脚印地前进着。他们虽然不是锋芒照人，但他们鼓的是一股实劲儿。这股实劲儿就像燃烧的炉火，外表看不出什么轰轰烈烈，但内部都是炉火熊熊。几年来，党总支、工会连续被评为先进党支部和模范工会，分厂被评为先进单位。

生命之可贵在于精神。当一个人，一个群体，一支队伍具备这4种精神，一切困难都变得渺小了。

1991年11月9日

发扬“连铸精神” 争创全国一流

凌钢党委办公室

编者按 学习“连铸精神”，振奋职工精神，调动职工的积极性，是今年思想政治工作的中心环节，公司党委的决定发出以后，全公司掀起学习“连铸精神”的热潮。为使大家都能比较准确地把握“连铸精神”的思想内涵，了解“连铸精神”是如何形成、发展的，现将党委办公室撰写的“发扬连铸精神，争创全国一流”全文刊载。读了之后，相信都会有所启示。

二炼钢厂MYF-604型小方坯连铸机，是凌钢“七五”改扩建的重要项目，它集德、意、美等国内12项先进技术于一体，自动化程度高，连锁性能强。它的建设投产使我公司炼钢生产步入了一个新阶段。

1990年9月17日，二炼职工靠顽强的毅力和不屈的斗志取得了热试的成功。之后，二炼钢厂党政工领导班子面对人员新、设备新、技术复杂等重重困难，带领广大职工矢志不渝、激流勇进，全年生产连铸坯15.2万吨，创出了国内一流的达产速度，他们生产的6m连铸坯出口到韩国、日本等国，使我们的产品打入了国际市场，为提高凌钢声誉和公司效益作出了重大贡献，多次受到部、省、市领导的赞誉。连铸工人以其可贵的“争气、拼搏、奉献”的“连铸精神”创出出色业绩，壮了凌钢志，扬了凌钢威。

（一）

连铸机是技术密集型的大型复杂设备，连铸在凌钢又是一项全新的工艺，从技术上、经验上、客观条件上都没有任何优势。凌钢的连铸生产骨干只是投产前在外厂培训了几个月，回来就上了阵；工程技术人员与连铸打交道也是头一遭，没有一个精通连铸的行家；备件不足、设备维护难度大。那么，究竟靠什么取得一年达产的业绩？回顾他们的历程，只能得出一个结论，那就是靠“争气、拼搏、奉献”的精神，充分发挥了人的潜能和创造性，从而弥补了客观条件的不足，大大缩短了掌握技术、完善工艺的进程。

争创一流的争气精神

1990年8月连铸机安装、联动试车完毕。早就盼望亲手拉钢的连铸工人摩拳擦掌，跃跃欲试，恨不能一把拽出四流红钢坯。但是，拉钢毕竟不是拉面条，上千度的钢水转眼间变成钢坯，要具备的条件太多了。而且必须钉是钉，铆是铆，一处有误，一炉钢全废。热试开始后，想象不到的难题接踵而来。热试第一炉，四流先后拉漏；第二炉，第四流拉出钢坯 1m，中间罐失控，拉钢失败；第三炉一、三流漏钢，四流拉出 11m 后又断流，直至第九炉。一次次满怀希望地去试，得到的是一次次失败的无情打击。引锭杆打滑，中间罐失控，大包转台定位不准……9 次热试他们发现了大大小小上百个问题，不管一炉下来他们多么疲劳，不管失败这个他们最不愿听的词儿怎么刺激着每一根神经，每试完一炉他们立即坐下来回忆自己的每个动作、每一个细节，找出问题的症结，拿出解决的措施，然后维修工分头去改，拉钢工拖着沉重的双腿去清理残钢。8 月下旬，正值酷暑，天热，钢水热，他们焦灼的心更热。送来的饭菜谁也没心思吃，每个人心里都是一个大问号，我们到底差在哪儿呢？厂领导酝酿外请能人；抢头题新闻的记者失望而归；也有人断言这些搞模铸出身的和才出校门的技校生根本搞不了连铸。自责、内疚、委屈，更多的还是不服。段长王春福把机长王永祥、班长梁国民、赵建忠等聚到一块互相鼓励：为了掌握拉钢技术，我们什么苦没吃？什么罪没受？上海的五六月份又热又潮，咱们想方设法让人家上钢五厂的工人到有空调的休息室待着，咱替人家战高温。湿漉漉地帆布工作服一捂一天，一宿也晾不干，整天泡在汗水里，全身的湿疹奇痒无比，没说过一句熊话；就是老婆来了也没舍得抽出一天时间去逛逛大上海，为的是啥？不就是为了有哪一天咱比他们干得还好。试产这一个多月，有家不归，饭顾不上吃，脸顾不上洗，厂长整天整夜和我们一起干，连公司于经理、潘总及有关处室领导也累得够呛，不就是盼着亲手干出属于咱自己的连铸吗？在这个时候认输就是孬种，不蒸馒头非争这口气。虽说九次失败，可每次都见到钢流了，非把这层窗户纸捅破了不可。他们眼含热泪恳请厂长再给一次机会，再不成功他们认可回铸锭镶砖。公司和厂领导同意他们再试三炉。

他们在工程技术人员的配合下，开始逐个工序、逐个部位地查找问题，先后解决了中间罐温度低、配水压力过大、钢水温度不够等大小十几个问题，一个一个地做了精心处理。电气工程师谢广玉肩上的担子最重，9 次失败暴露出的问题相当一部分属于自动控制范围，于是他测量、计算、调试，一天烧坏两把电烙铁，脑子累得像一盆糨糊。三天三夜没回家，将计算机程序修改了一百多处，攻克了自动控制这一难关，说连铸难，关键还在于连铸是玩儿水的，搞连铸的有句话叫“连铸不过关”，这个“关”是指关外，北方天冷水凉，对连铸生产极为不利，管工班长杨宝山他们不信这个邪，把需要的五种水摆弄得服服帖帖。液压系统泄漏严重，李万秀仔细琢磨拿出了解决方案，一系列的难题，在一群不向困难低头非争一口气的连铸工人面前一一得到解决。9 月 17 日第十次热试终于成功。

热试成功，使他们更加认清了有志者事竟成、事在人为的道理，增强了他们搞好连铸的信心和勇气。

1991 年初，公司决定开发 6m 连铸坯，用它打开国际市场大门，扭转公司产品销售不畅、效益滑坡的不利局面。二炼人经过一番艰苦的拼搏，3 月份用于出口的连铸坯干出了 5000t。由于是第一次组织出口生产，缺乏经验，再加上连铸又是刚刚投产，许多连铸坯表面存有结疤、重接、气孔、夹杂等问题。经商检部门现场检查，确认铸坯表面必须经过四面修磨，而公司规定的到港装船日期已经临近，为了保证发货日期，公司从各单位调来 200 多人分三班日夜修磨。连铸工人望着这样的场面真是脸没处搁。他们说，幸亏还在国内，要走出了国，不光砸了凌钢的牌子，而且会给国家丢人，眼下就是扒下几层皮，掉下几斤肉，也要争回这口气，让凌钢的连铸坯响当当地打入国际市场。

为了摸清影响连铸坯质量的真正原因，连铸的骨干和技术人员冒着钢坯的烘烤、生冷水的喷淋，对作业时设备运行情况多次进行检查诊断，有时一观察就是几个小时，有人的脸被烤爆了皮，有的衣服被冷水淋湿，每发现一点问题就要到一起讨论研究，一边摸索一边改进。先是解决了三流下辊凹坑、导板位置偏等问题，杜绝了辊伤和划痕。接着又更换了中间罐绝热板，装备了加热和烘烤装置，加强了对液面和拉速的控制，强化了捞渣责任心，消灭了气孔、气泡、重接和夹渣。经过这一系列努力，使连铸坯质量有了显著提高。到 4 月 16 日，经检验，整炉钢坯已没有一支需要修磨，至此，让连铸人视为耻辱的修磨这道工序被取消了。

以后，二炼又组织了出口日本、泰国连铸坯的生产，总计发出 2.5 万吨，不仅没有发生一起质量异议，而且获得了出口连铸坯表面质量免检的资格。

通过几个月的生产实践，特别是经过生产出口连铸坯这场攻坚战的锻炼，连铸工人的水平有了明显提高，产量也一个劲地往上长，在 3 月份突破万吨后，4 月份完成了 12579t，超过了月产设计能力。他们一再给自己加码，机台上的达产标语从“保 8 争 10”、“保 10 争 12”，提到“保 12 争 14”，到了 10 月末，他们主动提出“决战 15 万，实现当年达产。”时间只剩两个月，产量尚差 3 万有余，要达产就得保证每月超设计能力 20%，经不住一点折腾。二炼领导和连铸骨干却觉得，从热试到现在经过了千难万苦，距达产只有一步之差，如果闯不过最后一关，功亏一篑，实在太冤枉，将会落下终生悔恨。段长王春福在段里鼓励大家说：“路都是人开出来的，虽然国内还没有连铸一年达产的先例，我们非要破破例，争个全国第一，也让咱凌钢人露露脸。”一番话讲得人人血往上涌。大家表示，为了达产，眼前就是火焰山，也要把它蹚过去。11 月初，正当这支年轻的队伍铆足了劲争分夺秒抢产量时，一流大剪减速机却出了故障。一流是四流中的高产线，它一停下来，产量就要减少三分之一，段里几个领导一商量，关键时刻停一流，达产势必要泡汤。唯一的办法就是让生产工用火切代替大剪。时间不容考虑，几个人牙一咬，心一横，一个“干”字出口，生产工二话不讲头戴消防盔，手持火切把就冲了上去。

刚拉出来的钢坯足有六七百摄氏度，不要说到跟前去切割，就是站在几米外看一会也让人烤得受不住，可是连铸工们却站在距钢坯1m左右的地方边走边切，灼人的热气透过消防头盔把脸烤得像针扎一样疼，戴着皮长手套的胳膊也被烤起了一片片水泡。厂长看了不忍心，几次让他们停下来，可他们头都不回地说：到年底我们就是干到149999t，也是没达产，得后悔一辈子。就这样，这些年轻的拉钢工以超乎寻常的毅力拼命坚持着，大剪检修了11天，他们就用火切整整干了11天，硬是在高温下切了1500多吨钢坯。

1991年12月31日，当岁尾的钟声敲响时，连铸坯全年总量达到了152118t，在投产后第一个整年就达到了设计能力，创出了国内小方坯连铸达产的最快速度。省冶金厅领导兴奋地说："这样的达产速度不仅是国内一流，就是在国外也不多见。"冶金工业部和省、市政府纷纷发来贺电。凌钢第一代连铸工人以其英勇的气概、悲壮的历程、非凡的业绩，为凌钢谱写了一页值得骄傲的争气篇。

克难制胜的拼搏精神

连铸达产中很多时候都是"有条件要上，没有条件创造条件也要上"。而创造条件的过程就是艰苦卓绝的拼搏过程。

人员少，这是试产的头一难。当时生产骨干只有11人，除两名段长指挥全面之外，平均每个岗位摊不上一个骨干，其余全是提前毕业的技校生。按照连铸生产连锁性、相关性强的特点，浇钢工、配水工、大包工、拉钢工，哪一个环节操作失误也拉不出坯来，连铸生产主要就靠这十几个人驾驭，机台上下每天跑近百次，跑断了腿，喊破了嗓子，哪里最关键就冲到哪里。1990年11月，为年底拿下10000t，开始两班生产，使本来就紧张的人员更加紧张。人生能有几回搏，他们打破常规，白班干8小时，夜班干16小时，两班顶三班。而王春福、王永祥、梁国民等7名骨干固定是24小时跟两个班。他们经常是一手握着压把，一手拿着方便面干嚼，雪白的馒头捏到他们手里就变黑了，照样几口就吞下去。困极了利用生产间隙时间躺在长椅上眯一觉。这种不分昼夜的连班整整干了3个月。

1991年，三次修改生产指标，从年初的8万吨增到年底的决战15万吨。操作水平固然是提高了，而"拼搏"仍然是他们的精神支柱。段长王春福嗓子哑得说不出话，吐痰带着血丝，坚持用手比划指挥生产。班长梁国民脚气感染，脚趾被工作鞋捂得粘在一起，疼痛难忍，硬咬牙坚持。从试产到1991年底整整16个月，480个日日夜夜，班段长、技术骨干没休过一个星期天、节假日，完全靠一人干两人甚至三人的活儿，一天顶两天、三天的工作量，克服了人员紧张的困难。

二是备品备件不足。试产期间，连铸的关键设备结晶器没有一个备品，连铸工人深知结晶器在生产中的分量，只要坏一台就意味着全线停产。再有雄心壮志，也难以施展，因此，他们把结晶器列为重点保护设备。考虑试产期间，难免有许多意想不到的故障，段长王春福、李会来对生产和维修人员多次强调：对结晶器必须像对待自己的孩子那样精心看护。它要坏了，我们连铸工人拿什么争气？年底干10000t的计划就砸了。不管出现什么情况，宁可我们自己受点伤遭点罪，也一定要保住结晶器。一次拉钢过程中，中间罐升降失灵，结晶器密封圈漏水，上千度的钢液和冷却水相遇，发出震耳欲聋的放炮声，气浪把主控室的玻璃震得粉碎，操作工的安全帽也震飞了，危急时刻，段长王春福、机长王永祥、班长梁国民和几个工人不顾一切地扑上去，拼命用塞锥堵水口，接二连三的炮声崩起的钢水烫伤了他们的脸、前胸、脖子，其中最响的一炮将王永祥他们崩出两米多远，躺在了地上。面对危险的挑战，他们来不及想得更多，只有一个念头，拼命也得保住结晶器，一个烫伤，另一个冲上去，就像战场上冲锋的战士，只有前进，没有后退。水口堵住了，结晶器保住了，可他们的工作服布满了筛子眼儿，全身上下起泡、掉皮，都成了伤员。王永祥的脚烫的最重，肿得像馒头，穿不上鞋，就把鞋剪开拖着，妻子来送饭看他伤成那样，又气又恨掉了眼泪。尽管每个人都知道生命宝贵，可他们却把连铸事业看得比生命还重要。

三是设备故障多。自动化程度越高，设备维修难度越大。如果说生产工人对掌握操作工艺需要一定时间摸索，那么，对维修工人来说，掌握设备维修技术需要的时间则更长。而实际上，紧张的生产把维修人员从对设备还未完全认识的第一台阶一下就推上了最高点。形势逼着他们必须拿出12分的劲头在干中学。正常情况下，维修工人从来属于二线，而在连铸，他们和生产工人一样，都是一线。产量指标一增再增，设备检修时间一压再压，不仅不能离线检修，而且经常在生产状态下检修。只要设备出了故障，不管热不热，不管白天晚上，故障就是命令，召之即战，立即抢修。1991年因备件不足，拉矫机抢修20多次。时间不允许他们停产，抢修一流拉矫机，另外三流照常拉钢。30多摄氏度的高温天气，再加上700多摄氏度红钢坯的烘烤，热浪袭人，他们用浇了水的石棉板把人圈起来猫腰踩着热辊道检修，几分钟衣服被汗湿透，鞋底冒烟，嗓子眼也冒烟，有时衣服被烤着了还不知道。他们没有一句怨言，为了保生产，宁愿烤掉一层皮，也在所不惜。有许多故障需要下到二冷段处理，二冷段的环境不亚于猫耳洞，人进去不能直腰，上面像下雨一样淋着，地下全是稀泥，脚只能踩在水环上，别说干活，就是站一会腿都发抖。维修工人无数次下去抢修，每次上来都是一身水，冬天就挂上一身冰壳。他们为连铸生产倾尽了全部心血，唯恐耽误生产一分钟，只要能满足生产需要吃多少苦，流多少汗，他们也认。王春福说："我和设备段长李会来的关系赛过亲哥俩，没有他们全力以赴的保驾护航，别说15万吨，10万吨也完不成。"

抛家舍业的奉献精神

要讲奉献，连铸工人特别是共产党员、班段长付出的最多。当个人与集体、家庭与事业等利益问题发生矛盾时，他们把事业放在了最重要的位置，为自己所热爱的连铸事业做出了无私的奉献。

他们也曾受到妻子、父母的埋怨，也常被家人所不理解，对此，他们或解释、或检讨，但心里连铸至高无上的地位始终不动摇。只要上了机台，没有一个人流露心中的不快，立即全身心地投入到拼搏之中。钳工班长初晓为把全部精力用于工作，把孩子送到沈阳，开学了他没时间去接，60 多岁的老母亲把孩子送了回来。电工班长郑国志爱人倒班，他把三岁的孩子也送到母亲家。管工班长杨宝山女儿住院，别人劝他回去照看，他说，孩子有医生，我不能耽误工作，只是在匆忙之中看了一次。班长梁国民结婚没房子，租了一间防震棚，冬天四壁结霜，没柴没煤全靠妻子张罗，身居陋室，他没向领导讲过一句困难，今年春节父亲因青霉素过敏，危及生命，他回去看了一眼又匆匆返回。设备机长李万秀一心搞液压系统改造，家里的苹果、白菜冻了、烂了也顾不上。设备段长李会来的父亲从老家来了 20 多天却未见到儿子一面，只是在一天半夜醒来看到儿子胡子老长、一副倦容地睡在沙发上，老人心疼地为儿子盖上毛巾被，可第二天早晨儿子又不见了，李会来的妻子说："这个家是旅馆，那是头半年，后半年他连旅馆都不住了。我三班倒，孩子经常没人管，有时和他吵上几句，可一看他累得那个样，又可怜他，只好忍了"。家家有本难念的经，可连铸工人执着热爱着自己的事业，为连铸流血流汗无怨无悔，他们逐渐赢得了家人的理解，并取得共识：为了争创全国一流水平，给凌钢人争气，不管家中有多大困难，甘愿做出任何牺牲。

从试产到达产，不仅打破了 8 小时工作制的常规，也打破了人的正常生活规律。超负荷的拼体力，使许多连铸工人积劳成疾。谁都知道，有啥别有病，但他们的观点是：饱食终日，一事无成，这样的健康不令人羡慕。为了一个崇高的目标，一个美好的追求，即使累垮了身体也值得，这样的人生才有价值。为了连铸，他们的确豁出了一切：王春福患左肺脓仲，胃溃疡出血，医生让他休息两个月，并让他到外地治疗，可他每天一打完滴流就回工段。他对医生说："等我们实现了达产目标，你让我上哪去治都行。"机长王永祥患严重胃病，他最怕上医院，一去就让他住院，每天靠吃药顶着。梁国民多次烫伤，旧疤未愈，又结新疤，化脓感染住进医院也不放心，经常在电话里遥控班里生产。张忠有患有肺病，住院两次，每次都是稍有好转就出院上班。杜学林患胸膜炎，没等医生批准出院就溜了。

当年达产的愿望实现了，连铸许多人的身体也累垮了。也许有人认为，他们这样拼命是奖金的作用，但是，在奖金和健康的身体两者之间，谁都会选择后者。况且，他们所付出的代价远远不能用得到的奖金来补偿。想到为企业增加效益作出了贡献，干出了全国第一流的成绩，为凌钢壮志扬威，他们都觉得自己的奉献值得。

（二）

连铸一年达产的辉煌业绩是二炼职工特别是连铸工人创造的，“争气、拼搏、奉献”精神也是对他们在这一实践中所形成的群体意识的概括和升华。但是，任何一种先进思想都不可能自发地产生。连铸精神说到底是中国工人阶级的主人翁精神的一个缩影。这种高尚的思想境界如此集中地反映在众多职工的头脑中，形成一往无前、征服一切困难的精神力量，其主要原因是二炼的党政领导班子始终把做好人的工作摆到突出位置上，把振奋人的精神，调动人的积极性，作为组织生产的第一要素，通过言传身教、表率作用和大量细致的思想政治工作，引导、培养出既反映时代要求，又有本单位特点的群体意识。

坚持经常的思想教育　向职工灌输连铸精神

在连铸试产过程中，二炼职工面对重重困难，充分发挥人的精神作用，弥补生产条件的不足，在历经9次失败之后终于依靠自身力量取得成功。这使二炼领导从中得到一个有益的启示：要搞好生产，不仅需要一定的物质条件，还需要充分发挥人的作用；只要把人的精神振奋起来，再困难的条件下也能干出成绩来；应当把振奋人的精神、重视人的作用、调动职工积极性作为搞好生产的第一道工序来抓。他们感到，二炼职工在试产中所表现出来的许多可贵精神品格，既体现了工人阶级的主人翁责任感和凌钢精神，又具有二炼自身的特点，只要加以认真总结和正确引导，使这些在部分职工身上萌发出来的可贵精神上升为职工的群体意识，自觉地保持发扬下去，就可以凝结为支撑职工思想的精神支柱，成为实现生产发展的强大精神动力。正是基于这种认识，他们把二炼职工在试产中所表现出来的先进思想品质总结概括为三种精神，即争创一流的争气精神；克难制胜的拼搏精神；抛家舍业的奉献精神，称为“争气、拼搏、奉献”的连铸精神，它的实质是职工对自身在企业中的主人地位、使命、责任的深刻认识。这种先进的思想意识只有进行经常的思想灌输和辛勤培育才能逐步确立，因此，在一年来的工作实践中，他们既把这种精神作为宝贵的生产投资，不断用它去鼓舞激励职工为生产提供源源不断的精神动力，又把它作为一种追求的目标，紧紧围绕连铸精神的三个要点，有的放矢地抓好职工的思想教育，使连铸精神化为每个职工自觉的意识。

一是结合发展连铸的战略意义，进行为国争光，为厂争光的教育。他们利用政治教育、课堂教育、班段长培训及其他各种方式，反复向职工讲述发展连铸对加快我国钢铁工业发展步伐的战略意义，讲述加快连铸达产为凌钢争光增效的重大作用，使每个职工从为厂争光，为己争气这个较高的视角来认识自己工作的意义和分量，把搞好连铸、争创一流作为爱国爱厂和实现个人价值的连接点，从而使他们每干一件工作都有强大思想动力，都能表现一股不达目的绝不罢休的英勇气概。在出口连铸坯质量攻关时，尽管他们深知，凭这支年轻队伍的水平和经验，要迅速提高连铸坯质量，让产品顺利打入国际市场绝非易事，但它对于培育职工争气精神却是一个难得机会。他们教育职工要从为国争光、为厂争气这个高度看待这项任务，激励大家横下一条心，非争这口气，从而燃旺了职工的斗志，使每个人都像上满弦的发条憋足了一股劲，决心以实际行动证明凌钢人也能用一流质量的连铸坯叩开国际市场的大门，为打胜这场质量攻坚战提供了精神动力。在连铸达产的每一个关键时刻，他们也是用“凌钢人也要尝尝创造国内第一的滋味”来激励职工，使职工不论在怎样艰巨的任务面前始终保持旺盛的斗志。

二是根据连铸操作难度大，作业条件艰苦的生产特点，不断进行艰苦奋斗教育。连铸职工大部分是技校毕业分来的学生，这些人由于自幼生活在比较优裕的条件里，缺乏艰苦环境的磨炼，尽管初到连铸时热情很高，可干了一段时间后，感到这里又苦又累，热情开始减退，特别是发生喷钢事故看到危险后，有些人滋长了怕苦想走的念头。他们就用二炼奋斗史做教材，讲述当初老职工怎样出大力、流大汗，拼搏奋斗才取得转炉会战胜利和快速达产，使他们明白不论是一个人，还是一个企业，一个团体，要干好一件事，都需要吃一番苦，经过一番奋斗才能有所成就。作为刚刚步入生活的年轻人，应当自觉地磨炼吃苦耐劳的精神，这不仅是实现连铸达产的需要，也是走好今后人生道路的需要，经过不断教育，使青年职工逐步树立了正确的苦乐观和价值观，打消了调离连铸的想法。一年多来，不论是在排除险情、抢救设备的危险时刻，还是在最艰苦的岗位上都能勇敢地冲在前面，拼搏精神已经在这些年轻职工心里播下了种子。

三是结合企业生产经营形势，进行顾全大局、为厂分忧、无私奉献精神教育。1991 年，公司为了促进连铸达产，在经济责任制中对连铸采取了倾斜政策，他们在用好用足这项政策，鼓动职工多劳多得的同时，更注意教育职工摆正国家、企业和个人三者关系，引导职工不算小账算大账，不讲金钱讲贡献，抛开个人和金钱的羁绊，树立以奉献为乐、以达产为荣的思想，按照去年的经济责任制，二炼的连铸比达 55% 以后，如果继续提高连铸产量，既会拉低模铸奖金，还会增收连铸奖金税，全厂奖金总额不仅不能提高反倒有所下降。但二炼坚持从公司生产经营全局出发，宁肯自己不增收，也要努力提高连铸产量，为公司创收增效作贡献。从二季度以后，二炼奖金一直稳定在一个水平线上，而且作业条件随着气温升高越来越艰苦，但他们的产量却一长再长，最高月份完成 1.7 万吨，连铸比达到70%，终于在年底实现了达产，尽管奖金没涨，职工们却甘愿为此付出更大的代价和牺牲。正如段长王春福所说：只要连铸能达产，公司能赚钱，这比个人拿多少都高兴。

二炼在对职工进行连铸精神的灌输中，还注重运用典型示范、骨干帮教方式去不断深化、扩大教育效果，促使职工更好地树立连铸精神。他们要求每个班段长不仅自己要成为发扬连铸精神的带头人，而且要通过深入细致的思想工作把连铸精神化为每个职工的自觉行动，把它作为贯彻公司“沉底”方针，加强班组建设的重要任务。他们连续两年花费5个月的工余时间集中培训了班段长，从根本上提高了这支骨干队伍的思想素质，通过这支队伍的言传身教对职工树立连铸精神产生了强烈的熏陶感染作用。青工马小亮原来感到拉钢工又苦又累又危险，既担心吃不了这份苦，又怕发生喷钢烫伤了脸，将来连对象都难搞，一度产生过思想动摇。他的班长一边教他学技术，一边做他的思想工作，终于使他发生了转变，现在已成为一名出色的拉钢工。

为了促使职工更加扎实地学习连铸精神，使大家学有目标、赶有方向，二炼及时推出了一批发扬连铸精神的典型。连铸机长王永祥不仅工作是把硬手，而早在设备发生故障的紧要关头敢于冒着生命危险去堵钢流，二炼就把他树为典型，命名为“敢打硬仗的好机长”。连铸甲班班长梁国民也是一员生产虎将，他潜心钻研连铸技术，带领全班苦战拼搏，在4月份创出了一个浇次连浇11炉的新纪录，二炼就把他树为“拉钢能手”，把他们班树为先进班组，并运用板报、简报和各种会议大力宣传他们的思想和事迹，使大家受到深刻的教育和触动，其余两班自觉把他们引为榜样，学习他们顽强的工作精神和严格的科学态度，在不到一个月的时间里也分别创出连浇12炉和13炉的新纪录。像这样的典型二炼在一年内一共树立了15个。这些典型可以说是连铸精神的活载体，他们就生活在职工身边，可闻可见，职工心里信服，学起来直观，对促进连铸精神的传播、发扬起到了有力的推动作用。

领导班子以良好的精神状态和自身形象，带出了一支作风过硬的队伍

二炼投产不到两年半，一支新组建的队伍为什么能在较短时间内形成具有强大进取和凝聚作用的精华力量，把任何一个领导都希望获得又难以获得的人的潜能充分挖掘出来？除了加强经常性的思想灌输外，另一个重要的原因就是二炼领导班子具有强烈的事业心和使命感，团结进取，勤政务实，以人格的力量引导、感染、凝聚广大职工，使“风尚自上而下”，共产党人的精神风貌、道德观念、价值取向为众多的职工所接受，成为创造新的生产力的巨大精神力量。

首先，领导班子有敢攀高峰、勇创一流的雄心壮志，对连铸精神的形成起了积极的导向作用。领导班子的精神状态，集中反映了一个单位的形象。两年来，

二炼领导班子始终是知难而进，带领职工顽强拼搏。二炼钢厂生不逢时，1990年抓达产又面临公司出现严重亏损的巨大压力，如不迅速闯过投产初期高投入、低产出的难关，凌钢就有垮掉的危险。在逆境中，二炼领导班子变压力为动力，视困难为机遇，树立了“建文明工厂，创全国一流”的雄心壮志。他们瞄准第一个目标就是转炉达产创全国一流。领导班子身先士卒，带头苦干，强化生产组织，解决薄弱环节，使转炉产量直线上升，月产由一季度的1.08万吨提高到三季度的2.35万吨，将铁水吃光喝净。1990年，二炼消化减利因素2000万元以上，不仅为公司扭亏为盈作出重大贡献，而且使部、省领导对凌钢“七五”改扩建成果刮目相看，奠定了上“八五”计划的基础。对管理工作，二炼同样是要求高、起点高。转炉投产初期，厂房渣跨堆积了3000余吨渣铁和废渣，半年也难见底。可他们硬是在两个月内彻底清除，厂房内作业环境焕然一新，带动了全公司现场管理水平的提高。两年来，二炼不仅一直是全公司现场管理的排头兵，而且多次被部领导誉为是全国最清洁的转炉分厂。为了时刻激励自己，厂长丁礼常专门建立了一本同行业指标对比账，把转炉连铸达产快的安阳、通化、韶关等先进企业作为赶超的对象，组织领导班子成员定期找差距，确定新的目标。领导班子有这种强烈的进取意识，又带领职工干一事，成一事，职工面对新的任务和挑战自然会千方百计干出全国第一流。二炼班子认为，要想带好队伍，就必须使工作有压力，有挑战性。班子总是不断提出有刺激性催人奋进的目标。两年来，他们抓转炉达产，抓现场管理，抓连铸热试和达产，硬仗一个接一个。尽管遇到许多难以想象的困难，却丝毫没有挫伤职工的锐气，每攻克一个难关都大大强化了职工争气、拼搏意志。今年，厂领导班子除了强调争取完成30万吨钢、18万吨连铸坯，还提出在炉龄、品种上有更大突破的新目标。

其次，领导班子带头实干，自身形象好，对连铸精神和形成起到了较强的感染作用。领导干部的优良品格，顽强的斗志，会产生令职工心悦诚服的精神力量。这两年，二炼生产一路难关，就是靠“一级带着一级干，一级做给一级看”克难制胜。他们甚至“上行下效”，要想让职工发挥出十分干劲，自己首先要有十二分干劲。用厂长丁礼常的话说：我们这级领导干部“是将不是相”，就是带兵打仗，领人干活的，不能夸夸其谈，指手画脚。两年来，二炼领导坚持指挥到现场，处理问题到现场，思想教育到现场，后勤服务到现场，和工人汗流在一起，心贴在一起。在转炉达产、连铸热试、达产等关口上，领导班子成员不分昼夜，干在现场，睡在办公室。为了抓转炉达产，丁礼常、陈玉清曾连续两个月跟着白班连四点班，再看零点班炼完回家，早上6点钟又赶到车间。后来干脆睡在办公室，每人连续吃了四箱方便面。一次除尘风机烟道堵塞，丁礼常带头腰拴绳子钻烟道，工人们一看厂长这样干，都争先恐后往里钻。副厂长陈玉清很少坐办公室，他认为干炼钢就要干个雷厉风行，坐在办公室里听汇报半天解决不了的，在现场三言五语就解决问题。每天他都是哪里有问题就出现在哪里，为了抢炉龄，厂里进了喷补机，他一连试了几个晚上。只要生产有一点不正常他就昼夜连轴转，平时也是看四点班干出一半再回家。副厂长陈宇为了解决连铸坯质量问题，一连20多天昼夜顶在现场，年底，父亲住院十几天他都没顾上去看一次，让父母一顿数落掉了泪。二炼班子认为：生产现场不能没有领导，领导在，工人心里有底；和工人在一起，心里觉得踏实。就是厂长不在的时候，书记或工会主席也要顶上去。每到星期天或节假日，班子成员都会不约而同地到厂里聚齐，每年的元旦、春节班子成员一个不落，和工人一起在岗位上过一夜。班子的各种会议也大都安排到晚上或星期天。整个班子成员的作息时间是“早七晚八，星期天白搭”，二炼的领导班子正是以自己的模范行为和表率作用赢得了广大职工的信赖和支持，以人格的力量感染职工，特别是一批骨干，心甘情愿地拼搏奉献。几乎所有的班长、段长都把带头奉献作为工作的法宝。工人们说：厂领导比我们累、班段长比我们苦，我们累点也没什么说的。可见，领导必须做群众的楷模，领导干部人格的力量会使职工为之所征服、感染和效仿。二炼领导班子正是以自己的苦干、实干和自我牺牲精神，带动了职工与他们一起拼搏奉献。

第三，领导班子对职工以诚相待，情理交融，使干群关系密切和谐，对连铸精神的影响起了凝聚作用。二炼班子坚持深入一线，带头实干，使他们能准确地理解职工的需求和苦衷，把全心全意依靠工人阶级、关心职工疾苦落到实处而不是口头上。厂长丁礼常说：“论公讲理，论私讲情。班子团结靠这个，带队伍更离不开。”在连铸热试中，他看到机长王永祥的爱人来送饭摔了饭盒就走后，马上意识到，没有家属的理解和支持，职工的干劲也难以持久。于是副书记王建富、工会主席白福君马上挨家走访经常不回家的骨干，并给所有连铸职工家属一封信。这样做后，来送饭的家属越来越多。连铸工人拉钢常常几小时离不开岗位，厂里就安排人一天送两次开水，到夏季，冷饮、绿豆汤都设法供足。冬季，浇钢工脚下平台冻上一层冰，但这又是高温岗位，不发棉鞋，厂领导就用厂长基金买了多双大头鞋，有的工人劳保鞋、工作服磨破，也毫不含糊地买来新的发下去。去年水灾，二炼职工受灾户最多，班子成员挨家了解受灾情况，并组织人力帮助修房。凡是伤病职工都去走访慰问。每当创出高产，都送去贺信。就是抓现场管理，他们也有独家之见，家里收拾得再好也只能享受睡觉前的几小时，让工人在8小时工作中有个好环境，才是工人的享受。凭着这种真挚情感，二炼生产任务在现场管理也抓得井井有条。总之，二炼的领导班子以诚待人，以情动人，与职工建立了手足之情，使自己不仅是职工行政上的领导，而且成为精神、情感的汇聚中心，激发了职工做出奉献和承担挑战性工作的热情，并使这种精神力量能够持久地凝聚下来。

1992年3月14日

东风助力缚长龙

——热带厂年产突破 16 万吨大关

记者　杜　强

1992 年的热带厂人们曾这样给你评价："一年一个万字头。"

"十年磨一剑锐不可当热带人杰艺盛敢把长龙缚；同心克万难气势如虹壮志凌云功勋誓将绝顶攀。"

1983 年 4 月建成，1987 年超过设计能力，1989～1990 年产量年递增 8000t，1991 年完成 13.15 万吨，创出了一年提高产量两万吨的水平，今年将完成 16 万吨，超过设计能力一倍。

"崔厂长简直把热带厂赶毛了!"

最简练的则是宋士田经理亲笔题词的四个字"功勋轧机"。

这些评价无论是形象的比喻、科学的数据、优美的讴歌、准确的概括，还是高度的赞誉，热带人都是当之无愧的。热带人是用他们辛勤的汗水和超常的努力为这一切评价写下了生动而令人激奋的注解。

一组国内早已淘汰的轧机，在没有进行任何属于提高生产能力改造的条件下，产量却超过了设计能力的一倍，这确实是个了不起的奇迹。热带人靠什么创造出这个奇迹，苑书记给予了精辟的概括，就是两条：一是挖人的潜力；二是挖设备的潜力。

一

当我们想从热带厂 10 年的历史中截取一段最生动的时光时，不能不把目光盯在 1991 年 6 月份，热带厂的历史性突破和转折就是从这里开始的。当 650 轧机工程投产后，热带成为凌钢轧材系统承上启下的卡脖子环节。而热带前五个月仅完成 43000t，后部急需热带，公司上下对热带投来前所未有的关注目光。这对于刚刚代理厂长的崔久富来说，担子异常地沉重，既要补回欠产，还要再创高产。时间可以说是分秒都是宝贵的，他知道任何犹豫都将带来不可挽回的损失。稳定是当前最关键的问题，只有稳定才能保住时间。于是新官上任三把火，在他手里变成了新官上任三不变，"团结、务实"的作风不变，稳定了班子；班、工、段长不变，稳定了骨干；经济责任制不变，稳定了全体职工。当月拿下 11000t，一下子扭转了被动局面。热带全体职工马不卸鞍，鞭鞭频催，月月产量都在12000t以上，在1991年完成13.15万吨的好成绩，创下了一年提高产量两万吨的高水平，令全公司上下刮目相看。

1991年鏖战未息，1992年的攻坚任务已经下达，全年任务13.7万吨。在新年伊始，热带厂便面临着3个考验：一是一月份要进行设备大修，计划时间25天；二是全年生产13.7万吨热带，11个月要完成比1991年产量还多6000t的任务，平均每月要保证拿下1.24万吨；三是奖金水平下降，倾斜幅度减小，奖金总水平比1991年下降30%，倾斜奖金由去年的五、七、十下调到三、五、七，产量基数上调1250t。难，前所未有的难，但也只有沧海横流，方显出英雄本色。当如今热带人回首一年成绩的取得时，头一条就是公司的决策是英明的。但在年初如何将压力变成动力，如何将全体职工积极性进一步调动起来，无疑是一个艰巨而必须解决的问题。

“连铸所以拿下15.2万吨连铸坯，实现当年达产，绝非是奖金作用使然，是靠“争气、拼搏、奉献”精神。热带厂领导班子这种共识引发他们如何在开展“对口学连铸”活动中，真正将“连铸精神”融化到热带人的具体拼搏中去，班子找班子的差距，看到二炼班子的“闯”劲，破除了“求稳怕冒”的保守思想；骨干找骨干的差距，段长李永生说“不比不知道，没人家吃苦多、奉献大”，通过广泛的宣传，职工对“连铸精神”有了切实而具体的认识。思想理顺了，精神转化成巨大的物质力量。

在大修中，为了保证质量，保证工期，节省资金，多快好省地完成自轧机投产以来的唯一一次大修，他们自己承担了60万元，占大修费用40%的大修项目。拆加热炉是一场硬仗，也是大修的第一仗，零点班下班停炉，白班一上班就开拆。生产段段长李永生和乙班工长王云江、班长韩向文冒着近千度的高温，带头跳上加热炉，边干边指挥拆，三个横班在工长带领下轮番上阵，24小时就拆完了炉子主体，比计划提前48小时。管工班同志们冒着严寒在纵横交错的管道上爬上爬下，拆卸各种阀门、管道，连上厕所的工夫都舍不得。厂领导和工程技术人员在大修的日子里昼夜跟班，维修段的同志们克服交叉作业、天寒地冻的困难，白天晚上连轴转拆装设备，技术人员不离现场，终于提前5天保质保量完成了任务，为全年生产任务的完成奠定了基础，赢得了宝贵的时间。

为了实现公司提出的大修后即达产的目标，过春节，一些独身的跑通勤的职工主动放弃休假，不回家过团圆年，坚持顶岗上班，有的把细粮捎回家就跟车返厂上岗，许多班组人手不够，班长和骨干们放弃正常休班，一人顶两人干。厂长、工段长和技术人员昼夜跟班，生产段的三个横班在工长杜国喜、王殿民、王云江带领下开展生产竞赛，使班产月月刷新，工长王殿民、王云江带病带伤带头大干，一个班一个班地要产量，决心把大修耽误的时间抢回来。各级干部的表率作用，极大地鼓舞了全厂工人，全厂形成一个合力，大修后头一个月就生产 12878t 热带，不仅实现了大修即达产的目标，同时创出热带投产以来历史同期月产新纪录，为全年生产开了个好头，以后几个月，月产始终稳定在 1.3 万吨以上水平，6 月份一举突破月产 1.4 万吨大关，使上半年产量达到 7.1 万吨的历史同期最高水平，补回了大修影响的产量，实现了双过半，向党的生日献了厚礼。

公司下半年工作会议上，正式确定全年要拿下 15 万吨热带，为公司全年实现钢材 25 万吨，利税突破一亿元再立新功。这就意味着热带厂今年三次调整了产量计划，面对着新的压力，热带人不仅没有讲价钱，而且把目标狠狠地咬在了 16 万吨上，要坚决实现宋经理提出的“年底突破 15 万吨，给热带轧机授予‘功勋轧机’荣誉称号”的愿望。

二

产量一增再增，而设备是一套国内都早已淘汰的，而且没有进行任何属于提高生产能力的改造的机器，其设备的维护和操作是多么重要而艰巨。他们对劳动强度大的环节像摆钢、掏炉重点抓，采取勤换人、高速度、快节奏，在提高效率上下功夫，使每个职工的积极性、创造性都得到了空前的发挥。面对着设备最佳状态早已过去，他们不断修改不合理的设计，对卷曲机、减速机、联结机进行改造，只要对生产、操作有利，随时随地进行小改小革，几乎每个维修工、生产工都提出过改进措施。对轧机所有设备实行承包，包机台、包项目，定点定人管理，奖罚分明，使设备作业率不断提高。从 1990 年的 63.4%、1991 年的 68.3%，提高到今年的 76.6%，创出历史最好水平。

为了保证设备的正常运行，50 多岁的副厂长丁胜，不管什么时候，设备有故障都亲临现场，钳工班长、公司劳模张桂臣家住县里，为保证设备正常，他每天都是白班最后一个离开岗位，有时设备有故障就吃住在厂里。电工班长孙传厚、运转班长杨瑞午等人也是下班走得最晚的一批人，准备班长李庆超整天守在卷曲机上，发现故障立即处理。巡回检查的维修工，每天不知道要走多少里路。一有空闲，他们就装配一些易损器件，一有需要，马上就上，可以说，如果没有热带职工的通力合用，就不会有热带今年的成绩。

三

崔久富这位过去的热带生产厂长，如今是既当帅、又当将，热带厂没有生产副厂长，底下就两个段长，他是经常在生产一线，同时给职能人员和段长压担子，别看他貌不惊人，但却是一个既能率先垂范，同时又具有韬略的帅才，放得开、收得拢，在班子中有威信，用他的人格力量，释放出班子成员的共同能量，他一年中没休过节假日，体重由原来的70公斤下降到60多公斤，今年夏天，崔厂长的爱人因病住院，崔厂长白天上班工作，晚上去陪护，住院一个多星期，班子成员不知道，知道后让人保密。事后他说一怕影响大家工作，二怕好心人去看病人引起麻烦，他大孩子技校毕业两年，仍在焦化厂当调火工。他出外办事或在厂接待客人，在抽烟上他都做到公私有别，泾渭分明，兜里装的都是两样烟，一种是给客人抽的，公烟，一种是自己抽的中档烟，崔厂长家境比较困难，但在奖金上他比一线段长要低，就连公司给的单项奖，还要与大家共同分拿。他说，工作都是大家做的。确实如此，副书记张志泉、工会主席杜国余，甚至职能人员都把工作做到了基层，求实效，解决实际问题。热带厂今年奖金列全公司第二，厂长基金倒数第一。崔厂长说："我们要让职工得到公司给予他们应得的奖励，我这少一点，克服一下。"正由于这个班子成员秉公办事，一心为厂，所以才能使工人气顺、劲足。崔久富说："我们干的是共产党的事业，不搞一朝天子一朝臣，能者上，庸者下，有毛病，改掉，有成绩，发扬。"

今年，热带厂生产工段乙班工长王云江由于工作上来了，一举打破了过去由老劳动模范丙班工长杜国喜垄断产量月月第一的局面，使三班出现了劳动竞赛更加高涨的形势，老劳模杜国喜也不甘后人，厂里也多次找其谈话，指出工作上的不足，杜国喜也看到了自己的差距，决心赶上，超过乙班，新老典型比产量、比工作，比翼齐飞，出现了前所未有的新局面。这种你争我夺敢争上游的精神是热带今年创出高水平所不可少的原因之一。

热带厂今年无疑将突破16万吨，产量实现超过设备能力一倍的愿望。这是凌钢史上的又一奇迹，这奇迹的诞生是热带人用无数辛勤的努力和汗水孕育出来的。崔厂长曾动情地说："如果没有公司的英明决策，没有连铸精神的鼓舞，没有有关处室和兄弟厂的大力支持，没有全厂包括实习工人的共同努力，这奇迹也是不可能产生的，它应该是凌钢人的骄傲和自豪。"

东风助力缚长龙，热带人明年将向17.5万吨挑战，"功勋轧机"将为凌钢再立新功。

1992年12月19日

喜看红钢滚滚来

——一轧 250/400 轧机增速改造纪实

记者　史云湘

1993 年 3 月 30 日，一轧厂 250/400 轧机旁人们翘首以待。当加热炉内钢坯刚刚达到轧制的温度，急性子的轧钢工人就迫不及待地顶出第一支钢，滚滚红钢在辊道上如同火龙一般穿梭而来。马达轰鸣的轧机与震耳欲聋的鞭炮声融合在一起，仿佛汇成一曲欢快的交响曲，工人们 6 天 6 夜鏖战的劳累，被喜庆的氛围一扫而光。250/400 轧机增速改造工程，一次顺利试轧成功，它以每秒线速增加 1m，月增产一千余吨钢材，向着年产 14 万吨型材发起冲刺……

此时此刻，此情此景，怎么不令钢城人振奋，如此大的工程量和繁杂的技改项目，不畏困苦的一轧人仅仅用 144 个小时，自己啃下了这根硬骨头，这不能不说是凌钢技改史上的奇迹!

望着一个个双眸塌陷的钢铁汉子们，一种敬佩之意油然而生。如果说连铸精神在这里得到升华的话，那么“求实、较真、吃苦”的一轧精神，在这场与科技要效益，与时间赛跑的争夺战中，经受住了实践的检验。一轧厂这支曾有着能打硬仗光荣传统的群体，用智慧与汗水又一次书写下光彩的篇章。

树立争创一流雄心壮志，主动承担重任

1992 年 12 月初，公司经理宋士田在贯彻十四大精神会议上，讲到一轧厂 1993 年要增加型材产量，这是公司领导分析市场行情后，果断做出的决策。一轧厂领导以求实、较真的工作作风，向公司呈交了技改报告。公司很快批准了一轧厂 250/400 轧机增速改造十项方案，决定拨款 110 万元，在 1993 年 4 月份停机改造，时间定为 20 天。

技改方案批准后，这消息如寒冬里的一缕春风，让一轧人振奋和鼓舞。他们心里清楚，100 余万元改造资金中寄托公司领导的厚望和全公司职工的信任，它直接关系到公司的整体利益，只能成功，不能失败。

一轧厂领导认为，作为一个企业要有企业精神，领导、职工要有主人翁精神。这不单纯是用金钱来衡量的，如果没有这点精神，将一事无成。在强烈的主人翁责任感感召下，一轧厂领导和全体职工，面对困难重重的增速改造任务，树立起必胜的雄心壮志。技改方案批复的当天，厂领导班子连夜开会落实改造方

案，提出了自己设计、自己改造，依靠一轧厂的群体力量，拿下增速改造任务，为全年生产 14 万吨小型材铺平道路。厂办公楼灯火通明，工程技术人员便开始了艰苦的准备工作。

此后，每当晚上下班后，领导、工程技术人员便自觉自动留下来搞设计，逐项研究改造中的每一个问题。10 天过去了，具体施工方案，各种材料、备件计划及图纸一一落实。为使增速改造早见效益，最大限度地缩短停机时间，一切工作突出“早”字，他们提出了“超前计划、超前准备、超前行动”的口号，向自己发起挑战。1992 年 12 月至今年 1 月初，正是寒风凛冽的严冬时节，焦油泵房土建施工就在这个时间破土动工了。厚厚的冻土层，一风镐刨下去只是一个白点，十镐八镐下去也只能刨起一小块冻土，副厂长于丛安从生产段抽出几名壮汉，用了足足半个月时间挖运土方 260m^3。之后，又马不停蹄把焦油罐立起来，冒雪盖起油泵房，水泥养生都是用蒸汽代替的。就这样，改造前零零散散的活不算，他们愣是完成了 2128 件加工件和 18t 多的准备件，到 3 月初，已完成工程总量五分之二的任务。为改造的顺利进行，赢得了主动权。

开弓没有回头箭，咱一轧人说话是算数的

一轧人掐手指计算着产量！因为他们知道。钢材市场紧俏，多生产 1t 型材效益是多大，可是改造日期临近，从 3 月 24 日到 31 日只有 8 天时间，按原计划 20 天时间施工，影响 4 月份产量已定型。怎么办？这次改造中唱主角的 250/400 设备段两位段长一咬牙说：“我们拼一拼，争取 6 天完工！”从加热炉补烧焦油到轧机、冷床系统改造共 10 个项目，只有 40 多人的生产维护队伍，6 天完工谈何容易！然而他们由过去单一的生产设备维护，到自己安装改造机组，这么大的跨越，公司领导也为他们捏着一把汗。

6 天时间，仅仅是 144 个小时……

3 月 24 日早 8 点，当加热炉内的余热未消，工人们迎着热浪冲了上去，劳保鞋被烫得冒青烟，脸烤得似针扎一样疼，却没有一人退缩，拆除炉子提前 1 天完工，现场同时清理得干净利落，为修建部砌炉赢得了宝贵时间。

安装三机，是改造中最大的难题。以前都是外请人安装，这回自己承担，没有经验不说，更是对职工技术素质的考验。安装单托减速机增速齿轮时，发现主减速机齿轮咬合不稳，工人们心里的火腾地一下子蹿上来，6 天完成改造任务，是咱自己喊出来的，不能出任何的差错，影响改造整个工期。现场坐镇指挥的厂长曲江岱下了死任务：“决不能影响工期，想尽办法保证第 6 天试轧。”干了 20 多年钳工的设备段长刘泓巍自信地拍着胸脯，爽快地说：“厂长你放心吧，我这里保证没问题，咱决不能打自己的嘴巴！”一句话，说得曲厂长悬挂的心落实了。

俗话说，开弓没有回头箭，有着钢铁般性格的一轧人宁愿掉几斤肉，也不叫脸上受热。负责安装的钳工师傅刘永富等4人，反复研究，解开了难题。3月29日上午10时，轧机改造设备安装全部就绪。

与此同时，加热炉补烧焦油这个棘手的活，也在较真。烧焦油是为了提高加热能力而采取的配套措施，负责这项工作的年轻技术员赵景仁，曾在1992年成功地为加热炉改烧煤气作出过贡献，可烧焦油却是头一次接触，经验不足，烧焦油技术参数没有。小赵平时就有一股不服输的犟劲儿，这次他又对自己“牛”起来，一次次的试验，症结终于查到了。温度偏低焦油喷不出来，温度过高齿轮又搅不上来，取中间值最适合，随之让人头痛的风压、油压难点一一被解开了……

个人苦点算啥，多抢出1小时就是18t钢啊

此次增速改造时间紧、任务重、技术难点大，每个人心里都晓得。从3月24日开始，立体交叉作业，繁重的工作量，已经占去他们的休息时间，几天几夜未合眼，当时他们最大的奢望就是能打个盹儿，都不能如愿，困极了，干脆拿起凉水管往头上浇，多么好的工人啊！难怪一轧厂领导自豪地说，我们的工人个个是好样的。

青年钳工杨海斌在焊加热炉头的斜板时，手托45mm厚的铁板，一块红焊头掉到鞋里，如撒手铁板就会砸伤人，他咬牙挺着，直到焊完，脚上已烫出一个深深的坑。脚肿得像馒头似的，可他每天仍然坚持着，直到改造完工。

管工班长程喜凌带领班员承担了焦油、汽化两部分管路安装，仅油泵房需要安装阀门39个，100多处焊口，还要架设1800多米的蒸汽盘管和焦油管路，他样样活干在前头。他们班从3月16日就白班连四点，停机后他又连续4天4夜没合眼，人明显消瘦一圈，问他能否挺得住，他笑着说：“为抢工期大伙都这么干，咱吃点苦算啥！”

工期缩短了，干群之间心距缩短了

一轧厂领导曾不止一次地说：“为了保证凌钢整体效益，对待这次增速改造，只能成功不能失败，必须全身心投入，保证每一个环节的万无一失。人心必须齐，以前我们从没干过的，这次干出个样子来。”的确，增速改造每一名职工都全身投入到与技术、与时间的较量之中，释放出最大的能量。

改造现场无处不见厂领导的身影，与工人一起摸爬滚打。施工后方更是一番忙碌的情景，副书记翟凤奎挂帅，成立临时食堂，机关所有行政人员主动放下手

里的活加入后勤给养组，千方百计为施工人员调剂伙食。生产段长钱洪山，拆加热炉时连续干了二十几个小时，接着又到后勤组炒菜。工人们小憩之余，吃上热乎乎的饭菜，周身似一股暖流在涌动……

过度的劳累，很多人嗓子肿了，吃不下饭说不出话来。设备组长王修达 3 天 3 夜未合眼，刚坐下给大家掏烟，烟还没打开盒人却睡着了。厂长曲江岱看着他的双眼窝深陷，声音嘶哑，人都变了模样，真是心疼，眼泪在眼圈里打转。此时他想不出更好的法子，因为改造工期不等人啊，他只好买来含片分给大家，以解燃眉之急。

大家都知道，轧钢一线工人都是火爆性子，改造中难免出现言差语错、心急火燎的时候，更免不了吵几句，可互相都能理解，共同的目标，把领导与职工的心紧紧系在一起……

团结协作之歌，来自八方援助

众人拾柴火焰高。一轧厂增速改造的成功，离不开公司各方面的支持与协作。提供备品备件的机动处外协科，最大的难题是与生产厂家订货加工的时间总不能合拍，一轧超前准备快节奏又常常催得他们手忙脚乱。既要保证质量，又要廉价，还要保时间，外协科的同志全员出动。改造中外委加工件 21t 重的减速机，一般需一个季度交货，外协员燕振国干脆蹲在厂家，两个月就交货了。外协员阚永凌购买焦油泵，10 天内三下沈阳又返西安……

修建部为配合一轧改造提前试产，15 个班组 160 多人开赴现场连续作战，部领导轮流现场督阵指挥，仅用 65 个小时，保质保量提前完成砌筑任务。一轧职工感激他们为改造争得了时间。

有机修厂、铸造厂、燃气厂、计量厂等有关单位的通力合作，公司领导的关怀，给一轧以莫大的鼓舞，钢城人共同唱响了这支团结胜利的凯歌。

这不是尾声

千言万语情难尽，喜看红钢滚滚来。一轧人带着成功的喜悦，开始了艰苦的攀登。我们期待着他们生产捷报频传，不负全公司职工的希望，早日拿下 14 万吨型材，为 1993 年生产画上一个满意的句号。

1993 年 4 月 10 日

勇于同困难较量的制氧人

——$3200m^3$ 制氧机中修记事

氧气厂通讯报道组

1993 年 5 月 29 日 19 时，炼钢生产的龙头设备 $3200m^3$ 制氧机经过 15 天的中修改造，带着制氧人的深情厚谊，通过千余米的输氧管道，把氧气源源不断地送入一炼钢、二炼钢，送到十里钢城。

回顾 15 个日日夜夜 $3200m^3$ 制氧机中修改造全过程，我们得出这样一个结论：有公司领导和各有关部门的全力支持，就没有克服不了的困难，没有闯不过去的难关。

（一）

年初，直接关系到炼钢生产的 $3200m^3$ 制氧机中修工作就纳入公司总体检修计划，5 月 4 日，公司调度会决定凌钢生产再上新台阶，年产 50 万吨钢，把检修时间由 25 天压缩到 15 天，时间之紧，难度之大，任务之重，是可想而知的。然而，氧气厂的决策者们硬是向公司应了战，他们把 15 天检修完 $3200m^3$ 制氧机，当做上台阶的突破口。在 4 月初的干部会议上，厂党政领导定出 5 条措施：一要搞好 $1500m^3$ 制氧机的正常运转和生产；二要做好材料、备件超前准备；三要做好技术上的准备；四是制定严密的检修网络图（检修计划）；五是做好广泛的动员工作，让职工在心理上有紧迫感，要有敢打硬仗的决心和承受力。为了抢时间搞好这次检修，5 月 13 日下午召开了全厂职工动员大会，向职工摊牌交底。与此同时，厂党支部专门召开了党员动员会，组织党员开展了上台阶、干实事、“四保”立功竞赛活动，工会开展了“三保”竞赛活动。安全员与各班组签订了《安全检修合同》，宣传工作，板报、标语提前挂到现场，为搞好 $3200m^3$ 制氧机中修打下了良好的思想基础。

（二）

5 月 15 日早 7 点 30 分，$3200m^3$ 制氧机停了下来，往日喧闹的制氧机厂房内变得静悄悄的。8 点整，维修班的同志们兵分四路，进入检修现场，一场艰难的时间争夺战拉开了序幕。

15天，这在3200m^{3}制氧机的中修史上是前所未有的，大小90多个检修项目，特别是这次要更换空压机主电动机的轴瓦，刮研轴瓦最少也要7天时间，而时间要求所有的检修项目必须一次成功，没有一分一秒的返工机会。怎么办？以最能打“硬仗”著称的维修班，负责制氧“龙头”空压机检修任务的第一小组，第一个奔向检修现场，启动天车，挂上钢丝绳，吊起隔音罩，投入到紧张的工作中。

刚刚停车的空压机，表面温度高达45℃，站在空压机的旁边，不要说干活，就是待上几分钟也会汗流浃背。但为了赢得时间，同志们顶着高温、冒着酷暑紧张地工作着。年逾花甲的彭云山老师傅家住农村，上有八十多岁的老母，下有两个未成年已没有母亲的孩子。彭师傅把两个孩子托付给老母，便投入了检修工作中。患有痔疮病的暴振侯老师傅在天车上连续工作了4个多小时，未愈的病痛折磨着他，坐着不行就站着开。测量、清洗、安装，第一小组的彭云山、暴振侯、丛日明、王金财、王志明、高献丰6名同志日夜奋战，只用了4天就把空压机检修完毕。

与此同时，担负空压机主电动机换轴瓦任务的第二检修小组在老班长巩礼的带领下，也与第一小组较着劲干。刮研轴瓦是一项技术性较强的工作，刮研不好就会造成烧瓦现象。第二检修小组的同志们毫不畏惧，用他们的话说：“越是难关，我们越要闯一闯，拼一拼。”电动机轴瓦质量达30多千克，刮研过程中，需要一次次地把轴瓦安装在电动机的主轴上，盘车研磨，然后再卸下刮研，平均每5min研一次，这样搬上搬下，一次、二次、三次……同志们的胳膊被累得红肿了，没有关系，43岁的工人技师张洪岐也同年轻人一样搬上搬下，手打了泡，胳膊疼得抬不起来，青工刘晓刚、李学军急了，“张师傅，你休息一下，让我们来。”经过5天的奋战，5月1日，随着一声轰鸣，空压机试车一次成功。

正当检修工作顺利进行之时，5月19日下午3时，从膨胀机的检修现场传来了令人震惊的消息，膨胀机轴瓦在检修中发现了破碎现象，这给检修工作带来新的困难和时间的延长。面对这突如其来的情况，第三检修小组的暴亚山、王国安、姜延昭沉着应战。“不能因为我们第三小组而影响工期，换瓦。”3个人制订实施方案，投入与时间争夺的拼搏战之中。膨胀机属于高速运转设备，正常生产时，转速高达每分钟23000转，这样轴瓦的刮研精度要求极高，刮研工作来不得半点马虎，如果稍一疏忽，那将会造成不堪设想的后果。危难之处显身手，他们凭着日常工作中练就的高超技术本领，连续奋战12个小时，就把原计划24小时完成的工作完成了。

（三）

如果说第一、第二、第三小组打的是攻坚战，那么第四小组打的就是外围战了，人称他们是“游击队”。这个小组由陈文林、刘学仁、苑泽辉、邵海利组成，他们负责冷箱的焊接、换油、更换阀门等大小 17 个项目工作。尤其是在给水冷塔增设填料层时，要钻进直径只有 1.5m 左右的大圆筒中进行电焊作业。室外气温已达 30℃，进入狭窄的塔中，简直像钻进了密不透风的闷罐。“丝丝啦啦”几道强光过后，烟气弥漫又呛又闷，呼吸都有些困难，汗珠子顺着两颊不断滚落，但为了完成任务，他们硬是咬紧牙关坚持下来。

（四）

为了配合 3200m^3 制氧机这次中修，厂领导决定成立由工艺技师张福林领导的 12 个人组成的临工队。工作任务共有 24 项。临工队所干的工作纯属力气活。最脏最累最让人透不过气来的要数扒珠光砂、洗塔、装珠光砂及清洗大水池喷淋蓄水池的工作了。5 月 16 日，3200m^3 制氧机 28m 高银灰色的空分塔下面，“大雪”纷飞，压得人透不过气来，这儿正在扒珠光砂。大家知道，白色的珠光砂颗粒小，质量较轻，只要你稍动一下，就会漫天飞舞，呛人肺腑。临工队员在张师傅的带领下，从 16 日早 7 点 40 分开始拧掉螺丝，打开人孔。霎时，白色的珠光砂飞扬起来，临工队员们被呛得几乎喘不过气来，咳嗽声一声接一声。但大伙并没有就此停下来休息，硬是把冷箱内 480 袋的珠光砂扒了出来。且仅用 2 个小时，为后序检修工作赢得了时间。

在清洗面积 240m^2、4m 高大水池喷淋蓄水池的时候，由于使用时间长，积累的脏物也特多，他们用撮子撮，用水桶掏，浑身沾满了泥水，手脚冰得麻木了，没有怨言，一直干了 6 个小时。由于临工队全体队员的努力，24 项工作任务提前 21 小时保质保量地完成了。

（五）

担任这次电器设备检修任务的电工班，仅有 15 个人，他们一要维护 1500m^3 制氧机的正常生产和配合其他班组临时性工作，二要完成电气设备的检修、调试、机构调整和两段高压系统的清扫等工作，面对这些，电工班长程向明同志没提出半个难字，他合理地将 15 名同志兵分两路，拉开生产维护和检修两条战线。

这次电气设备的检修不同往年，加之人员少任务重，运行方式极为复杂，在这种情况下，运行检修频繁的倒闸操作是十分困难的。如稍有不慎，就会造成气线崩溃，不仅会导致 1500m^3 制氧机的停车，而且会拖延 3200m^3 制氧机的检修工期，直接影响公司 50 万吨钢的完成。然而在电气助理工程师郭宏志和电工班长程向明的紧密配合下，凭着他们熟练的技术、多年的工作经验和工作责任心，指挥着每一个检修人员保质保量地完成了每个阶段的检修工作，5 月 18 日，他们在倒闸操作、调整因联空压机油开关的过程中，发生了一系列预料之外的故障，使工期受到威胁，时间不等人，时间更逼人，为了工期，他们连续干了十几个小时没喝一口水，没吃一口饭。当厂领导事后知道此事责备他们为什么不吱声，郭宏志同志回答说："故障不解决，我们顾不上呀"，由于人员紧张，共产党员孟宪友、青工刘树启、贺伟旭 3 名同志轮流替换上零点班，白天照样参加检修，他们嘴上起了血泡，眼睛熬红了，可他们从没叫一声苦喊一声累，因为他们深深知道，设备早一天运转，就给公司早创一天效益。

（六）

俗话说兵马未到，粮草先行。氧气厂领导把后勤工作做了周密的安排，他们送茶水到现场，同时还准备了汽水、雪糕等。检修人员没时间买菜，厂工会主席阮慧芹提议，由工会组长承担买菜任务。于是一支由 12 名工会小组长组成的义务买菜队伍成立了。清晨四五点钟，许多人还沉浸在梦乡，可氧气厂的工会组长们却蹬着三轮车，往返十几里路，为检修人员义务买菜去了，而且要做到 7 点 30 分到厂，不影响工作。40 多岁的康淑荣同志患有严重的风湿症，可为了能让检修人员吃上可口的鲜菜，硬是没吱声和同事把菜用自行车运回厂里。青工王志刚的母亲得知儿子要为厂里检修人员买菜，怕儿子年轻没经验，便不顾自己年迈多病，第二天一早就帮儿子去市场买菜。

……

15 个日夜，氧气厂人用自己的实际行动，谱写了一曲拼搏奉献之歌。当新一天的钟声在晨曦中敲响时，3200m^3 制氧机经过彻底的"洗心革面"又以崭新的面貌投入生产，为 50 万吨钢的诞生注入了新的活力。

1993 年 6 月 12 日

巨炉烧暖十里天 “八五”春来风渐渐

——公司新焦炉建成投产纪实

本报记者 杨 旭 郑高晖

1994年12月3日下午2点50分，“八五”六大主体工程之一的AG40-92型30孔焦炉建成投产了。随着推焦车沉稳有力的推动，赤如丹砂的第一炉焦炭以其辉煌之势涌出炉门口，强大的热力迅速烤干了建设者们夺眶而出的喜悦之泪。在凌空爆响的鞭炮声中，熄焦车小心翼翼地将这刚刚产出、通体红透的“婴儿”运送到熄焦塔下，对其进行酣畅淋漓的第一次洗礼。3点整，当熄焦车将弥漫着白色蒸汽的焦炭施放到运筛系统时，建设者们情不自禁地开始欢呼了，他们成功的喜悦随着修长而高速运转的运焦皮带传向远方……

作为凌钢“八五”改造龙头项目和“八五”工程第一个投产项目，这座焦炉的意义是非凡的。正常生产后，焦炭可满足新建380m^{3}高炉的大部分需要，每年可输出高热值的焦炉煤气6000万立方米以上，为新建880mm中宽热带轧机加热炉提供燃气和板坯连铸机切坯用高压煤气，并使原ϕ650/500mm轧机近期内实现以煤气代替燃煤加热炉，每年相当于节约标准煤3.6万吨。

从“八五”整体工程看。此座焦炉的建成投产，是“八五”工程的第一枝报春梅，这意味着“八五”工程的春天已经来临，其他各大工程相继建成投产的佳讯必将像日益势猛的春风一样频频拂来，正可谓“巨炉烧暖十里天，‘八五’春来风渐渐”。

第一篇 决策与合作

记者在焦炉投产现场乘兴采访公司经理宋士田时，他微笑着说：“此时我只想说一句话，那就是——成功和荣誉属于所有投身焦炉奋战的建设者们!”

是的，纵观全局我们可以看到，这项工程的建成投产，是公司领导的正确决策和全公司由上到下、由内到外所进行的一次全方位、多层次、高度和谐的大合作的产物。它就像一曲雄浑的交响乐，只有各个乐章的演奏者围绕着既定的主题努力挥洒，才能呈现出如此的圆满。早在“七五”末期，中宽热带项目刚刚引进之际，以宋经理为首的公司领导就考虑到对煤气的大量需求的问题，后增项目380m^{3}高炉立项时，公司领导又把焦炭的大量需求情况列入工作日程，将新焦炉项目立为龙头，为其他项目的投产创造先决条件。对这个项目的立项、规模、装备水平、投资、施工等问题，公司多次开会认真研究。尤其这个工程施工的中后期，公司内部施工力量不足，建设资金紧张，但公司毅然对这个项目实行了倾斜，为项目的建成投产提供了重要保证。

为建好这个宏伟工程，作为“八五”工程总负责人的于连德副经理，不仅对它进行宏观管理，还经常在百忙中深入现场指导工作，解决实际问题。作为这项目具体负责人的金国钧副经理，每天都直接到工地上班，随时解决材料、设备、施工条件等方面的问题。对施工部门汇报的工程进度、质量情况，他总是到实地严加核对。各个阶段的工作他都超前准备，周密组织。不论酷暑严冬，白天黑夜，他都坚持奋战在现场。负责土建的公司副总工程师张衍荣和负责安装的聂思纲，工作任劳任怨，付出了许多智慧和汗水。

“八五”各处均通过各自的工作为焦炉添砖加瓦。计划工程处主要从计划、预决算和土建施工方面尽心尽力，仅仅通过核减预算就为公司节省700多万元；材料处要求自己的计划员和保管员坚决做到，焦炉工程所需的一切材料必须立即去办，为了抢运急件，他们不惜动用海陆空多种交通工具；设备安装处在购货时货比多家，择优买进；“八五”财务处则在紧要关头四处奔走积极为焦炉工程筹措资金…… 这座30孔焦炉由鞍钢设计研究院设计，由朝阳一建承担土建，三冶公司承担筑炉和主体设备安装，公司内兄弟单位负责上煤、筛运焦、四大车、变电所等系统工程安装。在介入这项工程的众多单位中，非常值得大书一笔的是，焦化厂职工在陈洪文厂长领导下，严把筑炉质量关，依靠自己的力量出色完成了烘炉和开工重任。

第二篇　科技与进取

投资1.7亿元，年产15万吨焦炭的30孔大型焦炉工程，采用了20多项国内先进技术，可以说是当代科学技术的结晶体。作为主任工程师出身的厂长陈洪文，对此非常关注，在带领人马介入之初，他就严格要求大家：“必须用科学的头脑和态度从事这项科学的事业，并且要在科技规律的轨道上积极进取、拼搏，创造性地完成各项工作。”

他在派兵选将时完全以技术能力为衡量标准。作为焦化技术权威和总指挥的他，任命副厂长王殿昌这个行家里手主抓基建和投产；任命鞍山钢院焦化专业毕业生、工艺工程师李建国担当新焦炉段长。他们的工作主要分3个阶段，一是自今年4月25日开始的筑炉质量检查；二是8月2日至11月28日的百日烘炉；三是以12月3日开工为代表的投产。在这长期工作中，他们无论宏观决策还是具体操作，无不仰仗着科技的神力。

一般情况下，这样大型焦炉烘炉都必然要高薪聘请专家，否则成功是很难的。但陈洪文和王殿昌等领导认为，自己烘炉虽然要冒不小的风险，可是焦化厂工程技术人员有多年的专业积累和实践经验，加上公司的统筹安排，各方的大力支持，依靠凌钢自己的力量也一定会取得成功。经过科学的分析后，他们勇敢地承担了这一重任，并经公司运筹，将原计划用2000t 煤、400t 油烘炉改用煤气，仅此一项就为公司节省100 多万元。

经过严格挑选的烘炉人员上岗时，段长李建国对他们进行严格培训，要求他们严格控制按计划升温，保证炉体均匀膨胀；精心调节护炉铁件，保证炉体严密；同时要精心操作，保证安全，严防爆炸。百日烘炉期间，全体人员按照李建国编订的烘炉规程精细操作，按照炉体温度和炉体结构适时调节弹簧负荷和炉柱曲度，使炉体加压保持在规定的范围内。

焦炉两侧的钢柱是焦炉的脊梁，烘炉期间它的弯曲度越小越好，外界厂家这个数据一般达到15～20mm 左右就算比较理想的成绩了，当然，如果要是维护不好高达50mm 时，整个炉子就废了。而凌钢焦化烘炉人员烘炉结束时测得机侧弯曲度仅为7. 2mm，焦侧弯曲度仅为7. 9mm，100 天内炉体每天上升温度按烘炉曲线一度不差，使烘炉达到国内一流，提高了一代炉龄，并增长焦化人的士气。

开工前启动风机是重要的先决条件，然而启动时出现意外，爆炸所产生的万钧之力就会将经营已久的焦炉瞬间摧毁，为此他们做了周密的准备。在清扫风机管道内的空气时，由于当时蒸气压力不足，在扫最长的一条长达600m 的管道时，扫不到头。时间紧迫，怎么办？陈厂长的大脑在高速运转，经过缜密思索，他下令打破常规，接一条临时管道，将氮气引过来，用来清扫管道，结果效果很好，并且争取了宝贵的时间。12 月1 日，公司在焦化厂开会，研究风机能力大而煤气小，有可能导致风机启动不了的问题。这时，副厂长王殿昌经冷静分析提出良策，将装煤孔数由平常的10 增为18，以增加煤气量。后来证明这一带有风险性的做法是很正确的。12 月2 日启动风机前5 分钟，陈厂长对在场众人说："我们已经做过周密准备，如果启动过程中发现什么问题，停下来重新启动就是了。"其实说出这句轻描淡写的语句，需要多少勇气！他何尝不知，启动时即使有百分之百把握也难免不出意外，而出现意外，周围的每个人都将不复存在，但他镇定自若的大将风度确实稳住了阵脚，使大家安心操作。18 点整，他一声令下，巨型风机威力十足地启动起来了。1 秒钟，正常；2 秒钟，正常；3 秒钟，正常……一直运转正常！"成功了！成功了！"人们高喊着，而此时的陈洪文低着头叹道："这真乃焦化厂大幸也！"

考验焦化人的事儿很多，最后投产关头也涉及是否请专家的问题，当时不少人劝道，开工时技术复杂，涉及工艺环节多，有99% 希望都不行，不请专家太危险了。但焦化厂领导认为，请专家要花公司好多钱，并且自己的队伍得不到锻炼。焦化人有多年的焦化生产管理经验，并有小焦炉做后盾，只要按正常步骤，按科学规律办事，有公司各方大力支持，自己开工有成功的把握。12 月 3 日 2 点 50 分，陈厂长一声令下："开炉！"便出现了本文开篇时描述的壮观场面，焦化人果然不负使命！

第三篇　使命与奉献

从焦化人参与新焦炉工程到取得胜利，我们从他们那严肃认真、一丝不苟的工作态度中深切地感受到，他们心中怀有极强的历史使命感，总觉得自己所干的事业是关系到凌钢长远发展的千秋大业。李建国常对部下说："干咱焦化这一行，稍有不慎就会成为历史的罪人，咱可不能这样啊！"

他们所做的很多工作都体现了这一点。有"女强人"之称的赵秀英在检查筑炉质量时细致入微，经常一个人监督 4 名瓦匠。在砌筑蓄热室与燃烧室之间的斜道区时，她检查得更加仔细，因为这地方只要砌上就永久封死了，过后坏了都没法检修。她用塞尺扎灰缝，看灰浆是否饱满，用靠尺找平整度。当她发现第八层砖砌得不合标准时，要求对方返工，可对方不予理睬，她便立刻毫不客气地自己动手扒掉。巩力强在施工人员安装炉门框时，发现石棉绳压得不紧，便反复向对方提出。对方是个火气十足的青年人，在争执不过的情况下把巩力强打了一顿，眼镜打碎在地。当对方领导带着打人者来赔礼道歉说"对不起"时，巩力强说："要想对得起，就把石棉绳压紧。"硫铵项目有个自动装袋机没安装，张勇发现后想到这个项目投产后每天产量 7t 多，靠人工装袋是无能为力的，于是他向设计部门提出，直到对方同意研究为止。硫铵厂房一至四楼没有一个通风口，他向设计部门提出，硫铵是酸性物质，有腐蚀作用，厂房里不开设通风口对操作人员的健康非常有害。现在，设计部门已下达了设计变更通知单。在检查过程中，他还发现母液满硫槽的坐标设计错了 180°，标高差了 750mm。他直接把施工和设计人员找来，使这个失误得到及时更正。这就是焦化人，他们以高度的责任心和强烈的使命意识，自觉消除隐患，弥补不足，为焦炉的今日和明天绞尽脑汁，呕心沥血。

在质检、烘炉、开工 3 个阶段的工作都非常重要和艰苦，焦化人均将个人的利益置之度外，体现出焦炉至上，奋战第一的主人翁精神。

新焦炉副段长何玉超，在投产前夕的冲刺期间有 3 天没回家，新房号分下来后，妻子知道指望不上他，就自己张罗着把家搬了，等何玉超回去时，找不着家了。副厂长连启太出去干活时，总得把办公室里的暖瓶盖儿揣在兜里，否则，他干活口渴时想跑回来喝口凉开水就走的打算总实现不了，因为总有人看到暖瓶敞着口冒热气很不忍心，给盖上。今年 4 月份以来，赵秀英经常忙得回不了家，她那两岁的孩子便与父亲很亲热。在投产前夕扒封墙期间，她好几天都在班上忙，等她带着满脸黑灰回家时，孩子竟然对她没有一点反应。她以为孩子没认出来，便赶紧洗掉黑灰再来哄逗孩子，结果发现，小家伙对脸盆里的肥皂泡儿比对她感兴趣得多。记者好几次看到李建国开会时当众蹲在椅子上，并用拳头紧紧顶住胃部。后来才知道他那严重的胃病又犯了——也许那只紧紧顶住胃部的大手，真能分担一点胃部的疼痛吧！从这些故事中，我们可以清楚地看到焦化人对这个工程倾注了满腔心血，充分体现出他们那种甘于牺牲、无私奉献的忘我精神。当然也正是这种精神为他们招来了胜利之神！

结 束 篇

最后，还是让我们一道看看凌钢内外众多的有为之士付出若干代价建成投产的这座新焦炉吧。据了解，这座焦炉至少能占据6个凌钢之最。一是厂区面积最大，几乎占凌钢厂区总面积的四分之一；二是烟囱最高，达95m；三是运转皮带最长，达375m；四是单体设备最多，达58个；五是新焦炉是凌钢唯一的大型设备；六是工程投资最多，达1.7亿元。另外，这座焦炉非常先进，现代化程度高，其主体工艺为双联火道下喷复热式，有利于焦炭质量的提高。上煤采用蒸汽喷射无烟装煤新技术，既可控制污染，又可增加煤气回收量。化产回收每年可产2000t粗苯、2000t硫铵。

“路漫漫其修远兮，吾将上下而求索”，新焦炉有如此好的生产条件，我们相信焦化人一定会更加珍惜这一来之不易的一切，实现全公司职工期望已久的梦想。

巍巍木兰山下，当我们看到这座气势恢宏的焦炉时，肯定不会忘记所有建设者的奉献情怀，因为他们在建设焦炉的同时，无形中又树立了一座昭示凌钢精神的丰碑！由此我们更有理由相信，“八五”其他工程，也会像焦炉项目一样取得全面成功！

1994年12月17日

浓缩的钢魂

——板坯连铸工程建设纪实

本报记者　郑高晖　杨　旭

引　篇

作家崔克俭带着强烈的写作冲动，为凌钢直接创造物质财富和精神财富的人们树碑立传，他的书命名为《钢魂》。他在后记中写道："我每年都到凌钢，看到那些身披霞光，大汗津津的炼钢人；看到熊熊炉火中翻腾的钢水，思想就会得到净化，也自然而然地联想到天方古国那只永生的神鸟——菲尼克司……凌钢是一座洪炉，是人才的摇篮，是1978年以来我国改革开放的一个缩影。16年的改革开放为凌钢提供了一个历史的舞台，以宋士田为首的一群凌钢人，在这个舞台上演出了凌钢人争气、拼搏、奉献的企业精神；演出了凌钢人铁的意志和钢的性格。这一幕幕有声有色、威武雄壮的话剧，凝聚成——钢魂！"

又是一年芳草绿。就在崔老的长篇报告文学出版后的6个月，在春风夏雨浸透的这块盛产钢铁的土地上，具体地说，是在铸就凌钢精神的连铸工地上，凌钢又向世人展示了又一得意之作，这就是开创凌钢历史新纪元的板坯连铸工程。

壮我凌钢志，扬我凌钢威。的确，这项工程的凯旋，就如同夏天里绽放的一朵水莲花，"接天莲叶无穷碧，映日荷花别样红。"板坯连铸工程是凌钢"八五"改造的又一重大胜利，是凌钢精神浇灌出来的硕果。它总投资5000万元，是凌钢"七五"以来由自己承担的最大建设项目。担负工程建设任务的第二炼钢厂以高度的主人翁责任感和强烈的争气精神，毅然承担了这一工程，他们克服资金、技术、人力等方面遇到的重重困难，依靠顽强的拼搏精神和严谨的科学态度，精心组织、精心施工，净建设周期只用了五个半月时间，就高速优质地完成了这样一个技术含量大、要求精度高，而又从来没有干过的大项目，使板坯连铸机建设达到国内先进水平，取得一次试产成功，连续拉出23炉合格板坯的出色成绩。同时它又是基建部门、建设部门和设计、制造单位密切配合、团结奋战的大合作产物，它的建成，使凌钢转炉结束了模铸生产的历史，跨入全连铸生产新阶段，成为辽宁省第一家实现转炉钢全连铸的钢铁企业，是凌钢炼钢生产实现技术进步的重大标志。板坯连铸机的顺利投产，再次证明凌钢人经过多年的锻炼，已经具备了独立完成大型冶金工程的建设能力。实践证明，依靠企业自身力量，承担技改建设项目，不仅为企业节省了大量资金，而且使职工队伍的素质和能力得到了锻炼和提高。公司副经理丁永生深有感触地说："参加板坯工程安装，就是不用交学费地上了一所大学，从培养人才的角度上出发，它积蓄的知识财富比板坯项目一次热试成功更有光芒。"设身处地，板坯工程的竣工投产，在当前公司生产经营面临困难的情况下，对我们扩大品种、提高质量、降低成本、增强市场竞争力具有十分重要的现实意义，增加了全体凌钢职工战胜困难闯过难关的信心和力量。

宝刀锋从磨砺出，梅花香自苦寒来，本文记叙的就是工程建设者平凡而艰辛的开拓历程和动人的工作风采。

我的路靠我自己的脚走出来。在纷繁的劳动交织中，这句话是凌钢建设者孜孜以求的目标和终点。

第一篇　志壮功成

信念已在怀，相信我能行。这是二炼人的个性。在任何困难面前，他们从来没有低过头，相反，自转炉开始，他们就不断从曲折中崛起，一个一个高度的登攀，由"厂"不见经传到名声在外。

1993 年，当宋经理点将陈玉清问板坯连铸二炼干成干不成时，这位工人出身的厂长的确对自身能力怀疑过——会维护不等于会施工，精生产不等于精基建，这不是妄自菲薄，是存在的事实，不过如果放弃参与这项工程建设，以后机会将千载难逢。

左右为难，在承揽与回绝之间，陈玉清辗转反侧好几天，对比、考证，结合公司与本厂实际，他感到责无旁贷。

路是人的脚走成的，为了多辟几条路，必须多向没有人的地方去走。"干呗。"他轻轻地吐出这两个字，终于给领导一个满意的答复，宋经理了解他的部下，打气说："公司跟以往一样，强力支持。"

时隔不久的 10 月，在板坯连铸施工论证会上，宋经理斩钉截铁地告诉众多承建单位，这一中宽热带轧机配套工程不外委，由凌钢第二炼钢厂自行组织施工。语出惊人，许多与会专家，包括工程的设计师都感到意外，满脸怀疑地问，"你们有什么实力？用什么做保证？"言毕，不停地摇着头。此情此景，深深地刺痛了参加会议的两个中年人——二炼副厂长张生和电气工程师谢广玉，他们暗自憋了一口气：破釜沉舟，闯关走险。

1994 年 1 月 11 日，板坯连铸机安装工程正式签约。计划工程处副处长庞川明代表建设单位，张生代表施工单位郑重地在合同上盖章。至此，公司建厂以来最大的自行建设项目诞生了。张生心中有一种说不出的滋味，他知道他签订的不仅仅是一纸合同，而是军令状和二炼的牌子！

哀兵必胜。1994 年 4 月 25 日，运筹已久的板坯筹备组和板坯安装队成立，张生挂帅，谢广玉和机械工程师王金庆任副总指挥，褚晓任安装队队长。在临时搭起的简易房里，为了同一个目标走到一起的 40 多位汉子，盯着墙壁挂起的巨幅板坯连铸机工艺图，摩拳擦掌，决心背水一搏。

1995 年 6 月 2 日，这幅密布希望的蓝图，不再是梦，而成了现实。当天下午，板坯连铸机热试现场一片寂静，人们期待着，期待着……18 时 6 分，脱引锭启动，鲜红的色彩顿时溢满每个人的脸颊，强烈的热度冲击着每个翘首以盼的建设者。在无声的祈盼中，红亮的板坯犹如剔透无瑕的磁石吸引着在场所有人的焦急心绪，它缓缓地滑动着，在操纵工的精心呵护下呱呱坠地，和它的姊妹小方坯一起将钢城的天空照亮，而且一拉就是 23 炉！

工地沸腾了，工人们喜形于色。或拥抱、或流泪、或追打、或鼓掌欢呼，他们用自己最直白的方式迎接来之不易的难忘时刻。

旧话重提，岁月峥嵘。每一件机械，都是一个故事；每一块板坯，都是一段心情。张声副厂长激动地回顾说："集体的智慧，大家的力量，使工程克服了一个又一个困难，解决了一个又一个问题，达到一个又一个的要求。"

第二篇　搏击鏖战

1994 年 7 月 1 日，中国共产党成立 73 周年华诞，或许安装队的技术人员和工人并不知晓，历史上的今天也是国际建筑日。就在这不寻常的一天，他们竖起了钢平台的第一根方柱，"九层之台，起于累土，千里之行，始于足下"。

没有走不通的路，没有干不好的事。凌钢此次安装的 *R*6/11—800 板坯连铸机设备总质量达 1400t，机长 94m，跨越二炼厂房的 3 个跨，与正在红火生产的小方坯连铸机近在咫尺。工艺复杂、场面狭小、到货量不足、生产与建设同步，因而施工举步维艰。时不我待，从阳光明媚的夏日到乍冷霜寒的冬日，40 余名工程技术人员和设备安装人员踏上了一条强者之路。

早在去年 4 月 26 日，这支刚刚组建一天的队伍便加足马力，满负荷运转。当天，开始人员培训，熟悉板坯连铸工艺；28 日，全体人员统一翻阅图纸，逐步消化 7000 余张施工图；5 月 19 至 6 月 9 日，有 15 位同志辗转南京钢厂与马院进行参观学习；6 月下旬，熬了几个通宵的谢广玉和王金庆把洋洋万字的《施工组织设计》和网络图提交给有关部门审核，以其务实、清晰、充分的考虑得到首肯认可。多少艰辛、多少奉献、多少困惑，但总有一种力量在支撑着他们：干就干出个样子来！

良好的开端是成功的一半，板坯连铸安装投入即是高潮。七月流火，抑制不住他们施工的热情。在毒辣的阳光下，47 岁的工程师柳运昌领着一伙人，一根接一根地对照图纸测量梁柱尺寸规格，全部结束时，他们每个人都晒曝了一层皮，他们知道，这20根高8m多，直径为560mm的钢柱将组成钢平台的基础框架，丝毫马虎不得。俗话说："万丈高楼平地起"，足见这基础的重要，为了让钢柱与地面接触达到80%，柳工顶着酷暑带人研磨地面，先用扁铲削去高凸的部分，再用角向磨光机夯平。炎炎烈日，水道蒸汽弥漫，飘散的灰粉刺鼻痛眼，他患有Ⅰ度房室传导阻滞，超负荷的劳累更使他胸闷难忍，呼吸困难，但他咬牙挺着，人生能有几回搏？钢平台安装质量要求特别高，哪个梁与哪根柱的搭配都是一一对应的，在对接中，他发现4根主柱和11根横梁的设计与制造不合理，马上因地制宜的消化解决；整个钢平台的钢结构共有3000多个焊缝，耳听为虚，眼见为实，焊完后他打着手电爬上爬下一个不漏地检查验收，敬业精神可见一斑，谁都知道柳工身上有三件宝：工具、电筒、速效救心丸。

走进板坯连铸施工工地，凭直觉你无法区分出技术员和工人的差别，所有的人都在穿梭忙碌。这样的大项目安装建设他们从来没承担过，罕见的高温他们从来没受过，人员配备紧张的程度他们从来没遇到过，一切都那么陌生，如果从事一件新兴的事业须从零做起的话，那么他们则从负数开始起步，各种条件制约着他们，促使他们打破工种界限，全员优化组合。每天全体安装队员6点30分准时上岗，中午匆匆忙忙在二食堂买份盒饭，渴了就着机用水灌一口，一抿嘴接着干，晚上最早也是8点收工，每个礼拜天则全部成为他们的义务献工日。工地里午间总是热火朝天，夜里总是焊花闪闪，亮如白昼，究其缘由，一是午休期间生产用车少，可以充分调用。二是夜里安静，精力集中，且电压稳定。

众心齐，泰山移。置身于这个老中青结合的队伍中，人们时常会感觉到，板坯连铸机安装队是由凌钢精神聚合了的战斗集体，通过彼此默契的协作拼搏，这种可贵精神正在他们身上潜移默化地升华。褚晓，共产党员，安装队的领头雁，跟他一接触，就可以捕捉到一种钢铁工人特有的气质，敦厚与精明，他不仅仅是位出色的技工，也是谢广玉、王金庆的好参谋、好管家。他为人正派，调配有方，处处起先锋作用；杨振，虽然有1.80m的个头，可不知是不是因为劳累过度的原因而显得过于单薄。当他离开烧结厂段长位置到板坯组报到时，二话没说，服从大局干上了钳工，活干得有板有眼，当平台吊装时，他却找到谢广玉："谢工，我本是个铆工，如果钢平台不让我上，我扑奔这里还有啥意思?!"谢广玉感动了，他从杨振话里读出了一种境界，要知道他主动请缨的工作十分危险，高空作业，没有登攀点，梁宽不足0.6m，没有地方可系安全带。在这种情况下杨振带着几个兄弟伏在梁上一点一点往前爬着工作！为了抢进度，下了铆工岗，他又抄起焊把当了焊手，那几天他配合伙伴们用6台焊接机同时突击，48小时便大事告捷。可由于热量过度，常常叫他们握不住焊把，皮手套里面的汗水禁不住淌流下来。焊工刘秋文忙活得常常忘记休息，忘记吃饭，好几次工友已经准备收工回家，看见他干劲正酣，喊了几句都没有回应，最后只好采取一个办法，关掉电闸。谢广玉、王金庆有时吼他，秋文！你不想要命了？而他却付之一笑。8 月初的一天，他晚上 9 点才拖着疲惫不堪的身体从工地出来，发现自行车不翼而飞，第二天，当工友关切地安慰他时，他回答道："没啥，跟几千万元的板坯连铸机相比，一台半旧的自行车算不了啥。"还有管工马云发、焊工赵纪营、吴汉军、老钳工邸林启、杨宝山、杨云峰等，他们把身心全部交给了板坯连铸机，一天下来头昏脑涨，回家躺下就鼾声四起，谁也休想叫醒他们，不过每天清晨他们还得早早起床，边吃饭边查看图纸，补充或改制，形成新一天的工作轮廓……

"天将降大任于斯人也，必先苦其心志，劳其筋骨，饿其体肤，空乏其身"。在工地，摸摸两吨重的平台柱子，就可知它包含的分量，它是经过 40 双手研磨、吊装、竖定、焊接、加固、校正后才巍然矗立起来的，它是一座新的丰碑，铭记着二炼人无私的情怀，印证着他们那种勇敢无畏、气似长虹的劳动风姿。

第三篇　风流本色

哥伦布为了寻找新大陆，不惜历险去航海，最终证实地球是圆的，没有他的亲身壮举，关于地球形状的争论不知要延续多少年。大的不说，就以当年小方坯试产为例，八次试拉八次失败，二炼人不甘心，在缜密的科学思想指导下，开始第九次的重复，终于凯歌高奏，一时成为美谈。同样，在板坯连铸机安装过程中，建设者以冷静、独创的头脑与意识争得了宝贵的时间，引得赞誉。

62t 的钢包回转台定位在天车辊道下面，它是板坯连铸机重要的组成部分，作用是使钢水过跨，实现连续浇注，不巧的是回转台的落点恰是吊车吊装死角，现场没有现成的汽车吊，临时调用耗时费力，租金支出大，低矮的空间又不具备起臂条件。现场工人跺脚干着急，有劲使不出，谢广玉心急如焚，双眼向着房顶，凝视长长的天车滑道。他急中生智，一个大胆的想法脱颖而出：用铸锭跨、连铸跨两台吊车同时起吊不是一个好办法吗？他转过头，见技术员吴旭峰会意地同他点着头，两人的意见不谋而合。

这个建议太让人提心吊胆了，如果两台吊车一旦配合失误，如果斜拉的角度超过 10°，如果操作时达不到 10 倍的安全系数，那么价值 180 万元的设备将毁于一旦。千钧一发，吴旭峰经过一夜的推想演算和谢工一起拟出了《吊装方案》，第二天，方案在付诸实施中接受了检验。疏散好人员，套紧钢丝绳，一环一扣，紧密相关，随着一声哨响，两台吊车缓缓拉紧钢丝绳，按着手势，有条不紊地将转台提高、转动、下放，稳稳当当放置在预定地点，一气呵成。

这是令人心惊胆战的 3 个小时，没有喧嚣，只有默契，只有心照不宣的统一，此番冒险，可能会失败，但他们相信自己的实力、判断和经验。

黄孝波，1989年凌钢电大冶金机械专业高材生，戴一副深度眼镜，有着年轻人的热情与韧性。在工程施工中，他负责完成的工作量最大、最艰苦，包括煤气烘烤器、中间罐车、结晶器振动装置、扇形段底座的安装，并且还要为辊道部分设备安装提供技术数据，进行技术把关。他是个极为勤奋的知识分子，当他主持整个液压系统安装时，他追求的就是让这套凌钢目前非常先进、较为复杂的液压设备达到最佳运行状态。他广泛查阅资料，虔诚请教，迅速准确地提供出全部酸洗、清洗、冲洗、压力实验与调试方案。液压系统3000多米管道，原定拆下来酸洗，为了让板坯连铸机尽早发挥效益，就地清洗是上策，但难、险、累、脏。黄孝波积极响应，他仔细研究酸洗液的配比浓度、成分和时间，最后将一个切合实际的“冲洗流程图”摆上了现场。施工时，他首当其冲，具有强烈腐蚀性的酸洗液，需要工人们随时警惕。四氧化碳挥发出的气味损伤了他们的呼吸道，7个突击队员个个流鼻涕、迷晕、头痛、四肢无力，为了抢工期，他们全然不顾。麻利高效地完成了任务，结果他们比计划工期提前12天！

热爱事业，热爱自己企业，他们用自己的行动做了表白。电气工程师张国栋，一位看似文弱的书生，他把一位当代大学生的才气与憧憬，填写在二炼这个旋转的工作舞台上。“人生是一粒种，落地就生根，”也与板坯连铸结下难解之缘。他善思考肯钻研，从去年4月份进入安装队以来，他发现设计问题20多个并及时提出整改意见，全部得到肯定，在此期间他发现6CT操作台的两根电源线正负极颠倒，经他整改后，避免了PLC可编程序控制器烧毁的隐患，他发现施工图中的配管走向不合理，有的比较远，有的与设备冲突，及时纠正，使其布局实用合理。调试1号PLC程序时，他发现位置跟踪系统采样的脉冲信号的误差特别大，超过50%，不能使用，在滤波程序使用效果不佳的被动情况中，他利用业余时间揣摸分析，终于完善了波动功能，使采集信号与输入信号归于一致，穿引锭杆、拉坯及相应动作由此变得连贯顺畅。

学以致用，不唯上不唯书只唯实，张国栋由稚嫩走向了成熟，这些不平凡的业绩使他的人生闪闪发光。

同张国栋相比，郑国志和李克伟性格则显得粗犷和豪爽，一位是安装队副队长兼电工班长，一位是普普通通的电工，他们艺高胆大，身手不凡。郑国志和他的8个伙伴自豪的是PLC可编程序控制框24000多根配线没出现一次错误，初期电缆托盘4.5t的支架也出自他们之手，板坯连铸这样一个大规模工程，电线电缆铺置曲曲折折，在地下线路并不清楚的情况下，他们一点一点从头做起弄清理顺，把各种配电柜布置得井然有序，这里的酸甜苦辣俱在不言中了。板坯连铸机是高科技的成果，而电则是它的动力源，一般工程，机械安装在先，电气在后，而他们则两者比翼齐飞，同时告捷，按常规计算，后者至少比以往工程提前了一个月。李克伟心灵手巧，第一次为1号PLC可编程序控制柜配线，拿到图纸后三天就弄个一清二楚，那线路如同身上的血管繁而杂，势必要求接线时精力特别集中，因为眨眼用的时间长了都会出错，为了保证接连的准确无误，他将每根线的两头都标上号码，对号入座接上去。正常的应7天完活，而李克伟与顾佩君两天两夜就一举成功，代价是48小时只睡了六七个点，啃的全是方便面。

电气技术员宁武，抛家舍业，为“机”瘦得人憔悴。这台板坯连铸机由微机调控，振动频率随拉速进行自动调节，全液压扇形锻压下并进行 *R*6、*R*11 两点矫直，程序控制精度高、难度大，一个细微的误差就可能影响板坯的正常生产，他反复对计算机进行追踪调试，使大包回转台钢包升华，中间罐车升降，结晶器离线调宽各项指标与设计要求相符，为此他熬尽了脑汁，将自己智慧变成外人看来微不足道的精确数字……

在那苦与甜的岁月里，每个建设者都在劳动的付出中收获了永不会失去的收获，同样他们也失去许多永不能收获的失去。在事业的土壤上，他们播种了赤诚，播种了凌钢精神的种子，播种了奉献的音符。他们以后的路不会寂寞，因为会有创业的激情与他们同行!

第四篇　同舫弄潮

1994年8月中旬，一场轰轰烈烈的征战取得阶段性成果，由于资金等问题，工程主体设备迟迟未到，一个多月的时间，使板坯组有机会认真地总结前段工作，等待更大战役的到来。作为公司主管副经理丁永生，一如既往，丝毫没有放松对工程的筹划和掌握，他凭借多年基层工作的积累和长期的领导经验，有的放矢地梳理着工程的脉络走向。他不断地听取施工的情况汇报，一针见血地触及问题要害，工程项目是一门技术科学，还是一本人的学科，丁副经理一面深入现场，督促进度，一面因势利导，告诫安装队员戒骄戒躁。

身为工程具体负责人的谢广玉和王金庆，找到了他们各自人生最有价值的事业支点，他们用精湛的技术和人格的力量感染和带领40多位兄弟，披荆斩棘，在坎坷的施工之路上往前征服。谢广玉的机智老成、王金庆的沉稳严肃使这支队伍有了强劲的战斗力。谢广玉把自己昨天、今天与明天献给了连铸。王金庆早年被轧机碾断了半只脚，现在又把自己的足迹留给了板坯机，不禁让人肃然起敬。

在建设周期最低潮的时候，二炼钢工会主席白福君走进这群人中间，用细致的思想政治工作找回了他们的某些失落。提出“板坯连铸的安装速度与我们自身利益同在”的口号，具体实在。板坯工程合同造价35万元，客观的外部条件使工程进度一拖再拖，工人每月借发的奖金，不足连铸生产工人平均线的50%，有人的心变得开始不平衡。张生副厂长在动员会上反将一军，说；“兄弟们受苦了，如果为了挣钱，谁想离开板坯队，我都放行。”结果，这句话使队员头脑清醒，军心安稳，更没有一个人提出要走。在报酬与耕耘的选择面前，他们的心灵又一次得到洗礼和飞跃。

同样，作为“八五”基建指挥部的人们装的不是功名利禄，而是凌钢的前景。作为板坯连铸土建负责人的计划工程处处长张佩文，每天都在工程现场出谋划策，解决问题。他经常与施工单位的领导沟通情况并逐项记录，为经理提供决策依据。为了不使土建施工在冬季中断，他大胆建议三冶用综合蓄热法施工，将防冻剂掺入混凝土打基础，提前工期半年多。多年的劳累，使他颈部与肩部的风湿病日渐严重，公司领导劝他去疗养一段时间，但他一直不肯离开，因为哪怕是有一天看不到工程进度和质量情况，他的心就不踏实。

设备安装处副处长高武，工程有始有终，他在大家心中的印象总是勤恳、严谨、务实、果断。57 岁的他老当益壮，风采不减当年，他坚持现场办公，争取一锤定音。他曾经不知疲倦地连开过 3 个会：早晨 7 点 30 分的碰头会；9 点 15 分为解决结晶器安装尺寸问题再开一会；下午两点为解决液压管路调试问题又召集大家坐在一起。高副处长工作起来既科学又大胆，如液压站液流阀有质量问题，不及时处理，热试将无法进行。他经过通盘考虑，决定在站内加保护装置，并预备好了后继的补救措施，当机立断，立竿见影。平常拘于言辞的高副处长又极富有人情味，哪个同志有个大事小情，他都倾力帮忙。

“八五”设备处的液压专家蔡毓强，这位年过半百的科技工作者，凭着自身过硬的专业技能，全身心地投入到工程当中来。他在亲手施工的同时，还毫不保留地将自己多年汲取的宝贵经验，传授给液压施工人员，让自己的灯油在众多的灯芯上发光发热。用黄孝波的话说，板坯液压系统的成功包含着蔡工的巨大心血，他的精神在每一段火红的板坯上闪烁。

“八五”设备安装处的技术大拿韩先哲和白孝忠，视工程建设为己任，倾自己之长，化机械设备施工难题，解现场突发事故，一心为公，神采刚毅，刻苦顽强，和安装队员一起摸爬滚打，在漫长的安装行途中，他们一半是执着，一半是奉献。

设备处施工员石成祥和材料处的刘春，顶风冒雪，在腊月二十八踏上驶往货源地的列车。每逢佳节倍思亲，他们却在外乡度过了一个难忘的春节。大年初一两人满载而归，将 0.7t 的液压管接头送至工地。他们虽然放弃了与家人举杯同庆的时光，但心满意足，因为他们用个人的牺牲建设好了凌钢这个更大的家园。出于同样一种心情，计划工程处的戈瑞清、付国银、鲍海涛和纪伟，无怨无悔为板坯连铸工程去各尽所能……

1994 年 11 月，板坯连铸工程再次吹起冲锋的号角，丁永生副经理开始每天在现场主持办公会，随时解决出现的问题。他明察秋毫，该争取的决不含糊，该追查的一查到底，该明确表态的马上拍板。晓之以理，动之以情，深受建设者的拥护，也博得了工程设计、制造单位的敬重。

板坯连铸生产一刻也离不开风、水、电，人们常说凌钢有多大，动力厂就有多大，因为风水电所及之处就是动力厂服务的所在之处。这次动力厂为板坯连铸工程安装的泵房多达5个，包括煤气加压站、二冷泵和结晶泵连锁改造、浊水泵房和中心泵房。特别是在完成中心泵房这项工作时，时间紧、任务重、责任大。丁永生副经理雷厉风行，一声令下后，动力厂电气技术员赵锁封在关键之时挺身而出，带领人马连夜苦战，将原来的一转一备改造为两转一备，并且还要兼顾方坯的生产，他们在不断电的情况下，凭借高超的技艺和完善的安全措施，最终不辱使命，在规定的36小时内无可争议地获得胜利。

就在板坯连铸竣工的日子一天一天临近时，一个残酷的事实横在面前。板坯连铸机的咽喉要害——火焰切割机的燃料，来源于焦炉煤气。而凌钢，同许多钢铁企业一样，焦炉煤气在焦化厂内只能进行一次简单的净化后，供炼铁、炼钢、轧钢用户使用。现在要用作火焰切割机的燃料，就要求进一步脱除焦炉煤气的焦油、萘、硫分等杂质，否则，萘的结晶体会阻塞煤气孔，使板坯生产功亏一篑。意外的变故叫人措手不及，忧心忡忡。在丁永生副经理的办公室里，陈洪文、王殿昌、王笑菊和李建华一起协商着对策：设置煤气二次精制加压设施，从计划到建成至少1年时间，且耗资在100万元以上，显然方案行不通。采用乙炔汇流排，把20个氧气瓶连接在一起汇流，安全没有保障，并需新建一座小氧气站，还要增加报警装置，此设想可行但不可取。丁永生副经理急了：分兵几路，外出取经，必须攻下来。

就在丁永生副经理心力交瘁的时候，马振东处长送来一份资料《焦炉煤气精制工艺流程的评价与探讨》，引起了他极大的兴趣，如获至宝。资料介绍说："应该绝对防止煤气中萘固体的析出，堵塞喷嘴孔而造成事故。实践证明，在煤气被加压至0.9MPa时，萘结晶温度达40℃，如实际保持在65℃的工作温度，则煤气中的萘可以不析出。"丁永生副经理茅塞顿开，拍案叫好："这资料价值千金。"他立即叫来还在冥思苦想的赵国安、王笑菊，和他们从实际生产的角度出发，共同探讨理论的可操作性。当他得知在连铸工段煤气导管终端，增加一个伴热管，煤气温度可上升到65℃以上时，更加胸有成竹了。

燃气厂厂长李德生没打折扣立即投入到这一紧急任务中。从5月23日开始，16位维修工连续奋战3个昼夜，改动管道40余米，更换了5个阀门和19个冲压弯头，克服场地小、高空作业、接点多的诸多困难，将4m高5m长的蒸气加热器准确无误地安装成功。

燃气厂从领导到工人不讲价钱，出色完成了使命，在板坯连铸工程的功名册上理应为他们大书特书。

风雨无阻终见春。

5 月 28 日，板坯连铸机工程甩开影响施工速度各种外在因素全线告捷。11 个月的日日夜夜，11 个月的卓绝拼搏，终于换来了深深的喜悦。这时候，张声动情地拍了拍安全员李新国的肩膀：“伙计，你功不可没!”这样大的工程，在李新国的严抓细管下，没有出现一次意外事故，不能不说是一个奇迹！因为安全是最大的效益，是最大的节约。

尾　　篇

《左传》曰：一鼓作气，再而衰，三而竭，彼竭我盈，故克之。板坯工程的安装队员一路征伐，能做事的做事，能发光的发光，把自己与企业的命运联系在一起。

扇形段是板坯连铸机组成的核心，为了它，安装队付出了沉重的代价，仅它耗去的工时就有 5 个月。安装队员在王金庆的组织下，拿出愚公移山的劲头，将扇形段 0 ~7 段反反复复地吊装，拆除不下 100 余次。设备本身对安装的要求又十分苛刻，误差不得超过 0. 2mm。在外弧基准线不准的情况下，安装队将 0 ~7 段外壳打开，一个部件一个部件的调整、找正。扇形段底座和结晶器振动装置安装精度要求更严，绝对不准超过0. 01mm，为了达到这个标准，他们重新加工了测量工具，力求精益求精，终于心想事成。每当队员们看到光洁平滑的弧面时，不禁浮想联翩。

在 11 个月里，他们创造业绩，创造品质与精神，但是在辉煌的背后，三伏天，三九天，冷与暖，得与失，泪与笑，装点他们的工作与生活。在 11 个月里，所有节日的团聚与欢愉，同他们擦肩而过，疏远了亲情，疏远了家的温馨。因为工程，老人见不到儿子，孩子见不到爸爸，更苦了妻子。牛绍生披星戴月扑在现场，为此，爱人只有离开自己的岗位，独自带着孩子。我们向那些理解支持安装人员工作的亲人们致谢！

5 月 30 日，丁副经理主持会议，部署板坯投产热试事宜。此时，火焰切割机程序成为当时最突出的问题。今年 2 月份，厂家曾派人来调试过 20 多天，后中途返回，导致程序至今无法启用。迫在眉睫，自我攻坚——谢广玉、张国栋、宁武和马院的蔡工开始新一轮冲刺，从当天夜里到 6 月 2 日共两天一夜的时间，研究原程序输入，注意信息反馈。无眠的日夜，靠两袋绿豆糕充饥，但每个人依然精力充沛。

山重水复疑无路，柳暗花明又一村，临时编制的程序有了。

1995 年 6 月 2 日，凌钢的历史上富有纪念意义的一天。

从基建手中接过指挥棒的连铸工段段长王春福，思谋如何使这个工程在自己的手中锦上添花。

板坯连铸机顺利拉了3炉之后，火焰切割机突然发生故障，不能正常工作。停止拉坯还是继续干下去？刚刚还沉浸在欢乐气氛中的人们马上转为种种猜测和担心。在几分钟内，王春福和副段长李会来断然决定不停炉，用火切把人工分割。具有优秀传统的连铸工人义无反顾地顶着炙热靠近板坯，火花闪闪，奋力切开宽750mm高150mm的厚截面，延续他们的希望，追赶他们的宏愿，他们被烤出了水泡，烤焦了头发。就在首次热试中，王春福指挥工人又在出坯过程中，更换了两次中间罐，实现连续浇注23炉，一个新的创举，改写了全国冶金企业板坯生产的纪录！

争气、拼搏、奉献，这实实在在的6个字，使连铸人拓伸了自己的路，跨越关山成大道。

6月4日下午5时30分，冶金工业部部长刘淇、朝阳市市长刘相荣、公司经理宋士田三位领导轻启金剪，为凌钢板坯连铸的生产剪出了一个非常美好的开端，其场面博大、气势恢宏、情景感人，随后，贺信贺电纷至沓来。

这是画龙点睛的一笔！

芳林新叶催陈叶，流水前波让后波。板坯连铸工程是第一次由凌钢人自己建设完成的独立技改项目，第一次就加热成功，第一次试产就创造出了一个全国纪录，是公司第一个有冶金部长亲自剪彩的项目，使我们第一次敢自豪地说："实现全连铸辽宁我们凌钢独一家……"最为重要的是这一项目锻炼了一批人，节约了1/3左右的外委安装费用，尤其突出的是它发展和鲜活了凌钢精神。

重塑了钢魂！

每一次发现都是新感觉，每一次流泪都是头一遭。我们有理由相信，每一次共鸣，凌钢人都是在吟诵钢城的绝唱，每一次垦殖，都有着企业春华秋实般的繁荣。

凌钢人用自己金色的年华和不懈的奋斗拥有了今天的瑰丽，明天我们同样会再次策马扬鞭，百舸争渡——

到中流击水，浪遏飞舟。

1995年7月8日

为有源头活水来

——凌钢实行“模拟市场，成本否决”新机制综述

一

为加快实现“两个根本转变”步伐，迎接市场经济挑战，战胜困难，实现生产经营根本好转，今年，我们按照国务院要求，学习邯钢经验，全面推行“模拟市场核算，实行成本否决”新机制，对企业经营机制实施了凌钢有史以来的最重大改革。从4月1日新机制投入运作，至今已时过两个多月，这一新的改革，对凌钢人的思想观念造成怎样的冲击？给企业的生产经营带来了什么变化？给我们提供了什么的启迪？最近，公司对各单位贯彻新机制情况进行了一次全面检查总结，短短两个多月的实践已对上述问题做了生动回答。

各单位贯彻模拟市场新机制，层层分解指标、层层落实责任的工作普遍开展起来，群众发动得有广度、有深度，特别是广大职工当家理财，降消耗，降成本，过紧日子的积极性得到空前发挥，产生了超过我们预想之外，超过以往凌钢历次改革措施都没有出现过的效应。

各单位根据公司总体方案，不仅很快就制定了具体实施方案，而且所有的方案都突出了一个“责”字，层层分解指标，形成了责任共同体，使“市场重担人人挑，人人肩上有指标”这句口号不是喊在嘴上，而是变成了实际行动。很多单位采取像公司对分厂一样的模式，对下也签订了责任状。如一轧、烧结、冷带等单位把公司下达的超创利润指标，通过层层分解，与工段和职能科组郑重其事地签了责任状。这些责任状并不是将公司给定的目标原封不动，而是通过发动，制定更高的目标要求，保分厂超利润目标，如一轧保公司下的目标600万元，他们是按工段自报659万元分解并签状，在分解指标落实责任上，既能纵向到底，也能横向到边。如钢管厂，办公楼里的人身上都有指标，甚至连澡堂子烧水的也有蒸汽消耗、煤消耗指标，有的没有分到指标，竟找活安在自己身上，安全员主动把钢丝绳消耗统管起来。有些单位还就分解后的指标、责任，形成比较规范的图、册、表，上榜上墙。厂里管什么，工段管什么，班组管什么，个人管什么，都很明确。像烧结厂，什么是厂控物资、段控物资都很具体明确，有操作性。

发动群众有深度、有广度。绝大多数单位都把公司方案、《宣传提纲》、责任状上的政策、本单位超创利润目标原原本本地交给群众，对学邯钢的重大意义

和基本要求职工都了解，有的单位还举办了几期学习班，观看邯钢录像，讲解本单位分解情况，利用各种宣传工具进行宣传鼓动。群众发动的深度、广度超过以往任何一次，确实使这项工作深入人心。特别是这次边干边转变观念，在转变职工观念上有了较大突破。

制定了增产节约措施。以往公司召开计划会议也让各单位拿措施，但哪次也没有这次措施拿的多、具体，责任又明确。如果没有扎实的措施，空喊模拟口号，就不会有大的效果，群众的积极性也不会持久。措施怎么来的？是靠倒推逼出来、压出来的，归根到底是发动群众，群策群力才有措施。事实证明，只要把市场机制引入企业内部，按价值规律办事，就会有许多意想不到的办法出来。一轧加工段利用废料主动为生产段加工螺丝、螺帽，既不用到供应领料，又降低消耗费用。过去让干不愿干，现在有利润就抢着干。炼铁厂通过发动群众，定了18条措施，和下边签状是按这些措施构成的1270万元的目标签的。正是由于有这些措施，才保证了指标的落实。

二

凌钢推行模拟市场的新机制虽然只是刚刚起步，但通过短短两个多月的运行，已对企业生产经营、改造和管理产生了前所未有的巨大的推动和促进作用，显示了强大的生命力。

生产稳定增长，经济效益明显好转。从新机制运行后，生产经营一扫前几个月低回不前的局面，4月、5月两月不仅铁、钢生产连创月产历史最高水平，而且成本大幅度降低，经济效益显著增加，4月当月扭亏，盈利197万元，5月份盈利834万元，按此发展，上半年完全可以扭亏为盈。到5月底，虽然由于受一季度影响，累计计算的总成本比上年实际计算的总成本高5.45%，但5月当月比去年同期硬碰硬下降了3.53%。从单项成本看，降低也很明显，如25mm焊管去年平均成本2027.01元/t，今年1~5月累计2111.85元/t，5月份成本是1893元/t，比去年降7%，比1~5月累计降低11.5%；直径12~14镇静圆钢，去年平均单位成本是1772.22元/t，今年1~5月累计1810.72元/t，5月当月为1635.75元/t，比去年降低8.3%，比1~5月降低10.6%；0.3~2.3的自料冷带，去年平均成本为2436.16元/t；今年1~5月为2462.07元/t，5月当月为2338.96元/t，比去年降4.1%，比1~5月降低5.2%。从这些数据可以看出，5月份降低成本确实是显著的。

推动了管理水平的提高和技术进步。一是通过全员全过程的成本管理和考核利润指标，大多数单位都把降成本、增效益的重点放在充分挖掘现有设备潜力上。像炼铁厂，5月份月产47551t，三炉产量超过过去的四炉产量；3200m^3/h制氧机达到产量3600m^3/h。二是加强管理，堵塞跑冒滴漏。这方面的例子很多，如解决大马拉小车问题，动力水源地两台220kW电动机，都用不了，开一台不够用，他们修复旧的，上一台37kW，停一台220kW电动机，改B型叶轮为A型叶轮，增加了水量，节电不少。白云石过去风送白灰，现在改成人送。动力还在连铸用水方面想了不少措施。二炼用铝条，过去用剩一小段就扔了，现在把剩下的一段用管套继续用，这种铝条一吨价值万元。炼铁厂炉前出现4个铁笼子，捅铁用的铁棍过去随便扔，现在统一管理起来放笼子里，把短的接起来再用。冷带轧辊自己车，轧辊自给率23%，外购轧辊2.45万元/t，自做1.6万元/t。三是有些单位从技术进步上想了办法，抱了“西瓜”。如焊管厂，年初认为自己工艺简单，指标已达到极限，已是山穷水尽，没什么潜力，在模拟市场的推动下，他们搞了几项技术改革，取得了实效。他们研制感应焊，经过20天反复试验，获得成功，除了6.7cm（2寸）管外，其余都采用了，提高成材率1%；还搞了5m、7m定尺，使成材率提高了3个百分点。

推动了班组核算，使职工更加按经济规律办事。为建立“千斤重担大家挑”的责任体系，都在搞好班组核算上下了真功夫。一是通过层层分解，班组指标明确，个人指标也较明确，个人能操作的就落在个人身上。二是建立了核算员，有人管才能使核算不走形式。一些单位在这方面下了功夫，首先是建立核算员队伍，如烧结80个，热电直接用工会组长担任核算员，一轧61个，冷带27个，有的单位工段长、班组长兼任。二炼把技术人员派下去当副段长兼搞核算。其次抓培训，烧结、一轧等都举办核算员培训班。三是设立核算板，使职工一目了然，有的单位把核算内容建在职工之家。四是核算形式多样，炼铁做到日结算，冷带每月召开一次分析会。机修实行厂内的货币结算，汽运实行单车结算，这次他们用了一个多月时间，把养路费、折旧费、油耗、轮胎折旧，在确定单车工作量的基础上，全部分到车上，给单车下达了成本利润指标。完成利润发平均奖，超利润部分5%提奖。并规定3个月完不成单车利润指标，究其原因，6个月完不成停止开车。有的司机月奖400~500元，有的几十元，有的甚至没有，拉大了奖金档次，极大调动了司机积极性。5月材料费20万，下降一半。班组核算的核心是要按经济规律办事，按经济规律办事，许多过去管理上的难题就迎刃而解。冷带通过班组核算，自觉加强工艺纪律，0.9mm厚的压下量工艺组下达3个道次，工人怕造成废品白干，自觉加了一个道次，这个厂班班之间互相监督，不但看自己指标，也把别人抄回来。办公室通讯科下达通讯费用指标后，最近几天很多有电话的单位都动起来，“长话短说”、“拟好提纲再讲话”、“让对方回话”、“谢绝外人打电话”，新鲜事都出现了，有的甚至把电话锁起来。效益也明显，去年日平均长话104次，今年3月日90次，4月日85次，6月前5天56次，而且很多电话缩短了时间。

三

实行模拟市场、成本否决新机制两个多月以来，不仅有效地推动了生产和效益提高，取得了显著的物质成果，也使我们对如何实施和深化这一改革有了深刻的认识和体会。

实行“模拟市场核算、实行成本否决”的前提在于转变观念，转换机制。从这一段实践看，没有思想观念上的转变，自觉不自觉地还是按过去计划经济老一套办法管理，模拟市场核算是搞不好的，即使在形式上模仿了一些邯钢做法，也不会真正取得实效，维持长久。从管理形式上看，不转换机制，简单的搞指标分解也不行。凡是做得好的单位，在观念上、在转机制上都有新突破：一是从管物转变为管钱，也就是由实物管理转变为价值形态管理。如烧结厂，在向下分解时，提出“用钱来约束物”。他们强化了经营管理组职能，扩大这个组的权限，对原料、备件等各种物的管理都用钱约束起来，都经管理组审核批准。过去设备组只管做设备计划，不管花钱多少，现在，凡是领设备，都要经过管理组审查批准，并派懂设备的人充实管理组。他们这样做体现了以财务管理为中心的思想。这不是经营组比其他职能组高一头，而是企业经营思想上的一个根本转变。二是观念转变要在压力下才能转得好、转得实。热电厂1月、2月烧了好煤，造成成本升高，4月发奖时公司否了他们两个月奖金，他们在开职代会时，发动职工以“烧煤烧错了，奖金否决了，我们怎么办”为题开展讨论，广大职工好像身上被挖了一块肉，感到震惊、猛醒。使成本意识从领导到职工都提高了一大截，来了个飞跃。观念转变一下子使人们睁开了眼睛看世界。如：天车工李树微，吊煤时感到煤质不好，马上报告，化验结果只有10464.6kJ（2500大卡）。现在，不管白天晚上发现煤的质量问题都随时报告。一轧也有这样的体会，在公司4月30日大会之前，虽然也搞了指标分解，但压力不大，还是老办法，就算几个率，不大会算经济账，4月30日公司指标600万下达后，真正着急了，一边分解，一边提高认识，转变观念，对模拟市场核算才有了新的认识，不懂就问，设一名领导解答问题。他们认为现在不少人像“买卖人”，“小经营者”。事实证明：只有转变观念，才能搞好模拟市场核算，使企业真正走向市场；只有在模拟市场的实际中经受压力，经受考验，也就是真正游泳了，观念转得才更快、更彻底。

实行“模拟市场核算、实行成本否决”要在全心全意依靠职工群众上下功夫。这次通过检查发现，依靠职工办企业的方针绝不是说在嘴上一句空洞的口号，而是在模拟市场实践中实实在在的行动。哪个单位真正落实了这个方针，把困难和问题交给职工群众，哪个单位办法就多，措施就多，潜力就能真正挖出来。反之，光是领导和少数几个专业人员在屋里闭门造车，就不会有那么多新道道，拿出的办法也是老生常谈。工人不理解，措施再好收效也不会大。比如，燃气厂，是个小单位，产品单一，挖潜的地方也不多，公司给他们下达120万元以后，领导感到压力大，开职代会让大家想办法，过去开职代会净讲生活问题，这次提了47条合理化建议，只有3条讲生活，其余都是讲模拟市场核算，提了很多好的建议，使领导对完成120万元增强了信心。别的不说，就说怎么开拓市场，让用户多烧煤气上下功夫，过去煤气调度不问生产，现在上班就问生产，主动性、积极性增强，热电也积极配合，上个月高炉煤气放散由过去3000万立方米，降到914万立方米。5万立方米大罐密封油过去一年白扔40万元，灰尘太大，用过就扔了，现在发动党员回收废旧油，过滤后再用，能回收10t，这种油每吨价值7000元。他们5月实现利润23万元，累计137万元，今年完成270万元，问题不大。中心试验室在人们眼里更是油水不太大的地方，超创利润40万元他们感到很为难。办法也是发动群众，人人提合理化建议，经过筛选，31条被采纳。他们有些办法也只有群众才能想得出来，比如：节约试料袋，过去0.15元一个，全年40万个，现在他们由大改小，0.08元一个，而且把每个袋倒干净下次再用，有的可用3~4次；节约台账，炼钢站全年72本，重新设计，大格变小格，全年节约20本。还有些办法，大到上千元，小到几十元都是群众想出来的。同样还是这些人，为什么就会想出办法来？一是作为领导者必须有真心实意、全心全意依靠职工群众办企业的思想，使广大职工真正感受到自己是企业的主人。这次凡是搞得好的单位就是这样做的，对公司下达的超创利润指标，对存在的困难、问题、潜力、想拿多少奖，都原原本本地告诉群众，不藏心眼，不留一手，群众就能找出解决困难的办法，制定的挖潜措施就符合实际，职工心就能往一块想地把他实现，就能办出过去我们想象不到的一些事。如运输部，有个工人焊接道口栏杆，缺一根焊条，焊工到工地拾几个半截也用上了，像给自家干活一样。二是要打破“大锅饭”，用好用活激励政策。过去，在“大锅饭”、“干好干坏都一样”的经营机制下，说起来职工是企业的主人，实际上谁也负不了具体责任，原因就是企业的工作没有和职工具体利益相结合，这次通过模拟市场核算，把每个人的劳动成果和利益相连，职工对怎么干怎么奖，节约多少奖多少，都非常明确，感到干好干坏都是给自己干，这个问题就解决了。特别是有的单位把年末怎么得奖都规定得很具体，像焊管厂，把年末奖励8%，给工段按6%，燃气厂还把精神文明和年末8%相连，和每个职工都签订了责任状，机修、汽运还把年末一级工资都做了规定，如机修规定，即使年末100%长工资，对没完成任务的也要延缓6个月，把这笔钱拿出来奖励优秀的。看起来的死工资变活了，年末的事现在就发挥作用。三是要党政工团一起上阵，通过各种形式来调动职工的积极性。党政工团在企业都有组织，这是共产党领导下的国有企业的特征，要使职工发挥企业主人翁的作用，就需要各个组织都发挥作用，共同唱一曲模拟市场的大合唱。特别是各级党组织，更是把这项工作当做首要任务来抓，抓宣传、抓教育、转观念，对大造舆论起了重要作用。尤其政工会议后，不少单位开展了“共产党员工程”活动，使党员发挥了应有的先锋模范作用，不仅为公司增利作了贡献，还改善了党员的自我形象，提高了党的威信。很多单位的工会组织在这次模拟市场核算中，找到了落实全心全意依靠工人阶级方针合适的位置，好几个单位班组核算员都是工会小组长，班组核算进了“职工之家”，成了家里最重要的内容，劳动竞赛也紧紧围绕模拟市场展开。没有这些工作，模拟市场就不会开展得像今天这样有声有色，取得显著成果。

四

凌钢推行模拟市场，成本否决新机制以来，虽然取得了显著成果，由于它毕竟是一场涉及企业体制、机制、管理方式和人们思想观念的重大改革，在短短两个月的运行过程中也遇到了一些新情况，暴露出一些新问题，应引起我们的重视和改进，使这一新的机制日趋完善。

一是机关处室的工作滞后于分厂。模拟市场后，整个公司的经营机制和管理方式已经发生了重大变化，作为“上层建筑”处室的体制也要相应变化，在模拟市场新形势下，一些应当加以强化的部门没有得到强化，该弱化的也没有被弱化。许多处室的工作也没有同步跟上和适应这一变化，从思想观念、工作作风到管理方式、规章制度，还停留在几十年计划经济形成的老一套上，有些工作即使做了也带有很大的被动性，是逼上门来的，不得不做，主动出击的少，进入“角色”的少，使企业的“上层建筑”不适应已经变化了的“经济基础”。

二是还有少数单位观念并没有真正转变过来，有的还在用老一套思维方式看待模拟市场新机制。如上面讲的用钱约束物，搞好价值形态的层层分解，有的领导感到不习惯，有的说“工人不知道钱是多少东西”。所以，下一步要使模拟市场新机制在我公司更好运行下去，巩固下去，还需要进一步更新观念，使广大干部职工的思维方式、思想观念真正转移到市场经济的轨道上来。

1996 年 7 月 3 日

效益，就在企业内部

朝阳日报记者　初世桓　孙远峰　本报记者　刘中校　李春林

凌钢一季度亏损1756万元，年初测算增支减利因素9000余万元，4月份当月扭亏，盈利196万元，5月份盈利834万元，6月份盈利844万元，上半年盈亏相抵盈利119万元，到8月底已累计盈利1762万元……

这一串串数字令人振奋、令人瞩目。上半年6个月时间，凌钢“三个月河西，三个月河东”。是大环境改变了吗？是市场好转了吗？是上级给政策了吗？都不是，效益就在企业内部，路就在脚下……

“推墙入海”，实行模拟市场核算

凌钢学邯钢操作的第一招就是“推墙入海”，模拟市场核算。

过去，计划经济管理模式像一堵无形的“墙”，隔断了公司下边二级厂与市场之间的联系，他们只管生产，不接触市场。公司被市场风浪冲得难以招架，而分厂和职工感受不到，压力不大。因为在长期计划经济体制下，企业所使用的原材料和产出的产品的价格，都是人为确定的。这样的价格是与市场脱节的，所以，成本完成与否对职工本人没有压力。要改变这一状况，就必须遵循价值规律的客观要求，大胆拆除市场与分厂之间的“隔墙”，把分厂和广大职工都推到市场经济的海洋中去游泳，去拼搏，将市场机制引入企业内部的经营管理。

但是，要拆掉多年形成的既存在于管理机制，又存在于人们思想上的这堵墙并不是轻而易举的。从去年11月开始，凌钢就组织了一个学邯钢的班子，他们先从价格改革动手，开始了拆“墙”工作。一是以现行市场价格为参数，对316类外购物资，调整内部核算价格，使其尽可能与市场价格接轨。二是按“优质优价”“高进高出”原则，调整内部上下工序间产成品、半成品转移价格。如焦化厂的焦炭向炼铁厂转移，过去好坏都一个价，现在分5个等级5个价转移；炼铁厂向炼钢厂转移的铁水也是5个价，这些单位所吃的原材料也是按等论价。三是辅助单位所提供的风、水、电、汽、运输和劳务也按市场价格定了价。定价工作说起来容易做起来难，特别是一些内部半成品转移价格，有些本上没有，全靠自己“拍”。请来了那么多专家，那么多领导参加，关起门来“吵”了4个月，才拿出自己仍不太满意的价格表。通过这步工作，将过去留在公司而分厂压力不大的涨价因素，下放到各个生产单位和生产环节，使分厂和广大职工第一次感受到了真正的市场压力。

倒推成本与成本否决

在凌钢，第一次听到这么一种说法："成本是企业的生命线"。这句话是否准确，留待专家们去研究，但从这句话可以看出凌钢的决策者们对成本在企业中重要性的认识。

"倒推成本"这是邯钢的一大发明，就是将过去从前向后逐道工序核定成本的传统做法，改为"倒推"的办法，即从产品在市场上被承认能接受价格开始，一个工序一个工序剖析其潜在的效益，从后向前核定，直到原材料采购。凌钢认为这是邯钢经验最过硬的地方。他们在制定今年内部目标成本和目标利润中，一是坚持"盈利产品多盈利，亏损产品不生产"的原则。一炼钢炼普碳钢不论卖钢锭，还是卖钢坯、卖钢材都亏损，就果断地停产整顿，工人70%开支。二是先进合理的原则，就是在确定其构成产品成本的各项消耗、费用指标时，要与历史最好水平比，与全国同行业先进水平比，看其有多大的差距，就是有多大的潜力，将成本定到先进水平。在"倒推"的过程中，他们把增支减利因素压给企业的每个环节去消化。4月初，在目标成本和目标利润计划下达后，经理高益荣带领22人两次去邯钢，回来后分解了7000万元"内部超创利润"指标，决心用7000万元"内部超创利润"保公司今年实现3000万元利润。这些"内部超利润"指标看起来很"不讲理"，有的基层单位找到公司领导，要求下调指标，公司领导明确回答：我们的指标是从市场价格中推算出来的，市场不为凌钢调价格，公司就没法调指标，否则，企业就亏损了。面对从市场来的"内部超创利润"指标，谁还能讲出"企业亏损"的道理？

成本否决不留情，这是凌钢学邯钢之所以有效的关键。成本否决的实质是市场否决，市场不迁就企业，企业就不能迁就职工，如果在否决上讲情面，实际上是对企业和职工不负责任。无情的市场否决换回来的是有情的市场回报。因此，凌钢的成本否决归根到底符合企业和职工的根本利益，既体现了市场无情的一面，不讲客观，成本超支一分钱，就要否决职工当月全部奖金；也体现了有情一面，即降成本有奖，多降多奖，即使奖金否决了，成本累计完成后，仍补回奖金90%。8个月来，有18个分厂（次）被否决当月全部奖金。正是这种严格考核为凌钢带来了极大的竞争优势和良好的经济效益，有的成果超出了人们的预料：凌钢今年总成本与上年实际相比，3月底提高10.28%，6月底提高3.59%，8月底提高1.77%，成本提高幅度逐月下降反映了凌钢学邯钢已向深层次发展。

建立以考核内部利润为主的经济责任制

计划经济时期，企业内部的经济责任制，即奖金分配办法，往往以考核产量为主，“按劳分配”主要是看物质产出量的多少，这是由企业经营目的决定的。学邯钢经验后，凌钢的决策者们形成了这样一个共识：从传统的成本核算到市场成本核算，将意味着企业追求利润最大化目标的确立，按劳分配要看效益。因此，凌钢今年在制定经济责任制中，一是确立了各分厂的目标利润；二是将奖金的70%用来考核目标利润，所有的单位都按统一比例从所实现的内部利润中提奖。要增加利润，降低成本是重要的，增加收入也不可忽视。因此，在利润最大化的驱动下，不少单位生产经营的思路开阔了，不少职工想出了许多领导者想不到的增加利润措施。开始实施阶段，成本下降，利润提高主要是“扫浮财”，把这几年留在各个角落的“家底”和损失浪费扫了出来。下半年后，则主要靠科技进步增效益。如炼铁攻关，每月降焦比创利都在百万。焊管厂年初时感到挖潜已“山穷水尽”，后来改接触焊为感应焊，成材率提高1%，优化定尺，使定尺率提高3%，两项技术进步措施，全年能增效500万元。

1996年10月16日

走向市场的真正主人

朝阳日报记者　初世桓　孙远峰　本报记者　刘中校　李春林

记者在凌钢采访有一个突出的感受，就是凌钢的职工群众正在成为企业的真正主人。凌钢学邯钢，推行“模拟市场核算，成本否决”新机制，使“工人当家做主”这一政治概念充实进了丰富的经济内涵，职工真正找到了当家理财的位置，找到了主人的位置。

有家可当——当了家，才有求生存的危机感

有权威人士说“邯钢经验，好在全员”。意为职工人人管理成本，个个当家理财。这正是“模拟市场”的核心所在。过去生产工人，甚至分厂厂长，只管生产，不问效益，而推行“模拟市场”新机制，成本、利润指标层层分解到人，真正实现了“市场重担人人挑，人人肩上有指标”，为职工当家做主提供了广阔的舞台。特别是不讲客观的成本否决，让职工感受到了市场的压力和无情，增强了职工求生存的危机感和提高竞争力的紧迫感。这点记者在凌钢热电厂采访时感触颇深。

新春伊始，1~2月份因烧高热值生产煤成本超支，两个月奖金被否决的消息，打破了热电厂职工过节和创高产的喜悦气氛。全厂380名职工面对付之东流的人均两个月400多元的奖金，困惑了。

“你们的奖金实质是被市场否决了，市场不迁就企业，企业也不能迁就你们。要进市场，就得有成本意识。”经理高益荣一席话切中要害，原本有一堆客观理由要讲的厂长张晓东，不得不接受了这在计划经济时“完全不合理”的事实。

如何摆脱危机？数天的“成本超支了，奖金否决了，我们怎么办”的全员大讨论，使全厂职工思想观念“脱胎换骨”，只能高唱国际歌，自己救自己，每个职工都盯住自己的指标，向后8个月要效益。

被计划经济锁住的职工智慧的大门，一旦被“模拟市场”这把“金钥匙”打开，办法措施便潮水般涌了出来。开展以“降低汽、煤、水耗”为内容的小指标竞赛，当月就降成本25万元；承担本应外委的1号炉炉排检修和2号炉中修任务，冲减成本60多万元；夏季抽调停机的运行工替代临时工上煤，减少劳务费48000元……峰回路转，柳暗花明，到7月底，不仅补回成本欠账，全年超

计划利润目标提前告捷。

有财可理——理了财，才会精打细算

俗话说："当家才知柴米贵"。过去实行那种重产量轻成本，按实物"秋后算账"的核算办法，职工无从控制成本，也根本无法理财。凌钢"模拟市场核算"后，已形成800多名班组核算员组成的核算网，360多块核算板进入工会办的"职工之家"，内容全新的班组核算机制得以强化。每个职工既是一个生产者，又是一个"小经营者"，在厂房里生产，在"家里"日结算、旬分析、月总结，可逐日核算自己当天的成本、利润、收入。这种用"钱"约束物，干前算、干中算的核算法，为职工当家理财提供了可能和动力，促使职工时时盯住自己头上的指标，像"居家过日子"那样精打细算。

中心试验室在人们眼里是油水不大的地方，最早公司下达计划利润指标，允许亏损10万元，后来公司又下达了超计划利润40万元的指标，压得室主任直冒汗。怎么办？办法只有一个：分解指标，落实责任。职工们小处着眼，精打细算措施提了上百条。这些措施是领导者坐在屋里想不出来的。比如：试样袋由大变小，一个变两个，每个用两次，一年就节约5850元；重新设计台账，一年节约200元；钨粒每个样药约0.2g，一年省下1080元……就这样涓涓细流汇成大海，到8月末该室已提前4个月完成超计划利润指标。

辅助单位算小账靠"捡芝麻"增效，而大生产厂仅此是不够的，还要依靠科技进步"抱西瓜"。如炼铁高炉生产，焦炭消耗是决定成本的关键。年初，公司组成铁系统攻关组，发挥科技人员和一线操作工人的能动性，围绕降低高炉入炉焦比和提高效益展开攻关。由于炼铁原料焦炭质量和人造富矿成分稳定率的提高，加之炼铁厂高炉工段强化管理，严细操作，采取提高风温、改善煤气利用等措施，保证了炼铁生产的高产低耗。高炉产量增长20%，入炉焦比降低60多千克。全年能增效2000万元以上。从而，真正显示出了科学技术的威力。

有利可得——得了利，才会更加重视效益

在计划经济体制下，企业分配没有将劳动和所创效益挂起钩来。因而分配只看付出劳动多少，不看所创效益的高低。实行"模拟市场"以后，凌钢人深切感受到这种分配方式的弊端，付出的无效劳动越多，企业的负效益越大。因而他们得出一个结论："按劳分配看效益"。

按照这一认识，他们建立了以考核内部利润为主的经济责任制，这一着，大大增强职工的效益观念，现在，人人都明白这样一个理：效益高、得利多；效益

低、得利少；没效益、不得利。

这一原则体现在生产上，就是“亏损产品不生产，赢利产品多生产”。凌钢老牌炼钢厂——第一炼钢厂，岗位集苦、脏、累、险为一体，过去一直是奖金倾斜对象。可“模拟市场”后，由于产品亏损，公司首先拿他们开了第一刀，4月2日全厂停产，职工只开70%工资。放假的职工有的去蹬“神牛”，有的去卖“苣荬菜”……均有一种失落感，厂领导也无不着急上火，多次找公司请求复产，公司答应最低条件，允许亏损20万元，相当于发给400多停产职工70%工资总数。经过细致考察、“倒推”，该厂拿出复产方案，终于在7月2日复产。职工们十分珍惜这次生产机会，开发了合金钢等新品种，不放过每个生产环节，人人把住成本关口，7月份吨钢成本降低80多万元，效益开始向好的方面转化。

整体亏损的分厂如此，效益好的单位也不含糊。按已出台的政策，在内部分配上做到了拉开档次，奖罚分明，汽运公司“模拟市场”中实行了单车核算，一个月就节约材料费20万元，平均奖大幅度提高。内部分配按考核，最高的司机拿到400～500元，最低的几十元，甚至一分钱未得。司机们一看来了真的，不管是得奖高的还是低的，都暗暗向降耗增效铆劲儿，使这个单位几个月奖金呈连续上升趋势。

学邯钢，推行“模拟市场”新机制，是企业走向市场的一场深刻革命，是企业求生存、求发展的一条希望之路。初战告捷的凌钢人，正以昂扬斗志，迎接市场新的考验。

1996年11月6日

东边日出西边雨

——面临下岗职工心态扫描

陈国辉

公司经理高益荣在二届六次职代会的工作报告中，实实在在地向职工讲清了我们公司面临的严峻形势，适时地提出了减人增效、竞争上岗的改革办法，各单位展开了热烈的讨论。那么广大职工的心态又是怎样的呢？记者通过近段时间与基层职工的探讨，把职工的心态归为以下几类：

心态之一：年龄在20岁左右的年轻人。他们认为，如果正常减员他们并不担心，占年龄的优势，减员不会减到他们头上，但是如果说竞争上岗，他们的压力就增加了许多。原因是他们的资历、思想水平、技术水平、工作经验要远远落后于中年职工，更不及老职工，因此说竞争上岗，他们并不占优势。但是，如果真正减到他们头上，也会勇敢地面对，可以另行择路，趁年轻再干点啥都不至于没饭吃。

心态之二：35～40岁的女职工。她们普遍认为，基于公司目前的经营状况，再看看全国的经济形势，企业要想在市场经济的海洋中躲过风浪，到达理想的彼岸，减人增效、竞争上岗是大势所趋，是不以人的意志为转移的。她们认为，自己这个年龄段虽说不是被减的对象，但从内心来讲，如果还不珍惜自己的岗位，还抱一种侥幸心理，不安心本职工作，甚至出工不出力，尽职不尽责，那么也将是被减的对象。因此，她们都更加珍惜自己能有一份合适的工作。

心态之三：接近45岁的女职工。他们认为，论年龄，她们应是被减的对象，但实事求是地讲，她们的内心很不平衡。一女工曾流着眼泪对记者说："你们年轻人不会理解我们这一代人对凌钢的感情，刚来时凌钢是百废待兴，今天铺路，明天建厂房，我们都亲自参加过工厂的建设，厂区的每一处都洒下了我们的汗水，我们已把凌钢当成了自己的家，如今工厂变化这样大，真的要离开它，还是从心里舍不得！"对工厂眷恋的同时，她们也在抱怨命运对她们似乎太不公平：该上学的时候，赶上停课闹革命；该工作的时候，又号召她们上山下乡，接受贫下中农再教育；该结婚的时候，又提倡计划生育；如今，孩子大了，也无后顾之忧了，该甩开膀子大干一番事业的时候，又将面临下岗失业的挑战，她们真有些应接不暇。但是，在抱怨命运不公的同时，又提出了大胆的设想："如果真的是一刀切下岗的话，我们也不会有过多的思想负担，因为并不是我们没有干好才被减掉，这是改革的大势所趋，如果我们下岗，真能唤起在岗职工的工作热情，那我们宁愿下岗，凌钢的效益好了，也绝不会丢开我们不管！但是，如果公司在可能的情况下想办法自己建一个轻工商场和蔬菜商场，我们这些人完全可以做好后勤服务工作，让凌钢人的钱还在凌钢人自己的手中流动，那该多好。把我们的钱送进别人的腰包，我们总感到心理不平衡。因为服装鞋帽和农副产品是凌钢人的必须消耗品，如果公司有能力在东西区建起商场，哪怕是简易的，组织专门的进货渠道，减少中间环节，少加价，让职工少花钱也能在家买到满意的生活必需品，这样，一方面我们的资金没有外流，另一方面，企业的富余人员也就有了用武之地了。

心态之四：近50岁的老实本分的男职工。采访中，他们也说出了自己的心里话：论体力，我们确实不及小青年儿，而且也不是什么特殊的技术工种，都是熟练工，谁都可以干，让我们提前退休也没啥可说的，但是在孩子面前，总觉着有失“老子”的尊严，面子上有些过不去，再说，我们这个年龄段的人，再没啥技术，修自行车都没人肯用，也只有蹲在马路边儿打扑克消磨时间了……

面对职工的种种心态，不难看出，每一名凌钢职工都在内心给自己打分，衡量自己到底是不是被减的对象，同时，也在为自己的前途命运担心，这些想法都可以理解。但是，作为企业的职工，更应该为企业的整体担忧。试想，一只过江的小船，只能载重10人，却非要挤上20人，那么结果也只能是船毁人亡。我们凌钢16000名职工同吃一口钢铁大锅饭，干好的吃不饱，干不好的也在吃，再继续下去，企业这口“大锅”就有揭不开锅的危险，因此改革必须减人。但是，我们凌钢地处山区，周围许多单位都开不出工资，失业的职工很多，且很少能找到适当的就业门路，如果我们的下岗人员也流动到他们中间，结果可想而知。因此，我们凌钢职工只能围绕为公司服务来寻找出路。如果早一点减掉富余人员，凌钢主体的日子会好过一些，公司的效益好了，便有能力给富余人员以扶持和帮助，如果等到凌钢被市场“减”掉的时候，也就失去了护兵的能力，更谈不上扶持和帮助。高经理在报告中说：“减人增效是当前国有大中型企业增强竞争力的必由之路，也是保护大多数职工利益的需要。我们要接受有些效益较好的企业，由于在改革特别是减人上迟迟不敢动作，最终使企业陷入困境的教训，绝不能等企业搞亏损了再回头搞改革减人，那就辜负了广大职工对我们的信任，希望广大干部职工对此要有一个正确的认识。”

近几年来，企业内部的不断改革，职工们也都具备了很强的心理承受能力，1996年公司学邯钢经验搞模拟市场，职工们都得到了相应的回报，也尝到了改革的甜头，相信通过这次减员增效，竞争上岗的新举措，同样能给职工带来更多的实惠，大河的水满了，小河还能干涸吗？公司效益好了，绝不会对我们的职工弃之不管，但是，能否真正获得独立生存的能力，必须靠我们自己的努力，如果我们自暴自弃、停滞不前，结果只能是自己砸自己的饭碗。

1997年3月31日

风雨四十年

贾亦凡　孙晓东

1997 年 11 月 21 日，修建公司大队人马开进炼铁厂 1 号高炉工地，从而拉开了 1 号高炉拆炉工程的序幕。这也表明这座已在厂区耸立了近 40 年的 $100m^3$ 高炉，伴随着凌钢改革发展的步伐，从它沉默过、兴奋过、也辉煌过的土地上消失，取而代之的将是一座现代化程度较高、性能更加科学的高炉。

在这座曾为凌钢作过贡献的高炉即将退出历史舞台的时刻，记者搜集一些资料，在这里将 1 号炉走过的岁月里程向读者描述。遗憾的是，这座高炉的前半生，某些技术指标的文字记载几乎是一片空白，直到 1987 年，它才有了自己的那一份工作记录。

1 号高炉生不逢时，它始建于大炼钢铁的 1958 年，是由凌源新生钢铁厂建设的。1959 年 11 月投产。但当时由于受各方面条件的限制，高炉产量、质量低，生产成本高、效益低，加之上料系统简陋，高炉生产于 1961 年被迫停产下马。1966 年 3 月 21 日，新生钢铁厂移交地方管理，改名为凌源钢铁厂。

1 号炉归属凌源钢铁厂后，经过修复改造，1970 年开始恢复生产。然而正值“文化大革命”期间，由于受政治大气候的冲击，产量、质量等各项指标都很低，生产屡遭挫折。1973 年 3 月 7 日，1 号炉重新投产，但生产始终处于停停打打阶段，多次闷炉，在 1975 年，1 号高炉开始吃一部分土烧球团。1977 年 7 月 18 日，1 号炉第二次开炉。从 1980 年 5 月，高炉开始全部使用球团矿冶炼，这在当时全国中小高炉中是第一家。由于种种原因，1980 年 9 月 10 日，高炉再一次停产，但是随着入炉质量的改善，使强化高炉冶炼、节约能源、降低消耗、增加产量成为可能。1981 年末，1 号高炉进行了系统改造，由原来的高瘦型改为矮胖型，自立式改成框架式，风口由原来的 6 个变成 8 个，原来分散型给排水改为集中型给排水，并在槽下增设了自动筛。1982 年 5 月 10 日，1 号炉开始投产，第二代炉龄开始。

1 号高炉正式发挥作用是在 1983 年企业整顿之后。1983 年，凌钢加强企业管理，建立健全规章制度，完成了以目标管理生产为主要内容的各种经济承包责任制，高炉生产得到强化，从而调动了广大职工的生产积极性，促进了生产向高目标迈进。高炉利用系数达到 2. 05，入炉焦比达到每吨铁 600kg，在全国中小高炉竞赛中获得第一名。

1984 年，1 号高炉与 2 号高炉生产的“华凌牌”铸造生铁通过朝阳市质检，获市优质产品称号。1985 年，又获得省优质产品称号。

1988 年，1 号炉大修，增设了布袋除尘，淘汰原来的湿式除尘，热风炉燃烧器改成热风阀式，冷却由水冷变成汽冷。布袋除尘使煤气中的含尘量由湿式除尘的 30mg/m³降到 10mg/m³，煤气含水分大幅度降低，煤气与空气在热风炉中配比更加合理，燃烧效果更好，不仅延长了热风炉的使用寿命，而且使风温更趋合理，干式除尘也使环境得到了明显改善。这一年，高炉利用系数升到 2.06，生铁合格率达到 99.74%，各项经济技术指标均达到历史最高水平。

1989 年，“华凌”牌铸造生铁通过国家级质量认证，被授予国家级质量认证证书，并允许使用方圆标志，这是全国冶金行业铸造生铁通过国家级认证的第一家。“华凌”牌铸造生铁为凌钢赢得了非凡的荣誉。

1990 年，“华凌”牌铸造生铁通过冶金部质检，获得“部优产品”称号。

1993 年，“华凌”牌铸造生铁经中国方圆标志认证委员会复查合格，此时的“华凌”牌生铁还是出自 1 号、2 号两座 100m³高炉。

1995 年 11 月 30 日 7 点 15 分，由于炉龄和受市场等诸多因素的影响，公司决定 1 号高炉停炉，排放残铁。为更有力地表现 1 号炉在有生之年为凌钢所作的贡献，我们查找了有关资料，1987 年以前记载的有关指标都是 1 号、2 号两座高炉合在一起的。1987 年后，才分列出来。1987～1995 年，1 号高炉共生产合格生铁 605685t，平均年产 75710t，1994 年 3 月，它创下了 7612t 的月产历史最高纪录，最好的入炉焦比是 1993 年 1 月创下的，每吨铁 492kg，最高的利用系数是 1994 年 3 月份的 2.485。

可见，在 1988 年 3 号高炉建成投产之前，1 号高炉与它的孪生姐妹 2 号高炉占据着凌钢生产的龙头位置，为凌钢的发展呕心沥血。尤其是“七五”期间，为凌钢实现一厂变三厂的宏图立下了汗马功劳。之后，尽管 300m³高炉、380m³高炉的相继建成投产，可 1 号炉像一名忠贞的战士，为了凌钢的需要随时出战。

随着公司的发展，1 号高炉已无法满足更高的需求，它的位置将被后来的新生儿取代，然而它的功劳和饱经沧桑的一生将永载凌钢的史册。

1997 年 11 月 30 日

从“精官简政”看保国铁矿的三大变化

本报记者　关　元

“企业停产放假最教育人。”这是我们在保国铁矿采访时，铁矿人最爱说的一句口头禅。当我们再次走进老寨川，看到曾因两次停产放假而一直沉寂的铁蛋山重新又有欢颜的时候，我们发现老寨川变了，铁蛋山变了，尤其是铁矿人的思想观念发生了翻天覆地的变化。

1997 年 5 月 13 日，保国铁矿在两次停产放假，新班子重新组建后恢复生产。新班子经过冷静分析认为：要想走出一条新路，必须转换约束生产力的旧的机制，尤其是要“精官简政”，建立精干、统一、高效率的组织机构和领导干部队伍，这是保国铁矿将有所作为的组织保障。于是他们对矿里的生产经营和管理组织机构进行了一次科学合理的调整，凡是管理职能和业务相同相近、或职能单一、工作任务不满负荷的机构，一律进行合并和撤销，一改过去按政府机关机构设置企业机关人员的做法，从而使“精官简政”后的保国铁矿充满了生机和活力。

变化之一：“精官简政”带来机关工作效率的提高

在精简前，保国铁矿副科级以上干部有 98 人，在干部岗位的人员有 470 多人。精简后，副科级以上干部为 75 人，在岗干部 389 人，除去学校、医院的人员外，真正的管理干部只有 200 人左右。科长、副科长直接接管业务，不再设专职业务人员。这样许多业务不必经中间环节就可以直接拍板，不仅节省人力、物力，而且工作效率大大提高。像矿里的机动科和能源计量科合并后，原来专门管理全矿锅炉的计划员的岗位撤掉了，由科里的支部书记兼职管起来。原来矿党委宣传部 21 人，现在精简至 5 人。原来计划科、地测科合并为地测计划科，由原来的 5 人减至两人。原来矿办、党办、档案科合并成矿办等，一系列机关人员的设置，都是以简捷、快速为生产一线服务为宗旨而设立。过去那种人浮于事，机关干部泡办公室的现象不见了。许多人都身兼数职，虽然一天到晚忙得团团转，但他们却感到充实、感到愉快。

变化之二：“精官简政”带来机关工作作风的转变

停产放假让铁矿人明白了这样一个道理：市场经济条件下，一切工作都要以效益为中心，没有效益，什么工作都白干。因此，开工以后，机关干部为生产一线服务的意识特别强。由于铁矿的效益几乎都出在采矿车间和选矿车间，所以铁矿把奖金向一线倾斜，机关干部不再像过去那样抱怨自己挣的少，他们说："一线如果干不好，停下来，机关干部再有能耐也不行。"千方百计保一线，群策群力帮助一线解决实际问题，在全矿达成共识。过去，像组织部这样的部门，只有在发展党员和年末考评时才下到基层，即使是评议车间领导班子，也不过是发个表格让职工评议评议走个过场，现在却不同了，他们深深地意识到如果车间二级班子发生问题，就会影响生产，那么全矿人的希望就会化为泡影。矿组织部今年从开工到现在先后两次主动到基层去考核车间领导班子，广泛听取工人对车间领导的意见，并把工人的意见及时反馈给车间领导，有问题就敦促他们改正。

矿党委、纪委、组织部一班人还经常深入职工群众，了解他们的思想动态，职工有困难，他们及时商量解决，有思想情绪，及时进行疏导，机关干部工作作风的转变，激发了职工中蕴藏的巨大积极性，职工从这变化中看到希望，他们觉得精官简政后的机关干部不再像衙门里的官高高在上了，他们觉得干群的心贴在一块，都是为了一个共同的目标，就是不能再停产，不能再放假了。他们觉得跟着这样的班子有了奔头。

变化之三："精官简政"带来干部队伍建设的健康发展

两次放假在保国铁矿的职工思想意识里有着深刻的感受。生存的危机感使他们意识到：必须有个好班子带领他们走出目前的困境。这个领导班子必须是懂生产、会经营、廉洁自律的好班子。所以职工们不再像过去那样只闷头干活，不闻不管当官的事，而是眼睛睁大了，胆子放大了，时时刻刻看着领导干部是否像领导说的那样，发现损害矿里利益、损害工人自己利益的事就及时找组织反映。如今在保国铁矿形成这样一种氛围：全矿人的眼睛都盯着每一个单位的生产经营情况，领导班子的廉洁自律情况，因为他们把这看做是与自己的"饭碗"休戚相关的事情。工人们说：领导班子不好，铁矿就没有活路，我们就没有出路。这种氛围既激励每一位领导干部把搞好铁矿生产、经营看做是自己肩上不容推卸的责任，又在一定程度上制约不正之风侵袭干部队伍。今年年末，铁矿副科级干部将在本单位做述职报告，正科级干部到矿里向全矿职工代表做述职报告，让职工评议称不称职，不称职的中层干部将直接下岗，没有别的条件可讲。

这些仅仅是保国铁矿发生许多变化中的一部分，然而它让我们感到了那股走向市场经济体制的清新气息，被市场逼到绝路的铁矿人，经过阵痛后，开始走属于自己的路，他们一些有益的探索深深地启迪着我们……

1997 年 12 月 17 日

中宽带进入新的里程碑意味着什么?

本报记者　王崇武

近几年来，一直备受人们瞩目的中宽带又传出喜讯，10月份，机时产量达到58.653t/h，月产达8997t，成材率达82.7%，当月盈利13.7万元，这表明中宽带向新的里程碑又迈进了一步。

中宽带在试生产期间就达到了盈利水平，首先应该说是凌钢人贯彻落实党的十五大精神的又一具体体现。十五大提出加快推进国有企业改革，建立有效的国有资产管理，保证国有资产的保值增值。中宽带这套投资近4亿元的设备已经增值了。现在如果再建一个如此规模的中宽带，起码也得10亿元，而且就目前国内几家的投产达产和盈利速度看，凌钢的盈利速度是最快的，这也恰好符合公司贯彻落实“走投资少，见效快的路子”精神，因此，中宽带效益好说明凌钢具有了一个新的经济增长点。

中宽带进入新的里程碑意味着公司“以中宽带为中心”的“九五”发展思路和“以学邯钢为切入点，强化企业内部管理，组建企业集团，实行集团化战略”的构思和决策是正确的，并且有超前意识和创新观念。凌钢向集团化发展，是以中宽带为核心的，如果中宽带不能将成本降下来，出现亏损，那么，整个产品链就会断节，就要打乱全盘步骤，继而会影响到全局的利益。所以，中宽带盈利使公司全连铸—热装—连轧的先进工艺流程和满足各种焊管、冷弯型钢、H型钢、冷轧带钢等用钢的深加工产品成为现实。而且，中宽带本身起到纽带作用，为后部工序提供的优质原料，实行产品的精加工、深加工，使公司成为全国最大的焊管集团已经形成的框架更加牢固。

中宽带在凌钢的整个工艺流程中，居于举足轻重的地位。换言之，养活凌钢和让凌钢亏损是在瞬间的交错。中宽带职工十分清楚自己肩负的历史责任和现实重担，毅然决然地连续打了几个漂亮仗——一次轧制成功定尺中宽带；三班连续生产，班产不低于250t；热卷箱的调试成功，降低成本增加效益等。所以，中宽带迈入新的里程碑足以证明中宽带的职工队伍乃至凌钢的职工队伍是一个技术过硬、作风顽强，能够适应时代发展的高素质集体。

中宽带迈入新的里程碑，意味着凌钢精神的再现和延伸，从安装调试到逐步盈利，中宽带职工及有关人员熬过许多的不眠之夜。相对于二炼的连铸机设备，中宽带这套二手“洋设备”更难以驾驭和掌握，它具有技术新、队伍新及资金密集性、技术密集性、管理特殊性于一体的特点，因此，职工们付诸行动的各种干劲和精神，不仅仅再现了“争气、拼搏、奉献”的企业精神，而且已延伸为求实和创新的敬业精神。与设备、工艺要求相匹配的是各项基础管理和行为规范。所以，中宽带的盈利为全公司其他单位和职工在市场经济新形势下如何树立企业的新形象做出了榜样。

市场经济下，企业管理方式的转变体现在人与物关系上，逐步突出的是以人为本、以人为中心的管理。企业的活力首先是人的活力。中宽带也正是抓住了人的因素，集思广益，群策群力，全心全意依靠工人阶级。仅热卷箱调试阶段，郭桐松厂长就亲自主持了25次研讨会，让大家畅所欲言，多角度地提出问题再想办法寻求最佳解决问题途径和方法。从第一卷中宽带诞生起，中宽带人就看到了成功的曙光，4月份首批中宽带销往八省市，至10月份的再次增利，他们始终是靠集体智慧去攻克一个又一个难题，因此，中宽带迈入新的里程碑意味着群体意识和群众智慧的结晶。

中宽带迈入新的里程碑，最根本的一条是让我们更加清晰地看到了凌钢发展方向上的优势。冶金工业部党组成员、冶金工业部价格协调委员会主任殷瑞钰日前曾讲过冶金行业的发展趋势，是热轧板将代替冷轧板，热镀锌板将代替冷镀锌板，有缝焊管将代替无缝钢管，冷弯型钢将代替热弯型钢。而冷弯型钢的原料即是中宽带，另外其他三种趋势也恰恰都符合凌钢“九五”的发展思路。因此，中宽带迈入了新的里程碑，更加坚定了公司“九五”发展思路，也更加展示了凌钢股票发行上市具有美好的前景。

尽管目前中宽带存在着合理安排品种规格结构，尽快拓宽销售渠道以及备件国产化，各专业人才较缺乏等实际问题。但是，他们在两个班运行情况下，达到月产近9000t，最高班产500多吨，其中两个班次达到了无废品，成本达到2121元/t，而且厚度从2.1～8mm，宽度从480～720mm所有规格都已轧制过。但是我们的目标不仅仅是要达到公司经济、产品结构的一般均衡和合理化，而是要在逐步调整中追踪当代科技发展步伐，实现公司的产品升级和企业升级，从而彻底实现从粗放型经济向集约型经济的转变。因此，中宽带迈入新的里程碑意味着凌钢向建立现代制度、实行集团化战略的良好开端。

1997年11月19日

橙黄橘绿会有时

——第二炼钢厂面对困境重振雄风纪实

本报记者　张凤阳　贾亦凡

在凌钢三十几年的发展史上，思维敏捷、性格坚韧的凌钢人曾创造过无数的奇迹，背靠着木兰山，凌钢人冶炼钢铁、锻造精神。不息的凌河水，将凌钢人生生不息的奋斗浓缩成一本卷帙浩繁的教科书。

当我们逐页地研读历史所带给我们的一切时，第二炼钢厂的名字不该被人们所忽视。阅尽千帆，我们发现，我们也曾真实的记得它使多少人梦绕魂牵，呕心沥血。占地面积40000m^2，投资1亿元，固定资产总值可抵得上1986年前的整个凌钢，因此它的一举一动牵动了凌钢人太多关注的目光。

从筹建、投产直至达产，第二炼钢厂走过的是一条铺满了坎坷与艰辛的道路，他们所创造的辉煌业绩，铭记在了凌钢的发展史上，他们缔造的精神，早已融入每一个凌钢人的心里。

铸就辉煌

坐落于凌钢西面的第二炼钢厂，是凌钢“七五”计划最重的砝码，从最初的立项，到最后的投产，凌钢人谱就的是一曲雄浑激昂的交响乐。

追溯历史，在那段真实的历程里有太多的感动。

1989年10月5日，在紧锣密鼓的设备调试中，第二炼钢厂诞生了，3年多的风风雨雨，于此日化作了一声亲切的称谓。

1989年10月5日，20t转炉的第一炉钢水在人们的殷殷期待中莅临。灿然的钢花永远地怒放在了二炼钢的历史上。有人说这是凌钢发展史上的一个崭新里程碑，实不为过。

那时的钢城，谁不关心二炼，谁不知道二炼，二炼是钢城中最热门的话题，转炉是钢城人最敏感的神经，人们把所有的爱和力量都倾注给了它。

1990年8月末，二炼仅用10个月的时间，钢产量便突破千吨大关。9月末，竟达1359t，炉龄的最高纪录达515次。

1990年9月17日，四流小方坯投产。连铸是技术密集型的大型复杂设备，在凌钢是全新的工艺，自动化程度高，连锁性能强，凌钢从技术上、经验上、客观条件上无任何优势。

“人有挖不尽的潜力”这是二炼人常说的一句话。

正是挖掘了人的潜力，小方坯第二年即达产15万吨，达产率136%，合格率99.42%，转炉连铸比达55%，一个浇次最高连浇12炉，创全国一流水平。

原冶金工业部、省、市的贺电、贺信纷至沓来，二炼人的功绩是有目共睹的。

从最初“宁可多掉几斤肉，定叫二炼早出钢”的豪迈，到“壮我凌钢志，扬我凌钢威”的气魄，直至创造凌钢“争气、拼搏、奉献”企业精神的睿智，二炼人的收获无疑是沉甸甸的，二炼人身后的足迹是实干与智慧的沉淀。

二炼是凌钢荣誉的象征，进入二炼钢成了人们最美好的向往，那时的二炼是何等的风光，从冶炼到连铸，哪一处不是凌钢人眼中最动人的风景。

直面困境

然而，当市场经济的大潮惊涛拍岸，无情地冲击计划经济的堤岸时，特别从1996年凌钢全面推行“模拟市场核算，实行成本否决”新机制时，人们渐渐地发现二炼落伍了。无论是产量、质量、成本，还是超创利润，二炼在新的形势下开始变得踉踉跄跄，一副疲惫的倦容，毫无往昔的风采。

1996年末，当其他分厂在为自己完成超创利润而分享成果时，第二炼钢厂却是一片寂静，从当初的红红火火，到而今的“门前冷落车马稀”，15%职工缓涨半年工资的现实，带给他们更多的是无奈。

面对这一强烈的反差，人们不禁要问，二炼到底怎么了？是什么使二炼一蹶不振，停滞不前呢？

无数的疑团汇聚在一起，使人们把关注的目光投向二炼，投向这片创造过辉煌、滋生凌钢精神的土地。

历数第二炼钢厂1995年以前的枝枝叶叶，我们不难发现，这其中有非常重要的一点，那就是产量高便效益好，这也许是计划经济下的特有产物，但二炼表现的却尤为明显。从1989年投产到1995年，6年的时间，第二炼钢厂一直是在当年试产的豪情中拼杀过来的，一路高歌的背后是领导的关注和兄弟厂的艳羡。

高产高奖，一路狂奔，在人们的呐喊助威声中，二炼尽管仍是豪气冲天，但也时有不顺之时。因为任何事都会有一个限度，设备也不例外，况且尚有许多客观因素制约着生产。

学邯钢热潮的风起云涌，通俗一点讲便是让每个职工都算计着过日子，成本成了衡量效益优劣的最精密仪器。以苦干而闻名的二炼人不得不接受这样一个事实：盲目追求产量的时代结束了，质量和成本成了生产的核心。

然而既定习惯的改变非朝夕所致，连锁性极强的整个生产线成了二炼人最先研究的课题。

虽然二炼的设备比较先进，但炼钢厂特有的半机械化、半手工操作是永远无法改变的。环节多，人为因素多。从人控氧枪、目测炭、温度、天车的配合，到拉钢工快、慢、断流、溢出，以及人的思想波动的影响，哪有一点风吹草动，对整个连续生产都是致命的打击。这犹如一个庞大的串联电网，无论哪处断开，都会导致全盘的“一团漆黑”。

抛开设备，仅从各项经济指标考虑，从投产至今，二炼钢在不增设备不增人的情况下，指标逐年上台阶，十几项国内一流的指标足令同行钦佩，在“一览众山小”的同时，再向前迈一步，尤其在模拟市场核算，制约因素增多的情况下，需要付出的辛苦太多了。

就是在这种举步维艰的情况下，背负着1996年的沉痛，不服输的二炼人把羞耻化作动力开始奋战。誓打翻身仗的豪言壮语成为1997年初二炼钢人高涨热情的源泉。

众志成城

或许是好事多磨，或许是现实同二炼人开着玩笑。冬季生产的不利因素，高炉结瘤的突然出现，设备检修的不可更改，使摩拳擦掌的二炼人年中一算账，1200万元的超创利润指标，只完成了40万元，这对于刚刚走马上任的厂长陈宇来说，无疑是“够喝一壶的”。

利润虽少，斗志没减。在充分地把握了7月初铁水充足、氧气充足的有利形势后，厂里的一系列规章制度相继出台了。

以“健全法规、依法治厂、从严执法、走上正轨”为指导思想，从制度入手，夯实基础，理顺生产组织和加强设备管理，扭转生产的被动局面，先后修订了《模拟市场核算成本责任制》、《班组标准化建设制度》、《内部成本转移制度》等，使生产经营有了政策制度作为依托，对全厂的全面管理工作上水平起到了关键作用。

管理的加强带动的是整体的发展，背着“饥荒”创业的陈宇，称得上是二炼的“元老”，他熟知二炼的一切，他深知二炼人倔强的性格，在哪儿跌倒，便会在哪爬起来。

“工作干得好坏，在二炼不仅是个人的事，是关系到凌钢生死存亡的大事”。这是陈宇常向工人们说的一句话，包含着他对工作深刻的理解。

众志成城，百炼成钢。二炼没有让注目它的人们失望，1997年岁尾的决算表上1387万元的超创利润里注满了二炼人的心血、汗水和对自己的证明。

有人说二炼1997年打了一个漂亮的翻身仗，但是二炼人却没有因此而沾沾自喜，他们知道，在自己忙于“翻身”的同时，其他分厂已开始在模拟市场上“花样翻新”了，其差距足令二炼钢厂领导汗颜。况且，管理是系统工程，只有从上到下，全部围绕生产经营中心工作，才能有所成就。刚现朝霞，便想拥抱太阳，纯粹是异想天开之举。踏实、稳健才是根本。

走向明天

进入1998年，凌钢面临的困境是前所未有的，第二炼钢厂也是如此。前4个月，奖金被无情否决。辛辛苦苦地干了几个月，却没挣几个钱，工人的心理是否承受得住，着实令厂领导担心，事实让他们吃了一剂定心丸。严格按经济责任制考核，否决没商量，二炼人没有因此而颓废，他们已经逐渐习惯从自身找差距。

要想保证生产顺畅，基础管理是关键。进入1998年，二炼便着手在这方面做文章。春节刚过，公司经理高益荣利用拜年机会同二炼钢板坯工段进行关于奖金分配的探讨，引发了二炼一场奖金透明上墙班组直接领奖的具体行动。调整工段长，举办班段长培训班，奖金分配全部公开等，用主观弥补客观的不足。由于机构庞大复杂，给指标分解带来难度。厂里成立专职小组，逐个工段地帮助分解、确定，严格指标到人。用成本转移在工段间形成买卖关系，使相互较真、彼此算账，打破“一团和气的你好我好”，“撕破脸皮”，只要为了工作，就大力支持，一切从生产角度出发，调整方坯、修砌、精整3个工段的段长，切实加强基层管理水平。二炼人知道，我们不能输，也输不起，外界的期待，内部的压力，都令二炼人深感责任重大。

二炼在整个公司的地位不可撼动，这是活生生的事实。生产的连续性强造成组织生产的难度大，可以说二炼每分钟都可以体现产品质量，这块承载着“内销”、“外卖”的“敏感地带”，稍有“风吹草动”便会被人们迅速传遍。

正是因为那份关注，二炼才有了如此多的问题显现，正是因为那份关注，才使二炼人有了日夜奋战的信心和力量。这“关注”乃二炼之幸事，凌钢之幸事。

从单纯追求产量，到如今要分出大部分精力小心翼翼地呵护质量和成本，而三者较以前完成叠加了难度，确实让二炼人头疼。虽然进入1998年的这几个月各项指标完成的均不理想，但二炼人毕竟在踏踏实实地耕作着。

炉前的恢弘气势，天车的穿梭往来，拉钢的火热沸腾，都会让人感觉到一个真实的二炼。从各工段协调的衔接里，从转炉冶炼的专注下，从钢水的飞泻流淌中，从滚烫的栏杆上，这一切都是二炼迎接新挑战的见证。无论是厂长、工段长，哪一个不曾在厂房里彻底地摸爬滚打，哪一个不在为二炼重振雄风而尽心竭力。

随着市场经济的逐步规范，买方市场的形成，质量逐渐跃居竞争的中心地位。质量与市场、设备、生产的关系开始成为企业生产的新命题。二炼钢厂知晓自己的产品对下道工序、对公司效益的影响，他们提出了“宁肯自己多吃苦，决不丢失一客户”的口号，在生产中，把质量作为自己的生命线加以“呵护”。

“软硬件”齐动，是他们的一个策略，设备可调的，争取使其达最佳状态，设备不行的，便在人的操作上完善设备不足。出口指标要提高，仅靠内部加强操作是不够的，还要严格控制入口指标，方能“锦上添花”。难怪有人说“二炼难伺候了”，实则不然，这是二炼对凌钢的责任感使命感，我们应对其喝彩，对其称颂。

质量、成本、产量是一个单位综合素质的体现，而这一素质的积累形成却需要一个适宜的生存环境和诸多因素的有机结合。

第二炼钢厂从加强基层管理入手，从人才储备、技术改造、班组核算、工序配合、成本转移、宣传引导等多处着眼正把二炼推向一个更高的起点。

“以连铸为中心，以炼钢为基础，以设备为保证”是炼钢生产的一条准则，也是腾飞的翅膀，二炼将会同其他炼钢厂一样越过羁绊，走向“节节高”的境地。

面对困难，二炼人不会气馁；面对二炼，凌钢人该给它一份理解和宽容，一份支持与帮助，二炼的腾飞必将牵动凌钢又一个崭新时代的开始。

编后：截至发稿时，记者获悉第二炼钢厂还欠产近5000t，这无论对于二炼，还是整个公司来说都是不愿看到的，但客观因素用主观去弥补毕竟需要一个逐渐摸索总结的过程，每一个凌钢人都知道二炼的作用，二炼人也深知自己所处的地位。还是那句老话，“困难是暂时的”，相信二炼不会让人们失望，只要去奋斗，希望的曙光必将会给二炼以亲切的问候。

1998 年 6 月 24 日

那道彩虹

本报记者　孙晓东　李炳华

凌钢，地处辽西。然而，在相当长的一段时间里，在周边地区如赤峰、阜新等地的钢材市场上，却少有凌钢的产品，对于凌钢来说，是无奈，也是悲哀。采用一种什么样的方式去占领周边市场，成为萦绕在销售处领导心头硕大的问号。

从“负数”开始……

1999 年 4 月 16 日，经过半年的市场调查和紧张艰难的筹措，凌钢第一个直销处——凌钢股份有限公司阜新经销处正式挂牌营业。经销处设在阜新市金属公司院内，一间不足 $10m^2$ 的斗室在办公楼一楼的楼口处，是凌钢两位经销人员的办公室。

人们常用“从零开始”来形容起步的艰难，而两位经销人员的起步简直可以算得上是负数。

经销处负责人孙建国，今年 31 岁，1998 年 10 月份到销售处工作，此前在供应处废钢科，一买一卖，两个截然不同的位置对换。业务员王振山，35 岁，1998 年 10 月份调入销售处前是白云石车间维修工段铆焊班的班长。两个人对销售工作接触时间短，在业务上没有经验可谈。阜新的市场往年销售凌钢的钢材也就在几百吨左右，市场影响可谓微不足道。而濒临破产的阜新市金属公司一开始从领导到工作人员对经销处的工作并不给予支持，有时金属公司来了客户，即便他们没有货也不会介绍给凌钢，负责吊装的工作人员也常常在付货时刁难用户。靠阜新市金属公司搭桥进入阜新市场是没有希望的。销售处给阜新直销处的难度系数是 3.5，在相继成立的几个网点中，这个难度系数是最高的，销售任务是每年 1700t。销售量是最低的。

4 月 16 日开业这天，经销处的第一个客户走进来着实让孙建国、王振山两人激动不已，一听说要提 10 多吨的货，两人的心里简直乐开了花，至今提起这件事，两人的脸上还分明能看见当时那高兴的样子。开业大吉，应是一个好兆头，可第一个月，他们仅售出了 74t 钢材，按这个销量，全年的任务是无法完成的。

那一刻，困惑与迷茫交织，一种“老虎吃天，无从下口”的感觉，一种前所未有的压力。怎么办？如果放任这种状况继续下去，凌钢在阜新的那些心血岂不白费？难道阜新经销处将成为凌钢在外地设立直销网点失败的开始？难道就这样辜负了领导的信任和嘱托？

不行，拼也得拼一次。没有人来，咱就去找，没有门路，咱就去闯，孙建国下定了决心，便开始付诸行动，他出去跑用户，王振山在家卖钢材。

凌钢的产品在阜新，价格上处于劣势，不但地轧的产品，就是鞍钢、本钢的钢材价格比凌钢的也低一块。但与地轧相比，凌钢有绝对的信得过的质量，与鞍钢、本钢比，凌钢有良好的售中和售后服务。

孙建国骑着一辆自行车跑遍了阜新的大街小巷，哪里有建筑工地，就扎到哪里，找经理去谈，讲凌钢，讲凌钢的产品，讲凌钢的信誉。那段时间正是入夏时节，天气炎热，孙建国一天不知道要出几身汗，那辆新买的自行车不出一个月便只剩下六七成新了。王振山守在家里卖货也不轻松，一根管也卖，开票，点钱，往银行送钱，忙得不可开交，两人像是上足了劲儿的发条一样，无怨无悔地奔波着。一天下来，两人疲惫不堪，有一个星期的时间，两人没有说过几句话。晚上回到家，随便吃口晚饭，倒头便睡。第二天早晨6点起床，又投入了新一天紧张的工作。

俗话说，只要功夫深，铁杵磨成针。孙建国的收效不错，和市内的第二建筑公司、教委建筑公司、冶金备件建筑公司、商业建筑公司等多家用户搭上了线，钢材销售量不继上升，6月份销量达475t，7月份达到了1164t。并和几家建筑公司建立了较为稳定的供求关系。

阜新市第二建筑工程公司正在建筑的中林酒店，是辽西首屈一指的四星级酒店，主体框架完工共用凌钢钢材1200t左右。二建公司所属的北建集团董事长有意与凌钢达成长期的合作伙伴关系。

阜新市粮库主任李占涛是一位很倔很倔的老头，孙建国一开始和他谈时，他就是要求降价，他也承认凌钢钢材的质量没得挑。他所承建的粮库属重点工程，别的钢材他又信不过，孙建国告诉他，价格保证是凌钢出厂最低价，我们是凌钢销售处的，本身没有盈利的指标，我们可以保证工程所需的钢材，并保证不延误工期。后来证明，凌钢是守信誉守承诺的。李占涛对凌钢的服务很是感动，介绍了几个客户给凌钢，还帮了凌钢一次忙。一天，一个奈曼客户来到经销处，说急需ϕ18mm螺纹，可当时库存只有两捆，奈曼客户求他俩给想点办法，想来想去，只有粮库那里有ϕ18mm的螺纹钢暂时还不急用，孙建国拨通了李占涛的电话，讲明情况后，李主任二话没说："行，你来装车吧。"这种相知相助的感觉让人宽慰，让人感动。能够在经济行为的交往中，建立具有朋友性质的良好关系，这对于他们来说，是一个额外的收获，而且比销售几吨钢材更可贵。

看到王振山每天拎着包，装着十几万元、几十万元的现款独自一人去存款，很多人都捏着一把汗。阜新市工商分行太平支行看到存款如此频繁的储户，从7

月份开始每天下午 3 点钟由两个经警押车前来取款。好在那过去的一个多月的时间里在提心吊胆中相安无事。

第一次受骗的感觉

再平静的水面下面都会有潜流。阜新县他本镇建筑公司 8 月份的一个星期五前来提货，开了一张 10 万元的支票，因为此前该公司曾几次现款提货，又说星期一就可去存，两人没有怀疑。星期一他本镇建筑公司打来电话，说先不让存。两人不由得担心起来，打车到该公司一看，原来工程款没有到位，钱若给不上可咋办，王振山立时便上了火，头晕、恶心、吃不下饭。盯着他，说啥也得把钱要回来，就这样，孙建国、王振山两人每天轮流打车去该公司盯着经理，月底终于追回了五万元现款，把剩余的钢材拉了回来。连出租车和运输费，两人花费了近千元，可没有造成恶劣的后果，两人长舒了一口气。

有些事情靠努力尚可弥补，有些事情却是无法避免和弥补的。在王振山的办公桌里，至今还有一张百元假钞，用户将一两张假钞夹在 10 万多元的现款内，实在让人防不胜防。这不，新版人民币刚发行不久，好心的银行工作人员便告知他俩收款时一定注意，有假的啦。收到假钱只有用自己的钱赔。

为用户服务是我们的天职

别看上过用户的当，可坚持为用户服务好的宗旨却不能改变。7 月份，阜新发电厂通过机电公司从经销处买去 4 捆螺纹钢，拉到单位后，说其中一捆少 10 根。机电公司打来电话，王振山说“那是不可能的。”可过一会又来电话，还是说少，并且机电公司已给打了欠条。按理说，货已到用户手中，完全可以不管，少与不少责任在用户。但考虑到机电公司会从中间为难，王振山便和金属公司的保管员付秀杰去了一趟发电厂，将那捆螺纹钢打开一查，一根不差，发电厂的保管员开始阴着的脸色立刻变得晴朗起来，一再赔礼道歉，并要给两人打车。以后再来提货，只要是紧捆，他们连查都不再查了，凌钢的人和货都是信得过的。

真的，谢谢你们

在最困难的时候给予的鼓励、支持、安慰是最令人难忘的，也是弥足珍贵的。

股份公司副经理、销售处处长李庆文曾几次来阜新，对他们艰苦的工作和生活环境感同身受，每次都有发自肺腑的感慨，每次都不例外地领着他俩到饭店花个百八十元小撮一顿，聊表寸心，领导的鼓励和支持无疑是一股强大的动力。

阜新金属公司保管员付秀杰，看到两人一开始打不开局面时着急的样子，以一名老大姐的慈祥和善意给他们鼓励：“别着急，万事开头难，慢慢地就好啦!”

也许应了这位老大姐的话，也许是两人的执着和勤奋感动了上帝，情况的确越来越好，在两个人的心中也始终放着那份感激：“如果没有领导的理解和支持，如果没有老大姐鼓劲，也许真的要打退堂鼓了。”

孤家寡人的日子里，有一份心里的牵绊

孙建国、王振山两人刚到阜新时在星光宾馆住了一个月后，便在发电厂家属楼租了一户两室的住房，大概能有 $50m^2$ 左右，置办了简单的家当后，这里便成了“家”。说是家，也只是个吃晚饭和夜间休息的地方。因为早晨两个人很少吃饭，中午忙的时候便是吃两元钱的盒饭。直到晚上 6 点半后，两人才回到“家里”轮流下厨房。也许是没有时间，也许两人干脆不是理家的那块料，走进他们的家，一种杂乱的感觉。在阜新，他们不仅要学会当一名销售员，还学会了洗衣、做饭、洗碗。王振山说他在家里从未做过饭，都是来到这儿孙建国教的，炖菜炒菜，先放什么、后放什么。这点肯定是真的，因为王振山的家住在叶柏寿，在白云石车间上班时跑通勤，晚上回到家，饭菜早就摆在桌上了，而且迎接他的还有妻儿的笑脸。孙建国住在凌钢东区平房，妻子是热电厂的一名技术员，两人上班下班一个时间，谁回家早点谁就先做饭，孙建国当然从中练了几手。而现在，两人成了孤家寡人，自己照料自己的饮食起居。每月的月初、月末两人轮流回家一趟，而且带着汇报和办款的业务。

孙建国的爱人正怀孕，把她一个人留在家里，建国心里愧得慌，他便每天用电话慰藉那颗太需要关爱的心，妻子要是等不到电话，就会给他打个传呼，在孙建国的日记本上曾写着这样一句话：“小艾（建国的妻子）怀孕了。我太高兴了。”然而，他不能守在妻子的身边。

记者在采访中曾问过他俩这样一句话：“在阜新的这些日子里，你们觉得得到与失去的是什么?”

孙建国说：“有些东西当你不去做的时候，你就永远也得不到。在阜新的这段日子里，工作难度很大，可正因为有难度，才有内涵，才有吸引力，在不断的追求中，不断地收获，使我感到了销售工作的深远意义。”

王振山说：“我从一名工人到一名销售员，得到了这样一个位置，并且在这个位置上使自己得到了升华，实现了自己的价值，我热爱我的工作。”

是的，在直销的工作中，两人不仅积累了销售工作的经验，而且涉猎了其他诸如会计、统计、法律等诸多领域，在两人的床头摆着这些专业的书籍，是工作

的需要使他俩又学到了很多新鲜的知识。

两人闭口不谈失去，可记者却分明感觉到了，那失去的在他们的心里。

他们把那份失去也当做了一种付出而发奋，于是才有了那份辛勤劳作得来的令人惊喜的收获，阜新直销处的难度系数由3.5变为3.0，销售量由1700t增至3400t，可截止到10月，阜新直销处已销售钢材5100t。阜新最大的钢材用户是矿务局，占阜新钢材用量的1/2，而矿务局却没有现钱，所以无法与之做生意，如果抛开矿务局，5100t钢材可以涵盖1/2的阜新市钢材市场，可以说，孙建国与王振山已经用他们的汗水和心血架起了凌钢产品与阜新钢材市场间的那道美丽的彩虹。那是一条成功的产品直销之路……

阜新直销的成功，验证了销售处领导的决策是正确的，坚定了他们在客观条件允许的情况下，开展直销的决心。

阜新直销的成功，是两位销售人员忘我工作、积极努力的成果，谁最勤奋，谁的花将开得最美，谁的果将结得最大。

阜新直销的成功，是靠我们的产品质量和良好的服务做支撑的，两者缺一不可，在激烈的市场竞争中，这已是我们唯一的砝码。力图在降成本上下更大的功夫，应是我们今后努力的方向。当然，我们不能丢掉质量和服务的承诺，而且要做得更好。

1999年11月30日

问渠哪得清如许 为有源头活水来

亚 明 石 轩

1999年，在转炉炼钢厂历史上，是无可辩驳的辉煌的一年。不增设备还减人，一年增钢13万吨，上了一个大台阶，完成超创利润2358万元，比计划超出2.13倍，比1998年超出4.4倍，多项技术经济指标创出历史最好水平。走进转炉炼钢厂那高大宽敞的厂房，只见各道生产工序紧张、热烈而又井然有序，不同规格、不同种类的连铸坯、备品备件成排成列，整整齐齐，工作间、休息室干净整洁，各类做工精细的模拟市场核算板、业绩考核记分板挂满墙壁。在同他们的职工、骨干交谈中，那不时跳出的充满现代气息的新闻，那对分厂一年来显著变化的自豪感和对未来满怀信心的使命感，深深地感染着我们，震撼着我们。

是什么原因使这个厂在短短一年时间内发生如此深刻的变化呢？作为在凌钢工作多年，对“二炼”又有着一定了解的老“宣传”，我们努力在他们的各种文字材料中，在他们的言谈话语中，搜寻着、思考着，慢慢地，我们将思想的鼠标定位在这样一个答案上，他们努力做好“人”字这个大文章，建立以人为本的各项机制，又通过机制的作用，强化以人为中心的各项目管理。

“碰头会”冲击波

在同转炉炼钢厂几个段长、科组长交谈中，他们都不约而同地谈到“碰头会”这个话题，连铸工段副段长郭宝奇还刻骨铭心的谈起他被罚站时的感受。

原来，孙铁茂厂长刚调到二炼时，提议建立“碰头会”制度，即早7时30分，由各段长、科组长、夜班调度参加，汇报前一日尤其是夜班的生产情况，提出解决存在的问题，部署当天的生产、工作任务。但是头几次碰头会总是锣齐鼓不齐，理由都是忙这忙那。孙厂长火了，命令迟到的人站着开会，最多一次曾有3个段长被罚站。

段长被罚站，这个消息不胫而走，一时成为全厂职工议论的焦点，惊诧、疑惑，有的点头，有的摇头，全厂上下犹如平静的池中扔进一块巨石，掀起一轮轮波澜。

郭宝奇这样回忆和评论自己被罚站这件事，他说，段长被罚站，这在二炼甚至在全公司从来没有过，当时脸上火辣辣的，浑身不自在，更担心在段里职工面前脸没处放，工作不好开展，但是现在回过头来看这件事，就像原子弹的冲击波，对我们这些骨干的思想观念、工作作风，产生一种强大的冲击、震撼作用，促使我们在头脑中树立起以法治厂、从严治厂的观念，树立起在制度纪律面前人人平等的观念，树立起领导、骨干要带头遵守厂规厂纪的观念。

处于原子弹“爆心”的郭宝奇自然是感之切切，言之凿凿，对全厂职工和各级骨干的冲击，也是强烈、深刻、多层面的，它使职工们在初步领略了新一届领导班子“铁面无私”、“执纪如铁”风格的同时，精神状态为之一振，工作作风开始紧张起来，劳动纪律状况有了明显转变，更主要的是在全厂形成了政令畅通、令行禁止的良好氛围，厂部的指令得到不折不扣的贯彻执行，过去时曾发生的“肠梗阻”、“小二管大王”现象再也难寻踪迹了。厂党总支副书记、副厂长王建富深有感慨地说：“有时不够畅通，是二炼以前经常存在的问题，通过碰头会段长被罚站，使这些问题得到了有效解决，最有说服力的就是我厂春节期间检查劳动纪律的情况，我们一连查了三天，没抓到一个迟到、早退、脱岗、睡岗的，我们有点不死心，最后在吊包的一个休息室终于抓到一个睡觉的，一查，原来是这个职工是白班，因为家里来客人，到班上找地方睡觉的，结果还是一个没抓到。这和过去的情况真是没法比啊。”

“火车不撞树”理论

在和职工交谈中，他们提到一个孙厂长在全厂大会上几次讲的“为什么汽车会撞树，而火车不会撞树”的道理，我们感慨很新奇，经详细询问，才弄清了这个“道理”的含义，汽车会撞树，是在道路和非道路之间没有硬的约束，火车不会撞树，是因为火车必须沿着两根铁轨向前进。孙厂长是用这个浅显、生动的比喻，向职工们阐述企业必须建立规范的运行机制的道理。

在实际工作中，转炉炼钢厂领导班子把打基础、建机制列为全年工作的重要目标，投入大量精力，在公司“二四三”工作思路的指导下，修改、完善各项规章制度，制定和出台了新的模拟市场成本否决经济责任制和职工业绩考核细则，在全公司率先提出了“末位淘汰”管理办法，逐步形成了具有本厂特色的激励机制、竞争机制和制约机制，使分厂各项管理纳入规范化、制度化轨道。

《第二炼钢厂强化管理若干规定》（简称 21 条）是他们制定和推出的第一部治厂大纲，是针对分厂在生产管理中存在的突出问题而开出的一方“猛药”，某些条款的力度和处理手段“狠度”，当时令许多人咋舌，甚至引起公司某些领导关心、爱护的提示，孙厂长坚定自己的信念：沉疴需用猛药，矫枉必须过正，只有这样，才能扭转二炼工作的被动局面。

有法可依是前提，执法必严是关键。21 条公布不久，连铸工段一位平时工作相当不错的班长，因为下一个班次接班稍晚些，赌气擅自决定将铸机断流。这种现象过去虽曾有发生，且不了了之，但这是一种具有破坏生产性质的严重的无组织无纪律行为。孙厂长及领导班子当机立断，严格执行21条规定，责令这个班长下岗。这个决定，再次引起全厂的震动，维护了厂规厂法的严肃性、权威性，促进了各项规章制度和新的运行机制的顺利推行。

在用铁的手腕保证新机制贯彻实施的同时，孙厂长及厂领导班子还十分注重运用思想政治工作手段，教育、引导广大职工尤其是各级骨干，学习、树立现代科学的管理思想，为新机制的运行创造良好的思想舆论氛围。他们在分析、总结二炼过去管理方面的经验、教训的基础上，依据现代企业管理的基本原则，提出“四个扭转、四个树立”，经常地、反复地在调度会、碰头会上进行宣传、讲解，使广大骨干的管理水平逐步提高。“四个扭转、四个树立”是：扭转看管式管理方式，树立让职工自我约束、互相监督的管理方式；扭转靠哥们义气的管理方式，树立靠制度、靠机制的管理方式；扭转打骂训斥、简单粗暴的管理方式，树立科学、文明的管理方式；扭转权力过于集中的“过中心”管理方式，树立分工负责、集体领导的“相对中心”的管理方式。

功夫不负苦心人，转炉炼钢厂悄然中发生着本质的变化，各项管理逐步走上健康发展的轨道，三个机制日益明显地发挥出激励、制约的效能，全厂的管理水平提高到一个新的档次。厂长、段长不必“跟班指挥生产”，不必“工人身上有多少汗、干部身上有多少汗”了，整个生产过程犹如一台性能良好的机器，高效、协调、平稳的运行。100%的班组推行日清日结核算方式，职工们真正像自己家过日子一样，精打细算，“斤斤计较”。职工业绩考核，把全厂职工推向平等竞争的跑道，成为一种无形的、巨大的原动力，人人争先，唯恐落后，在为公司、为社会创造着物质价值的同时，努力创造着自己的人生价值，转炉炼钢厂现在基本呈现这样一种状况：劳动纪律不用查了，学习技术不用催了，开会上课不用找了，打架斗殴不见了，小偷小摸找不到了。随着资金分配的公正、公平、公开，“职工签多少字，拿多少钱”，进一步调动了职工们生产、工作的积极性。

机制作用的发挥和管理的加强，最终体现在生产经营效果上，上半年钢的月产量始终稳定在5.3万~5.6万吨较高水平上，下半年逐月攀升，多次创历史最高水平。

连铸工段两机对三炉作业，连铸比前11个月达到100%，全年达到99.97%；转炉炉龄、连铸比、钢铁料消耗、白灰消耗4项技术攻关取得显著成效，炉龄最高达4508次，钢铁料消耗降低21.5kg，4项攻关全年创效598万元。

“封车”效应

转炉炼钢厂领导班子1999年还做出一项决定，把厂内唯一一台“金杯”客货两用车摘牌、封车，只准用于在公司院内领料、拉货，一年约可节省费用4万~5万元。谁都知道，这几万元在全年完成超创利润两千多万元的生产大厂来说，简直可以忽略不计，这里面又包含着孙厂长及领导班子的“别有用心”。

事实证明，“封车”所起的效应是用几万元远远换不来的。一位职工坦诚地和我们说：“过去外厂好些人说我们二炼的车最忙，忙什么？恐怕还是公事少、私事多，职工坐得少，领导坐得多。孙厂长来后把车封了，我们职工心里暗暗佩服，让我们看到了二炼的希望”。

然而“封车”只不过是厂领导班子努力加强自身建设、树立高尚的人格形象而采取的一个小的举措而已。在和职工、班段长交谈中，他们给我们举出了许多这方面的事例。如厂领导班子成员的奖金拿不过段长、拿不过主要生产班的班长；班子成员从未用厂长基金大吃大喝，甚至班子成员的调出、调入，都没有举办过欢迎、欢送宴会……

当我们把职工们的这些赞誉向孙厂长介绍时，孙厂长只是淡淡的一笑，随后说出的话却是沉甸甸的，企业管理的实质就是管人，要管住人，必须首先管住我们这些管人的人。如果一个班子、一个干部，让职工在这些方面背后戳脊梁骨，我看这个班子和干部的政治生命也就快终止了。

孙厂长话锋一转，说，如果一个班子，一个干部，光能做到这些，那肯定还远远不够。在市场竞争越来越激烈的形势下，企业的各级管理人员除了有强烈的事业心、责任感之外，还要有对市场经济规律的准确把握，有超前的思维和观念，有科学的管理思想和手段。只有这样，才能担起领导者、管理者的职责。他说，我们在这些方面还差得很远，但我们加紧朝这个方向努力。

听着孙厂长的侃侃而谈，我们心里在想，这些充满哲理的话语，不正是代表了孙厂长及其伙伴们对现代企业管理者概念的理解和注释，表达了他们不懈追求的崭新境界吗？更难能可贵的是，他们在改革、管理的实践中，用实际行动锻造着自己，雕塑着自己，一步一个脚印地朝着自己心中向往的境界前进。

他们虽是分厂班子中年龄较轻，文化层次、专业水平较高的，但他们的“不学习就要落伍的危机感、紧迫感”如饥似渴地吸取现代企业管理知识的营养，使自己的思想观念始终跟紧时代前进的节拍，不管工作怎么忙，坚持自己的学习计划不动摇。“A管理模式”光盘有的曾观看过两遍，有的对国内外著名企业、著名企业家的管理思想、经营之道做过较深入的学习和了解。

他们适应市场经济的新形势、新特点，提出了“高效、精干、科学、文明”的分厂管理方针和原则，他们在建立、完善激励机制、制约机制的基础上，又着力研究、探索建立职工自我激励机制、自我约束机制，努力使分厂的管理水平基于高起点、追求高品位，达到新境界。

他们认真贯彻公司坚持“二四三”、推进“三三三”的总体方针，紧密结合分厂实际，制定了2000年“1、2、3”工作思路，“1”即完成一个目标，全年钢产量必保72万吨，力争75万吨，“2”即完善两个机制：完善日清日结模拟市场机制和完善业绩考核末位淘汰的竞争机制；“3”即狠抓三个重点：节铁增钢、提高板坯产量、强化基础工作。一个多月来，他们精心谋划，集思广益，把深化改革、强化管理的思路一层层展开，“21条”充实了新的内涵，责任更加明确，考核更加严格，两个机制的实施细则进一步做到细化量化，即将复印、下发；他们还将推出一套在公司内堪称创举的分厂内部承包责任制，把产量、质量、成本、效益分别以责任状形式，签约承包给有关工段、科组。

在转炉炼钢厂采访的时间是短暂的，但是留在我们心中的印象却是难忘的。当我们骑着自行车，回首浏览书写在厂务墙壁上那15个雄伟端庄的大字：做一流职工、创一流业绩、建一流企业，心里暗自思忖和庆幸着：当初把这幅标语定位在这里，是多么恰当，这不是对转炉炼钢厂领导班子及千名职工真实的写照吗？

2000年3月22日

钢铁铸就的丰碑

——凌钢“九五”回眸

本报记者　张凤阳

秋高气爽，硕果盈枝，当金色的十月莅临钢城，我们即将送走第九个五年计划，去拥抱新世纪的曙光。

回眸“九五”，我们会欣喜地看到，祖国发生了翻天覆地的变化，这种变化不仅表现在人们的衣、食、住、行上，更重要的是写在人们脸上的那份自信与从容。回眸“九五”，凌钢如共和国的一个缩影，生产经营、改革改造、精神文明建设等各项工作都实现了历史性的突破。五年的发展脚步匆匆，五年的变化日新月异。盘点“九五”，既是对2000年前五年的回顾总结，又是对2000年后五年的前瞻展望。在21世纪正向我们招手之际，对“九五”计划来一次认真回顾总结，无疑是必要而有意义的。

生产经营成绩斐然

用高开高走形容“八五”期间钢材市场的火爆程度是比较恰当的，吨钢利润一涨再涨，冶金企业何等风光。在这种大气候下，凌钢也是水涨船高，1993年钢产量达到50万吨，提前两年实现“八五”目标。企业资产总额由8.5亿元上升到20.8亿元，增长1.2倍。凌钢跨入全国500家最大、最强、最优企业行列。

然而历史的车轮刚刚驶进1996年，市场突变，巨大的冲击力一下子把凌钢撞得摇摆不定，全公司开门就亏损，从元月新年钟声敲响到三月春风进钢城，凌钢一季度亏损1756万元。“八五”期间在凌钢人心目中构筑的这座钢铁大厦瞬间摇摇欲坠，可以说形势异常严峻。

抛开残酷的现实，我们不妨重读一下凌钢“九五”的发展思路，以党的十四届五中全会精神为指针，努力实现两个根本性转变，坚持改革、改组、改造和加强企业管理并举，建立与社会主义市场经济相适应的内部经营机制，以转炉、中宽带流程完善配套为重点，优化结构、搞好技术改造，提高产品技术含量和附加值，节能降耗，提高劳动生产率，提高经济效益，更好地适应国内、国际市场。遵循这一思路，相应地确立了提高产量、优化工艺结构、精干主体、分离辅助，按着现代企业制度要求，改革管理方式，转换经营机制4个方面的奋斗目标。

目标与现实在1996年初便形成了强烈的反差。一时间，人们的各种担心和猜测接踵而来，人心开始不稳。扭转亏损、稳定人心成为当务之急。

1996年4月，这是极不平凡的1个月，在凌钢的历史上它应该占有极其显著的位置，在这个月里，高益荣就任凌钢党委书记、总经理，在这个月里，凌钢学邯钢（模拟市场核算、实行成本否决）方案正式出台，正是凭借学邯钢，凌钢当月盈利196万元。本着“精神实质不走样，具体做法有创新”的原则，响应国务院的号召，凌钢的学邯钢活动开展得轰轰烈烈，有声有色。唯此，才有了以后广为传播的“日清日结”经验，有了省委、省政府“远学邯钢、近学凌钢”这一号召的发出。有了凌钢经济效益的稳步提高，职工收入的逐年增长。高益荣就任凌钢总经理是凌钢“九五”初期的一件大事，从推行学邯钢新机制到决战中宽带，从博得“不带引号的企业家”的称谓到凌钢股票的成功上市，无一不是高益荣管理才能和人格魅力的体现。

许多年以后，当人们重温这段历史时，相信它的每一个章节都是值得大书特书的。

学邯钢，推行模拟市场新机制，使凌钢当月扭亏，到1996年6月末，不仅弥补上了一季度1756万元的亏损，并且盈利119万元，这仅仅是个开始。从1996年到1999年，在钢材价格持续走低的困难形势下，连续4年每年消化增支减利额8000万元到1亿元，产销率和回款率一直保持在100%，每年的成本降低率都达到了10%。2000年，凌钢的利润预计可达到1亿元。“九五”期间，凌钢基本保持了投入产出良性循环，可以骄傲地说，“九五”期间的凌钢创造了辽宁企业界的一个奇迹。从朱镕基总理两次盛赞凌钢的改革经验，闻世震书记两次视察凌钢，充分地说明了这一点。国企3年脱困，企业改革、发展，凌钢作出的贡献是巨大的。

总结凌钢“九五”期间生产经营的成就，可以让我们更加清醒地面对“十五”的挑战，从这些成就里，我们看到了企业发展后劲，从而增强了全体职工在各种困难面前，百折不挠，克难制胜的信心和勇气。

精神文明建设硕果盈枝

“九五”期间，凌钢的生产经营在历经了最初的阵痛之后，依靠着强化管理走上了良性发展轨道。企业的精神文明建设也在这种大气候下，呈现出了前所未有的好局面。

从1996年开始，凌钢每年都把形势任务教育贯穿每个年度，正确引导认识企业面临的严峻形势，切实增强职工的危机感、紧迫感、责任感，让职工的意识形态紧紧围绕企业生产经营这个中心。

1997 年出台的《凌钢职工行为规范》《凌钢干部行为规范》《职业道德规范》，使凌钢全体职工把个人行为和企业命运联系在一起，增强了企业的凝聚力。

“九五”期间，凌钢在精神文明建设方面取得的成就是空前的，1999 年 9 月，中央精神文明建设指导委员会表彰在全国精神文明创建工作中做出突出成绩的全国 503 家先进单位中，凌钢榜上有名。这是党的十一届三中全会 20 年来首次对精神文明建设创建活动进行全国性的命名表彰，也是凌钢建厂以来精神文明建设所获得的最高荣誉。同年 11 月，凌钢荣获全国冶金思想政治工作优秀企业。除此之外，凌钢在省、市精神文明建设方面获得的表彰更是不胜枚举。

这一切荣誉的获得，得益于凌钢把精神文明建设始终置于企业的重要位置，得益于凌钢学习领会邓小平建设有中国特色社会主义理论和大力开展三讲教育，得益于凌钢多角度、全方位地占领职工的思想阵地，使企业始终保持着健康向上的思想氛围。

跨世纪人才储备和挖掘管理潜力

“九五”期间，凌钢为企业的跨世纪发展储备了大量人才。培养 60 名双学历人才是凌钢人才培养上迈出的第一步。将大学毕业生重新送回校园，根据凌钢的人才需求状况，有针对性地进行培养。目前这些人才已经开始在各个岗位发挥作用。

从 1996 年开始，连续举办两期年轻干部培训班，现在这些经过培训的人员大部分已走上中层领导岗位。提高技术人员待遇，以技术指标上台阶，锻炼技术人员，使其尽快成熟起来。凌钢进行人才储备并不是单纯意义上的单方面人才，而是立足本职的复合型人才，通过培养，实现管理与技术的有机结合，让他们真正地成为凌钢跨世纪的栋梁之才。

管理是企业的永恒主题，同时管理是一个企业综合素质的体现。“九五”期间，凌钢始终把加强企业管理作为企业提高效益、增强竞争力的着力点，通过管理创新，实现了 3 个转变，即由行政手段的管理转变为按市场法则和价值规律的管理；由定性管理转为定量管理；由实物形态的管理转为价值形态的管理。从个人收入与劳动成果和企业效益挂钩，从人员管理推行业绩考核、末位淘汰、竞争上岗，从招投标的实施到一委三办的成立，各种管理方法层出不穷。“九五”期间的凌钢企业管理水平被推上了一个前所未有的高境界。正是因为这一系列行之有效的管理方法的推行，使凌钢获得了企业管理上的最高荣誉——“中国企业管理杰出贡献奖”。凌钢的管理真正地上了一个新档次。

资本扩张与股票上市

凌钢“九五”期间最大的成就是什么？人们会毫不犹豫地选择股票上市，的确，它是当之无愧的。从进入“九五”开始，凌钢就开始全力运作股票上市工作，“九五”的五年是凌钢人为股票上市奋斗的五年，其中的艰辛只有亲历过的人才会真正体会到。

1997年4月24日，凌钢兼并锦管和与沈阳钢管厂的签字仪式，标志着全国最大的管材集团框架已经形成，同时标志着凌钢股票上市工作取得了突破性进展。因为朱镕基总理曾经许诺过高益荣，只要凌钢兼并一家亏损企业，他就支持凌钢的股票上市。

1999年3月11日，中国证监会核准凌钢股份公司A股股票发行额度。8月，1亿股股票通过了发审委员会审核。10月，获得准备在上交所发行的批准文件。又是半年之久的漫长等待，2000年5月，凌钢人终于盼来了股票上市的喜讯。凌钢股票的成功上市离不开中央、省、市领导的关怀，更离不开凌钢全体职工的努力，这是对凌钢在“九五”期间各项工作的最充分肯定。不仅能为企业的改造筹集发展资金，更重要的是为建立现代企业制度，实现规范公司制运作提供保证，也为企业长远发展，在资本市场上开辟了一条稳定的融资渠道。

当总经理高益荣笑容满面地在上交所为“凌钢股份”鸣锣开市的时候，预示着凌钢在21世纪的市场竞争中已提前迈出了坚实的一步。

技改工程全面开花

“九五”期间，凌钢的技改工程是重头戏，它关系到凌钢结构调整和产品升级，确切地说是关系到凌钢21世纪具有怎样的竞争力。谈及“九五”技改，最值得我们引以为荣的莫过于中宽带工程了。1996年，凌钢便提出了“决战中宽带”的口号，全公司上下一条心，把焦点全都集中在了中宽带工程上。

1996年8月23日，中宽带加热炉开始点火烘炉，9月26日，在全公司欢庆新中国成立47周年和厂庆30周年之际，中宽带厂实现全线过钢。这个沉寂了8年之久的国内第一条中宽热轧生产线开始创造效益。经过两年多的试产，2000年，凌钢的工作重点开始向中宽带厂转移，这个建设时间最长、投资最大的技改工程终于登上了凌钢的历史舞台。与此同时，$34m^2$烧结机、$6000m^3$制氧机、3号转炉、高炉喷煤等技改工程相继投产，凌钢的规模和效益发生了巨大的变化。

“九五”期间，是冶金工业战略结构性调整的关键时期，一大批钢铁企业通过技术改造，技术装备水平已有了明显的改善提高。面对这种形势，凌钢必须加快结构调整，尽快实现工艺进步和产品升级，这不仅是增强竞争力，实现跨世纪发展的战略要求，也是企业求生存的当务之急。为使凌钢形成以中宽带和连轧棒材为主的产品结构和转炉全连铸—热送热装—连轧的工艺结构，从根本上提高企业的装备水平和产品档次，凌钢的决策者们在股票尚未上市、资金不足的情况下，大胆启动八大技改工程，这是何等的胆识和魄力。按着“一保三限”的原则，各大工程陆续开工，1999 年的凌钢，人们听到最多的是技改工程开工的鞭炮声。经过近一年的奋战，各个工程目前已相继进入收尾阶段，在新世纪的钟声即将敲响之际，凌钢必将会以更加强大的姿态展现在人们面前。

盘点“九五”，我们在历数凌钢生产经营、改革改造、精神文明建设、资本运营等工作的同时，不能忽略那一个个荣誉的光环，它记载着我们的奋斗，它铭刻着一段真实的历史。

1997 年 4 月：省经贸委授予凌钢全省企业管理红旗单位，高益荣荣获全省优秀厂长（经理）称号。

1997 年 4 月：凌钢在冶金行业学邯钢经验交流会上做经验介绍。

1997 年 5 月：高益荣荣获全国五一劳动奖章，凌钢获辽宁省五一奖状。

1997 年 7 月：凌钢荣获辽宁省先进党委。

1997 年 7 月：朱镕基总理盛赞高益荣是“不带引号的企业家”。

1998 年 1 月：高益荣当选第九届全国人大代表。

1998 年 5 月：凌钢荣获全国五一劳动奖状。

1998 年 10 月：郭瑞芹出席了中华全国总工会十三大。

1999 年 5 月：高益荣荣获辽宁省特等劳动模范。

1999 年 5 月：凌钢团委被共青团中央授予“全国五四红旗团委创建单位”。

……

凌钢的“九五”是辉煌的，这辉煌是凌钢全体职工共同筑就的，如一座壮美的丰碑屹立在每个凌钢人的心中。将“九五”的浓墨重彩写进凌钢的史册，面对未来，我们看到凌钢的“十五”任重道远。让我们再次走向起点，在新的挑战面前，在新世纪的召唤中，用我们的双手，把凌钢的新世纪描绘得更加璀璨。

2000 年 10 月 1 日

现实与未来的对话

——凌钢八大技改工程走笔

本报记者　李炳华

我们不能忘记历史，因为它告诉我们脚下的路曾经历过怎样的坎坷和艰难；我们必须面对现实，它会让我们在未来插上腾飞的翅膀。历史、现实、未来，简简单单的几个汉字，涵盖了太多的内容，站在木兰山顶远眺凌钢，你会发现历史的影子，现实的雄壮、未来的辉煌相互交织，共同绘就了塞外辽西钢铁明珠——凌钢。

2000 年，岁月长河开启了它崭新的一个章节，历史在这一年注定要形成一座丰碑，一座用“凌钢股份”奠基，八大技改工程做材质砌筑的丰碑。凌钢人站在新旧千年的临界线上，放飞投资 6.3 亿元之巨所汇成的大技改工程的发展遐想，在现实与未来的对话中，用如椽巨笔描绘的一幅壮美画卷。

1999 年末，新千年伊始，在凌钢，人们听到最多的是各技改工程开工奠基的礼炮声，国内各个知名的冶金建筑队伍相继进驻凌钢，一场以决战 2000 年、迎接新世纪的技改大决战从此展开。

技改之花遍地开，十里钢城飞扬着重工业的强劲节奏。然而，有谁知道这恢宏的大技改之战的背后是集团公司领导们满腹的焦虑和为争取股票上市殚精竭虑的不懈奋斗。凌钢要想在新世纪谋求更大的发展，就必须要把企业的产品结构调整到最佳位置，需要把凌钢的规模和装备上一个新档次。但是这一切都需要强大的资金后盾作保障，争取股票上市，募集资金又是困难重重。就是在这种严峻的形势下，凌钢总经理高益荣毅然决然地让各项技改工程提前启动，因为他深知商场如战场，如果等到上市后再组织工程开工必将会贻误战机，在冶金企业都在抓紧“强身健体”的同时，凌钢如果错过时机，无疑便削弱了自己参与市场竞争的实力，结果只能是丧失竞争主动权。

热火朝天的技改工程建设场面，是凌钢 20 世纪展现在世人面前的最动人风景。此时，股份上市的运作也是在极其艰难的形势下步步推进。2000 年的 5 月，当“凌钢股份”在上交所牛气冲天的一路攀升时，当资金掷地有声地落入到凌钢的账户时，总经理高益荣再回头看厂内那如火如荼的技改场面，紧绷的神经才得以放松。从技改工程陆续开工到股票上市的几个月，凌钢的决策者们体验的不仅是工作的劳累，更重要的是时刻萦绕在心头的焦虑。而今，想想在当时的背景下，决策者们敢于放手一搏，这不仅需要胆量，更需要洞悉事情变化的远见卓识。

而今，各大技改工程已进入投产阶段，所有的苦累都写进凌钢的发展史，让我们沿着建设者的足迹去感受技改大会战的每一个感人的瞬间、每一个动人的情节。

续建焦化工程的顺利投产，标志着凌钢已经具备了年产焦炭 50 万吨的生产能力，同时还有效地缓解焦炉煤气供不应求的紧张局面。

续建焦化工程设计为 42 孔，然而，与之相配套预留下来的焦炉工程基础是 30 孔。这一设计变更导致一系列冲突的产生，而且不容回避。

烟道不够用。项目经理张佩文和设计单位有关人员一道反复研究图纸，发现烟道的长度和宽度没有发生变化，何不把断面下降，变通一下，问题就可以得到圆满解决。

为防止烟道加深施工过程中下沉，采取预留烟道两头基础施工，分块推进，然后把钢筋接下去，重新砌筑好。如此一来，就可以凭借两头基础的支持力，成功地消除下沉现象的产生。

征衣未解，烟囱高度不足、吸力不够的问题随之而来。如果加高，按着以往的施工方法，必须焦炉停产才行。但是，停产将使凌钢整个生产链条被迫中断，经济损失巨大。

寻找一个两全其美的办法，既不停产，又可以施工，成为压在项目经理部每个人心头的“砝码”，张佩文四处查询，功夫不负有心人，杭钢有过类似烟囱加高不停产的事例。

事不宜迟，张佩文带人火速前往杭钢，果真不虚此行，目睹杭钢烟囱加高的成功范例，同时得知杭钢烟囱加高的承建单位——本溪工业建筑公司。

艺高人胆大，施工队伍在不停产的热状态下，把烟囱顶部拆掉，搭成平台，加高施工便全面铺开，不到一个月的时间，就拿下了这块难啃的“硬骨头”。然而，张佩文却总是对加高的高度，是否达到要求有些不放心，便请来建安公司专业人员爬到烟囱上实际测量一下，结果达到了加高 10m 的设计要求。

烟道加深、烟囱加高、底板加固这三条合理化建议的实施，不仅保证了工期，而且节约工程投资 79 万元。

2000 年 3 月 26 日，焦化工程开始筑炉。当时，正值乍暖还寒时节，焦炉两侧披上了保温大棚，以防止砖冷造成灰浆结冻，影响筑炉质量。

天不作美，4 月 2 日，突然下起了雪，气温随之降至 -5℃、-6℃，这时候的温度已经满足不了筑炉要求，张佩文马上找到施工单位负责人聚在一起，共商保温计策，以确保工程质量和正常施工，采用塑料布将炉墙罩上，这招还真管用。炉墙质量没了后顾之忧。

把分散的五指攥成拳头，才能打出重拳，确保焦化工程质量。

从筑炉之初，焦化厂抽调了40多名技术过硬的精兵强将，组成了强有力的质量检查队伍，并明确做好了组织分工。每个检查员都怀着高度的责任感和使命感，对炉体的砌筑真正做到了一块砖一块砖检查，一个砖缝一个砖缝去量，一个尺寸一个尺寸去校对……砌筑炭化室时，一连3天扒了6道墙。这种连续扒墙，扒出了质量不可违犯的威严；扒出了筑炉工作人员的规范操作；更扒出了技改工程百年大计、质量为本的管理理念。

就在这种工作精神之下，筑炉用掉的7000多吨、60多万块砖，没有一块砌差，没有一个尺寸搞差。面对这份成功的答卷，这不能不说是一个奇迹，而创造这一奇迹的则是质量检查人员勤恳务实、精益求精的工作态度。

2000年9月12日13时38分，这是一个值得铭记的时刻，随着墙状遍体通红的焦炭倾泻而出，公司八大技改工程之一——续建焦化工程正式投产，比计划投产日期提前了4天。

面对这一丛熊熊炉火，项目经理部、焦化厂、三冶公司、鞍钢设计院的所有人员，成功的喜悦之情溢于言表，几位“老总”相互握手，互致祝贺。

52m^{2}烧结机年设计生产能力69万吨，它的投产将为凌钢形成年产钢100万吨生产规模打下坚实基础。

52m^{2}烧结机工程场地建筑比高达80%之多，这个建筑比在建筑领域是十分少见的。该工程就是在建筑物集中、场地狭窄、障碍物多、立体交叉作业等诸多困难包围之中开始施工。

为了抢进度，土建施工在1999年冬季全面铺开。天寒地冻，对于浇注混凝土施工实属大忌，其对气温要求特别严格，只有如此，才能保证混凝土的性能。项目经理部和建设单位共同制定了一整套的保温措施，接着，天天根据天气预报情况，有针对性地调整防冻剂配比，综合运用好各种保温手段，以保证浇注混凝土质量万无一失。有时，赶上干大面积混凝土工程时，浇注连续几个小时不中断，施工员们便抛家舍业，跟班作业，现场把关，在寒风肆虐的室外工作，时间一长，冻得人浑身一个劲儿地打哆嗦，但他们仍坚持着，一丝不苟地履行自己的职责。

有付出就有回报。混凝土工程在2000年天气转暖后，经过质量复查，全部合格。这时候，项目经理王金国心里才踏实。

由于工程建设需要，在公司生产安全部等有关部门的支持下，躲开交通运输的高峰期，将封路对生产的影响减少到最低程度。项目经理部会同建设单位提前做好施工方案，以及各项准备工作，同时兵分几路，把每一个环节工作全部安排得当，以确保施工在最短时间内完成。

把每一分钱都用在刀刃上，是项目经理部所有人员工作不懈努力的方向。烧结机工程建筑物高，且排列严密。小型吊车吊高不够，在动用鞍建公司330t液压汽车吊时，这么大型吊车在全国不多见，一个台班费高达13000多元。

诚如王金国所言，用这样汽车吊本身就是一个大工程。为使吊车不浪费一分一秒的时间，超前做好环环相扣的工作方案。汽车吊一到位，昼夜不分，分秒必争地抢任务，使工作有条不紊地展开，出色地完成任务。

由于操作措施得当，两次动用330t液压汽车吊，每次台班费都比计划省下两三个，那是一笔不小数额的资金节约。

项目经理部在审查图纸时，发现水系统设计中存在着布局不合理、管网走向繁琐等一系列问题，针对问题进行科学的修改，彻底消除了诸多弊端。这一改进，不仅加快了工期，而且减少了施工费用。

料仓衬板设计为不锈钢和高锰钢，造成“功能过剩性”浪费。项目经理部提出了因地制宜地改进建议，采用普碳钢和高分子聚乙烯衬板取而代之，降低了工程造价，施工难度也大为缓解。加之铁路护坡加固三项合理化建议被采用，节约资金100万元左右。

烧结机工程烘炉已于2000年12月初结束，竣工投产已经为期不远。

新1号高炉年生产能力28万吨，它的投产将为凌钢形成年产钢100万吨生产规模奠定基础。

高炉热风炉已于2000年11月2日开始烘炉，12月12日高炉本体开始烘炉，高炉竣工投产已经指日可待。

高炉工程于1999年9月10日破土动工。在岩石上打出矿槽，做高炉基础，意想不到的事情发生了，高炉基础底下的岩石不是一体的，而是两块岩石中间夹着一条大沟，由于地质资料未能反映出来，这个问题成了土建施工中的一只“拦路虎”，致使基础打不了桩，进度受阻。怎么办？这成为一道摆在项目经理部和建设单位眼前亟待解决的难题。大家坐在一起，集思广益，反复斟酌、研究，共同寻找化解问题的良策。在项目经理周歧的建议下，决定就地取岩，制成混凝土灌下去，回填到大沟中，将岩石合二为一，成功地降伏了这只“拦路虎”。而计划耗资30万元才能做到，实际只用了10万元就大功告成。

施工现场狭窄，布局不合理，无形中给整个高炉工程土建施工和设备安装带来了很多困难。

炉顶设备安装就是其中较为典型的一例。如果按照正常施工程序要求，出铁平台必须全部浇注到位，可是一旦浇注完成，稍大些的吊车将无安身之所，炉顶设备安装便无从谈起。项目经理部与建设单位为解决这一难题，采取在出铁平台上预留两跨宽的空间，不打上混凝土，等到炉顶设备安装完成后，再将预留部分补上，这样前后的巧妙变通，难题不难了。

吊装干式除尘系统10个罐体是设备安装工作中属于“瓶颈”的难题。高炉四周道路已经被拔地而起的各式工业建筑物包围着，没有一条路能让这体重27t、长17m、粗3.6m的庞然大物似的罐体顺利通过。只有通过铁路才能办得到，所以造成今天“自古华山路一条”如此矛盾尖锐的局面。这样一来，势必与公司生产大局发生冲突，直接关系到炼铁厂和转炉炼钢厂正常生产秩序。

为把罐体吊装工作对生产的不利影响减至最小程度。在公司领导和有关部门的鼎力支持下，项目经理部和建设单位经过反复磋商和研究，制定了一套巧打“时间差”的方案，将高炉出铁时间与罐体在铁路线上运输时间合理对接在一起，力求生产与安装两不误。

2000年9月11日，一场与时间和效率相拼的罐体吊装攻坚战如期拉开了帷幕。

从早上6点半，干式除尘系统第一个罐体从建安公司制作现场起程，项目经理部和建设单位便开始了分秒必争异常紧张的忙碌工作。事先已经做好罐体路经2号高炉狭窄处，一旦前行受阻所必须采取的切割措施的准备工作。

罐体沿着人的安排，迅速地进入吊装状态，一个又一个环节去联系妥当，一个接着一个步骤去落实，大家忙得团团转，使罐体吊装工作得以顺利展开……

当罐体运至1号高炉狭窄处时，罐体顶部与上方间距不足2cm，两侧间距也仅5~6cm。望着罐体顺利抵达安装现场，在场的人们攥紧的拳头终于可以松开了。

此时的时针，已经指向下午15点多了，人们渐渐意识到腹中空空，午饭已经被异常紧张的工作挤没了。

周歧言及紧要关头，连连说出：“太玄了，太紧张了”，这样短促有力的语句，恰当地反映出当时繁忙的程度，仿佛我们置身于那关键时刻。

有了第一个成功的例子之后，剩下的9个罐体便鱼贯而入，顺利到位。

罐体吊装如此一气呵成，如此之顺。诚如周歧所言，整个吊装过程中，小到垫板的宽薄等一系列细小的环节都要逐一照顾到，否则，就达不到对生产影响降至最小程度的理想状态。生产与吊装兼顾的目标就难以实现。

棒材工程年设计生产能力40万吨，其投产可以全部使钢坯变成钢材，产品实现深加工，为凌钢产品、工艺结构调整提供有力的保证。

棒材工程是鞍建公司进入凌钢技改工程的第一个“见面礼”。恰值数九隆冬，气温在-24~-25℃之间，步进式加热炉基础施工迫在眉睫，该工程是一项地下工程，-8.2m，大面积需要浇注2500m^3混凝土才能完成，要求精度高，即不渗不漏，完成如此难度之高的工程，绝非易事一桩。

非常时期，非常精神。鞍建公司的两台罐车、1台泵车，都是在人可以替下稍作休息，而车不停的工作状态下，一干就是7天。尤其是装载机司机李希锁在自己的岗位上，在没人可替换的情况下，连续不停工作了7天，为不辱使命地完成任务，付出了超乎常人的艰辛努力。

这项工程到了2000年春季质量复查时，各项指标均达到了设计要求。

项目经理部请来鞍建公司、沈阳有色设计院共商破解难题。两家单位分别拿出打钢桩和打直径373钢管桩的加固宽的设计方案，终因费用太高未能通过。项目经理部会同有关专业人员经过反复测算与论证，采用直径327钢管桩，取消上部锚系统的解决方案。由于这项施工具有一定的不安全因素，要求鞍建公司昼夜施工，快速完成。这一方案的成功实施，不仅有效地保证了工期，而且节约资金60万元。

在拆除旧厂房的过程中，项目经理部人员，在料理完自己一摊工作后，便忙着拣废钢，攒起来。仅靠交废钢一项，创效100多万元。为凌钢负责这种主人翁的敬业精神，绝不是靠嘴喊出来的，而是一步一个脚印干出来的。

1999年10月12日，步进式加热设备调试开始，马院和鞍建技术人员负责地投入到设备调试工作中。此时身为项目经理牛恪庄工作起来的劲头丝毫与年轻人不差，每天不停地穿梭在8m高加热炉设备调试现场，一天不知走多少路，哪里出现“卡壳”问题，哪里就有他操劳的身影，指挥各方，协调解决问题，常常工作到大半夜。而第二天早晨，又准时出现在工作现场。

集团公司决策层明确提出技改工程相关单位——生产使用方应当积极介入到工程建设中去的要求。“建设是为了生产，生产是为了效益，而建设的质量与今后的生产和效益息息相关”。棒材厂厂长高宝伟的一席话，充分体现棒材人对参与工程建设认识之高的积极性，同时也是棒材人工作职责的一个重要准则。

棒材人从设备安装之时开始介入。8月中旬，结合棒材项目经理部的工程例会，棒材厂也开始每天早晨上班后的工程例会，例会的内容是汇报前一天发现问题，采取或寻求什么样的解决方法。

就在棒材人高度责任心的关注下，从设计、设备到安装所有存在的各种问题便呈现在工作人员的眼里。如设计中轴座与地脚螺栓、螺母接触部分应该加工而未加工，冷床下筋板不符合设计要求等。时至今日，棒材厂形成书面报告100余份，已经交到有关部门和领导的手中，其中大部分问题得到了圆满解决。

就在这个发现与解决问题的过程中，棒材人不仅仅起到了质量检查作用，而且也是一个学习和提高的过程，为棒材工程投产提前做好技术上的储备。

2000年11月15日，建设者们迎来棒材工程步进式加热炉烘炉，它标志着该工程已取得阶段性的胜利，向投产进军的号角已经吹响。在鞭炮声中，建设者无不欢欣鼓舞，用热切的目光传递着这一成功的讯息。

中和料场工程是炼铁系统多年来梦寐以求的项目，其投产将带来提高烧结厂产量、质量，降低固体燃料消耗，提高炼铁厂产量、质量，降低焦比等一系列令人惊喜的变化。

中和料场工程在项目经理部与建设单位的共同努力下，已于2000年6月10

日全部完成了临时供料系统料场到烧结厂的建筑、设备和电气安装工程。6 月 20 日试车，复合试车完毕，具备投产运作条件。

原料厂作为中和料场生产使用方，为配合临时供料系统试生产，在竖窑正常生产、人员培训等诸多困难条件下，组织工程技术人员毅然担起试生产任务。2000 年 8 月 7 日，中和料场临时系统开始正式供料，1 号受矿槽放不下料的“绊脚石”横在路中央，发生篷料时，矿粉四处弥漫，在这里工作的人员全身上下尽是暗红色。技术人员针对这一现象，经过反复研究，形成解决问题的初步方案，向项目经理部提出，再经过项目经理部、设计院集思广益的完善，改造措施到位，在 1 号受矿槽增设高分子聚乙烯衬板，难题迎刃而解。

设备在调试中，各种问题令人应接不暇。有的人下班后仅有七八个小时的休息时间，即便如此，班中有事都是随叫随到。因为，他们心中装着凌钢的事业。

实干出佳绩。中和料场临时供料系统 8 月份平均送料 940t。

在临时供料系统试生产的关键时期，项目经理张佩文，因长时期超负荷工作，旧疾复发，剧烈的病痛使他站不住了，就蹲在现场继续工作，一直等工作告一段落，才赶到医院稍加处理。第二天，又照常工作起来。

一次料场建筑工程已于 2000 年 5 月，全部具备设备安装条件。到目前为止，3 台堆取料机调试正在紧张进行中，2000 年 12 月末完成堆取料机联动试车。其他设备安装已经基本到位。

二次混匀料场因精矿粉堆占位置，致使工程施工受阻。为加快进度，在公司生产安全部物资供应部的积极配合下，将影响工程施工的焦粉和矿粉先运走一部分，为施工创造一定的条件。到目前为止，堆取料机基础施工完成不足 1/2，并根据现场条件，展开相应设备的安装工作。

谋求投入与产出的最佳组合，以达到效益的最大化，是凌钢技改工程一项基本指导思想，也是项目经理部所有人员矢志不移的奋斗目标。在中和料场工程中，项目经理部和设计单位基于凌源周围毛石供应不足、加快工程进度、节约工程投资的全盘考虑，同时请教有关专家反复论证改进方案的科学性，方案完全能够满足生产时料堆沉降力的要求。在保证基础安全的前提下，将一次和二次堆取料机基础埋深由埋入地下 3m 改为 2m，使基础底面坐在砾砂层，取消料场地面砖合理化建议的采用，共节约工程投资 210 万元。

2 号板坯连铸机工程年设计生产能力 45 万吨，是凌钢形成年产钢 100 万吨和优化产品、工艺结构调整的关键一环。

“科学辩证地协调好技术和效益之间的关系，以利于今后更好地发挥技改工程的效能”。这是集团公司决策层对于技改工程的重要指导思想之一。

娓娓侃谈间，项目经理陈宇介绍了 2 号板坯连铸机工程设计方案几经破立，而最终敲定前前后后的那份艰辛。

诚如集团公司决策层所言，2号板坯连铸机工程虽然推迟了投产日期，多花了建设费用，但是设计产量由年产35万吨增至45万吨，铸坯质量能够得到保证，品种和质量将不因机型问题而受到限制。这个学费交得值！

2号板坯连铸机工程早在1997年8月开始由马院设计，设计思想是板矩兼容、两机两流。当时，马院拿出来的设计方案没有得到集团公司决策层的认可，加之板矩兼容、两机两流这种设计方案在国内还没有成功的先例。专家经过反复科学论证，最终证明设计方案行不通。

马院设计的2号板坯连铸机是全弧型，这种全弧型明显存在着先天不足：在拉坯过程中，造成夹杂物富集问题，严重影响了产品质量，成为冷轧产品出现分层、边裂等质量问题的重要原因。

为进一步实现2号板坯连铸机高效化，以期满足未来发展方向的要求，后又选择了国内板坯连铸机，设备设计水平最高的设计单位——西安重型机械研究所进行主机设备设计，并将全弧型改为直弧型，3m长的直线段可以使夹杂物上浮到保护渣中，促使保护渣吸附夹杂物的功能充分释放出来，从而一举消除了全弧型所存在的弊端。同时，铸机平均拉速为1.67～2.1m/min，最大拉速2.2m/min，属目前国内设计的拉速最高的直弧型板坯连铸机。

设计方案着眼于科学发展的前沿，预留了完善这套铸机的发展余地。如液面技术都可以在这里找到安身之所。

2号板坯连铸机工程于2000年10月末破土动工，目前，设备招投标工作已经基本完成。

中宽带厂修配改区域“三电”改造，R2机采用交-交失量数字变频控制系统，设备基础自动化装备水平跻身当今世界一流水平。改造的成功，对于提高控制水平，保证正常操作等起到了关键作用。

2000年，中宽带厂这套轧机正值为凌钢效力的关键时期。然而其设备装备在近些年没有进行过技术改造，在现代化大生产的考验下，轧机的步履显得有些滞缓，因地制宜地进行技术改造，以冲出制约其发挥最佳经济效益的“瓶颈”，让这套战车重返冲锋陷阵的战场，叱咤风云。三电改造就是在这种大背景下产生的。

中宽带厂“三电”改造时间锁定在2000年4月7日～27日。在20天时间里拿下“三电”改造，成为项目经理部和相关部门人们共同的重任。

改造之初，中宽带厂成立了以厂长沈洵为组长的改造领导小组，全力配合“三电”改造工作。为抢工期，设备拆除在三班倒的不间断中进行，由于拆除的设备有一部分是有用的，并非全部淘汰掉，这无形中给工作带来了很大的困难，在数以千计、万计的线头之间，准确无误地取舍好，容不得半点疏忽。攻城不畏坚，中宽带人连续奋战了5个昼夜，就是在参战人员高度责任感的激励下，提前两天打胜这场攻坚战，为三电改造顺利完成赢得了宝贵的时间。

项目经理赵国安，自从接到了英文技术资料后，便开始恨不得有分身之术地忙碌起来。

类似中宽带厂这样的改造，在全国同行业也不过一二家，想出去考察走个捷径，然而时过境迁，在今天市场经济条件下，人家不可能提供这方面的经验和做法，这条路显然是行不通的，而我们所购置的各种先进设备，也因技术封锁的缘故，厂家不可能提前提供技术资料。

于是，赵国安每天的工作都是在现场和资料中展开。现场上，他忙着把各项工作安排妥当，转身回到了办公室，便一头扎进英文技术资料中，凭着自己多年积累的英文功底，去翻译那些艰深的英文资料，偶尔，碰到弄不懂的专业词语，还得“请教”英文词典，赶在下步改造任务还未展开之前，把资料弄通，用到工作中去，为改造顺利进行创造了先决条件。

承担“三电”改造设计单位——北京自动化院及其合作单位攀钢热连机厂，把凌钢的事情视为己任。工作中，积极配合，不计报酬，有时碰到设备调试工作不能中途搁浅，一干就是通宵达旦。

2000 年 4 月 27 日，中宽带厂“三电”改造不负众望地迎来了成功的时刻，一次试产成功。改造之后，中宽带厂产品产量、质量大幅提升。事实胜于雄辩地证明了“三电”改造是英明之举。

动力平衡工程，是围绕风、水、电、煤气、氮气展开的，以保证各项工程的动力供应和原料供应。

到目前为止，风系统新建的 400m^3空压机已经与整个网连在一起；水系统在西区建成泵房，只要技改工程需要，解决排水问题已经到了水到渠成的程度；电系统在二总变，将 20000kV · A 变压器改成 25000kV · A 变压器工作已经完成，其后还将进行线路改造，以满足电力供应；煤气系统一台煤气风机已经到位，只待与配套技改工程投产，即可启动；氮气系统 400m^3氮气球罐基础框架已经形成，并将于 2001 年天气转暖时就可以开工完成。

漫道雄关，尽现壮丽的宏图。以发展为己任的凌钢人，不会辜负历史与时代所赋予的重任，将凌钢打造成一艘无坚不摧的钢铁巨舰，在市场经济的惊涛骇浪中乘风破浪，勇往直前。

2001 年 1 月 1 日

高效工程的诞生

——小热带移地改造工程纪实

本报记者　孙晓东

岁月如歌。又一个千年伊始，又一个世纪的开端。

2001 年 1 月 18 日上午 11 时，型材厂 650/500 厂房迎来了它一生中引为自豪的庆典。人们从四面八方涌来，向它焕发出新的生命光彩致庆。集团公司领导来了，高益荣、郭瑞芹、于连德、丁永生、郝志强、孙铁茂，刚刚参加完调度会的领导来了，相邻单位的同志们来了。此时，人们脸上荡漾着新世纪的笑容，等待着那个象征着 650/500 机组新生暨小热带移地大修工程竣工的时刻。

簇新的立轧轧机，披着一张大红纸，那是集团公司、公司党委、公司工会联合发来的贺信，贺信字字有声，历数着这项工程的重大意义，贺信句句含情，包含着公司领导对参与工程建设人员最诚挚的问候和褒奖。

在贺信对面，厂房的墙壁上，一条巨大的横幅，上书“营销公司热烈庆祝型材厂小热带试产成功预祝早日达产达效”。那是远在北京的股份公司副经理、经销公司经理李庆文委托经销公司人员送来的，同时还送来了两挂 10 万头的鞭炮。他原说这一天要亲自来，可事务繁忙的他，没能赶上这个对他来说有着很深感情的工程的庆祝仪式。

人们络绎汇集在立轧机前面铁板铺就的平台上。

11 时 18 分，主持庆祝仪式的集团公司总经理助理孙铁茂宣布：“小热带正式开轧，燃放鞭炮。”一根火红的钢坯滑出加热炉，经过开坯机组后，像一条火龙穿过 508 轧机，钻进精轧区，顺利到达卷取机，成功卷取，两挂 10 万头的落地红鞭炮和着轧机的轰鸣声，响彻厂房。

小热带移地大修工程的竣工投产，彻底结束了凌钢轧材系统两火成材的历史，节约了能源，为后部工序提高综合成材率创造了条件，从根本上解决了 650/500 轧机多年来不能满负荷生产的状况。小热带移地大修工程总投资近 1050 万元，从考察立项到竣工投产，仅用了 4 个月的时间，而且施工质量、设备安装、调试、热试，在凌钢工程史上都是一流，堪称一项高效工程。

李庆文历时三载“痴心”不改，小热带移地大修“千呼万唤”始出来。

应该感谢股份公司副经理、经销公司经理李庆文，因为没有他的极力倡导，恐怕就没有今天小热带移地大修工程。

那还是 1997 年 10 月，刚刚调到销售处代处长的李庆文到唐山开全国自行车链条协会的年会，别人晚上都在打麻将，不会打麻将的他便出去转转，听说有个国丰轧钢厂，李庆文便与同伴来到了国丰轧钢厂。在那里，他第一次接触了一火成材的小热带生产线，觉得非常适合凌钢，他们又来到唐山带钢厂，发现也是原来两火成材改造的。利用他们改造的成功经验，让凌钢的小热带一火成材，应该不是问题的，李庆文心中窃喜。

回到凌钢后，李庆文便开始宣传一火成带工艺，并介绍自己掌握的有关信息，可甚至有人连信都不信。

1998 年，李庆文到河北、大邱庄等地推销钢坯，在那里，他再一次品味到一火成带的低成本优势，感受到凌钢在市场竞争中的危机重重。回来后，他再度利用各种合适的机会，倡导一火成带改造，仍未得到认可。

然而，李庆文“痴心”不改，先后领着丁永生副总经理、锦管公司刘建春经理、钢管厂张振龙厂长、生产安全部苏辉部长等前往国丰等轧钢厂，实地观摩一火成带的生产线，以扩大影响，促进一火成带改造的早日实施。

2000 年 7 月末，在集团公司第七届中层干部聘任改造结束后的第一个全体中层干部大会上，李庆文代表经销公司做典型发言时，再一次言辞恳切地提起了一火成带改造，并具体提出了在 650/500 轧机后部实施改造的设想，得到了集团公司总经理高益荣的首肯。一火成带改造由此纳入了公司的议事日程。

9 月 7 日，集团公司召开小热带移地大修工程立项会，成立工程项目经理部，由机动部部长卢亚东任项目经理，型材厂厂长于丛安、热带厂副厂长张久灵任副经理，小热带移地改造大修工程开始。

打破常规，合理调剂，全过程控制。工程严格按网络计划进行，施工员们辛苦，施工队不敢怠慢。

小热带移地改造大修工程在工程设计上打破常规，设计院的设计人员与型材厂、热带厂的工程技术人员面对面，设计人员需要什么工艺参数，技术人员给什么技术参数。工程立项后第二天，设计院便召开了工程设计会，具体做了明确分工。项目经理卢亚东每天都到设计院盯着，设计人员不休大礼拜，常常工作到午夜。就这样，9 月 30 日，厂房接跨图纸出来了；10 月 8 日，轧机基础图纸出来了；10 月 12 日，轧线施工图纸出来了；10 月 15 日，卷取土建施工图出来了……

设计与施工交叉进行。10 月 2 日，进行接跨工程招标，10 月 8 日，施工队伍进驻现场，10 月 10 日，土建施工招标，先由设计院给量，四家中标的施工队伍进入现场，先挖土方，再等施工图纸。

土建施工大规模展开，四支施工队伍各居领地，展开了一场质量与速度的竞赛，这也是当初项目经理部在招标时选择 4 支施工队伍的初衷所在。

正是初冬时节，650/500 厂房是从 1966 年建厂开始轧钢最早的生产线，30

多年来，由于设备不断的更新改造，地下基础到处都是，给土建施工带来了相当大的难度，而工期紧，质量要求又严，项目经理部施工人员盯在现场，施工队领工员吃住在现场，工程施工的关键时刻，项目经理部干脆将施工队的经理请来现场监工。

土建施工员杨姝丽，是项目经理部现场施工员中两位女同志之一。一天晚上后半夜两点，因为设计尺寸问题，必须得她到场，为了不延误工期，杨姝丽在丈夫王中海陪同下来到了现场，并叫来了设计院的冉春梅，也是一位女同志，及时解决了问题，使工程很快畅通。

净化水池是由过去650/500机组冲渣浊水池改造的，承担此项工程的实业公司安装队，在数九严寒的天气里，24小时连续作业，将浊水池中设备拆除，泥渣清走，在沾满油污的池底、池壁打出新渣，重新挂面；负责水系统设计施工的王明中与安装队一起，为确保冬季施工质量，采取很多办法，采暖保温，使净化水池工程按期完成。

在工程建设中，设备采购及时到货是确保工期的关键。工程项目经理部提出设备采购计划，招标结束后，并未中止对设备的关注，而是常常问询、催促，并与采购人员到厂家，实地监察设备制造的进展情况，从而保证了设备的及时到位。设备安装过程中，项目经理部人员更是须臾不离现场，以使出现的问题及时得到解决。

在小热带移地大修工程中，型材厂所表现出的全局观念，积极主动和求实、较真、吃苦、敢打硬仗的精神，是最为光彩夺目的一章，是此项工程进展顺利的关键所在。

最早进入小热带移地大修工程角色的是型材厂厂长助理赵景仁和技术组、点检组的技术人员。8月31日，于丛安厂长与机动部卢亚东部长、生产安全部苏辉部长、经销公司李庆文经理、热带厂张久灵副厂长外出考察，临行前，交给赵景仁一项任务，就是考察回来要看到小热带移地大修的设计方案。赵景仁二话没说，带着工程技术人员开始了紧张的工作，连着3天3夜，昼夜未停，由于人手不够，赵景仁把前来洽谈蓄热式加热炉改造业务的北京力通公司的一名技术人员请来，帮忙打印。9月3日，星期天，于厂长考察归来，案头摆放着小热带移地大修工程设计方案初稿。9月5日，该方案提交设计院，并通过了可行性的审查论证。

厂房接跨，意味着原来650/500工段段长室、会议室、更衣室、电工班、钳工班、休息室和操作间近600m^{2}的平房要扒掉，16株几乎与凌钢同龄的树木要伐掉。房子扒了不要紧，可126人上哪儿去换衣服成了难题，工人们议论纷纷。一切以大局为重，有困难，咱自己想办法克服，可不能因为这影响了小热带工程。型材厂领导说服了职工，4天时间，600m^{2}的平房被推倒，93车建筑垃圾被清出。放树也不是容易事儿，直径少说都有500mm的大树，没有点专业水准，放起来很容易出事儿，加工段职工张义阁骑摩托车从瓦房店接来了一位放树个体户，300元钱让这一困难迎刃而解。当施工队伍开进现场，已经是毫无施工障碍了。“一切为工程让路”，型材厂将检修时间尽量排到夜间，避免与施工队争天车。

型材厂还主动承担了所有的非标准件以及基础垫板的加工任务。从10月17日开始，加工段50名职工开始了紧张的工作，在保证正常生产用件的前提下，一个月的时间，加工段4点连零点班、白班不停地作业，1200余根地脚螺栓、30多吨垫板，总质量达50t的机加工任务抢了出来，那时候，没有了星期天的观念，段长孙宗会从接下任务，至今还没休过一个班。加工出来的螺栓还要包装好，避免磕碰螺纹，并建立了由施工员签字、施工队领料制度。

12月24日，小热带停产。从这天开始，凌钢彻底结束了轧材系统两火成材的历史。早7点，静寂的小热带厂房，来了型材厂250/400工段的一班人马，继而，设备、加工、650/500工段的职工陆续涌进了热带厂房。他们是来拆利旧设备的。原定6天拆完的计划，被于丛安厂长压缩为3天，并分机包给了各工段。小热带厂房再一次热闹起来，整个轧线从头到尾，到处是人，那宏大的场面，让人感到震撼。结果，只用了两天半的时间，所有的利旧设备全部拆除完毕。

安装工作赶在了一年中最冷的时节。而今年的寒冷是多年来罕见的，厂房最低温度可达-28℃。型材厂设备安装人员承担着除508轧机以外的8架精轧机、卷取机，以及动力、控制系统的安装工作。由于热带停产的推迟，使原计划35天的安装调试时间缩短为20天。这是一场与严寒抗争、分秒必争的攻坚战，项目经理部、型材厂的领导、所有的安装人员为确保15日试产过钢，开始了昼夜的奋战。在安装进入关键时刻，型材厂在大食堂每天包两顿饭。记者总想从中找到几名闪光的人物，可所有的采访对象都告诉记者，在设备安装的日子里，每个安装人员都一样，他们心无旁骛，一心想着的就是安装，领导和工人们一道没命地干，没有喊苦叫累，没有一句怨言。

从三冶请来的测量专家老赵，看到由型材厂安装的所有设备底座一次验收合格，情不自禁地竖起大拇指。1月8日前来调试的天传所技术人员看到现场的安装情况，肯定15日过钢没戏。可他们每天来到现场，便会看到一种全新的景象，他们惊叹了，便也抓紧白天、夜晚不停的调试。元月13日，项目经理卢亚东走进调试室，调试人员这是第二次见到卢亚东，因为他始终在安装的第一线。调试人员说：“卢部，您一来，我们都有点发毛，因为我们知道，肯定是您的设备安装已经没有问题了。”卢亚东微笑着接茬说：“这不，来催你们啦。”单体试车，设备安装没有问题，天传所的技术人员再度惊诧了。他们调试过5条这样的生产线，如此顺利，设备安装水平如此之高还没有过。

1月15日下午，小热带移地改造大修工程开始全线连动试车、试轧，发现一面利旧的柜子与新柜间的匹配还有问题。调试人员进一步进行调试，晚上10

时许，热试第一根钢，没有成功，第二根、第三根仍未成功，调整人员进行调整轧机，调试人员再次检查参数。很多人都说，今晚恐怕是够呛啦。卢亚东部长表情严峻，于丛安厂长不停地在轧线上奔忙，副厂长郝振宇、张久灵，厂长助理赵景仁在和调试人员探讨。生产安全部部长苏辉、副部长马玉民、质监部副部长姜东也来到了现场。

1 月 16 日 1 时 25 分，一根火红的钢坯滑出加热炉，经过开坯机组，顺利通过精轧机组，到达卷曲机，并成功卷曲，令所有在场的人们激动不已。午夜的严寒困不住发自内心的欣喜，笑容像鲜花在这寒冷而又炙热的午夜盛开。

小热带移地大修工程是一项高效工程，它是与工程有关的全体人员通力合作的结晶，是凌钢工程建设史一座不朽的丰碑。

小热带移地大修工程项目经理部经理卢亚东在接受记者采访时自问：这项工程是占天时、占地利、占人和？答案是：不占天时，隆冬季节施工是工程建设的大忌，稍有不慎，便会出现质量问题。不占地利，施工地点是还在生产的 650/500 厂房，生产与建设的矛盾客观存在。那么就只有占人和了。工程得到了公司领导相关单位的鼎力支持。高总经理曾多次来到施工现场关注工程进展，副总经理于连德、金国钧、丁永生、郝志强对工程都特别关心，设备安装阶段，于副总经理亲自主持召开动员会，坚定 15 日试产过钢的信心。几位副总是卢亚东经常叨扰的对象，碰到难题，卢亚东便向他们请教。牛总曾在星期天被卢亚东请到设计院，在设计过程中，赵总提出过很多建设性的意见，使设计工作少走了很多弯路。经销公司经理李庆文、生产安全部的苏辉都多次到现场，李庆文还请人进行人员培训，负责招待专家，生产安全部在各方面给予协调。设备备件部的工作积极主动，计划员李玉，设备合同签订一个月，便带着型材厂、热带厂有关人员到厂家去看，而且不看到实物不罢休。在设备调试过程中，李玉始终陪着调试人员在现场，一直到试产成功。

型材厂副厂长郝振宇在接受采访时对记者说，在整个工程建设中，没有互相的推诿，出现问题，不是去先找谁的责任，而是先寻求怎样解决，大家共同为此而努力，为了一个目标努力，那就是 15 日试产过钢。58 岁的于厂长和工人们一起摸爬滚打，他的精神时刻鼓舞和感染着全体型材厂参与这项工程的职工。

经销公司经理李庆文在接受记者采访时说："在前往国丰等地考察的路上，我和卢亚东部长等人说，要致力让小热带工程为凌钢技改工作趟出一条新路来。投资少、实用、见效快。"意在技改工程应多打一些短平快仗，灵活的战术更适应激烈多变的市场环境。

小热带移地大修工程是一项当之无愧的高效工程，这是所有与工程相关的人员共同努力、通力合作的结晶，是凌钢工程建设史上的一座不朽的丰碑。

2001 年 2 月 14 日

改革的效应

——冷带厂“竞争承包”后生产经营运行情况的调查及思考

苏 辉

为扭转冷带厂持续亏损局面，今年4月份公司通过竞争方式选出承包人，承包人在交纳了抵押金后对冷带厂实行了“抵押经营”。经过半年多的运作，冷带厂在用工制度、分配制度上借鉴民营企业的做法，在质量管理、成本管理、生产管理等方面采用适合冷带生产特点的管理方式，在产品销售工作中紧紧抓住市场变化，坚持信誉第一、诚信为本、努力为用户服务的思想，使冷带厂的生产、经营发生了巨大的变化。

（1）劳动生产率大幅度提高。生产及管理人员由原来的266人，精减到146人，实行两班作业，4～9月份共生产冷带8528t，其中9月份生产冷带1832t，基本达到了原来的生产水平，月工人实物劳动生产率翻了近一番，达到了每月每人14.656t。

（2）主要技术指标有了显著改善。9月末冷带产品的成材率完成了94.42%。同比提高了2.15%，轧辊消耗完成1.913kg/t。同比降低了1.238kg/t，酸耗完成了40.635kg/t，同比降低了27.189kg/t。

（3）生产经营成果显著。剔除人员工资部分及折旧、大修等因素，冷带产品的成本与上年同口径比较降低125.6万元，成本降低率为7.46%，单位成本降低了147元/t。人员工资比上年节约了38.3万元。

冷带厂“竞争承包”后，其生产经营的成功运作，有如下意义：

（1）经营成果实现了扭亏为盈，冷带不再是公司每年亏几百万的亏损产品，而是能给公司创造效益的产品。

（2）保住了公司冷带品种及市场，不仅有助于提高企业的现时效益，而且对今后发展中宽带深加工产品具有战略意义。

（3）稳定了冷带厂的职工队伍，使冷带生产的操作、技术人员得以保存。

（4）冷带厂“竞争承包”、“抵押经营”模式作为公司经营体制改革的一种成功尝试，对其他分厂、子公司的管理、改革有十分重要的借鉴作用。

公司对冷带厂仅仅通过改变经营模式就产生了如此效果，形成如此巨大的反差。为探究其原因，笔者对冷带厂的生产、经营、管理等方面的工作进行了调查。

一、用工制度方面

冷带厂原有职工266人，其中管理人员35人，操作工人（包括电、钳工）231人，承包经营后，管理人员精减到13人，操作工人压缩到了78人，后又雇佣54名临时工，合计用工146人，同时精减了11名质量检查人员，倒班方式由原来的四班三倒改为两班制，根据销售合同量实行弹性工时制，工作时间从8小时到12小时不等。在人员使用上以不养闲人为原则，根据岗位的业务量实行1人多岗、身兼数职、明确责任。临时工与正式工的工作岗位和待遇不同，在实际生产过程中根据每个人的表现临时工与正式工可以相互转换，对不称职的临时工随时予以辞退，这相当于末位淘汰或待岗制，使每个职工时时处于危机之中。同时对职工贯彻少用人等于多挣钱的思想，使职工多干活而无怨言。

二、在分配制度方面

打破原有的工资体制，使分配简单化。以生产主线的轧钢工为主，严格按产量计薪，其他岗位按其技术含量、劳动强度及工作时间参照轧钢工制定相当的系数，同岗同薪，真正体现了多劳多得，使职工为了多挣钱而主动增加工作量。在分配中体现有技术的多挣钱，有贡献的多得钱。每个月根据职工的工作表现、贡献大小，以“甩红包”方式奖励职工，充分调动职工的积极性。

思考之一：冷带厂通过“竞争承包”、“抵押经营”，借鉴民营企业的做法，使其用工制度、分配制度更贴近于市场经济，更符合市场经济规律，职工的思想观念得到深刻变革，职工时时刻刻都有危机感，这就为冷带厂提高生产效率、降低生产成本、增强冷带厂产品的竞争力奠定了坚实的基础。调查中在谈到“竞争承包”后，职工观念转变最大的方面是什么时，有的职工深有感触地说，转变最大的是“懂得了服从”，无论是降低成本，还是提高质量，只要分厂要求的，职工就主动积极地按要求去做，甚至比分厂要求的做得更好。

由于有强烈的危机意识，职工“懂得了服从”（不服从随时可能丢饭碗）。因为有了主动服从，生产的各项管理得以有序进行，各项指标、成本得以有效的控制，效益才得以保证。

三、在质量管理方面

改变原来由生产操作工人控制，公司派驻的独立于冷带厂的质量监督人员进行工序及实物质量监督检查及判定的管理模式，取消了11名独立于冷带厂的质量监督人员，由生产操作人员控制，厂里设两名技术人员对生产的产品质量进行监督把关判定。

产品生产严格按用户要求去组织，“用户的要求就是标准”这一理念真正贯彻到实际生产操作当中。如对于钢衬料，此产品用途是冷弯后做塑钢窗的内衬，对于边部的毛刺、切不齐等缺陷就不需要花费成本按国家标准严格控制。这样带来操作思路的变化，切边量由原来的4mm减少到0~2mm，成材率提了3%以上，对切边用的圆剪也不用因剪切后毛刺超标而频繁更换磨损的剪刀，不仅提高了设备作业率，也降低了生产成本。

对于钢窗料其产品用途是冷弯后焊制钢窗，为了保证钢窗的强度，又不能因带钢产品的过厚导致经营亏本，有些用户对此产品的厚度偏差要求为±0.02mm，这大大严于国家标准规定的0.09mm偏差标准，但冷带厂严格按用户的要求去组织生产，让用户满意，从而赢得了用户的信赖。

冷带厂在对产品质量异议的处理上承诺“用户的损失我们100%承担”，让用户满意，让用户放心。对于因产品缺陷导致的用户质量异议损失，是哪道工序的责任，就哪道工序承担，增强了职工的质量责任。

思考之二：冷带厂取消了独立于冷带厂的质量监督人员，内部设兼职技术人员，监督实物质量，明确了质量责任，并可根据用户的要求去组织生产，真正体现了“用户的需求就是标准”。这一做法无疑是成功的。成功的原因是因为生产操作人员、质量监督人员与分厂在质量控制工作中的价值取向是一致的，质量涉及每个人的利益，因此他们在生产过程中能够更灵活的对待标准，生产出的产品让用户更满意（即使某些指标不符合国家标准）。成功的原因根本还在于这种管理模式更加符合市场的要求。

四、成本管理方面

按照公司模拟市场，指标分解的核算办法，把每项具体成本指标分解到班组人头，并进行考核，由于职工观念的转变，危机感的增强，使成本控制变得简单，职工的成本意识大大增强，大家围绕降低成本想了许多具体措施，降成本成了职工的一种自觉行为，原来进热带原料都需从汽运公司要车，厂内倒运半成品和一些材料的运输都要进行外委，现在这些活全部由自己承担起来。

原来成品打包用外进的退火钢丝，每月需用3.5t，每吨3500元。现在用生产过程中剪下来的废钢头剪成相应的宽度代替钢丝打包，不但提高了包装质量，还降低了产品成本，此一项每月可创效两万多元。

职工责任心增强，避免了浪费现象的发生，4~9月份成材率指标的大幅度提高，辊耗、酸耗等各项消耗指标的大幅度下降就是充分的证明。

五、在产品销售方面

首先坚决贯彻不付款不发货的原则，把资金风险降到最低。冷带人深刻认识到，如果因为资金风险把握不好而导致呆账的发生，每损失一块钱，大伙就少收入一块钱，坚持不付款不发货就是保护自己的利益，所以，半年多没有一起欠款情况发生。

其次，坚持一户一议的灵活的价格政策，全力将产品的价格卖到最高，追求利润最大化。冷带产品所面临的客户大多是生产企业，这些企业对冷带产品再进行深加工。不同的企业，不同的用户，因其加工的产品不同，对冷带产品价格的接受能力也有差异，而产品每多卖一块钱，职工就能多收一块钱。基于这种认识，冷带人随时关注市场变化，根据用户的企业性质、行业特点、产品投向以及对产品的要求不同，采取一户一议的灵活的价格政策，每一批产品都尽最大可能卖个好价钱，以实现效益最大化。

三是以诚信为本，对用户的承诺要百分之百兑现。从生产到销售全面树立用户是上帝，为用户服务的思想，树立良好的信誉。现在在厂内已经形成了生产围着销售转，分厂各部门围着生产转的经营理念，因为大家深切意识到，没有市场就没有生产，没有生产也就没了饭碗。以前在生产过程中要想变更生产计划换规格，是难之又难的事，因为这不仅损失产量，而且还要倒料、换辊、更换剪刃等，增加大量的工作量。现在只要是用户急需，随时都可以变更生产计划，而且职工可以加班加点生产用户急需的产品，以满足用户要求而无任何怨言。

四是销售人员有强烈的开发新市场、新产品的意识，通过销售带动生产调整产品结构，逐步消灭冷带产品的淡季，生产高附加值产品。利用有限的资源创造出最大的利润。

冷带产品很大部分用于钢窗、钢衬，这些产品季节性强，一进入冬季，市场迅速萎缩，对生产经营影响甚大，对此，冷带厂在市场旺季就不断寻找新用户，开发新产品，逐步调整产品结构，增加薄带、打包带、轻钢龙骨用镀锌基带、暖气片用翅片带钢、包芯线带钢等附加值高、市场无淡季的产品，以确保淡季也能正常生产，增加产品的效益，使职工有活干，有钱赚。

思考之三：在集团公司内部，没有哪个分厂的生产与销售结合得像冷带厂那样紧密，为了有活干、有钱赚，就得把产品卖出去，要把产品卖出去，就得满足用户需求，为用户服好务，让用户满意，冷带人深刻地认识到了这一点，所以“生产围着销售转”自然成了全体职工的生产经营理念。

因为公司对冷带厂实行“竞争承包”、“抵押经营”，这种机制使得销售工作对于冷带厂自身的利益太过于重要，因此才有了“一户一议”的灵活政策，也有了产品能多卖一块钱就决不少卖的经营思路。

冷带厂要想把生产维持下去，确保生产的稳定、持久就必须主动调整产品结构，保证淡季也有活干、有钱赚，对于销售人员的要求就不仅仅是把产品卖出去那么简单。

冷带厂的销售工作之所以能够做到这些，是机制在起作用，是公司给了冷带厂“承包经营”的机制，这种机制产生的利益导向驱使冷带人把销售工作做得更好。

思考之四：公司对冷带厂实行“竞争承包”、“抵押经营”，就是通过竞争方式选出承包人。在对5个人选提交的承包方案进行分析比较后，最后认定王延宾拿出的承包方案最优，对公司最有利，因而竞争成功，在交纳了10万元承包抵押金后，对冷带厂实行承包经营。

“竞争承包”的方法保证了承包工作的公正、公平，确保了承包方案对公司最有利，“抵押经营”增加了承包人的风险，使承包人在生产经营过程中全力以赴、兢兢业业，不敢有丝毫的懈怠。由于承包风险和利益驱动，承包人在用工、分配以及其他各项生产经营工作中可以直面矛盾而无所顾虑，敢于放开手脚大胆改革、管理，职工也对承包人的生产经营思路和组织方面能够理解、认同及服从，这从根本上扫清了生产经营中的一些阻力、障碍，化解了矛盾，使得生产经营得以顺利进行。对于王延宾，由于他对冷带产品的生产工艺、技术是明了的，对生产管理、质量管理等专业管理是清楚的，对于各项技术指标能完成到什么程度心里有底，而且两年的销售经营使得他对冷带产品的市场、销售工作十分熟悉，因而在冷带厂的“承包经营”中他能得心应手、取得成功。

现今，冶金行业发展突飞猛进，企业间的竞争愈加激烈，不用说不发展，即使是发展得稍慢，企业也将很快被淘汰出局。企业要有大发展，在市场竞争中站稳脚跟，就必须深化企业内部改革，不改革甚至改革的力度不够，企业终究是死路一条，冷带厂近年改革的发展历程也说明了这一点。

2002年10月31日

一道璀璨靓丽的“生命线”

——中宽带厂“效益型”思想政治工作纪实

孟宪勤 郑天野

“思想政治工作是经济工作和其他一切工作的生命线。”这是党的十一届六中全会《决定》做出的科学论断。这不仅是我们党的历史结论，更是当今时代的要求。

今年，公司党委结合凌钢实际，坚持与时俱进，适时提出开展“效益型”思想政治工作的要求。中宽带厂党总支在贯彻落实公司“效益型”思想政治工作中，求新、求实，有针对性和实效性。切实把思想政治工作这条“生命线”贯穿到生产的全过程。化解矛盾，理顺关系，增加干劲。提高了企业的凝聚力和向心力，提高了职工的整体素质，体现了一种团队精神。有效地调动了全厂职工的积极性和创造性，为生产、创效创造了良好的氛围和环境，为“效益型”思想政治工作和党的“生命线”注入了新的内涵和活力。

联系日·生日宴

中宽带厂现有职工595人，具有学历高、年纪轻、技术好、可塑性强的特点。在繁忙、紧张的生产活动中，厂领导如何才能及时掌握了解职工的心态，知道职工在想什么，对厂里有什么要求，从而形成“上下互动”的最优状态？

中宽带厂党总支通过分析，结合实际，找准最佳切入点和最有效的载体——职工过生日。借为职工举行生日晚宴之机，实现“零距离”的交流，掌握了解职工的思想动态，在生日祝福中沟通领导和职工的感情。

每名职工生日那天，一定会收到一封精美的“生日贺卡”，贺卡上隽永的字体映入眼帘：“今天是你的生日，这张小贺卡送去温馨的祝福，我谨代表全厂职工向你表示祝贺，祝你生日愉快！心想事成，工作顺心，天天都有好心情！”落款是“中宽带厂厂长：沈洵”。看到这温馨的话语和厂长的亲笔签名，不仅让人从心中涌起一股温热的暖流，平时的辛劳、汗水被这股暖流融化，化成感激、激情和用不完的干劲。

在中宽带厂，自去年9月开始，每10天为过生日的职工举行一次“生日宴”。餐桌上，面对生日蛋糕和燃烧的蜡烛，伴随着《祝你生日快乐》的优美乐曲，厂党政工领导祝福的话语、感谢的言词、诚挚的问候、殷切的期望，使职工一下子与厂领导的距离拉近了，职工充分感受到了“家”的感觉和氛围。职工间相互自我介绍、交谈，不熟悉的，熟悉了，不了解的，了解了。多了几分理解，少了几分歧义。更多的是谈论着厂里的管理，职工的要求，今后的打算。“我爱宽带，我爱我家”在这里得到了充分的体现。

有的职工说：“小的时候都是父母给我过生日，他们记得我生日是哪天。成家后就不过生日了，有时自己都记不得哪天是生日。现在厂里给我过生日，哪天生日厂里都给记着，我们心里特别感激。”厂里过完生日后，还有的职工风趣地开玩笑：“回家埋怨爱人，我过生日厂长都想着，你都不想着。”

厂领导一再启发大家“对厂里有什么意见、有什么要求、有什么建议，只管提，只要我们能办的，我们一定办!”

一名职工提出：“厂长，我们喝的热水烧得不开，给解决解决。”

一名职工说：“厂长，自行车棚的打气筒不好使，能不能给换一个。”

职工们说，平时我们没机会与厂长接触，更没胆量给厂里提意见，看到厂领导这么平易近人，就什么心里话都敢说了。

第二天，职工们发现，热水滚开，一个崭新的打气筒放在自行车棚旁边。职工们服了，“厂长说到做到，真为我们办事，真把我们提的问题当回事。”

一次，在生日宴上，有位轧钢操作工和天车工聊了起来，他们原来并不很熟悉。天车工和操作工由于工作关系，经常发生口角，产生矛盾，很不好相处。他们通过交谈，越说越投机，越说越有感情，相互表示：“以后我们好好合作，相互好好配合。”过后的工作中，果然配合默契。

还有一次，轧钢作业区的职工和设备段的职工较上了“劲”，轧钢工说：“今年你们设备段如果保证轧机不出问题，我们保证全年拿下 70 万吨。”设备段职工说：“我们保证设备不出问题，你们拿不下 70 万吨怎么办?”

“今年要在水的问题上搞搞攻关!”

“下一步一定要把测厚仪的问题解决好!”

“轧辊消耗还要再降低一些!”

交流的是感情，谈的是决心，说的是干劲。

党总支副书记李洪初说：“利用给职工过生日的机会，开展厂领导和职工联系日活动。厂领导和职工座谈，听职工对厂里的意见和反映，共同探讨企业的发展和大家关心的问题，已成为职工参与企业管理的一种有效途径。”

通过“过生日”，与职工接触谈心，增进了上下级之间的相互理解，也增进了职工之间的互相了解，增进了友谊，融洽了感情，使职工像生活在一个温暖的大家庭中。自己有个“小家”，企业有个“大家”，“大家”里每个同志都心与心沟通，情与情交融，每个人都感受到家的温馨。为自己是一名中宽带人感到骄傲和自豪。

一名女工，因工作关系要调离中宽带厂。可中宽带厂这个“家”温暖着她、吸引着她，她舍不得离开。留恋着中宽带厂，留恋着中宽带人，留恋着中宽带的领导。但组织调动，工作需要，必须服从。她只好流着眼泪，恋恋不舍地离开了中宽带。

过生日，本是普普通通的事，但中宽带厂把为职工过生日作为思想政治工作的新方式、新载体，它的意义和作用远远超过了过生日本身。

天车·空调

中宽带厂近年来由于工作量加大，生产紧张而繁忙，加热炉后通红的钢坯越摞越高，离天车的距离也就越来越近，特别是夏季，热气往上涌，天气的高温加上钢坯的高热，使天车内的温度居高不下，有时车内温度高达60多摄氏度，往地上吐口吐沫都“吱吱”响，脚踏上去灼烤得人受不了，两只脚要不停的轮换着站才行。有的男职工干脆光着膀子，仍然是大汗淋漓。还不时有人发生中暑现象。就是在这种情况下，天车段60多名职工克服困难，战高温，保生产。

党总支书记、厂长沈洵得知这一情况后，领着有关人员亲自来天车上了解情况，察看高温作业的环境。当即决定：给天车里安装空调。并立刻派人去办，组织人员安装，亲自在现场督办。

空调安好了，居高不下的高温有了缓解。沈厂长并没就此满足，又多次与氧气厂联系，弄来了冰块，每个天车里放上一个“冰桶”。沈厂长还是不放心，又给天车段、生产作业区、加热炉几个段配上冷藏柜，购买了冷饮机，让职工可以随时吃上清凉的雪糕、汽水等冷饮。同时还配备了各种防暑降温的药品。

即使这样，沈厂长还是不断征求职工意见：在防暑降温方面，你们还有什么好措施、好办法，你们尽管提，只要我们能办到的，我们保证办！

职工们说：“厂长想我们所想，急我们所急，把我们工人的事当成大事来办，我们打心眼里感谢厂领导对我们的关心和爱护。我们干工作没的说，只要领导敢想的，我们就敢干。”

此后，他们又召开职工座谈会，进一步采取防暑降温措施，加快热装热送速度、节奏，减少热坯停留时间，天车工轮流上岗，半小时一轮换等。

一次，一个天车上的空调坏了，沈厂长找来维修人员盯在维修现场，可是老修不好，影响工人操作，沈厂长立即决定：“换新的。”不能再耽误时间，影响工作。一台新空调换了上去，工人们又一次感受到凉爽的惬意。职工们的身凉快了，心却更热了。

工作服·洗衣机

中宽带厂设备比较多，难免身上沾上油污，特别是像轧辊作业区、机械作业区工人的工作服，沾满油污是家常便饭、常事。日常生活中，衣服脏了，扔到洗衣机里洗一洗，是很简单的事，但是如果满是机油的衣服洗起来可就不那么简单了。在家里，油乎乎的工作服放在哪里脏到哪里，如果放在洗衣机里洗洗，那别的衣服甭洗了。所以有油污的工作服，在家里洗非常不方便。为此，有些职工干脆就不洗工作服，任其“油”下去。

后来，这件事反映到厂长沈洵那里：“能不能想办法弄一台洗衣机，专门洗这些带油的工作服?”沈厂长觉得工人的提议有道理，既解决了工人洗工作服的难题，又可以显示中宽带人的形象——干净、整洁。沈厂长多处打听，听说机械制造公司有一台旧洗衣机闲置没用，就亲自到机械制造公司商量，最终把这台洗衣机运了回来，经过修理，使这台洗衣机重新发挥作用。从此后，中宽带职工洗工作服方便多了，再也看不到职工穿着油乎乎的工作服上岗了。

工人师傅说：“这回好了，家里老婆孩子满意，厂里领导看着满意，我们自己更满意。”

上大学·五百元

中宽带厂工人在班上的事厂领导管，可是工人家里的事，厂领导也管。

在笔者采访之时，就碰上这样一件事，给排水段职工杜师傅，早晨一上班，就有人通知他：“你儿子考上大学了，快去厂里取钱!”杜师傅怀着激动的心情来到厂里，接过厂里为其儿子上大学资助的500元钱，感动得不知说什么好!

杜师傅叫杜志光，爱人没有工作，家里很拮据，供儿子杜钦瑜上学很不容易，今年儿子考上了大连职业学院计算机网络专业，全家人非常高兴，“望子成龙”嘛，盼的就是今天，能考上大学，将来能成为一个有用的人，这也是全家人的夙愿。可是，上学是好事，但得花钱啊，而且首次就得交7500元，杜师傅很是着急。厂里知道他儿子考上大学后，按照厂里的规定，资助500元。这为杜师傅解决了不小的难题。

杜师傅拿着500元钱，跑到沈厂长的办公室，千言万语不知从哪说，只变成一句话：“谢谢，谢谢厂领导，太谢谢了!”杜师傅在工作中是一位非常负责的人，敬业精神非常强，同时也是一位很憨厚的人。笔者和他谈起这件事时，他说：“我不会说，我也说不好，反正我打心眼里特别感谢厂领导! 这500元钱，不仅仅是在经济上帮助了我，更重要的是厂领导对我们工人的这份感情，我们永远忘不了!”

杜师傅的话，没有什么华丽的词语，道出的却是发自内心的、真挚的对中宽带厂、对厂领导的感激之情、热爱之情。杜师傅的话，也代表了许多中宽带人的心声。据了解，在中宽带厂，近3年来，已有15名职工因子女考上大学享受到了这种资助，也感受到了厂党、政、工领导对职工的关怀和爱心。500元钱是有数的，可它在职工的心里却是无价的。

退休职工·米和面

人都有退休、离岗的那一天。在中宽带厂，退休离岗职工“人走茶不凉”。厂里始终不忘记他们，时时想着他们。

逢年过节，厂里派专人到家里看望、慰问退休职工、长病职工、工伤职工、工亡职工家属和贫困户职工，这已成为中宽带厂不成文的规定。

今年春节，由厂党总支副书记李洪初带队，到凌源三十家子乡、四官营子乡等周边地区先后走访慰问了30多户职工，并为他们每户送去一袋大米，一袋白面，还有豆油、肉，有的困难户和工亡职工家属还有困难补助款。把党的温暖和组织的关怀送到这些弱势职工的家中。

中宽带厂领导讲，不光逢年过节我们看望慰问他们，平时，我们厂里有什么好事、有什么好处，我们都不忘了他们，都有他们的份，这些同志过去为中宽带厂的建设作出过贡献，为中宽带厂流过汗、出过力，所以，我们到什么时候也不会忘了他们。

去年4月9日，中宽带厂职工李晓军不幸在一次事故中工亡，他的父母在凌源三道河子乡住。厂领导去年端午节专程到家中看望老人家，带去了大米白面、油和肉，还有包粽子用的江米。今年春节，又一次去看望，除了带去米面等物品以外，还有500元钱。李晓军的父母对凌钢、对中宽带厂始终没有忘记他们感慨万千，非常感激。

看望、慰问的是少数离岗职工，但受鼓舞的不仅仅是离岗职工，而是多数的在岗职工。职工们说：厂领导对职工的事都想到了，把职工的事都当事办，我们在中宽带干，不白干，干得有劲！

职工·主人

中宽带厂坚持“人本管理”模式，把职工当成“主人”，处处体现关心人、爱护人、尊重人、理解人的理念。因而，形成了“团结、拼搏、健康、向上”的团队精神，增强了职工的荣誉感和责任感，极大地调动了职工的生产积极性，激发了广大职工的潜能和激情，人际关系不断和谐融洽，生产大幅攀升，效益不断提高，实现了公司提出的“企业与职工同步成长，物质文明和精神文明同步发展”的要求。

生产经营方面，中宽带厂今年1～9月份，完成中宽带产量52万吨，提前3个月完成公司年初确定的全年目标。下半年，公司调整目标后，年计划提到60万吨，可中宽带厂决心要完成70万吨。比2001年增长52.5%，比2000年增长1.27倍。过去“日产超千吨”只是口号，现在，班产超千吨，最高日产达3359t。成材率今年上半年达96.2%，比去年提高1.59个百分点，比前年提高5.42个百分点。超创利润1～9月份完成3376万元，完成年初计划的259.7%，完成调整后指标计划的161%，是去年全年实际完成指标的127%。

科技创新方面，连续蝉联两届集团公司科技创新一等奖，在公司表彰的工人科技创新奖中，有13人获奖，获奖人数全公司第一。

企业管理方面，不断探讨和学习“海尔”等国内外先进企业管理经验，形成了具有中宽带厂特点的“以人为本、创新无限”的管理理念；形成了“用户的需求，我们的追求”的经营理念；以及“自我否定、不断改善、追求卓越”的管理思想。企业文化、经营核算等项工作始终处于公司先进行列。

文体活动方面，在集团公司首届全运会上，获“首届全运会总分第一名”和“首届田径运动会总分第一名”。在公司“优化杯”篮球比赛中获冠军。首次在公司工人文化宫举办分厂级大型文艺演出，广大职工自编、自导、自演各类文艺节目，展示宽带人爱厂、爱岗、团结向上的风采，无论艺术水准还是演出效果都得到广大职工赞许。

精神文明建设方面，中宽带厂厂区绿草茵茵、鲜花锦簇、花香宜人。干净、整洁的厂房内，过去曾被人们称道的“烟灰缸”，现在早已不见踪迹，而是率先实行了“厂房内不吸烟”制度。厂房内随意吸烟，这一让人头痛的安全隐患，在中宽带被彻底“割根”，这在全公司也是首开先河。

如今在中宽带厂，遇到设备检修，职工们不用谁通知，都会自觉参与，即使是刚下零点班，也不回家。而且，从没人提及加班费、要报酬的事。这已成为一种风气。

中宽带厂领导说，中宽带厂不仅要在生产上拿第一，在创效中拿第一，而且在其他工作中也要拿第一，要把中宽带厂建成各项工作都是“一流”的企业。

有资料记载，西方行为科学专家研究结果表明，人们在工作中得到的物质利益，对于调动人的积极性具有次要意义。人们最重视在工作中与周围的人友好相处。良好的人际关系对于调动人的生产积极性是决定因素。

现代企业管理认为，人既是被管理者，同时也是管理者。也就是说，既是管理客体，也是管理主体。只重视管理者，只当客体，那么，管理是被动的。只有重视管理者的主体作用，管理才是主动的。

中宽带厂解决了“把职工当成什么”的关键问题，展示了“效益型”思想政治工作的魅力，使“生命线”更加璀璨靓丽。

2002年11月6日

我为你自豪　我为你骄傲

——凌钢参加省、市五一劳动节文艺汇演侧记

李希豹　本报记者　张凤阳

4月25日晚18时30分，辽宁电视台1号演播大厅，能容纳600人的观众席早已座无虚席了。辽宁省委副书记王万宾、总工会主席王俊莲、辽宁省副省长刘国强等省领导与全省各系统先进人物在前排就座。辽宁省总工会、辽宁电视台、辽宁省文学艺术界联合会联合举办的“振兴之声”“辽河油田杯”职工文艺汇演在雄壮激昂的大合唱《有一支歌》中拉开了序幕。

而此时，早已换好服装的凌钢12名模特在演员候播厅做最后一次队形调整后，分别走向舞台两侧台口，因为凌钢的节目被安排在第四个。伴随着音乐的响起，4名身穿代表春夏秋冬四季的挂历时装模特走上舞台，台下立刻响起热烈的掌声。太精彩了！太精美了！太具有想象力了！太具有创新力了！掌声未断，4名身穿对凌钢厂服做了抽象与夸张工作服的男模特走上舞台，当他们在台前一亮相，台下的掌声再一次热烈响起，观众真正被凌钢人别出心裁的想象力和创新力折服了，因为男模特在亮相中，将隐藏在上衣内的“凌钢”两个大字突显出来，再配上安全帽上凌钢的厂徽，用更形象直观的方式告诉台下观众，告诉电视机前的亿万观众，我们是凌钢人，中国有个凌钢，在观众热烈的掌声中，站成一个横排的12名模特整齐地放下了手中的小挂历，把演出推向了高潮。12幅小挂历的内容是：凌钢集团公司、挂历服饰表演、把握历史良机、辽宁振兴争艳、振兴中央所托、振兴国运所系、振兴民望所期、振兴只争朝夕、高水平跨越式、快起步高起点、庆五一促振兴、看辽宁更灿烂。挂历的内容不仅展示了凌钢的企业文化，表达了钢铁工人振兴辽宁的决心，同时也将晚会的主题完整的表达出来，12名模特直至走下舞台，观众席上的掌声依然在持续。而在演员休息厅，男演员的大手早已紧紧握在了一起，女演员则相拥在一起，任激动的泪水纵情的流淌。因为这毕竟是凌钢职工代表整个朝阳地区第一次走进辽宁电视台，而且通过卫星走向全国，太多的压力、太多的希望、太多的新奇、太多的激动，但是他们没有辜负凌钢人的委托与希望，他们走出了凌钢人的自信，走出了凌钢人的豪情，走出了凌钢人的风采，走出了凌钢人忠诚凌钢、奉献凌钢、建设凌钢、发展凌钢的决心。节目受到了省委、省总领导的高度赞誉，同时受到晚会导演的充分肯定，在晚会结束时，晚会导演组全体人员与凌钢的演职员合影留念。汇演获得了巨大成功，然而在这成功的背后，又有谁知道凌钢演职员倾注多少心血，流洒了多少汗

水呢？

3月12日，郭瑞芹主席接到省总工会电话通知：今年是振兴东北老工业基地启动之年，为了营造振兴辽宁的良好氛围，引导和激励辽宁广大职工为振兴辽宁献计献策，辽宁省总工会决定与辽宁电视台联合举办庆“五一”、“促振兴”——“振兴之声”职工文艺汇演。要求全省14个市8个产业工会积极准备节目参加汇演，演出时间定在4月25日，同时，节目将通过卫星频道对全国播放。为了抓住这个机遇，展现凌钢风采，郭主席主持召开专门会议。在全面分析了有沈阳、大连、本溪、鞍山这些大城市具有专业演出团体、人员，以及鞍钢、本钢和辽河油田等大企业还存在着专业团体的情况后，做出了要想让节目闯入这场晚会，节目必须做到新奇特的决定，即思想要新、创意要奇、表现方法要特。在这一思路的指导下，郭主席提出了采用炼铁厂去年在文化周上表演的挂历服装形式，同时把“四大技改工程”竣工投产晚会服装模特手持横幅结合进来，通过挂历服饰表达凌钢不仅能冶炼钢铁创造财富而且还能创造美，美化丰富自己的生活，通过手中横幅内容传递信息表达主题，通过这种独特表演方式，展现凌钢人激情四射的创新力和创造力。同时还准备了由公司工会文体部王志宇部长演唱的将《一二三四歌》改词后的《振兴之歌》，以及由设备材料部职工王海军表演的“伟人之声”模仿秀。节目和人员确定后，由于距离演出时间还有一个多月，加上厂内生产紧张，抽人困难，因此，只将演出情况通知了模特队的队长质量部的赵凌梅，要求其编排动作。

3月19日省市两级工会发来通知，26日省市两级领导将陪同辽宁电视台导演组成的节目审查组来凌钢审查节目。

这时距离节目审查只有两天时间了，而我们节目服装还没有制作，演员也没到位。时间就是命令，服装队员到位，炼铁厂将用过的服装也全部送到文化宫。

文体部将缝纫机拉来后不好使，王志宇将家里的缝纫机拉来制作服装，人机配合连轴转，一天两顿盒饭，26日下午1点距离节目审查还差两小时，12套服装才制作完成。

26日下午3点，在朝阳市总工会副主席王晓东，宣教部长王荣义陪同下，由省总工会宣教部长、省电视台晚会总导演、音乐编导、文字编导组成的专家组前来审查节目。当他们挂历服饰表演一出场就令专家们眼前一亮，得知所有演员都来自生产一线时伸出了大拇指，考虑晚会时间和节目内容，当场拍板选中这节目，并且提出具体要求，男上衣工作服进行适当的艺术夸张，女式服装的样式到颜色更能体现春夏秋冬四季色彩，主创人员再聚会对专家组提出的意见认真分析，将服装进行最后的制作，与此同时，12名演员抓紧一切时间紧张排练。

省总的演出定在4月25日，而朝阳市也准备筹备一台庆“五一”文艺晚会，并且要让凌钢出一半的节目，时间紧任务重，这下可忙坏了工会的工作人员，为此他们提出了省里演出要确保万无一失，市里演出也必须全力以赴，于是工会文体部的工作人员都投入到了为两场演出服务的工作中，组织排练、制作道具等工作全面展开。

经过近两个月的紧张筹备，一切工作就绪，4 月 24 日参加省里演出的职工与工作人员赶到了沈阳，为了让大家尽快熟悉舞台情况，文体部的工作人员在安排好大家的住宿后，就把大家直接带到了辽宁电视台演播排练厅。在排练厅，节目导演组还在对每个节目做最后的审查，凌钢的模特们为保证节目的精彩，在排练厅一练就是十几遍，将所有能想到的问题都一一想到，一一化解。4 月 25 日一天的时间，演员们都是在排练厅度过的，在舞台彩排时，遇到了一个棘手的问题，由于这个舞台与凌钢舞台布局有差异，原设定的出场方案无法达到预期的效果，怎么办，离演出还有不到半天的时间，要想换一套方案，如果演员不适应怎么办？前一种方案早已烂熟于心。工作人员着急，演员们也上火，看到工会文体部的人员如此犯难，演员们表示，尽管大胆地改，决不会因为临时改动而影响演出的效果。于是编导们制定了新的出场方案，为尽快熟悉方案演员们一练又是十几遍，当别的节目组演员在休息娱乐时，凌钢的模特们依然不厌其烦地在台上走来走去，正是这种精神，正是凌钢人特有的执着，才有了文章开头那精彩的一幕。

省里的演出获得了成功，演职人员来不及品味这份喜悦，第二天便驱车回到朝阳市参加 27 日市总工会的演出，而此时凌钢也有近 30 名演员从凌钢赶赴了市里。

27 日上午，全体演职人员汇聚朝阳人民会堂，投入到紧张的排练中，整场晚会十多个节目中凌钢占据半壁江山。所有节目逐个进行最后的彩排，在楼上参加全市“五一”表彰会的郭主席也抽空到现场指挥指导，从早晨到晚上，除化妆外，所有演员都是在舞台上度过的。

晚上 7 点整，市领导悉数进场落座后，演出拉开帷幕，凌钢的 6 个节目个个精彩，《伟人之声》的传神，《一二三四歌》的豪迈，《生财之道》的感人，《钢花飘飘》的激昂……演出结束后，当凌钢演职人员在朝阳焦化厂晚餐时，朝阳市委常委、市总工会主席温成江专程赶来，与大家举杯庆贺。

省、市演出的成功，让更多的人了解了凌钢，在演出过程中，所有演职人员都有共同的心声：凌钢我为你骄傲，我为你自豪。

2004 年 5 月 19 日

好风凭借力

——建安公司实行内部机制改革见闻

本报记者　李亚明

曾几何时，凌钢冶金建筑安装有限责任公司是那么的辉煌。她的成长始终伴随凌钢的发展壮大。十里钢城的每一个角落，都可以寻觅到建安公司荣耀的印记。特别是在计划经济时代，建安公司几乎包揽了凌钢基建、大中小改造、检修的任务。业绩凝刻在凌钢人的心中，人们总是这样评价：建安公司是一支特别能战斗的队伍，是一支能啃硬骨头的队伍！

然而，没有不变的历史。就在凌钢大跨步发展，活源剧增的背景下，在市场经济的大潮中，社会上的一些建筑安装队伍云集凌钢。而从计划经济向市场经济的转换中，建安公司的现状是：对于小的工程施工项目，她无法与机制灵活的私有小施工队伍相提并论；在大的工程上，她又无法与实力雄厚的大建筑安装公司抗衡。建安公司职工眼巴巴地望着活源而兴叹！整个建安公司像一支飘忽不定的风筝，经营状况时好时坏，效益不佳，职工的情绪跌到了极点。

内部机制改革方案出台

2003 年 11 月 1 日，对于每一名建安公司的职工来说都刻骨铭心。建安公司领导班子成员酝酿几个月的内部机制改革实施方案正式出台！

衰而思变，这也许是一条永久不变的法则。面对新的形势，面对今日的建安公司，班子成员形成了这样的共识：不是市场变化快，而是建安公司员工的观念陈旧；不是建安公司这支队伍不行，而是缺乏行之有效的机制牵引的动力。别人有活干不过来，我们吃不饱等倾斜的政策。这就是建安公司与其他建筑施工队伍的差距，这就是建安公司生存的潜力。

依照建安公司内部机制改革方案，从 11 月 1 日开始，建安公司全体员工实行全员重新组合。将原来的 9 个队解体，重新组成 17 个队，通过竞聘和职工记名投票选举产生 17 个承包人。承包人与公司签订承包合同，交付风险抵押金。公司不再对员工开工资，所有员工免除档案工资，实行“零工资”起点。承包人视效益情况决定员工薪水的多少，根据员工工作能力和创效能力决定工资的额度。员工原有的等级、职称、学历界限均被打破，完全以技术素质、工作态度、管理水平作为生产力要素参加分配。17 个作业队分别承担着一定的成本和利润指标，独立核算、自负盈亏、自行分配。

不破不立，面对内部机制改革方案的出台，绝大多数的职工既感到震惊，同时也感到欣慰。这是一次革命，是一次脱胎换骨的革命。不仅是建安员工，国企职工恐怕都有这种观念，上班就有工资，干活就得奖金。而这种观念真的被废除了，这或许是真正意义上的“形势任务教育”。

机制带来的变化

好风凭借力，送我上青天。

建安公司经理吴英奇在接受记者采访时这样对记者说：“建安公司实行内部机制改革后，在极短的时间内，员工的思想观念发生了质的变化。从经理、副经理、管理人员，到普通的员工真正意识到了身份的转换，所有员工都在重新定位。想事做事的人多了，找活源，创效益成了员工共同的唯一目标”。

今年三四月份，集团公司系统年修，建安公司同时承担了多项年修任务。各项目经理的工作热情得到了淋漓尽致的彰显。他们把所承担的检修项目作为改制后的样板工程、争气工程。他们清楚，几个项目完成情况如何，关系着建安公司重塑形象的大问题。这既是经济效益的转折之仗，也是建安公司员工思想翻身的政治之仗。

所有参战人员按照网络施工计划，昼夜抢工期。一项工程，多路人马协同作业，让班子成员最不放心的是，各队从局部利益出发，配合失控。但实际结果是，各队之间配合默契，为了整个工程的施工进度，以往扯皮的事出乎意料的化解了。

只要是凌钢需要，建安公司员工必须无条件服务。在这次系统年修中，钢达公司负责高炉检修项目。当得知他们的技术力量不足时，技术标兵刘墨山带队承担高炉料钟调试，一举成功。这一技术“专利”再显神威。

巨大的合力，生发出无穷的潜能。公司系统年修结束，建安公司所承担的5个检修项目，均比公司计划提前，其质量也得到了验证。受到了公司的嘉奖。“建安公司的作战能力，不仅没有削弱，反而得到了显著的增强”，机动部的领导如是说。

特别时期，最能表现建安公司员工特别能战斗的品质。过去如此，现在更是如此。今年2月中旬的一天，下午5点左右，建安公司的生产调度同时接到3项紧急检修任务。炼钢厂风机停转、炼铁喷煤制粉电磨出现故障、连铸扇形段零段下线。3路检修队伍20分钟后均到达现场。

机动部副部长杨金忠在炼铁厂喷煤制粉电磨现场，对赶来督战的建安公司经理吴英奇说，这台电磨50个小时后要生产，用什么办法检修你们自己想办法。

作为专业技术人员的杨金忠、吴英奇心里再清楚不过，这项检修任务，没有65个小时很难完成。可生产不能停，工期就得这么定。于是，这项“不讲理”的检修任务落到了机装二队。在队长的带领下，全队十几个人立下“军令状”，不完成检修任务誓不离现场。这抢修现场就是干活的地方，也是吃饭、睡觉的地方。49个小时后，全体参战人员圆满完成了任务。推着自行车准备离厂时，他们连上车子的力气都没有了。

员工思想观念和精神面貌的转变，是建安公司实行内部机制改革的最佳印证。

在立足凌钢，服务凌钢的同时，建安公司又把创效的目光投向社会。当他们得知朝阳浪马公司要增加生产设备时，公司领导带队多次进驻浪马公司进行业务洽谈。第一次为浪马公司安装了6台硫化机，经试生产使用后，安装质量完全合格，创出品牌，打出了名气。今年7月份，建安公司人马再次进入浪马公司，又安装了5台硫化机，累计创效20万元。

现在，在凌钢的主体生产厂随时都能找到各队的负责人。这些负责人的手机号已分发到各个生产厂，保证24小时开机。

有一个队专门驻扎在炼钢厂，负责连铸扇形段的检修。他们用行动已打出检修“品牌”。

有些生产厂清理卫生、修电器、掏厕所等看似不起眼的小活，现如今都成了建安公司主动上门服务的创效项目。

车队，过去每年亏损额30万元左右。现在实行单车承包，不仅在凌钢内找活源，还走向社会去开拓市场。特种车按照交通部门规定不能上公路，承包负责人三番五次找到交通部门，请他们派人押车去施工，问题得到了圆满的解决。现在，他们的经营触角已伸向周边的县市。上半年实现了有史以来的第一次盈利，创效10万元。

机装二队队长王庆忠，在接到参加公司系统检修任务的前夕，为了稳定职工情绪，自筹27000元，为本队职工垫付工资，凝聚人心，较好地完成多项检修施工任务。

新机制与传统制度的碰撞

转换内部经营机制，必须建立一套与之相匹配的管理制度。

建安公司地处凌钢厂区外围，偷盗现象十分猖獗。为刹住这股歪风，新班子上任后颁布了打击盗窃行为的五条禁令。

过去，各类汽车、摩托车、自行车随意出入建安公司的大院。院内的边角废钢铁，今天有，明天无，都是熟人，门卫的值班人员想管也管不到位。明摆着的事实，大伙都是睁一只眼，闭一只眼。

远的不说，“五条禁令”颁布之后，又发生了一起奇怪的案件，院内为烧结厂制作大小水梁上用的白钢条，一夜之间全没了踪影。“五条禁令”已贴于大门的显著位置，有人竟敢以身试法。

公司领导班子经研究后，决定在院内实施一次大检查。所有员工在检查组人员面前，一一打开了本是装工具的自用铁箱子，结果发现3名员工的工具箱内装有不符合规定的原材料或备件。丢失的白钢条没找到，意外的发现却叫3名违纪员工付出了沉重的代价：开除厂籍，留厂察看，罚款2000元。

为彻底改变偷盗成风的现状，建安公司又撤换了本单位看守大门的内部值勤人员，由凌源保安大队聘用专职的保安人员。对进出院内的车辆实行持证出入制度。

胆子肥的人依然存在，但这次栽了。

今年4月份，两名员工晚10点多钟，来到大门值勤室，找到值勤的保安人员说：“一会儿，他们将拉东西出院，请保安人员放行，事成之后有好处”。

两名不轨之人走后，值班保安通过电话把情况向建安公司领导做了汇报。建安公司领导立即赶到公司，堵截欲出大门的车辆。那两名员工见有异常，没有贸然行事。

第二天，吴英奇把两名预谋行窃的员工叫到办公室，当场宣布：开除厂籍，留厂察看，罚款2000元。

正如人所云，没有铁的纪律和制度，任何改革都会付之东流。

禾苗成长，离不开阳光雨露的滋润。建安公司点滴的变化，恰是内部机制改革的结果，也是集团公司领导及各部室领导大力支持的结果。

今年1~6月份，建安公司实现主营业务收入688万元，比上年同期增加551万元。其他业务收入140万元，比上年同期增加75万元。实现利税61万元，利润29.7万元。责任制考核利润40万元。

建安公司员工在这一行行数字中，看到了希望。这希望之意，不仅包含着每一名员工生存之托，还包含自身的社会价值。

面对今日建安公司的变化，建安公司领导们并不轻松，他们说，建安公司要生存，从自身来讲，还必须经受更多风雨，它的生命力依然很脆弱。我们要借助凌钢改制、改革的东风，赢得凌钢方方面面的鼎力支持，加大改制创新的力度，灵活经营手段，转变观念，不断开拓新的市场，增强市场竞争力，为建安公司注入新的生机和活力。

2004年7月28日

“五型”激活企业“细胞”

——钢管厂五型班组建设调查报告

本报记者　白雪峰

在辽宁省改革大潮中涌现出了一批批适应市场新形势的先进团体，王海班就是其中一个融技能型、效益型、创新型、和谐型、管理型于一体的“五型”优秀班组。今年省总工会要求全省各级工会组织开展“推广王海班经验，创建五型班组”活动，集团公司工会从凌钢实际出发，以提高职工综合素质，全面加强班组建设为落脚点，全面开展“打造五型班组，创建优秀小家”活动。

半年多时间过去了，在“五型班组”创建中钢管厂取得了可喜成绩。当记者采访到钢管厂领导及班工段长时，他们说，班组是企业的“细胞”，“五型班组”建设，激活了企业的这些“细胞”。

技能型——破解培育复合型人才的难题

钢管厂作为公司的承包经营单位，近几年通过改革和机构调整，职工总人数从600多人减到200多人，而5套焊管机组年总产量10万吨的产能却没变。人员大量减少，岗位和工作量却和以前一样，这就要求目前的在岗职工要比以前多做至少两个岗位的工作，掌握两种以上本岗位以外的技能，以便在某个岗位缺人时立即补上，保证生产的正常运行。

培育“一岗多能”的职工，对于一个老企业来说是一个难题，职工文化程度普遍不高，而且多年来形成的满足现状、不思进取的惰性，是这个难题破解的主要障碍。技能型建设，成功破解了培育复合型人才的难题。

“一岗多能”要求职工至少掌握两种以上岗位操作技能。从各班组提供给记者的材料中，记者了解到2号工段乙班陈国富本岗位是轧机调整工，现在具有电焊、开天车、平头的能力；武寒冰本岗位是轧机调整工，现在具有电焊、调整矫直机的能力。2号工段甲班工长冷殿军在向记者介绍该班成员的技能型建设情况时提到，目前已有5人能够胜任3个以上岗位的技能操作，班组其余13人，也都能胜任两个岗位操作技能，真正实现了一人多岗。

冰冻三尺，非一日之寒。从各个班组所取得的建设成果，职工技能的提高，他们付出的心血我们可想而知。职工技能的培养无非是两个渠道：其一是以班组为单位，积极开展职工技能培训活动；其二是定期参加厂级技术培训，然后再经过严格的闭卷考试，合格者方能上岗。培训活动又调动了广大职工的学习劲头，219工段精整班包装工王洪林就是一个很好的例子。今年44岁的他一有时间就学习，为了顺利通过考试，甚至将复习题带回家，让妻子做考官，自己做起学生来，学习的干劲让很多年轻人佩服。长期学习与培训，使职工习惯了浓厚的学习氛围，如果隔一段时间没有考试，职工们就会觉得生活中好像少了点什么，就会主动问技术人员："咱们是不是很久没培训了？怎么不考试了呢?"

效益型——适应市场形势，由粗放型向集约型转变

企业追求效益最大化。而千变万化的市场形势，给企业效益的提高又带来了很大困扰。困难面前，钢管厂广大职工激流勇进，迎难而上，在"五型班组"建设中从新的角度寻找突破口——节能降耗。

记者在采访各个工段的时候，每个班工长都讲述了节约小焊条和螺丝钉从一点一滴做起的故事。以前，大家的节约意识不强，焊条还剩100mm就扔掉了，螺丝钉、螺丝帽在作业现场也随处可见，造成了备件的浪费。开展"五型班组"建设从根本上强化职工的节约意识，真正做到了节能降耗。219工段乙班工长胡成在向记者介绍本班组的效益型建设时提到，焊条由班长统一发放，并且将焊条用到根为止，这样每月每岗就可节约1~2箱焊条。同时对锯片采取定期修复措施，延长了锯片的使用寿命。原来20片锯片只能用两个月，自从实施修复制度后，20片锯片能使用1年多时间，大大降低了生产的费用。提高效益不仅在于节约备件备品，还要确保成材率，优化产品质量，每道工序都要严格把关，避免前道工序做无用功。2号工段乙班在这方面做得非常到位。他们从原料开始，实行严格管理，不合格的原料不上轧机；从原料到轧机，调整工认真调整轧机，保证轧机焊管在尺寸表面、焊筋上成为合格管；从轧机到矫直机，认真调整矫直机，定期测量定尺长度，保证了焊管无螺旋形矫凹、螺旋形压痕、螺旋形划伤等方面弊病；平头工认真平头，做到没有内外毛刺；打压工仔细打压，不让一支漏管混入成品管中；作为最后一道工序的包装工也做到了认真检查，确保焊管两端无劈头，表面无搭焊，没有长尺短尺现象。这样经过一整套工序的严格把关，提高了成材率，减少了废品数量，使材料备件都得到了较好的利用，同时在生产过程中，风水电气也没有一丝浪费现象，真正体现了效益型班组的优势。

管理型——人性化管理，尽显以人为本

"五型班组"建设，让钢管厂各级领导学会了人性化管理，这是记者在采访各个班组及厂领导时发现的共性。人性化管理与以前的粗放型管理有本质区别，

过去职工一犯错误，就要挨批挨训，这种粗放型管理方式不但没有起到教育的目的，反而适得其反，疏远了领导与职工的关系。

在管理方面钢管厂大到厂长，小到班长都做到了以人为本、诚信待人。钢管厂的管理与日清日结相结合，与奖金直接挂钩。本着公开、公平、公正的原则在每天的“日清日结”工作中做出总结，赏罚分明，铁面无私。但是“日清日结”的“硬”管理也客观存在某些不好解决的“难题”。219 工段的精整班包装工王金生，过去劳动纪律松弛，经常迟到早退，劳保着装也不整齐，扣奖金也解决不了问题，一向是班组开展工作的难题。随着“五型班组”的学习与开展，加上领导的关心，大家的真诚帮助，使他体会到了集体的温暖，将心比心，觉得不该再拖班组后腿，思想慢慢转变过来，彻底改变了惯有的陋习。

1 号工段甲班工长刘玉合有一句特别经典的话：要用自己的诚心、关心、热心唤起全班人员的一心，做到诚信待人。

创新型——职工施展才华的平台

创新是一个民族的灵魂，每个企业、每个职工都客观存在创新的内在动力。厂领导对记者说，在“五型班组”建设过程中，为职工搭建一个施展自身才华的平台，让他们充分发挥自己的想象力和创造力，开拓进取，勇于创新。

随着创新型建设的开展，钢管厂诞生了一系列创新成果：三点一线法、导位零摩擦法、木制导位法等。2 号工段甲班工长冷殿军发现原料料头焊接在生产中要被废弃近两米，每班生产 100 盘原料就要扔掉近 200m 带钢，为了提高成材率，他反复试验，最终将分料器中间铣一个 5mm 宽、5mm 深的槽，用废铁线捆扎代替原料焊头，此法提高成材率 0.87%，为车间增效达 10 万元。2 号工段乙班工长李中伟解决长带接头撞刀故障率，改进刨刀压杆及拉杆，自制盒式打毛刀，解决钢管撞击滚道传送辊故障等减少了故障率，提高了生产效率。

在线清除内毛刺，是钢管厂技术创新的一个最大的亮点。这种技术可以在线完成直径 42 ~219mm 焊管内毛刺清除，每吨焊管能够增加 80 元效益，提高产品附加值，同时也成为该厂一项具有自主知识产权的核心技术。

据统计，截至 11 月中旬，全厂共获得技术创新成果 47 项，预计创效 400 多万元。不仅为企业创造了效益，而且使职工有一种归属感、荣誉感，一举两得。

和谐型——团结互助，在工作中品味生活的乐趣

和谐是稳定的基础，是发展的前提。对于一个拥有 24 个班组的分厂来说，和谐尤为重要。钢管厂领导充分认识到了创建和谐班组的意义所在，在采访到班

工长时，他们都如此感慨：在创建和谐型班组以前，班组内部成员间钩心斗角时有发生，“事不关己，高高挂起”的思想更是司空见惯。自从开展“五型班组”建设以来，大家的思想观念发生了根本性转变，同事之间多的是体谅与关怀，少的是斤斤计较，以往的隔阂与不愉快灰飞烟灭了。和谐的工作氛围，使大家身心愉悦，把工作当成一种生活的乐趣。

在各个班组都有帮着大家买饭、打水、打扫卫生无私奉献的“勤务兵”，班组真正变成了团结互助、充满温馨的职工小家。

更为可贵的是在企业整体利益面前，职工不计较个人得失。今年夏天，一个秦皇岛客户急需50t出口用高精度集装箱薄壁方管，正值1号工段甲班上4点班，第二天用户就要提货，可还有30t没有生产，时间紧迫、任务量大，于是，全班成员连续作业，一直干至凌晨5点，终于保质保量地完成了任务，而他们却没有提出任何要求。此外，无论谁家有大事小情，班组成员都会不遗余力地前去帮忙，“一方有难，八方支援”，让职工体会到了家的温馨。

工长冷殿军说：“建设和谐社会需要从点滴做起，班组和谐促工段，工段和谐促分厂，分厂和谐促公司，公司和谐促社会，和谐的社会就这样形成了。”

“五型班组”建设，在钢管厂已取得可喜成果，厂领导通过实践有了深刻的体会：“五型班组”建设是在市场经济条件下，探索班组建设的一条新路子；“五型”是一个密不可分的整体，它们之间相互促进，相互渗透，同步发展；“五型班组”能够创建出“全能型”班组；它对全面提高职工个人和企业整体素质，提高企业核心竞争力有着重要作用。

2005年11月30日

巨大的变化　辉煌的成就

——凌钢改革开放30年回眸

本报特约评论员

迈着坚实的脚步，唱着《春天的故事》，我们迎来了中国改革开放30年。

1978年12月，具有重大历史意义的党的十一届三中全会，开启了中国改革开放历史新时期。从那时起30年来，中国共产党人和中国人民以一往无前的进取精神和波澜壮阔的创新实践，谱写了中华民族自强不息、顽强奋进的壮丽史诗，中国的面貌发生了举世瞩目的历史性变化。通过这场新的伟大革命的洗礼，深刻地改变了中国的命运，也让世界将一个国家30年的沧桑巨变，载入了人类文明的光辉史册。实践雄辩证明，改革开放是决定中国命运的关键抉择，是发展中国特色社会主义、实现中华民族伟大复兴的必由之路。

一

我们凌钢作为共和国钢铁工业企业的一员，是中国改革开放和现代化建设30年的一个缩影。30年来，在改革开放方针指引下，几代凌钢人满怀发展我国钢铁工业、振兴地方经济的豪情壮志，解放思想、励精图治、艰苦创业、不断创新，经历了风风雨雨的考验，走过了一条极不平凡的改革之路，创造出了值得骄傲的辉煌业绩，企业发生了翻天覆地的变化。

生产能力不断增长，企业规模逐步扩大，经济实力显著增强。30年来，凌钢的生产能力由1978年的3.6万吨铁、3.6万吨钢、2.4万吨钢材发展到现在的230万吨铁、235万吨钢和255万吨钢材综合生产能力。通过2008年的技术改造，到今年年末，钢的生产能力已达到350万吨。30年间，凌钢累计产钢1943万吨，产铁1806万吨，产钢材1790万吨。资产总额由1978年的2500万元，增长到现在的82亿元，年销售收入由几万元上升到2007年的77亿元，今年将达到近百亿元。凌钢从1988年起进入全国工业企业500强，2008年排名第328位。

经济效益不断增长，自我积累、自我发展能力显著提高。改革开放以来，特别是从80年代初以后，企业彻底扭转了长期亏损的被动局面，经济效益逐年提高。累计实现利税总额73亿元，其中利润35亿元，累计上缴税金43亿元，分别是国家同期对凌钢投入（含政策支持）8.4亿元的4倍和5倍以上。凌钢上缴的税金连续多年均占朝阳市本级财政收入的50%左右，为国家、为社会的经济发展作出了重要贡献，实现了企业效益和社会效益协调并进，企业被授予全国“五一”劳动奖状。

建立了独立的比较完整精干的钢铁联合企业架构，装备水平大幅度提升，产品实现了升级换代。经过多年不断的技术改造和资源整合，主体装备和工艺技术进入了国内同类企业先进水平，特别是通过350万吨钢技术改造，主要设备实现了大型化、现代化、节能化，装备了包括1080m^3高炉、120t转炉、240m^2烧结机、20000m^3制氧机等大型设备，使凌钢的装备和工艺水平基本跟上了当代中国钢铁工业发展步伐。形成了采矿、选矿、烧结、焦化、炼铁、炼钢、轧钢比较完整的钢铁联合企业架构。形成了转炉全连铸—热送热装—连轧先进工艺流程，一批主要技术经济指标列入同类企业前列。主导产品螺纹钢和中宽热带均获国家产品质量金杯奖，其中螺纹钢成为国家免检产品。连续多年被授予国家级守合同重信用企业和全国质量管理先进企业称号。

企业管理水平不断提高，市场竞争能力显著增强。改革开放以来，企业已逐步成为市场经济的主体，通过转换机制和产权制度等一系列改革，使凌钢形成了适应市场经济要求的内部管理机制，建立了较为规范的现代企业制度和上市公司。创立了以“按质论价、按利计奖”和“日清日结”为代表的一整套管理模式。使劳动生产率和生产要素利用率得到不断提高，弥补了凌钢在区位环境、能力规模、产品结构、人才技术上的不足，保证企业战胜了一次又一次严峻市场挑战，在由计划经济向市场经济的艰难转变中，在强手如林的激烈竞争中实现了发展壮大。企业荣获了全国百户企业管理杰出贡献奖、全国质量管理先进企业奖。

职工与企业同步成长，职工生活明显改善。30年来，随着企业的发展，职工生活明显改善，1978年，职工人均年收入不足600元，现在已经达到年收入3.2万元。特别是近几年，我们坚持“发展为了职工，发展依靠职工，发展成果职工共享”的方针，注重以人为本，坚持企业效益、社会效益与环境效益并重，在提高职工收入水平的同时，还注重发展职工的社会保障事业，建立和完善了养老保险、医疗保险、失业保险、工伤保险和住房公积金制度，完善了公共文化体育设施，使职工物质生活和文化精神生活全面发展，企业的吸引力和凝聚力越来越强。

企业文化建设成效显著，“三个文明”建设同结硕果。经过我们坚持把企业文化建设作为企业可持续发展的有力保证，不断培育和塑造具有时代特征和企业特点、为广大员工所认同的独具特色、充满活力的企业文化体系，确立了“自强、诚信、求实、创新”的企业精神和一系列经营理念，成为广大职工的精神支柱。厂区环境彻底改变了脏乱差的局面，近年来企业已成为花园式工厂，被评为全国冶金绿化先进单位。企业党组织已成为企业强有力的政治核心，共产党员坚持“有觉悟、有技能、有作用”先进性标准，发挥了先锋模范作用，通过构建和谐凌钢，为企业又好又快发展提供了强有力的思想保证。企业精神文明和物质文明建设协调发展，凌钢被国家文明委评为全国精神文明建设先进单位。凌钢党委两次被中组部授予全国先进党组织称号。

二

总结凌钢改革开放30年取得的巨大成就，我们深感骄傲而自豪。回顾凌钢30年的奋斗历程，我们经历了艰苦卓绝的漫长探索，走过了一段坎坷曲折、激昂壮阔的历程，实现了一次又一次跨越，铸就了一个又一个辉煌。

30年前的1978年，凌钢仅是一个名不见经传的“小三线”钢铁企业。由于“文革”中“极左思潮”的干扰破坏，企业管理十分混乱，生产徘徊不前，建厂十几年时间，迟迟达不到“五、七、十”设计能力（5万吨材、7万吨钢、10万吨铁），1978年凌钢全年钢产量仅有3.6万吨，企业连年亏损，已经走到了崩溃的边缘。

1978年底召开的党的十一届三中全会犹如强劲的东风，驱散了天空的阴霾，燃起了凌钢人的希望之火，凌钢的发展史从此掀开新的一页。

改革开放初期，随着党和国家工作的重点由“以阶级斗争为纲”转移到“以生产建设为中心”的轨道上来，凌钢进行了大刀阔斧的拨乱反正工作，使企业走上了健康的发展之路。首先是清除“文革”中“极左思潮”和无政府主义影响，全面进行企业整顿。从1979年到1983年，凌钢先后进行了恢复性整顿和全面整顿。通过整顿，平反了“文革”造成的冤假错案，理顺了人心；整顿了一度“软、懒、散”的领导班子，形成了企业强有力的领导核心；建立健全了各项管理制度和各级人员岗位责任制，恢复了有效的管理和工作秩序，生产经营出现了转机。1980年实现了“五、七、十”设计能力，1982年从根本上扭转了连续多年的亏损局面。其次是对企业领导和管理体制改革进行了大胆探索。1979年，凌钢在朝阳市率先实行了“党委领导下的厂长负责制”和党委领导下的“职工代表大会制”，初步改变了企业无人负责的局面。1984年，又率先进行了厂长负责制改革，企业内部推行了干部任期目标责任制。同时，根据国家扩大企业自主权改革的要求，在10个方面对企业管理进行了初步改革，使企业内部活力迅速增强，企业应变能力大大提高。再次是针对在“文革”中推行的“先主体，后辅助”“先生产、后生活”方针造成的生产工艺不配套、不衔接，生产能力得不到充分发挥以及品种质量不能适应市场的状况，全方位的进行了配套技术改造，特别是对竖炉进行了综合性的改造之后，使炼铁生产和整个凌钢的生产有了根本性变化，被当时的冶金部誉为“抓了龙头翻了身”。在品种结构上，通过自力更生、土法上马，新上了小热带、小冷带轧机以及焊管、螺纹钢，使产品的服务方向由过去主要为军工、重工业服务转为为轻工、建筑的轨道上来，进一步适应了市场需求，有效地促进了企业经济效益的提高。“六五”期间，凌钢工业总产值平均每年增长16%，利税平均每年增长39%，为以后的大发展奠定了基础。

凌钢真正意义上的发展是从“七五”开始的。“六五”末，凌钢实现了10万吨铁、10万吨钢，已经大大超过了“五、七、十”设计能力，在原有基础上挖潜发展已无空间。此时，正值全国的钢铁企业大发展时期，在强手如林的竞争中不发展就意味着死路一条。但凌钢要发展，制约的条件多、难度大，矿山和水资源不足，铁路运输受限，没有正规的设计院设计，发展资金更无着落。当时是计划经济时期，政府的计划没有凌钢发展的内容，也没有人给凌钢解决这些发展难题。以宋士田为首的凌钢领导班子决心以加快企业发展为己任，没有条件创造条件也要上。凭着顽强的努力和不懈的追求，使很多发展难题后来一个个得到了解决。1985年8月7日，国家计委1178号文件，批准了凌钢的“七五”改扩建规划。总投资5.18亿元的“七五”改扩建工程，从1986年6月20日开工建设，经过广大职工的顽强拼搏，到1990年，各个项目大都按期投产，从而形成了年产35万吨钢、35万吨铁、30万吨材的综合生产能力，实现了“一厂变三厂”的奋斗目标。

进入“八五”以后，根据对市场的调查，我们认识到，企业要发展，不仅要有规模，更要产品适销对路，要在适应市场需求的基础上发展，根据当时国内板管材的需求极大的状况，凌钢从德国引进年产50万吨能力的热轧中宽带钢轧机，并以引进这套轧机为切入点，发展了炼铁、炼钢。“八五”总投资7.2亿元，企业生产能力扩大到65万吨铁、70万吨钢。“八五”期间，凌钢人同样付出了艰辛的努力，特别是中宽带轧机的引进可谓是一波三折，历尽坎坷。引进历时3年，建设、调试、投产又历时3年，直到1996年才正式达产。这条生产线，在当时是我国第一条热轧中宽带钢生产线。自投产以后，热轧中宽带钢成为凌钢的主导产品，一直是企业经济效益的有力支撑点。

“七五”、“八五”凌钢之所以能获得长足发展，关键得益于当时国家的一系列放权让利政策。1988年3月，经朝阳市政府批准，与北票保国铁矿实现实体性联合，成立了凌源钢铁公司，这不仅使企业发展有了可靠原料基地，而且使凌钢真正成为钢铁联合企业。1987年，按照国家要求，开展了声势浩大的企业管理升级活动，使凌钢管理更加规范化、标准化，凌钢当年进入了国家二级企业行列。1992年，进行了三项制度配套改革，实行了劳动合同制、岗位技能工资制，极大地增强了企业的活力。在国家各项改革政策指引下，凌钢发展的后劲越来越足，1993年胜利迈上了50万吨钢大台阶。

从1996年开始的“九五”时期，我国开始由计划经济向市场经济转型，企业长期形成的深层次的体制、机制、结构性矛盾充分暴露出来，国企改革进入攻坚阶段。凌钢也同其他国有企业一样，面临前所未有的生存和发展的严峻挑战。以高益荣为首的凌钢领导班子迎难而进，带领广大职工解放思想，更新观念，打破传统计划经济的桎梏，破除国有企业长期存在的“等靠要”，提出“市场经济靠自己”的思想，以深化改革为企业寻找出路，开始了体制、机制等重大改革的攻坚战。

从1996年开始，大张旗鼓地开展了学邯钢活动，推行“模拟市场核算，实行成本否决”。在企业内部建立符合市场实际的价格体系，财务指标层层分解，做到千斤重担大家挑，实行了“日清日结”班组核算模式。学邯钢的过程实际上是企业管理的重大变革，也是企业管理不断创新、深化改革的过程，不仅使企业摆脱了亏损，而且形成了适应市场经济要求的内部激励、竞争、制约机制，实现了由以行政管理为主的人为管理向以市场法则为主的机制管理转变。当时，省委省政府曾高度肯定凌钢学邯钢的经验，曾提出“远学邯钢，近学凌钢”口号。

按照党的十五大要求，大张旗鼓地开展了减员增效、下岗分流、实施再就业工程和主辅分离、辅业改制。从1997年到1999年，多种渠道减员4300人，成立了实业公司，使1800多名下岗职工全部实现了再就业；陆续分离了公安、学校、医院等企业办社会职能，剥离了汽车运输、建筑安装、机械制造、生活服务等辅业子公司，并在2002年以后，对这些子公司进行“以改变产权关系、劳动关系、隶属关系”为主要内容的改制。经历了这些凤凰涅槃般的改革阵痛，使企业初步甩掉了沉重的包袱，精干了主体，初步实现了干部能上能下，职工能进能出，收入能增能降的机制变革，不仅实现了脱困，而且为企业成为“自主经营、自负盈亏、自我发展、自我约束”的市场经济主体创造了条件。

按照现代企业制度要求，由“工厂制”向“公司制”转变，建立了集团公司，实现了股票上市。按照十四届三中全会的要求，国有企业改革的方向是建立现代企业制度。1997年底，省政府批准了凌钢现代企业制度改革实施方案，1998年组建了凌钢集团公司，逐步建立健全了法人治理结构，“分离”“剥离”工作都有序进行，初步完成了公司制的改造。从1997年到2000年，凌钢从上到下以百折不挠的精神，历经千辛万苦，成功实现了股票上市。早在1994年，凌钢为了解决企业发展资金问题，顺应改革的需要，以“定向募集”的方式成立了凌钢股份有限公司，但募集的资金有限，为了企业更大的发展，建立通向资本市场的管道，凌钢在兼并锦西钢管厂的基础上，拿出全部优良资产重组，于2000年5月，经中国证监会批准，凌钢股份在上海证交所成功上市，募集发展资金5.4亿元。这是凌钢历史上的一个重大转折点。

进入21世纪以后，经过一系列攻坚改革，凌钢的管理体制、运行机制和经济实力都发生了根本性的变化，发展活力得以极大释放，企业实现了跨越式的快速发展。从2001年到2003年，利用上市募集的资金，提前启动了“十五”新一轮技术改造，钢产量迅速提高。2001年过百万，到2004年钢产量就突破了200万吨，实现了凌钢历史性的跨越。

从2004年开始，凌钢抓住振兴东北老工业基地有利机遇，积极争取朝阳新区项目，并获得了国家核准，与鞍钢共同组建朝阳鞍凌公司。这是凌钢借助外力在本地区发展的最重大的合资项目。这期间，根据科学发展观的要求，为推进企业又好又快发展，进一步有效地进行资源配置，优化工艺和产品结构，从2007年8月开始，投资26亿元对凌钢老区进行了大规模的结构性技术改造。主要是通过主体设备的升级改造和公辅设施的完善配套，淘汰落后装备，增强企业抗风险能力，目标是实现350万吨钢综合生产能力。包括$1080m^3$高炉、$240m^2$烧结机、120t转炉、90万吨高架棒材、$20000m^3$制氧机等10个项目。到2008年12月全部竣工投产。这次技改投资之大、项目之多、工期之短、生产与技改交叉进行的难度之大，在凌钢的建设史上都是前所未有的，在张振勇为首新一代公司班子带领下，凌钢人又一次创造了奇迹。它在我们凌钢发展史上树立起了一座新的里程碑，标志着凌钢的历史翻开了新的一页。

三

回顾凌钢改革开放30年来的奋斗历程，可以说是一部以发展为主题，历经艰难而不断成长壮大的发展史；是一部以改革求发展，坚持改革不放松，不断进行制度创新和管理创新的改革史；也是一部以技术进步为支撑，坚持技术改造和技术创新不停步，不断进行工艺结构优化、产品升级换代的技术进步史；更是一部几代凌钢人矢志不渝、艰苦奋斗的创业史。总结凌钢30年发展的基本经验是：

坚持党的基本路线，紧紧抓住生产建设这个中心不动摇。30年来，凌钢历届领导班子始终抓住发展这个第一要务不动摇，无论遇到什么情况都没有放弃生产建设这个中心。他们以坚持企业发展为己任，坚信发展中出现的矛盾和问题必须用发展来解决，始终坚持“发展才是硬道理”，因而克服了一个又一个困难，使企业发展有了大踏步的前进。正是用“咬定青山不放松”的精神来对待发展，才有了凌钢的今天。

坚持深化改革，转换经营机制，增强企业发展活力。改革就是解放生产力，改革就是革命。30年来，凌钢之所以获得长足发展，关键是抓了改革。并在改革中，既认真贯彻了中央和省、市的指导方针和原则要求，又针对企业发展不同时期的不同情况，结合实际坚持创新推进改革。在改革中，坚持解放思想、观念更新，用理论和观念的突破来推动体制机制的创新。所以，30年凌钢改革发展的历史，实际上是一部思想解放的历史，更是一部理论创新和观念更新的历史。

坚持不断地推进技术改造，用技术进步和技术创新，促进企业快速发展。改革开放30年来，特别是“七五”以来，凌钢坚持自我积累，用滚雪球的方式，通过不断的技术改造，实现自我发展。凌钢技术改造之所以能获得成功，首先是能够抓住宝贵的发展机遇加快改造进程，使企业发展没有走弯路。其次是在技术改造中坚持技术进步和技术创新，坚持与时俱进，提升装备技术水平，不断向大型化、自动化迈进。再次，以科学发展观来指导技术改造，转变增长方式，使发展的“量”和“质”都提升到一个更高层次。

有一个坚强有力的领导班子和能打硬仗的职工队伍。凌钢30年的发展关键在于有一个素质高、作风硬、团结稳定的领导班子。30年来，凌钢的领导班子以发展凌钢为己任，每个成员都有极强的事业心和责任感。多年来，无论是逆境还是顺境，公司领导班子始终是冷静观察、缜密分析、前瞻思考，在不同时期，面对新情况，研究新问题，确定新思路，决策经得住实践和时间的检验，没有使凌钢发展走弯路。凌钢职工队伍是一支勇于吃苦、乐于奉献、能打硬仗的队伍。30年来，一代又一代的凌钢人发扬“自强、诚信、求实、创新”的凌钢精神，为凌钢的发展作出了不可磨灭的贡献。

总结30年改革开放的艰苦历程，有辉煌也有坎坷。30年的伟大实践充分证明，改革开放成就巨大，彪炳史册。经过30年改革开放春风沐浴的凌钢，特别是经过过去一年350万吨钢技术改造，如今的凌钢，工艺装备更先进、体制机制更顺畅、职工精神风貌更加意气风发。为实现企业的又好又快发展，正在改革开放的光辉道路上，迈着铿锵的脚步阔步前行。

30年巨变远不是结束，改革开放永无止境，凌钢的发展壮大未有穷期。未来的凌钢，还要充分利用和发挥现有的资源，进一步加快技术改造步伐，实现新一轮更大的发展，还将乘着改革开放的浩荡东风，继续向着成本低、效益高、贡献大、环境好的现代化钢铁企业的更高目标勇往直前。

2008年12月31日

听 转炉在唱歌

——写在120t转炉建成投产一周年之际

本报记者 李亚娜

像是一首歌，一首降本增效的喜悦之歌；

像是一首歌，一首指标攀升的激扬之歌；

像是一首歌，一首艰苦奋斗的澎湃之歌；

像是一首歌，一首稳定发展的和谐之歌；

转炉在唱歌，而你是歌曲里那欢快跳跃着的万千音符，弹奏出时而婉转、时而悠扬、时而欢畅、时而雄壮的旋律，谱写出一篇年轻壮丽、扣人心弦的华美乐章。

一路走来，我们静静地聆听着，欣赏着，企盼着……

听，转炉在唱歌……

年轻的转炉奏响青春之歌

2008年12月12日，当第一罐火红的铁水兑入年轻的转炉，转炉平台上欢呼雀跃，喜庆的鞭炮声声炸响，幸福的笑容在每一个凌钢人的脸上荡漾……这一天，120t转炉工程竣工投产，她标志着凌钢350万吨钢技改工程画上了圆满的句号。

2009年12月12日，我们欣慰地看到，新一代的转炉年轻人正熟练地驾驭着新设备，在自己的工作岗位上认真紧张地忙碌着，他们用实际行动体现着自己的人生价值。

一年的时间很短，然而一年的时间却让年轻的转炉和这些驾驭者经历了太多太多，多少个不眠之夜在转炉前苦思冥想，多少次忙碌的脚步在炉台上走上走下，多少回盯着指标的提升难抑心中的喜悦，多少回因无法完成目标任务而内心备受煎熬。

一路走来，每一个驾驭大转炉的人的心中都有无以言表的酸甜苦辣。

在全球金融危机的影响下，炼钢人还未来得及庆贺自己亲手建造起来的凌钢历史上第一座大转炉一次热试成功，钢铁市场持续低迷的形势又将炼钢人推上了如何尽快让大转炉达产达效这一新的征程。

120t转炉系统95%以上的岗位人员都是近5年内毕业的大学生和技校生，他们用自己的汗水与智慧积极的学习着、实践着、提高着。在试产期间，设计缺陷、设备故障问题、施工问题接踵而至，顶底复合吹炼、干法除尘等大量新技术投入应用，一罐到底、一座转炉、一台连铸、热装热送刚性衔接一条线的生产组织模式初步确立，120t 转炉新系统建成投产就处于高投入低产出的困难阶段。在困难面前，炼钢人选择了迎难而上，迎接挑战！

1 月份平均日产 2038t，连铸机事故停浇次数占当月总浇次的一半，生产经常处于瘫痪状态。为尽早发现和解决问题，主管厂长吃住在现场，指导作业，炼钢厂新区全体科作业长及工程技术人员 24 小时昼夜跟班，不讲任何客观条件，随时发现和总结试产过程中出现的各种问题，使大转炉尽快实现达产达效。2 月份，实现日产突破 3000t 大关，而且当月累计 7 天日产突破 3000t，平均日产 2383t；3 月份，累计 21 天日产超过 3000t，平均日产 2942t。炼钢人通过不断的努力拼搏，实现了试产期内的产量突破。5 月，120t 转炉平均日产 3049t，此后，转炉平均日产稳定在 3000t 以上。9 月，经过全体工程技术人员和主要操作工人的共同努力，实现连铸机换罐操作，最高日产达到 3848t，10 月份平均日产达到 3198t，实现最高月产 9.97 万吨的好成绩。

看似简单的数字包含着太多的心血和汗水，没有什么能比数字更有说服力，没有什么能让大转炉的驾驭者们如此欣慰，看着不断拔节的产量指标，一切的辛苦，一切的投入都换来一个字：值！

激情的转炉演绎奋进之歌

120t 转炉在投产之初，股份公司副总经理、炼钢厂厂长闫清军提出，大转炉要大胆起用新人，努力为打造一支年轻、高素质、高技能的炼钢队伍创造良好发展环境，为他们提供施展才华的舞台，为他们激情工作、健康成长搭建平台。

让年轻人走上生产一线，让年轻人勇于担当，炼钢厂这一思路的很好贯彻带来的是年轻人工作热情的空前高涨，练本领、比技术蔚然成风。

2008 年 6 月，经过精心组织和挑选的 19 名重点学习炼钢技术和操作的男大学生和 5 名专门学习干法除尘工艺与操作的女大学生奔赴莱钢学习。学习期间，他们和莱钢工人一样跟班作业，刻苦钻研，勤学好问，从未发生过迟到早退现象，比莱钢的工人都敬业，正是这种精神感动了莱钢的操作人员，在得到了师傅单位莱钢较高的评价和认可的同时，自身的业务能力有了质的飞跃。在学成归来后的学习培训过程中，他们积极参加，认真思考，在转炉热试前的调试过程中，他们有针对性提出的近千项有价值的建议得到采纳和实施，为后来的转炉一次热试成功奠定了基础。去年 12 月 12 日，正是这些外出培训学习人员中的佼佼者邓树奎、张建元、张海礼等在段长贾文军的带领下冶炼出了凌钢 120t 转炉历史上第一炉合格钢水。

尽最大限度缩短试产周期，为对标挖潜、降本增效创造更加有利的条件，这是大转炉投产之初面临的现状。尽管困难重重，尽管千头万绪，但是大转炉工段的年轻人敢于面对现实、勇于接受挑战，在工作岗位上搞创新、练技能、当先锋、打头阵，取得了令人赞叹的成绩。为了表彰优秀青年职工，炼钢厂创造性地开展了评选“双十大”优秀青工活动，大大激发了青工们的斗志和激情。

毕业于东北大学冶炼专业的“创新型”优秀青工代表张建元，在毕业后的6年时间里，一直工作在炉前，扎根于生产一线倒班，他只有一种信念就是干好本职工作，当好摇炉工。由于他虚心学习，培训扎实，成功的冶炼了大转炉热试第一炉钢水；由于他潜心钻研，精准操作，创出了许多适合炼钢厂工况条件变化的大转炉稳定控制操作法。炼钢工邓树奎勤恳敬业、扎扎实实带领班组提高技能搞创新，实现了4个班组产量名列第一，连续5个月零故障，同时还优化了冶炼“三大”制度。点检员侯海波、朱正孝、张亚超等，这些青工，通过自身努力逐渐成为各个岗位的创新人才、行家里手。摇炉工尚志清总结了防止干法除尘泄爆和炉衬维护法；韦继耀从家乡广西来到东北，扎根于炼钢，钻研技术搞创新，总结了几个成功操作方法，具有很好的推广应用价值；吊包工王岩、脱硫工吴波、天车工姜海波、精炼工陆晓雷等都是只毕业一年的青工，他们立足岗位不骄不躁，不断成为本岗位的操作能手，生产状元，为对标挖潜、达产达效做出了业绩。正是通过这支朝气蓬勃、充满激情的年轻队伍的共同努力，120t转炉顺利实现投产达产，目前，他们正以饱满的工作热情投身在炼钢生产第一线，为炼钢的永续发展、凌钢的发展壮大奉献着他们的青春和智慧。

激励产生热情，热情激发动力，动力催生成绩，成绩验证价值。

这些年轻的钢铁战士奋战在生产一线、艰苦岗位上，他们积极进取、不言苦累、勤奋工作、勇于创新，通过自身的努力成为生产技术骨干，逐渐成为炼钢生产的新生力量和后备军。

智慧的转炉书写创新之歌

没有创新民族不能进步，没有创新企业不能发展，没有创新工段没有活力。在大转炉达产达效、对标挖潜的每一个重要环节中，创新都绽放出奇异的色彩。

受总图限制，120t转炉连铸大修改造工程采用了国内迄今为止应用不多、生产工艺难度较大的“一罐到底”加简易倒罐的生产工艺。由于高炉无法实现定量出铁，且由于每次来的铁水条件不同，为保证转炉足够的热平衡，必须动态调整装入量。试产初期，铁水装入量命中率不足50%，给转炉的操作带来了相当大的困难。通过分析和总结高炉出铁周期、进铁区域及倒罐区域的位置特点等，选取两个标准罐专用于倒罐，采取大罐小罐搭配进铁的方法，优化进铁路线及倒罐次序，每班设立铁水调度，根据实际需要提前与炼铁方面沟通协调进铁要求，如此一来，倒罐灵活机动，铁水装入量稳定，误差控制在 ±0.5t 之内，为转炉操作稳定创造了良好的条件。

120t 转炉系统采用了国际领先的 LT 干法除尘工艺，该法既节能又环保，但其操作难度较大，对摇炉人员的素质要求较高，不可回避的就是其可能带来巨大损失的泄爆问题。试产前期，泄爆问题比较严重，几次因此造成生产中断。干法除尘班班长陈雪松，敢于向高新技术挑战，他带领大家通过不断地学习领会泄爆原理和总结分析泄爆产生的原因，一边学习，一边应用，不断创新，很快便摸清了这套国产化设备的驾驭技术，制定了一整套预防 LT 泄爆的操作要点并在生产操作中实施，青出于蓝而胜于蓝，投产至今，从未出现过任何大的泄爆故障，令师傅单位莱钢都赞叹不已，是目前国内同类设备中运行最好的。

120t 转炉炉衬设计寿命 6000 次，再加上采用顶底复合吹炼技术，又是该系统的第一代炉役，专家建议炉龄不宜高出 6000 次。试产初期，各种原因造成的炉衬侵蚀严重，曾经在 600 次炉龄时进行过特护处理。若在 6000 次炉龄时转炉大修更换炉衬，只能在今年 9 ~ 10 月份进行，周期至少 10 天，将至少影响全年钢产量 30000t。为确保公司全年产量目标的实现，炼钢人大力开展了 120t 转炉第一代炉龄 10000 次技术攻关。目前 120t 转炉炉龄已逾 9780 次，转炉炉衬状况良好，预计到 2010 年 4 月份年修，炉龄将突破 13000 次。

120t 转炉系统应用了大量的新技术，很多技术对他们来说都是第一次。为此，炼钢厂开展新技术应用攻关，每项技术都确定专项负责人，他们通过不断加强自身理论学习和实践，不断总结分析，及时发现和解决出现的各种问题。试产初期，转炉底吹系统多次出现漏气、底吹透气砖堵塞甚至系统供气突然中断等状况，他们及时果断的采取有效的复活技术，使得堵塞的透气砖短期内复通，从而保证了底吹效果的实现，大大提高了转炉的冶金效果。投弹系统是 120t 转炉系统采用的唯一的一项国内迄今仍不算完全成熟的工艺技术。试产初期至 4 月份，近 4 个月的时间里，投弹系统始终处在不断发现和处理问题的状态，可以说几乎碰到了能够遇到的所有问题，如装弹不正常、投不出弹、检测结果不准确等，转炉的年轻人并没有屈服，没有被困难所吓倒，反而是更加努力的学习，认真的思考，想方设法克服困难，终于使得投弹系统应用正常。投弹系统的正常应用，大大提高了转炉作业率，降低了工人劳动强度，对转炉系统的达产达效起到了突出的作用。

自信的转炉承载发展之歌

一年的时间，年轻的大转炉在年轻人的手中奏响了一曲雄壮豪迈的华彩乐章，每一个指标的变化他们都欢呼雀跃过，热泪盈眶过，他们的脚步丈量和踏遍过转炉的每一个角落。只有真正的投入才能换来如此的情感交融，面对日益健壮的大转炉，他们把目光放到了让转炉充分释放产能、为凌钢创造更大的经济效益上。

一个紧紧围绕公司及厂总体工作思路和要求，实现指标新突破的规划在大转炉人的心中开始勾勒。从提高技术能力和操作水平入手，向技术进步要效益。精准操作，斤斤计较，强化执行力，责任关键在落实，继续深化对标挖潜工作，积极开展工人技术创新和技术攻关活动等措施陆续出台。

回首大转炉一年来走过的路，不难发现，无论是试产的艰难阶段，还是达产的顺畅时期，在转炉平台上，自始至终都贯穿着一种自信，充盈着一股不服输的劲头，这也是大转炉今后创造效益的动力所在。发展的理念在每个人的心中扎根，发展的征途从脚下延伸，我们看到，大转炉正以傲视群雄的姿态在那里威严屹立着。

青春之歌、奋进之歌、创新之歌、发展之歌……每一首歌都有着动人的旋律，每一首歌都有着深刻的内涵。听，转炉在唱歌，你就是这一首首歌曲最优秀的词曲创作者，我们坚信，凌钢厚重的文化底蕴和企业精神，将带给你源源不断的创作灵感，让日益强壮的大转炉唱出更加丰富更加豪迈的壮美之歌！

2009 年 12 月 23 日

雄关漫道

——凌钢“十一五”发展回眸

党委宣传部　李占勇

时间的脚步匆匆跨过了21世纪的第一个10年，在“十一五”即将结束的时候，盘点凌钢5年执着而扎实的脚步，蓦然回首，收获的是一种喜悦和发展凌钢的信心。

抉　择

有种力量叫放大目标，有种智慧叫把问题缩小。

时间的脚步跨入21世纪，凌钢人清醒地看到，我们的“生存”空间日益严峻，在讲究规模经营的现代钢铁业界，我们成了名副其实的“小弟弟”了。如何做大做强做久凌钢，成为从领导到职工的沉重思考。2007年8月，公司主要领导调整，以张振勇董事长为首的新一届领导集体，在上任不到一个月的时间内，通过对形势的分析和判断，在考虑政策、市场、决策、投资等诸多风险的前提下，明确了凌钢必须发展和能够发展的主客观条件，坚决而果断地做出用一年时间，一次性投资26亿元，一年实现增钢150万吨的重大决策。投资之巨、周期之短、增钢之多、风险之大，在凌钢的发展史上都是空前的，大气势、大手笔、大智慧，彰显领导者决策的雄心和勇气。

凌钢人多年为企业不能迅速崛起而压抑的心情得到了释放，也从中看到了凌钢的希望和未来。从决策到全面顺利完成350万吨钢的一年里，在生产和技改交叉进行、作业场地和作业环境十分困难的条件下，从领导到职工、从分厂到部室、从白昼到黑夜，所有的凌钢职工打破常规、有条不紊地忙碌着，有人出人、有力出力、有智出智，打了一场痛快淋漓的全景式、立体化的钢铁技改大会战。在300多个日日夜夜里，“自强、诚信、求实、创新”的凌钢精神得到真实而充分的体现，有人推迟了婚期，有人带病坚持工作，有人放弃了对住院亲人的呵护，为了凌钢的发展，选择的是坚持和坚守。这是出于对凌钢这片沃土的深厚情感，这是“热爱凌钢、忠诚凌钢、奉献凌钢”的生动体现。在全体凌钢职工拼搏进取下，350万吨钢技改工程如期实现，凌钢的发展实实在在上了一个大台阶：具有当代技术水准的240m^2烧结机，120t转炉，1080m^3高炉为代表的设备的自动化、大型化项目拔地而起，大大改进了凌钢的技术装备水平，不但改变了原来“散、小、乱”的装备格局，也使凌钢站在了新的发展起点上，还缩小了与钢铁同行的差距，更为重要的是，凌钢人经历了从未有过的考验和洗礼，形成了团结协作、拼搏进取、敢打善拼，关键时期能够站得住、顶得上、赢得下的坚强团队。凌钢人是幸运的，我们把握住了极为难得、稍纵即逝的发展机遇，在2008年金融危机突然到来的时候，我们已经做好了一切准备。

突　　破

我们改变不了已经发生的事情，我们却可以改变自己。

2008 年下半年，发生了美国的自第二次世界大战以来最严重的金融危机，使得外贸依存度超过 60% 的中国遭受史无前例的巨大重创，一些经济指标更出现了严重下滑。中国政府在当年 11 月份以后以雷厉风行的作风，密集出台了大手笔的调控“重拳”，展开了一场与时间赛跑、与金融危机的不利影响赛跑、扩大内需、促进增长的旋风行动，向世界传递了应对挑战、战胜困难、力保增长的强烈信心。

在 350 万吨钢技改工程如火如荼的 2008 年，凌钢人实实在在经历了冰火两重天：当年 1 ~8 月份，借助红火的市场形势，凌钢实现利润 7.3 亿元，创造了历史同期最好的纪录；但从 9 月份起，受国际金融危机的不利影响，效益指标急转直下，一路下滑，到年末，全年仅实现赢利 1.6 亿元，金融危机就像巨大的虎口吞噬了近 6 个亿的企业赢利，而这种下滑一直持续到 2009 年 4 月份，出现连续 8 个月的巨额亏损，这在凌钢发展的历史上是没有先例的，把激情似火的凌钢人心一下子砸落到谷底，等待意味着死亡！在金融危机的巨大压力下，全体凌钢人没有停止前进的脚步，而是万众一心、攻坚克难，以决战到底的气概，在2009年一季度打赢了 350 万吨钢达产达效攻坚战，渡过了 350 万吨钢技改项目艰难的达产期，为全年工作奠定了重要的基础，为凌钢抓住国家刺激经济增长的良好机遇准备了充分的产能条件。

面对前所未有的被动局面，4 月中旬公司领导班子审时度势，适时召开对标挖潜、降本增效动员会，果断把对标挖潜、降本增效作为先于一切、高于一切、大于一切的头等大事，开始了纵贯全年、全方位、全过程的对标挖潜攻坚战。为此，公司确定 158 项重点指标作业对标挖潜指标，要求原来的先进指标要持续保持领先地位，同时对主体生产工序的经济指标和吨钢综合指标也提出了具体明确的要求。对标管理的意义在于站在巨人肩膀上实行学习型竞争，将差距转化为后发优势，将优势转化为胜势。在大规模对标活动中，全公司干部职工统一认识、统一思想、统一行动。在指标分解中，瞄准影响对标的指标、要素、薄弱环节，不放过每个降本增效的细节，做到各科室、工段、班组、各工序、环节、岗位全程全员全覆盖，形成了“单位有指标、人人有目标、全员争对标”的良好局面。

在对标活动中，各单位充分运用技术攻关、四新应用、管理创新等平台，依靠技术进步瞄准先进水平，向技术进步要效益，向管理要效益。炼钢厂作为公司的龙头单位，围绕新项目达产达效和提升、细化对标指标两条主线强势对标，以减少铁水消耗和节铁增钢为重点开展三大技术攻关活动；炼铁厂把重点盯在240m^2烧结机和新4号高炉的达产达效上；型材厂围绕成材率、减少设备故障时间等重点环节攻关克难；中宽带厂以品种带钢和薄规格钢带为突破口，带动指标的提升。与此同时，通过对标实践，各单位改变传统习惯的粗放管理模式，探索实践制度再造、流程再造，使对标不仅具有完成指标的意义，更重要的是通过对标，使基础管理实实在在上了大台阶。

2009年凌钢对标挖潜的脚步扎实而坚定，过程精彩纷呈，结果令人欣慰，全年挖潜创效1.2亿元。其中，焦化4项指标、竖炉1项指标、烧结1项指标、高炉14项指标、转炉1项指标、轧材6项指标、吨钢两项综合指标均创凌钢历史最好水平。对标的结果，生动真实地记录着凌钢职工2009年的奋斗、拼搏和艰辛，记录着凌钢人化危为机、化腐朽为神奇的创业足迹。金融危机没有压垮凌钢人，而就像凤凰涅槃下的浴火重生，在饱经磨炼的洗礼过后，实现了多项指标的历史性突破：产钢第一次突破300万吨，比上年增长49%；在全行业盈利水平大幅下滑的形势下，不仅扭转了1~4月4个多亿的亏损，而且全年实现利润4亿元；实现销售收入第一次突破100亿元，在朝阳市范围内成为第一家销售过百亿的大型企业。

思　路

企业发展的实践证明：发展的速度是重要的，而发展的方向更重要。

350万吨钢技改工程的完美实现，使凌钢站在了发展的新起点。在行业产能严重过剩、加快转变经济发展方式的大背景下，作为企业发展的漫漫长路，凌钢今后将如何发展，是摆在全体凌钢人面前的重大课题，更考验着领导者的智慧。纵观多年来钢铁行业的发展，躺在350万吨钢身上过日子，显然无法摆脱发展和竞争的困境。企业发展的战略定位、目标定位使得凌钢的决策者们向更广阔的视野开拓、谋篇布局。2009年末，公司工作会议明确提出2010年凌钢发展的基本任务：深化对标挖潜，优化产品结构，加快资源开发。三大工作任务立足于凌钢的基本厂情，体现着决策者的深谋远虑，体现着发展的深度、力度和广度，昭示着凌钢未来发展的基本走向。

深化对标挖潜，体现着凌钢发展的深度。对标不是新生事物，在凌钢经历过的几个困难阶段，对标早已成为摆脱困境的救企良方。问题是在产能过剩、竞争白热化的今天，对标已不应该只是应付挑战的应急选择，而应该是企业实施低成本战略、取得成本竞争优势的“杀手锏”，理应成为企业管理机制化、常态化的一种机制选择。对标的目的不是为了打败竞争对手，而是通过对标瞄准先进、提升自己的能力。公司在2009年取得对标挖潜重大进展的情况下，明确了三年对标的中长期目标，并提高了2010年对标的起点和“价码”，要求各单位：一是抓好体系建设，使对标工作常态化；二是高目标定位，实现对标挖潜的梯次上升；三是强化过程控制，对标指标以时保日、以日保月；四是依靠技术进步和创新管理，实现重点指标的有效突破；五是加强全方位协调，形成对标的全员参与。今年1～10月份，实现对标挖潜创效1.12亿元。其中，公司级140个对标指标中，完成对标指标92个，消灭了行业平均水平以下的指标。对标挖潜促进了成本降低和效益提升，也使企业管理上了个大台阶。

优化产品结构，体现着凌钢发展的力度。按照“质量第一、用户至上”，“培养品牌、发展品牌、保护品牌”的基本思路，加大了品种钢的开发力度和提高品种钢比。今年以来，经过各方的积极努力，在品种钢开发上取得了新的重大突破：在稳定品种钢技术的基础上，优化冶炼工艺，推进溜渣操作，为抢占冷带市场奠定了基础；开发中宽带合金结构钢、优碳钢、弹簧钢，初步形成了中高碳钢的品种系列化；大规模HRB500E经多次工艺优化，性能稳定，高强抗震钢筋已实现了所有牌号全部合格的批量生产条件。截至11月，累计完成品种钢材142万吨，品种钢比45.2%，是去年同期的156%，实现比较效益1亿元以上。与此同时，调整产品结构也取得重大进展，钢管厂的异地改造，增强了钢管产品的竞争力；50万吨高速线材的投产，使以建筑材为特长的产品结构更趋合理，基本形成具有较强竞争力的精品建材基地。

加快资源开发，体现着凌钢发展的广度。随着经济的快速增长，作为不可再生的资源，拥有相当规模的矿山将成为钢铁企业取得竞争优势的重要砝码，也成为凌钢实现可持续发展的基本保证。按照公司资源开发战略的总体要求，加大了保国铁蛋山二期工程的开发力度，北票矿业公司在克服重重困难的情况下，铁精矿的产量稳步提高。朝阳市范围内后备资源的积极开发，为凌钢发展提供了可观的前景。

思路决定出路。公司确定的三大任务的顺利推进，为凌钢实现可持续发展、提升市场竞争力提供了发展余地和广阔空间。

收　获

充满机遇和挑战的“十一五”即将落下帷幕，可以肯定地说，“十一五”期间是凌钢历史发展速度最快的5年，是综合实力增长最大的5年，是职工生产生活条件改善最多的5年，是两个文明齐头并进、职工综合素质和精神面貌提升最好的5年，是和谐凌钢建设取得重大进步的5年。

生产经营取得重大进展。2005年凌钢产钢210万吨，2010年将达到340万吨，350万吨钢产能基本实现：销售收入2005年为65亿元，2010年将达到或超过140亿元；实现利税可达到13亿元，其中利润将突破7亿元；企业资产总额由2005年的49亿元跃升到今年的130亿元；以吨钢利润、综合能耗、社会贡献率为代表的一些重要经济指标跨入同行业前列。

技术改造取得重大突破。“十一五”期间凌钢用于企业技术改造的资金达到52.9亿元，是“十五”期间的4.7倍。350万吨钢技改工程的实现，使凌钢主体设备实现了自动化、大型化。达到了国内钢铁行业的先进水平。

产品结构进一步优化。350万吨钢技改工程的成功完成，使凌钢的产业链更加匹配、完整。通过强力推进品种钢开发，实现产量的50%以上；产品质量稳步提高，效益明显增加；钢管厂的异地改造、品种增加、产能扩大、市场竞争力和占有率明显提高；调整线材的高产，使以建筑材为主的产业链更加完整，整体竞争力进一步提高；钢渣的100%处理、废水的100%回收利用、放散煤气的有效回收利用，使资源节约型、环境友好型企业在凌钢得到很好的体现。

企业管理水平全面提升。在应对金融危机的大背景下，以深化对标挖潜为平台，生产、计划、设备、安全、财务、质量、现场等基础管理得到全面加强，强化、细化制度管理向精细化管理迈进了一大步。以人为中心，以调动职工积极性、创造性的亲情管理和人文关怀得到充分体现。适应企业发展的需要，新招录近2000名青年工人和各类技术人才，使凌钢职工队伍的知识、年龄结构大为改善，为实现凌钢的可持续发展提供了可观的人才储备。用工制度的改革、分配制度的进一步完善，面向科技人员和工人的创新制度和激励机制大大调动了职工的创造活力，为他们施展才能提供了平台。

坚持以人为本的企业发展方针全面落实。本着“发展依靠职工、发展为了职工、发展成果职工共享”的原则。加大了生产生活条件的改善力度。随着技改的推进和装备水平的现代化，职工安全生产条件大为改观，作业和工作环境大为改善。在生产发展的同时，职工的生活水平和生活质量大幅度提升，在产量增加、企业进入微利化时代，特别是在金融危机的大背景下，凌钢连续几年给职工大幅度增加了工资、津贴和补贴，实属难能可贵。职工配餐的成功实践，为在岗职工减轻了负担，提升了职工的向心力和对企业的归属感。具有现代技术和设备标准的工人文化宫、游泳馆、西区体育场、东区活动广场等公共基础设施的新建、改建和扩建为职工提供了休闲、娱乐场所，大大改变了厂容厂貌的外观形象，以凌钢职工为主体的东西家属区地面的硬化、绿化、亮化，也为职工提供了舒适、方便的生活环境和条件。

企业履行了庄严的社会责任。凌钢的持续快速发展，改变了十多年不招工的历史，新增加的就业岗位，很大程度上缓解了职工子女就业的压力。综合实力的增强也为地区经济发展和财政收入提供了稳定的重要财力来源支撑，在汶川大地震的特殊灾害面前，大爱无疆的凌钢和凌钢职工本着对国家和人民高度的责任感，及时地伸出援手。对朝阳地区项目、经济、教育、公益事业等方面的投入，彰显企业履行社会责任的庄严承诺。

以企业文化为核心的精神文明建设和党的建设全面提升。经过几代凌钢人的长期实践和精心培育，在21世纪提炼和总结出的具有时代特征和凌钢鲜明个性的“自强、诚信、求实、创新”的企业精神为核心的凌钢文化，已经深深融入职工的心中，并在生产经营、技术改造等方面得到全面实践。以科技人员技术攻关和工人技术创新为平台，激发了科技人员和职工的创造创新热情，想主人事、说主人话、干主人活、尽主人责的企业主体意识明显增强。“围绕中心、服务大局”的党群工作基本定位，使党群工作更加充满生机和活力。以“热爱凌钢、忠诚凌钢、奉献凌钢”，争做“六讲”职工的主题实践活动；以“创建学习型企业、争做知识型职工”的学习型党组织创建活动；以党员和党组织为主体的创争活动——政治工作三大活动，为党员、干部、职工提供了发挥更大作用的舞台。丰富多彩的职工业余生活实现了多样化、大众化、娱乐化，不仅使职工身心得到锻炼，也增强了忠诚凌钢、爱岗敬业的情感，成为具有凌钢独特环境和条件的一道道亮丽风景。

在“十一五”即将落下帷幕的时候，回眸凌钢过去的5年，我们用“如数家珍”来概括过去5年凌钢的发展历程并不为过，5年时间虽短，但带给凌钢人的是收获、喜悦和信心。科学的、清晰的、可持续发展的未来发展轨迹，给我们以更多的遐想和不懈的追求，承前启后、继往开来，站在新的发展起点上的凌钢，我们完全可以肯定地预期：发展着的凌钢充满期待，发展着的凌钢将收获喜悦。

2010年12月9日

咏调雄昂填大歌

——写在 180m²烧结机提前 26 天投产之际

孙晓东 王洪波 王 博

楔 子

从乍暖犹寒的 3 月到收获盈枝的 10 月，这中间走过了 234 天；从昨天的钩机轰鸣拆除旧设备到今天新厂房的崭新林立，这中间走过了 234 天；在这有效的时间长度中蕴含多少厚度，又是多少基石在风雨的研磨中尽展英雄本色，是激情鼓荡，是执着如一，是信念向前，是壮志遒劲，弹唱成十里巨琴之上的铮铮咏调，把一幅钢城技改画卷绘染得磅礴恢弘，丰实、生动着炼铁人忠诚凌钢、爱岗敬业的曲曲长歌。

走近 180m²烧结机，这是一组具备国内前列工装水平的大型烧结机，那夺人眼球与现代企业接轨的烧结室，每一处都透射出人性化、精益化；那扑面而来的职工身上洋溢的蓬勃朝气，让走近他们的人们无时无刻不感受到，是炽热的集聚和动力的迸发。是什么赋予了这座崛起的地标蕴藏着震撼的力量，让我们有理由为它而自豪骄傲，是他们，一群把自己的梦想和情感畅快淋漓地挥展的钢铁汉子，在他们所热爱的土地上植入无悔、忠诚、执着。此刻就让我们去探寻、感受、思索……

他们不懈推进，吹响号角，在凌钢迎接清晨第一缕阳光的地方，让汗花映射着如磐的意志而举步如歌，让智慧行进在嬗变的思想而慧思泉涌，擂响 180m²烧结机技改工程稳健前行的激昂战鼓

3 月，天有些阴沉，夹杂着冷风，空中飘洒着细小的雪花。然而这不时刮起的风雪已在炼铁厂 52m²烧结机全线停产进入改造的热情中迅速融化。把 52m²烧结机拆除，在原址新建设 1 台 180m²烧结机，是集团公司在“十二五”规划开局之年的重要技改项目，这对进一步完善生产格局，使高炉炉料结构趋于合理将起到重要作用。

早在 2010 年 10 月，炼铁厂就成立了 180m²烧结机工程筹备组。对工程网络设计、工程图纸审核、设备订货全面介入。

“要实现双赢，既要把 180m²烧结机打造成精品工程，又要实现技改工程的提前竣工，创造凌钢烧结机建设史上的奇迹！”炼铁厂厂长、项目部经理全守军把这场战役的目标锁定，更把这核心思想贯穿在技改战役的始终。

而这项工程之于兴钢公司有着更加非凡的意义。这是兴钢首次承揽的一项大型的冶金整体工程，在兴钢的历史上这将是一座重要的里程碑。这支由原来凌钢建安公司改制的民营企业，终于在多年凌钢检修和技改工程的磨砺中，博得了一次证明自己的机会，这源于凌钢对它的信任，源于它自身坚韧不拔的意志和信心，他们将以怎样的表现来书写这段历史，人们拭目以待。

在$52m^2$烧结机停下来以后，兴钢建筑安装公司在第一时间5月27日零点开进现场，进行拆除作业，拆除工作是$52m^2$烧结机大修改造工程的重要环节，对整个工程工期的影响巨大，正所谓万事开头难。3月1日，公司系统年修工作又全面展开，牵涉了大量的兴钢主体施工队伍，给拆除的施工组织带来了相当大的难度，随着部分年修工程结束，主体施工队伍陆续进入拆除现场拆除工作开始进展迅速，兴钢公司副总经理刘宇、索钢坚守拆除现场，总经理吴英奇多数时间也在这里，$52m^2$烧结机是兴钢公司今年全年生产主线，主线不倒就要从开头做起。

前期拆除工作下线设备的有序管理，职工队伍在停产期间的人员管理等问题成为炼铁厂的侧重点。烧结点检科作为炼铁厂参与技改的主要力量，从注重盘活内部资源入手，实现下线设备的二次利用。点检科副作业长华国良，通过对$52m^2$烧结机看火、配料操作室的自动化运行系统进行细致有效的评估后，实施了保护性拆除，对各台精密设备入库配码管理。“设备停人不停”，组织职工到相应的系统进行学习，根据生产需要进入相应岗位，是炼铁厂对停产期间人员管理的又一举措。

技改部副部长姜魁祥、土建科副科长王博负责现场协调，为拆除工作的有序进行，合理制定拆除方案，安排施工队伍24小时作业，夜晚的工地上，也常见他们的身影。

3月8日下午2时30分，随着爆破作业队的整齐划一的指令操作，原$52m^2$烧结机造球间在隆隆的爆破声中坍塌，随着那扬起的尘埃，在场的人们不由得松了一口气，这个在$52m^2$烧结机拆除作业中的最大难点终于在多方的努力下成功攻克。虽说这是$52m^2$烧结机改造项目的第二次爆破作业拆除，却堪称惊险。爆破点造球间距离煤气管道不足4m，煤气管道的保护，现场人员的安全撤出及出现意外时的紧急应对措施等一系列问题都成为高度关注点，尤其是炼铁厂有15个区域相关人员要撤离原地，在参加生产技术部、技改部召开的专门会议后，炼铁厂在短时间内确定多项措施组织人员的安全撤离，分别从第一时间通知提前介入、采取确认表确认实施人盯人、最后半小时前巡视防控三步走，构筑着爆破作业的安全屏障。3月14日，经过几次爆破作业后的现场建筑物只剩下烧结机主厂房、机尾除尘、烟囱、一冷厂房和一个转运站，其周围的建筑物已在几次爆破中坍塌。3月19日，最后一次爆破拆除结束。历经7次爆破，原$52m^2$烧结机建筑物全部倒塌，拆除工程进入收尾阶段。在此期间，炼铁厂以科段长为主成立的监装负责小组，52m^{2}烧结机工段职工组成外排监装人员昼夜值班。大量机械设备人员24小时轮流作业，大小钩机液压镐10余台，各种吊车25台，各种外排建筑垃圾及交废钢车辆60多台，经过20多天的连续施工，已为下一步施工工序创造了条件……旋挖机开进了现场，山西地矿的桩基施工见缝插针，从机头除尘开始，为土建施工奠基……项目管理咨询公司副经理仝景文如此评价兴钢的拆除工作：这样的拆除速度也只有兴钢能够做到，换作别的建筑队伍，至少再来一个月。

他们不辍拓展，倾情付出，把无私奉献与兑现承诺一脉相融递接成沉实的行动，在180 m^{2}烧结机技改中掷地有声；让信步向前和打造优质横纵交汇铸打着一流的样板，在春寒夏热中旗帜挥展

5月23日，在炼铁厂四楼会议室，召开180m^{2}烧结机技改工程大会，厂长、项目部经理仝守军向全体参与建设人员发出动员令：超前准备、精心谋划、戮力同心、力创辉煌！这更是炼铁厂向集团公司的庄严承诺，这标志着炼铁厂参与人员介入程度达到前所未有的深度。会上，包含11个系统，27个设备检查大项，151个检查小项，涵盖了各阶段检质、监管标准的180m^{2}烧结机技改工程安装标准定位了每个人的责任。会上，56名炼铁参与人员交纳抵押金。这些人员都是生产、技改一肩挑，事实证明，在双重考验面前，他们不但在生产经营中出色地完成了任务，更在工程管理中发挥主人翁意识，对施工环节中的每一个细节严格把关，落实到位。

李广，炼铁厂原料工段副段长，作为此次技改工程炼铁厂的检质人员之一，他与烧结点检员王泽宾、高炉点检员顾晓军为一组，负责烧结机33条皮带的检质工作。谈起每天的工作，在劳累中更显露出参与建设的兴奋。白天盯在施工现场，发现问题进行协调，并把重要有待解决的问题汇总在下午5点工程例会向项目部汇报，提出整改意见；晚上9点参加公司各部室参加的第二次工程例会，进行沟通协调，每天晚上10点左右回到家。自进入现场一天没休息，在中途顾晓军有别的任务出差，他与王泽宾俩人干上了3个人的活。翻开他的工作日记，一条条记录映射着他辛劳的结晶，配料皮带机传动装置地脚在设计和施工过程中产生偏差，在现场他与施工方协调解决；PL-1头轮溜槽厂家制造与图纸设计位置出现反差，与施工队伍一起根据现场实际情况重新设计、改造；S-1、S-3两条皮带机涨紧装置垂直拉紧装置设计位置不合理，与兴钢建设单位协调将位置前移，改完后为今后检修创造了有利条件……优质样板工程的内涵就是在这跃动的一行行厚重的文字中累积而完成的。

这是又一组画面：在他的组织下，在高达30余米的平台进行着高难度的除尘器安装，对重达9.6t的消声器实施了创新性分体安装，为工程节点的施工融入了他的智慧和汗水，他就是炼铁厂环保组组长方宏。

技术协议作为设备制造标准，既是保证设备质量的重要依据，又是设备制造厂家的招标依据，在招标过程中显得尤为重要。在他的组织下，环保组人员细化每一个配置标准，从除尘器壳体钢板厚度到布袋数量，从风机电动机选型到大小设备的具体型号，都具体量化在技术协议中。场地狭小，风机设备比别的设备到货较晚，出口管道安装没有吊车停车车位，这为除尘器安装带来了重重阻碍。方宏现场协调，把大型设备化整为零，一分为二。当看到各台除尘器投运时，方宏疲惫的脸上露出了久违的笑容。让 $180m^2$烧结机的天空更加澄澈，我们的承诺兑现了……方宏激动不已。

在 $180m^2$烧结机改造工程现场来往频繁的车辆，繁杂的施工队伍，挤满了各种作业人员，狭小场地的交叉作业等一系列安全隐患，都对施工现场的安全管理工作提出了挑战。如何确保 $180m^2$烧结机工程的施工、检质及调试期间参与人员的安全，保证新项目的施工进度及烧结机的顺利投产、达产?

他们做出了承诺，更用自己的扎实工作兑现着承诺。炼铁厂安全科从源头抓起，缜密管理。科长李建飞制定了《$180m^2$烧结机改造工程现场准入制度》，经主管领导审核后，迅速下发，让在现场工作的人员有了安全措施的呵护。在施工各阶段进行巡检，是安全科管理人员每天工作中的重要一项。为了生产、技改双线安全进行，安全科人员在李建飞的带领下，总是在现场两头跑，每到一处，严格检查，针对安全隐患、问题及时解决，为职工创造着一个安全和谐的操作环境。

是啊，炼铁厂从科技人员到普通工人，从职能科室到生产一线，大家真抓实干，无私奉献，顶着巨大的工作压力，有困难自己克服，不分白天夜晚，一心扑在工地上，奋战在工程现场，把热爱凌钢、忠诚凌钢、奉献凌钢的炙热情感倾注在 $180m^2$烧结机建设的每一进程中，正是他们辛勤的努力和出色工作，才获得了今天的丰硕成果。

他们无悔放歌，忘我拼搏，在以 $180m^2$烧结机为中心而辐射千里之外的长线战场上，展现着忠诚凌钢、爱岗敬业的赤诚情怀，展现着敢于挑战，领军一流的矢志不渝，展现着为做强、做大凌钢而勇攀高峰的卓越风姿。

“要以技改为契机，为青年人才的成长搭建宽广的舞台。”炼铁厂厂长全守军不止一次这样说道。热潮滚滚，劳动如歌，一群年轻人在忘我地奋战着……烧结点检科作业长魏巍，作为设备安装监督人员的领队，难题在哪他就在哪。听到炼铁厂去环冷机制造厂家的催货人员反映，环冷机没有按要求进行组装，安装质量非常差时，他急赴沈阳北方重工，监督回转框架的预组装。与制造厂家的管理人员沟通、商榷，把厂家副总留在了现场共同进行组装精度的审核，使回转框架预组装精度得以保证，确保了技改现场安装的有序顺利进行。在设备安装阶段，烧结机圆辊布料器因设计问题无法进行安装，他到现场对其传动机构重新设计定位，拿出方案，与安装队伍协调解决。看到环冷机卸矿曲轨部位强度不足，这将影响环冷机运转平稳，魏巍提出了制作支撑框架的建议。由于成品检验室的缓建，将造成成品矿无法外排，他通过自行设计形成了通路，一举解决了烧结矿不能外排制约生产的难题。从一早进入现场到中午12点回到办公室，从忙至深夜就在班上眯一觉到四五天也顾不上回家，这已是他工作中的常态。从介入技改工程以来，他已不知道每天在现场转了多少个来回，每天都是这样度过的。初到工地的人理不上头绪，找不准位置，魏巍能说得头头是道，他太熟悉这里了，他用自己的奉献脚步丈量着这每寸土地。

设备润滑是保证机械工装平稳、长久运行的必要手段，须臾不能忽视。魏巍把优化润滑操作系统、完备润滑管理手段作为安装阶段的重要工作。在设备安装之前，他第一件事就是到现场对每一个润滑部位提出要求进行润滑，保证后期设备的良性运转。智能集中润滑作为一项成熟的技术已在同行企业得到应用。他与公司有关部室沟通，外出考察，学其长处，为己所用，把这项技术首次应用在180m^{2}烧结机的制粒机、混料筒等润滑点集中的设备上，弥补了人工润滑中给油不及时的不足。在安装润滑油站时，他对回油管路进行改进，通过提高回油管路油位，使油站停机造成意外损害的可能变成了不可能。

固态软启动是主抽风机启动方式上的一次革新，此种启动方式使原有水电阻降压启动时导致水箱温度剧升的情况得以杜绝。他深知，只有深谙设备的性能，才能发挥其优势功能。魏巍带领点检人员进行深入研究，在掌握了工艺原理后，并把这一知识作为重要章节向岗位职工传授。让创新思维与技改实践有机融合，他鼓励点检人员开拓思维在技改中创新。一项项创新改造亮相现场：环冷机平台散料集料斗的应用，压缩空气净化集中装置的投入使用，在减轻工人劳动负荷的同时，更为烧结机生产流程优化添加着扎实的分量。

在设备试车阶段，优化协调的组织使这位年轻的作业长的能力得到充分展示，主次明确，侧重得体。主抽风机作为辅助系统中的核心设备，高频稳定运转是关键。魏巍组织了机械、电器两支点检人员组成的队伍进行全方位关注。10月18日下午2时30分，主抽风机进入第二次空车试转。下午3时30分，主抽风机正式进入了空车运转，这意味着主抽风机的试车成功。

冯向春，炼铁厂烧结点检作业区点检员，为180m^{2}烧结机技改“外飘”长达4个月催图、催货。作为技改工程的炼铁厂最早介入者，冯向春在半年时间内3次出差，目的只有一个，要让图纸、设备准确、及时到达施工现场，决不能因为图纸、设备的延误使工期拖后。3月份，他到达鞍山中冶北方设计院，肩负图纸催发工作。初到异地，冯向春积极与设计院人员沟通，但是，一张图纸的形成要经过设计人员设计、三级审核、总设计师负责签字、晒底图、档案馆登记盖戳、晒蓝图一套程序，一个环节拖后，就会在时间上出现拖延的情况。冯向春主动介入，从总设计师签字后，接到底图，他总是忙前忙后，帮助中冶北方设计院工作人员打起了下手，看到他如此的敬业，设计院人员不由竖起了大拇指，在图纸后序工作中也抢起了时间。在图纸的运输环节，原计划是设计单位由快递公司送至凌钢设计院，这样最快要 4 天时间，这无疑为图纸到达目的地耽误了时间。怎样再缩短图纸在路途上的时间，经过到客运站询问，冯向春想到了直通客车托运的办法。自此以后，在鞍山客运站，这个身材单薄的年轻人总是把一摞摞地散发着晒图机余热的图纸搬上鞍山直达凌源的客车，当天图纸就能送到施工单位的手中。

180m^2烧结机的柔性传动系统，是由北京太富力公司负责制造，本应在 9 月 1 日到货，可因为该公司业务繁忙，烧结机减速机迟迟未到。刚回到家的冯向春主动请缨，赶赴制造厂家进行催货。原来太富力公司把制造业务外包 3 个厂家，而凌钢的减速机就在大石桥市金桥机械厂制造。在了解情况后，冯向春直接到金桥机械厂与采购人员交流协商，硬是把别的厂家的订货拿下来，见缝插针，把凌钢的减速机制造出来。中秋佳节，当别人与家人团聚共度佳节时，冯向春正在 180m^2烧结机技改工地迎接着自己付出努力催来的设备。

初为人父的他没有一天不想回到家能看上一眼襁褓中稚嫩的孩子，作为丈夫的他没有一天不想为奔波于上班、照顾孩子之间两头操劳的妻子分担家务，为了 180m^2烧结机的尽早投产，他放弃了这些，坚守在外。刘启东，监管 180m^2烧结机自动化运行系统安装的技术骨干。为了电器图纸设计与现场安装的速度达到同步，内容达到一致，他在鞍山中冶北方设计院一盯就是十多天，这期间在图纸设计上与设计方协调，使一些图纸设计的偏差及时更改。在四辊破碎机控制回路的设计中，由于设计院选的电动机型号与凌钢订货型号不一样，会造成控制回路在运行中出现问题；有些开关容量在设计上与电动机负荷不匹配，会导致电动机启动时跳闸停机；成品筛分电磁站母线与供电电缆容量不够，对下设母线需要进行更换。刘启东针对这些问题，一方面向主管领导汇报，向凌钢设计院反映情况。另一方面，积极与设计人员沟通。看到设计人员因为凌钢配套购进的机械、电器一体化设备的电器设计依据不全而一筹莫展时，他联系找来订货时制造厂家提供的资料，为设计人员解了燃眉之急。

当 93 面低压配电柜、14 面 PLC 柜、13 面变频柜的催货任务落在他的肩上时，他又一次选择了异地坚守，一守就是 20 天。辽宁中新集团是此次 180m^2技改工程电器设备制造主要厂家，他所需要的元器件是外厂家提供，在元器件到货后进行设备安装。既然不能督促元器件的到货速度，刘启东就在安装环节现场跟守，只要看到元器件到货，他第一时间与制造方联系，把凌钢的订货往前赶。配电柜接线端子原来为弹簧片式单线端子，而现场施工需要一个端子接两条线，怎样使这个问题解决，刘启东根据自己的工作实践，创新性建议厂家采用端子短接片，问题迎刃而解，更让中新集团对这个年轻的凌钢人刮目相看。

这就是他们，一群意气风发的“80 后”年轻人，承担了与年龄相比更加厚重的责任，创造着让生命绚丽多彩的亮色，在凌钢技改的大舞台上恣意高歌着青春无悔的乐符，是他们让 180m^2烧结机焕发出激情四溢的光芒，因为他们而新姿竞发，活力蓬勃吧！

他们超越自我，集结进军，打响的不单单是技改工地上一次次硬仗，分明听见心与心在这里碰撞，奏响激越雄美的乐章；建起的不仅仅是一座站在新起点的地标，分明看到手与手攥在一起，凝结强大的力量，高歌一首首钢铁人的礼赞

集团公司副总经理卢亚东对 180m^2烧结机技改工程高度关注，经常深入现场了解工程进展情况，并对工程进度提出要求。他在前期指出，180m^2烧结机提前竣工投产，对公司生产经营具有至关重要的意义，一定要按照 10 月 20 日主线投产的目标，倒排工期，确保目标实现。领导的要求和日常的督促，成为项目部和施工单位奋起的动力。

随着安装工作的逐渐深入，180m^2烧结机技改工程例会延续在晚间举行，他们办公室的灯总是最后熄灭。

他们，是主抓生产、设备的副厂长，却更像 180m^2烧结机技改工地上的普通一员，哪里有问题就到哪里。王冰岩的肩上承担着三副担子，主抓炼铁生产系统的设备管理全面工作，180m^2烧结机项目部设备安装的主要负责人，三期技改工程链箅机-回转窑的筹备组组长，每一项他都严格苛求，一丝不苟，用高度的敬业精神感召着身边的职工。朱兴益，在主抓生产的同时，每天都来到技改现场。作为 180m^2烧结机改造工程攻关组组长，他结合 240m^2烧结机的技改经验，将成功的经验移植到 180m^2烧结机，并针对其存在的工艺问题进行合理改进以应用在新烧结机上。在启用新技术上，朱兴益运用智慧，大胆尝试，通过外出考察，在他的组织下，一项项新工艺亮相烧结机：在生石灰料仓、机前混料斗采用液压疏堵机，用以解决棚料、堵料难题，在烧结机风箱降尘管采用喷涂耐磨金属层以解决风箱频繁磨漏问题，采用新型的冷返矿润湿工艺、新型而且成熟的烧结机机头机尾密封、更为合理的烧结机大烟道卸灰形式。刘伟，来到炼铁厂任副厂长后，迅速投入到 180m^2烧结机技改工程的电器安装监管工作，对现场的大宗设备安装进行指导。亲自主持电器设备的联动试车，在机头除尘器调试时，他到现场针对一些关键问题进行了解决。

他的前方是 180m^2烧结机，后方是高速运转的 75m^2烧结机。当领导再一次把组建 180m^2烧结机工段这副担子放在他的肩上时，他毫不犹豫，领命上岗。在第一时间进入场地，一肩双挑，擎起 180m^2烧结机的前行旗帜，他就是新上任的 180m^2烧结机工段段长刘宝林。

$180m^2$烧结机工段职工队伍由两部分人员组成，一是原有$52m^2$烧结机工段职工，另有一部分是$75m^2$烧结机职工，他们的共同特点是安全素养基础扎实，实际工作经验的积累，使他们面对新设备新功能的接收能力较快。如何充分利用好职工具备的资源优势，刘宝林与工段管理人员崔海龙、于晓伟、金华彰、凌义彪组成培训团，对职工进行培训充电。$180m^2$烧结机与$240m^2$烧结机有异曲同工之处，刘宝林在职工培训中提出：把$240m^2$烧结机生产、设备保养的经验为我所用。他们把$240m^2$烧结机生产过程中发生的故障停机案例进行梳理，制定成生产设备运行预案，逐项向职工灌输学习。

与原来的小型烧结机相比，今天的$180m^2$烧结机更多了一些先进技术。让职工迅速接触到并在最短时间内完成对先进技术的熟练掌握。在完成了安全培训后，刘宝林把职工队伍拉到了现场设备前，用他的话说，要完成理论学习到现场模拟到实战操作的梯次提升。集中润滑是职工没有接触到的，他们向点检人员请教；液压疏堵机的操作是第一次接触，他们向厂家人员学习；一些辅助岗位形成了自动化控制流程，他们结成对子学习计算机的基本操作。

如果说$180m^2$烧结机是原$52m^2$烧结机的涅槃重生，那这过程中的阵痛我们不能忽视。由于岗位的变动，使一部分职工从高岗位流向低岗位，他们都是生产中的骨干，心理上产生了落差。刘宝林看在眼里，记在心里，与职工坐下来亲切交谈，一名一名地去做思想工作。3天时间捋顺了职工的思想，当走过来的时候，回忆这3天的过程，刘宝林慨叹不已，“是我们的职工做出了自我牺牲，开始想不通，人之常理，可当我讲到为$180m^2$烧结机付出，为炼铁厂付出，职工没有二话，他们是好样的！是他们给我们动力！有这么好的职工队伍，我们没有理由退缩，唯有向前。”

英雄惜英雄，凌钢人高度敬业、敢于挑战、不畏难关的精神，兴钢人立志夺隘，不惜血本，誓创一流的雄心，在$180m^2$烧结机的建设中完美交融，他们手手相握，戮力同心，创造了这罕见的奇迹

兴钢建筑安装公司董事长、总经理吴英奇说：“兴钢虽然改制成为今天的民营企业，可从骨子里流淌的是凌钢人的血脉，所以，我总认为自己就是凌钢人。”不知道兴钢有多少人会持有这样的观点，但他们在技改工程中所展现的风姿，俨然与凌钢精神一脉相承。

兴钢副总经理索钢更瘦了，接近1.7m的个头，就是抬不起100斤的秤砣。从拆除开始，到工程结束，索钢累得3次胰腺炎发作，打完点滴，就急着赶回现场；系统年修结束后，副总经理邓泽宏也赶赴$52m^2$烧结机改造现场，而此时，副总经理刘宇又得到腾钢工地。两位年龄都不到40岁的年轻人担起了现场组织的重担。

设备安装是工程的重中之重，负责烧结机安装的李长青队、负责环冷机和主抽风机安装的牛得存队、负责一混二混的王金忠队愣是让这些主体设备全都是一次试车成功，期间安装的精细到位不言自知。尤其是环冷机，是人们最担心的，因为兴钢从未碰过这东西，环形的台车轨道稍有不正，台车运行就会不顺，整个环冷机仅螺丝就达7t之多，拧碎了6把电动扳手。副调度长刘文先在整个安装过程中处处把关，起到了至关重要的作用。环冷机缓缓启动，没有一点异响，监理人员向兴钢的安装人员竖起了大拇指。

孙宝元，一位29岁的小伙子，却担起了整个电气安装调试的重任，他勤恳务实、吃苦耐劳、钻研业务的劲头，让现场的人们看在眼中，感动在心里，一向以严肃著称的技改部副部长姜魁祥，在调试后期见到吴英奇说：你快让小孙回家歇一歇吧！炼铁厂副厂长刘伟说：孙宝元是个人才。

孙宝元是兴钢改制后注重培养后备人才的一个缩影，也是一个典范。兴钢在改制后在高度重视老技工的同时，陆续招收了一批大、中专毕业生，这是兴钢可持续发展的必然选择，老技工的担当重任，年轻人的快速成长，使兴钢更多了一分底气，吴英奇就曾与几位副手坦言，如果没有他们，咱哥几个累吐血也拿不下这样的工程。

“快乐工程”是项目经理全守军与兴钢董事长吴英奇在工程启动之初就已达成的共识，在整个工程中，他们可谓没有甲方乙方之分，有的只是如何让工程进展得更加顺利。

炼铁厂从厂长到工程技术人员，都能做到在第一时间解决施工队伍需要解决的问题，为施工队伍建设铺路搭桥，兴钢公司对炼铁厂的要求全力以赴，共同构筑着一幅和谐快乐的现场施工画面。

9月下旬的一天下午，兴钢施工队伍对6号通廊的第二节钢构进行吊装作业，这是一个35m长、近70t重的庞然大物，需要把它吊到26m高的位置，当时主厂房和一次混料室、机头除尘的支架已经形成，现场狭小，兴钢仔细研究，通过电脑测算，制定了吊装方案，130t汽车吊站在一混和机头除尘之间，另外两台70t吊车分立南北两侧，共同举起第二节通廊至26m高度的指定位置。起吊时，吴英奇就在现场指挥，全守军巡视现场经过这里，一看这副阵势，笑着对吴英奇说：“兴钢这是三英战吕布吗?”全厂长形象的比喻引起现场一阵开心大笑。此次吊装只用了两个小时，就顺利完成，在这样狭小的空间，进行如此高难度的吊装作业，一旦举起不能对正，想放下来都很难。

工程各方如同一家人的默契与和谐是工程快速进展的根之所在，因为那是形成合力的源泉

——从“干的没有画的快”到“干的要比画的快”。

在中冶北方设计院的思维里，烧结机建筑图纸只需发出两次，一次是零平面以下，另一次是零平面以上全部设计完成后发出，而在180m^{2}烧结机的施工图纸设计、发出上，恰恰来了一个大转弯，为满足现场工期的需要，以标高分层设计、分层发图，彻底颠覆了原有的工作方式。起初，这一建议并没有得到设计院的认同，干的哪能比画的还要快，不可思议，甚至认为凌钢设计院在有意刁难他们，经过了解，实地验证，他们终于相信，干的要比画的快的奇迹正被凌钢人所创造着。

——从图纸上没有标出的休息室到工程现场人性化的精心设计。

岗位休息室受现场设备没安装因素影响，在设计图纸上没有具体定位，炼铁厂进入人员针对此情况向技改部提出建议。承建单位兴钢公司按照炼铁厂项目部的建议，根据岗位需要一一落实，这是在以往的工程建设中所没有的。当巍巍 $180m^2$ 烧结机平地而矗时，每一个有幸在这里操作设备的人更感受到一份人性化的和谐氛围在这里升腾，体面劳动的内涵在这里诠释得恰如其分。这更是兴钢公司与炼铁人紧紧地站在一起、连在一起的有力佐证，他们共同把那份责任毫不犹豫地担于肩上，打造着钢铁强企的梦想。创造着身边相互媲美的奇迹星光。

当笔落篇尾的时候，还有太多的人让我们不能忘记，他们每个人身上都有为 $180m^2$ 烧结机技改工程付出的感人故事，让我们记住他们：孟祥龙、韩道仓、孟祥民、方国玉、刘文玉、焦永强……还有太多的事萦绕在我们的心里，那些事在 $180m^2$ 烧结机技改工程中闪耀着熠熠的光辉，让我们无法忘怀：二次混料筒吊装、烧结机安装中一台 8t 汽车吊登上 19.6m 平台、机头除尘进出风口管道的吊装等。

看吧，台车运转，那烧结矿正红，红得那般赤烈，激昂起波澜壮阔的大潮渲染了十月猎风旗帜，聚合凌钢新时期精神的韵律信步填歌；那烧结矿正红，红得那般浓郁，彰显着横亘方圆的气魄隽永着十月如椽巨笔，谱绘十里钢城熠熠闪耀的神采遒劲填歌；那烧结矿正红，红得那样蓬勃，透溢着坚定执着的信念盈满了十月起航征帆，举唱钢铁之梦铁翅击空的伟健豪迈填歌！

听吧，大歌响起，我们向这块神奇的土地致敬，我们向昂起的龙首之姿致敬，我们向参与 $180m^2$ 烧结机建设的所有人致敬，向他们献上劳动者最崇高的敬礼！

2011 年 11 月 4 日

500m 深处

——保国铁矿铁蛋山矿井下生产纪实

李亚明　曹志明

2007 年，凌钢保国铁矿铁蛋山矿正式由露天开采改为井采。那会儿，记者萌发了一个愿望：何时能到井下看一看铁矿人井下作业的情况？

心想事成。今年 3 月下旬，记者终于有了与矿工一同下井，到井下采访的“机遇”。

3 月 21 日，是矿长郭玉阁安排记者首次下井的日子。他特意指派矿里的安全员邵玉彬陪同，其中的用意不言自明。邵玉彬今年 46 岁，一米八多的大个儿，看上去清瘦，且干练。他从井采至今一直从事矿山的安全工作，曾两次被评为公司优秀共产党员。与记者随行的还有矿党委宣传部的两位年轻人，邓北川和韩杨。

铁蛋山矿井采设计年限为 26 年，地上水平面为 266m，地下水平面为 -310m，矿体走向长度约 600m，设计开采范围内的地质储量为 4251 万吨。井下开采主要包括采掘系统、运输系统、破碎系统、提升系统、通风系统和排水系统。现开采的是 +80 水平和 +65 水平的矿石。

上午 9 时 15 分，我们一行 4 人乘坐的江铃皮卡，沿着 35°角的斜坡道向井下驶去。到井下作业，经斜坡道入井，是矿工下井的方式之一，但这种方式的触角深度有限。

我们的汽车在 1000 多米的斜坡道上行驶。不时要开进道路边的坑道，躲避迎面升井的其他车辆。下行车辆让上行车辆，看来也是一种制度。安全员邵玉彬一边驾驭着车辆，一边告诉我将要到达的作业区和注意事项。

5 分钟后，我们来到 29 号进路，进入采掘作业区域，作业的是华冶的协力工。井下的绝大部分的作业人员集中于此。这里与地面垂直距离为 186m，水平标高为 +80m；这里距离地表最近，但却是井下生产一线中的“一线”。他们担负着矿石开采的首要任务。一条主巷道的两侧，分布多个采掘巷道和矿石运载巷道。通过巷道内的照明灯，井下繁忙的作业场景随时可见，大型电动铲车正在将采掘巷道内的矿石运往运载巷道。全部矿石都要经过运载巷道内设置的 10 个溜井转至运输系统。

据邵玉彬介绍说，铁蛋山矿在目前保国铁矿三大矿山中，是产量最大、矿石质量最好的矿山。开采方式为无底柱分段崩落法。采区 75m 高为一个中段，一个中段分为5个分层，一个分层15m。矿井目前为初期井采阶段。

我们一行4人探访的第二个目的地是位于井下231m深的环形运输车场。矿工俗称这里为“+35”。正在指挥运输生产的是集团公司劳动模范李国军。他兴奋地对记者说，当下任务很重，矿领导要求尽最大限度提高产量，他们4个生产班都在抢进度，单班运输矿石量均在1700～1800t左右。为节省时间，矿里安排人把工作餐送到“+35”的井下，作业时轮流就餐，运输设备却不能停工。10点钟，记者在8号、9号放矿口看到，老司机肖月辉驾驭着2号矿石电车在作业，与他同时放矿作业的还有两个工友。他告诉记者，到10点钟，他的车已拉了4车次。记者粗算了一下，一个车次7节车，1节车装8t矿石，4个车次就是220多吨。

也许是首次下井的原因，厚重的矿层成了我们沟通地面的屏障，时间很快就到了中午。我们一行4人乘坐的江铃皮卡回到地面井口的时候，刚好是10时30分。

3月23日，记者再一次下井选择的是另一种入井方式：通过混合竖井乘坐罐车。按照约定，上午7时30分，记者和矿党委宣传部的曹志明、韩杨3人准时更换完工作服。今天的陪同人员除了安全员邵玉彬，还有当班的提升工段段长薛继生。他是矿里的生产能手。

7时45分，铁蛋山矿丁班的作业人员早已聚集在入井口。由于记者和随行者不在入井人员之列，安全员邵玉彬代我们办理了合格的入井“手续”。可见，矿山的安全制度无处不在。

与我们同时乘坐一个罐笼车的还有正式下井的15名作业人员。

7时50分，罐笼车以每秒6m的速度开始下行。几分钟后到达第一站：“+35”的环形运输车场。记者目送6名运输作业区的员工走向深深的巷道。两分钟后，罐笼车到达“-40”，一名水泵工和一名设备点检人员走下罐笼车。记者不了解他们的作业环境如何，但清楚他们作业场地的位置：地下306m。

罐笼车继续下行，7时55分，到达了今天第一个采访地点：“-237”。沿着巷道走出100多米远，一个偌大地下“房间”呈现在我们的面前，这里是矿石破碎硐室。虽说是在井下，运行多年的大型破碎机依然如故，显得干净整洁。经了解，由环形运输车场溜井下来的矿石都要经过破碎，才能转到下一个工序。

自从井采以来，混合竖井提升矿石能力不足，已成为制约矿石产量的重要环节。交接班后，提升工段段长薛继生马上组织当班人员检查设备情况，做开车前的准备工作。时间对于他们来说非常金贵。7时55分，破碎机开始转动，不时可以听到大块矿石落入破碎机的声音。

临到我们要离开的时候，段长薛继生才对我们说，以前从没有到矿石破碎硐室作业现场来采访的记者，要我们给他的在岗工友拍个井下工作照。我们无法拒绝理由如此充分的请求，开始分别为3名正在工作的员工拍照，并承诺事后会将照片给他们。

下一站是我们一行采访的终点站：“-271”。为了不影响罐笼车的正常生产，我们更换至小型卷扬罐笼车继续下行。这里是井下生产的末端工序，与地面直线距离为537m。它的地下还有139m，属废矿石回收系统。非工作人员不准许进入。

破碎后的矿石源源不断地汇集到这里。提升工段的3名作业人员，分布在不同的岗位上忙碌着。他们的工作是通过运输机将矿石输送入提升罐笼车内。接近上午9点钟的时候，5个罐次矿石被运送到卸载站，提升矿石总量为120t。今年全矿矿石提升总量有望突破140万吨大关。

再长的采访时间也是短暂的，在矿山井下采访更是如此。身在井下500m深处，所见所闻，丝毫没有想象中“脏乱差”，更多的是令人耳目一新、紧张有序的作业场景。但是井下深处大多渗水，湿气袭人，长时间作业也很艰苦。虽接触短暂，但一个又一个矿山人熟悉的面孔深深地印刻在我的脑海中。打造钢铁粮仓的矿山人，不仅仅是对地下矿藏空间的穿越，也是对自我精神的一次完善和升华。因为，企业发展的责任，是今天的矿山人穿越极限的动力源泉；因为，今天的矿山人有坚如磐石、不断攀登的信念。

2012年3月27日

我的阵地　我的兵

——记奋战在公司系统年修现场检修中心的共产党员

庄俊军

三月，春寒料峭，辽西大地木兰山下的钢铁之城正在上演一场轰轰烈烈的设备系统年修之战。在这个没有硝烟的战场上，作为设备核心检修队伍的检修中心，仿佛与“七”字特别的有缘，七名党支部书记，带领七十多名党员，七百多名检修职工，让整个系统年修现场到处飘扬着火红的党旗，随处可见耀眼的党徽。

本次年修，正值凌钢“十二五”结构调整技术改造全面铺开之时，此时进行设备系统年修，势必在检修力量、人员、设备等方面产生一定的短缺和影响。作为凌钢自己的核心检修队伍检修中心，理所应当地在这场“战斗”中承担起义不容辞的重任。

年修开始之时，检修中心党总支部深入贯彻落实政治工作会议精神，决定充分利用本次设备年修的机会，开展政治工作系列活动，以实现“组织创先进、党员争优秀、职工受教育”的目的。在年修开始前和进行中，党总支部多次召开动员会，号召各党支部和全体党员，要坚决按照公司领导提出的“确保年修质量，在市场逐渐转暖后实现生产产能最大化，效益最大化”的要求，全力以赴完成年修任务，在确保检修质量的前提下，最大能力承接年修项目。于是在这个“阵地”上，到处可见“组织创先进、党员争优秀、争做‘六讲’职工”的先模事迹，一个支部一座堡垒，一个党员一面旗帜的热潮充斥了检修现场的各个角落。七个党支部书记身兼重担、忘我工作，用实际行动捍卫着他们在检修中心年修动员会上“年修现场就是我的阵地，决战决胜关键是我的兵”的誓言。

他个子不高，但性格刚毅，眉宇间总是显露一种不服输的精神，每一个急难险重的年修任务都在他精心的筹划下迎刃而解

——敢于亮剑的烧结站党支部书记徐小宝

自2月25日开始，炼铁厂烧结区域开始年修。在年修动员会上，支部书记徐小宝提出全体党员要在所负责区域的工作中，充分发扬党员吃苦耐劳、率先垂范、敢于担当的精神，为身边的职工和群众做出表率。必保实现年修设备达到良好运行状态，为两次检修周期内无故障提供保障。

更换1号、2号竖炉扒辊是本次年修的重点项目，要在规定时间内完成两个扒辊的更换任务，无论从工作量、时间、检修人力上都是一次挑战，况且这个项目本来不属于烧结站的包保范围，完全有理由不承担这项任务。当个别职工对承

接这项任务提出了质疑的时候，徐小宝给这位职工解释到“公司生产经营遇到困难的时候，我们检修工人不能在管理上做点什么，只有依靠多承接检修任务来分担困难”。为了圆满完成这个重点年修任务，他们把两项扒辊检修任务确定为“党员工程”，各班组的党员在参与检修的同时，兼任区域施工进度监督员，随时监管检修进度。成立了“铁人突击队”，徐小宝任队长，20多名队员由支部的党员、积极分子和部分骨干组成。在检修现场，竖起了鲜红的党旗；“艰苦奋斗，攻坚创效”的检修口号横跨当空，一场轰轰烈烈的重点年修项目在烧结区域纵横交错的检修现场展开了。

在更换1号竖炉扒辊作业中，王继武、杨立军两位老党员一直冲锋在前，党员高波虽然只有3年党龄，但是在现场无论从人员搭配、组织分工、作业进度都协调得有条不紊，井然有序。全体队员每天加班加点抢进度、保质量，从而确保了提前一天完成了该项目的计划工期。

2号竖炉扒辊检修，共需要拆安4根动辊，3根静辊，现场环境狭窄，机械设备、管道错综复杂，重约5t的扒辊因无法使用吊车，全部用人力托运，工作量非常大，加之现场粉尘很大，职工工作服上不是油就是灰尘，虽然身心疲惫，却不喊苦、不抱怨，充分展示出“铁人突击队”的高效率工作能力和团结协作的工作精神。此次年修，仅1号、2号竖炉更换“扒辊”一项，就为公司节省检修费用8万余元。

他性格急躁，但在年修现场却不失沉稳，每天将近12个小时的工作时间，让他疲惫的身躯不再挺直，生产线每一颗螺丝、每一根线路都在他的脑海里留下深深的烙印

——以身作则的型材站党支部书记万传善

1号棒材年修计划工期15天，实际用时10天；2号棒材计划工期20天，实际用时13天。简单的数字足以印证出型材站全体职工在本次年修工作中付出的艰辛与努力。

本次第一轧钢厂两条生产线的年修任务基本都由检修中心型材站承担。在年修现场，始终有一个人在忙碌，从人员安排检修到安全、现场管理，他像一面旗帜，鼓舞着整个检修队伍士气，他就是型材站党支部书记、站长万传善。从年修开始，虽然每天十几个小时，再加上礼拜天不休息的工作，让他疲惫的身躯“略显拖沓”，但是爱岗敬业、严格苛求的责任意识，没有因身体的疲倦让他远离每一个年修项目。为了争取最短的时间内完成最多的检修任务，他合理地分配检修人力，把备件和现场准备工作安排给夜班人员，为缩短时间奠定了基础；为了把住检修质量关，他亲自指挥关键备件的尺寸测量；为了保证检修安全，他不厌其烦的“唠叨”着注意事项。在他的精神鼓舞下，党员孟辉为了全身心投入年修工作，主动将两岁半的女儿送回老家让父母代管。自己轻装上阵，每天守在轧机

旁对图纸、审备件、核数据，重要部件的安装亲自打表、读数、核实间隙，连续的检修把他的米色工作服油污成了黑色，洗澡时反复搓洗的双手还是油迹尚存。班长刘长学带领班组人员更换冷床架体、长轴亲自钻地沟加垫、焊接，取得了用时3天，并一次性调整成功更换新冷床架体、长轴的纪录。

稳定坚毅的个性，让他带领他的团队仅用16小时的时间即攻下了最大年修项目4号铸机大包转台，开创了炼钢站有史以来进行该项目更换检修的第一次
——运筹帷幄的炼钢站党支部书记张利权

炼钢站主要承担了转炉和连铸系统部分设备的年修工作，重点是整体更换4号铸机的大包转台任务是有史以来的第一次，不可预见的难度之大、困难之多可想而知。当年修任务下来之后，张利权没有立即召开动员会，而是一个人独自静下来把自己关在了办公室里一整天。熟悉他的人都知道，这正是他在运筹如何应对这一场艰苦“战斗”前的片刻安宁。

而后，张利权带领他的团队编制网络图，制定节点，要求对整个检修进行过程控制，发挥党员吃苦耐劳、敢打硬仗的精神，必保完成该项工作。党员李平身先士卒，到现场熟悉每一个节点，掌握每一处问题的关键环节，在检修过程中更是跟职工一起抡大锤、拧螺丝、挂倒链。正是这种奋勇争先的干劲儿，使得一个个难题都迎刃而解，最后仅用16小时就保质保量地完成了4号铸机大包转台的更换任务，比以往外委最短工期还提前了整整8个小时。

转炉作业区承担的工作量纷繁复杂，时间紧、任务重。为按时完成检修工作，老党员王海林在更换炼钢厂老区的3台转炉的水冷阀门工作中，冒着严寒在冰冷的通廊中连续工作了十几个小时，连工作餐都在机旁吃。共产党员杜月军患有心脏病，应该是工作“受保护”之列，可他每天在按时服药的前提下，仍然带领同组人员圆满完成了一个又一个工作任务。共产党员薛少强是作业区最年轻的党员，在天车滑线检修中，第一个冲上滑线，熟练准确地进行着每一个步骤，解决了一个又一个难题，赢得了老师傅的赞叹。

他性格直率，肯于钻研，焊工出身的他不但在专业技能上具备高级技师的资格，而且还通晓其他专业的设备检修作业，以其个人名字命名的“更换高炉卷扬钢丝绳”操作法就是最好的例证
——骁勇善战的炼铁站党支部书记刘华。

炼铁站承担的炼铁厂的设备年修自3月12日起，1号、2号、3号高炉分别检修，3月18日~25日4号高炉进行为期8天的年修。在此次炼铁厂系统检修中，炼铁站为了充分展示党支部和广大党员的创先争优氛围，站长刘华带领全站7名党员和2名积极分子组成了“党员突击队”，主动承担了更换4号炉渣泵天车大车滑线及小车拖缆的任务。三班班长王子成是一名有着多年党龄的老党员，

3月12日、13日两天本来是他的倒班休息日，但是他却主动放弃休息，带头承担大部分检修任务，极大地缓解了其他检修人员的工作压力。共产党员肖志起在检修中总是工作在最脏、最险、最累的地方，有时大家让他歇一会，他却总是说，“我年轻，而且是电工，更换滑线我有经验”。

在共产党员精神的影响带动下，炼铁站各班组职工也都深受感染。在2号高炉检修中，维修一班全体职工在班长都业军的带领下，负责检修高炉铁口液压炮。旧液压炮回转机构重达8t，因受检修现场和环境的限制，他们只能利用5t和3t导链将3t液压炮身在旋转臂上脱开放到合适的位置，全班人员中午坚持轮流吃饭，直到把新的回转机构安装完毕，没有一个人叫苦叫累。更为可喜的是在这次年修中，维修三班青工周顺在参加更换高炉料罐上下密封胶圈检修任务中，连续拆卸螺丝，手磨出了血泡，工友劝他歇一会，可他说：“我年轻，没事”。在炼铁站全体职工的共同努力下，除完成炼铁厂计划定修项目和高炉运行设备维护外，还承担了许多临时性的检修和抢修任务，全部检修任务提前两天圆满完成。

他不善言语，却心中有数，每一项工作安排都是井井有条。抡大锤、拧螺丝、查设备，他和职工一起参与，检修现场俨然成了他流动的指挥所

——身先士卒的轧钢站党支部书记刘洪伟

今年的系统年修，在工作安排上虽然没有轧钢站的年修项目，但是自2月20日开始，高线就拉开了检修的序幕。15号锥箱体、12号减速机、集卷筒、双芯棒、运卷车等随着主体设备检修的逐步深入，每一项任务全部都是从大到小细化分解，他在检修动员会上多次和职工说：“我们凌钢人就要想好凌钢的事儿，企业困难的时候，才是体现同呼吸共命运之时。”他给检修工作制定了“四个必保”，即一保安全、二保质量、三保效率、四保任务，要求所有参加检修人员全部按照这个标准完成本职工作。检修七班党员班长张健，在带领职工检修更换双芯棒磨盘轴承时，发现了磨盘轴承有一个软带S点。高度的责任心让他判断出，此处就是轴承软点，如长时间使用将对本体和附属设备造成损坏，同时在运转时易产生震动和噪声。通过对轴承的重载点和轻载点的一一查找，最后确定了S点由原来的270°转到0°的解决方案。检修三班一组组长朱占文，在更换中宽带2号加热炉软水站2号热循环泵泵体作业中，在狭窄的空间内，顶着40多度的高温调整泵体与电动机的位置，一次次直起腰身，一脸满是汗水的脸庞，终于换来了一次性试车运转成功。检修六班钳工雷刚，身患糖尿病，班长没有给他安排重体力的任务，他就主动担当起了青工的指导师傅。在检修12V减速机时，他始终站在最危险的地方，指导看护青工抡大锤，拧螺栓……诠释了一名检修工人爱岗敬业的精神品质。

他性格温和，笑容可掬，但工作敬业，一丝不苟。肩负动力、热电、燃气、氧气4个作业区的设备检修任务，都能做到稳中求胜，步步为营

——百战不殆的动力站党支部书记武平

动力站在年修工作中，主要承担了氧气厂3200制氧机组膨胀机，6000制氧机膨胀机、粗氩压缩机及各类仪表设备的检修工作。在检修现场，有一位经常被工友们戏称为“武大叔”的人，他就是动力站党支部书记、站长武平。之所以这么称呼他，是因为一直以来，在检修现场他总是以父辈的襟怀关心爱护着每一名职工，每次班前会他都会不厌其烦的要求职工注意当天检修的安全事项，叮嘱一定要把住检修质量关口。在现场，遇到抬挪物件，他都和职工一起动手。看到个别青工忽视安全，都会严厉地批评指正。在他的影响带动下，动力站职工在年修工作中，面对高强度、高效率、高质量的检修工作，几乎每次检修重点项目都要连续加班加点到夜里10点钟，大家都是自告奋勇的要求参加，没有一句怨言。维修二班的老党员王凤国，是一位将近六旬的老党员，在3200和6000制氧机年修期间，带领班组人员主动承担苦脏累险的工作，十多米高的冷却塔，他每天爬上爬下，一点也不逊于青年人，粗氩压缩机换瓦期间，他不厌其烦地手把手地教授青年职工，无私地将多年来积累的经验传递给新人。

电气工程师身份的他，对待每一个检修现场都是他关注的焦点，每个项目都要现场组织协调，可亲的笑容里透着严谨，温和的言语中蕴含着专注

——亲力亲为的机关党支部书记李平泉

他是检修中心工程科科长，机关党支部书记。已近花甲之年，他却始终坚守着爱岗敬业这种信念不放松。一个多月的系统年修，每一天，每一个区域，每一个作业点，他都要走一走，看一看，询问检修进度，协调检修关系。他不但能够用自己的专业技术知识指导他人，而且在其他专业领域也轻车熟路。

担任“后勤保障”的工程科、安全科的共产党员们，他们在各自负责的区域内，每天“第一个到来，最后一个离开”，每天工作时间平均都在10个小时以上，更谈不上礼拜天有休息时间。他们每天重复着检修技术指导、协调检修项目、查验检修质量、监护安全行为、排除安全隐患的工作，即使偶尔的放松，也只是在“战斗”间歇时，和战友共同分享阶段胜利的喜悦。

今年以来，检修中心党总支结合自身实际开展政治工作“三大活动”，改变了以往“上行下效”的单一工作模式，确定了以“启发和引导”为主要方式的“重心下移基层，突出骨干引领，重点抓出实效”的工作思路。本次设备系统年修，7个党支部书记以自己独特的方式，开展了各具特色的政治活动，收获了不同以往的胜利成果。

一次战斗的胜利不能代表一个战役的胜利。但我们相信，一支素质过硬、作风优良的队伍，终究会让胜利的凯歌在高高的阵地上永久传唱。

2012年3月31日

凌钢在深化挖潜中嬗变

孙晓东

这是一次变革，一场自下而上危机中的自我救赎；
这是一场革命，一场思想与观念的脱胎换骨；
嬗变中，我们重新审视自我；
嬗变中，我们经历蜕变的痛苦；
嬗变中，我们走出幻想，
我们走进现实，走向希望……

——题记

（一）

从3月21日到5月21日，时间不多不少过去了两个月，而这两个月，对于凌钢而言，无异于凤凰涅槃，浴火重生。从迷茫到希望，也许只是一步之遥，而迈出这一步，需要的是生存的信念、同心同德、同力同为。两个月的时间里，这一切都在凌钢真切地发生……

3月21日，凌钢例行的经济责任制考核分析会，俗称“奖金会”，成为凌钢2012年的一道分水岭。会上，集团公司董事长、总经理张振勇依据计划部和财务部提供的行业成本数据进行了分析，在钢铁“寒冬”中，凌钢被远远地甩在了后面，如果再不转变思维和做法，苦等这场“寒冬”像季节性寒冬一样过去，凌钢将面临的不仅是经营的亏损，恐怕是被市场无情地淘汰。以往不参加这个会议的分厂和部室领导也被请到了会场，张振勇要求当前形势下必须深刻反思，痛下决心，改变原料结构，在生产稳定的同时大力降低生产成本，吨材必须降低60元。党委书记郝志强也在这次会议上做了动员，同时有针对性地指出了降成本的方向。要充分认识大转炉对废钢的要求，可适当放宽尺寸，增加轻薄料；在采购方面，重型废钢价格不能高于中型；入炉品位也要做适当调整；炼钢合金料消耗、螺纹钢负差要根据客户需求情况进行合理、适度调整。会议依据2月份责任制考核情况，确定除一轧厂、检修中心、二轧厂3个有超创利润的单位有奖金外，其他单位包括机关部室2月份奖金为零。

2月份，受生产波动的影响，全公司超创利润为负5000万元，这种情况在凌钢实行内部超创利润考核机制以来绝无仅有，同样，没有奖金的日子在凌钢也是极为罕见，这是作用与反作用的必然结果。会后，各生产厂和相关部室立即行动，寻求降本增效的有效途径，3 月 23 日，集团公司总会计师张玺才、副总经理沈洵召集各单位一把手召开会议，对 3 · 21 会议精神进行了进一步的安排布置。会上，各单位就深化对标挖潜、降低成本工作思路和措施进行了汇报，行动之速，足见认识之深。

一个自下而上形成的、由公司班子讨论的决定很快出台。3 月 31 日，公司党委组织召开由各单位党总支、支部书记及政工干事参加的“降本增效、从我做起”活动动员会，发动全公司职工，积极行动，参与到降本增效中来。

4 月 9 日下午，集团公司召开深化挖潜、降本增效动员大会，集团公司副总经理沈洵详细解读和说明了《凌钢 2012 年深化挖潜、降本增效实施方案》，方案中，吨材降低成本的目标确定为降低 100 元。党委书记郝志强在会上强调指出：要充分提高对《方案》重要性的认识。贯彻落实好《方案》，完成《方案》所确定的目标任务，尽快实现扭亏为盈，是全公司的共识，是凌钢战胜钢铁“寒冬”，实现生存发展的不二选择；是对凌钢凝聚力、战斗力、创造力的一次大检阅；是“苦练内功、做强存量”总体要求的具体体现；是考验我们执行力、推动力、强制力的硬指标；是践行凌钢企业文化的具体大行动。贯彻落实好这个《方案》意义重大，全公司必须给予高度重视，要充分认识，自觉行动，从我做起，从现在做起，咬定目标，全力以赴。

一场全员全面的深化挖潜、降低成本的热潮在十里钢城轰轰烈烈地展开……

（二）

这是记者在炼钢厂的采访实录。

炼钢工卢青松已经在这个岗位上干了 18 年，“刚听说没有奖金了，我还不相信，结果短信一来，感觉从未有过的打击和震撼。作为班长，和工友不能表现出来，班前会后，就去找作业长，听了作业长的一席话，我也反思自己在操作中缺乏积极主动的转变，没有承担起应有的责任，当前的这种形势，不转变根本不行。回来后我就和摇炉工林亚军商量起怎么降低消耗上来。林亚军提出了控制枪位，可以缩短吹炼时间，降低氧耗，先加废钢后兑铁水控制氧耗，而且可以避免前期喷溅。我们对操作进行了详细的探讨，就是想怎么通过自己的努力降本增效。吃渣钢，易喷溅，以前我们不爱吃。我想通过精细操作，控制好枪位，即使吃钢渣，也能控制喷溅，这样会大幅降低成本。现在小山一样的钢渣垛不见了。”

拉钢工霍春友说，以前没有危机感，现在懂得了节约的重要性，工作中除了精细操作，就是学会了过日子。如吹氧管，大包工用完后，以前随手就扔了，现在，大包工用完，拉钢工捡回来当捞渣棒；以前用保护渣，袋子往平台上一扔，上去就是一个大口子，现在是划个小口，用多少取多少。你看那煤气阀已经开到最小了，只要火焰不灭就行。

运转作业区降本增效的方法从增加回收煤气量到降低新水消耗，从降低电耗到降低氮气消耗，想得不能再细，公司劳动模范陈雪松现在是运转工段的技术员，他与干法除尘班班长王洪波在向我介绍运转工段降成本的措施时，我感到了细小之处才见真功，感受到了我们的职工那份可敬可爱，他们不放弃细微的环节，如汽换站油冷却水，由 24 小时冷却变为温度高时 4 小时冷却；把风机转速由自动变为手动，根据停炉和吹炼调整转速降低电耗，35t 水封系统原来排走的水，制作水箱回收利用等。

我确信这样的事例绝不仅仅在炼钢，在每一个分厂，都会有这样的事情，职工的智慧、全员的力量，那些细微的转变，是我们深化对标挖潜降本增效活动中不竭的源泉。

（三）

更为重大而影响深远的转变则是遵循市场法则，适者生存的转变，是一种打破常规的革命性转变，凌钢向传统发出了挑战。

凌钢多年来贯彻精料精做的生产理念。这种生产理念和模式是有科学数据支撑的，在凌钢的生产史上曾经发挥过扭转乾坤的作用，高炉的生产效率得到了极大的提高。但是，持续的钢铁“寒冬”就是这么残酷，市场永远是正确的，钢材的市场价格跌回到 20 年前，生产 1t 钢材就亏损 300 ~ 400 元，固守精料战略无论怎样“苦练内功”也消化不了如此沉重的成本压力，只能据钢材的市场价格来选择尽可能低的原燃料，退而求其次，指标也许不再那么光鲜，却是实实在在的生存之道、应变之道。经济炉料的理念应运而生。

自产焦炭成本高，生产焦炭不如买焦炭，那么就延长结焦时间，降低自产焦炭产量，同时优化结构，降低焦炭生产成本；第一焦化厂结焦时间由 19h 延长到 26h，4 ~ 5 月份，6 次调整配煤比，吨焦生产成本下降了 82 元。

生产技术部对炉料结构调整进行了详细的技术论证，每周召开专题会议，查找问题，制定措施，对混匀料配比进行了 5 次调整，混匀料中澳粉矿从 4 月 27 日起不再配加，5 月 4 日开始全精粉烧结，实现了保证生产前提下的成本最低。

炼铁厂及时调整工艺，尽量减少配矿变化对烧结矿质量的影响，转鼓、亚铁等指标基本没有变化；炼铁 1 号、[illegible]号、3 号高炉已于 15 日零点班开始配加二级焦，5 月份计划到货 2 万吨以上，每吨价格比一级焦炭低 90 元。

同时，加大对采购环节对标挖潜降本增效的力度。地方矿粉：本月价格下调 4 次，总计下调 50 元，本月对废钢价格进行了数次调整，集团公司董事长、总经理张振勇亲自过问废钢采购降价，中重型价格由 5 月初的 3475 元/t 降低到 3160 元/t，综合降价 170 元/t，废钢价格与市场接轨。焦炭：增加赵城焦炭的供货量，同时新增一家供货商；将粒度的考核条款纳入补充协议；每吨焦炭降价 30 元。精煤：从 5 月 1 日开始，山西焦煤集团的焦煤每吨降价 30 元，肥煤每吨降价 50 元，瘦煤每吨降价 70 元，北票的 1/3 焦煤每吨降价 30 元。

经济炉料更需精做，巨大的压力和考验集中在生产厂，尤其是炼铁，在原燃材料发生重大改变的情况下，如何确保高炉平稳、顺行，是一个全新的而且是极难的课题，精心精准精确操作，“至精”的理念需要发挥到极致，按照生产需要所确定的原料条件，不能够再有劣化，如进厂的二级焦炭，实物质量必须保证，相关关口一定要守牢把住，凌钢已经不起类似 2 月份那样的生产波动。因为它对生产经营的影响是致命的，会让我们所有的努力付诸东流。“至诚”理念是我们实现目标的保证。

根本性变化带来巨大的效益，4 月份，吨材成本实际降低 170 元，当月超创利润 5000 万元，其中，深化创效就达到 4000 万元，而到 5 月中旬，吨材成本下降已达 280 多元，相信我们会有更大的收获。

（四）

在 5 月 21 日的深化对标挖潜、降本增效推进会上，集团公司董事长、总经理张振勇质问我们的矿粉生产成本为何居高不下、世界第一？同时提出设备、材料、备件的采购降低成本的课题。那将是怎样的一种成效还不得而知。但有一点我们坚信不疑，那就是，我们的深化对标挖潜、降本增效一定会取得更大的效益，这种从上到下、从生产环节到经营领域的全面全方位的对标挖潜降本增效，会让我们的深化对标挖潜、降本增效获得空前的成功。面对钢铁的“寒冬”，我们将拥有一副更加强健的身板。

嬗变，还没有结束，还需要我们辛勤而努力的付出……

2012 年 5 月 25 日

英雄就在咱身边

高洪超

从一顿“大餐”讲起

“一个猪蹄，几个毛菜，外加两瓶啤酒……”5月27日晚餐，平日里生活较为节俭的检修中心炼钢站职工曹国保一家着实“铺张”了一把，这顿所谓的“大餐”是在其爱人和孩子的极力坚持下产生的，因为他们要犒劳一下家里出现的“救人英雄”。虽然此时曹国保也只是向自己家人简单地讲述了自己救人的经过，全家人也万万没有想到接下来要发生的一系列事情，此刻的他们深深地沉浸在了“助人为乐”的喜悦之中。

晨练途中　突遇险情

曹国保是检修中心炼钢站除尘班的一名普通职工。5月27日，对于他来说，和其他人没什么两样，一个普通的周末，平日里爱好运动的他与往常一样，一大早就约着同班组的工友王云一同去晨练。上午8时许，当两人刚好走到凌源南大桥靠近市区一侧的桥头时，一位老人神色异常慌张地向他们喊道：“救命啊，有人掉河里了，快去救人……”此时，河岸边晨练的人大部分已经散去，早晨还热热闹闹的河岸上人影稀疏，见到已经停住脚步的曹国保和王云两人，老人就像看到“救星”一样，用手指着离桥头大约200m的河岸，气喘吁吁地说：“就在那里，就在那里，有人掉水里了……”顺着手指的方向看去，距离河岸不远的水面上水花翻腾，“真的有人落水了！”曹国保和王云快速地朝河边跑去……

奋不顾身　下水救人

跑到河边的时候，只见离岸边大约五六米远的地方一个人正在水中挣扎，水面上只能看见头发，情况万分紧急，没来得及多想，曹国保脱下衣服，一跃跳入水中，向溺水者游去，虽说时间已快到6月，但大凌河的水温还是很低，入水之后他马上就打了个寒战，同时他也感觉到这里的水深得有两三米，但此时的曹国保已经顾不得那么多，他心中只有一个念头，那就是救人……

他很快游到落水者身边，一把抓住了落水者，回头便朝岸边游去，在岸边王云的协助下，将落水者转移到岸边。此时，周围的围观者多了起来，在大家的帮助下，他们对落水者进行了简单的抢救。

见无大碍　悄然离开

落水者逐渐恢复了意识，曹国保和王云一直悬着的心也终于放下来了。看到没什么危险了，此时的曹国保才意识到自己身上的一阵凉意，于是赶忙穿起了衣服，刚才喊救人的那位老人赶了过来，他是一位退休干部，也是路过，刚巧看见有人落水，由于自己年事已高，还不会游泳，便发生了文中开始的一幕。老人非要叫曹国保留下名字，也好方便获救者感激。而曹国保只是笑而不答，一边穿衣服一边说："这也不是啥大事，当时谁会游泳都会这样做的"。

落水者名叫李艳丽，今年 19 岁，是雅美斯琴行的一名员工，事发当日她本来是去河边给琴行的小蝌蚪放生去的，小姑娘为了把小蝌蚪放在水中，就打算沿着岸边的石阶多下几级，结果不慎落水。清醒之后的李艳丽第一件事就是要感谢自己的"救命恩人"，而此时的曹国保和王云已经离开了。

众人动员　寻找英雄

一时间，这段"勇救落水者不留名"的佳话在大凌河边迅速传开，虽然没有人能说清这两位"见义勇为"者到底是何人。当李艳丽要寻找自己的"救命恩人"的时候，周围人你一言我一语地给出了答案：有人说是凌钢职工，还有人说是好像是叫"检测中心"的单位，还有的说下水救人的名字好像叫曹宝国……

于是在接下来的两天，一场规模浩大的"寻找恩人"活动将雅美斯琴行负责人和凌钢紧密地联系到了一起，琴行调动了一切可以调动的力量，一个个寻找"英雄"的热线打进了凌钢的多个单位，最后逐渐排除了"检测中心"，确定了检修中心，又排除了曹宝国，锁定了曹国保和王云这两位普通的凌钢职工。

两面锦旗　恩义浓浓

"落水遇难逢国保，救人上岸不留名""大难临头有大爱，惊涛无情人有情"。5 月 29 日上午，李艳丽和她从老家赶来的母亲以及雅美斯琴行将两面锦旗送到了检修中心职工曹国保和王云手中，终于看到自己"救命恩人"后的李艳丽跪地不起，小艳丽用自己哽咽的话语表达着对"恩人"的感激，虽然没有华丽的辞藻，但在场所有人无不为之感动，一种大爱在这里缓缓升腾！

英雄精神　落地生根

曹国保和王云这两位凌钢的普通职工，危难面前，他们不计个人安危，奋不顾身，及时出手，将素不相识的小姑娘从死亡边缘拉了回来。关键时刻能够站得出来，冲得上去，他们用自己的实际行动挽救了孩子的生命，保住了一个家庭的完整，更诠释出了人性中至美的情操，展现了凌钢职工面对危难的那种担当。

5 月 29 日，就在李艳丽赠送锦旗的现场，检修中心对曹国保和王云这两位见义勇为的好职工进行了表彰，同时要求全中心职工向他们学习，要在全中心范围内掀起学习热潮，并在工作中进一步弘扬这种勇于担当的精神。雅美斯琴行负责人也表示，要在琴行里设立专点，要将这段“佳话”宣讲下去，用真人真事为例，将这种精神弘扬下去，最终让这种英雄精神落地生根、生长壮大。

2012 年 6 月 1 日

信念的诠释

——凌钢企业文化演讲比赛侧记

白雪峰

哲学家尼采说过："当婴儿第一次站起来的时候，你会发现，使他站起来的不是他的肢体，而是他的头脑。"企业文化是企业的头脑，是支持企业在激烈的市场竞争中搏击的精神支柱。

——题记

企业文化是企业之魂，是引导企业前进的方向，它明确企业应该怎样正确地对待客户，怎样正确激励员工，怎样正确确定企业的经营策略，怎样正确维护与合作伙伴的关系，怎样协调好企业发展与社会的关系等。企业文化无影无形，却已渗透到企业的每个角落，浸润着企业的每一个细胞，让人随时随处都能感受到它的存在。凌钢多年来致力于企业文化建设，最终随着企业的不断发展壮大形成了以"至诚至精"为核心理念的企业文化，它如同一个巨大而无形的磁场，使每名凌钢职工都能深切地感受到这种磁力效应，也正是在这种磁力效应的影响下，激情地投入到生产经营、对标挖潜、技术改造等各项工作中，才有了技经指标的不断飞跃，技改工地的如火如荼。今天，笔者将带您去接受一次企业文化的洗礼，共同感受凌钢职工对信念的诠释。

盛夏的十里钢城骄阳似火，而 7 月 27 日在会议中心大报告厅内进行的凌钢企业文化演讲比赛的火热场面一点也不亚于室外的高温。

入围决赛的 14 名选手在最左侧的前排就座，他们有的信心满怀，有的看上去有少许忐忑不安，有的还在紧张地看着演讲稿，虽然心情不一样，但他们都想通过自己声情并茂的演讲让广大职工对凌钢的企业文化有更深层次的认识，使大家能够真真切切地感受到企业文化的力量是多么的强大，多么的持久。

透过变化看发展

自强。天行健，君子当自强不息。第一轧钢厂赵志强演讲的《我爱凌钢》，用朴实又略带幽默诙谐的语言将凌钢的自强之路描述的淋漓尽致。"稀疏的枯藤，斑驳的老树，滚滚的烟尘，刺耳的马达……这就是全国五百强的凌钢？心头不免生出些许惆怅，泛起一丝凄凉。然而，那奔流的铁水，跳动的钢花；那自强、诚信、求实、创新的精神；那至诚至精的理念；那激情工作、务实高效的作风；那做强凌钢、满意用户、富裕职工的使命；那品质凌钢、诚信凌钢、绿色凌钢、和谐凌钢的伟大构想，又让我油然而生敬意，冉冉升起无限憧憬、无限希望……”从名不见经传的小厂到具有600万吨钢生产能力现代化钢铁企业，从“大风起兮尘飞扬”到今天的花园式工厂，从“叮当饭盒响”到宽敞明亮的餐厅，股票上市、环境改善、强度降低、待遇提高、工资涨高，凌钢在忠诚地履行着对职工的承诺“发展为了职工，发展依靠职工，发展成果职工共享。”正是这种文化氛围才造就了今天飞速发展的凌钢。

来自保国铁矿的李振兴可以说是经验丰富的演讲者，他演讲的特点是字句铿锵，每句话都饱含激情，《我深爱着的这片热土》用4个10年见证了保国铁矿的发展变化，如何将这种挚爱转变成前进的动力，文化的力量是不可忽视的。他说：“凌钢企业文化展示出了企业发展的强烈竞争态势，‘品质、成本、效率’是企业文化的基础，一块矿石到冶炼成高质量的钢材，经历了各行各业的齐心努力。但市场风云变换，在当前钢铁市场异常低迷和困难的情况下，如何渡过难关？出路只有一个，努力做到‘产品成本最低、利润最大、产品质量最优’才是企业生存下来的前提。‘对标挖潜、降本增效’是凌钢目前所有工作的重中之重，作为企业主人的我们，要立足本岗、振奋精神、凝心聚力与企业共渡难关。工作中就要从一点一滴做起，要树立‘千斤重担大家挑、人人肩上有指标’的浓厚氛围。在企业的生产经营中，只要我们每名职工都能像爱家一样爱厂，我相信一切困难都是纸老虎，在凌钢人的面前都是微不足道的。”

80后青工成为故事主人公

在这次演讲比赛过程中，不仅演讲者都是来自各条战线的青年职工，有些演讲稿中提到的先进人物有很多都是近些年入厂的80后，他们是企业文化的忠实践行者，也为今年刚刚入厂的2000多名青工树立了榜样。

炼钢厂高丰演讲的《诚信炼钢　激情永恒》，不仅演讲饱含感情，列举的两个事例也足以打动人，他也由此成为本次演讲比赛的第一名。他提到的来自广西的南方小伙韦继耀，是个典型的80后，8年来，共回老家两三次，“自强、诚信、求实、创新”的凌钢精神在他身上深深地打上了烙印。当合金工时，他被评为合金状元；当摇炉工时，他被评为摇炉能手；2010年，他以出色的表现，成为120t大转炉炼钢班长。2010年由他提出的《转炉冶炼终点低磷操作法》，使120t转炉脱磷达到生产品种钢要求，因此荣获公司工人技术创新奖。2011年他带领全班共冶炼出合格钢水3041炉，钢水合格率、一次倒炉温度命中率均名列前茅，从而被评为公司级炼钢技师！2012年他被评为公司十佳青年。

原料厂的游帅也是近两年入厂的青工，虽然来凌钢时间不长，但对凌钢的企业文化却有着深刻的认识，自撰自演《弘扬凌钢精神　传承企业文化》，用身边青工的先进事迹诠释着凌钢精神。在原料厂麦窑工段，青工比例约占50%，4个横班的工长均为青工，在2010年，面临麦尔兹窑喷枪烧损严重的困境，4名工长及工程技术人员经过认真研究，最终制定出一套“延长喷枪使用寿命”的方案，使喷枪使用寿命由原来的4个月提高至1年，年可节约更换喷枪费用60余万元，在全国同行业喷枪使用寿命对比中名列前茅，并在2010年度工人技术创新活动中，获得集团公司集体项目一等奖。

90后青工炼钢厂的王思奇演讲的《跨越的凌钢青春的我》，从父辈口中听凌钢的发展历程，到自己加入凌钢真真切切地感受凌钢的发展壮大，凌钢的每个发展阶段都有一种无形的企业文化力量在牵引。“炼钢厂有了这么一群年轻人，一群心怀鸿鹄之志的年轻人，一群有着浓厚80色彩，一群个性突出的年轻人，在他们来到凌钢后，在凌钢企业文化的熏陶下，学会了成长，明白了道理，看到了希望，他们愿意扎根下去，愿意用自己的青春、自己的热情去无私的奉献，他们用自己的三分改变、一分智慧、外加六分努力为自己赢得了公司青年文明号的集体荣誉称号。在这个优秀的集体中有获得过公司优秀党员称号的青工亢建忠，有在公司获得“六讲”标兵的青工王伟，有获得青年岗位能手的白雪峰，有获得公司优秀团员的刘海鹏等，举不胜举。”

凌钢精神处处闪光

毛泽东早就说过，没有文化的军队是愚蠢的军队，而愚蠢的军队是不能战胜敌人的。企业也是一样，没有文化的企业，是愚蠢的企业，而愚蠢的企业是不能在竞争中取胜的。

“至诚至精”作为凌钢企业文化的核心理念，在凌钢飞速发展的今天也被赋予了新的内涵。在矿山、在炉前、在轧机旁、在技改工地上……在凌钢的每个角落，凌钢精神都闪烁着耀眼的光芒。

动力厂变电检修段段长迟连众是动力厂选手褚小芳演讲稿中一个鲜活的人物，他不顾自身安危，冲进黑烟滚滚的高压室内，连续作业25小时，终于圆满完成了中宽带高压柜抢修任务。

财务部李海娟演讲的《让自强诚信求实创新的凌钢精神在财务闪光》，她说，自强是财务的灵魂；诚信是财务的根本；求实是财务的准则；创新是财务的动力。自强、诚信、求实、创新的凌钢精神存在于凌钢的每一个角落！存在于凌钢每一个人的心里！更体现在财务人的一举一动、一言一行上！在日常工作中，凌钢财务人秉持这种精神，迎接一个个挑战，交出了漂亮的答卷！

检修中心郭学超演讲的《传承企业精神　践行员工风采》，身边的先进人物就是对自强、诚信、求实、创新精神的真实写照。型材站站长万传善将自强的精神带给他的团队，正是这种自强不息的精神，支撑着这个团队在今年成功完成了轧机减速机组装、冷床改造等重大年修任务，创造了奇迹；公司优秀“六讲职工”刘长学在检修、年修中诚信负责，不糊弄、不凑合，验证着检修人的诚信；张春龙坚守在检修现场，从人员安排到检修指导，他不放过每一个项目、每一组人员、每一个关键点，用求真务实的作风弥补了经验的不足。“咱们对设备创新改善可能得不到公司的奖项，但是改善后的设备稳定了，故障少了，咱们维修的活就好干了。”杨国友和工友们这一句朴实的话，反映了检修人对设备改善创新的初衷和动力。

保卫部郭震也是近两年加盟凌钢的年轻人，他用精彩的演讲讲述了他的领路人勾奎山是如何践行凌钢精神的。在3月份的技改集中外排工作中，他带领大家日夜奋战，放弃休息日，确保了外排质量，没有发生一起超标排放的现象，“在工作中，我们要想到自己的责任，如果没有人人的努力工作，就不会有凌钢的美好明天。”他用最朴实的语言将这种精神传承下去。

《至诚至精与质量同行》，质量部的董静讲述了至诚至精理念在质量工作中的重要性。精心、精确、精准操作，将“至精”的理念发挥到极致，牢牢把住质量检查、检验关口，为生产提供准确、及时的数据。诚实、诚信、诚心工作，让“至诚”的理念深入人心、铸就辉煌、彰显企业形象，诚信在我心中，质量在我手中，千万个数据靠“至诚至精”的理念打造。

运输部的金婷婷演讲的《践行凌钢精神　展现凌钢风采》，讲述了可爱朴实的调车员们风雨无阻，用满腔热忱，尽最大力量保障了350万吨钢的平稳顺行！“我们聚在一块儿，我们就是整个太阳，整片天空；我们站在一处，我们就是用心灵结成的铜墙铁壁！”

在矿山，凌钢精神散发的光芒更加夺目。北票矿业的王文静演讲的《启航》，感慨矿业公司3年来的发展变化，各项工作千头万绪，14名员工以凌钢精神为支撑，忘我工作，面对重重阻力和百废待兴的局面，他们以积极向上的心态，坚持不懈的努力，常人无法想象的付出，使矿业公司不断地向管理科学化、运转规范化迈进。

比赛成绩并不重要，重要的是通过演讲者的演讲使在场的观众受到了一次企业文化的洗礼，每名演讲者的演讲结束，观众都会响起如潮般的掌声，这掌声不仅是对演讲者的最高褒奖，更是演讲者与观众之间就企业文化而产生的共鸣。我们坚信，在未来的发展道路上，企业文化将是凌钢持续健康发展的精神动力，必将散发出熠熠的光芒。

2012年8月2日

因平凡而卓越

——3 万立方米制氧空压机试车纪实

辽 阔

3 万立方米制氧的空压机试启动五天前，张海明就组织召开专业会，研究一总变与钢三线连接的 5 号主变和与钢二线连接的 4 号主变并列运行，以保证承载和电压降两个方面满足空压机启动的备件。两台主变并列运行需经朝阳电业局允许，凌源 220kV 变电站操作。

会议安排动力厂电气工程师王志广、综合点检员刘洪艳现场继电保护配合，所长隋志强详细记录启动电流对一总变供电系统电流变化、电压降的影响。一棒、二棒生产线在空压机试启动时暂停生产。

一场攻坚战拉开序幕。

第一次试启动失败后

空压机和其综保装置以及差动保护装置、零序保护装置、励磁系统，都是 ABB 公司的产品，负责人是 30 岁出头的于工。

于工，看上去很精神，戴一副眼镜，高个儿，说话慢声慢语，南方人。

2012 年 12 月 11 日 10 时，进行空压机第一次试启动。按规程要求，第一次启动要采取“点试”的方式，即不管转起来结果如何，都要马上停止，来观察电动机转子的旋转方向。结果点试为反转，宣告第一次试启动失败。

由三冶电装公司人员负责在电动机接线盒处调换相序，A 相与 C 相对换位置。

13 时，相序调整好，再次试启动。结果是差动保护动作跳闸。

于是，揭开了惊心动魄的试启动艰难的一幕一幕。

张海明和于工分析着差动保护动作的原因，于工说：“刚才 A 相和 C 相的相序在电动机侧对调了，相序应该是正序，不会存在问题，但电流互感器的二次线没动，应该是这个原因。”还强调“我们 ABB 公司的产品不会有问题。”他当即下令：将电流互感器的二次线 A 相和 C 相也进行对换。

此时，集团公司副总经理卢亚东进来了，听张海明汇报试启动准备和试验情况。这给大家增添了更大的信心。

再次启动。结果是三相电流不平衡跳闸保护动作，还是没有成功。

张海明开始怀疑是ABB的装置有问题。他认真地看了一遍英文图纸和说明书，然后说："刚才调整电流互感器二次线的相序，是在装置上调的，是不是应该在电动机的电流互感器那边来调？"

大家听了，也觉得有道理。设备备件部副部长郝振宇说："对呀，在装置这边换线，只是表面换过来了，实际上电流互感器那边换，才是真正的换过来。"

于工半信半疑："那就在电流互感器那边换一下吧，反正也不算太费事。"

换完之后，已是15时了，大家午饭还都没吃，但都精神抖擞地等着再一次试验。

技改部副部长姜魁祥拿着启动记录的本子和笔，制氧厂的电气工程师李春明和胡凤勋在差动保护柜子里面搜索着，想找出问题。

但于工又发话了："我们公司在主程序上做了限制，每次实际转动的时间要相隔6小时，也就是说，6小时以后才能再试。

这时一直在布置工艺流程、保证人力物力的制氧厂杨明利厂长说话了："公司可等着要氧气呢，一万立方米制氧试车的时候，调试了再次就成功了，要等那么久啊，可要耽误大事了！空压机试启动成功之后，还得再重新启动好几次呢，裸冷还需要时间。空分塔里面还有大量的跳板要运下来，还要填满珠光砂，还要试增压机，就是连夜干，至少也需要四五天时间，我们必须争分夺秒。"

张海明胸有成竹地对于工说："我了解你们公司的用意，是怕电动机定子电流启动太频，对电动机不利，但我们刚才只是通电还没来得急启动就跳了，对电动机是不会有任何影响的，规程是允许的。"

于工思考半晌说："张部长说得对，这是规程允许的。ABB公司把权利交给了我，我把限制程序解开就是了，咱们接着试吧。"

张海明马上吩咐电调张金辉说："马上联系朝阳，给咱们分流，合一总母联，让一棒二棒停产，要稳，要快。"

令人烦恼的根号3

在张金辉联系的过程中，张海明走到差动保护屏前，看着小屏幕显示的内容，突然发现差动保护装置的相位不对头，马上请于工进行模拟测试，检查差动保护回路的接线正确性。于工把三相数据抄在纸上。

张海明一看，疑惑地自言自语：这一相的值，是两相叠加的，说明首尾接反了，把头尾对调一下就行了，这个很明显；而这一相怎么会是根号3的关系？他陷入了深思中……

张海明对于工说："我看先别试了，还是把你们的差动保护存在的问题找出来吧。尽管时间紧迫，还是要以安全为主。"

关于这个根号3，于工也说不清是怎么回事。

约20分钟，于工摇了摇头，他们也没遇到过这种现象。问了老外，老外也没见过。

这时杨明利和李春明、胡凤勋抬着盒饭来了。杨明利说："人是铁，饭是钢，一顿不吃饿得慌。"

张海明看了看手机说："已经10点半了，咱们先吃饭吧，真饿了。"

就这样，中午饭拖到了晚上10点半才吃，大家纷纷在盛盒饭的筐里取来盒饭。三万制氧值班室里只有两把椅子，大家让来让去的，谁也不肯坐，有站着吃的，有蹲着吃的，一通狼吞虎咽。

张海明端着盒饭，时而低头夹菜，但眼睛一直没有离开图纸，边吃边琢磨、分析。想从中找出点线索。

这时郝振宇从隔壁高压室进来了，张海明抬头看了看他，说："快吃饭吧，一会儿凉了。真香啊，呵呵。"

郝振宇回道："我还是带回家就着热水吃，饭已经有点凉了，吃了胃疼。香是因为你太饿了，这叫饿不择食，哈哈！"

张海明边吃边对刘洪艳和王志广说："于工也没遇到过这样的情况，明天哪，你们叫上试验室的人，带上保护测试仪，对差动保护装置做一个全面测试，找出问题所在。"

动力厂李建华厂长一直关注着这个事，给我打来电话："空压机和增压机启动，对供电系统有要求，你们电调要安排好运行方式，你在那盯几天吧。"我顿时信心倍增，马上回到岗位，又仔细看了一遍供电系统配合启动的方案，确认没有任何问题。

2012年12月12日8时，大家不约而至，老早就都到齐了，高压室内人头攒动，张海明、郝振宇、姜魁祥、杨明利、鞠广新、李春明、胡凤勋、张金辉、刘洪艳、王志广、赵洪斌，还有三冶电装人员。

这时我才仔细打量了一下高压室，高压开关柜分两列肃穆地排列着，在室内一隅，是一面专为空压机设置的保护屏，于工的笔记本电脑就放在屏前的一张桌子上，用来监测启动数据的。对面摆放4只电热器和1只电暖气，还有一个取暖的"小太阳"。一把木椅子上面扔了一张黄底黑花的棉垫，垫子比椅子小了一圈。

隆冬时节，天寒地冻。大家都站在电热器前轮着取暖。电热器只有膝盖高，只能先暖和一下小腿。张海明则站在"小太阳"前，烤着双手，若有所思。

战斗打响了：张海明吩咐王志广和刘洪艳，给差动保护装置加0.17A的电流，零度相位。

3秒，只3秒钟，刘洪艳就把电流加到了差动保护柜上，差动保护屏上显示：

0.17　0.34　0.17

0.18　0.29　0.17

0.17　0.20　0.29

张海明看着屏幕，结果一出来，又是根号3的关系!

于工又要求刘洪艳、王志广加了几次电流，有零度的电流，有15度的电流。结果都还是一相是其他相的根号3倍。

这时张海明有了依据，对于工说：“电动机是星接形式，每次加一相电流，其他两相应该是零。怎么会三相都有电流，并且它们之间还有根号3的关系？估计还是程序的问题。”

于工坚持自己的观点，ABB公司的装置不会有问题。

张海明耐心地和于工说：“你看啊，咱们花了一整天的时间，把整个高压设备都查了一遍，没任何问题。就剩你的程序没查了，是不是再好好看看？没准问题真就出在这儿呢。”

于工开始认真检查着他的程序。

空电机启动首次成功

半个小时后，一语惊四座：“查到了，真是程序出了问题!”机动部的史东生科长一直在盯着笔记本电脑，在于工发现的同时，他也看出了问题所在。张海明赶紧走了过来。

于工有点愧疚，连连说：“是我的问题，真是我这边的问题。”又解释道：“电动机本来是接成星形，电脑程序默认的却是三角形，一时疏忽忘了改了，我马上改，马上改过来。”

张海明并没有责备他，大度地说：“只要找到原因就好啊，三角形和星形接法正好是根号3的关系，这下问题的根儿找到了，咱们就可以按部就班进行下一步了。”

然后转身对我说：“准备吧，再试一次。”安排电调张金辉：“抓紧联系朝阳那边，安排好供电系统的运行方式，别忘了告诉隋志强做好总变的记录。”

卢总又走进高压室，再次亲临启动现场。我们都很受鼓舞，感到肩头责任重千斤。

于工下达了试启动开始的命令。在制氧高压室里，传来对讲机的呼叫声：“盘车正常”；“润滑油系统准备完毕”；“冷却水系统准备完毕”。氧气厂数据专工金贵宏的声音：记录员做好记录准备，现场人员退出警戒线以外，启动倒计时开始，5、4、3、2、1，启动。

但电动机又跳闸了。这次不是差动保护，是速断保护动作跳闸的。

张海明立刻意识到原因："这次是电流速断，是程序使星点柜断开过早造成的，于工要把程序调整一下，把星点柜切除的时间放得长一点。"转过身对刘洪艳说："速断保护的定值也小了，你把速断保护的电流由1.8倍改成3倍。"

杨明利心疼地说："电动机不能马上再转了，轴瓦会吃不消的。"张海明也说："是这样，等6小时再试吧，电气讲究的就是规程，咱们不能有半点违背规程的行为，再急也得按规程办事。现在刘洪艳把定值改过来，于工请你把程序也改过来。"

已是下午一点半了。

又错过了食堂吃饭的时间，盒饭已经准备好了，我发现今天的盒饭好像不多耶。顾不了许多了，早上就没吃饭，大家拿起来就吃。张海明进来得较晚，刚想吃，一看还有好几个人在高压室，筐里已然空空如也，忙说："我吃蘑菇胃疼，还是去喝豆腐脑吧。"说着，放下盒饭就往外走，郝振宇、技改部的王涛听张海明这么一说也附和着："咱仨去喝豆腐脑。"一溜烟地走了。

17时，张海明对我说："咱们得提前联系朝阳，他们得一个半小时才操作完，时间耽误也不能怪他们，现在凌源220kV变电站专为凌钢进行改造呢，现在的系统不正常，操作起来要慢得多。"

19时，开始了第三次试启动。

高压室传来在主控室金贵宏的对讲机：5、4、3、2、1，启动。

高压开关按命令"啪""哒""咔"有序地传响着，寂静的厂房开始嘈杂起来，电动机空转也这么响！

看着电动机转了起来，渐渐达到额定转速，保护没有动作，张海明与于工在谈论着。

张海明和隋志强通话："你那边电流是多少？""2.8倍。""压降多少？"回答："600V。"

电调张金辉说："在高压柜上的综保上看到的电流是4.0倍啊！"

张海明笑而答曰："你看到的是有10000千乏的电容在内的电流，是有功电流与无功电流的向量和；而隋所长看到的，只是反映到总变的，经过这10000千乏电容补偿之后的电流。"

我和张金辉点了点头表示听懂了。我这才明白：原来还以为张海明安排在一总变记录没有多大用处呢，现在才知道什么叫运筹帷幄！

于工宣布，励磁系统的工作不正常，在功率因数模式下运行，励磁电压始终是10.3V，不随电流的变化而改变。电动机空转是可以的，但是不能带上负荷。

张海明想了想说："把电动机停下来吧，数据都记好了，电动机也考查了，问题就出在励磁回路。我看问题不大，但是个细活。”

于工吩咐三冶公司电装人员开始检查电压互感器二次结线，边改线边观察、边分析结果。终于最后一次改线，屏幕显示一切正常，励磁电流已经开始随着所加的模拟电流的改变而变化，而且变化的关系对应。

17 时，第四次启动开始，5、4、3、2、1，启动。

宽敞明亮的厂房被刺耳的尖叫声所覆盖。

按事先分工，姜魁祥监视高压盘上的电流表，记录启动电流；张金辉监视高压盘上的综保装置的电压降；李春明负责空压机电动机的转速；胡凤勋记录启动时间；张海明则亲自监视着 ABB 的差动保护显示屏。

空电动机启动首次成功！

反复调试，大功告成

大家把数据一一向张海明做了汇报，他终于松了一口气。一丝不易察觉的微笑挂上了嘴角。

杨明利决定，现在停车，把联轴器连上，按计划进行——带空压机试车。

等待间隔时间。

晚 8 时，张海明打电话给我：“你看这试车一波三折的，今后还得启动好几次，还有增压机没试呢，估计也少折腾不了，总找朝阳电业局来分流，操作那么慢，系统又那么脆弱。你明天把 5 号主变倒至钢二线，让它与 4 号主变同在一条主线之上，这样就不用电业局的分流操作了，你给电业局打个报告。”

我恍然大悟。42 岁的张海明不愧是凌钢高压电气系统及继电保护的总负责人。

13 日我早早地来到制氧高压室，那帮家伙又都在了，都这么有精神头啊！

张海明先是浏览一番我写好的报告，把报告中“屡遇故障”，改成了“反复调试”，又仔细看了两遍签字。然后笑着对我说：“屡遇故障，不好。人家会害怕你这边总出故障而影响到他们的系统，会不肯批准的哦。”

我马上给电业局发传真，我暗自想：怎一个细字了得，精明得让人叹妙。

果然，电业局那边毫不犹豫地就批准了《关于凌钢 3 万立方制氧调试期间 66kV 负荷调整的报告》。

在电力调度的指挥下，经过一番复杂的倒闸操作，5 号主变终于倒至钢二线之上。这样，不管是空压机还是增压机每次启动，只要请一棒、二棒停产，一总变合母联就可以了。

11 时，杨明利向大家通报了工艺上的事，联轴器已正常，逆止阀反接，电动机经盘车正常，电动机将带空压机启动，如果运行正常，我们将考查到明天。

11 时 46 分，一切准备就绪，5、4、3、2、1，启动。

各项参数合格。今天散得早，居然没耽误食堂的开饭时间。

14 日下午，空压机经过一天的考查，没有任何问题，已经停了下来，间隔时间也够了，氧气厂想把逆止阀调过来，空压机真正带负载，空压机做最后一次试启动。

我和张金辉马上赶到制氧高压室。

张海明信步踱到我俩跟前："这回省事多了，不用再请示朝阳了，咱们家自己就能解决了。当空压机开起来以后，又将增加 1465A 的电流，将来增压机启动的时候，要把它的启动电流也叠加进去，要注意钢二线的保护定值，一定要躲过凌源 220kV 变电站的跳闸电流。"

全局观、整体观体现得淋漓尽致。我俩油然生出一种敬意。从供电系统运行方式的安排，到现场和总变记录，差动保护故障的查找、排除，保护定值修改，再到励磁回路的 PT 换线，如行云流水一般，挥就了一篇上好文章！大手笔啊！

19 时，空压机带负载启动成功，启动参数如下：

启动电流：5900A

启动压降：600V

启动时间：28s

ABB 公司的全权代理于工感慨地说："这是我做的第二个项目，第一个和这个还不一样。凌钢还真有能人啊。"

大功告成！再也看不到大家脸上的疲惫，看不到因长久疲惫而木讷的表情。在突如其来的喜悦冲击下，所生成的新的表情，最真实、最可爱。

在大家你一句我一句议论、感慨的时候，张海明从值班室里出来，看得出来，他挺高兴。

他对大家做出一个"OK"的手势，举到空中，像是在说：3 个问题？

张海明的笑容还没来得及完全展开，手机响了，"啊，我在制氧厂，好，我这就来。"随即他出门踏上冰雪混合的路面，向黑暗走去，在路灯的映照下，只看到他厚重的脊梁……

2013 年 1 月 1 日

熊熊炉火映青春

——记全国工人先锋号、120t 转炉班组

本报记者　吴春旭

火红的钢水在炉膛内奔腾、激荡，透过炉口，折射出犹如那初升的太阳般的耀眼光芒，映衬在炉前工年轻的脸庞。

这是两座真正意义上的 120t 转炉，拥有同行业最为先进的炼钢工艺。主控室，两座转炉的生产指挥中心，决定着转炉生产的质量、产量和总体效益。

靠近它，一股青春的气息便扑面而来。这里的驾驭者是一支平均年龄只有 27 岁的年轻团队。看，他们那专注的神情、熟练的操作诠释着“科学炼钢，激情工作”的内涵。

这个年轻团队组建于 2012 年 7 月，他们不仅广泛积极参与两座转炉的过程建设，更大胆创新、开动脑筋提出诸多合理化建议，为工程顺利投产奠定坚实基础。在两座转炉通往达产的日子里，他们用自己的行动创造出仅用两个月实现日产 5500t 以上的辉煌业绩，达产速度在全国同类型企业中名列前茅。他们以先锋者的态度拼搏在冶炼作业区，共同凝造出“全国工人先锋号”殊荣。

一分艰辛，一分收获；一份荣誉，一首赞歌。

如果说，三期技改工程是凌钢发展史上的里程碑，那么时任冶炼作业区的带头人李彩云便是里程碑中一部不朽的传奇。

丈夫眼中，她贤良淑德；女儿眼中，她善良伟大；工友眼中，她刚强豪迈。钢铁丛林中，她是那朵绽放得最为美丽的“女人花”。选择无怨悔，登攀无止境。从核算员、摇炉工、炼钢工到技术员再到七年作业长生涯，她把青春和智慧倾注在凌钢的炼钢领域，从 35t 转炉到 100t 转炉再到 120t 转炉，她始终坚持科学管理和技术创新，用技术带动管理，用管理规范技术，练就出一身过硬的专业技能和管理艺术，成为凌钢 6 座转炉操作的指挥者。2012 年，在 120t 转炉建设和投产的日子里，她带领新 120t 转炉班组实现的技术攻关和技术开发项目累计创效高达 4000 余万元。

为了降低两座转炉的钢铁料消耗，李彩云带领技术管理人员对冶炼过程操作进行创新优化，潜心钻研炉型定量化控制及转炉终点控制技术，实现了冶炼操作技术进一步突破，钢铁料消耗处于同行业先进水平，同时还有效降低各类废弃物的产生量，为开展清洁生产、发展循环经济创造良好条件。仅仅这一项目为公司创效 2566 万元。

2012 年 10 月 13 日，2300m^3高炉投产，2 号、3 号转炉终于不再从老区运铁水了。然而，2300m^3高炉投产之初铁水高硅却给冶炼新区带来了严重喷溅、钢铁料消耗多、出钢量不稳定、成分难以控制等一系列生产难题。为控制喷溅，李彩云带领其他管理人员迅速采取行动，进行连续三四天 24 小时跟班作业观察，依据铁水硅含量波动适时调整铁水配比，制定合理的装入制度，经过多次试验，她带领班组成员不断摸索、优化、完善，反复修改，使其 5 个冶炼模型亮相在冶炼新区。模型的操作和对枪位及加料控制终于使喷溅率在投产后的两个月得到有效控制。

经济学中有个“雁阵效应”的理论，即“领头雁”飞得高且远，周边的群雁才会飞得更高更远。李彩云明白，一个人的技术再高超，就算是浑身是铁也打不出几颗钉子，只有悉心栽培好勤奋好学的年轻人，才能百花盛开，芬芳满园。从组建 120t 转炉这个团队，她便带领工段管理人员在班组上上下下推行“师傅操作，新人学习；新人操作，师傅指导”的传帮带模式。过去少则用 3 年时间培养出来的成熟摇炉工，就这样被她练就出仅用 3 个月便可独立操作。

提起一罐到底、顶底复合吹炼、干法除尘等一系列新工艺，齐贺武并不觉得陌生，在百吨转炉从事 3 年摇炉工的他对此早已有所接触。2012 年 9 月，齐贺武被任命为新 120t 转炉班长，在熟练新工艺驾驭新设备上更加严格要求自己，为实现班组零事故，他大量阅读相关书籍，上网查阅资料。时至今日，他的班组没出现过一次生产、安全事故。

冶炼作业区承担着炼钢厂 80% 以上的技经指标，是重点对标挖潜单位。而指标控制也大多取决于班长与摇炉工的配合。不管外面是零下十几度还是零下二十几度的气温，每炼一炉钢齐贺武都要站在炉前观测炉内火焰，通过对讲机指挥摇炉工操作。只要休息下来，他便在管理人员的带领下组织班组成员，对转炉工序冶炼过程深入分析，对入炉渣料结构进行优化调整和循环利用脱碳炉渣，重新建立转炉物料平衡和转炉热平衡制度，实现了转炉辅料消耗和渣量的大幅度降低，仅用不到半年时间，就为公司直接创效 792 万元。齐贺武班组通过降低钢水终点氧性，关键指标一次倒炉命中率从投产初期的 30% 提高到 85% 以上，达到全国同行业先进水平。利用自身技术专长，他充分利用留渣中有效的碱度来降低石灰的使用量，提高吹炼效果，使石灰消耗由投产之初的 80kg/t 以上降低到了 45kg/t，实现单班石灰消耗月成本降低 81000 元。由于班组成员大多都是新毕业的大学生，他未雨绸缪，率先独立培养替班摇炉工和合金工，不仅解决了人手紧张难题，更提高了每名职工的工作能力。他的这一做法在 120t 转炉班组推行并得到广泛效仿。

班长兼炼钢工的搭档就是摇炉工。在 120t 转炉班组有个名叫“张三问”的摇炉工，不熟悉他的人，很难看出他是一个从事摇炉工作不到一年的年轻小伙子。“张三问”，本名叫做张立峰，2012 年 10 月，新转炉投产之际，被调到 2 号炉，走上炼钢重要岗位。之所以叫他“张三问”，是因为他有一个习惯，在生产操作中总喜欢问自己、问书本、问师傅。他总说，要想炼好一炉钢，就必须要有高度的责任心，没有责任就没有目标，没有目标生产操作就会没有秩序。在他看来，摇炉操作就像是捏橡皮泥，你想要什么样的结果，就要自己一点一点去修正、来点缀。自打成为 2 号炉摇炉工那日起，他便每天提前到岗学习借鉴其他班组的操作方法，下班后还要留下来与接班老师傅交流操作中的经验，他喜欢享受那种思想碰撞后产生的力量，当别人游戏或聊天之时，他不是沉浸在冶金论坛，就是探索百度百科中冶金知识问答。就是这样一名年轻好学的摇炉工用勤奋与钻研成功地吹炼出 2 号炉的第一炉钢水，用不到一年的时间让自己成为一名优秀的摇炉工。

合金工、炼钢工和摇炉工并列成为转炉生产的三大工种。2012 年从本溪冶专毕业的时光，虽然工作时间不长，但对合金成本心里边可有本清楚账。2012 年 9 月份走上 120t 转炉合金工岗位，在生产实践中懂得，炼钢其实是一个非常微妙的化学变化过程，在许多的化学反应中会产生不同现象，而这些实际问题往往不是靠书本可以解决的，需要用操作经验来处理。好学的他，总是不耻下问，他曾说：“班组中的老班长、合金工都是我的师傅，我能从他们每个人身上学会不同的东西。”就连记录学习心得的笔记本都不知被他翻烂了多少个。为找准加入合金时机，他经常到“邻居家”2 号炉那里学习合金工的加入时机，别人休息聊天时，他不是在操作台上噼里啪啦地敲计算器计算大合金量的合金收得率，就是与 LF 炉联系，关注每一炉钢的合金成分，对脱氧剂进行及时调整。每一炉钢的生产过程，时光都是竭尽所能地结合摇炉工提供的终点碳，随时算出合金加入量，全力做好炉内挡渣，减少下渣和降低合金消耗。他的努力和认真感染着每名合金工，在 120t 转炉班组几名合金工的共同协调下，合金窄成分命中率也由投产初期的 60% 迅速提高到了 87%，铁合金消耗同比计划指标降低 1 元/吨，日均降低钢水成本 6000 元左右。

“理想是指路明灯，没有理想，就没有坚定的方向，没有方向就没有生活。”对托尔斯泰的这段话，25 岁的李烜感受深刻。严寒酷暑，翻钢工总是默默坚守在炉侧的控制室，当转炉翻钢和倒渣的时候，他们算是当之无愧的“室外摇炉工”。毕业于辽宁工程技术大学的他，从没有因为岗位低、专业不对口，对工作产生抵触情绪。他在工作日志中这样说过：“作为一名工人，爱岗敬业是最起码的本分。只有干一行，爱一行，在岗位上不懈努力，就能实现自己的理想，实现人生的价值。”

当废钢和铁水加入时，领行工、翻钢工和天车工便是那天地结合的“铁三角”。22 岁的马晓庆，虽然年纪小，可对本职工作从不含糊，他经常和工友说：

“领行工虽然不是重要岗位，但能够把每炉铁水、每块废钢正常兑入到转炉当中，不出任何生产事故就是对我自己最大的肯定。”踏踏实实做人，勤勤恳恳做事就是他最真实的写照。

问渠那得清如许，为有源头活水来。从缺乏经验到技术过硬，他们用超凡的才能与智慧在不到一年的时间里迅速成长、成才，打造成一支炼钢的精英团队，离不开炼钢放眼未来的人才培养战略，离不开凌钢这块火热的土地和浓厚的文化氛围。

他们中还有许许多多的年轻人，为了炼好每炉钢，为了降低生产成本，付出辛勤的劳动，洒下滚烫的汗水。他们青春的朝气和活力在两座崭新的转炉上迸发出亮丽的光彩、熠熠生辉！

2013 年 6 月 21 日

刻在灵魂深处的工作理念

通讯员 丛日东

一个团队，之所以优秀，不仅是因为它的周围聚拢着大量优秀人力资源，而且是因为这个团队拥有一个刻在灵魂深处的工作理念。

——题记

因为不懈所以进步，因为憧憬所以努力，因为艰辛所以珍惜，因为信仰所以坚持……这些年，这个团队一直秉承“务实、高效、求是、创新”的工作理念，以不断地激情和努力去追求新的进步，齐心协力、奋力拼搏、勇往直前，用辛勤和睿智编织成这一组组不断攀升的数字：2013 年品种钢产量完成 371.20 万吨，品种钢材完成 361.9 万吨；2012 年品种钢产量完成 240.96 万吨，品种钢材完成 253.83 万吨；2011 年，品种钢产量完成 204.37 万吨，品种钢材完成 199.96 万吨……

一串串数字的背后，有技术中心人的汗花飞扬；一个个品种的开发，有技术中心人的不辍劳作；一次次利润的增创，有技术中心人的无悔付出。回顾 15 年来技术中心这个团队走过的历程，无不得益于这个团队有一个时刻以公司发展为己任，求真务实、锲而不舍的好班子；得益于有一支敢于创新、敢打硬仗、敢于胜利的优秀职工队伍；得益于这个团队拥有一个刻在灵魂深处的工作理念——务实、高效、求是、创新。

务实——立足本职，坚守使命。“做人要简单、做事要务实”，这不仅是技术中心领导班子的做人准则，也是技术中心所有职工心中的不二守则。多年来，技术中心坚持“以市场为导向，以增强企业创新能力为动力，以提高产品的市场竞争能力为目标”的指导思想，遵循“成熟一批、试制一批、研究一批”的新产品研究开发思路，先后研制开发了低硅铝镇静钢、优碳钢、低合金高强度钢、管线钢、汽车大梁钢、集装箱用钢、合金结构钢、弹簧钢等中宽热带产品；优碳钢、合金结构钢型棒材产品；优碳钢、低合金高强度钢、管线钢焊管产品；高强度抗震钢筋和抗震盘螺产品等几十个品种钢，其中部分品种钢荣获国家冶金产品实物质量金杯奖、省最佳创新产品奖、省市科技进步奖和省市名牌产品奖，为公司创造了巨大的经济效益和可观的社会效益。

高效——超越自我，追求卓越。“结果重于过程，功劳贵于苦劳”，一句简短而普通的哲理，听上去简单，而要将其演绎得尽善尽美又谈何容易。正如郭宝志主任所言：“光认真执行任务是没有用的，完成任务的判断依据是能否取得预期的结果。市场瞬息万变，看准适销对路的品种，必须将其以最快的速度投放市场、打开市场、占领市场，这是市场的潜规则，也是生存的潜规则。为了企业，为了公司，我只能做‘无情人’”。如今，高效工作早已成为了技术中心的一种习惯、一种默契，更是一种作风。说到此笔者不禁又回想起2011年开发“HRB400E抗震盘螺”时的那种惊心动魄、寝食难安的日日夜夜。

2011年，钢材价格开始大幅下跌，钢铁行业持续低迷，凌钢也无疑站在了生死存亡的风口浪尖。公司领导审时度势，运筹帷幄，明确提出：“开发高速线材产品，提高市场占有率，使之尽快成为公司新的效益增长点。”公司领导的殷切希望、凌钢近万名广大职工的深切厚望不容置疑的寄托在了技术中心人身上，怎么办？开发科所有研发人员最清楚，高速线材HRB400E抗震盘螺的开发在国内还尚不多见，高线机组控轧控冷在我公司应用也同样尚属首次，压力之大、困难之多不言而喻。然而公司的决定就是命令，再多的理由也只是借口，再多的困难也只是推托。没有退路、没有选择，摆在技术中心人面前的只有一个字——“干”。于是，开发科的所有人员不分昼夜的开始围绕HRB400E新产品开发项目进行调研论证。从市场调研到建材产品的发展趋势，从工艺装备水平到生产成本的利润指标，一次又一次考证，一次又一次辩论，最后决定采用低成本的氮化钒铁微合金化工艺配合控轧控冷技术生产抗震盘螺HRB400E，并将此作为2011年技术中心党员的课题攻关项目。跟踪、检验、统计，大家各负其责，各行其职，决不允许任何一个环节出现问题，并做出公开承诺，4月底一定实现预期目标。

负责理化检验的共产党员杨光伟本着严谨的科学态度，积极推进抗震盘螺的开发，从各个环节入手细致地开展工作：安排科技查新、征询用户意见、联系形式检验；从产品特性、用途、市场前景、冶炼与轧制难点和创新点等各个方面组织编写了近20万字的鉴定材料。为了适应不同用户各种性能要求，他积极探索中高碳热轧钢带不同热处理工艺，不断和用户沟通，诚恳向同行学习。他经常到现场跟踪生产、监督取样，甚至亲手试验，有力地配合抗震盘螺的工艺改进，为优化工艺成分设计、降低成本提供了翔实的实验数据。妥善地处理了因试验不当而导致抗震钢筋性能异议，维护了凌钢拳头产品形象。

负责轧钢工艺的主任工程师杜东福，是HRB400E课题研发的项目负责人。他结合凌钢高线机组装备情况，通过系统查阅相关资料并借鉴其他企业的生产经验，进行了抗震盘螺的试生产可行性研究，编制轧钢作业文件和试验方案；现场跟踪组织小批量试制，系统统计分析试验数据，完善控轧控冷工艺。试轧时，他接连十几天吃住在现场，在冰冷的轧机旁，守候着日夜星辰，也守候着属于自己的那份责任。每天休息时间不到8小时，跟踪、记录、总结、分析、探讨，根据轧制和检验情况多次优化成分设计和轧钢预水冷、穿水冷、吐丝、风冷、保温等工艺参数，一次次的破解难题，一次次填补技术上的空白，反反复复，付出了难以磨灭的心血和艰辛。终于2011年3月末，ϕ8mm和ϕ10mm抗震盘螺HRB400E经在线和时效后性能检验完全满足标准要求，率先在国内开发出了该产品，且质量稳定，理化性能等指标完全满足标准要求，具备了批量生产条件，并迅速打开了市场。

批量生产后，杜东福不敢有丝毫的懈怠，立即带领开发科的所有研发人员，再次打响了“提高HRB400E市场竞争力，尽快扩大市场份额”的攻坚战。分析—讨论—再分析，试验—总结—再试验，一次次的探讨，一次次的摸索，一次次的改进，终于全面地掌握了风冷、水冷等轧钢工艺参数对抗震盘螺性能的影响规律，并结合不同环境温度调整轧钢控轧控冷工艺，充分发挥其强化效果，降低了炼钢合金消耗，优化了成分设计，与试产初期比吨钢成本降低达50元，大大提升了市场竞争力，为公司的降本增效再次立下汗马功劳。2011年度ϕ8mm和ϕ10mm抗震盘螺HRB400E合计完成商品量34.22万吨，销售量32.27万吨，实现比较效益1200多万元。

求是——求真务实，脚踏实地。简单的词语，不平凡的工作作风。多年来，技术中心人在工作上恪尽职守、任劳任怨、甘于奉献，技术上求真务实、刻苦钻研、锐意进取，为研发新的品种，为稳定提高品种质量，不知放弃了多少个休息日，不知熬过了多少个酷暑和寒冬。魏玉箫，这个个子不高，言语不多，总是面带憨笑的陕西小伙，毕业后怀揣梦想、带着期盼来到凌钢这片热土，自此，他把自己交给了冶炼，交给了凌钢。从技术员到主管炼钢工艺的高级工程师，从普通职工到公司劳动模范。二十几年间，有多少个节假日，他是在工作中度过的，他记不清；不分白天黑夜，随叫随到地干了多少事，他说不清；带过多少新手，将多少门外汉培养成业务能手，他数不清。在研发新钢种的道路上，魏玉箫不断用知识和经验武装丰富自己，用他真实的业绩，一次次的成功诠释着“求真务实、脚踏实地”的工作作风。尤其是目前随着钢铁市场微利时代的到来，钢材成本压力越来越大，品种钢生产在目前设备状态下成本已经压到最低底线。完善工艺标准、提高品种质量、确保品种钢生产稳定顺畅，这是目前首要的、也是必须做到万无一失的。为此，小魏总是兢兢业业、脚踏实地的用心呵护每个品种。就拿石油管用37Mn5圆钢来说，由于该钢种为中碳锰钢，属于裂纹敏感钢，在开发前期曾因连铸过热度高和二冷冷却不均导致铸坯和轧材出现裂纹，为保证不再出现上述问题，小魏几乎每天都到现场去了解和观察生产和质量情况，测量铸坯的矫直温度、入坑前温度。出坑时踏在100多度的高温铸坯上，认真检查每一支铸坯表面情况，确保纵裂纹比例稳定在1%以下。

创新——与时俱进，铸就精品。“开发没有终点”，这是技术中心永远的课题。尤其是当前钢铁“寒冬”的气势愈演愈烈，钢材市场步履维艰，这场“寒冬”的洗礼对包括我们凌钢在内的所有钢企无疑又是一次生死攸关的挑战。开发新的品牌，进一步拓展新的赢利空间，形成新的效益增长点，是我们技术中心不可推卸的责任。今天，董事长向全公司发出了“实施‘普转特’战略，赶超石钢”的动员令，作为品种开发领军队伍的技术中心，再次临危授命。“履职尽责、不辱使命、全力促进公司实现‘普转特’”，这是技术中心在公司优特钢研发生产动员大会上的铮铮誓言，也是面向全公司广大干部职工的公开承诺，真可谓“路漫漫其修远兮”。重任在即，责任在肩，他们只能是百折不挠，一往无前，不遗余力地去开拓、去探索、去创新。尽快转变观念，夯实“优特钢”研发基础，全面适应“普转特”新要求，全力以赴实施公司“普转特”战略，瞄准国内先进水平开发面向机械、船舶、汽车、铁路、矿山、石油等行业的以齿轮钢、弹簧钢、轴承钢、锚链钢、矿用钢、油井管等专用钢为代表的中高端优特钢，形成 $\phi 6 \sim 260$mm 规格系列化产品。一是着重抓好优特钢新品种研发，丰富品种系列；二是对试验开发的优特钢品种，将实施全过程跟踪管理，跟班作业，全面细致地掌握各工序的第一手资料并总结分析，尽量以最低的研发成本、最快的研发速度推出一批有代表性、有竞争力的品种系列；三是对已实现批量试生产的优特钢品种，要统计分析和掌控质量动态，持续改进生产工艺，提高实物质量水平；四是着重抓好产品质量的长期稳定性，防止质量波动。加快研发速度，锤炼一支能够支撑凌钢自主研发生产优特钢的管理、技术和操作队伍，整体提升技术创新软实力，为公司尽快实现“普转特”战略目标谱写新的篇章。

一滴水，只有融入大海，才能永不消失；一粒沙，只有投向大地，才能聚集力量；一个人，只有依托集体，才能实现价值。技术中心这个团队里的每一个人既是优秀的个体，组合起来又是一支优秀的团队。就是这样一个可爱的团队，令我感到不管如何去讲，都只能是“弱水三千，只取一瓢饮”。但愿这点滴之水，能让大家看到所映照出来的辉煌与灿烂！

2014 年 3 月 14 日

和劳模们在一起……

本报记者　吴春旭

4月29日，在“五一”国际劳动节即将来临之际，怀着对劳动者崇高的敬意，记者有幸和公司2013年度的劳动模范们在一起，倾听他们的心声，感受他们的人格力量和精神魅力。

上午8时许，我们来到第一炼铁厂2号烧结机工段的主控室，想采访劳动模范李建飞，不料看火工告诉记者：“李段已经不在这里了，今天刚刚被调到竖炉工段当段长去了。”记者拨通了他的电话，听说我们已经在2号烧结机主控室，他爽快地说道：“我过去接受采访吧，这边的事情我在早会上暂时都安排妥当了，你们也就别来回折腾了，在那等我一会儿。”

谈及对即将来临的“五一”劳动节，劳动模范李建飞说：“作为基层段长，越是在假期，就越要坚守岗位。‘五一’正值春暖花开的季节，职工们有的可能会选择踏青春游，有的会与亲朋好友相聚，这样就难免休息不好，注意力不集中，出现疲劳、睡岗、脱岗等，这些现象都会给安全生产带来隐患。因此，我觉得这个小长假，安全生产是重中之重。”

离开2号烧结机主控室，我们来到了第一炼钢厂，劳动模范柳海中向记者介绍道：“三四月份受系统跳电和年修影响，指标完成情况并不乐观，但经过前四个月的沉淀和努力，5月份，我们厂一定打一场漂亮的节支降耗攻坚战。根据目前的钢铁市场形势来看，5月份已经到了至关重要的阶段，作为一名劳动模范，越是困难时期，就更应该发扬劳模精神，将正能量传递给身边的每一名工友，我要带动我们生产技术科全科人员发挥主观能动性，以岗位创效为突破口，以作业成本和故障成本管理法为抓手，确保生产在低成本下稳定顺行。”记者问5月份第一炼钢厂能否完成“双25”目标时，柳海中斩钉截铁地说：“必须完成。”

顺着凌钢厂区的“小外环”走去，我们径直来到第二轧钢厂，刚把车停到车场，就见二轧钢厂厂长侯宏拎着把铁锹迎面走过来。上前一打听，原来是第二轧钢厂正在组织机关党员干部在办公楼前的绿化带植树。一季度，第二轧钢厂通过采取一系列行之有效的“微刺激”机制，实现吨材成本目标降低22.29元的好成绩。尽管公司整体效益不容乐观，但二轧厂在一季度取得的成绩犹若他们自己种植的绿化带一样，看到了属于自己的“春天”。

走进中宽带厂房，在5号操作台驻足，劳动模范赵济烈走了进来，赵济烈直奔点检组长眼前的电脑，观看数据参数，拿起手机便问当班工长：“能投不?”挂断电话，他脸上严肃的表情露出了笑意，“这个班投上了，再轧20根厚板就能把热卷箱投上轧薄板了。”原来是热卷箱在年修期间，影响了薄板的产量，销售一直在催促快点生产薄板，多抢出一小时，就多创造一份效益。

面对一季度取得的成绩，赵济烈坦言是压力也是动力，在这种困难时期，凝聚正能量是必不可少的举措之一，现在轧钢作业区通过每天的班前会正组织职工们学习《凌钢宣传》上报道的五位职工的精彩报告。作为生产技术人员，他认为如果两条机组设备能力和产品结构能合理匹配的话，生产成本绝对有再降的空间，但需要做更多更细致的工作。

记者来到第二炼钢厂，在三楼主控室，得知劳动模范张国新已经在会议室开了一上午的会，给他打电话没接，发短信没回，不知道什么时候能出来。我们只得奔5号高炉而去……

谈到对“五一”劳动节这个节日有何感想时，劳动模范第二炼铁厂5号高炉段长张宝付唠出了实嗑儿：“虽然我老家是凌源的，但‘五一’这几天假也不能回老家看望父母了。只想和工段这些工友们一同坚守在岗位上，保证高炉的稳定顺行，守在这里，我心才踏实。”

走到2号出铁口处，当班炉前班长正在组织出渣、出铁。张宝付上前看了看，说道：“这炉铁不错。”

告别张宝付，记者拨通了劳动模范生产技术部赵鸷的电话，为了保障信息化上线运行的正常工作，他正在24小时值班，看看时间，已经11点多了，这时我的手机响了，告诉我二炼钢的会议结束了，问我们能否过去？我说“马上就到。”针对目前这种严峻的钢铁形势，劳模张国新这样说道：“我们厂现在所做的两大重要工作一是降本增效，二就是品种钢开发。进入5月份，公司要实现扭亏，我作为劳模，要带领我们生产技术科从生产上降低事故率，优化生产，确保高效、平稳生产。在品种钢方面要不等不靠，通过外出‘取经’学习和自我技术创新保证品种质量的提升。”走到2号转炉前，他向我们介绍道：“现在正在生产的就是MSL-1品种钢，出口印度。现在受铁水不足影响，两座转炉都是半个班轮流干，下午两台铸机准备都开了。等到4号高炉投产，我们的产量就会上来了，打赢翻身仗，我们有信心。”

时间已到11点45分，一上午的采访结束了，一路奔波的劳累中，记者体味到了劳动模范们身上的那份担当与辛苦。

下午两点记者又随劳动模范们一同参观了新污水处理、新区置场、新转炉、新轧线、新高炉。“平日都是在各自岗位上工作，很难有这样的机会全方位的了解凌钢的大型先进装备，长见识了。”这几乎是劳动模范们共同的心声。参观过后，集团公司党委书记郝志强、工会主席王彦廷与劳动模范们举行了座谈，在当前严峻的生产经营形势下，劳模们围绕如何坚定信心、如何凝聚正能量、如何降低成本展开讨论。

劳动模范检修中心徐小宝说："过去只知道凌钢大，但具体有多大真还说不清道不明。通过今天的参观算是真正领略到凌钢的大，看到这些大型装备，我更坚定了凌钢一定能够战胜寒冬的信心。困难时期，我们应该传递更多的正能量，尽量多收回一些外委项目，节省外委资金，做到多收多干。作为劳模，无论是思想还是行动都要走在职工的前列，多想事、多干事。"

劳动模范一轧厂路丰在发言中说："作为年轻的管理者，我是凌钢发展的最大受益者，今天看到污水处理工艺和5号高炉，我就回想到上大学在鞍钢实习的那会儿。看到凌钢这些装备，我觉得和鞍钢没什么区别。走出寒冬依靠的资本是什么？就是这些先进的大型装备，只有用人为的智慧把这些设备的潜力挖掘出来，就会显现意想不到的收益。"

每天都要到设备现场巡视的劳动模范机动部史东升通过今天这种从宏观角度看凌钢设备，他觉得对于凌钢的设备管理应研究更多的新课题。同时还要勤深入现场、多为基层服务，替他们解决问题。座谈中，他也表态，作为公司劳模、党员，要全力把公司的设备管理工作做实做好。5月份的扭亏之仗机动部时刻准备着。

……

下午5点钟，座谈会结束，劳模们又急匆匆地返回工作岗位。

和劳模们在一起的一天，记者感受着他们的平凡与朴实，没有强大的"气场"，甚至默默无闻，但他们的身上散发着一种共同的气质那就是困境中的坚韧执着。铁水奔流、钢花四溅、机床轰鸣中他们爱岗敬业、攻坚克难、勇于拼搏，用智慧与汗水诠释奉献。作为当之无愧的领跑者，劳动模范所代表的是普通劳动者。让我们向普通劳动者学习，让我们向普通劳动者致敬！为他们坚守岗位无私奉献的身影献上最美的喝彩与赞歌。

2014年5月1日

众人划桨开大船

——写在中宽带品种钢月产销量突破4万吨之后

本报记者　孙晓东　吴春旭

7月份，在持续的钢铁“寒冬”中，公司克服钢材市场下行困扰，千方百计推进中宽热带品种钢生产，取得了中宽热带品种钢产销量的历史突破。其中品种钢铸坯产量42132t，轧材产量40769t，实现带钢品种销售40033t，创近10年来历史最好水平。收入8540万元，较普碳钢每吨多卖158元，创比较效益313万元。

这是“寒冬”中的一抹春色。自公司推进中宽带品种钢以来，首次达到月产4万吨的目标，较以往最高月份产量提高了近6000t，这无疑将更加坚定中宽带品种开发的决心和信心。

这是酷暑里的一缕清凉。在钢材市场如此疲软的态势之下，钢铁企业几乎到了锱铢必较的地步，每一份效益，都是对企业生产经营的莫大支持。公司领导在评价7月份中宽带产销时说“很解渴”，正基于此。

而回首几个月来的中宽带品种开发，你会发现，那是思与行转变绽放的蓓蕾，那是研产销合力结出的硕果。正所谓“一枝竹篙难渡汪洋海，众人划桨开动大帆船。”在凌钢“普转特”的道路上，在钢铁市场的急风暴雨中，“中宽带品种钢”这艘大船破冰起航！

定　位

新常态下如此漫长的钢铁“寒冬”，对于钢铁企业无疑如“噩梦”一般，生存成为钢企必须面对的挑战。

“中宽带生产线如果不生产具有比较效益的品种钢，如果品种钢产量不达到月产4万吨的水平，中宽带这条生产线就没有竞争力。”

“要完善现有管线钢生产工艺，提升系列产品质量；同时根据新版标准GB/T 14164—2013要求，开发L系管线钢品种，具备批量生产条件。要优化现有Q195LZ生产工艺，实现产品质量升级，满足用户使用需求；开发08Al、SPHC、SPHD品种并具备批量生产条件，形成冷轧料中宽热带系列产品。要完善低合金结构用钢现有品种工艺，提升实物质量；开发Q390C、Q420C、Q460B、Q460C等品种并具备批量生产条件，丰富系列牌号覆盖。要优化现有中高碳钢带生产工艺，提高质量；开发具有新脱氧和造渣工艺的、能够适于冷轧的、汽车零部件及机械调质用中高碳钢带 45L、50L、55L、65L、40MnL、45MnL、50MnL、65MnL，具备批量生产条件。”

“要充分利用专家团队的智慧，外聘专家是凌钢的专家，不独为优特钢所有，凌钢的‘普转特’不仅是在新区，也包括老系统的品种钢。”

“ 2015 年确保中宽带品种钢产量 38 万吨，力争 40 万吨以上。”

这是公司领导沈洵在年初公司首届科技大会和今年第一个生产经营例会上针对中宽带这条生产线提出的要求。同时也为中宽带生产线的产品给予了准确定位，明确了努力的方向。

在公司领导的高度重视和强力推进下，中宽热带产研销一体化实施方案与中宽热带品种钢两年产研计划出台，成立了中宽热带品种钢产研销推进小组，由股份公司副总经理马育民任组长，专家王岑、喻承欢任副组长。下设炼钢、轧钢、品种钢销售 3 个产研销小组，分别由喻承欢、王岑、周国峰任组长。组织机构设在科技质量部。产研小组实时掌握中宽热带品种钢的生产、试验、质量和用户反馈等综合信息，第一炼钢厂和第二轧钢厂分别成立相应的组织机构，每天组织产研推进会。领导小组每周组织产研销推进会，每月组织一次中宽热带品种钢产研销总结分析会，按照产研销计划时间节点完成相应的品种钢计划任务。

按照中宽热带品种钢两年产研计划，从 5 月份开始，一号 120t 转炉——中宽带这条生产线走上了一条老系统“普转特”的攻坚之路。

攻　坚

第一炼钢厂是中宽带品种钢产研的主战场。5 月 27 日，第一炼钢厂召开的中宽带品种钢开发会议，参加会议的有股份公司副总经理马育民、公司生产安全部部长冯亚军，专家喻承欢，第一炼钢厂厂长孙宝权、副厂长张云平，第一炼钢厂品种开发推进小组组长李彩云以及各工序负责人。

这是在 S290M 含铝钢工艺的生产取得阶段性成果后召开的一次推进会，此前在专家喻承欢的指导下，第一炼钢厂对 S290M 含铝钢工艺进行了转炉脱氧工艺采用二步脱氧法等 7 项工艺优化，重新修订了工艺卡。共生产 9 炉 S290M 含铝钢，基本达到预期效果，较之前有较大突破。

会上，推进小组组长李彩云对刚结束的 S290M 含铝钢工艺的生产进行了概要总结和评价。各工序负责人按工序进行分析总结和落实整改措施。

专家喻总针对此次开发做出指导，“单吹镁脱硫，最重要的就是扒渣效果，综合考虑各种增硫因素，转炉工序较原料工序增硫 3 ~ 5 个视为正常；本次转炉过程操作不错，第一炉终点碳偏低，只有 4 个，低碳钢生产，转炉终氧也要控制在0.065%以内；挡渣是关键，坚决不能下渣；每次生产之前要有专人对原材料、设备进行检查确认，不具备条件不能进行品种开发；连铸应杜绝挑渣皮操作，防止破坏弯月面……”

马育民指示，设备不保障，就不能进行品种开发，要坚持这个原则，要深入系统排查、治理。大家坚定信心，技术人员要多向专家请教，品种开发必须作风严谨、较真，要经常反思和对每次品种生产做好总结。

会议确定每天下午4点30分，第一炼钢厂召开板坯品种研发推进会及推进会的主要内容。

引智是中宽带品种钢开发取得突破的关键所在。外聘专家喻承欢和王岑，一个是炼钢专家，一个是轧钢专家，他们不仅懂技术，而且熟悉生产和操作；他们不仅参与品种钢工艺操作规程的制定，而且培训人员、指导操作，解决过程中出现的问题，提出独到的认识和见解，让人信服，赢得了从厂领导到操作人员的尊重与认可，使得他们的智慧迅速在生产实践中开花结果，促动着各级人员思想观念的转变。

思路决定出路，思想转变是一切转变的基础，这是公司领导对“普转特”工作一再强调的要求。第一炼钢厂引入专家成熟经验做法，快速实现品种钢开发思想观念的升华，以“恒”周期、“恒”温度、“恒”拉速的生产工艺操作控制模式，按照管理规范化、操作标准化的要求，通过顶底复吹工艺的优化和提升，保护浇注工艺的完善，精炼造渣模型的技术升级，低磷、低硫、低夹杂物的控制技术，稳定质量、提升质量，实现了品种开发的新突破。

之后，第一炼钢厂按照含铝工艺技术要求和质量提升要求，对现有工装设备进行完善和改进，确保其功能精度达到品种开发的基础保障要求；初步摸索提升钢水纯净度和内在质量的工艺路线和操作方法，为进一步加速品种开发奠定基础。各工序按标准化要求持续推进模型化操作，对影响质量因素进行辨识、评价和制定有效控制措施。在专家的悉心指导下，分别于6月6日、21日、22日和24日成功连续生产L245M共4400t；6月9日生产L415M共300t；6月17日和25日连续生产L360M共2100t。经轧制后多次加倍取样检验，所有理化性能指标完全满足新版标准GB/T 14164—2013要求。至此管线L245(M)已经实现批量生产。6月2日和19日分两次连续生产9炉和15炉08Al共2200t。

7月份，探讨研究了45L生产操作工艺，并于7月18日在生产45钢时试生产了16炉，整个生产过程较为顺畅，基本实现了恒稳操作。总结了在以后生产中需要在精炼造渣、钢水镇静时间上做出优化改进，降低钢中夹杂物含量。利用生产Q195LZ机会按08Al工艺组织了生产，虽然两次生产均出现了絮流情况，但也找到了其中的主要症结所在，将通过对中包干式料以及覆盖剂SiO_2含量的控制，进行研究改善。7月份第一炼钢厂完成了品种钢开发计划，生产品种钢

42132t，日平均产量3437t，品种比达39.5%。

第二轧钢厂是中宽带品种钢最终产品的生产者。根据公司品种钢产销研一体化方案，着手制定并完善了《2015年第二轧钢厂品种钢生产管理考核办法》，通过组织机构、职责分工、品种钢开发流程和对工艺设备的主要要求、奖罚制度四大方面最大限度加速了品种钢研发进程。会同专家王岑与科技质量部相关技术人员在生产前对不同钢种规格的温度制度进行制定，生产过程中以保证各结点温度为目标，进行轧制速度、辊缝及高压水投用道次的优化，进行了大量的初取和重取样工作。同时对Q195LZ加热控制温度在原有温度基础上进行了3次降低优化，对45/Q345B/60Si2Mn层冷设定方式进行改变。为了精准控制管线钢类品种钢的终轧温度，保证组织性能，同时兼顾轧机负荷不超标，在精轧机F3、F4出口加设机架间冷却水。

通过品种钢的生产，所有人员提高了对层冷水的重视程度。对出现的无水或常喷现象要求设备人员第一时间处理。针对品种钢较多，钢种、规格变化大，制约加热温度的控制问题，第二轧钢厂多次召开专题会议，制定《计划装钢注意事项》。

以销定产是公司生产的原则。销售公司带钢部是一支专业的、年轻的团队，12名销售人员平均年龄34岁，这使得他们有足够的精力和体力去开发新用户，全月他们共走访用户150余家，通过比价，谈判达成品种钢成交12000t。面对天津市场竞争对手的激烈竞争，卷板价格的压低，业务人员每天及时掌握各家的价格和政策，对于询单的用户及时跟踪，实单的用户重点跟踪，不放过每一单，每天通过电话、微信等方式与领导进行详细的沟通与汇报。最终7月份天津地区销售品种钢9700t。

带钢部业务员金超，跟踪近两个月的天津友联7500t L245管线钢合同，多家钢厂也争夺这大单，哪个钢厂想在品种市场有所突破，就必须拿下该合同，金超平均每天只能睡四五个小时，一直在厂家盯着，了解各家的报价和政策，及时反馈家里，调整政策。用户答应试料120t，通过和生产厂的紧密结合，并且全程跟踪用户生产情况，最终得到了用户的认可。

08Al冷轧料目前主要集中在广州市场，客户通常见面只是简单询价，然后提出很低的价格和苛刻条件，很难取得有效的成果，有的客户甚至根本不见。广东地区天气炎热且客户分散，通常只坐一段公交车，然后步行，即使到了厂家，没有联系人，门卫也不允许进厂，送出的名片大部分石沉大海。尤其像凌钢这样的刚开发出的产品，新用户往往直言拒绝。就是在这种情况下，销售人员仍在不懈努力，终于有老用户答应试料，销售人员喜出望外，全程跟踪轧制情况，第一时间掌握了凌钢08Al产品的情况，给生产改进提供了依据。

科技质量部和生产安全部充分发挥职能作用，在工艺确定与改进完善和生产组织上做了大量过细的工作，与专家和两个生产厂紧密配合，推进中宽带品种钢研发与生产大步前进。现在比照中宽带品种钢两年规划，进程已有所超前，如已经形成了510L作业指导书和轧钢操作要点，510L在计划中是2016年7~12月份开发的品种。这是大家共同努力的结果！可喜可贺！

而中宽带品种钢开发仍任重而道远。完成全年38万吨的计划产量需要后5个月的产量都突破4万吨，足见其难。还要在2016年3月31日前，开发出Q345D、Q345E、Q390D、Q390E、Q420D、Q420E、Q460D、Q460E等低合金高强度钢高端产品，具备批量生产条件。在2016年4~6月份，开发30CrMo、30MnB、38MnB5等高端调质用途钢带品种并具备批量生产条件。在保证产品实物质量基础上进一步优化、完善生产工艺、降低生产成本，与同类中宽带机组进行技术经济指标对标，形成产品品种、实物质量、工序成本综合优势，使中宽热带机组达到国内同类生产线的先进水平，以品种全、质量优、成本低提高市场占有率，确保中宽带品种钢年产50万吨以上。

这艘破冰起航的“中宽带品种钢”大船前行的脚步不敢稍歇，划动船桨的双手不敢稍歇。她所走过的这短暂的航程告诉我们，只有大家齐心协力，她才能够冲破重重险阻，顺利前行。

2015年8月14日

“菱圆”钢筋做京沈高铁最强健的筋骨

祝 聪

北京至沈阳高速铁路客运专线简称京沈高铁，起于首都北京，途径河北省承德市、辽宁省朝阳市、阜新市，终到辽宁沈阳，新建正线全长697km，设计时速350km。新建支线包括辽宁喀左至内蒙古赤峰支线、辽宁朝阳至盘锦支线、辽宁新民至内蒙古通辽支线。建设工期5年，预计2019年底通车。

凌钢——东北地区最大的建筑钢材生产企业，恰好处于京沈高铁线路中部，京沈高铁的建设实施对凌钢而言，既是机遇，又是挑战，也是使命。从2000年左右我国的“高铁时代”起步至今，凌钢建筑钢材为多条高铁的建设保驾护航，如全国首条时速250km的电气化铁路——秦沈（秦皇岛至沈阳）客运专线，在中国目前最北端的严寒地区时速350km建设标准最高的哈大（哈尔滨至大连）客专，中国大陆第一条高标准、设计时速为350km的京津城际，新中国成立以来一次建设里程最长、投资最大、标准最高的京沪（北京至上海）高铁以及京广（北京至广州）高铁北京至石家庄段。在长达数年的供应过程中，凌钢与中国中铁、中国铁建等大型央企下属的公司建立了稳定的互利共赢合作关系，赢得了用户一致好评，并被多个项目授予“优秀供应商”荣誉称号。

是机遇——

在全球经济增速放缓的大背景下，以钢铁行业为代表的制造业全产业链都在激烈的市场竞争中苦苦挣扎。凌钢秉承“精品立世，诚信如山”的生产经营理念，精细化管理，以“建设最具竞争力的精品棒线材基地”作为战略目标，全公司上下戮力同心，有决心也有信心去抵御这漫漫钢铁“寒冬”。京沈高铁的建设实施，对凌钢而言是千载难逢的机遇。在项目正式获批之初，凌钢人即多次深入工地沿线考察。2014年2月28日，京沈高铁建设随着三棱山隧道的破土动工正式拉开帷幕。凌钢积极参与钢材投标，与多家国（央）字企业达成合作。

是挑战——

我国高铁时代飞速发展的10多年时光，凌钢一直伴随，非常熟悉高铁建设对钢材需求的特点，积累了非常丰富的供应经验。为了保障库存规格齐全，凌钢在厂内库区专门划出垛位用于存放京沈高铁专用材，销售公司针对京沈高铁成立专门的销售服务团队，按标段配备业务员，业务员顶着炎炎烈日，踩踏着被施工车辆碾压过的厚厚尘土，每月两次前往工地了解施工情况，掌握工地钢材需求并及时反馈给公司，公司参考后排产备货。为压缩到货周期，公司安排专人调度装车，从工地提出需求计划到装车出厂一路绿灯，尤其是多规格“抓中药”式拼装车，凌钢也从未拒绝，这种现象在钢厂是很少见的。从京沈高铁开工至今，凌钢以过硬的产品质量、高效周到的销售服务、丰富成熟的供应经验以及规格齐全的现货库存，为京沈高铁的建设提供物资保障。据不完全统计，截至2015年9月底，凌钢累计向京沈高铁供应约30余万吨优质螺线钢材。

是使命——

京沈高铁经过的辽西阜新、朝阳两市均为经济欠发达地区，历来受交通制约，既有的铁路运营效率极低，而京沈高铁对辽西这片大地的积极意义不言而喻。凌钢作为扎根于辽西地区的大型钢铁企业，将义不容辞的承担起其社会责任。在其他钢铁企业采用穿水工艺（俗称穿水钢）、高负差轧制等降本增效措施的时候，为了保障京沈高铁用材的绝对安全，凌钢坚持不穿水、低负差轧制，确保送到工地的钢材不仅仅符合国标，且抗锈，保强度。

京沈高铁的建设实施，将把首都北京和东北最大城市沈阳更加紧密地连接起来，项目建成后北京至沈阳间的列车运行时间可压缩至2小时30分钟左右。同时，京沈高铁与哈大、京沪、京广等高速铁路连接，将进一步拓展快速客运网的覆盖面，与京哈铁路、秦沈客专和津秦客专等有效衔接、合理分工，将构成多条大能力进出关铁路通道，大幅度提高进出关铁路通道的客货运输能力，提高运输的机动性和灵活性，这对促进沿线城镇化进程、加快区域经济社会发展具有重大意义。目前，京沈高铁的辽宁段进度较快，河北段也在迎头赶上，北京段以及赤喀线、通新线已确定在2016年年初正式开工。

在全球经济增速放缓的大背景下，以钢铁为代表的制造业持续低迷，凌钢将一如既往地秉持“精品立世，诚信如山”的生产经营理念，为京沈高铁的后续建设提供最优质的钢材和最周到的服务，实现供需双方互利双赢，为这条万众期待的高铁早日开通提供有力保障。

2015年10月30日

评论篇

CHAOYANG RIBAO
中国移动网 到处'听''说'好
强化管理创新 挖潜技改配套
凌钢逆势而上实现历史性突破
年销售收入超百亿 钢产量超三百万吨
LING GANG BAO

坚持改革　振兴凌钢

——庆祝建国37周年

社　论

今天是中华人民共和国成立37周年纪念日。在这神州同庆的大喜日子里，我们谨向全厂工人、干部、知识分子和家属同志们致以热烈的节日祝贺！

党的十一届三中全会以来，我们伟大的祖国取得了令人瞩目的辉煌成就。凌钢也同祖国各条战线一样，生产蒸蒸日上，效益年年增长，生活步步提高，职工人人心情舒畅。成绩的取得，归功于党中央的正确路线，归功于改革。正是由于我们在全面企业整顿的基础上，狠抓了以贯彻厂长负责制为主要内容的一系列改革，才使企业真正搞活，职工的积极性充分调动起来，使一个几乎濒临关门的企业焕发了青春，走上了全面发展的轨道。可以说，改革功在国家，利在企业，福及职工。坚持改革，以改革振兴凌钢、发展凌钢，是我们凌钢今后工作的根本指导方针。

当前，摆在全厂职工面前的任务是十分繁重的。凌钢“七五”改扩建工程要全面展开，这是涉及凌钢未来发展的大工程，今年一定要踢开头三脚。在生产经营上，要完成16万吨钢、15万吨材、14万吨铁，利税完成2250万元。基建、生产两副重担压在我们肩上，任务艰巨而又光荣。我们每个职工必须认清形势，以高度的紧迫感和责任感，投身于凌钢的生产和建设，积极参加各项改革，以改革来保证生产和基建任务的完成。

要搞好改革，关键在于改革的带头人。最近，厂长任命了中层第二任期行政领导干部，为凌钢今后的生产和建设，为改革创造了有利条件。我们希望这次走上领导岗位的同志，要认识自己肩负的重任，要有那么一种勇敢的开拓精神，勇挑重担，敢于攀登，烧好“三把火”，带领职工把自己担负的工作搞得更好，以自己的实际行动来证明自己是个强者。

要搞好改革，每个职工都要立足于本职工作，从我做起，从现在做起，提高自己的工作质量。凌钢的命运同我们每个凌钢人的命运紧密相连，“厂兴我荣，厂衰我耻”“厂兴我富，厂衰我贫”，这两句发自肺腑的言语真切地表达了我们每个职工的意志和愿望。我们每个人工作的好坏，不但影响个人的物质利益，而且影响凌钢的生产和建设，事关凌钢的兴衰成败。非积涓涓细流，无以成江河大海。只要每名职工都在各自的岗位上尽职尽力，我们凌钢就大有希望。

今年只有三个多月时间了，我们一定要把今年最后一个季度各项工作做好，争取“七五”开门红。当前，全厂在生产上要结合企业升级进等，抓好产品质量，努力降低消耗，降低成本，提高综合经济效益。在精神文明建设上，要进一步抓党风，抓普法教育，抓“四有”教育，使每个职工都争当思想解放、实事求是、开拓创新、廉洁奉公的改革先锋。

我厂即将召开第五届党代会和第四届职代会。这是全厂职工政治生活中的两件大事。我们要通过这两个会议，进一步明确企业今后的发展方向，落实明年的各项任务，完善企业管理体制。全厂职工要以第一流的卓有成效的工作实绩迎接两个会议的召开，在物质文明和精神文明建设中再建新功！

1986 年 10 月 1 日

深化内部改革　加速凌钢发展

——庆祝建国38周年

社　论

“三十八年过去，弹指一挥间。”我们满怀信心地迎来了新中国成立38周年。

党的十一届三中全会后，我们国家走上了建设有中国特色的社会主义的振兴之路，凌钢也在改革的大潮流中奋起，生产经营蒸蒸日上，企业实力大大增强。我们庆祝新中国成立38周年的最好行动，莫过于通过深化改革来发展两个文明建设的大好形势。

几年来，我厂在与国家建立经营承包关系的基础上，实行了以厂长负责制为中心的企业内部“五改”，给凌钢的发展带来了动力，增添了活力。今年深化企业改革怎么搞？一方面我们要继续完善已有的改革措施，使之充分发挥作用；另一方面要使“五改”从形式上更加灵活多样，从范围上要扩散到每一个车间、工段、班组。这样，我们在划小核算单位，实行劳动优化组合、干部聘任制、多种形式的工资制等方面都大有文章可做。要通过深化改革，实现企业内部经营机制的科学运转，调动激发全体职工的积极性，充分挖掘生产经营上的潜力。

要深化企业改革，关键在于改革的带头人。各级干部要增强改革意识，敢于承担风险，从实际出发，大胆构思，精心谋划，“引进、移植”成功经验，并敢于闯出新路。全厂职工都要积极投身于改革，以自己的出色工作支持改革。前一阶段我们开展的“三中全会路线好”教育表明，九年改革使广大职工得到了实惠，他们是欢迎改革、希望加快改革步伐的。我们还要继续抓好这项活动，大造改革舆论，创造有利于改革的政治环境。

前9个月，我厂生产经营形势很好，但做好四季度的工作是完成全年任务的关键。当前，要分分秒秒抢时间，努力实现增产增收。同时，要根据企业升级各项指标的攻关，制定、贯彻好标准。“七五”工程现有项目要加快施工。全厂职工要积极行动起来，在深化改革、完成四季度任务中再立新功！

1987年10月1日

新的里程碑

——祝贺凌源钢铁公司成立

社　论

经朝阳市政府批准，凌源钢铁公司宣告成立。这是凌钢和全体采矿业职工的一件大喜事。它标志着凌钢企业和朝阳矿业开发进入大发展的新阶段，步入新的里程碑。我们向公司全体职工表示最热烈的祝贺！

在党的改革、开放、搞活的方针指引下，凌钢企业和朝阳地下资源开发都有很大的发展。凌钢经过“七五”和“八五”的发展，到本世纪末年产钢铁将达80万吨左右。这个美好前景和当前改革形势，迫切需要改变朝阳市钢铁工业的管理体制和管理形式，以适应生产力的更快发展。凌源钢铁公司的成立，是市政府对朝阳钢铁企业和矿业开发管理体制的一项重大改革。它对进一步增强凌钢企业的竞争能力和矿山开发能力，促进朝阳钢铁工业的发展，振兴朝阳经济，都具有重大意义。

当前，全公司的形势是喜人的。令人瞩目的300m^3高炉和朝阳焦化厂已经建成投产，向刚刚成立的公司献了两份厚礼。坚冰已经打破，航道已经开通。摆在公司全体职工面前的任务十分艰巨而光荣。我们一定要乘公司成立的东风，以改革统揽全局，把公司组建工作和业务衔接工作做好，把生产经营、矿业开发、“七五”工程等生产建设事业搞得更好。

让我们在公司成立的新起跑线上，奋力拼搏、进取，不断向更新的目标攀登。

1988年4月21日

破除依赖思想　树立竞争意识

本报特约评论员

企业走向市场要靠竞争而生存，因而必然要求企业职工破除依赖思想，树立竞争意识。

去年，我公司搞了劳动工资制度综合配套改革，并在半年多试运行的基础上，于今年4~5月份又进一步予以深化。面对这场深刻的改革，绝大部分职工都能理解、支持并投身其中，但也有少部分职工仍抱着社会主义就是“人人有饭吃、个个有活干”的观念不放。有的被优化出来，不从自己本身找原因怨天尤人，显而易见，这是缺乏竞争观念，“依赖”思想在作怪。

冶金工业部副部长黎明同志指出：企业追求的是效率、是利润、是财富，因此，企业需要多少人就要多少人，多余的要减掉。救济是社会问题，是由社会去解决，不是企业所能解决的。企业要想真正获得较大的效益，就得低投入高产出，提高效率。因此，原来的就业观念依靠企业照顾的观念必须改变。企业职工要想赢得岗位，获取收入，唯一的办法就是去竞争。目前，我公司通过一系列改革，内部的竞争机制（如管理人员竞争聘任机制、生产操作人员竞争上岗机制、收入的竞争分配机制等）已基本形成并将继续深化。这些机制不仅为有志之士提供了良好的条件，也为落岗职工提供了二次竞争的机遇。那么如何使这些好的竞争机制发挥出较大的“竞争效应”呢？这就要求每位企业职工要破除“坐等优惠，不思进取”的依赖思想，树立“敢于面对现实，敢与强者较量”的竞争意识。只有这样在思想上、心理上保持良好的态势，才能在竞争中不断提高自我竞争能力，才能在理想的岗位上真正实现自身价值，从而也为企业在社会竞争中求生存、求发展提供强大的内在动力。

1993年6月26日

改革的新起点　发展的新开端

社　论

“寒辞去冬雪，暖带入春风”。

凌源钢铁股份有限公司的成立，标志着凌钢的改革和发展进入了一个崭新的阶段，是凌钢发展史上一次重大转折。它对于贯彻党的十四届三中全会《决议》，建立适应社会主义市场经济要求的企业运行机制，最大限度地调动股东和职工的积极性、创造性，增强企业的凝聚力和向心力，推动凌钢持续、快速健康发展，都具有十分重大的意义。

凌钢股份有限公司成立伊始，公司内部的领导体制、组织结构和经营方式，经过三项制度改革，有了显著变化，已经显示出巨大活力。但股东和职工的思想行为，在很大程度上还受习惯的思维所左右，不能按新体制办事，企业还没有全面地按股份制规范运作。我们所推行的股份制，是一种全新的企业制度，完全靠我们去闯、去探索，我们会遇到新的矛盾和问题。股份制自身带有的局限性，并不能解决我们所面临的全部问题。因此，我们对股份制工作的长期性、艰巨性和复杂性，要有充分的清醒的认识。要继续把股份制工作当做改革的重点，以建立现代化企业为方向，把股份制工作推向更高层次。

凌钢的改革经验告诉我们，观念转变了，一切事情都好办了。我们搞股份制，目的是转换企业经营机制，增强企业活力，提高企业的经济效益。我们要切实把注意力转移到转换经营机制、完善股份制工作、建立现代化企业制度上来，使股份制形式与其实质内容统一起来。

凌钢股份有限公司成立后还要重点抓好以下工作：对内确立适应生产力发展水平的多样化的企业组织形式，主要是分离实体公司；建立健全科学的企业内部管理制度，推行内部模拟市场的管理办法；实行新的财会制度；理顺内部关系，关键是股东会、党委会、职代会、监事会相互之间的关系，建立企业法人财产制度，实行政企职责分开。要下大力气解决结构重组、国有股分红、生产性资产与非生产性资产划分及管理、股本结构、税后盈利水平、税收政策等一系列的问题，适应市场经济要求，建立产权清晰、权责明确、政企分开、管理科学的股份有限公司制度。

今天，拥有15000钢铁大军的凌钢人已经走在了企业改革的前列，不论是劳动、人事分配制度三项改革，也不论是股份制改革，都给凌钢这个机体注入了新的血液。一个崭新的以市场经济机制运行的大型钢铁企业将屹立在辽西大地。

1994年4月16日

加速发展　再创辉煌

——热烈祝贺凌源钢铁公司第二次党代会胜利闭幕

社　论

随着雄壮《国际歌》旋律的回荡，历时两天隆重而热烈的中国共产党凌源钢铁公司第二次代表大会宣布胜利闭幕。我们对大会的圆满成功表示热烈的祝贺！

在凌钢近 30 年的发展史上，这次大会是一次极为重要的会议，是凌钢近 2400 名共产党员和 16000 名职工政治生活中的一件大事。这次大会，确实开成了一次团结的大会、拼搏奋进的大会、胜利的大会。大会期间，与会 280 多名代表以其高度的责任心和使命感，审议通过了高益荣同志代表中共凌源钢铁公司第一届委员会所做的工作报告和盖全臣同志代表中共凌源钢铁公司纪律检查委员会所做的工作报告。按照党章规定，选举产生了中共凌源钢铁公司第二届委员会和中共凌源钢铁公司纪律检查委员会。这次大会思路清、方向明，为凌钢在新形势下加强两个文明建设奠定了坚实的思想基础。

继 1988 年 6 月公司第一次党代会至今，凌钢的发展变化举世瞩目。在邓小平建设有中国特色的社会主义理论指引下，凌钢人发扬“争气、拼搏、奉献”精神，艰苦奋斗创大业，实干进取攀高峰，实现一厂变三厂。钢产量由年产十几万吨增加到 50 多万吨；经济效益由利税 4000 多万，增加到 3.7 亿元；在全国 500 家最大工业企业中由 7 年前的 329 位上升到 216 位。七年间企业不仅物质文明硕果累累，精神文明也收获丰收，企业连续 6 年保持了省级文明单位称号；今年，公司党委又被省委授予先进党委称号。回顾历史让人欣慰，展望未来信心百倍，我们要继往开来，乘胜前进，坚持改革，加快发展，把凌钢建成具有强大竞争力和凝聚力的现代化钢铁企业，实现这次大会提出的目标和完成大会提出的任务。

这次大会的主题是坚持改革，加速发展。会议提出的实现一个转变，完成一个跨越，创建一流企业的目标和工作思路完全符合凌钢的实际，也体现了凌钢广大职工的根本利益和愿望。在今后的工作中，我们必须坚持以邓小平建设有中国特色的社会主义理论和党的基本路线为指导，切实以经济建设为中心，加快凌钢改革和发展的步伐。我们要抓住机遇，加快技术改造，要扩大品种，上水平、上质量，提高生产效率，在激烈的市场竞争中，不断壮大自己，为 20 世纪末达到百万吨钢规模作出应有贡献。

为了完成大会提出的各项任务，我们必须加强党的领导，充分发挥党组织的政治核心作用。各级党组织一定要为改革和发展提供政治保证和精神动力。要坚持党管干部的原则，加强班子自身建设；要认真贯彻民主集中制原则；要注意培养和选择年轻干部；要注意发挥共产党员的先锋模范作用；要注意抓好廉政建设，注意解决群众关心的热点问题和难点问题，发扬党的密切联系群众的好传统。

当前，要切实抓好二次党代会精神的宣传和落实。各级党组织要集中精力使大会精神成为发展凌钢的动员力量和鼓舞力量。各群团组织要广泛调动群众的积极性和创造性，要统一思想，统一行动，在新一届党委的领导下，要坚持改革，加速发展，把凌钢建成国内一流钢铁企业，再创凌钢新的辉煌！

1995 年 8 月 2 日

要加快企业改制步伐

本报评论员

今年，我公司被省政府确定为全省推行现代企业制度 56 家试点企业之一。这对凌钢来说不仅是一件大事，也是企业在社会主义市场经济条件下即将迈出的关键一步。

然而，建立现代企业制度不是一蹴而就的事情，它需要我们经过改革和改组、改造和加强管理来实现。9 月 2 日，公司召开中层干部大会进行体制机构改革、调整，这是我们为建立现代企业制度所做的必要准备，也是建立现代企业制度、深化企业改革的重要内容之一。正像公司经理高益荣在讲话中所指出的那样：“最近进行的体制机构的改革、调整是适应市场经济发展要求；是深化模拟市场新机制的迫切要求；是实现两个根本转变，适应现代企业制度的迫切需要。”建立现代企业制度和与之相适应的组织机构，是我们适应不断发展和变化着的市场所必需的选择，是企业提高经营管理水平和竞争能力的有效途径。

然而，近年来，虽然我们企业走向市场的步子迈得很大，但相应的企业组织机构还没有转到市场经济的轨道上来，还没有摆脱计划经济的老框框。改革停滞不前、机构设置重复、职能划分不清，束缚和限制了职能机构更好地运用市场法制和经济规律去实现调控管理，阻碍了我公司模拟市场新机制向纵深发展。因此，加大改制力度和步伐，是摆在我们面前刻不容缓的任务。

我们各级领导干部对此必须有高度的认识，要把最近的体制调整看做是按照市场经济的要求而进行的一次重大机制改革。也是为加强和改善企业管理创造良好经营机制的基础。公司前 7 个月实现盈利 964 万元，后几个月正是我们借模拟市场新机制的东风乘胜前进的大好时机，在此时机进行体制机构调整、改组，正是为了便于各单位协作，“轻装”前进，为明年打好基础。各级领导干部要顾全大局，讲纪律、讲团结。充分认识建立与现代企业制度相适应的组织机构并非一日之功，还有许多细致的基础性工作要做，这次体制调整涉及的单位和人员，要思想观念到位、人员到位、工作到位，尽快明确本部门的业务范围、工作职能，理清工作思路，尽快开展工作，进入角色。各单位之间还要加强协作，严禁扯皮，保证各项业务工作的顺利衔接，为公司实现 5000 万元利润目标而努力奋斗。

1996 年 9 月 11 日

团结奋进　勇往直前

——庆祝中华人民共和国成立47周年暨凌钢建厂30周年

社　论

桂子飘香，秋高气爽。在一派团结、祥和、欢乐的喜庆气氛中，我们迎来了中华人民共和国成立47周年和凌钢建厂30周年“双庆”的日子。

47年来，我们的国家经受了风风雨雨；30年中，我们公司历经了磨难和坎坷。几度风霜雪雨，凌钢终于在她而立之年扬眉吐气、昂首屹立于祖国的钢铁丛林之中！“推行模拟市场新机制，实行成本否决”，使我们凌钢在面临着年初严重亏损，又要消化掉能源和原材料涨价等因素的情况下，上半年一举实现了扭亏为盈，彻底走出了亏损的沼泽地。

30年来，凌钢从小到大，从弱到强，不断发展壮大。昔日的荒芜已变成了如今的辉煌。凌钢翻天覆地的变化，证明了一个颠扑不破的真理：世上本来就没有什么救世主，一切只有依靠我们自己！

改革是社会主义制度的自我完善、自我发展，是社会主义充满生机和活力的源泉。同样，改革也是企业的自我积累、完善和发展，是企业生存发展的根本保障。我们的企业，只有在坚持自我改革的过程中，才能逐步走向健全，走向完善，走向成熟，才能生机勃勃。

改革开放是强国之路，四项基本原则是立国之本，市场经济是企业生存发展的根本途径。学习邯钢经验，推行模拟市场新机制，是我们的前人没有走过的路。半年多的实践，我们已经从亲身感受中深切认识到，这条路我们走对了。刚刚闭幕的公司“双庆”大会上，公司党委书记、经理高益荣客观地回顾了30年来凌钢几代人所走过的光辉历程，强调指出了推行模拟市场新机制，实现两个根本性转变，对于公司生存发展，向现代企业制度迈进具有重要意义。

今年是“九五”起步之年，我们必须增强生存的危机感，提高竞争力的紧迫感，在新旧交替、承前启后的特殊时期，努力工作，坚决完成后3个月的各项指标，为全年实现5000万元目标作出贡献，以全新的姿态奔向21世纪！

1996年10月9日

把凌钢建设得更强大

本报评论员

令全国人民欢欣鼓舞的中国共产党第十五次全国代表大会刚刚闭幕，我们又迎来了新中国成立48周年的辉煌庆典，举国上下洋溢着一片欢乐的气氛。

48年前，中华人民共和国宣告成立，开创了中国历史的新纪元，中国人民从此站起来了。48年来，在中国共产党的领导下，各族人民团结奋斗，国家面貌发生了历史性的变化。特别是改革开放以来，在邓小平理论指引下，我国的各项事业取得了举世瞩目的成就。党的十五大的胜利召开，提出了把建设有中国特色社会主义事业全面推向21世纪的政治纲领和政治宣言，那就是高举邓小平理论伟大旗帜，围绕经济建设这个中心，不断深化经济体制和政治体制的改革，切实加强精神文明建设，实现经济发展和社会全面进步。

国庆节的到来以及十五大精神的鼓舞，使得钢城大地充满了喜庆，凌钢16000名职工用骄人的生产经营业绩向国庆献上了一份厚礼。严峻的市场形势，原燃材料的大幅度涨价，使1997年的凌钢面临着前所未有的困难局面。但是凌钢广大职工群策群力，团结创新，在公司党委的正确领导下，凭借自己勤奋务实的精神，依靠学邯钢，推进模拟市场新机制，强化企业管理，深挖内部潜力，努力适应两个转变，不断完善企业经营机制和经营战略，上半年在消化掉几千万元的增支减利因素后，依然取得了盈利1015万元的好成绩。并且我们走出了企业减人增效、下岗分流的第一步，职工观念转变，增强了改革的承受力，初步建立了竞争上岗、靠本事吃饭的适应市场经济发展要求的新机制。朱镕基副总理在视察辽宁时对凌钢取得的成绩就曾给予了高度评价。

雄关漫道真如铁，而今迈步从头越。面对成绩，我们不能盲目乐观，与一些先进的兄弟单位相比，我们还存在着很大的差距。随着冶金生产经营淡季的到来，我们面临的形势更严峻，任务更艰巨。争取股票上市，构筑现代企业集团框架，兼并企业等一系列繁重的工作在等着我们去做。我们要以十五大精神为行动指南，继续发扬凌钢“争气、拼搏、奉献”的企业精神，转换经营机制，加快企业改革改造步伐，遵循经济规律，在市场经济条件下，走出一条适应自己生存发展的希望之路，把凌钢的各项改革推向一个历史新高度，把凌钢建设得更强大。

1997年10月1日

开创一片新天地

本报评论员

6月19日，公司召开下岗分流和再就业工作会议，全面部署了公司1998年下岗分流和再就业工作。会上，公司为下岗分流和再就业工作确定了相应的程序和制度。概括起来为：一是下岗要有序。下岗分流要有计划、有步骤地分期分批安排实施，不能放任自流。二是生活有保障，公司制定了保证下岗职工生活的政策。三是待岗搞培训，公司将通过加强再就业中心的领导力量和管理人员力量，对下岗职工进行统一管理，进行转岗培训，提供就业指导。四是实现再就业。通过全方位、多渠道，广开就业门路，使下岗职工逐步走上再就业岗位。而在这4个方面的工作中，公司把再就业工作放在了头等重要的位置，这不仅是对下岗职工的高度负责，更是企业改革、发展、稳定所必需的，广大干部职工对此必须有深刻的认识，各单位要积极配合，共同来做好这项工作。

要做好再就业工作，需要公司各个方面的努力，各单位、各部门都要在公司两个方案精神的指导下开展这项工作，不仅要派出一名得力人员帮助再就业中心开办再就业项目，还要以积极负责的态度，挖掘内部潜力，尽自己最大的力量拓展就业渠道，为下岗职工提供更多的就业岗位。

要做好再就业工作，还需要广大职工丢掉长期计划经济条件下形成的“等靠要”等依赖思想，改变过去那种岗位有高低贵贱之分等陈腐观念，这不仅对下岗职工，就是对于那些没有下岗的职工，转变这些观念同样具有重要的意义。我们不能抱着过去的就业观念来对待眼前充满竞争的岗位，这是因为企业需要经常性的调整，国家的劳动制度也在不断地改革和调整，总的趋势是劳动者被纳入了优胜劣汰的轨道。不树立竞争观念、风险意识，不努力学习新知识、新技能，就不能适应新的竞争，就有可能被淘汰。那种“只有重新回到公司内上岗才是再就业的旧观念，那种一进企业门，终身企业人”的就业方式一去不复返了。

公司对下岗职工再就业十分关心，不惜付出更高的改革成本。在政策的制定和实施上，都从维护职工切身利益出发，千方百计为下岗职工着想，广大下岗职工要充分认识公司“扶上马，送一程”的真正含义，抓住公司为下岗职工提供的创业兴业机会，把再就业的过程变为再创业的过程，在公司方方面面的关心和支持下，自强不息，艰苦创业，开拓出一片属于自己的新天地！

1998年6月24日

再就业工程人人有责

本报评论员

当前，下岗职工再就业成为全公司广大职工十分关注的热点问题。中央反复强调，对下岗职工实施再就业工程不仅是一个重大的经济问题，也是重大的政治问题；不仅是现实的紧迫问题，也是关系长远的战略问题。它关系着国有企业改革的成败，关系着社会稳定和社会主义政权的巩固。因此，从改革、发展、稳定的全局着眼，增强紧迫感和责任感，采取一切必要的措施，切实把这件事办好。

凌钢根据公司的实际千方百计拓宽再就业渠道，开辟出了 15 条就业安置门路，还制定了很多优惠和扶持政策，提出一年内力争安置 50% 以上职工再就业的目标。

中央的精神和公司对再就业工作的态度与决心都十分明确，现在的关键在于具体实施。首先，各单位各部门对再就业工作要担负应尽的责任。公司各单位各部门要认真按公司的要求，积极主动地去贯彻落实，真心实意地支持、帮助下岗职工再就业。要充分利用各自的有利条件，对再就业工程大开绿灯。像炼铁厂、冷带厂、热电厂、烧结厂、二炼钢厂等单位那样，真正把再就业工作当成“一把手工程”，主要领导亲自抓、亲自跑、亲自办。这不仅使部分职工实现了再就业，也使更多的下岗职工看到了再就业的希望，增强了再就业的信心。

个别对再就业工作重视不够的部门和单位要尽快转变态度，领会好公司对再就业工作的精神，以公司的大局和整体利益为重，以广大下岗职工的利益为重，摒弃私心杂念，为下岗职工再就业办实事、办好事。

其次，对下岗职工再就业工作广大职工要人人尽责。下岗职工再就业工作是全公司的事，是广大职工的事。在某种程度上说，下岗职工为国家为企业的深化改革付出了代价，为凌钢这条“大船”不沉做出了牺牲，那么在岗职工论公论私都理应为他们的再就业尽自己的一份责任和义务，助他们一臂之力。要形成人人关心再就业，人人支持再就业，人人为再就业出力献策的良好氛围。作为下岗职工，也要解放思想，转变传统的就业观念，下岗不失志，自强不息，不等不靠，凭自己的才华和能力勇于竞争，敢于创业，在新的就业岗位上展示自己的人生价值。

1998 年 8 月 5 日

谱改革新篇　绘世纪蓝图

——祝贺凌源钢铁集团有限责任公司成立

社　论

火红的金秋，醉人的时节。在伟大的祖国49岁生日前夕，在纪念党的十一届三中全会胜利召开20周年的日子里，凌源钢铁集团有限责任公司正式成立了。这是凌钢全体员工政治经济生活中的一件大事，它标志着凌钢由“工厂制”转向了“公司制”，标志着凌钢现代企业制度建设迈出了可喜的实质性一步，标志着凌钢的改革和发展从此步入一个崭新的历史阶段。

凌源钢铁集团公司的成立，是凌钢几年来认真贯彻落实党的十四届三中全会《决定》和党的十五大精神，按照现代企业制度要求，转换企业内部机制，建立科学规范的法人治理结构，实施主辅分离，建立国有资产经营管理体系的成果，是广大职工深化学邯钢，推行“模拟市场核算，实行成本否决”新机制，不断强化和完善各项制度改革，不断加强企业内部管理的成果。

凌源钢铁集团公司的成立，是凌钢发展史上又一新的里程碑，是凌钢深化企业改革加快发展的又一新起点。在新体制、新形势面前，有许许多多更新更艰巨的工作等待我们去完成。要求我们进一步解放思想，以全新的观念、全新的思维方式，适应集团公司这一新体制运作的工作方法和办事程序去做好各项工作。在当前钢材市场不利的情况下，要增强求生存求发展的紧迫感和责任感，认真贯彻落实好公司下半年工作会议提出的各项任务。继续深化学邯钢，加大降低成本，消化减利增支因素的力度，加码消化，不留后手，坚决实现全年创利3000万元的目标。努力提高产品实物质量，搞好产销衔接，加大营销力度，进一步增强产品竞争力和市场占有率。推行好设备的点检定修制，加快向现代化管理迈进的步伐。继续推进以现代企业制度为核心的各项改革，搞好下岗职工再就业工作。用良好的精神风貌，严谨的工作态度，开拓进取，战胜困难，全面完成全年的各项生产工作任务。

凌源钢铁集团公司的成立，是凌钢全体员工又一次施展才华、搏击市场风浪、发展自己的大好机遇。我们要十分珍惜这次机遇，紧紧抓住这次机遇。振奋精神，团结一致，同心同德。面对跨世纪的伟业，树立起跨世纪的意识，肩负起跨世纪的责任，完成好跨世纪的使命，开创出跨世纪的辉煌。谱写凌钢改革发展的历史新篇章，让凌源钢铁集团公司以崭新的姿态胜利迈向21世纪。

1998年9月16日

续写改革发展新篇章

本报评论员

龙吟岁首添春意，雪缀钢城传佳讯。伴随着凌钢人跨越新千年的铿锵脚步声，2000年职工代表会议胜利地召开了。新的千年，新的起点，带着机遇和挑战，我们豪迈地面对崭新的一年。

面对7000万元的增支减利因素，面对钢材价格一降再降的严峻现实，面对国家“控制总量、调整结构”的宏观政策，永不言败的凌钢人深知成败永远掌握在自己的手中。

2000年是凌钢改革发展的关键之年，遵循着今年工作的指导思想，围绕着全年的生产经营目标，每一名职工都要倾其智、尽其力。我们要认真贯彻职工代表会议精神，继续把形势任务教育作为今年工作的头道工序抓紧抓好，引导干部职工，围绕形势讲思路，围绕目标讲责任，围绕困难讲措施，使大家进一步认清形势，统一思想，增强危机感、紧迫感、责任感。要继续坚持深化“二四三”工作思路，总结经验，查找不足。与此同时，积极推进3个创新，突出3项制度改革，加强3个结构调整，本着规范、统一、科学、高效的原则，使各项工作均有长足的进步。

工作贵在创新，只有不断地创新，企业的生命力才会旺盛。今年，无论是资本运营，生产经营，还是技术改造，我们都要为其注入活力。加大股票发行上市工作力度，用股票上市，推动企业尽快实现现代企业制度达标，使企业尽快达到国家、省经贸委颁布的现代企业制度六条标准，步入改革发展的快车道。生产单位要深度挖潜，降耗增效，对照先进找差距，规范“日清日结”班组核算模式，努力把工作重心放在依靠技术创新、提高质量、改善技术经济指标、降低成本上来，做到产销衔接，优质高效。销售部门要抓住世界经济回升，我国实行西部大开发战略和加速小城镇建设的有利机遇，加大国内外两个市场的开发力度。充分利用进出口自营权，做好来料加工和扩大产品出口工作。努力实现产品效益最大化。确保全年合同执行率、产销率、回款率、计划利润实现率达到100%。我们必须以对历史和未来负责的高度责任感，按照“一保三限”的要求，精心抓好8大技改项目的设计、采购、施工、安装、调试，确保所有项目一次试车成功，按期投产达效。

新千年的钟声已经敲响，新一年的目标已经明确，让我们并肩奋斗，踏实勤恳，为凌钢的改革发展再谱新篇，让日渐强大的凌钢在市场洗礼中一往无前。

2000年1月26日

打好技术创新战役

本报评论员

凌源钢铁集团公司技术创新大会于2月25日下午隆重召开，这是凌钢历史上首次以科技为主题召开的大会，它标志着一场向科技要效益的技术创新战役在我公司全面展开。

无论是国与国之间的综合国力，还是企业与企业间激烈的市场竞争，其焦点与核心最终都表现为能否在知识创新和技术创新上有所作为。凌钢属劳动密集型的系统产业，这几年，在激烈的市场竞争中能够保持比较稳定的效益，主要是靠深化改革和强化管理。但要实现凌钢的长期可持续发展，只有依靠科技进步与技术创新，努力实现经济增长方式的根本转变，才能保证在激烈的市场竞争中赢得主动权，这是关系到凌钢前途和职工命运的一件大事。

凌钢的工艺、装备、品种、质量、技术水平、队伍素质这些基本的“硬件”都无法与先进企业相比，主体工序多数技术经济指标在全国都处在中游偏下的水平，而且至今还没有形成一套完善的技术创新体系和运行机制，这种状况无法适应国内外两个市场的竞争要求，随时有被市场淘汰的危险。

为此，2000年我们要打一场全面的技术创新战役。

要打好这场战役首先需要建立一套比较科学完善的管理体系和运行机制，有关部门要迅速行动起来，制定相应的管理考核办法，围绕经济效益这个中心，本着最大限度地调动广大工程技术人员的积极性，充分挖掘人的潜力的原则，形成公司的技术创新管理体系和运行机制，各分厂也要根据具体情况，制定相应的政策，以推动技术创新工作全面展开。

要打好这场战役需要有一支高素质的人才队伍。要围绕凌钢生产经营、技术改造和长远发展的需要，采取内培与外培、脱产与业余培训相结合，课题研修与技术交流相结合等多种方式搞好科技人员的培训工作，充分发挥现有科技人员的作用，要在全公司范围内营造尊重知识、尊重人才的浓烈氛围，鼓励青年技术人员不断钻研专业技术，对有学历、有能力的年轻技术人员要加大培养扶持力度，要为技术人员创造更好的学习和生活条件。

打好技术创新这场战役是历史赋予一代凌钢人，特别是广大工程技术人员的神圣使命，我们一定要以强烈的责任感、使命感，以高度的主人翁精神全身心地投入到这场战役中，为开创凌钢美好的明天而努力奋斗。

2000年3月1日

新世纪的曙光

——热烈庆祝凌钢股票隆重发行

本报评论员

春风传喜讯，钢城尽欢颜。当新千年、新世纪第一个春天向我们走来的时候，凌钢人翘首以盼的凌钢股票获准发行，这是凌钢人政治经济生活中的一件大喜事，是凌钢改革发展史上的又一新的重大里程碑。

凌钢股票的发行是凌钢广大职工团结奋斗、努力拼搏、不断深化企业改革、强化企业管理取得的丰硕成果。几年来，凌钢人按照党的十五大和十五届四中全会提出的要求，发扬“争气、拼搏、奉献”的企业精神，不断强化内部管理，提高企业整体素质，建立完善了竞争机制、制约机制和监督机制，深化细化模拟市场核算，创立了“日清日结”、“以质论价、按利计奖”等核算制度，降低消耗、降低成本，提高了企业市场竞争能力；大力推进技术进步，促进产品结构、工艺结构的优化和创效能力的提高，实现了管理上档次、指标上台阶、效益上水平；不断深化企业内部改革，完善人事、工资、用工等各项制度，加快建立现代企业制度的步伐；大力开展资本运营，实现生产经营与资本运营并举；不断加强精神文明建设，做到物质文明建设和精神文明建设双丰收。从而使企业在国际国内经济形势严重困难的情况下，每年消化减利因素八千余万元，成本连续 4 年每年降低 10%，产销率和回款率连续 4 年保持 100%。没有凌钢广大职工的拼搏进取和顽强奋斗，没有凌钢深化改革、强化管理等项工作取得的显著成绩，凌钢股票发行是不可能的。

凌钢股票发行是凌钢转换经营机制，建立现代企业制度迈向新的历史阶段的重要标志。建立现代企业制度是国有企业改革的方向，按照“产权清晰，权责明确，政企分开，管理科学”的要求，对国有大中型企业实行规范的公司制改革，使企业成为适应市场的法人实体和竞争主体，这是党的十五大提出的一项重要任务。凌钢几年来按照现代企业制度的要求，不断向现代化企业制度迈进，做了大量艰苦细致的工作。凌钢股票发行，是凌钢建立现代企业制度一次质的飞跃。它更加明确和规范了企业产权制度、内外关系和生产经营行为，形成投资主体多元化，实现社会资源的合理利用和有效配置，确立了企业在市场竞争中的主体地位，使企业更加适应社会主义市场经济的发展需要。

凌钢股票发行，建立并沟通了凌钢与资本市场的渠道，为凌钢今后加快改革和发展提供了良好的融资环境。随着全球经济一体化进程的加快和高科技产业的迅速发展，特别是我国即将加入世贸组织，市场竞争必然日趋激烈。凌钢要在激烈的市场竞争中求生存、求发展，就要有充足的资金进行新产品开发、技术改造、设备更新及优良资产的购置等。企业上市就构造并打通了与资本市场衔接的渠道，为企业融资奠定良好基础，为企业注入新的活力，保证企业健康快速发展，同时也为企业今后稳定的长期融资打下基础，使企业保持强有力的后劲，从而使企业在市场竞争中保持强劲的竞争能力。凌钢股票的发行，必将使凌钢的技术装备、管理水平等跃上一个新高度、新档次，使凌钢的整体实力有一个全面的突飞猛进的发展。

凌钢股票发行既是机遇也是挑战，它对凌钢广大职工提出了新的更高的要求。今年，东南亚经济形势开始复苏，世界经济发展呈现好转，国内扩大内需为主的发展方针及开发大西北等一系列政策和措施的出台必将拉动经济的增长，恰逢此时，凌钢股票发行，这是凌钢加快发展，抢占市场千载难逢的历史机遇。同时，企业上市必然打破原有传统的经营模式，企业经营行为不仅要为国家负责，还要为广大股民负责，接受广大股民的监督，必须以优良的业绩给广大股民以丰厚的回报。上市公司不仅要建立科学的管理体系和经营机制，更重要的是要有一支高素质、高标准的职工队伍。这就要求每名职工牢牢把握和珍惜凌钢股票发行这一大好机遇，尽快提高自我、再塑自我，把自己的思想观念、工作能力提高到一个新的档次、新的水平，创造性地贯彻落实好集团公司坚持“二四三”，推行“三三三”的工作思路，完成自己所承担的各项任务和指标，以适应上市公司的需要，跟上时代发展的步伐。

凌钢股票发行犹如一道绚丽的曙光，拉开了凌钢拼搏21世纪的序幕。我们坚信，凌钢的明天一定会更加辉煌。

2000年4月12日

把主业做强　把企业做大

本报评论员

集团公司首次党代会科学地规划了“十五”期间凌钢发展总的思路，从战略高度提出立足钢铁、把主业做强；发展资本运营和多元经营，把企业做大的宏伟目标，这令全体职工群情振奋，对凌钢未来的发展充满信心。

把主业做强，就是要通过新项目达产达效，登上100万吨钢大台阶，实现销售收入20亿元，到“十五”末达到150万吨钢，实物劳动生产率达到200t钢。要完成这一目标，我们必须充分发挥“九五”期间形成的一整套模拟市场、强化管理、降低成本的思路、措施，以及通过增量投入，初步实现主体工序工艺改善和100万吨钢规模的配套这些优势，尽快使新项目早日产生效益，最大限度地发挥整体生产能力。我们必须以技术进步、设备改造和职工综合素质提高，来提高产品质量，加大开发新产品、发展产品精深加工、创立自己优质品牌的力度，最终达到提高产品档次和科技含量，提高产品价值，开拓更宽广增效途径，由传统的降成本增效益，过渡到依靠降低产品成本和提高产品价值相结合增效益上来。

把主业做强，必须把技术进步和强化企业管理推上历史新高度，发挥管理的优势，使坚持技术进步和管理创新两个轮子一起转。继续坚持技术创新和技术改造的先进性、适用性和经济性相统一的原则，在“一保三限”方针基础上完善技术改造和技术创新机制，使全公司达到整体优化和主要技经指标改善。不断吸收国内外先进、成熟、有效益的技术，搞好技术改造和技术创新，确保凌钢“十五”期间整体工艺水平再上一个新台阶。我们要在完善已有各项管理机制基础上，积极探索和加强企业战略管理与资产管理，广泛学习采用现代管理技术、方法、手段，把管理提高到新水平。

把主业做强，是把企业做大的基础，基础的牢固与否决定着企业未来的发展规模，也决定着企业多元经营的实力。我们一定要在努力提高钢铁生产的质量和效益的同时，大力拓展资本运营和多元经营，通过进入资本市场，开展合资、合作，实施并购重组，发展非钢产业，走以钢铁生产为主，多元化经营、多渠道创收、全方位提高经济效益的新路子，到“十五”末把凌钢真正地发展成为跨地区、跨行业，集科工贸于一体，年销售额30亿元，利润两亿元的企业集团，实现“一厂变两厂”。

2000年11月29日

为完成百万吨钢而努力奋斗

本报评论员

新的世纪，新的机遇，新的挑战，集团公司2001年工作会议上，确定了今年工作的总体思路，登上百万吨钢的宏伟蓝图已经展现在我们面前，目标已明，方向已定，落实好会议精神，成为当前的主要任务。

实现100万吨钢，必须要搞好新项目达产达效和辅助系统挖潜配套。炼铁厂新1号高炉利用系数尽快达到2.8以上，2号板坯要加快建设速度，确保五一前竣工投产，这是完成100万吨钢和39万吨中宽带的重要保证手段，中宽带厂要搞好提高设备可开动率、作业率攻关、成材率攻关、提高质量和开发品种攻关，棒材厂今年26万吨产量的目标不能动摇，焊管、小型材、小热带要树立品牌意识，创出凌钢的品牌。

要完成100万吨钢，必须推进管理创新和技术创新，努力降低成本，提高经济效益。管理创新力度的加大，表现在继续深化以“日清日结”为重点的模拟市场机制，今年责任制进行适当调整，增设了超产奖。烧结、焦化也设了与高炉产量挂钩奖，新项目设立了分阶段累进达产奖，转炉炼钢厂、中宽带厂、型材厂、钢管厂、冷带厂设立了品种规格奖，这些措施都为100万吨钢这个大目标的实现提供了保证。

要完成100万吨钢，必须继续坚持“一保三限”方针，搞好企业技术改造。技术工作要立足于结构调整、工艺进步和产品升级，立足于生产系统的整体优化和主要技术经济指标的改善。中宽带改造、ϕ219机组、炉外精炼等新建项目，要按“一保三限”方针抓好。在建工程的调试收尾工作和生产系统的产前准备工作，都要进一步做好，这是确保实现百万吨钢的关键环节。

登上百万吨钢台阶，是确保“十五”末钢产量达到150万吨钢的基础。各单位要围绕这个目标做好各自的工作，使集团公司在新世纪的第一年创造出辉煌的业绩。

2001年1月17日

喜迎凌钢科技创新的春天

本报评论员

尊重知识、尊重人才、鼓励创新，是集团公司2001年技术创新大会的主题。在新世纪的第一个春天，凌钢重奖科技人员，这充分体现了凌钢对科技创新工作的高度重视，也证明了科技工作对企业的改革发展具有越来越重要的意义，我们向获奖的科技人员表示崇高的敬意。

科学技术是第一生产力，创新是发展的动力。凌钢正处在奠定新世纪发展根基的重要时刻，要实现“十五”“一厂变两厂”的宏伟发展目标，必须要依靠技术进步，用科技推动凌钢结构调整和产品升级，使凌钢实现可持续发展，以更强大的实力迎接国内外两个市场的严峻挑战。挑起这副重任，是全公司科技人员的职责和使命。

技术创新要靠机制来保证，努力营造崇尚科学、勇于创新的文化氛围。各级组织要认真贯彻科技兴企战略，为技术创新和人才成长创造一定的环境条件，制定措施，狠抓落实，真正地达成共识，形成氛围。培养造就一支适应企业竞争发展需要的科技队伍，是凌钢实现长远发展的重要保证。要积极为科技人员学习、锻炼创造机会，搞好科技人员的知识更新，加强青年科技干部的培养，敢于压担子，增强他们的创新精神和在实践中解决问题的能力。

科技人员作为技术创新的主体，要担负起历史赋予的责任，在科技第一线展现自己的才智，发挥自己的作用。要围绕企业生产和效益，围绕久攻不破、久拖未决的关键工艺、设备、管理难题开展技术攻关。要树立和发扬敢为人先、勇于探索、埋头苦干的精神，拥有锲而不舍、百折不挠、不怕失败的勇气，服从大局，甘于奉献，切实发挥企业技术创新生力军作用，为企业生产发展和效益提高提供强大动力。

科技人员要跟上科技发展的步伐，不断加强学习，密切关注本专业前沿技术发展动态，掌握新知识，提高新技术的消化、吸收、使用能力，掌握其他企业技术进展状况，清楚自己所处位置，学有目标，赶有方向。广大技术人员要发扬协作精神，广泛开展“比、学、用”活动，推动科技队伍整体上水平。伴随着科技创新大会的召开，各项鼓励政策的出台，凌钢科技创新的春天已经到来，这为广大科技人员开辟了广阔的发展空间和施展才华的舞台。一年之计在于春，广大科技人员要抓住机遇，在科技创新的征途上取得一个又一个新的胜利。

2001年3月7日

通过“三讲”把“三个代表”思想落实到整改中去

本报评论员

凌钢集团领导班子及成员“三讲”学习教育活动，在各级领导的关怀下，经过3个阶段，历时34天，圆满结束了。

“三个代表”的思想是我们党的立党之本，强党之源，“三讲”是对广大党员干部特别是领导干部的要求，是更好地贯彻江泽民总书记“三个代表”重要思想的前提和保证。领导干部通过“三讲”学习教育活动，提高自身的思想政治觉悟，提高防腐拒变的能力，树立坚定的理想和信念，增强对党的事业的决心和信心，才能够在实际中、在具体工作中去真正地实践“三个代表”的思想。

凌钢是发展中的国有大中型钢铁企业，是辽宁企业管理上的一面旗帜，是朝阳社会和经济发展的顶梁柱，更是广大职工和职工家属生活的保障和依托。而企业的生存与发展，主要取决于一个用“三个代表”的思想武装起来的领导班子。在国企领导班子及成员中开展“三讲”活动，意义就在于此。

领导干部要做先进的社会生产力的代表，凌钢才能在现有的基础上，向更高的目标迈进。通过生产经营和资本运营的多元化经营，把主业做强，把企业做大。凌钢才能在竞争日趋激烈的市场中获得生存的权利和空间。

领导干部要做广大人民群众根本利益的代表。企业的发展关键在领导班子，企业的发展更离不开团结在这个坚强的有战斗力的领导班子周围的广大职工，他们的劳动与汗水，他们的心血与智慧是凌钢每一座前进与发展的丰碑中须臾不可缺离的基石。毋庸讳言，凌钢的未来更需要用他们的双手去创造。做广大职工根本利益的代表，形成合力，企业才能因此而壮大，勇往直前。

领导干部要做先进文化的代表。形成健康向上的企业文化氛围，是凌钢发展的需要，在企业文化的建设与形成的过程中，企业的核心人物、领导班子的思想意识是决定的因素。先进思想，超前的意识，是企业把握机遇追赶潮流的先决条件。这种超前的意识，先进的思想，印刻在企业的发展和职工的心中，便会形成一种文化的合力，那就是企业文化的精髓。

通过“三讲”学习教育活动，领导班子及成员把“三个代表”的重要思想贯彻到具体工作中，凌钢就能够克服一切困难，走向更快更大的发展之路。

2001年6月27日

坚持改革　不断创新

——大力推进“效益型”思想政治工作

本报特约评论员

在今年公司的政治工作会议上，公司党委提出，新的一年要学习先进企业经验，大力推进“效益型”思想政治工作。这是公司党委结合新情况，适应新形势，用创新精神改进和加强我公司思想政治工作的重大举措。全公司各级党组织和广大党员、职工对此都应该认真学习，深刻理解，潜心研究，更好地加强和改进企业的思想政治工作，让思想政治工作在企业生产经营和两个文明建设中发挥更大的效益和作用。

当前，市场经济的波涛冲击着人们的思想观念，同样也给传统的思想政治工作提出了严峻的挑战。在发展社会主义市场经济条件下，企业的思想政治工作如何贯彻落实江泽民同志“三个代表”重要思想？如何走出一条适应市场经济需要，有利于现代企业制度建立和经济效益提高的新路子？这是很多政工干部和广大职工很长一段时间反复思考和认真探索的一个重要问题。“效益型”思想政治工作的提出，为我们在新形势下做好思想政治工作指明了一条新途径。所谓“效益型”思想政治工作，就是把企业生产经营的全过程作为思想政治工作的全过程，围绕提高效益这个中心，将思想政治工作贯穿、渗透、延伸到生产经营管理的每个环节中去，使思想政治工作在推动企业增效过程中，也实现自身的效益和价值。“效益型”思想政治工作最本质的内容，就是实现思想政治工作同生产经营的有机结合，将企业生产经营的一切领域，都作为思想政治工作领域，生产经营开辟到哪里，思想政治工作就跟进到哪里，让思想政治工作在企业生产经营的全过程中发挥更大的作用和效益。

思想政治工作为什么要做这样的改进呢？这是因为在社会主义市场经济条件下，经济建设是全党的中心工作，企业的核心任务是生产经营，最终目标是追求效益的最大化，这既充分体现了我们党始终代表中国先进社会生产力的发展要求，也符合市场经济的发展规律。企业思想政治工作围绕生产经营来开展，这是新形势下思想政治工作的成效所在，威力所在。如果我们的思想政治工作不能适应新形势进行有效的改进，继续守着原有的工作“套路”不变，继续搞那些与生产经营“不沾边”的空洞说教，继续搞“两张皮”、“空对空”，那就会在现实面前变得苍白无力，失去原有的说服力，群众就不买账。所以，只有按着创新的精神，根据变化了的实际，不断改进方式方法，不断充实新的内容，将企业思想政治工作融入、渗透、结合于生产经营、决策、管理的全过程，有效地解决“空对空”、“两张皮”等弊端，思想政治工作才会具有生命力，才会更好的发挥“生命线”的作用。

创新是思想政治工作的活力所在、动力所在。思想政治工作同样需要整体优化。推进“效益型”思想政治工作，政工部门和各级党组织要大胆转变工作职能和方式方法。在工作思路上要由被动向主动转变，要从过去那种“等布置，听命令”转为从实际出发，做出“自选动作”，力求工作的自主性、创造性；工作内容应当由单一的思想灌输向提高职工综合素质转变，不仅要组织职工学政治，还要组织职工学业务、学技术、学文化，掌握更多的本领，增强岗位竞争力；工作方式要由过去那种集中、统一、大型向小型、灵活、多样化转变，要继续坚持“沉底”方针，抓好班组思想政治工作，抓好班组长培训；政工人员要适应新形势的要求，学习生产经营，懂得企业管理，要一专多能，向复合型转变；要把改革的难点作为思想政治工作的重点，在改革过程中，各级党组织应当主动出击，把宣传教育渗透到改革的每个环节中去，改革到哪里，宣传教育就跟到哪里，使思想政治工作和改革同步进行，为改革扫除思想障碍；政治工作自身的管理也要向科学化转变，要建立完善的评价考核体系，坚持量化考核，政治工作同样需要奖优罚劣。

效益型思想政治工作是一个新事物。需要全公司广大思想政治工作者和行政管理人员以及广大职工共同研究，大胆探索，不断创新，在实践中不断总结经验，不断完善。我们相信，通过大家共同努力，“效益型”思想政治工作一定会有强大的生命力，为凌钢的两个文明建设提供强大的精神动力和智力支持。

抢抓发展机遇　做强做大凌钢

本报评论员

东北老工业基地的调整、改造和振兴必须认真贯彻党的十六大精神，进一步解放思想，进一步深化改革，进一步扩大开放，用新思路、新体制、新机制、新方式走出振兴老工业基地的新路子。这是国务院总理温家宝视察辽宁时，对老工业基地振兴提出的殷切希望，充分显示了国家对老工业基地振兴问题的高度重视，同时也给各行业带来了前所未有的发展机遇，抢抓发展机遇，做强做大凌钢，成为摆在我们面前充满挑战而又神圣的职责。

温家宝总理提出了老工业基地振兴的几大任务，即大力推进经济结构的战略性调整；加大企业技术改造的力度；加快体制创新和机制创新；全面提高对外开放的水平；加快促进就业和社会保障体系的建设；积极推进资源开采为主的城市和地区经济的转型；坚持走可持续发展的道路；大力实施科教兴国与人才战略；坚持自力更生与国家重点支持相结合。要围绕提高质量、增加品种、降低消耗、替代进口和安全生产，国家以增加财政对国债贴息的办法给予支持，集中力量对重点行业、重点骨干企业、重点产品加快技术改造。

面对这个发展机遇，我们必须进一步解放思想，勇于善于抢抓机遇，使凌钢在老工业基地振兴这场战役中赢得更大的发展空间。凌钢在全省冶金行业中虽然规模不大但赢利能力较强，今年前几个月，凌钢在全国65户重点钢铁企业中，吨钢利税、资本利税率和应收账款分别排第9位、第7位和第2位。凌钢股份在2002年1146家上市公司绩效排序中居第71位，在全国冶金企业上市公司中排第2位，在全省上市公司中排第2位。这是凌钢管理优势和技术水平的充分体现，是凌钢人用自己不懈的奋斗和与时俱进的开拓精神，在全省乃至全国企业界赢得广泛的赞誉和一致的认可。凌钢地处老工业基地最贫困地区，社会责任重，社会贡献突出，贡献率达29.7%，在全国冶金行业居第5位，为地区稳定和经济发展发挥着重要的作用。

优势虽然明显，差距也不容忽视，地理位置偏僻，发展空间狭窄，对凌钢的壮大有着制约作用。在历史的机遇面前，凌钢人必须要把我们的优势做强，把与先进企业的差距缩短。这就要求每个凌钢人立足本职，严格贯彻执行一个优化、两个战略的方针，组织好生产，协调好技改，扎扎实实地做好每一项工作，为新一轮发展战略机遇期的到来，做充分的心理和技术储备，借老工业基地振兴的东风，做好凌钢发展壮大这篇文章。

2003年6月25日

发展的奠基石　技改的里程碑

本报评论员

2003年秋天，是凌钢丰收的秋天。那技改的种子，在破土发芽，拔节生长，历尽风雨后，结出了丰硕的果实。那是让凌钢人骄傲的果实，那是凌钢技改的里程碑，那是凌钢发展的奠基石。

2003年年初，公司确定了420m^3高炉、75m^2烧结机、转炉扩容及烟气回收系统改造、中宽带AGC改造四大技改工程，要求用最少的投资、最短的工期、最好的质量，确保所有项目按期达产达效。工程本身的难度是凌钢历年来技改工作前所未有的，又遭遇了“非典”再加上国内钢铁大上的热潮，考验和挑战极其严峻！

在严峻形势下，凌钢人以坚定的信念，顽强的意志，拼搏的精神，在凌钢技改史册上写下了辉煌的巨幅鸿篇！

184天，总投资3.5亿元的四大技改工程全面投产。其中420m^3高炉工程包括拆除原来的100m^3高炉，在原址新建420m^3高炉，仅用184天便生产出铁，这一奇迹凌钢人做到了。这一速度让一贯以建设速度见长的民营企业对凌钢刮目相看。3座转炉扩容仅用34天，一座50000m^3煤气大罐比计划提前26天，75m^2烧结机、中宽带AGC改造如期投产。这是心血与汗水的结晶。

提前两年实现150万吨钢，为达到200万吨钢的生产能力奠定了基础，其总结出来的技改工程管理方法和施工经验，为凌钢今后的工程建设奠定了基础，树立了样板。她不仅是凌钢技改工程的一座崭新的里程碑，一个崭新的起点，更为凌钢的进一步发展壮大铺就了奠基石。

在工程建设中，凌钢人所表现出的不怕苦、不怕累、忘我唯公的主人翁精神和视工程如生命的责任感；团结协作，拧成一股绳，形成强大合力的团队精神；面对困难坚如磐石的信念，是四大技改工程如期投产缺一不可的要件。她是企业生存、发展、壮大最宝贵的财富，有了这样的凌钢人，有了凌钢人这样的一种精神，凌钢将无往而不胜，凌钢的未来将因之而更加光明璀璨！让我们为之引吭高歌吧！为了凌钢的明天更加繁荣富强，让我们在歌声中自励自勉！

2003年9月24日

动态优化协调发展思路的伟大胜利

本报评论员

岁末年初，在即将告别激情四射的2004年的时候，凌钢胜利地登上了年产200万吨钢的大台阶。喜讯传来，犹如一声炸响的春雷，在沸腾的钢城久久回荡。凌钢实现年产200万吨钢，是几代凌钢人38年的不懈追求和夙愿，在凌钢的发展史上，筑起了一座历史性的丰碑，凌钢人以“忠诚凌钢”为基石，用“爱岗敬业”砌筑起一座火红的丰碑。

从1966年建厂到今天实现年产200万吨钢，凌钢走过了一段曲折艰难的历程，诞生在动荡岁月的凌钢注定了她的道路将充满艰辛与坎坷，从1968年炼出第一炉钢到1980年实现7万吨钢的设计能力，整整用了12年，而现在凌钢每个月的钢产量都超过当初设计能力两倍还要多，从炼出第一炉钢开始到达到年产100万吨钢，凌钢拼搏奋斗了35年，从100万吨钢跨越到200万吨钢仅仅用了3年，这是“动态优化、协调发展”思路的伟大胜利，这是凌钢与时俱进的体现。充分显现了地处偏僻辽西地区的凌钢，不讲客观讲奋斗，凭借着艰苦创业的精神，凭借着市场经济靠自己的坚定信念，使凌钢从小到大，由弱到强，显现了企业不断加速的强劲发展势头。

回首凌钢跃上年产200万吨钢的全过程，不难看出，凌钢在极其困难的形势下，依靠着创业的激情，书写了一部无比辉煌的创业史，在这部创业史里面，有太多的经验值得我们去总结，有太多的细节值得我们去回味。

发展是硬道理，这句在开放的中国使用频率最高的话，被凌钢诠释得异常精彩。多年以来，不论在什么样的形势下，凌钢始终把发展作为全部工作的重中之重，坚持发展不动摇，用发展来解决企业遇到的各种问题和矛盾。从1996年以来，凌钢在国企脱困的艰难境地中一枝独秀，成为全省企业的一面旗帜，全省“远学邯钢，近学凌钢”号召的提出，是对凌钢方方面面工作的充分肯定。从股票上市、提前启动八大技改工程，到凌钢人顶着“非典”的考验，以“一保三限”为指导，确保了四大技改工程与生产的正常对接。实践证明，民营企业能做到的，国有企业不仅能做到，而且能做得更好。发展是主题，发展是第一要务。坚持技术进步求发展，深化改革求发展，强化管理求发展等一系列的发展思路，使凌钢始终保持了较快的发展速度。

改革解放生产力，改革发展生产力，改革为凌钢注入了强大的发展动力。“九五”以来，凌钢通过不断深化体制机制改革，使凌钢初步建立了现代企业制度，形成了基本适应市场经济要求的内部机制。人事、用工、分配制度的改革，使凌钢在国有企业改革的浪潮中，保持了自己独特的把握市场机遇的主动性。特别是下岗分流及下岗职工再就业，凌钢的做法已被国家所认可，偏远山区的国企创造出的改革经验，成为了行业及所有国企的典范。凌钢的改革雄辩地证明，只有不断地深化企业改革，企业才能永葆旺盛的生机与活力。

管理是凌钢永恒的主题，正是依靠管理，凌钢摘取了全国企业管理杰出贡献奖，还是凭借管理，使凌钢在产品、规模、技术、装备、信息、交通均无优势可言的前提下，成为全市乃至省企业管理的一面旗帜。通过多年来不断的推进管理创新，形成了“日清日结”等一系列有自己特点的管理理念和管理模式，使企业生产要素配置和使用效率不断提高，有效地增强了企业竞争力，推动了企业的进步和发展。实践证明，管理可以创造效益，管理也是生产力。

在凌钢改革管理发展的艰难历程中，每一个凌钢人都倾注了自己的热情和心血，在这之中，凌钢的领导决策层更为突出。建厂以来，凌钢各届领导班子尽心竭力，忘我工作，为凌钢的发展打下了良好的基础，为凌钢的未来描绘了宏伟的蓝图。近几年来，凌钢的两级领导班子以高度的责任感和使命感，呕心沥血，励精图治，他们以打造企业文化为保证，团结带领广大职工艰苦拼搏，使凌钢在社会发展的大背景下，实现了快速腾飞。没有这样一支敢于进取、富有激情、勤奋务实、肯于奉献的领导干部队伍，就不会有凌钢辉煌的现在，就不可能开创凌钢美好的未来。

忆过去，岁月峥嵘；看今朝，丰碑耸立；展未来，任重道远。在我国钢铁工业正处于由钢铁大国走向钢铁强国的重要历史时刻，在各钢铁企业正以前所未有的速度进行结构调整、技术进步和产品升级的严峻形势下，凌钢要借振兴东北老工业基地的东风，依靠全面打造信心朝阳的有利形势，把企业做大做强做精做久！去开创凌钢更加美好的未来！

2004 年 12 月 29 日

在新的发展起点上阔步前进

本报评论员

在党的十六届五中全会胜利闭幕，神舟六号飞船成功返航的喜庆日子里，凌钢朝阳工程项目获得国家核准，这是凌钢发展史上的一件大事，也是朝阳经济生活中的一件盛事，他为凌钢实现200万吨钢后高起点上进行结构调整，从根本上提高企业核心竞争力，在新时期实现可持续发展，把凌钢做大、做久、做精、做强开辟了广阔空间，为凌钢在今后能更好地发挥朝阳资源优势，扩大朝阳经济总量，加快致富步伐，促进辽宁钢铁工业结构调整，优化钢铁产业布局，振兴辽宁老工业基地作出更大的贡献，我们一定要充分发挥凌钢的综合优势，推动着凌钢在新的发展起点上阔步前进。

在新的发展起点上阔步前进，我们不能忘记凌钢朝阳工程曲折艰难的申请过程，从2003年5月开始酝酿，到今年10月国家发改委核准，其间历时两年5个月，走过了一条极不寻常的道路，历尽了难以计数的艰辛，程序复杂多变，过程无比艰难，可以说每走一步，每过一关，都是步履维艰，困难重重。正是因为这份艰难，当这一天到来的时候，我们才真正体味到了天道酬勤、苦尽甘来的深刻内涵，我们才对这一天倍加珍惜，才为这一天的到来而倍感喜悦。

在新的发展起点上阔步前进，必须要坚定发展是硬道理的信念。朝阳新区工程的开工建设，在建设和投产过程中还会有许许多多不可预见的困难，以我们现在的经验和能力驾驭如此巨大复杂的工程还显不足，但挑战是获取成功的机遇，困难是成就事业的磨砺，凌钢几十年的发展史就是坚持市场经济靠自己，不断与困难搏击的奋斗史。在新的困难和挑战面前，我们要抢抓机遇求发展，解放思想求发展，坚定信心求发展，依靠朝阳、凌钢整体实力求发展。把凌钢朝阳工程建设与振兴东北老工业基地和产业结构调整相结合；与充分发挥地方资源优势，发展朝阳经济相结合；与发挥凌钢管理优势，实现产品升级和可持续发展相结合，把朝阳新区工程建成最具竞争力的现代钢铁企业。

在新的发展起点上阔步前进，要全面做好工程所要牵涉的方方面面的工作，在新项目启动和建设中，我们要认真贯彻党的十六届五中全会精神，坚持贯彻科学发展观和钢铁产业发展政策，走循环经济和节约型企业道路，在项目设计和建设全过程体现节水、节地、节能和环保要求，坚持速度、质量、效益的统一，真正做到资源利用率高、物料消耗低、生产效率高、环境保护好，把朝阳新区工程建成体现新型工业化要求的示范项目。

在新的发展起点上阔步前进，我们要切实加快项目建设进度，要按照到2008年5月1日前全线建成投产的计划，采取倒排工期的方式，积极妥善的制定好每一个阶段、每一个环节的施工计划，精心组织好每一天甚至每一个小时的工程进度，确保工程施工环环紧扣不拖期。在施工过程中要加强工程质量管理，这是新区项目建设的生命线，要严格按照国内甚至国际的标准建设规范，并采取市场化运作和逐级签订责任状相结合的方式，严格抓好工程的质量管理，努力把新区建设成一个主体工程和配套工程浑然一体的精品工程。

在新的发展起点上阔步前进，我们要做到动态优化，协调发展，努力做到生产和建设两不误。通过新区建设进一步锻炼队伍，培养作风，弘扬企业文化，打实发展基础。老区要继续坚持"以品种质量效益为中心，动态优化，协调运行，实现增长方式转变"的工作思路，应对变幻莫测的市场挑战，为新区建设提供坚实的效益支撑和人力物力保证。

朝阳新区工程的启动为凌钢乃至朝阳市实施"十一五"规划提前吹响了进军的号角，凌钢广大职工要立足本岗，全面完成好今年的生产经营目标，用一流的业绩为新区建设贡献自己的一份力量。相信在不久的将来，一座现代化的钢铁企业将在我们的手中诞生，巍然屹立在朝阳大地上。

2005年11月2日

巨大的鼓舞　前进的动力

本报评论员

在纪念建党85周年之际，我公司党委分别获得全国和全省先进基层党组织光荣称号，受到了党中央和省委的表彰。喜讯传来，全公司广大共产党员和职工感到无比光荣和自豪，这是对我们的巨大鼓舞，也是鞭策我们继续前进的动力。

几年来，在党中央和省市委的正确领导下，我公司各级党组织，认真开展了以实践“三个代表”重要思想为主要内容的保持共产党员先进性教育活动，广大共产党员，按照“有觉悟，有技能，有作用”的先进性标准，严格要求自己，在企业生产经营和两个文明建设中，充分发挥了党组织的战斗堡垒作用和党员的先锋模范作用，为企业发展，辛勤工作，无私奉献，谱写了凌钢历史的壮丽篇章，展示了凌钢广大共产党员的精神风貌。但是，与中央和省市委的要求相比，我们的各项工作还有很多差距，先进性教育活动发展不平衡，还有不少薄弱环节，要进一步落实整改措施，巩固扩大教育活动成果，还有许多工作要做。

因此，我们必须把中央和省市委的鼓励，作为我们工作的动力，要继续搞好凌钢各级党组织的思想、组织和作风建设，认真贯彻党的基本理论和路线方针政策，切实加强领导班子和党员队伍建设，团结带领广大职工，扎实工作，开拓进取，不断开创各项工作的新局面；广大共产党员，要进一步坚定理想信念，坚持勤奋学习，坚持党的宗旨，做一个“有觉悟、有技能、有作用”的共产党员，不断实践“三个代表”重要思想，提高推进凌钢发展的能力；要认真学习胡锦涛总书记“八荣八耻”的论述，带头践行社会主义荣辱观，创造一流的工作业绩，为党旗增辉，为凌钢的发展作出更大贡献。

2006年7月5日

继往开来　乘胜前进

本报特约评论员

在这金秋送爽的美好季节，凌钢40周年厂庆即将到来。这是一件令凌钢广大职工欢欣鼓舞的喜事盛事，大家都在期盼这一天的到来，都准备以自己的实际行动向凌钢的40华诞献厚礼。40年的蹉跎岁月，40年的光辉历程。自1966年凌钢建厂，伴随着祖国前进的步伐，我们凌钢走过了极不平凡的40年风雨沧桑。企业从无到有，由小到大，由弱到强，由当年一个年产几万吨钢名不见经传的小钢铁厂，发展成为今天共和国企业500强之一，历代凌钢人曾为此呕心沥血，在困难与竞争中不屈不挠，拼搏奋斗，经历了艰苦创业、小三线建设、“文革”、拨乱反正、改革发展、跨越前进等重要历史时期，几代凌钢人书写了凌钢辉煌的历史。可以说，凌钢走过的40年，是几代凌钢人克服困难艰苦创业的40年，是积极进取顽强拼搏的40年，是开拓创新不断发展的40年。今天凌钢的一切，是几代凌钢人在顽强拼搏中一步一步发展，一天一天壮大的。抚今思昔，我们凌钢人感到无比的骄傲和自豪。

天行健，君子以自强不息，向未来，凌钢任重而道远。回首过去的40年，拼搏、奋斗、创业，丰富充实了我们凌钢人的人生，有成功，有喜悦，也有诸多不足和遗憾。面对未来的征程，困难与希望同在，挑战与机遇并存，我们要继往开来，励精图治，开拓进取，把几代凌钢人开创的伟大事业不断推向前进。当前，我们正处在一个新的历史起点上，今后五年是我国全面建设小康社会重要战略机遇期，也是我国由钢铁大国走向钢铁强国的关键时期，更是我们凌钢实现新世纪可持续发展的关键时期。面对新形势，新任务，我们要继承和发扬凌钢人艰苦创业、顽强拼搏、不断创新、勇攀高峰的优良传统，高举邓小平理论和“三个代表”重要思想的伟大旗帜，以科学发展观为统领，继续深化改革，加速改造，转变增长方式，推进集约化经营，提高自主创新能力，把凌钢发展成为产权清晰、制度规范、品牌强、成本低、环境好，具有强大竞争力和凝聚力的现代化钢铁企业，为实现凌钢新世纪可持续发展再创辉煌，再谱新篇！

长风破浪会有时，直挂云帆济沧海。我们坚信，依靠凌钢40年形成的自强不息、坚韧不拔、顽强拼搏、艰苦奋斗的创业精神，凌钢人一定会创造出更加辉煌灿烂的明天。

2006年9月15日

伟大的历程　光辉的起点

社　论

金秋送爽，硕果盈枝。在这喜人的收获季节里，凌钢迎来了她40岁华诞。这是一件令凌钢广大职工欢欣鼓舞的喜事盛事，是凌钢发展历程中一座崭新的里程碑。

凌钢诞生在1966年，建厂之初，恰逢“文化大革命”伊始，在十年动乱的艰难岁月里，老一辈凌钢人没有动摇建设凌钢的坚定信念，他们顶着沉重的压力，兢兢业业，任劳任怨，不仅使凌钢在严重的动乱中得以保存，而且为凌钢的发展奠定了一定的物质基础。

党的十一届三中全会之后，党和国家的工作重点转移到社会主义现代化建设上来，凌钢迎来了快速发展的春天，很快达到了“五、七、十”的设计能力，摘掉了亏损的帽子，进而掀起生产的热潮，钢铁材全面超过设计能力，分别达到10万吨以上。

进入20世纪80年代中期后，面对钢铁工业即将掀起建设和发展的高潮，凌钢人怀着迫切的希望，凭借不懈的努力，登上了国家“七五”规划的末班车，揭开了凌钢大规模技术改造的序幕。通过“七五”改扩建，实现了“一厂变两厂”。“八五”期间以引进中宽带轧机为龙头，进一步进行以规模扩张为主要内容的总体改造，使钢铁材的产量在“七五”基础上再翻一番。通过这两次大规模的改造，凌钢的生产能力大幅度提升，企业规模进一步扩大，产品工艺结构得到了优化。

20世纪90年代中期，在滚滚而来的市场经济浪潮冲击下，凌钢的生存发展面临着严峻的挑战。凌钢以前所未有的力度，开始了全方位的改革、改组、改造和管理创新，以学邯钢模拟市场核算为切入点，抓管理、转机制，使企业迅速从转轨初期的困境中解脱出来，进而进行了以“人事、用工、分配”为主要内容的机制改革，建立了适应市场经济的新机制。

在改革中发展，在发展中改革。“九五”以后，依靠自我积累和上市融资，凌钢进行了总额近20亿元的技术改造，淘汰了落后，扩大了产能，使主体工序设备工艺跟上了我国钢铁工业发展前进的步伐，在“九五”末形成了100万吨钢能力后，仅用了3年时间，实现了200万吨钢的历史性跨越，在不到10年的时间里，在占地面积、人员总数、用水与排污总量没有增加的情况下，钢产量增长2倍，经济效益增长6倍，职工人均收入增长了3倍，上缴税金增长了3倍。企业的知名度、美誉度进一步提高，荣获了全国“五一”劳动奖状、全国百户企业管理杰出贡献奖、全国质量管理先进企业、全国先进基层党组织和全国精神文明建设先进单位、全国企业五百强、纳税五百强等诸多殊荣。为使凌钢获得更大的发展，实现做大、做久、做强的目标，凌钢抓住振兴东北老工业基地的有利时机，通过不懈的努力，争取到了朝阳H型钢项目，为今后的发展开拓了更广阔的空间。

40年沧桑巨变，40年岁月如歌。凌钢走过的40年的伟大历程，是一部以发展为主体、坚持发展不动摇、历经艰难不断成长壮大的发展史；是一部以改革求发展、坚持改革不放松，不断进行制度创新和管理创新的改革史，是一部以技术进步为支撑，坚持改造不停步，不断进行工艺结构优化，产品升级换代的技术进步史，更是一部几代凌钢人矢志不渝、艰苦奋斗的创业史，也是凌钢未来发展的光辉起点。

凌钢40年的发展史告诉我们，企业要在强手如林的激烈竞争中立于不败之地，就必须坚持不懈地加快发展，没有发展，就没有凌钢的一切。要实现凌钢做大、做强、做久的宏伟目标，就要以发展为主题，用发展的思路、发展的办法解决前进中的问题。我们要借助40年打下的坚实基础，通过对主体工序进行升级改造，使老区逐步达到300万吨钢规模，成为品牌好、成本低、环境美、竞争力强的建材基地。要按照“高起点开局、低成本建设、新机制运行、科学化管理”的要求，加快朝阳新区建设，把朝阳新区建设成为具有国际竞争力的200万吨新型结构钢基地，谱写凌钢可持续发展更新更美的篇章。

改革是企业可持续发展的动力和根本保证。只有不断深化改革，才能解放和发展生产力，才能使企业永葆旺盛的生机和活力。凌钢要实现可持续发展，必须坚持“一切妨碍发展的思想观念都要坚决冲破，一切束缚发展的做法和规定都要坚决改变，一切影响发展的体制弊端都要坚决革除。”我们要继续坚持有利于改革、有利于推动企业发展、有利于职工整体受益的原则，在已基本完成社会职能分离和辅业剥离，建立了激励、竞争、约束机制的基础上，推进产权制度改革，突破影响企业可持续发展的体制性障碍。

加快企业改革发展，必须以优秀的企业文化做支撑，坚持以文化力推进生产力。要用“三个代表”重要思想和科学发展观武装全体职工，与时俱进地推进以更新观念为主的企业文化建设，引导职工在新形势下，发扬传统、爱岗敬业、无私奉献，做适应新时期改革发展要求的“四有”新人。要继续坚持企业效益与社会效益协调并重、员工与企业同步成长的办厂方针，在不断提高企业经济效益的同时，努力实现企业效益、社会效益并增共赢。

让我们继承和发扬凌钢人40年艰苦创业、顽强拼搏、不断创新、勇攀高峰的优良传统，高举邓小平理论和“三个代表”重要思想的伟大旗帜，以科学发展观为统领，继续深化改革、加速改造，努力实现增长方式转变，推进集约化经营，提高自主创新能力，为实现凌钢新世纪的可持续发展，为建设一个具有强大竞争力和凝聚力的现代化钢铁企业而努力奋斗！

2006年9月27日

统一思想　坚定信念　实现企业永续发展

本报评论员

在凌钢生产经营不断取得新业绩的大好形势下，在凌钢技改工程如火如荼的热潮中，朝阳市委书记莅临凌钢，对凌钢老区今后的发展提出殷切希望，动员凌钢广大职工奋战“十一五”，把凌钢老区做久、做大、做强。这犹如冲锋的号角，奏响了凌钢不断发展壮大的新篇章。

从振兴朝阳老工业基地，把朝阳建成精品钢基地的高度，凌钢老区应该做久、做大、做强；从实现区域规模协调发展，推动朝阳实现脱贫致富的高度，凌钢老区应该做大、做强、做久；从企业自身发展的高度，凌钢老区应该做大、做强、做久，朝阳市委书记高屋建瓴地指出了凌钢老区做大、做强、做久的必要性和重要意义。凌钢广大职工一定要统一思想，坚定信念，把凌钢老区在“十一五”期间推上历史新高度，这就要求我们必须以科学发展观为指导，在壮大经济总量上有新动作，在产品结构调整上有新思路，进一步挖掘凌钢的管理技术优势，按照“集约、优化、协调、永续”工作目标，认认真真地把每项工作落到实处。

目标已定，方向已明。凌钢广大职工一定要增强使命感、责任感，创造性地将每一项工作思路化作具体的行动，坚定不移地推动企业各方面工作向前发展，用我们不懈的努力实现凌钢的永续发展。

2007 年 5 月 23 日

在困难中创造奇迹　在奇迹中坚定自己

本报评论员

用短短四个月的时间拆除一座300m³的高炉，几乎是在原地再建起一座新的更大的高炉。凌钢决策者大胆的设想本身就是一个奇迹。因为这座300m³高炉与其他三座高炉处于平行位置，且在两座高炉之间，场地狭窄，施工困难，一条出铁线贯穿其间，工程建设与生产的矛盾与冲突随时可现。再加之雨雪大风、酷暑严寒等不可抗拒的自然因素，3号高炉改扩建工程面临着不可计数的困难。

而奇迹正是在这重重困难中诞生的。凌钢的技改人以坚如磐石的信念，以严谨务实的工作作风，以超负荷工作，与参与3号高炉改扩建工程的施工队伍一起创造了这一奇迹：3号高炉改扩建历时119天，也就是3个月零27天顺利出铁投产，比计划工期提前了3天。

3号高炉改扩建工程是凌钢实现老区300万吨钢规模的标志性工程，是凌钢做大做强做久老区的坚强保证，她的提前投产，更是凌钢实现今年生产经营目标的先决条件，对凌钢的永续发展有着非凡的历史和现实意义。

这一冶金高炉建设史上奇迹的创造，充分证明了凌钢有着一支作风顽强、敢打硬仗、敢打必胜的技改工程建设队伍，有着一个团结一心、共赴艰难、和谐优良的团队。这样的团队足以克服前进路上的任何困难而勇往直前。

这一冶金高炉建设史上奇迹的诞生，让凌钢更加坚定了发展壮大的信心和决心，我们有着这样一个英明睿智的领导集体，我们有着这样一个敢于创造奇迹的优秀团队，我们一定能够清除和克服发展道路上的重重障碍与困难，实现凌钢做大做强做久的宏伟目标。

在困难中创造奇迹，在奇迹中坚定自己。让我们万众一心，共驭凌钢这条钢铁的巨轮，去迎接未来发展路上的风雨，去缔造更多更大的奇迹！

2007年7月4日

迈向发展壮大的崭新开端

本报评论员

正值党的十七大胜利召开之际，集团公司二次党代会即将召开之时，凌钢集团保国铁矿公司迎来了她建矿 40 周年暨 150 万吨采选主体工程竣工投产的隆重庆典。

保国铁矿走过的 40 年历程，是一部几代矿山职工艰苦奋斗、无私奉献创业史；是一部以发展为主题，坚持发展不动摇，历程艰难而不断成长壮大的发展史；是一部以改革求发展，坚持改革不放松，不断进行管理和制度创新的改革史；是一部以技术进步为支撑，坚持改革不停步，不断进行工艺结构优化的技术进步史。几代矿山人作出了无愧于时代的巨大贡献！书写了矿山今天的辉煌！

250 万吨采选工程，是凌钢集团重大的技改项目，是保国铁矿紧紧抓住企业规模提升、效益提高、自我经营发展能力增强的有利机遇，为实现矿山可持续发展，为凌钢打造更强大的精品原料基地，在服务了 30 多年的铁蛋山主采场即将闭坑的情况下，提出的具有远见卓识的伟大构想，经过 3 年多的努力，今天竣工投产，这是凌钢的一件大事、喜事，更是矿山发展史上一个光辉的里程碑，它不仅使保国铁矿胜利完成了年产 250 万吨铁矿石、100 万吨铁精矿的巨大历史性跨越，而且从基本上改善了矿山工艺、装备水平，使保国铁矿在“量”和“质”两方面都实现了旧貌换新颜，成为具有国内先进水平的大型现代化矿山，这对实现集团公司可持续发展、振兴地方经济，都具有重大的现实意义和深远的历史意义。

集团公司即将在 2008 年年底形成 350 万吨钢规模，进而谋求更大的发展。发展是企业永恒的主题，保国铁矿作为凌钢稳定优质的原料基地，更要坚定发展壮大的信心和决心，将 250 万吨采选工程的竣工和建矿 40 周年的庆典，作为铁矿发展壮大崭新的开端。

我们坚信有集团公司正确的领导，有地方政府的有力支持，有保国铁矿坚强团结的领导班子和他们发展壮大矿山的坚定信念，有矿山人团结一心、坚韧不拔的精神，保国铁矿的明天一定是一个不断发展壮大的明天，她一定能够为凌钢的可持续发展，为地方经济的振兴，作出更大的贡献！

2007 年 10 月 24 日

践行企业精神　共筑发展大业

本报评论员

集团公司二次党代会确立的“自强、诚信、求实、创新”企业精神，是凌钢当前乃至今后相当长时期内的生产经营、改革改造等工作的一大方略与指南，用它来武装头脑，付诸行动，成为我们在前进路上攻无不克、战无不胜的精神动力和智慧源泉，凌钢就会在强手如云的钢铁之林中立于不败之地。

物竞天择，适者生存。在经济全球化的映衬之下，更彰显了这一竞争法则的客观性和公正性：市场经济不相信眼泪，对谁也不会客气。凌钢40年发展史，就是一部凌钢人手挽手、肩并肩自强不息的奋斗史。2008年年末，老区形成350万吨钢的生产能力，就是自强的代名词，更赋予了发展这一概念阶段性实实在在的内容。站在新的历史起点上，乘势而上，集团公司总经理张振勇在2008年工作会议上重点强调，工作的总体要求和总体目标的基本立足点：又好又快，科学发展。努力实现生产与技改相协调；总量和品种相协调；节能减排和提高质量、效率相协调；职工成长与企业发展相协调。为防止经济增长由偏快转向过热，价格由结构性上涨转向明显的通货膨胀，今年国家将采取从紧的货币政策，进一步紧缩银根，今年的技改将面临前所未有的困难，从企业内部来讲，今年仅矿粉、精煤等原材料就要增支成本7.7亿元，上游产品涨价的幅度和力度超过了以往任何一年，而钢材价格走势不确定因素增多。凌钢将实现由200万吨钢向350万吨钢的跨越，生产经营及各项工作增加了新难度。直面这种严峻挑战，全公司职工必须要认清形势，统一思想，克服盲目乐观和不以为然的思想，树立强烈的忧患意识和紧迫感，做好艰苦奋斗过紧日子的思想准备。

天行健，君子当自强不息，350万吨钢技改工程是凌钢自强精神的集中体现，自强是凌钢人攻坚破难的制胜法宝。全力一搏，加快改造，确保350万吨钢技改工程年底建成投产。必须要打破常规，全面做好开工前的一切准备工作，保证所有项目按期开工，不论涉及哪个部门都要从公司大局出发，无条件地服从。科学组织，精细管理，确保工程建设有序、可控、顺畅、高效。工程管理部门要倒排工期，统一规则部署，科学组织实施。要以高炉、转炉和制氧机等关键项目为重点，细化网络节点间、前后工序间、相关项目间的协调与衔接，不断优化方案，环环相扣，扎实推进。技改、年修、生产协调进行，确保工程近期投产。350万吨钢技改工程是需要举全公司之力才能完成的庞大系统工程，全公司上下要统一意志，一切为改造让路，无论哪一级领导，哪一个部门，都要把对改造的服务和保障放在第一位，发挥和调动一切积极因素，保证工程按期投产。同时认真处理好生产与技改、年修与技改的关系，充分利用好检修停产间隙，合理安排，保证技改、年修、生产协调并进。

工作中贵在求实，贵在创新。要用求实的科学精神和创新的开拓意识推动统筹协调和优化创新两轮驱动，努力提高生产运营的质量和效率。由于今年生产、技改交叉并进，生产组织难度加大，必须要统筹安排，确保计划执行的严肃性，在不适应中求适应，在不平衡中求平衡，做到生产、技改两不误，总量、品种两不丢，节支降耗与提升质量、效率两不悖。正确处理好改造前后生产不均衡的矛盾，向协调运行要效益；大力推进节支降耗，向降低成本要效益；优化产品结构，向品种要效益；加强市场营销，向经营环节要效益：进一步加强设备管理，向设备的高效运行要效益。达到相互协调、共同提高的目的。

忠诚凌钢，爱岗敬业，努力构建和谐凌钢、诚信凌钢。公司二次党代会在确定今后五年工作目标时明确提出，“共建共享”要达到新水平，和谐凌钢建设要取得新成果。今年是落实二次党代会精神的起步之年。因此，要大力开展形势任务教育，增强职工的责任感和使命感。要努力转变工作作风，构建和谐氛围，不断增强企业的凝聚力和向心力，在全公司形成“和谐企业人人有责，和谐企业人人共享”战略，培育开发适应凌钢又好又快发展的人力资源，结合贯彻新《劳动合同法》，进一步加强合同管理，既要维护企业利益，又要保障职工的权利，全面做好规范用工管理，积极推进“协力”用工、大学生招收和培训、以班段长为重点的职工素质培训等工作，为企业快速发展提供强有力的人才支撑。

风正一帆悬，发展正当时。在“自强、诚信、求实、创新”凌钢精神的引领下，凌钢人以只争朝夕的进取精神，凝神聚力，攻坚破难，共筑发展大业。

2008 年 1 月 9 日

在凌钢精神引领下奋勇前进

本报评论员

伴随着集团公司二届一次职代会的胜利召开，各项工作的大政方针已经敲定，今年要实现由220万吨向350万吨钢的跨越，生产、技改、融资三大任务齐头并进，压力与考验前所未有，困难与机遇也是前所未有。伟大的时代，召唤伟大的作为。每一个凌钢人必须清醒地认识到，任务之艰巨，使命之光荣，在凌钢精神引领下奋勇前进，用非凡的工作业绩，推动凌钢实现又好又快发展，在凌钢发展史上写下无愧于时代的壮丽篇章。

在凌钢精神引领下奋勇前进，350万吨钢技改工程是重中之重。350万吨钢技改工程事关企业长远发展，是凌钢贯彻党的十七大精神，落实科学发展观的实际行动。凌钢必须要牢牢地把握住这个稍纵即逝的发展机遇，掌控企业发展的主动权，确保350万吨钢生产能力在今年年底如期实现。为此，要全力以赴做好融资工作，采取多条腿走路的方针，拓宽融资渠道，特别是开展好股市融资工作，这是解决350万吨钢改造工程所需资金的最主要渠道，对于工程成败具有举足轻重的重大意义。目前这项工作有了突破性进展，但仍不能有丝毫的松懈，各部门都要从公司大局出发，无条件地做好这项工作，决不能因为工作的不到位而延误整体工作的进展。与此同时对已开工的各个技改工程，要科学组织，精细管理，做到技改、年修、生产协调并进，确保工程按期投产。

在凌钢精神引领下奋勇前进，要把提高生产运营的质量和效率作为企业追求的永恒主题，立足于统筹协调、优化创新这一核心价值理念，不断向协调运行、降低成本、优化结构、经营环节等要效益。在不适应中求适应，在不平衡中求平衡，做到生产、技改两不误，总量、品种两不丢，节支降耗与提升质量、效率两不悖。

在凌钢精神引领下奋勇前进，坚持“依靠”方针，以人为本，构建和谐凌钢。要把努力构建和谐凌钢体现在全心全意依靠职工办企业上；体现在塑造企业文化、引导职工自觉为发展企业建功立业上；体现在为职工创造舒适、安全、稳定的生产、生活环境上；体现在维护和发展好职工利益上。为企业做大做强提供强大的精神动力和智力支持。

只要所有凌钢人的思想和行动都统一到科学发展观的旗帜下，用“自强、诚信、求实、创新”企业精神作为支撑，凌钢就一定会实现又好又快的发展目标。

2008年2月6日

大气魄 大手笔 大发展

——热烈庆祝350万吨钢技改工程顺利竣工投产

本报评论员

高炉转炉烧红十里钢城，铁水钢花点燃似火激情。在举国上下辞旧迎新，纪念中国改革开放30周年的喜庆日子里，凌钢广大职工迎来了350万吨钢技改工程全面竣工投产的辉煌庆典。这是凌钢精神的伟大胜利，凌钢人用智慧、心血、汗水编织出一曲荡气回肠的技改壮歌。

这是凌钢精神的伟大胜利，是凌钢精神催生的大气魄。根据中国钢铁加快转变发展方式，推动产业结构优化升级，加大了淘汰落后的力度，向钢铁强国迈进总体要求。面对凌钢产品结构不尽合理、产品档次不高、劳动生产率较低、市场竞争力较弱的现状，不进则退，慢进亦退，不发展凌钢就跟不上中国钢铁工业前进的步伐。科学发展观的第一要义是发展，发展是解决一切问题的关键。凌钢的决策者们认识到，企业正处在发展的关键时期，加快凌钢发展是必然抉择，发展迫在眉睫，刻不容缓。发展需要勇气，这勇气不仅来自于省市的支持，更来自凌钢人对“自强、诚信、求实、创新”企业精神的充分自信，一个向350万吨钢进军的宏伟蓝图绘就在凌钢人的心中。要抓住难得的发展机遇，用最快的速度、最省的投资、最好的质量，使凌钢的生产规模在现有的基础上，再上一个大台阶，到2008年年底实现350万吨钢生产能力。

这是凌钢精神的伟大胜利，是凌钢精神引领的技改工程史上的大手笔。这次改造，使凌钢一年新增产钢能力130万吨，是原有产钢能力的60%，且增加了适销对路的钢材品种。整个工程大小10个项目，涵盖了从矿山、烧结、炼铁、炼钢、轧材、白灰、热电、制氧和公辅设施等整个生产和辅助系统，这是脱胎换骨似的全方位的系统改造。主要设备实现了大型化、现代化、节能化。装备和工艺水平基本跟上了当代钢铁工业发展步伐，进一步增强了企业抗风险的能力。一年之内，完成26亿元投资，拿下350万吨钢技改工程，这在凌钢的技改史上是前所未有的，是真正的大手笔。凌钢广大职工把350万吨钢改造作为企业的头等大事，放在大于一切、高于一切、先于一切的地位，高举不干则已，干就干好，干就干成的鲜明旗帜。2008年350万吨钢技改工程在凌钢上下已经成为了一种信念，其强大的凝聚力和吸引力让凌钢广大职工表现出了空前的团结一致，增强了神圣的使命感和高度的责任感，从公司领导到各项目经理，从科技人员到普通工人，从机关部室到生产一线，每一个凌钢人都忘我拼搏，无私奉献，创造了凌钢建设史上的一个又一个奇迹。聆听着各个项目开工的礼炮在十里钢城此起彼伏，体味着工程拔节的声音在每个凌钢人的心头激荡，目睹着高炉的巍峨高棒的腾越，感受着转炉的磅礴烧结的厚重。夜以继日的鏖战中，栉风沐雨的足音里，挺起了钢铁编织的350万吨钢的风骨，铸就了信念支撑的350万吨钢的辉煌。

这是凌钢精神的伟大胜利，是凌钢精神引领的大发展。350万吨钢技改工程建设的过程，是凌钢职工战斗能力的大检阅，精神风貌的大展示，也是凌钢企业文化的一次大弘扬。实践再一次雄辩的证明，凌钢的职工队伍是一支特别能打硬仗、过得硬的队伍。350万吨钢技改工程，检验了水平、开阔了视野、增强了能力、锻炼了队伍。这是凌钢迎接挑战，参与空前激烈的市场竞争的核心竞争力，是凌钢最宝贵的财富，为凌钢的大发展积蓄了无比强大的力量。

大气魄成就大事业，大手笔书写大发展。350万吨钢技改工程竣工投产，是凌钢精神的伟大胜利，是众志成城铸钢魂的集中体现。凌钢人有理由自豪，凌钢人有理由骄傲，我们把一座丰碑铸就在了凌钢发展的史册上，“自强、诚信、求实、创新”必将引领我们把凌钢做大、做强、做精。

2008年12月31日

眼睛向内　苦练内功
对标挖潜　降本增效

本报评论员

在集团公司对标挖潜、降本增效、达产达效分析会上，计划管理部用凌钢的技经指标与全国同机、同炉型进行了比对，让我们看到了实实在在的差距。

2008 年集团公司参与排序的 114 项技术指标中，低于行业平均水平的有 64 项，进入行业前三位的指标仅有 11 项，经过 2009 年一季度的运行，原本高于行业平均水平的指标退步到平均水平以下的有 7 项；2008 年进入先进水平，2009 年退步的有 4 项，以 2009 年平均水平为标杆，高于平均水平但未完成公司计划的指标有 29 项，其中铁前系统 21 项，炼钢系统 3 项，轧材系统 5 项，既低于平均水平又未完成计划指标的有 29 项，其中铁前系统 17 项，炼钢系统 5 项，轧材系统 7 项。2009 年与 2008 年比，退步的指标 40 个，其中，退步三位及以上的指标 26 个，主要集中在炼钢及铁前系统。

主要消耗指标分工序对比，35t 转炉在 23 家同炉型企业中钢铁料消耗由去年第 5 位下滑到今年第 9 位，冶金石灰消耗由去年的第 4 位下滑到今年的第 17 位，120t 转炉在 31 家同炉型企业中钢铁料消耗列第 21 位，与行业平均水平相差5kg/t 以上，与先进企业相比差 45kg/t，工序能耗列第 23 位，与行业平均水平相差 1.8kg(标煤)/t 以上，高炉综合焦比除 2 号高炉以外，均低于行业平均水平。从经济指标上看，在水平接近的 15 个工序产品的燃料动力、材料备件、运输费用统计中，炼铁工序燃料动力消耗高于行业水平，主要工序材料备件消耗高于行业平均水平，炼钢工序运输费用高于行业水平。

指标的差距，反映出是我们工作的差距，指标的退步，无疑也是我们工作没有与时俱进，这在当前金融危机对实体经济影响日益显现的情况下，是事关企业生死存亡的关键。一季度，公司亏损已达 1.2 亿元，落后的技经指标的影响显而易见。长此下去，生存堪忧。

当前，凌钢已经到了无路可退的地步，摆在我们面前的出路只有两条。一是等待外部市场形势的好转。而外部市场的好坏，不以我们的意志为转移。二是靠自己的力量杀出一条血路，冲出重围，走出困境，那就是：眼睛向内、苦练内功、对标挖潜、降本增效。这是我们应对金融危机迅速摆脱困境的必然选择，是我们遏制亏损、尽快实现扭亏最紧迫的任务，也是我们学习实践科学发展观最具体、最现实、最有效的实践。挖潜，时不我待。

全公司广大干部职工要深刻认识对标挖潜的重大意义，要从解决好企业生死存亡的高度来对待这项工作，要彻底转变盲目乐观的情绪和思想，振奋精神，从实际出发，从点滴做起，牢固树立过紧日子的思想。

要充分认识到，差距就是潜力。针对行业同机同炉同口径可比较的先进指标作为标杆，快速行动起来，采取有力措施迅速缩小差距，实现指标的全面上台阶，只有把我们的计经指标提上来，才能达产达效，实现真正的降本增效，达到扭亏为盈的目的。

作为对标挖潜的主体单位，各分厂要眼睛向内，精心制订方案，精心组织实施，相关部门要结合自身职能，积极配合各分厂的对标挖潜，提供必要的协助和服务，使对标挖潜成为公司上下、部门与分厂、相关工序同力同为的共同目标，要注意克服本位主义思想，树立大局观念，要站在公司全局的高度看问题，做到局部利益服从整体利益，眼前利益服从长远利益，辅助指标服从主体指标，单个指标服从工序。

形势紧迫、任务艰巨。全公司广大职工要积极行动起来，投身到对标挖潜、降本增效、达产达效的工作中，以“自强、诚信、求实、创新”的凌钢精神，扎实有效地开展各项工作，为凌钢走出困境、扭亏为盈做出我们不懈的努力，为凌钢转危为机、实现更长远的发展作出我们最大的贡献。

2009 年 4 月 29 日

树立"大成本"观念　迎接更严峻的挑战

本报评论员

2010年，原燃料、电费、运费等涨价，工资折旧，配餐等费用增加，凌钢增支因素预计高达6.8亿元，而钢铁企业处于微利时代，因此降成本不是权宜之计，成本控制既为当下，又为长远。为此，我们要树立大成本理念，迎接随时而来的严峻挑战。

树立"大成本"理念，各核算主体都要实现生产主体向经营主体的转变，产品成本向经营成本转变。在现行成本管理基础上建立成本控制系统，明确组织系统是责任中心；信息系统由责任会计完成信息的汇总；考核系统进行效益评价；奖励机制是行为激励。使之制度化，形成长效机制。

树立"大成本"理念，就要细化完善，实现高质量的成本控制。随着成本控制的高起点，单靠指标分解、简单的指令下达及具体操作者的节约等，不能将成本控制引向深入，只有不断丰富和完善，成本控制才更有活力，才能实现高质量的成本控制。要坚持召开旬成本分析例会，做到成本信息的及时分析与反馈，对于会议反馈的成本信息、指标的异常波动、会议落实的任务，相关单位要有研究、有落实、有反馈。对于本单位存在的问题，及时在例会上反馈。

要树立"大成本"理念，就要突出重点，务求实效。以整体效益为中心，统筹协调生产经营各方面的因素，促进成本的降低和效益的提高。在成本构成中，原燃料、辅料、材料及备件占80%以上，这是成本控制的重中之重。采购的价格控制，即源头控制。在物资招标和采购时，要充分利用凌钢的资金优势和多年形成的企业诚信，抓住机遇，实现物资采购最佳选择。从成本形成过程看，生产过程是成本控制的关键环节，完成公司工作会议上确定的124个对标指标，是在生产过程中实现。再者，要解决好"花钱与省钱的关系"，敢于投入，进一步推进技术进步，抓好先进、成熟、适用技术的推广应用，围绕重点项目改造、资源开发、节能降耗和增产高附加值产品，加强技术攻关，消除生产瓶颈，提高产品质量和档次，促进产业升级。

树立"大成本"理念，需要全员的参与，要知道我们工作中的行为与成本之间的必然关系，进而增强成本意识，主动降低成本。经过2009年一年的对标挖潜降本增效，我们初步确立了"大成本"理念，要进一步将它推广和扩大化，使它成为凌钢文化的生力军，为企业实现又好又快的可持续发展，迎接并战胜更严峻的挑战积蓄更强大的力量。

2010年2月3日

回首激情岁月　展望美好未来

本报评论员

集团公司二届四次职工代表大会胜利召开了，这是一个承载了上下5年的职工代表大会。它站在一个关键的历史节点上，回首过去5年，体味激情燃烧的岁月，展望未来5年，满怀豪情壮志的期待。

在过去的5年里，凌钢全面实现了“十一五”预计的各项工作任务，实现了企业又好又快的发展。350万吨钢的技术改造，遍及了从矿山到轧材的全系统，技改的旌旗，映红了凌钢的每一寸土地，见证着凌钢走向强大的全过程。

五年来，凌钢的钢产量由210万吨增长到344万吨，资产总额、营业收入成倍增长，生产与销售两条战线把技改形成的生产力变成实实在在的产品和效益。

五年来，以对标挖潜、降本增效为抓手，凌钢的管理水平不断提升，综合能耗、总资产贡献率、吨钢利润等一批重要指标已经跨入行业前列。产品结构进一步优化，品牌优势更加突出，产品的市场竞争能力和创效能力显著增强。

五年来，凌钢节能减排取得了显著成效，提前完成了国家下达的指标，最大限度地实现了资源的有效利用和环境的改善。资源开发快速推进，为凌钢的可持续发展积蓄了强大的后劲。

五年来，在凌钢如火如荼的发展征程上，职工素质明显提高，职工的生产生活环境、福利待遇明显改善，职工收入大幅增长，共建共享的办厂方针真正落到了实处。

五年来，伴随着凌钢物质文明的高速发展，凌钢的精神文明建设也取得了丰硕成果。初步形成了以“自强、诚信、求实、创新”的凌钢精神为核心的企业文化体系，党组织的政治核心作用显著增强，特别是去年开展的三大政治活动，成为完成三大任务强有力的政治保证。职工对企业的认同感和自豪感普遍增强。凌钢取得的突出业绩，也得到了上级组织的高度认可。

回首过去，我们充满激情与自豪，展望未来，我们满怀信心和期待。“十二五”的蓝图已经绘就，进一步做大做强凌钢，形成600万吨钢规模，实现营业收入200亿元以上。目标远大，任务艰巨。

为此，做好2011年“十二五”的开局工作便显得尤为重要。要在继续深化上下功夫，确保三大任务在新的一年有新的突破。要努力提高生产经营运行的效率；要继续深化对标挖潜、降本增效活动，进一步提升产品的市场竞争力；要努力优化产品结构，使有限的资源创造更大的效益；要继续加大资源开发的力度，为实现凌钢可持续发展奠定坚实基础。

全面推进“十二五”规划的实施，全公司上下要统一思想，坚定信心，迎难而上，为实现凌钢做大做强的目标开好局。要坚持依靠方针，努力构建和谐企业，让企业的发展与职工的思想和行动高度统一起来，让共建共享的思想更加深入人心。

展望未来的征程，会遇到种种困难和挑战，但任何困难和挑战都阻挡不住凌钢加快发展的步伐。我们坚信，有职工信赖的坚强的公司领导班子的正确领导，有广大干部职工坚韧不拔的精神和毅力，有凌钢人一往无前的昂扬斗志，在“十二五”的征程上，凌钢一定会写下发展壮大更加恢弘的崭新篇章！

2011 年 1 月 28 日

管理责任必须落到实处

本报评论员

公司2月份出现了严重的焦炭质量事故，给公司造成直接经济损失3500多万元。由于波及了整个系统的生产经营，全公司2月份铁、钢、材欠产均在4万吨左右，成本大幅升高，超创利润亏了5644万元。按经济责任制考核，2月各单位的效益工资基本上都是负数，不仅没有效益工资，还应倒扣，经公司研究决定只按零计算。也就是说，2月份绝大部分单位没有效益工资，与外部市场没有关系，就是我们自己没干好。从去年9月到今年1月，公司已经连续亏损5个月了，奖金仍然照发，这是因为我们完成了公司下达的生产经营计划，实现了超创利润，也为公司带来了边际贡献。2月份绝大部分单位没有效益工资，主要就是这起焦炭质量事故造成的。

在当前钢材市场严重低迷，公司已经连续5个月亏损的情况下，出现这样的事故，无疑是雪上加霜。这与我们全公司上下，大力开展对标挖潜、降本增效，全力扭亏增盈更是格格不入。这起事故的深层次原因是多方面的。

首先是基础管理不到位。由于我们的生产多年来供货稳定、工序顺行，使各级管理人员，特别是中层管理人员产生了过分自信的心理，不深入一线，不掌握基层情况，特别是对发生了新的情况，出现了新的问题，反应迟钝，束手无策，缺少快速的应急措施和方法，导致事故持续的时间过长，造成了不应有的损失。

第二是信息沟通不畅。没有全公司一盘棋思想，各自为战，互不通气，缺少必要的沟通与协调。特别是当上一道工序出现了质量变化，不能及时向下一道工序通报，导致整个生产系统全部陷于被动。

第三是个别管理人员的责任心严重缺失。这起事故中，在煤种采购的变化、配煤的监管、焦炭质量下滑后配煤的调整、高炉炉况的调整任何一个环节上，如果增强了责任心，负起了责任，采取了果断有效的措施，都不会使事故演变到如此严重，时间持续不会如此之长，经济损失不会如此之大。

一起简单的质量事故，造成了全系统的生产经营被动，酿成了巨大的经济损失，事故的教训是惨痛的。为教育和警醒大家，集团公司对这起事故的责任单位和责任人进行了严肃处理，我们要痛定思痛，引以为戒。各级管理人员要切实增强责任意识，增强危机感和紧迫感，努力提高管理水平。要切实转变工作作风，不能总浮在上面，要深入基层，深入一线，掌握第一手情况，解决实际问题。要进一步加强采购管理，严格执行物资采购的相关规定。采购人员必须要深入供货单位和用户，掌握真实准确信息，坚决杜绝类似事故的发生。

目前，市场形势已经出现转机，系统年修也基本完成。我们要紧紧抓住当前有利时机，大张旗鼓地开展好新一轮降本增效活动，力争5月份实现扭亏为盈。要咬住全年生产经营目标不放松，最大限度地把造成的损失抢回来，确保全年目标的圆满实现。

2012年3月31日

丹青难写是精神

本报评论员

金秋十月，我们迎来了中华人民共和国诞辰63周年。在这个举国欢庆的日子里，本刊向凌钢各条战线、各个岗位的职工们致以节日的祝福和诚挚的问候！

这是一个喜获丰收的季节。连日来，凌钢“十二五”结构调整技术改造捷报频传，小棒材生产线、3号120t转炉及8机8流方坯连铸机、600t麦尔兹窑、大方坯连铸机相继投产，大高炉、大棒材投产在即。10月，将全面形成600万吨钢的生产能力，凌钢将进入大型现代化钢铁企业行列。这是凌钢人奉献给祖国63周年华诞的厚礼。

沧海横流，方显出英雄本色。回首最近这5年，我们承受了太多的困难和挑战，也创造了前所未有的辉煌。经过两次大规模技改，一个凌钢变成3个凌钢，装备水平脱胎换骨，具备了自立于世界钢铁之林的能力，“共创、共赢、共享”有了强大的物质技术基础，更加接近了几代凌钢人做大做强企业的梦想。

600万吨钢大技改，全面检验了凌钢领导集体的决断力、决策智慧和运筹能力，考验了凌钢广大干部职工坚强的执行力和伟大的创造力。

巨额的改造资金，从紧的货币政策，狭窄的厂区空间，羸弱的钢材市场，各种条件都是否定的，但是决策者呕心沥血、殚精竭虑，把凌钢的各种资源和优势运筹到了极致，化解了一个个不可能，保证了大技改高速运转推进，让各种担心和疑虑烟消云散。

去年今日此门中，开钻桩机响声隆。一年来，凌钢技改战线职工与各路冶建队伍一道，挥师挺进，斗寒搏暑，殊死鏖战，打造着奇迹般的凌钢速度，演绎着冶金建设史上的神话。近万人在同一区域，大交叉、多工种同步作业，把数十万方的混凝土、十几万吨钢材、上千台（套）设备聚集在火热的施工现场，变成大高炉、大转炉、大轧机，壮观场面让人叹为观止。

穿越了400个昼夜尘与土，实现了600万吨钢大跨越，这样的人生经历，何等的壮丽；这样的事业成就，何等的豪迈。

为有牺牲多壮志，敢教日月换新天。建设最具竞争力的棒线材基地，多少人的智慧和心血，才浇灌出如此壮景如画，成就了如此灿烂辉煌。一年多来，在凌钢600万吨钢工程主战场，技改战线广大职工披星戴月，忘我工作，无私奉献，做出了巨大的付出，留下了许多感动凌钢、可歌可泣的故事。

成就惊天动地事，甘做默默无闻人。全公司职工都热切期盼600万吨钢大目标的早日实现，工作普遍加快了节奏，提高了效率，从我做起，降本增效，以实际行动支持大技改。

时势造英雄，“十二五”就是一个英雄辈出的时代，凌钢600万吨钢技改工地就是一片催人奋进的热土。

十里钢城添壮景，丹青难写是精神。600万吨钢大技改，不仅创造了科学发展雄厚的物质基础，而且极大地促进了凌钢职工素质和能力的提高，大规模地实践了以“至诚至精”为核心的凌钢文化，弘扬了自强不息的凌钢精神，再次砥砺了决战决胜的技改精神。

600万吨钢大技改培养了一代人，锻炼了一代人，激励了一代人，这是我们更加弥足珍贵的财富。

携63周年国庆之喜悦豪情，让我们厉兵秣马，一鼓作气，夺取凌钢三期技改的全面胜利，以600万吨钢现代化企业的崭新姿态，迎接党的十八大胜利召开！

2012年10月1日

领导干部要夙夜在公

本报评论员

凌钢新一轮深化对标挖潜工作已经全面启动，各级管理人员都感受到一份沉甸甸的责任。套一句老话说，就是工作思路和任务确定后，干部就是决定的因素。

领导干部要夙夜在公，是集团公司对解放思想求生存的一项重要要求。夙夜在公就是从早到晚勤于公务，勤于政事。

领导干部夙夜在公，在凌钢有光荣的传统。从建厂初期的艰苦奋斗实干，到20世纪80年代后的端正干部形象，“一级带着一级干，一级做给一级看”，再到21世纪以来的“8小时工作，24小时责任”，“早七晚八、节假日白搭”，真抓实干、肯搭辛苦是凌钢干部的特点，尤其在凌钢历史上3次大规模改造期间体现得更为充分。

领导干部要夙夜在公，是凌钢在危难之时求生存必须达到的境界。“四·二八”生产经营例会要求，要从公司领导做起，从公司班子做起，一级做给一级看，一级带着一级干，形成中层干部看公司班子成员，全体职工看公司班子、看中层干部的局面。各级领导干部，包括各单位的骨干，都要有夙夜在公的精神，每时每刻都要想着工作，研究怎样把工作做好，躬下身子，真抓实干，下最大功夫做好本职工作。

解放思想求生存，对领导干部夙夜在公提出了新要求，那就是夙夜在公不是简单的坚守在工作岗位，这个当然必要，更重要的是夙夜在公发现问题，集思广益，动脑筋想办法，制定完成扭亏为盈这个艰巨任务的有效措施，也就是说既要“身在”，更要“心在”。为什么凌钢低成本优势丧失殆尽？为什么存在一些管理滑坡、指标倒退现象？主要还在于各级领导干部的思维、观念没有与时俱进，措施办法“慢半拍儿”。

“走的慢一点，等等我们的灵魂”。当今时代慢进则退，但这句古印度谚语反证了思维观念、精神力量对发展的引领作用。从200万吨钢到600万吨钢，一厂变三厂，我们的差距是全方位的，最主要还是各级管理层的工作思路和领导力没有跟上，与巨大的变化还不适应。公司领导已经带头找差距，开拓视野调整经营战略策略，各级管理人员也都要做深刻反思，做解放思想的表率，集思广益，深入一线，领导协调解决现场发生的实际问题，制定措施，迅速落实，转化为凌钢的效益。

2013年5月10日

吹响打造普特并重钢铁主业的冲锋号

本报评论员

经过一段时期的考察与酝酿，凌钢优特钢生产动员大会胜利召开。她标志着凌钢“普转特”工作全面推进的开始，吹响了凌钢打造普特并重钢铁主业的冲锋号。

实施“普转特”工作，是凌钢适应我国钢铁工业发展的需要，也是调整自身结构、提升核心竞争力的需要，更是应对当前困难形势、实现扭亏为盈的需要。实现“普转特”事关凌钢的生存与发展，推进“普转特”迫在眉睫，刻不容缓。

近年来，我国钢铁行业发展受能源、资源与环境的影响不断加深，粗放式数量扩张之路已经走到了尽头，产能过剩、高成本、低盈利等问题不断困扰着钢铁企业，在这种极度艰难的生存条件下，转变发展方式势在必行。早转型早受益，不转型就是等死。凌钢经过几年的快速发展，实现了做大的目标，工艺装备水平也有了较大幅度的质的提升，但我们的产品大都是普钢，优钢多是低端产品，精品和高附加值产品几乎是一张白纸，产品盈利能力、竞争能力差。推进“普转特”，调整产品结构，打造高端产品已成为凌钢的重中之重，是提升产品竞争能力和创效能力的重要途径，是实现可持续发展、提升核心竞争力的关键所在。凌钢三期技改定位就是优特钢，特别是在当前生产普钢成本不堪重负的形势下，只有实现了优特钢的生产，实现了新区的转型扭亏，才能够杀出一条生路，使三期技改成为凌钢新的效益增长点。

实施“普转特”是凌钢必然的选择。为此我们要充分认识到我们自己存在的思维观念、生产组织、质量管控、销售模式等诸多问题，不能妄自尊大，但也不能妄自菲薄。要正视自己，找准定位，坚定信心，取人之长，补己之短。要认识到“普转特”是凌钢当前和今后几年中大于一切、先于一切、重于一切的历史性任务，是摆在凌钢人面前较之三期技改更加艰巨和严峻的挑战。凡是有利于“普转特”的，我们必须做，而且要做快、做准、做好，凡是不利于“普转特”的，我们就要坚决改正和消除。这是职责所在，使命所在。

凌钢人创造过一个又一个奇迹与辉煌，是历史的赋予，也是凌钢人创造力的展现，“普转特”无疑也是历史赋予凌钢人的一次重大的机遇，她期待着我们创造出新的奇迹与辉煌。号角已经吹响，凌钢站在了冲锋的起点上，奋起冲锋吧！向着每一个阶段性的目标，向着最终的理想，让凌钢精神撒下一路的光芒，打造出普特并重的钢铁主业，凌钢将因此屹立于中国钢铁之林，永远是辽西大地上的骄傲与荣光。

2013 年 9 月 18 日

深化集团化体制改革是大势所趋

本报评论员

随着《关于凌钢深化集团化体制改革的决定》的出台，标志着凌钢的集团化体制改革已经进入了实质性阶段，深化改革是大势所趋，理解改革、支持改革、参与改革，是摆在凌钢广大干部职工面前的一项重要课题和紧迫任务。

十八届三中全会，对国有企业深化改革提出了明确的要求，2014 年被人们称为全面深化改革元年，深化各个领域的改革更是风生水起。仅就钢铁行业而言，为了抵御钢铁寒冬的冲击，钢铁企业的改革措施纷纷登台亮相，深化改革成了当前最热的词汇。通过改革走出当前的困境，凭借改革增强市场竞争力是企业迫切需要解决的首要任务。

凌钢通过近几年的快速发展，原有的管理体制已经远远不能满足新形势、新任务的要求，必须在体制上做大的调整，不进行调整就会陷入僵化的格局，无法适应当前竞争的需要。深化集团化体制改革，就是要按照规范的集团公司管控体系和组织架构实施管理，使集团公司摆脱原有的生产经营等具体事务的束缚，能够站在更高的起点上，谋划事关企业全局创新发展的战略性措施，聚焦钢铁主业，发展新兴产业，培育发展创新、组织创新和技术创新能力，抢占转型升级的制高点，促进企业做大做强，努力把凌钢培育成为多元产业和钢铁主业协同发展的大型综合性企业集团。

当前，凌钢面临着巨大的市场竞争压力、生存发展压力和转型升级压力，困难、挑战和风险前所未有。这些问题，凌钢躲不开、绕不过、更拖不起。此次深化集团化体制改革，在凌钢是具有历史意义的战略决策。这既是贯彻落实党的十八届三中全会精神的具体体现，也是进一步完善现代企业制度的重要举措，更是凌钢实现大型化、国际化发展的迫切需要。

改革是时代潮流，是时代发展的必然要求，是大势所趋，是形势所迫，为了实现凌钢做大做强的战略发展目标，必须坚持改革，深化改革，加快改革。抢抓机遇、推进改革、深化改革是一场攻坚战，不进则退，慢进亦退，全公司各单位及广大干部职工，都要把思想和行动迅速统一到集团公司深化集团化体制改革的重大决策部署上来，坚定不移地推进集团化体制改革。

凌钢正处在改革发展的关键历史时期，摆在面前的任务极其艰巨，责任十分重大，扎扎实实地抓好各项工作的贯彻落实，我们责无旁贷。把理解改革、支持改革作为自觉行动，集团化体制改革目标一定能够实现，凌钢的发展史册上必将在我们的手中写下浓墨重彩的一笔。

2014 年 6 月 13 日

把钢铁主业运行好、建设好、发展好

本报评论员

股份公司机构整合方案已经出台，中层管理人员聘任完毕，股份公司在落实集团公司集团化改革中迈出了坚实的一步。股份公司肩负着凌钢集团发展的重担，在当前严峻的市场形势下，把钢铁主业运行好、建设好、发展好，是摆在股份公司面前光荣而神圣的历史使命。

把钢铁主业运行好、建设好、发展好，就要看清我国经济经过长期高速增长后，已进入中速或中高速增长的平稳发展状态，这意味着钢铁行业依靠需求高速增长拉动的“市场红利期”已经结束，将回归到理性和平稳发展的常态期，这是市场经济客观规律作用的结果。我们应彻底丢掉“市场幻想”，摆脱对“市场红利”的依赖，抓紧建立适应市场的盈利与发展模式，从产品到产业链，从资源配置到技术服务，从研发机制到营销模式，全方位适应常态化的市场环境，这才是摆脱生存困境、持续健康发展的根本出路。

把钢铁主业运行好、建设好、发展好，就需要机构更加科学、精干、高效，管理流程进一步优化。此次机构调整突出了这样的特点，过去有的一项工作几个部门管，又都没有管好的状况将会大大改进，有利于集中一贯制管理，进一步提高效率。此次中层管理人员的调整中，重要岗位人员配备更加专业化、年轻化。一批有朝气、能战斗、懂经营、善管理的年轻优秀人才走上了重要岗位，中层干部队伍的战斗力进一步增强。中层干部队伍的年龄结构、知识结构进一步改善，形成了合理的梯次配备结构，为钢铁主业的运行、建设和发展奠定了组织保障。

把钢铁主业运行好、建设好、发展好，需要聘任后的中层管理人员付出更加艰苦的努力，切实增强驾驭复杂局面的能力，以高度的事业心和责任感，要敢于担当、勇挑重担，不能因循守旧、故步自封，要解放思想求生存，善于学习、善于创新、敢于挑战、敢于胜利，用思想的大解放，促进各项工作的大突破。能否在新的岗位上干好，干出成效，关键在于精神状态，在于有没有激情。面对当前的严峻形势，要有新的变化，要有新的思路和新的举措，要以更加坚定的信心，更加开阔的视野，更加昂扬的斗志，更加扎实的作风，带领全体职工把各项工作搞得更好。

把钢铁主业运行好、建设好、发展好，就要按照中央、省市委和集团公司党委关于改进工作作风，密切联系群众的各项规定和要求，不断改进工作作风、学习作风、思想作风和领导作风，发挥表率作用，夙夜在公，勤奋工作。

把钢铁主业运行好、建设好、发展好，要结合当前公司工作的重点，按照吨钢成本再降50元的目标，进一步优化工作思路，制定切实可行的措施，要迅速理顺内部机构，抓紧建章立制，健全岗位职责，完善管理流程，不得出现任何管理上的真空和职责上的缺失。全公司要迅速行动起来，全力以赴开展工作，全身心地投入到扭亏为盈的主战场上来。

2014 年 7 月 21 日

打开瓶颈　补齐短板

本报评论员

任何事物的发展都不可避免要遇到瓶颈的问题，企业当然也不例外，尤其面对错综复杂的市场经济形势，制约企业发展的瓶颈会更多，如何打开这些瓶颈，便成为企业发展与前进的必由之路。

要打开瓶颈，首先要解放思想，转变观念。诸如凌钢，在多年的发展中形成了特定的文化氛围，也许在相当长的一段时间里，凌钢的管理方式与方法，甚至于一些技术经济指标，在行业屈指可数，有的遥遥领先，这些成绩成为我们一度引以为傲的资本，让我们认为别人赶不上我们。殊不知，随着时间的推移和市场形势的变化，人家早已突破了自身的瓶颈，而我们由于思想陈旧、故步自封、骄傲自满，总是自以为是，在很多方面，被人家远远地甩在了后面。此时，如果还不能转变观念，解放思想，打开思想上的瓶颈，很多问题便会频频出现，造成积重难返的困难局面，不打开思想的瓶颈，要打开其他的瓶颈，难上加难。

打开思想上的瓶颈，就不能以老大自居，要看到人家的长处，找到我们到底哪里不如人家，要敢于揭自己的短处，甚至敢于揭自己的伤疤，不要怕疼，更不能怕羞，要虚心学习他人的长处，要创造一切条件，迎头赶上，否则，企业就没有希望。

花开堪折直须折，莫待无花空折枝。要打开瓶颈，就要雷厉风行，看准了，早下手。机会也许转瞬间即逝，我们不能总是“慢半拍”，给自己留下一次次的悔恨和遗憾。无论是生产单位、职能部门，还是经营环节，都要致力于成为有利于企业生产顺行、降本增效、扭亏增盈的有力推手，不要人为地制造哪怕是程序上的障碍。在当下，谁影响了凌钢的生产顺行，影响了凌钢的降本增效、影响了凌钢的扭亏增盈，谁就要承担责任。各分厂、部室都要站在凌钢生存发展的高度，站在凌钢万余名职工利益的角度，以开放的思维、开拓性的思路，努力工作。

最近一段时期，很多单位都外出进行了对标学习，要根据外出学习取回的“真经”，认真剖析我们存在的问题，找到我们的差距和短板，找到解决问题的有效方法，将短板补齐。要敢干敢做、敢做敢当，要有责任、有担当。

只要我们站在凌钢生存发展的高度，树立大局观，树立危机意识，增强紧迫感、责任感、使命感，以只争朝夕的精神，发扬凌钢勇于拼搏、敢打硬仗、敢于胜利工作作风，就一定能够打开当前制约凌钢生产经营的瓶颈，快速补齐短板，凝聚强大的力量，早日实现扭亏为盈。

2014 年 8 月 13 日

把事关改善居住环境的重大民生工程做好

本报评论员

在8月23日召开的凌钢集团公司二届八次职代会第二次职工代表团组长联席会议上，审议通过了《凌钢西区房屋产权置换实施方案》，这标志着改善凌钢西区居住环境的重大民生工程全面展开。

众所周知，凌钢西区的住房年代久远，房屋破旧，由于历史形成距离生产现场较近，出行也极其不便。改善职工居住环境，整体搬迁凌钢西区，凌钢在确定三期技改方案时就已纳入规划之中。在当前钢铁市场持续低迷的形势下，斥巨资实施凌钢西区住房置换，改善西区职工的居住条件，是凌钢领导班子认真落实“发展依靠职工、发展为了职工、发展成果职工共享”办厂方针的充分体现。凌钢在实施三期技术改造工程期间，西区广大职工和家属给予了充分理解、大力的支持、顾全大局、无私奉献的精神让人感动，一切都为凌钢的发展让步，体现出了凌钢西区职工、居民的综合素质，更加坚定了凌钢要把改善西区居住环境这件事办好、做实的坚定信心。

职工利益无小事，实施西区住房产权置换事关企业发展、职工利益和社会稳定，做好这项工作，意义十分重大。为此全公司上下要进一步统一思想，提高认识。

要充分认识到这项工作的重要性。西区住房产权置换是扎实推进凌钢党的群众路线教育实践活动，坚持立行立改，抓好整改落实的重大举措。这是积极履行社会责任，彻底解决事关西区职工及家属切身利益的重大民生工程，同时也是事关企业和谐稳定和健康发展的重大政治任务。

要充分认识到这项工作的艰巨性和复杂性。这项工作是造福职工的好事，西区拥有2000多户居民，群体构成复杂，心态想法多样，利益诉求也不尽相同。民生工程历来就是社会焦点和工作难点，要做好这项工作需要制定周密的方案和具体可操作的措施。

要充分认识到这项工作的紧迫性。西区搬迁从规划到现在已经5年了，中间还经历了几次波折，尽快改善居住环境，是西区职工的热切期盼，久拖不决，将会影响广大居民的正常生活和企业的和谐稳定。迫在眉睫，势在必行。

《凌钢西区房屋产权置换实施方案》，坚持自愿原则。本次房屋产权置换，西区房屋产权人自愿参加，凌钢集团提供的优惠政策仅适用于自愿参加置换的西区产权人；不愿参加置换的，将由凌源市人民政府征收主管部门依法进行征收与补偿；坚持普惠原则。对自愿参与本次产权置换的凌钢集团职工和非凌钢集团职工产权人采用统一标准，同等享受凌钢集团提供的优惠政策；坚持公开、公平原则。西区房屋产权置换全过程，接受西区业主、公证部门、凌钢集团职工代表和审计监察部门的监督，置换结果接受西区房屋产权人查询。

尽管当前凌钢面临巨大的生存压力，钢铁寒冬依然没有丝毫回暖迹象，但是凌钢的领导班子在涉及民生的问题上，表现出了敢于担当的高度责任感，将一切情况向职工交底，让职工做出正确的选择。这是凌钢领导班子，关心职工生活，维护职工利益做出的决策。西区广大职工居民要深刻理解《方案》，理解公司领导班子为改善西区居民环境的良苦用心，结合自身的需要做出正确的选择。

2014 年 8 月 25 日

持续地保持极限上的平衡

本报评论员

纵观整个八月份的生产，生产链条真正达到了在极限上的平衡，体现出了凌钢人驾驭生产的能力在增强，在市场持续恶化，钢材价格一再下行的形势下，我们用生产环节高效运行赢得了主动。如何让这种平衡具有可持续性，成为摆在凌钢人面前最重要的课题。

持续地保持极限上的平衡，首先要进一步解放思想，要勇于自我否定，要善于敢为人先，要认识到一切既定的思维模式都需要随着形势的变化加以改进，只有不断借鉴吸收适合自身生存发展需要的新思路、新举措，才能够破解前进道路上遇到的各种难题。要明确当前企业面临的内外形势，各单位要把公司面临的困境和形势传达到每名职工，要使职工和公司同呼吸共患难，共度钢铁行业的严冬。

持续地保持极限上的平衡，生产系统必须要将各自的能力和水平发挥到最佳状态，用超常规的工作，确保凌钢的生产管理适应新常态的需要。铁系统要在确保高炉稳定顺行的基础上继续提高效率、降低成本。同时与钢系统联合，研究稳定铁水硅的方案，最大限度地为钢系统“吨铁吨钢”创造条件，同时保证钢系统环保达标；钢系统要全面提高铁耗，研究“吨铁吨钢”生产组织方案，把铁水吃光喝净，减少废钢采购量和消耗量。轧材系统要以“效益优先”的原则组织生产，出口方钢是目前最好的手段，要抓住机遇，国际贸易部要抓紧合同的签订工作。产、运、销要联动，协调好，确保出口方钢交货期。国贸公司要优化优钢合同计划量，尽量减少低效益产品的生产量，提高铬钼系高附加值产品的生产量。各单位要服从公司大局，积极配合生产计划的调整，在生产上要听从生产安全部的统一部署，在效益上服从运营改善部的安排；经营系统要继续优化市场布局，优化销售渠道，保证高价区域投放量，确保公司效益最大化。物资采购部门要主动跟进，压缩采购成本。物流运输管理寻求降低运输成本的方式，转移压力。国际贸易部要做好进口矿的采购工作，以带动地方矿的价格调整，确保冬储工作的顺利进行。

持续地保持极限上的平衡，要在9月份的生产过程中，抓住关键点，突出管控点，破解制约点，盯紧效益点，将8月份生产过程中存在和出现的问题一一杜绝，让铁、钢、材都在高水平上稳步推进，用生产系统的高效低耗化解市场带给我们的巨大压力。从上半个月的生产情况来看，各个系统都处在良好的运行状态，彰显了可持续的极限上的平衡。每个岗位、每个环节都要把这种状态保持住，大工业连续化的生产容不得任何环节出现纰漏。在确保生产链条顺畅有序的前提下，要把质量管理凸显出来，质量管理人员要对各工序过程及工序节点加强管理，严抓“三违”，以“三反”为纲，强化工艺及质量管理，保证成本降低，质量依然过硬。

持续地保持极限上的平衡，不是一时之举，更不可能一蹴而就，这需要拿出真本事，需要方方面面极力配合，戮力同心，毕其功于一役，只要把生产管理推上一个更高的水平，凌钢必将会在新一轮的钢铁市场竞争中，占得主动，赢得先机。

2014 年 9 月 19 日

在困境中成长与强壮

本报评论员

十月，秋高气爽的收获季节；十月，全国各族人民载歌载舞的欢庆季节。让我们祝福伟大的祖国，迎来了她65周年华诞。

六十五年，峥嵘岁月；六十五载，风雨如磐。中华人民共和国经历着发展中政治与经济的种种困境……这是历经困境不断成长和强壮的祖国。如今，在以习近平同志为总书记的党中央领导下，在建设有中国特色的社会主义的道路上，正掀起一场前所未有的反腐败斗争，还百姓清明世界，圆中华民族伟大复兴的中国梦。

只有经历困境，才能成长和强壮。不仅一个国家如此，一个企业，乃至一个人也是如此。凌钢从一个5万吨钢、7万吨钢、10万吨钢规模的小钢厂，到今天的大型钢铁联合企业，全国五百强，年钢产能提高到600万吨，同样也经历了种种的困境：生不逢时，几近夭折，国企三年脱困的困难时期，下岗分流减员增效的阵痛，世界金融危机，乃至今天钢铁产能过剩带来的钢铁“寒冬”。人间正秋季，钢铁却“寒冬”。钢铁“寒冬”，考验着钢铁人的意志、耐力和能力。这是钢铁企业从未经历过的困境，谁能渡过这“寒冬”，经受起这困境中的考验，谁才能够成长与强壮。

进入9月份，钢材价格跌至冰点。钢铁企业创效的空间被无限制不停的压缩，刚刚努力降下来的成本没有变成利润，而是再度淹没在钢材价格的缩水中。

困境愈加艰难，钢铁企业正在面临和承受着前所未有的极其严峻的挑战。面对困境，面对深不可测的钢铁“寒冬”，凌钢正调动一切积极因素，将全员的智慧发挥到极致，努力降低生产成本，全力保障生产顺行，在生产组织、营销策略、技术创新等方面寻求突破，抵御钢铁“寒冬”的阵阵寒潮，不断提升自身的核心竞争能力，进一步夯实基础管理，调动职工的激情与热情，与“寒冬”一争高下。这是背水一战，我们没有退路，也无法躲避，只能直面。寒冬越是寒冷，就越证明，距离春天的脚步越来越近。

战胜这场钢铁“寒冬”带来的困境，凌钢才能成长得更加强壮，更加坚实。

在共和国65岁生日这个美好的日子里，祝福祖国！祝福凌钢！祝福祖国，繁荣昌盛！祝福凌钢，成为钢铁“寒冬”中的胜利者！

2014年10月1日

全力打造中国一流钢铁企业

本报评论员

骏马啸腾绝尘去，骄阳穿雾破云来。告别了困境重重的2014年，凌钢迎来了新常态下步履维艰的2015年。与钢铁“寒冬”的决战大幕正式拉开，每一个凌钢人都要抱着必胜的信念，投入到这场事关凌钢求生存的决战中，适应新常态，砥砺战寒冬，戮力同心，为打造中国一流钢铁企业而努力奋斗。

适应新常态，砥砺战“寒冬”。十个亿的增支减利因素摆在凌钢人的面前，消化掉这十个亿，才能够确保2015年不亏损。而凌钢2015年需要的是必须扭亏为盈，这场大决战的难度之大可见一斑。深度挖潜、管理挖潜、创新挖潜，打破固有模式，勇于解放思想的挖潜是出路所在，要痛下决心、破釜沉舟、义无反顾、勇往直前。

适应新常态，砥砺战“寒冬”。需要凝聚更多的智慧和能量，肩负更大的担当，需要产、供、销、设备、储运、计量、质量等多兵种的高效协同作战。早在2014年11月，公司就已经发出了提前进入2015年的号召，各单位也充分认识到决战2015年的重要性，生产单位、经营部室，包括机关管理部门都已行动起来，很多前所未有的思路和措施让人眼前一亮，这是2015决战决胜的关键所在。公司2015年工作会议，确定了以“六个增效”为核心，即降本增效、提质增效、管理创效、经营创效、三期技改创效和机关主动创效，进而向全公司发出了决战的动员令，各个单位纷纷亮出了新常态下的新思路和新举措，展示了决胜的信心和勇气。

适应新常态，砥砺战“寒冬”。就要在降本增效常态管理上有所突破；就要在“普转特”工作上有重大突破；就要在股市和资本市场上取得重大突破。只有这样，凌钢才能够彻底摆脱两期技改带来的沉重压力和结构性矛盾，重新获得主动权，迈向新一轮的良性循环。

适应新常态，砥砺战“寒冬”。形势严峻，时不我待，要让思路和措施尽快转变成行动和现实。钢铁“寒冬”下，时间就是效益，市场形势瞬息万变，只要善于抓住机会，就能够赢得主动，就能够收获属于自己的精彩。2015年，全公司上下要坚持以成本控制、结构调整和产品升级为重点，以深化改革和管理创新为动力，积极发挥市场和考核的双重导向作用，不断优化资源配置，持续培育竞争新优势，坚定不移地打赢扭亏增盈攻坚战。全公司要齐心协力，全力拼博，确保在全力打造中国一流钢铁企业进程中，砥砺前行，再创新业绩。

2015年1月1日

新常态下要有新作为

本报评论员

集团公司二届九次职工代表大会，是凌钢在钢铁行业面临极端困难形势的新常态下召开的一次重要的会议。钢铁行业运行极度困难，市场竞争更加激烈，钢铁企业的高产量、高成本、低价格、低效益、严环保的“两高两低一严”特点将更加突出，企业生产经营正面临新的严峻挑战。

新常态下要有新作为，才能适应新常态，赢得生存与发展的空间和时间。职代会报告中从宏观上明晰了凌钢的新作为，要做到“四个转变”：在产业结构上，由过去单一的钢铁主业，向以钢铁为主业与非钢产业协同发展转变；在产品结构上，由过去的单一普钢为主，向普特并重转变；在发展方式上，由过去的规模速度型增长，向质量效益型增长转变；在发展动力上，以增量扩能为主，向调整存量与做优增量并存转变。只有实现了这四个转变，才能够全面促进企业转型升级，凌钢将钢铁主业打造成中国一流钢铁企业，逐步将凌钢培育成为多元产业和钢铁主业协同发展的大型综合性企业集团，实现跨越式发展的目标才能实现。

新常态下要有新作为，我们必须分秒必争，主动出击，才可能发挥新作为应有的优势和作用。同样的方法和手段，今天做了是在“增高”，明天做了可能就是在“补漏”，在这样的差异中，我们不能再丧失一次又一次的创效机会，只有牢牢把握住机会，才能赢得生存的主动权。

新常态要有新作为，需要进一步创新体制机制，巩固和加强管理优势，激发内在动力与活力。积极推进内部市场化改革试点工作，探索应用市场化手段解决生产经营、人事分配等各类问题的办法；继续深化用人机制改革，注重培养人才、留住人才、用好人才，要加快专业技术人员职务设置及评聘管理办法的实施，给专业技术人员开辟成长成功的“双通道”，大力培养凌钢自己的专家队伍。要进一步强化成本控制管理，提高产品市场竞争力，努力增加效益。要全力以赴开展“普转特”工作，尽快将三期技改的装备优势转化为创效优势。要充分发挥集团化运行优势，积极开展创业与创效，努力做大做优非钢产业。要充分发挥民主管理优势，坚持依靠职工办企业，努力构建和谐凌钢。

新常态下要有新作为,就要在具体工作上发挥自己的聪明才智,创造性地开展工作,尽心尽力,尽职尽责。在凌钢强大的领导班子的带领下,在中国经济的新常态下,在钢铁行业的严冬中,杀出一条血路,逆境突围,开创属于凌钢的更加美好的未来。

2015 年 2 月 11 日

凌钢的利益高于一切

本报评论员

面对持续恶化的钢铁市场形势，面对新常态下的新格局，如何戮力同心应对当前严峻形势，成为摆在凌钢人面前的新课题，市场不相信眼泪，竞争不同情弱者，我们要高擎凌钢的利益高于一切的理念，全面提升经营管理水平，走出一条有自己特色的逆境突围之路。

高擎凌钢的利益高于一切的理念，首先要明确当前面临的形势。目前螺纹钢、带钢、圆钢的价格全线走低，较之去年同期出现了崩溃式的下滑，这种变化远远超出预期，钢铁的寒冬真正到来了，凌钢到了求生存的关键时刻。年初确定的降成本目标已经不能适应当前的严峻形势，必须要掀起新一轮的降本增效高潮。

高擎凌钢的利益高于一切的理念，需要把思想解放的更彻底一些，降成本的步伐迈得更大一些。严酷的形势需要的是打破常规，要用开创性的思维去处理和解决面对的艰难险阻。尽管前两个月我们的降本增效达到了预期目标，但是要看到，内部降本远远赶不上市场的急转直下，生产经营陷入极其被动的局面，必须要在经营上下一番苦功夫，勇敢地站在市场的最前沿，率先迎接挑战，我们才有可能渡过难关。

高擎凌钢的利益高于一切的理念，就要坚定信心奋力一搏，在钢铁新常态下永不言败，增强危机感、责任感、紧迫感，时间不等人，机会稍纵即逝，凌钢人不能坐以待毙，要站在凌钢生死存亡的高度做好各自的工作。要改革营销体制，研究营销策略，创新营销方法，研究政策导向，把握市场走势，严格规范经营，优化环节细节，一切工作都要遵循只要有利于企业当前利益，只要有利于企业长远发展，只要能经得起历史考验的原则来展开。

艰难磨斗志，实干见精神。要认识到，在生产经营过程中每天都是攻坚战，每个岗位都是排头兵，在这场事关凌钢生死存亡的战役中，每个凌钢人都要积极参与其中，只要上下齐心、奋发有为、敢于担当、勇于突破，目标就一定会实现。

2015 年 3 月 9 日

夺取凌钢转型发展新胜利

社　论

在认真贯彻落实党的十八大、十八届三中、四中全会精神、习近平总书记系列重要讲话精神和中央“四个全面”重大战略布局的重要时刻，在努力适应中国经济新常态、钢铁行业新趋势的关键时期，中共凌钢集团公司第三次代表大会胜利召开了。这是一次继往开来的大会、团结奋进的大会、凝心聚力的大会。大会全面总结过去7年来凌钢深化改革、发展壮大和党的建设取得的辉煌成绩，描绘了凌钢未来5年改革发展的奋斗目标。蓝图绘就，重任在肩，广大干部职工要在集团公司第三（次）党代会精神指引下，奋力夺取凌钢转型发展的新胜利。

夺取凌钢转型发展新胜利，必须做精做强钢铁主业，努力把钢铁主业建设成为最具竞争力的精品棒线材基地，打造中国一流钢铁企业。做精做强钢铁主业，要做到5个坚持，坚持加快产品结构调整，确保市场竞争力持续提升；坚持推进改革创新，确保企业内生动力持续提升；坚持打造竞争优势，确保企业发展底蕴持续提升；坚持推进科技进步，确保企业创新实力持续提升；坚持推进绿色发展，确保生态文明水平持续提升。做精做强主业，是凌钢向最具竞争力的大型综合性企业集团迈进的重要支撑。

夺取凌钢转型发展新胜利，必须发展壮大非钢产业，形成集团重要的效益增长点和支撑点，营业收入达到200亿元以上。做好现有存量，全面提高创效能力。现有的新材料、新能源、机械制造、化工、金融业务及矿产资源要与行业的尖端技术、高端市场相对接，快速打通制约创效发展的关键性环节，加快把资源和产业优势转化为创效优势，使之迅速成为凌钢新的效益增长点。加快扩大增量，全面提高创业能力。紧紧抓住大众创业、万众创新有利机遇，围绕国家鼓励支持的战略性新兴产业，充分利用并购基金和证券主板、新三板市场等平台，积极寻找互联网+、商贸、物流、金融等行业的契合机遇，在风险可控前提下，开展多元化经营，加快培育壮大凌钢新的效益增长点。发展壮大非钢产业，这是凌钢谋求更大发展的必由之路。

夺取凌钢转型发展新胜利，必须适应新形势新要求，全面加强基层党组织和党员队伍建设，提升党建工作科学化水平；全面加强宣传思想政治工作和企业文化建设，为企业改革发展提供思想保证、精神动力和文化支撑；全面加强领导班子和干部队伍建设，为企业改革发展提供坚强的组织保证；全面加强党风建设和反腐倡廉工作，为企业改革发展提供强有力的纪律和作风保障；全面加强对群团工作的领导，持续凝聚起推动企业改革发展的强大力量。

夺取凌钢转型发展新胜利，必须凝聚起全公司各级党组织、广大党员干部和全体职工的智慧和干劲。要以十八大以来党的各项方针政策为指导，紧紧围绕凌钢改革发展总体目标，进一步强化危机意识、市场意识、责任意识、依法治企意识，积极投身企业改革发展，明确责任，敢于担当，奋发进取，扎实工作，全面深化改革创新，加快推进转型升级。努力使凌钢在困境中突破，在逆境中崛起，实现持续健康发展。

以中共凌钢集团公司第三次代表大会为标志，凌钢站在了新的历史起点上。面对新的形势、新的任务、新的挑战，全公司各级党组织和广大党员干部，要在新一届党委的坚强领导下，紧紧围绕凌钢改革发展总体目标，万众一心，奋发进取，扎实工作，奋力夺取凌钢转型发展新胜利，为把凌钢建设成为最具竞争力的大型综合性企业集团而努力奋斗。

2015 年 6 月 12 日

热烈祝贺凌钢股份非公开发行股票申请获证监会审核通过

本报评论员

2015年9月16日，注定将成为载入凌钢史册的日子。在这一天，凌钢股份2015年度非公开发行股票申请，通过了中国证监会发行审核委员会审核。这标志着凌钢在近期将收到中国证监会的书面核准文件，随即实施非公开发行股票，并将一次性募集资金20亿元。这是凌钢继2012年在股市通过债券融资15亿元之后，再次叩开了资本市场的大门，也是凌钢有史以来最大的一笔一次性融资。这是在股票市场动荡起伏、钢材市场持续低迷严重不利形势下的一个来之不易、振奋人心、鼓舞士气、壮志扬威的大好消息。我们对凌钢股份2015年度非公开发行股票申请在中国证监会发行审核委员会审核通过表示热烈的祝贺！

凌钢非公开发行股票的审核通过，是凌钢决策层高瞻远瞩的顶层设计、雷厉风行的果断决策和业务部门及时出击、百折不挠、科学运作的结果。发行方案自2014年11月开始酝酿，经过紧锣密鼓地与券商沟通，12月22日凌钢股份股票停牌，非公开发行股票工作正式启动。相关领导和部门多次飞赴北京、上海向投资者推荐路演，最终确定了华富基金、宏运资本和广发基金三家公司作为认购对象。2015年2月1日，董事会第三次会议审议通过方案，决定融资20亿元，全部用于偿还银行贷款。3月10日，向证监会报送申报材料。3月17日，收到证监会《行政许可申请受理通知书》。在历时10个多月的时间里，参与这项工作的公司领导和相关部门人员，用高超的智慧、顽强的作风和忠诚凌钢的敬业精神，殚精竭虑，不分昼夜，不辞辛苦，向投资者路演推荐，向省市政府、国资委汇报沟通，争取支持，向证监会报送材料，反馈意见，做了大量艰苦细致、卓有成效的工作。特别是在一些重要的节点上，我们工作到位、准确及时、分秒不差地完成了工作，如果稍有延误，将会前功尽弃。在大家的共同努力下，在上级政府的大力支持下，我们最终顺利地获得审核通过。

凌钢非公开发行股票的审核通过，是证监会、证券公司、投资者及资本市场对凌钢高度信任和认可的结果。多年来，凌钢始终坚持依法经营、规范经营、诚信经营，不断推进机制创新、管理创新和科技创新，大力实施转型升级、降本增效和“普转特”工作，积极加大节能减排投入，努力构建资源节约型、环境友好型企业。在取得了较好经营业绩的同时，企业综合实力、社会知名度和影响力也明显增强，得到了资本市场的广泛认同。此次非公开发行股票的认购及发行审核，是我们经历了前所未有的股市动荡、股市政策多次调整，特别是在钢铁行业持续低迷的严峻不利形势下通过的。募集资金投向全部用于偿还银行贷款，这是目前钢铁行业的唯一一家，也进一步提升了凌钢的整体形象。没有证监会和资本市场对凌钢的信任和认可，此次非公开发行将无法完成。

凌钢非公开发行股票的审核通过，对于凌钢战胜当前困难、走出困境、实现扭亏为盈具有不可替代的重要作用。本次非公开发行完成后，可以募集到资金20亿元，全部用于偿还银行贷款，这将大大优化公司的资产负债结构，降低财务费用和经营成本，缓解流动资金压力，为凌钢平稳安全渡过钢铁"寒冬"提供了坚强有力地保障。下一步，我们要把这笔来之不易的资金科学合理地统筹好、规划好、使用好，使其发挥出最大的作用，转化成最大的效益。

凌钢非公开发行股票的审核通过，对于我们深入贯彻落实中共中央、国务院《关于深化国有企业改革的指导意见》，加快把凌钢建设成为最具竞争力的大型综合性企业集团具有十分重要的意义。此次非公开发行，为钢铁企业持续健康稳定发展做出了积极的探索。对于我们努力适应和引领新常态，进一步深化改革创新，加快形成股权结构多元，发展混合所有制经济，加快多元产业协同，加快推进"普转特"，尽快实现转型升级，做强做优做久凌钢，都必将带来意义深远的重大影响。

凌钢非公开发行股票的审核通过，将进一步提振广大干部职工战胜当前困难、走出经营困境、实现扭亏为盈的信心。当前的钢铁市场形势依然十分严峻，行业运行十分艰难。我们要大力弘扬在此次非公开发行股票过程中体现出来的忠诚凌钢、奉献凌钢、锲而不舍、百折不回、攻坚克难、决战到底的精神，把这种精神化作我们战胜困难、走出困境、实现扭亏为盈的强大精神动力，鼓舞士气，激发斗志，扎实推进改革创新，全面加快转型升级，努力做好各项工作，促进凌钢实现新的更好的发展。

2015 年 9 月 18 日
第 1743 期

转型发展铺新路　逆境突围壮精神

本报评论员

金秋十月，凌钢非公开发行股票通过审核，无疑是凌钢人为祖国生日献上的最好祝福，她展现出了凌钢人转型发展铺新路的豪情，逆境突围壮精神的品格。

当前钢铁形势依然严峻，积极谋求企业的转型发展是当务之急，这是确保把凌钢建设成为最具竞争力大型综合性企业集团的根本。今年凌钢在成本降低、指标改善上遍地开花、高歌猛进，实现了年初的降本目标。这是一种精神，更是一种凌钢人面对逆境不甘落后的品质。在品种钢开发上，一批具有市场竞争力的优势品种开始投放市场，“普转特”战略迈出了坚实的一步。

成绩固然可喜，形势不容乐观。要深刻认识钢铁新常态必将要持续相当长的时间，要做好打持久战的准备。在非公开发行股票过程中体现出来的忠诚凌钢、奉献凌钢、锲而不舍、百折不回、攻坚克难、决战到底的精神，是凌钢现在和今后一段时间战胜困难、走出困境、实现扭亏为盈的强大精神动力。做好明年的各项工作就需要用这种精神做引领。明年的工作必须要高起点、高标准、严要求，要向行业先进的民营企业学习，全方位对标，降本增效措施一定要围绕技术进步来开展，要认识到凌钢在新材料等领域运用得远远不够，要立足行业前沿，放眼行业高端，努力成为本行业先进性的引领者和实践者。

要实现凌钢的转型发展，就要用创新和求变的思维看待当前的经济形势，从而走出一条逆境突围之路。要看到在认识、适应、引领新常态的当下，传统行业转型升级步伐加快，程度加深，新一代信息技术与制造业深度融合，正在引发影响深远的产业变革。当前，“互联网＋钢铁”是钢铁行业生产经营模式的新趋势。未来钢铁电子商务的目标应是寻求从量变到质变的飞跃，并逐步形成成熟的商业模式。凌钢要抓住这一时机，在新一轮竞争中赢得先机，在做精做优钢铁主业的同时，迈出转型发展的新步伐，在能源化工、新材料等领域奠定自己的优势地位，把凌钢建设成为产品定位高端、竞争优势明显、发展势头强劲的大型综合性企业集团。

十月是祝福的季节，祝福祖国蒸蒸日上，祝福凌钢伟业鹏达，在打造中国一流钢铁企业的征途上乘风破浪。

2015 年 10 月 1 日

外宣篇

中国冶金报
人民日报
辽宁日报
朝阳日报
CHAOYANG RIBAO
中国移动网 到处'听''说'好
强化管理创新 挖潜技改配套
凌钢逆势而上实现历史性突破
年销售收入超百亿 钢产量超三百万吨
凌钢报
LING GANG BAO
国家统计局授予凌钢行业百强企业牌匾
公司经理宋士田获全国百强优秀经理殊荣

群众运动　威力无穷

——凌源钢铁厂党委依靠群众的智慧和力量，在短时间内修复了沉睡13年的一号高炉

凌钢通讯组

凌源钢铁厂党委认真贯彻落实“鞍钢宪法”，大搞群众运动，自力更生，艰苦奋斗，又快又好地修复了沉睡十三年之久的百米一号高炉，炼出了铁水，为钢铁工业的发展和工农业生产建设贡献了新的力量。

凌源钢铁厂百米一号高炉是1958年“大跃进”时兴建、投产的。1961年由于受客观条件限制和修正主义路线影响，被迫下马。1970年以后，曾对它检修几次，但因停炉时间较长，炉体损坏较大，加上技术力量不够得力和备品配件一时难以解决，没有修好。今年，中央两报一刊元旦社论《新年献词》发表后，钢铁厂党委组织全厂职工认真学习，反复讨论。元旦社论指出：“工业战线要抓紧基础工业，加快原料、材料、燃料、电力工业的步伐，促进钢铁和整个工业的发展。”钢铁厂党委认为，以农业为基础，工业为主导，钢铁工业只有加快生产，多炼钢支援社会主义建设，才能起到主导作用。凌源钢铁厂党委决定从2月份重新修复百米一号高炉，组织抢修大会战，向高炉要铁，并把检修任务交给了炼铁车间。炼铁车间工人听到这个消息，个个摩拳擦掌，决心让高炉流出铁水，为社会主义建设事业作出贡献。

2月3日，炼铁车间成立了由工人、干部和技术人员参加的“高炉抢修会战指挥部”，一场抢修百米高炉的大会战打响了。这个厂党委成员和炼铁车间党总支领导成员带领工段长和技术人员，亲临炉旁，对整个高炉系统设备全面调查研究，逐个摸清了需要检修的项目，迅速制定了检修方案。

检修过程中，厂党委成员和炼铁车间党总支成员广泛发动群众，坚持执行艰苦奋斗、自力更生的方针，攻克各种难关。承担671个皮带托轮和80个挡轮检修任务的只有两名学徒工和6名上料工。这项检修工作量大，任务艰巨，维修工具不足。共产党员、工段长朱贵同志就把家里的一些自用工具拿来使用。上料工人白玉明到废铁堆里找来4个破斧头，修理修理，安上把继续使用。缺乏维修技术，工人们发挥集体智慧，边研究，边实践，只用20天时间全部完成了任务。高炉系统检修，其中有13台水泵需要大修。钳工班的几名老工人和一名徒工承担了这项任务。他们昼夜奋战，用17天就修好了。另外还修了四五百公斤重的8

个大阀门、两个逆水阀。在检修中，工人们的智慧、才能得到了充分的发挥。有一台两英寸真空泵发生了故障，由于没有说明书，致使长时间不能修复使用。这次，工人们决心把它修好，发挥作用。检修中，一名老工人积极开动脑筋，反复琢磨，认真研究，闯过了难关，一次试车，一次成功。热风班长带领两名新工人，不怕困难，爬上二十多米高的热风炉，修炉顶，砌人孔砖，瓦工、焊工、钳工的检修任务他们全部承担了。水冲渣池年深日久，堆积了400多立方米的渣，在老工人带动下，原料三班8名同志不怕天寒地冻，努力作战，仅用4天时间，就把水冲渣池清理得干干净净。电工班、炉前工段的工人们为高炉早日出铁，也是个个鼓干劲，人人争上游。

检修会战中，这个厂的党委成员和炼铁车间党总支成员，亲临现场指挥，和工人一起检修设备；技术人员和工人们一起研究，一道战斗；生产服务部门努力配合，只用一个月时间，就提前完成了全部检修任务。

上料车有规律地把一批批矿石、焦炭投到炉内，出铁口奔流出一股股赤红的铁水，充分显示了贯彻“鞍钢宪法”，大搞群众运动的巨大威力。广大职工表示：在“鞍钢宪法”指引下，再加一把劲，降低焦比，提高高炉利用系数，多出铁，出好铁，为社会主义建设作出更大的贡献。

原载于1973年3月22日《朝阳日报》

钢花飞溅

——访凌源钢铁厂炼钢车间

梁海暄　李　海

凌钢，这个新兴的小钢铁企业，在毛主席革命路线指引下，从无到有，从小到大，呈现出生机勃勃、奋发向上的喜人景象。最近，我们访问了这个厂的炼钢车间，留下了非常强烈的印象。

沸腾的车间

在大干红五月的日子里，整个炼钢车间沸腾了。宏伟的车间厂房墙壁上，“鞍钢宪法万岁!”的大字横幅标语，光彩夺目；厂房旁，高大的龙门吊车挥舞着钢臂，电瓶车来往不停；车间里，炉火熊熊，钢花四溅，机械的轰鸣声，雄壮的出钢钟声，以及工人们挥锹舞钎战烈焰，鼓足干劲争上游的动人场面，展现出钢铁战线的广大职工，为革命多炼钢、炼好钢，甘愿吃大苦、流大汗的精神面貌。

我们来到车间的时候，一炉合金钢就要炼好了，工人们正忙着做出钢的准备工作。突然，钢水包里的芯子砖被烤裂了。只有马上排除故障，才能保证按时出钢。钢水包温度高达八九百度，作业面只能容纳一个人，干活条件非常艰苦。

这是一场惊心动魄的战斗！吊包班长张彬，这个旧社会苦难深重的贫农儿子，为了多炼钢、炼好钢，平日从来不怕辛苦、不畏艰险。在这关键时刻，又是他带领工人投入紧张的战斗。工人董宪富抢先钻进了钢水包，滚滚热浪呛得他喘不过气来，胶底鞋烤化了，衣服冒烟了，汗水一个劲地淌，可是他一直坚持干下去。为了紧密配合董宪富的作业，张彬沉着地扶正钢水包芯子，工人孙清紧握压把。时间一秒一秒地过去了，张彬一把拉出董宪富，亲自钻进钢水包。在严峻的考验面前，张彬心不慌、手不抖，把新换上的芯子正了又正，把螺丝紧了又紧。十分钟后，一个合格的钢水包芯子安好了。“当！当！当!”出钢的钟声响彻整个车间，一炉合金钢按时出钢了。通红的钢水冲出了电炉出钢口，怒放的钢花映红了工人的笑脸。

电炉工人满怀胜利的喜悦，向我们介绍了迎接红五月的战斗情景。

今年四月，工人们意气风发，斗志昂扬，决心用优异成绩迎接红五月的到来。维修工人对设备勤检查、勤维护，装料工人精心选料，各班组都为电炉生产创造良好条件。中旬，电炉乙班班产三炉钢的喜讯传开了，听到这个消息，甲班班长刘玉祥立即找工人们研究措施，工人们表示：为革命多炼钢，我们决心争上游，他们采取有效措施，第三天就赶上了乙班。甲、乙两班产量的提高，激发了丙班工人的劳动热情，班长宋臣，带病把全班工人叫到一起商量赶上去的办法。整个车间形成了你追我赶、互相协作的竞赛热潮，创造了月产 1622t 钢的历史最高纪录。

重要的转折

看到炼钢车间大干苦干的劲头，我们和车间领导班子成员细唠起来，他们深有体会地说：执行了毛主席革命路线，我们车间才有今天哪！

那是 1972 年的事，炼钢车间的工作还处于被动状态，企业管理没有走上正轨，亏损局面一直没有扭转。

3 月份，党支部书记于绍铎和车间副主任宋士田等参加了上级召开的会议。几天的会议，使这些有丰富实践经验的车间干部心情很不平静。他们反复地琢磨着，为什么钢产量不能大幅度上升，始终对国家贡献不大？为什么生产中明知道企业管理重要，而又不去抓管理？他们想来想去，觉得根子还是“反革命修正主义路线”的影响，怕生产抓多了犯“生产第一”的错误，怕企业管理抓多了犯“业务挂帅”、“管、卡、压”的错误。这次会议对他们教育很深刻，使他们深深感到，中国革命和世界革命的大好形势，要求我们尽快地提高钢产量，我们可不能坐井观天，看不到全局呀！只要认真贯彻执行毛主席的革命路线，我们车间的生产就一定能上去！

回到车间，他们组织领导班子成员总结几年来的经验教训，结合实际情况，学习毛主席的有关教导，深入批判一类骗子鼓吹的“生产第一”、“业务挂帅”和用资产阶级政治冲击无产阶级政治，妄图破坏社会主义建设，复辟资本主义的罪行，使领导班子成员路线觉悟有了显著提高。在这个基础上，他们从党内到党外，从干部到群众，展开了分清路线是非的大讨论。工人们说：我们钢铁工人不多炼钢、炼好钢，说为革命多作贡献，那只是一句空话。领导怕这怕那，难道就不怕我们老戴着亏损帽子，拖国家建设的后腿吗？工人群众的尖锐批评，几年来的经验教训，使领导班子进一步认识到了加强党对经济工作领导的必要性。紧接着，党支部组织全车间职工反复学习鼓足干劲、力争上游、多快好省地建设社会主义的总路线，深入开展革命大批判，振奋了干部、群众的革命精神，坚定了必胜的信心。由于领导班子成员深入实际，带头大干苦干，一个多炼钢、炼好钢的热潮掀起来了。结果提前 81 天完成了全年国家计划，变亏损为盈余。

可喜的变化

在炼钢车间，人的路线觉悟不断提高，企业面貌不断改变。

我们仰望着巍然屹立的绝热帽口干燥窑大烟囱，它那高大的身躯是用43节废旧铁桶焊接成的，上面还补着很多补丁。在它身上，不知工人付出多少辛勤的劳动和汗水呀！设备维修工段的同志们告诉我们，原来，干燥窑是在厂房外面用木杆子支撑的一个棚子，雨季漏雨影响生产。车间领导和工人们一起动手，在厂房里新建了干燥窑。建成后，急需解决烟囱的问题，等有关部门给建，需花一两千元钱，时间还得拖长。为了抢时间，争速度，铆电焊工人早来晚走，星期天宁可不休息，从废料堆里找来铁桶铁板，一块一块地卷，一点一点地焊……25m高的大烟囱焊接起来了。如何把它立起来？又是一个难题。找安装部门给立得花一千多元钱，不行；借坦克吊往上吊，作业面小，也不行。铆电焊班的老工人杨文宝和大家一起商量，在厂房顶上立了个架子，用绞磨做动力，只用一天多时间，就把这个庞然大物立起来了。

高大的龙门吊吸引着我们问长问短。那还是今年年初，龙门吊的电气安装和轨道铺设工程停下了，料场装料还是体力劳动。是等，还是干？工人们说：这项工作虽然不是我们的本职工作，但为了加快步伐，分外的事我们也要干。电工班副班长周立光，带领几名工人承担了电气安装的任务。送电线路乱得找不出个头儿，他们就一根一根从头找；时间不够用，他们就下班后也干，星期天也干。铆电焊班和电工班一样，为了尽快把吊车轨道焊接好，有时一干就到深夜。铺设轨道的时候，全车间人都动员起来了，齐心协力，把26m长的铁轨铺设完毕。就要准备试车了，但沉重的龙门吊还在铁轨坎下，他们就想办法给龙门吊底部造了个斜坡，像赶大车似的把龙门吊赶上了双轨，使这个高15m、跨度25m的单臂龙门吊在生产中发挥了巨大作用。

我们走遍了炼钢车间的里里外外，看到了那些用废旧材料制成的储运油罐、化铅锅、取样勺、炉材排烟设备、干燥室引用废气加热、回收再用的石棉绳、钢锭余热烤包，无不为之感动。在这里，到处都闪烁着工人群众自力更生、艰苦奋斗思想的光辉，了解这个车间过去的人，都会深深感到，这是个可喜的变化。

智慧的结晶

每当谈起炼好钢、夺高产的体会时，炼钢车间职工总想说说提高电炉生产水平的战斗历程。

过去，电炉的炉盖圈经常漏水，直接影响正常生产。党支部组织工人多次召开“诸葛亮会”，技术人员反复查阅国内外有关资料，通过反复试验，最后把炉盖水冷部分改在炉壳外，焊缝在外，保证了正常生产。

炉盖圈漏水的问题解决了，新的问题又出现了。上电极，要登上烈焰扑面的电炉顶，坚持一分钟就是一身汗，每换一次就得停电十分钟，工人们管这叫“上火焰山”。能不能闯过这个“火焰山”？工人们坚持实践第一的观点，设计、改革了风动卡头，实现了电极调整自动控制，又按电极的形状，在地下挖了个深坑，更换电极时可以用天车把电极吊下来，把事先准备好的电极吊上去，这样既实现了地面作业，又节省了换电极时间，提高了电极质量。工人们深有体会地说：用毛泽东思想武装头脑，就没有闯不过去的“火焰山”。

为了优质、高产，工人们发挥了积极性和创造性。他们利用优选法，科学地掌握渣量和出钢量的比例，摸索冷压块、热压块对配碳不同影响的规律，合理配料，使电炉的产量由 10t 提高到 11t。出钢量增大，原来的钢水包就装不下了，他们就将钢水包接高 150mm，为多炼钢创造了条件。

“灿烂的思想政治之花，必然结出丰满的经济之果”。经过广大工人、干部和技术人员的努力，这个条件很差的炼钢车间，到今年四月份，电炉利用系数达 24.2，比去年同期提高 6.3，钢锭成本比去年同期下降 5.28%，跨进了全区优质高产先进单位的行列。

我们就要离开炼钢车间了，这里的干部、工人满怀信心地说：学大钢，我们找到 5 个方面的差距，研究了石墨渣保护浇铸、薄渣吹氧、铁水炼钢、变压器油冷等 6 个方面的措施，决心多炼钢、炼好钢，为中国革命和世界革命作出更大贡献。

前进吧！英雄的钢铁工人，新的胜利在等待着你们。

原载于 1973 年 6 月 6 日《朝阳日报》

众志成城

——记凌钢建设一期工程会战

梁海暄

凌钢一期工程会战的进军号角，已经吹响快两个年头了。两年来，在毛主席革命路线指引下，参加会战的广大工人、干部、工程技术人员和人民群众团结一心，紧密配合，闯过了一个个难关，赢得了一个个胜利，用自己的聪明才智和辛勤劳动，换来了凌钢日新月异的巨大变化。国庆前夕，我们访问了参加会战的部分单位，喜看了英姿宏伟的竖炉车间，钢花飞溅的自制电炉，精心施工的制氧工程……所见所闻，令人深感凌钢一期工程的基本建成，是一曲众志成城的壮丽凯歌。

（一）

“批林整风”、“批林批孔”的强劲东风，揭开了凌钢一期工程会战的蓝图，吹绽了工业学大庆的又一枝新花。

建设凌钢一期工程，光竖炉、转炉、电炉、制氧、锻钢等重点工程就十几项，工程量大，工期短，施工力量、材料设备不足，任务十分艰巨。

急需设备180多台从哪来？全区22个厂矿企业的职工胸怀全局，主动承担，组织力量昼夜加工，积极赶制。8台成球盘、圆盘给料机、5t电炉外壳等主要设备的制造任务，刚一下达到朝阳重型机器厂，厂领导班子立即讨论研究，和工人一起投入精心制造的战斗。生产成球盘，缺3台新型号电动机不能配套。没有配套的电动机，他们就突破定型产品的框框，几次修改设计方案，用老型号电动机代用，按时完成制造任务，电炉外壳要求在几个月内交货，但图纸还不合设计要求，工人们主动配合技术人员，夜以继日，协助厂方修改图纸，解决制造过程中的实际问题，加快制造时间。组装电炉工作量大，干部和工人就一起上阵，大干三天三夜。兄弟单位给会战设备配套急需减速机齿轮，他们就拿出自己也需要的齿轮，亲自送到兄弟单位。工人们说，为把钢铁搞上去，有活我们干，要东西我们给。二十多吨重的抛丸机，是北票矿务局总机厂承制的，提货时凌钢发去了自备车皮，没等去人，总机厂职工就把这个大设备运出厂，装上火车，及时发到会战现场。朝阳柴油机厂党委成员深刻认识到凌钢建设的重大意义，满怀豪情地带领职工在完成自己承制的设备外，积极承担了会战所需的全部锻件，为设备配套作出了贡献。一些县、社企业单位，厂小志气大，认真完成所分担的设备制造任务，送货到门，支援会战。经过一年多的艰苦奋战，会战设备陆续交货，有的已投入生产。

几亿元投资的工程量由谁来施工？朝阳第二建筑工程公司、省工业安装公司四处一队和二处二队、凌源钢铁厂大修队的职工，当地部分社队的贫下中农、学校师生，纷纷云集凌钢，两千多人的会战大军用最快的速度集中起来，安顿完毕，投入了土建和安装的大会战。

大量的建设物资如何调运？地区物资局、凌钢基建处设备材料科职工，在地区物资局长王立增同志带领下，同各物资部门协同作战，积极串换调剂，组织货源，内挖外找，使所需物资源源运进凌钢，及时满足了会战需要。

设计、制图任务紧急，人员不足怎么解决？省冶金设计院、朝阳建筑设计院的设计人员昼夜兼程，奔赴凌钢，协同凌钢设计室和从全区各厂矿抽调的设计人员一道赶制图纸。人员不足，他们就少休息大干苦干；经验不多，他们就下楼出院，深入工人群众之中，结合实际修改设计，提高设计水平。

共产主义风格大发扬，团结胜利谱新歌。过去，人们说“土建、安装两家是打不清的官司扯不清的皮”。如今，他们团结战斗，互相支援，成了并肩前进的战友。会战中，无论是甲、乙，还是来自哪个地方、战斗在不同的岗位，想全局，让方便，同心协力的高尚风格举不胜举。工地上，无论是第一线的哪个工种，还是后勤服务、工程技术人员，互相学习、取长补短，争挑重担的动人事迹层出不穷。工人们高兴地说：我们是众志创新业，携手建凌钢啊！

（二）

施工的道路不是平坦的，困难一个接着一个地出现。然而，用马列主义、毛泽东思想武装起来的工人和参加会战的人民群众，却赢得了一个接一个的胜利捷报。

今年四月，辽安四处一队的工人正打竖炉安装歼灭战。竖炉主体安装时整个竖炉安装的第一个关键。第一天，工人和干部制定了安装40多根横梁、16根斜柱子的日计划。已经是下午三点多钟了，才安装12根斜柱子。第一天的任务能不能完成？领导心里没底，人们都很担心。然而，英雄的安装工人从来没向困难低过头，他们坚定地表示，我们有当天任务当天完的传统，没有留给第二天的习惯。夜，已经来临了，竖炉工地灯火通明，焊花飞溅，被驯服了的一根根横梁、斜柱按照工人们的调遣，稳妥就位，宣告了首战告捷。第一天的施工是高标准高质量的一天，但工人们并不满足，又提出把单件吊装改成整体吊装的方案。他们把横梁、立柱、炉体铁皮在地面上焊接起来，进行整体吊装。要把三四吨重的大件——吊装在5m多高、作业平台只有1m多宽的高空，这给没有大型起重设备的起重工带来的困难是可以想象的。但工人们却说，困难面前，方显中国工人的英雄本色。

炉体安装刚刚结束，两对斜桥开始吊装。单、双斜桥是长二三十米，重十几吨的大铁架子。如何把这4个大件吊装在最高点15m多高的位置，工人们费了不少心思。当把双斜桥吊到最高点16m多的时候，出乎意料地被空中一根钢丝绳拦住，吊，吊不起，放，放不下，情况十分危急。在这关键时刻，起重工曹金利急中生智，一个箭步跳上斜桥，迅速向顶端攀去，随后景卫民也跟了上去。他们用尽全力将钢丝绳拨开，排除了障碍，使双斜桥安全就位。

工地上，“诸葛亮会”越开越热烈，老队长张和庭正同工人们一起讨论如何把高19m，最大直径4m，两头粗、中间细的一对大烟囱吊装在14m高的炉体上，要把一对这么大的家伙吊起来安装上，对于一个没有搞过竖炉安装的队伍来说，确实不是轻而易举的。困难，并没有难倒英雄的安装工人，他们发挥自己的聪明才智，通过科学鉴定，利用烟气管道的管子代替抱杆，首先把烟囱的大脑袋吊了起来。在那紧张施工的日子里，正赶上阴雨连绵，雷电交加，领导劝工人们停一停，工人们却说，小雨当流汗，大雨顶着干，誓为夺铁保钢作出新贡献。

困难锻炼了群众，群众战胜了困难，赢得了胜利。一千多吨的安装工程已告结束，宏伟的厂房，巍巍的炉塔，欢唱的马达，证明这样一条真理：“群众是真正的英雄”。

（三）

制氧站施工现场，红旗招展，一片沸腾。在这里，人们群情激奋，狠批“洋奴哲学”、“爬行主义”，破除迷信，解放思想，要在短时间内把从资本主义国家引进的1500m^3/h制氧机的土建和安装工程完成。工程设计先进，要求进度快、质量精、纯洁程度高。

土建，是一番艰苦的战斗。第一个难关，要在空压机、氧压机等4个大型机组基础下面，浇铸底部大上部小的钢筋混凝土柱114根，必须进行群桩爆破。朝阳第二建筑工程公司的职工过去从未进行过这样的施工，但他们深信，有毛主席的哲学思想，有群众的智慧和力量，就没有闯不过的难关。去年四月他们挥师进厂，五月初开工苦战，几天时间就拿出了三种群桩爆破施工方案，大干了一个星期，硬是用大锤砸出了第一批试验孔洞。但在装炸药时又遇上了孔中积水，工人们采用防水装药办法，经过几道工序，实现了一次爆破成功，三天三夜，群桩施工全部完成。第二个难关，是构件的预制和吊装。预制，缺木材，工人们就做定型模板，就地取材，巧用蒸汽养生，加快换板周转，制出了外形光滑、规格质量空前良好的构件。吊装，一根柱子就8t重，超高、超重，按规定吊起来就不能开车移动，但构件位置不当，不移动就不能就位。在这种情况下，二建公司、凌钢工人打破常规，吊起大件，开车移动，迅速就位，仅两天时间，就把全部厂房柱子立了起来。第三个难关，是砌砖。工期短，工人们大批促大干，争分夺秒；施工力量不足，一个人顶几个人干，架子工宁可少休息晚吃饭，保证瓦工干到哪，架子绑到哪，木工挑灯酣战，完成自己任务后帮助打混凝土，炊事员把饭菜送到现场；材料供不上，干部、工人齐参战，人抬肩扛送到现场；焊接4根19m高抗风柱，没平台，工人们敢想敢干，搭个木平台代替，弧光刺得眼睛又痛又痒，揉一揉，坚持干。一个个难关闯过来了，90天土建工程达到了安装条件。

安装，是一场为祖国、为中国工人阶级争光的硬仗。这套外国引进的洋设备，对方只给一年安装、一年试产的时间，设备是高速、低温设备，技术要求精确、无油、无尘、无水。安装这样的设备，辽安二处二队并没有经验。但工人们豪迈地说，外国能干的我们就能干，外国不能干的我们也要干。施工中，他们不迷信，不崇洋，氧压机、高转数空压机的一些部件不精密，他们动手磨研，重新加工；用带来的平垫铁设备振动，他们就改成斜垫铁；主轴和轴瓦接触不好，他们就把原来的线接触改成点接触；焊接冷箱小手指粗的合金管难度大，他们就走出去学，请老师傅来教，刻苦地练，终于用火焊进行了脱氧铜焊接；空压机扣盖要求不准有一点灰尘，借正下雨天连续作业。就这样，资本主义国家说的佛爷眼珠动不得的洋设备，被工人们改了又改，修了又修，经过试验证明，管道阀门、仪表运转一次成功，静止设备达到优良标准，转动设备振动、温度等均超过资本主义国家试车水平。

今天，凌钢建设会战尚未结束，凌钢人将以更加动人的英雄业绩，谱写凌钢建设史册的新篇章。

原载于1974年9月28日《朝阳日报》

凌钢之路

梁海暄

在辽宁西部大凌河畔，努鲁儿虎山坳，一座大型钢铁联合企业正在崛起，带动着不发达的朝阳山区摆脱贫穷落后的面貌。

说起来，凌源钢铁公司已有三十多年的历史。但三十年间，她坎坎坷坷，直到中共十一届三中全会后，凌钢才算真正崛起。

国家和地方政府十分关注凌钢，给予她人、财、物上的巨大支持，如今她已经取得了令人瞩目的突破性进展：登上了年产 35 万吨的新台阶。

她靠的是“自我积累、自我改造、自我发展、自我壮大”，走的是这种被人们称为的“凌钢之路”。

凌钢要发展，面临两种战略选择：看摊守业，没有风险，可以舒舒服服过几年太平日子，但是只能在“小庭院”里兜圈子；自我积累、负债经营，会冒很大风险，搞得好，可以抓住机遇，迅速崛起，搞不好，债台高筑。怎么办?

出于对国家、对企业高度负责的使命感，他们对企业内部条件、外部环境进行科学分析，权衡利弊，经理宋士田拍板定案：“国家需要钢！朝阳地区有煤、铁、电力资源，我们的企业管理水平和职工队伍素质有很大提高，又有上级的大力支持和改革开放的好形势。我们要体谅和分担国家的困难，主动出击!”

凌钢靠自我积累、树立起投资主体意识，14000 名职工的心凝聚得很紧很紧。1989 年 7 月，听说建设资金紧张，许多职工家庭建设从简，该买的不买了，短短十天时间，就集资两百多万元，缓解了工程用款；在制氧设备安装工程中，凌钢氧气厂拿出一半的生产骨干进入现场，主动配合施工；在 20t 转炉收尾会战中，一声号令，13 个分厂两百多名职工组成的突击队 4 个小时就开进了现场。领导现场办公，站着开会，就地解决问题，食堂、医院办在现场，宣传鼓励到一线，昼夜奋战，提前一年开炉生产。

钢铁生产不能搞“无米之炊”，凌钢正是抓住了这个“牛鼻子”，超前发展矿山，建立了牢固稳定的原料基地。

朝阳市群山连绵，铁矿资源丰富，已探明的藏量达四亿多吨，但矿点分散。凌钢采取了“企业投资，群众办矿”的方案，无偿拿出 5 千万元资金，扶持朝阳、北票、凌源、建平、喀左五县办矿，投产后，以平价向凌钢供应矿粉。

凌钢扶持各县办矿，调动了当地政府和农民的积极性，使矿山建设展现出不同寻常的优势。

建设速度快。一个县对得到上千万元投资十分珍惜，抓矿山全力以赴；征地、劳力、工农关系等这些企业最棘手的难题都迎刃而解；五座矿山相继在两年内建成投产，建设周期缩短一半。

投资省，成本低。矿山工人来自本乡本土，后勤、生活服务设施投资少；劳力资源丰富且价格低廉；利用民采矿石，每吨成本降低十几元。

社会效益好。凌钢改扩建工程的辐射作用和五座县矿的核心作用，很快带起朝阳市乡镇24座小矿山。采矿、选矿、运输一条龙生产销售。吸收了一两万农民大军，“办了一矿，富了全乡”。

凌钢还和山西省忻州市联建了焦化厂，凌钢投资一百万元并提供技术指导，忻州焦化厂每年以协议价格供应凌钢3万吨焦炭，使炼铁生产有了充足的热能。

这项彼此促进、配套发展的有力措施，为凌钢的崛起奠定了坚实的基础。原定5年建设工期大大缩短，喜讯相继传来：

1987年12月8日，凌钢朝阳焦化厂推出第一炉焦炭；

1988年3月7日，300m^3高炉出铁；

1989年9月30日，3200m^3大型制氧机启动；

1989年10月25日，投资近亿元的第二炼钢厂建成，20t转炉倾吐出赤红不尽的钢水……

一个高效益、贡献大、福利多、环境美、充满生机的凌源钢铁公司展现在人们面前。

前进吧，大有希望的凌钢！

原载于1990年1月6日《人民日报》海外版

人——挖不尽的潜力

——凌源钢铁公司经理宋士田一席谈

梁海暄

“困难家家有，招法各不同，悲观泄气没有用，你来这几天看到了吧，外面一片叫难声，厂内一片鼓劲声，数九寒天，‘夺铁增钢’干得热火朝天。关键是事在人为，自己的梦还得自己圆。”辽宁凌源钢铁公司经理宋士田讲话开门见山，“怎么过难关？我们凌钢从做‘人’的文章入手。人，别看一撇一捺，写起来容易，但这篇大文章做起来可难了，难，也得做。人是一座活的火山，有释放不完的能量，挖掘不尽的潜力。我们凌钢 14000 名职工，就是 14000 座活的火山，能量大着呢，潜力多着呢！”

抓管人的人

58 岁的宋士田是新中国第一代炼钢工，曾到苏联学习冶炼技术，从事企业领导工作已有 12 年。

“我非常欣赏外国一位大企业家的治厂秘诀，‘你可以一个人干两个人的工作，但你不会变成两个人。所以你必须能让下级一级一级地激励各自的部下，这样才能使人人都动员起来’。”

宋士田回顾一年的工作，深有感触地说：“从 1988 年四季度开始，我公司日用电指标被压缩了 40% 以上，各种原材料普遍涨价，初步匡算，去年全公司减利因素达 4300 多万元，铁路运输紧张，资金也不足。怎样组织生产？面对严重的困难，我们首先抓住那些管人的人。我们需要的是‘于丛安’式既能领又能导的干部，于丛安是一轧厂副厂长，是我们树立的‘工作到位’的典型。他既谋划、决策，发挥‘领’的功能，又深入现场，开展思想工作，同职工一道发现问题、解决问题，发挥‘导’的作用。去年冬季，烧加热炉的煤水分太高，温度总也上不来，于丛安深入到工人中，研究出 4 项减少煤水分的措施，攻克了难关。一轧连续创高产，日开坯创建厂以来最高纪录。”

“我们大力宣传了于丛安这个典型，‘于丛安’式的干部纷纷涌现，工人大干，干部也大干。一月份电力缺乏，开机不足。有的分厂领导春节不休息，带领职工到焦化分厂去卸焦炭，手磨破了，鞋割破了。工人开 70% 工资，干部开

50%。谁也无怨言。有的分厂领导率领职工到建筑工地找活干，增加盈利。由此看来，管人的人若都振奋起来困难就容易克服。”

使管人的人抓人

“如何使管人的人抓人？我们提出了‘面向基层，活跃班组，着眼实际，工作沉底’的16字工作方针。因为班组是企业中最小最活跃的基层单位，而几百名兵头将尾的‘小领袖’们成了构筑企业大厦的钢筋铁骨。我们把工作的重点放在选拔、培养工段长和班组长上。去年公司一级办了15期培训班；一轧厂还召开了‘班组长思想政治工作论文发布会’，使班组长水平有明显提高。”

“年初，我们把减利因素层层分解到各基层单位，形成了‘重重困难万人担’的局面。机械设备口分到了800万元任务。广大职工都行动起来分兵把口。看库的，压缩库存、处理积压；搞计划的，将外委加工转厂内加工；采购的，挑质优价廉的买；技术人员小革小改。一年下来，这个口实现扭亏增盈811.4万元。仅降低钢锭模消耗一项，就节约生铁1081t，价值129.35万元。”

让每个人都释放能量

“要让每个职工都尽心尽力地为企业而忘我劳动，释放出他自己的那份能量，当厂长经理的，就得时刻把群众记挂在心上。我们班子成员大到生产、工作、学习，小到给职工做生日饭、生豆芽、做豆腐都经常过问。不管工作多么忙，也要经常到食堂、医院、浴池走走，发现问题及时解决。”

“大家想的，领导去办；领导想的，大家去办。”这可能是凌钢人共同的原则吧。

去年，在20t转炉扫尾投产会战中，氧气厂共产党员李树奎、张福林、孙贺林、金星等人，在厂长齐广瑞、书记李新生的带领下，为了保证按时供氧，冒着生命危险，带头参加了送氧“敢死队”，以严谨的科学态度排除隐患，一次送氧成功。在公司开展双增双节活动中，汽运公司的司机们把小仓库多年积存的价值10万元备件全部交公；各分厂成立的“共青团回收队”回收废钢铁价值140多万元；一炼钢回收渣铁价值170万元。

宋士田激动地说：“有这么好的干部、党员、工人，我这个经理的背后，就像有千万座大山护卫着。去年，我们实际上克服了6000多万元的减利因素，钢、铁、钢材都创出了建厂以来最高水平，实现利税5500万元，比1988年提高了14%。”

原载于1990年1月30日《人民日报》

神圣的责任

——记辽宁凌源钢铁公司经理、党委书记高益荣

关　元　张凤阳

1997年7月，辽宁沈阳酷暑难当。和这天气一样，凌钢，这个位于辽西的国家大型钢铁企业在新闻媒体“持续高温”的报道中也成为沈城的一“热”，像谜一样吸引着人们关注的目光。

7月22日，在国务院副总理朱镕基亲自主持召开的国有企业经理座谈会上，凌钢经理高益荣汇报了凌钢“学邯钢、抓管理、转机制、增效益”的一系列做法，引起了与会者的浓厚兴趣。在对凌钢进行表扬之后，朱镕基副总理称赞高益荣为“不带引号”的企业家，一时，这位“不带引号”的企业家在辽宁成为人们议论的话题。朱镕基副总理对高益荣的赞扬传到凌钢，凌钢广大职工受到巨大的鼓舞，人们的心头涌出了喜悦的热浪……

市场经济的滚滚巨浪无情地冲击着从计划经济走向市场经济的国有企业。一些企业经受不住猛烈的冲击而纷纷落马，但是也有些企业奋力开拓，找到了一条适应社会主义市场经济发展规律的希望之路。跋涉在这条路上的是一些优秀的共产党人，他们的肩上担负着党和国家交给的神圣职责。也正是在这种使命感的驱使下，高益荣毅然决然地挑起了凌钢这个曾创造过辉煌却又在市场经济浪潮冲击下步履维艰的国有钢铁企业的重担。

企业领导第一位的责任是为企业在激烈的市场竞争中杀出一条生路

1996年，全国冶金企业普遍出现严重的效益滑坡。凌钢年初测算增支减利因素将近8800万元，一季度亏损1756万元，这是凌钢自改革开放以来从未有过的严峻形势。眼看着1.6万名职工的吃饭成了问题，凌钢的出路在哪里？凌钢人目光的焦点全部集中在公司经理、党委书记高益荣身上。

高益荣是60年代的大学生，从1984年开始，他就担任主管经营工作的公司第一副经理，1994年又兼任党委书记。1996年4月，他受命于危难之际，被朝阳市政府任命为凌源钢铁公司经理。他上任的第二天就拍板决定，上邯钢，为企业走出困境寻找“真经”。

在邯钢紧张的学习中，高益荣不仅与邯钢的领导交流，而且下到基层向工人们请教，指标如何分解，数据如何测算，如何制定考核依据，全都让他一一问透。

学习结束了，踏上回归之路的高益荣与大家开始筹划模拟市场的方案。他汇集集体的智慧；吸收邯钢经验的精髓，为凌钢制定出一套适应市场经济和企业实际的全新的经营管理模式。

很快，几百种外购物资和产成品、半成品的内部价格全部实现了与市场接轨。近3万个指标被逐层分解下去，7100多万元的超计划利润目标落实下去。邯钢经验在凌钢这块热土上展示出无穷的魅力。一个指标就是一个故事，每项成本的升降都凝聚着人们切肤的感受。800多名班组核算员、360多块进入“职工之家”的核算板形成的巨大核算网，记载着模拟市场工作真实的发展脉络。

数字尽管枯燥，但却是最雄辩的证明：凌钢实行模拟市场的第一个月就扭转亏损局面，盈利196万元；到6月末盈亏相抵后，盈利119万元，到年底，在增提折旧1100万元的情况下实现利润3732万元。模拟市场新机制在凌钢人的实践中大放异彩。在部、省、市召开的学邯钢经验交流会上，“凌钢经验”形成了强烈的冲击波。高益荣也因经营有方的出色业绩，被授予朝阳市优秀（经理）厂长、辽宁省冶金系统管理先进工作者、辽宁省优秀（经理）厂长称号，荣获全国五一劳动奖章。

企业领导最重要的责任是为企业的未来发展开拓道路

模拟市场工作初见成效，这只是高益荣勾勒的凌钢发展思路的第一步。竞争的时代赋予了他强烈的使命感和责任感，他审时度势，推动着凌钢建设和改革的车轮。

中宽带工程是凌钢“九五”发展的龙头，它不仅能实现凌钢产品的更新换代，而且对整个企业技术和管理进步具有重大的牵动作用。为此，高益荣把中宽带工程作为凌钢未来发展的重要一环，成立了中宽带决战指挥部，做出了“决战中宽带，七月试车，八月热试”的决策，并亲自带领三位副经理跑北京、上鞍山，请来设计、施工单位的领导，组织各路精兵强将，向中宽带工程发起总攻。

高益荣的雄心和决策极大地鼓舞了中宽带工程建设者，整个工地如火如荼，一片沸腾。经过4个月废寝忘食、夜以继日的决战，该项工程按期热试，并成功地实现了全线热轧过钢，为凌钢实现更大的腾飞添铸了铁翼。

继而，弱化计划经济体制，强化市场经济体制，突出和健全制约关系，适应市场经济，高益荣以企业家的胆识和谋略，将改革思路一一展开：改革现有机构，完善内部制约关系，加强经济调控和管理功能；成立“一委三办”，堵塞管理漏洞，在企业内部引入监督机制，将各个职能部门纳入制约管理机制的范畴……

市场经济条件下的竞争是科学技术和管理的竞争，归根到底是人才的竞争。凌钢的科技人才非常缺乏，靠国家分配满足不了企业用人的需要。高益荣受儿子念双硕士学位的启发，也想在理工科的本科毕业生中招收一批学员，专攻冶炼、轧钢专业。1995 年夏天，身为公司党委书记的高益荣冲破阻力，亲自跑省教委、省计委以及高等院校联系，使 60 名凌钢学子圆了进修梦，也使凌钢跨世纪人才工程顺利地迈出了第一步。

技术干部和管理干部的齐头并进，是凌钢未来发展的希望和动力。又一个干部发展的计划在他的心中酝酿成熟了。经过综合考核，他在全公司内选拔出 60 多名年轻干部，分两期对他们进行市场经济知识、政治、业务、管理等多方面的培训。由此极大缓解了凌钢管理干部断档现象，为凌钢的发展储备了后劲。

一系列基础工作的加强，一系列改革措施的出台，一系列技术和管理人才的准备，使凌钢初步形成了适应市场经济竞争的大体框架，从而变管理优势为机制优势。高益荣以一个战略家的远见卓识，为凌钢规划了一条走向未来的康庄大路，为赢得 21 世纪竞争主动权奠定了稳固根基。

企业领导的言行举止必须为所代表的组织形象负责

1996 年 4 月，省里召开全省冶金系统企业领导座谈会，把邯钢总经理刘汉章请到了沈阳。高益荣赶到时会议马上就要开始了。路上他流露出要和刘汉章深谈一次的想法，因此秘书在安排住宿时一改住招待所的惯例，给他安排在一家宾馆内。高益荣知道此事后，非常不满意，“为什么不和我商量便住在这里？知道这里每晚要多少钱吗？”直到秘书道出是为了方便工作，他才不批评，并且只住一宿就移到了房价比较低廉的招待所。

老总问房价，这似乎令人不可思议，但对高益荣来说却是常事。

他就任总经理后的第一个国庆节，在北京工作的儿子回家举行婚礼。看着这个令他骄傲的儿子要成家立业了，高益荣何尝不想让更多人分享自己的欢乐。

可是身为领导干部就要为群众做出表率。高益荣半点口风未透，儿子的婚礼几乎是“秘密”举行的，全部仪式只是在招待所订了两桌喜宴，参加的也只有两家远道而来的亲属。没有隆重的场面，只有殷殷的祝福，儿子的婚礼就这么简简单单的结束了。后来职工们知道此事，无不钦佩。

有段时间，钢材市场异常火爆，钢材一天一个价，凌钢销售处排满了要买钢材的人，许多老用户担心不能按期提货。当时主管经营工作的高益荣指示销售部门坚决履行合同，不能贪一时的利益而忘了信誉，更不能用凌钢的钢材去送“人情”而不顾真正用户的需求。凌钢的做法感动了“上帝”，许多用户也以自己的真诚回报凌钢，帮助凌钢渡过了一个又一个难关。

他们由衷地感到：“跟凌钢人打交道不必用权去‘敲门’，也不必用钱去‘铺路’。”

高益荣推行的用户至上的经营思想和清廉的经营作风，培育了凌钢良好的企业形象，使凌钢在激烈的市场竞争中站稳了脚跟，取得了显著的经营业绩。在钢材市场疲软、凌钢钢产量逐年递增的情况下，产销率仍达到99%以上，近两年回款率一直保持在100%，使产、供、销、技改始终处于良性循环状态。

高益荣就任公司主要领导后，凡是公司的重大决策，他都要和班子成员协商研究后才形成决议。他的这种民主作风使每个班子成员都感到肩头担子的沉重。公司第六届干部选举，他积极主张以公司工会民主评议和组织部考核为依据。他知道，只有和群众紧密联系在一起，事业之树才会常青。

这一切仅仅是开始，当这神圣的责任历史地落到高益荣肩头的那一刻起，就注定了他要与拼搏为伴，以艰难为伍。但是，任何困难也无法压倒意志坚定的共产党员。时代赋予了高益荣神圣的责任，也为他提供了施展才华的舞台。在凌钢实现新的跨越的奋斗中，高益荣的步伐是那样稳健，那样从容。

原载于1997年11月18日《中国冶金报》

以讲促学　以学促技

——凌钢氧气厂让班工长走上“百家讲坛”

本报记者　张凤阳　通讯员　李希豹

今年年初，凌钢集团党委提出“热爱凌钢、忠诚凌钢、奉献凌钢”主题教育活动之后，氧气厂领导班子改变了分专业、分岗位、分工种的灌输式学习培训模式，开设了“百家讲坛”，让班工长走上讲台，为工程技术人员讲工艺流程，讲事故处理，回答工程技术人员提出的各种疑难问题，以讲促学，推动职工全员提素质。这种做法全面激发了广大职工的自主学习热情和积极性，从而在全厂上下形成了互动式、自主式学习的良好氛围。氧气厂通过这种方式真正实现了管理人员懂技术、技术人员跨专业、操作人员跨区域，为全厂的安全生产提供了强有力的技术支撑。

厂领导先讲　率先垂范

让班工长登台为工程技术人员讲课，这在氧气厂是第一次，就是在凌钢也不多见。这给要讲课的班工长所带来的压力可想而知。为此，该厂领导班子下定决心，由厂领导先讲，率先垂范。厂长杨明利开始积极准备，把同行业中发生的所有安全案例找出来，进行认真的选择和分类，一张张事故现场照片被制成幻灯片，配上一个个生动的事故案例。杨明利讲得严肃认真，讲得声情并茂。副厂长鞠广新负责对机、电、仪表、工控制氧四大系统生产、工艺、设备进行全面的讲解，解疑答难如数家珍。为了推动讲课的开展，让职工熟练地掌握计算机应用，厂工会专门购买了笔记本电脑、投影仪和数码摄像机，并要求所有参讲者在讲课时必须使用计算机和投影仪进行演示。

技术人员上讲台　实际引领

过去氧气厂的职工培训采用的是技术人员对专业、对岗位、对工种的一对一的单项培训。技术人员虽然熟练掌握了本专业的技术知识，但缺乏对相关专业知识和上下道工序的了解，知识结构比较单一。在事故处理过程中表现得尤为突出，对事故的分析必须采用集体会诊，先分析可能是哪个系统出现了问题，然后再由专业技术员在各自的系统中去查找，因为技术人员只能判断出自己分管系统设备可能存在的问题，最后再制定出处理方法，这就延误了处理时间，给生产带来了影响。要在第一时间内判断出故障点，第一时间进行处理，把对生产的影响减少到最小，就要求技术人员必须对相关系统知识和上下道工序进行了解和掌握，实现一人多专，一岗多能。为此厂领导决定让工程技术人员在为班工长讲课做出表率的同时还开展互讲，拓宽技术人员的知识面，增加技术人员对相关知识和上下道工序的了解，全面增强技术人员的综合实力。而通过互讲，技术人员的技术水平、实践经验、知识结构的差异也就显现出来。为所有技术人员提供了一个相互学习、相互交流和取长补短的机会。而科长李春明的不拿教案拿实物的讲课方式所表现出的精湛技术也让所有的技术人员和班工长折服，从而成为大家争相学习的榜样。配合技术人员的互讲学习，厂里同时在技术人员中实行岗位轮换，自主学习的热潮在技术人员中悄然掀起。

班工长上讲台　学习实践

负责制氧的班工长，有90%以上是工人技师，不仅具有丰富的生产实践经验，还具备一定的理论基础。让班工长讲什么？经过厂领导和工程技术人员的反复研究，决定本着干什么学什么、缺什么补什么的原则，首先由技术人员提出他们想知道的问题，然后分类筛选，下发给班工长，让他们挑选自己的强项进行讲解。这样班工长讲起来就游刃有余，为下一步系统的讲解打下良好的基础。同时，他们要求不管问题多小，讲解都要细、要精。对于登台讲解，班工长们个个摩拳擦掌，跃跃欲试。有的是查找资料精心备课；有的虚心求教，认真取经；有的在班前班后会上，让全班人员帮助想技术人员在现场可能提出的问题，每天积极备战；有的则对镜子苦练内功……一段时间准备之后，技术娴熟的则主动请缨，不善表达的申请后讲。第一轮讲下来，有的班工长是侃侃而谈、对答如流，而有的班工长则是被问得面红耳赤、汗流浃背。但是所有的班工长都经受住了从知识到心理的考验，顺利过了第一关。

班工长上讲台，给班工长带来了压力，但也锻炼了班工长的能力，增加了他们的知识积累和增强了自信心，更重要的是调动了他们自主学习的积极性，也激发了各班组职工学习的热情。一场开展自主学习、全面提升自身素质的学习热潮已在凌钢氧气厂全面推开。

原载于2010年8月3日《中国冶金报》

凌钢吨钢成本下降304元

李建军　本报记者　吴　镝　张　辉

虽说“四海变秋气，一室难为春”，在持续的钢铁“寒冬”里，凌钢集团公司却传来令人振奋的消息：5月份实现利润6901万元，一举扭转了自去年10月份以来连续7个月的亏损局面，吨钢成本比年初计划下降了304元。在钢铁价格走低、市场普遍低迷的不利情况下，凌钢走出一条充满希望的扭亏之路。

直面空前严峻的危机考验

自去年下半年以来，在产能集中爆发、需求放缓、原燃料价格居高不下的多重压力下，国内重点大中型钢铁企业全面亏损。凌钢也未能独善其身，连续数月处于亏损状态。

如何在低迷的市场中寻求突破，成为凌钢必须面对的课题。凌钢决策层认为，这场钢铁行业的危机还将长期持续，市场的严峻形势比想象的要严重得多，在相当长一个时期内，需求难升、价格难涨、成本难降将成为国内钢铁市场运行的基本特点。

对形势的严峻性有了科学准确的判断，凌钢果断行动，于3月份召开了深化挖潜、降本增效动员会，分析严峻的外部形势和凌钢自身存在的问题和不足，使各级管理人员对形势、对市场、对自身管理上存在的问题有了更清晰的认识：只有立足自身，眼睛向内，不等不靠，主动出击，适应外部变化，才是企业战胜困难、走出逆境的不二选择。

于是，凌钢把降本增效、扭亏为盈作为公司的工作主线。集团公司领导班子连续8次召开专题会议，逐个工序、逐个环节剖析指标，查找潜力爆发点，集中研讨具体措施，并制定下发了挖潜方案。

通过管理创新和技术进步挖潜

以行业先进企业为对象、最低成本水平为目标，凌钢制定了新一轮深化挖潜方案，确定了吨钢成本再降低100元的新目标。

在具体举措上，凌钢在注重完善生产领域措施的同时，更加关注管理、采购、运营等领域，增设技术能源类、原料结构类、费用类总计23项指标；继续实施指标与成本旬分析体系，实现了重点指标日清日结、费用指标动态控制，有效促进了成本的降低。

挖潜的核心是依靠管理创新和技术进步。凌钢结合市场变化，用市场价格倒逼工序成本，用市场水准评价工序价值，实施了“经济炉料”战略，优化了焦炉配煤、高炉配矿、高炉燃料、转炉废钢结构，大幅度降低了成本；加大采购成本控制力度，通过努力降低原燃料采购价格来降低成本；密切跟踪和把握市场动态，动态调整原燃料采购价格，仅5月份就调整矿粉价格6次、调整废钢价格10次，有效地促进了采购成本的降低。凌钢还把降低变动费用的完成情况纳入对各单位领导的年度考评范畴，强化管理、从严考核，促进了材料、备件修理费和运费的大幅度降低。

在做好内部强筋健骨的同时，凌钢还面向国际市场积极开发适销对路产品：4月份成功开发了低碳低硅含硼镇静钢热轧盘条，签订出口合同3万吨，现已生产1.2万吨；含硼中宽带产品出口实验工作已经完成，签订合同3000t。在国内市场低迷的情况下，凌钢创造了较好的比较效益。

打一场全员“降本增效”战

作为企业的利益共同体，广大职工是凌钢战胜困难和危机的重要力量。凌钢党委提出新的战略方案以后，努力推动降本增效、扭亏为盈成为全体职工的自觉行动。

凌钢细化考核目标，制定了目标分解表，做到企业内部各单位、各环节、各工序、每个职工的全覆盖；此外，加大考核力度，把深化挖潜纳入经济责任制考核之中，建立激励和约束机制，特别是加大了对管理者的责任考核。

炼铁厂自我加码，确定了综合焦比再降4.5kg的目标，组织全厂专业技术力量制定了降低生铁硅、提高热风温度、优化入炉原燃料粒度等一系列技术措施，并逐级落实。

炼钢厂努力追求产品质量与低成本的统一，对内部新老系统分别制定了钢铁料消耗的新目标，采取喷溅攻关等新技术措施，有效地保证了指标的完成。

供销公司从加强市场调研建立信息预警机制入手，通过开发近距离矿粉直供户、扩大废钢采购半径等措施降低采购成本。与2月份的采购价格比较，地方矿粉降低30元/t，焦炭降低50元/t，废钢降低90元/t。

一系列措施带来可喜变化。到4月份，凌钢吨钢成本比年初计划下降了170元；至5月份，完成钢31.7万吨，实现营业收入15.5亿元，实现利润6901万元，吨钢成本比年初计划下降了304元。

原载于2012年6月18日《辽宁日报》

凌钢——辽西的钢铁雄风

——凌源钢铁集团有限责任公司五年科学发展纪实

本报记者　金亚银　中国冶金报记者　张凤阳

2012 年 10 月，投资 75 亿元的凌钢三期技改全面竣工投产。11 月，朝阳市市委、市政府在凌钢集团公司隆重举行庆功表彰大会，市长王明玉在讲话中高度赞扬凌钢在董事长、总经理张振勇带领下，展现了朝阳龙头企业的品质和风采。

五年来，凌钢投资 128 亿元进行了两次脱胎换骨的大规模改造，实现了高速度、高质量发展。这个朝阳市最大的企业，五年产能一厂变三厂，完成了装备大型化、工艺自动化、管理信息化、生产节能化，进入了中国钢铁工业前 30 位；人员只增加 20%，职工收入增长 80%；企业资产总额增长两倍，营业收入翻番，五年盈利超过 22 亿元。

迎战金融危机，一年完成 350 万吨钢改造，步入发展快车道

2007 年，凌钢还是个 200 万吨级的钢厂，尽管经营业绩不错，但总体规模和部分装备水平处于国家产业政策淘汰落后的边缘。

以张振勇为首的凌钢新一任领导班子认为，要想加快发展求生存，大规模改造迫在眉睫，刻不容缓。

经过一个月紧锣密鼓的论证，2007 年 9 月，凌钢启动了 350 万吨钢改造工程，要举全公司之力打好这场战役，无论遇到什么样的困难、问题和阻力，都要确保在 2008 年年底前全面竣工投产。

资金是最大的制约因素，350 万吨钢改造启动之际，也正逢国家开始紧缩银根，张振勇亲自出马，凭借凌钢多年的诚信经营、企业良好的财务状况和他自身的人格魅力，筹措资金 20 多亿元。

那真是一段不寻常的经历，凌钢人从来没有搞过这么大工程，指挥部只有 20 几个人，各厂的厂长就是项目经理，但是倒排工期、网络计划组织得井井有条，工程进展得顺风顺水。在金融风暴肆虐之际，也从未动摇过信心。搞改造是“开弓没有回头箭”，必须背水一战、决战决胜。

2008 年 12 月，350 万吨钢改造所有项目都如期投产。最艰难的是 2009 年一

季度，市场的压力难以承受，一些钢厂高炉开始停产，而凌钢必须为大高炉、大转炉投产付出代价，真是惊心动魄、如履薄冰。

一个多月，关键环节逐一被突破。“一罐到底”的新工艺被娴熟掌握，吨钢铁水消耗降低50多公斤、钢铁料消耗降低70多公斤；最先进的干法除尘技术应用有了凌钢自己的诀窍，检修周期比行业先进水平还长50%。新项目很快度过了投入高、产出低的达产期，成为凌钢效益的新增长点。

350万吨钢改造的大投入迅速转化为大产出。2009年凌钢钢产量突破300万吨，盈利4亿元；2010年达到350万吨钢，盈利7.5亿元。

决策要有大气魄，发展要有大视野，凌钢又实施了资源开发战略。这几年投资10多亿元，将自有矿山保国铁矿的采矿能力翻了一番，先后在北票市建设了50万吨铁精矿的矿业公司，控股了年产50万吨铁精矿、磷矿的建平荣田矿业，在内蒙古宁城开发铁矿。凌钢掌控的铁矿石资源超过了3亿吨，发展的基础更加扎实。

搏击钢铁“寒冬”，挑战极限实施三期技改，建设精品棒线材基地

350万吨钢改造完成后，靠对标挖潜、产品结构优化和资源开发，凌钢的经营状况在省内、行业内都迈入前列，职工精神面貌焕然一新。但这还只是一场大规模技术改造的演练，一场大决战即将来临。

2011年5月，省、市政府经过多次研究，决定凌钢立即启动三期技改工程。

刚刚倾尽所有搞完350万吨钢改造，又要投入75亿元，干空前规模的大技改，难度是显而易见的，钱从哪里来？资金链断了怎么办？主厂区“亩产”钢已经到了极限，大面积的内部外部拆迁、土地征用置换既影响生产又难以协调……

在凌钢三期技改工程动员大会上，张振勇讲话的开场白出人意料：昨天晚上，我一夜没睡着觉，不是考虑困难太多，而是兴奋！做大做强凌钢是我们几代人的夙愿，这个机会不把握住，我们会后悔一辈子。

接下来他大讲凌钢的发展基础优势、人才队伍优势、施工管理优势、商誉资信优势……强调不干则已，干就干好，全公司上下要把三期技改作为高于一切、先于一切、大于一切的头等大事来抓，克服一切困难、排除一切干扰，不为任何风险所惧，破釜沉舟，务求全胜。

凌钢不乏一支能征善战、敢打硬仗的技改队伍。他对工程指挥部成员说，钱的事儿用不着你们考虑，你们就是保质量、保工期，保预算不超，提前投产。

为了筹措资金，凌钢决策者们殚精竭虑，把企业的优势和各种资源运筹到了极致：紧紧抓住证券市场公司债发行的短期机遇，经过两个月的昼夜运作融资15亿元，为资金筹措奠定了基础；在存贷款运作中开辟银企合作双赢的新模式，带来筹资的柳暗花明；争取多家银行信用额度；协商设备厂家、施工单位垫付资金。结果就是国家重点项目的资金也很难保证到凌钢这种程度。

2011年12月，省委书记视察凌钢，听取凌钢的汇报后说："凌钢的发展不仅是凌钢自己的事情，更是关系到全省的产业布局和地方经济的发展，改造不仅要搞，而且一定要搞好。"书记一番话，使凌钢领导班子更是信心百倍。

凌钢中层以上干部都看过电视纪录片《断刀——朝鲜战场大逆转》，38军面对强敌和恶劣条件，敢于亮剑、挑战极限，把不可能变为胜利，他们认为干大事必须要有这种精神力量。

在凌钢三期技改庆功大会上，朝阳市市长王明玉说"凌钢人创造了奇迹"。是啊，2011年10月9日，打下第一根桩；到2012年"十一"前后，两座120t大转炉、大方坯连铸机，直径260mm大棒材生产线，2380m^3高炉等9大项目相继竣工投产，欢庆的礼炮声此起彼伏。在极端不利的大环境下，工程仅用了17个月的时间，凌钢人创造了冶金建设史上奇迹般的速度。

回顾凌钢三期技改的四百神奇昼夜，万千激越诗篇，张振勇说，我为凌钢有一往无前、善打硬仗的干部职工队伍感到无比骄傲。有这样一支队伍，年底前我们一定能达产达效，2013年全面展现出600万吨钢大型现代化企业的水平。

把战胜危机当做实现自我变革与超越的机遇，把握从严管理、精细管理要义，走凌钢自己的路。

凌钢在朝阳市经济中的地位，可以用"举足轻重"来形容，2011年，凌钢营业收入159亿元。这5年世界金融风暴、钢铁行业寒冬接踵而至，凌钢经营的困难和挑战一个接一个。

2008年下半年，钢铁行业成为金融危机的重灾区，凌钢遭遇市场突变和新项目投产的双重压力，7月末还盈利7亿元，年底只剩下1.6亿元，2009年一季度继续在亏损。

在中层以上管理干部大会上，张振勇的讲话言简意赅：凌钢已经无路可退，外部市场我们无力改变，必须自己杀出一条血路，自己走出困境，这就是"眼睛向内、苦练内功，对标挖潜、降本增效"。能不能搞好对标挖潜直接检验各级干部的管理水平，这就是凌钢学习实践科学发展观最大的实践、最需要取得的实效。三天后我们将再开会，每个单位都要汇报对标挖潜的落实情况。

所谓对标挖潜，就是对照全国钢铁行业同类工序114项最先进的技术经济指标，找出凌钢潜力所在，采取措施迅速赶超。只要这些技术经济指标上去了，就能实实在在的降本增效、扭亏为盈。

三天后，厂长、部长们都亮出了各自的招法，确保当年低于行业平均水平的必须达到，平均水平以上的至少前进一位，行业前三位的水涨船高不下滑。

按照集团公司三年规划，对标挖潜、降本增效在凌钢扎扎实实地开展起来。吨钢钢铁料消耗降低了12kg，吨铁焦炭消耗降低了40kg……当年，凌钢就消灭了低于行业平均水平的指标，对标挖潜增效2.2亿元，公司扭转年初1.7亿元亏损后盈利4亿元；2010年，行业可比指标80%达到平均先进水平，52%达到先进水平，11个指标位居行业前3名，钢材的成本水平居行业前3名，对标挖潜直接增效1.7亿元，公司当年利润达到7.5亿元。

在凌钢领导班子看来，战胜危机就是浴火重生、实现变革与超越的机遇，形成精细管理、精益求精的长效机制，比生产技术指标一时的提升更有价值。

他们各负其责，跟踪分析企业物流、资金流、信息流，抓管理制度完善、管理流程优化再造。在对标挖潜中，凌钢的主要工序生产组织实现了数字化、模型化；独树一帜的“日清日结”管理模式与对标挖潜指标体系紧密融合；计量管理实现了能源介质的100%准确计量；财务管理由月报变旬报，由月分析变为旬分析，特别是旬成本分析对控制影响成本的主要因素作用巨大；设备管理出台了下机资材管理鉴定和备品备件修复制度，年节约2000多万元；物资管理实施“代保管、零储备”，减少资金占用；能源管理制定不同时间停运设备考核规定，减少设备空耗。

张振勇认为，虽然有时候“细节决定成败”，但抓战略性问题永远是第一位的。作为一把手，要遵从企业管理的“例外原则”，注重处理解决经营管理的战略性、综合性、边缘化问题。

2011年9月以来，中国钢铁工业进入了一次漫长难耐的“寒冬”，全行业由微利运行变为亏损状态，至今尚无明显改观，钢材价格比15年前还低。光靠生产技术上的苦练内功恐怕度不过这个“寒冬”，必须在经营上有新招法、新突破。凌钢开始逐一研究同类企业的成本结构、炉料结构……

2012年年初，在一次公司经营例会上，张振勇提出，我们到底怎么才能走出困境？首先是经营观念要转变，要敢于挑战“精料入炉”传统，市场好的时候买最好的原料，完成最好的生产技术指标是对的，现在一吨钢材亏几百元还固守“精料入炉”就是思想僵化。二级焦炭比一级焦每吨低90元，中型废钢比重型每吨低150元，我们必须用低价原料来大幅度降低生产成本，这样有风险，但是唯一的出路。

决策层统一思想后，一个个环节抓落实：焦炭、废钢原燃料等档次降低了，但是采购质量、成分必须稳定；高炉、转炉的工艺操作要科学匹配炉料结构的变化；凌钢所有的环节都在适应这种颠覆性的变革……

功夫不负有心人，一个多月下来吨钢成本下降了100多元，五月，凌钢开始扭亏为盈，“寒冬”里迎来一抹灿烂的阳光；10 月公司转为盈利。

当干部职工都在为凌钢三期技改竣工投产欢欣鼓舞时，张振勇冷静地对中层以上干部说，要切实防范“大企业病”，避免管理程序繁琐、效率低下，2013 年就是凌钢的“企业管理年”，我们一定要走出有凌钢特色的自己的道路。

以人为本，共建共享，打造“品质凌钢、诚信凌钢、绿色凌钢、和谐凌钢”

如今的凌钢人都为自己是凌钢职工充满了自信，感到骄傲和自豪；委托本钢技校代培技校生，竟三分之一招的大学生；公司的决策一呼百应，各级干部和职工的执行力令人惊叹。强大的企业凝聚力从何而来呢？

2007 年年底，张振勇在凌钢党代会报告中阐述了“以人为本、共建共享”的方针：“发展为了职工，发展依靠职工，发展成果职工共享”。从那时起，凌钢领导班子在企业快速发展进程中，切实履行对万名职工的庄严承诺。

五年五次增加职工基础工资、责任工资，平均工资增长 80%，普通职工的工资水平实现倍增；提高住房公基金提取比例、发放女工津贴、发放交通补助、职工夜班补助标准翻番、上提职工取暖补贴标准，落实职工带薪休假，在招工中优先凌钢职工子女……万名职工特别是 6000 多名三班倒职工每天的班中就餐是个大问题。2008 年，公司投资建设了高标准的主副食加工中心和三个职工餐厅，职工每餐只花 1 元，就能吃到 10 元标准的工作餐。

这些职工看得见、摸得着的好事，桩桩件件，落在实处，温暖在职工心里。凌钢人工作更加体面，生活更有尊严，当一名凌钢职工也就成为当地求职的“大热门”。

凌钢不仅健全了由 400 多个管理规章组成的制度体系，而且形成了具有时代特征和鲜明个性的企业文化体系。他们认为在制度管理基础上上升到文化管理更重要，制度再严密，也不可能覆盖所有管理活动，重要的是人人践行“至诚至精”的核心理念，“自强、诚信、求实、创新”的凌钢精神，懂得“精细管理、精益求精”的要义。“做强凌钢、满意客户、富裕职工”是企业使命，“建设最具竞争力的精品棒线材基地”是发展战略的科学定位，“精品立市、诚信如山”的经营理念是对客户的庄严承诺，“激情工作、务实高效”是凌钢人的工作作风。凌钢上下都大力践行企业文化，增强了凝聚力，提升了竞争力。

凌钢用人的原则是提拔干事的人。“绝不能让踏踏实实、勤勤恳恳干工作的人吃亏，绝不能让靠要嘴皮子、工作虚浮的人占到丝毫的便宜”。憨厚、不善言谈的张海明担任计量信息部部长后，带队走访各个厂一个月，解决了部分物料计量不准的难题；担任三期技改公辅项目部经理，每天都是晚上九点到早七点组织施工，把最好的时间让给了主体工程。凌钢大胆提拔年轻人。两名三十出头的管理人才被提拔到凌钢股份副总级岗位上；一大批青年人当上厂、部长。

从提高职工人身价值的角度抓安全，把安全工作做到职工心里，凌钢连续实现3年工亡事故为零。

“下最大的决心、花最大的气力”建设绿色凌钢。先后投资1.6亿元，采用国际上最先进的污水处理技术，工业污水处理后水质达到了饮用水的标准，凌钢在全国同行业中率先实现了污水的零排放。水资源的循环利用率达到100%，吨钢耗新水进入全国前三。“看看大凌河，一滴凌钢排的污水也没有”，这让凌钢职工最为自豪。

投资6000万元建成钢渣回收生产线，废渣100%综合利用，实现了零排放。节能减排的强力推进，使凌钢实现了由黑色钢铁向绿色制造的重大跨越。

实施做大做强凌钢的发展战略，换来了企业综合效益和社会效益的全面提高，凌钢连续30年保持了朝阳市第一纳税大户的地位，也极大地带动了周边相关产业的聚集效应，成为朝阳市经济发展中不可替代的发展引擎。

发展壮大的凌钢热心支持社会公益事业，履行社会责任，先后捐助朝阳市内北票、凌源、建平等县市的教育事业3000万元；汶川地震发生后，凌钢和凌钢职工共捐出400万元；扶贫帮困捐助以千万计。

潮平两岸阔，风正一帆悬。凌钢这艘战舰劈波斩浪高速前行，给朝阳经济带来了深刻的变化，“自强、诚信、求实、创新”的凌钢人早已经把自己的人生坐标和企业的航向融合在了一起，展望未来，发展凌钢、振兴朝阳是万名职工不变的追求。

原载于2012年12月19日《辽宁职工报》

凌钢三期技改工程完美收官

李建军 张续龙 本报记者 张 辉 张 旭

近日，凌源钢铁集团再传捷报。三期技改工程所有项目已平稳度过“磨合期”，各项技术经济指标稳定，2380m^3高炉日产达到5562t，两座120t转炉日产达到6308t，大棒产品已投放市场3.7万吨，用户反映良好。投产仅3个月的三期技改项目全面达产达效，为实现2013年“开门红”创造了有利条件。

为打造精品棒线材基地，实现做大做强的目标，凌钢从2011年5月开始，投资75亿元实施了三期技术改造工程。新项目集中采用了大量国际国内先进技术、工艺和设备，整体装备实现了设备大型化、操作自动化、管理信息化和运行节能化，而且新增产品均为高附加值优特钢精品棒材。

自去年10月13日新项目投产以来，各生产单位在认真消化新工艺、新装备、新技术的基础上，以创效为核心，以创新为先导，努力协调各生产要素的最佳匹配，不断提升运行管理质量和效益，实现了用最短时间从生产准备阶段向生产经营阶段的顺利过渡。随着凌钢三期技改项目的达产达效，凌钢具备了年产600万吨钢的能力，产品结构得到了进一步优化，盈利能力将进一步增强，为向更高目标跨越奠定了坚实基础。

科技创新为企业强筋壮骨

“五年来，凌钢通过推动科技创新，提高了企业的抗风险能力和竞争力。应该说，凌钢的变化，既是一个快速做大的过程，也是一个做优做强和产品升级换代的过程。”凌钢集团公司董事长、总经理张振勇如是说。

几年来，凌钢大力实施科技兴企、质量立企和人才强企战略，围绕培育特色产品、“四新”（新工艺、新技术、新材料和新设备）应用、关键指标升级、发展循环经济等开展科技创新工作，使科技进步成为企业转型跨越发展的核心引擎和内在驱动力。

为促进科技创新，凌钢制定了新产品开发奖励政策、技术攻关和“四新”技术奖励等政策，鼓励科技人员发挥集体智慧和能力，全面参与到科技创新工作并进行专项奖励。

同时，积极做好引智工作，走产学研相结合的发展之路，先后与中国钢铁研究总院、辽宁科技大学等单位建立了战略合作关系，为凌钢提供技术支持。

科技创新促进了产品结构全面优化，先进技术、装备优势加速转化为产品优势和竞争优势。几年来，凌钢获得省级优秀新产品奖4项，完成省级新产品和市科技进步奖9项。实现了每条轧钢生产线都具备有代表性的新产品，形成了7大系列30多个牌号的品种钢体系。品牌优势进一步增强。“菱圆”商标成为中国驰名商标，螺纹钢是上期所交割品牌。

靠内功全面对标迎挑战

2008年全球性金融危机爆发，使钢铁业受到巨大冲击。在严峻的形势下，凌钢同样也面临重重困难。“我们不能寄希望于市场出现奇迹，只能依靠苦练内功，强身健体。对标挖潜、降本增效事关凌钢的生死存亡乃至长远发展。”在中层以上管理干部大会上，张振勇的讲话振聋发聩。

“对标”是目前冶金行业普遍采用的目标管理方法，凌钢一直在坚守。但2009年凌钢开展的对标挖潜工作更具有可操作性，它综合利用了凌钢独具特色的指标分解体系和日清日结考核，并在实践中取得了显著成效。凌钢的对标挖潜工作已逐步形成了长效机制，不断向更高的目标迈进，向更宽的领域拓展。

2011年下半年以来，在产能集中爆发、需求放缓、原燃料价格居高不下的多重压力下，国内重点大中型钢铁企业全面亏损。凌钢未能独善其身，连续数月处于亏损状态。

“严峻的市场形势下，成本就是生命线，成本就是竞争力。”张振勇说，“新形势要求我们必须解放思想，创造性地开展工作。”由此，一系列新措施出台，完成新指标更加艰难。对标挖潜向管理、采购、运营等领域突破，从铁前到钢后，从采购到销售，成本指标和重点保证措施覆盖了生产经营的全过程，采购成本，材料、备件修理费和运费大幅度降低。

从精料方针到经济炉料方针的转变，是对传统的根本颠覆。在效益最大化的目标下，许多惯性思维被破除，焦炉配煤、高炉配矿、高炉燃料、转炉废钢结构相继优化。成本一降再降，一次次原本不敢想象的突破成为现实。

困境磨炼意志，挑战展现魅力。凌钢深化挖潜业绩骄人：所有技经指标均为行业先进水平以上，26个行业可比技术指标中，先进指标占69%，其中前三名指标占35%。主要产品Ⅱ级螺纹钢、Ⅲ级螺纹钢、中小型材、圆钢及中宽带的单位制造成本均排在前五名，其中中小型材、圆钢分别排在第一和第二位。

资源开发为可持续发展奠定基础

近年来，国际铁矿石价格持续上涨，资源竞争日益激烈，资源战略成为钢铁企业提高竞争力的首要战略。凌钢抢抓机遇，重点加强对上游战略资源的掌控。在发展方式上由“以钢为主、一业独大”转变到科学发展、资源先行上来。

辽宁省和朝阳市对凌钢实施资源开发给予了强有力的政策支持，凌钢与地方政府密切合作，迅速掌控了辽西及周边地区的优势资源。现拥有保国铁矿和龙山公司下属的荣田、红山等6个矿业公司，铁矿资源储量超过5亿吨。

2009年7月26日，凌钢与北票市签订战略合作协议，以自有矿山保国铁矿为依托，收购了5个民营矿山，在北票域内的铁矿资源探矿工作全面展开。

2011年2月26日，与距凌钢40km的内蒙古宁城县签订超贫铁矿开发战略合作框架协议，28km^{2}超贫铁矿开发的大幕拉开。

2011年12月9日，与建平县签订资源开发战略合作协议，收购了年产70万吨的磷铁矿，在资源开发和投资兴业方面的合作随即展开。

2012年12月15日，完成了储量超亿吨的凌源菱铁矿矿权转让，现正在全面推进开发前的准备工作，主体设备已经订货，择机启动生产。

北票矿业（辽宁北票）、虞山矿业（内蒙古敖汉）、红山矿业（辽宁凌源）、怡山矿业（内蒙古宁城）、荣田矿业（辽宁建平）、傲翼新能源（辽宁凌源）等矿业公司相继成立，资源勘探、收购整合、生产启动、恢复治理等各项工作全面启动。

在凌源境内的油页岩开发已获得探矿权。储量超过1亿吨的石灰石矿正在办理矿权。短短几年，凌钢建立了长期稳定的资源供应基地，保障了产业链安全，也撬动了新的增效支点。

凌钢把资源开发区域确定为投资合作延长产业链和配套采购的重要基地，与地方政府进行全方位的深度战略合作，带动了地方经济的发展。在北票建设的年产30万吨精品钢管基地，在辽西乃至东北都堪称一流，4年来累计实现产值12亿元。建平荣田矿业从收购时的年产20万吨，已扩能到70万吨，仅2012年就实现产值3.3亿元，均成为了地方经济发展夺目的亮点。

原载于2013年1月18日《辽宁日报》

编 后 语

一张报纸，几缕墨香，重温旧事，百味人生。

这是一张报纸、一个工厂和一群人的故事。报纸的名字叫《凌钢报》，工厂的名字叫凌钢。她盛产钢铁，更盛产故事。钢铁的温度辐射出钢铁人的热情，高炉里流淌出的喜怒哀乐在字里行间跳跃，轧机上展现的精神风采让版面丰满，她忠实地记录了30年来凌钢战舰的一往无前。

凌钢建厂50周年之际，我们翻阅几十本《凌钢报》的合订本，摘录具有重要纪念意义的领导讲话、重要消息、评论员文章、通讯，编辑整理成《报读凌钢》，让那些激昂、鲜活、感人、质朴的文字穿越时空，共同汇聚在凌钢建厂50周年的庆典上。

编辑整理这些曾经让我们激动不已的稿件时，仿佛能触摸到一个个新闻故事发生时的精彩瞬间，这里的每个人都是可亲可敬的，是凌钢这片沃土滋养了这些故事、这些人。故事的主人公有的已经赋闲在家，但仍然时时关注凌钢的每一个变化；有的离开凌源，但依旧无法割舍对凌钢的梦绕魂牵；有的已经离开了这个世界，但他们的故事却在报纸上定格成了一段历史；更多的人是奋战在岗位上，继续用自己的光和热，打造着凌钢的灿烂星空。

或许你的故事曾经见诸《凌钢报》，或许你人生的第一篇文章变成铅字就发表在《凌钢报》，可是由于本书篇幅有限，我们无法一一将这些文章收录，还望作者理解，希望所有与凌钢有缘的人继续关注凌钢、支持凌钢，直到永远！

《报读凌钢》编辑部

2016年5月

《报读凌钢》编辑部

编　　审　张振勇　郝志强

主　　编　张凤阳　李建军

责任编辑　孙晓东

编　　辑　吕晓明

特邀编辑　贾亦凡　李　辉